W0406322

Assis au bord du silence

Du même auteur

Les villes sont trop petites, Le Serpent à Plumes, 1999.
Le ciel n'aime pas le bleu, Le Serpent à Plumes, 2000.
Missiles. Et souvenirs cardiaques, Le Serpent à Plumes, 2002.
Blonde abrasive, Hachette littératures, 2005.
Devenir mort, Hachette littératures, 2007.
Une chic fille, collectif, Inculte, 2008.
Cassé (Kurt Cobain), Naïves, 2008.
Mélancolie de la masse critique, Dialogues, 2010.
La guerre civile est déclarée, Dialogues, 2013.
Aujourd'hui pour toujours, Belfond, 2014.
Traversée dans la région du cœur, Stock, 2017.
L'Horizon à mains nues, J.-C. Lattès, 2020.

Christophe Paviot

Assis au bord du silence

Roman

éditions du
ROCHER

Tous droits de traduction, de reproduction
et d'adaptation réservés pour tous pays.

© 2023, Groupe Elidia

Éditions du Rocher
28, rue Comte Félix-Gastaldi – BP 521 – 98015 Monaco

www.editionsdurocher.fr

ISBN : 978-2-268-10884-1
EAN Epub : 9782268108926

« Je suis peut-être une légende vivante,
mais cela ne m'aide certainement pas
quand je dois changer un pneu crevé. »

Roy Orbison

PREMIÈRE PARTIE

Le jour de la naissance de Marty, son père n'a pas jugé nécessaire d'accompagner sa mère à l'hôpital. Ce sale têtu est resté à la baraque, à tirer avec son fusil sur un arbre à moitié mort. Assis dans la poussière, une boîte de balles près de lui, Edwin Swanson enfilait furieusement des munitions dans son arme. L'épaule meurtrie par la crosse, abruti par les détonations, enveloppé d'un nuage de poudre, il dispersait sa colère contre sa femme.

Jessie Swanson avait en effet décidé d'aller accoucher en ville, à l'hôpital d'Omaha, situé à dix-huit miles au nord de Springfield, petite bourgade choyée par sa communauté tranquille. En 1947, le Nebraska irriguait la plupart des accouchements vers les maternités, pour en finir avec ces médecins de famille souvent trop interventionnistes, qui abusaient des flacons de chloroforme et de l'utilisation des forceps. L'usage des sulfamides et des antibiotiques en milieu hospitalier réduisait soudain radicalement la menace de la fièvre puerpérale souvent déclenchée par des streptocoques, ces médicaments diminuaient ainsi les risques de septicémie et de mortalité maternelle. Dès cette époque, les médecins de famille accoucheurs avaient compris qu'ils attrapaient par les chevilles leurs derniers nourrissons marbrés de sang, de merde et de glaires, bien conscients qu'ils n'auraient bientôt plus que des souvenirs à accoucher.

Ce qui dérangeait Edwin, ce n'était pas que Jessie aille trouver Gunnar Hellström, son fermier de patron à lui, pour l'acheminer elle jusqu'à l'hôpital en voiture, mais plutôt que des gens dont il ne savait rien puissent s'occuper de sa femme, alors que le docteur Blackwell, vieillissant, certes, avait toujours soigné la famille avec beaucoup de bienveillance. Edwin ne pouvait pas l'avouer, mais il ne voulait simplement pas que des inconnus voient la chatte de sa femme. C'était l'unique raison de son refus d'accompagner Jessie à la maternité. Après une grandiose engueulade avec son épouse, il n'a donc pas mis les pieds à l'hôpital, la laissant se débrouiller seule avec son nourrisson.

*

Edwin avait rencontré Jessie pendant la moisson. Équipé d'une fourche, il cavalait au cul d'un McCormick, un tracteur à la robe rouge comme le soleil froid d'un horizon hivernal. Il hissait du foin vers le sommet de la remorque, tandis qu'elle le voyait s'acharner du haut de son perchoir, attrapant à pleines brassées le fourrage odorant qu'il lui balançait. Lorsqu'était venue l'heure du premier casse-croûte, il s'était installé à l'opposé de Jessie sur la longue table en bois. Et les jours suivants, il s'était appliqué à se maintenir à la même distance, à cinq mètres au moins de sa nuque, de sa bouche et de ses mains. Elle n'en remarquait rien, mais à chaque repas, assis devant son ragoût et son *hominy*, cette bouillie de maïs concassé inspirée des Sioux, il la dévisageait intensément tout en gardant la tête tournée vers l'autre versant de la tablée. Lui-même ne savait pas trop comment il s'y prenait. De son côté, veillant à sa réputation, elle ne lui montrait aucun intérêt bien qu'elle se demandait en secret qui pouvait bien être ce garçon. C'est finalement sur une maladresse que le lien entre eux s'est tissé, quand il a fallu enrubanner la main gauche de la pauvre Jessie avec une bande de gaze. Car, dans son élan, Edwin lui avait transpercé la paume avec sa fourche rouillée. La jeune fille n'avait crié qu'à la vue de son propre sang, elle n'avait rien senti sur le moment. La tige métallique lui avait pourtant traversé la main, elle dépassait de la face dorsale. Fouillant la chair entre les os et les tendons, l'objet souillé s'était dégagé aussitôt. Edwin s'était fait dérouiller par son père pourtant estropié d'une jambe, le vieux avait une patte plus courte que l'autre, et il boitait méchamment. Le paternel lui avait rembourré les hanches et les fesses à coups de bottes crottées de terre, et en avait fait tomber son chapeau. Jessie avait timidement protesté, mais les hurlements du père avaient couvert son émotion. Edwin, avait encaissé en silence, endiguant des larmes gonflées d'humiliation.

C'est en lui rendant visite à la fin de la moisson qu'Edwin avait décelé chez Jessie autre chose que de la compassion. Il avait soupesé sa main sanglée d'un rouleau de gaze frais, elle avait laissé reposer cette main blessée dans la sienne plus de temps que ce geste n'en nécessitait, ils s'étaient ardemment regardés, scellant leur vie pour les années à venir. Jessie était délicate et intelligente. Sa subtilité lui permettait d'envisager le joug d'un homme sans éprouver la moindre peur. Elle était fine et blonde, avec de longues jambes, des hanches délivrées, et une poitrine au volume indécis. Parfois ses seins s'exprimaient avec orgueil sous ses chemises, avant que leur taille brusquement ne se réduise. Edwin avait remarqué ces caprices physiques, il semblait s'en satisfaire sans rien y comprendre.

La guerre ne lui a pas laissé le temps de déchiffrer ces mystères. Edwin a été envoyé en Angleterre. Il a tout juste eu le temps de passer entre les pognes d'un docteur militaire, de signer des papiers et de poser une première fois ses lèvres sur la bouche de

Jessie, devant un bus rempli de conscrits. Ce mémorable baiser a été abrégé par les sifflets et les cris. Jessie l'a regardé escalader le marchepied du véhicule, puis les énormes roues de la carcasse métallique ont soulevé des nappes de poussière sur le bitume. Le bus tout en rondeurs bicolores, maronnasses et beigeasses, s'est éloigné de ce parking ceinturé de bâtiments de briques, les futurs soldats ont coulissé sous une immense publicité peinte aux murs, vantant la Storz Brewing Company, la bière locale, la bière de la ville d'Omaha, Nebraska. Son homme tout neuf la quittait déjà pour d'autres lumières. Sans le savoir, il se dirigeait vers le feu, les éclairs, et la récurrence noire de ses cauchemars. Le monde tremblait, pour faire surnager ses yeux au milieu des larmes, Jessie avait renversé son visage en arrière, le ciel était chargé de flaques bleues où flottaient des morceaux soufflés comme le blanc échappé des œufs.

Edwin a embarqué à New York, c'est à peine s'il a eu le temps d'apercevoir la ville et cette forêt de buildings érigée sur son île. On l'a enfoncé dans la soute d'un transporteur de troupes, le murmure suintant de la salle des machines s'est vite substitué en un vacarme faisant trembler toute l'ossature du navire. Ils ont traversé l'Atlantique Nord au pas de charge, ne laissant aucun répit à la mécanique, ils devaient absolument éviter le sillage obscur des sous-marins allemands. La mer ne les a pas épargnés, le gars dans la couchette située à la verticale d'Edwin vomissait son estomac et ses poumons, il souffrait et dans ces heures-là, il aurait pu recracher tous ses organes internes, n'être plus d'un trou lisse, du vide dans une enveloppe de peau humaine. Après onze journées de mer à se demander si un jour ils piétineraient à nouveau la terre, leur embarcation a atteint le port de Liverpool. On les a conduits dans un camp au milieu de nulle part, Edwin s'est vu affecté à la 29e division d'infanterie. Les officiers semblaient savoir ce qu'ils faisaient. On les forçait à marcher à longueur de temps, même la nuit, avec un sac à dos lesté de pierres. Avant de partir, il fallait passer à la pesée, vingt kilos c'était le minimum autorisé, les gars tapissaient l'intérieur du sac avec leur serviette de toilette pour atténuer le contact des caillasses avec les omoplates et la chaîne de la colonne vertébrale. Mais ça ne les empêchait pas de rentrer dans leurs baraquements avec le dos croûté de sang. Ces conditions se sont prolongées quelques mois, on les a formés au tir aussi, puis le 4 juin 1944, Edwin a été poussé sur un bateau à Weymouth. Après quelques miles à naviguer sur une mer déchaînée, la flotte a fait demi-tour pour rentrer au port. Edwin serrait contre lui les lettres reçues de Jessie. Dans ses courriers les plus récents il lui demandait de lui envoyer quelques poils pubiens, mais Jessie s'y refusait. Les dernières enveloppes ouvertes dégageaient alors une impression de joie et de déception. Le lendemain soir, on les a fait embarquer à nouveau. Vers minuit, des forteresses volantes ont traversé la Manche, les soldats à bord de leurs vaisseaux percevaient le fracas sous les étoiles, l'aviation était en route pour pilonner les lignes de défense allemandes. Mais la plupart des obus n'ont jamais atteint leur cible, et au petit matin, on a lâché des milliers d'hommes face aux mitrailleuses indemnes, serties dans les *blockhaus* ennemis.

Edwin regardait autour de lui, tout était neuf dans ce navire, absolument neuf, les peintures, le métal sous les peintures, les matelas des couchettes, les couvertures kaki, les draps sacs à viande, il songeait à tous ces compagnons qu'on retrouverait le lendemain, allongés sur les plages, viandes atones et désamorcées. Eux aussi étaient tout neufs, dix-huit, dix-neuf, vingt ans, de jeunes hommes, tous puceaux pour la plupart, même les plus grandes gueules n'avaient jamais vu ou touché l'embouchure d'un vagin. Le regard fiévreux, Edwin scrutait la tôle larmée des escaliers, aux crampons fraîchement démoulés des presses du chantier naval de Seattle-Tacoma. Tout était neuf, sa gamelle aussi, et lui se sentait vieux, grandi trop vite, et il n'avait toujours pas pu renifler le moindre poil pubien de Jessie. Il se disait qu'avec le voyage dans l'enveloppe, l'odeur de l'encre et du papier, ses poils ne sentiraient plus grand-chose de toute façon, puis il songeait aux vastes prairies du Nebraska, aux poissons qu'il pêchait le long de la rivière South Platte, il se promettait de faire des enfants à Jessie, si Dieu lui permettait de rester en vie. Vers 1 h 00 du matin, à bord des cuirassés, on a rempli le ventre des troupes d'assaut. Porc, steak, poulet, glaces et chocolat, le tout à volonté. Edwin et les autres gars chargés de rester un peu plus longtemps en mer, ont offert l'essentiel de leur portion à ceux désignés pour débarquer avec la première vague. La plupart se doutaient qu'ils s'emplissaient la panse pour la dernière fois de leur courte existence, mais aucun ne pouvait vraiment y croire. Le 6 juin 1944, vers 3 h 30 du matin, les appels égrenaient des noms dans les haut-parleurs, Edwin a vu ces jeunes mecs monter à bord des barges de débarquement, il devinait leurs visages blêmes dans la nuit noire, les ourlets de la mer battaient les flancs de ces embarcations à fond plat, les gars hoquetaient leur vomi dans l'obscurité, déjà trempés d'éclaboussures marines. Les odeurs déchargées des viscères étaient rehaussées par la fumée des moteurs, tout le monde était malade à bord de ce convoi stationnant, ancre jetée, à douze milles nautiques de la plage d'Omaha Beach, hors de portée des batteries allemandes. Les premières barges se sont élancées à 5 h 20. Dans cette mer très formée, il leur fallait bien une heure pour atteindre la plage.

Puis est venu le tour d'Edwin, il fallait descendre dans son chaland, ce rectangle de ferraille, embarcation vacillante, épaulée de son croiseur. Celui-ci bombardait la côte avec les gros bâtiments de la flotte. La violence des tirs, les explosions, l'odeur, tout donnait envie d'être à des milliers de kilomètres de ces plages. Edwin s'est laissé surprendre par la peur, ses entrailles se sont brutalement relâchées, et un parfum de merde l'a accompagné pour le reste de la journée. Pourtant, le nom de code de sa cible, Omaha Beach, du nom de sa ville natale, ça lui massait vaguement le moral, mais pas assez.

C'était quelques jours plus tôt dans la salle des cartes que le général Bradley avait pris la décision de nommer deux plages Omaha et Utah. Pour cela, il avait demandé de quel coin étaient les deux sous-officiers qui se trouvaient là. Les gars avaient répondu Omaha et Utah. Les noms de code étaient validés. Il fallait décerner des appellations n'ayant aucune logique afin que l'ennemi, si l'information venait à s'épancher, ne puisse rien en déduire. Le commandement avait cependant été inquiété la semaine précédant l'opération *Overlord* par une misérable grille de mots croisés du *Daily Mail* dans laquelle apparaissaient les mots Utah et Omaha. Après enquête, les renseignements étaient arrivés à la conclusion que rien n'avait été divulgué, c'était seulement dû aux désagréments du hasard.

La première vague d'assaut a atteint la plage d'Omaha vers 6h25, mille quatre cent cinquante soldats dispatchés dans trente-six chalands. La houle était puissante malgré la marée basse, des tétraèdres bétonnés se serraient, parfaitement alignés sur le sable, afin de ralentir la progression des chars. Seuls deux d'entre eux, des Sherman DD, ont atteint le rivage, les autres ont coulé, enfoncés comme des tonneaux de chiottes au fond d'un jardin. Des pieux chargés de mines dépassaient aussi des galets, les Américains devaient parcourir cinq cents mètres à découvert avant de pouvoir se réfugier sous les contreforts dunaires. Quand Edwin s'est présenté vers 7h00 sur la plage, avec la deuxième vague, il a plongé dans une mer de sang. Le vent projetait des embruns ensanglantés, une dentelle d'écume rosée mourait sur la grève, tout le monde pataugeait avec son barda là-dedans, parmi les cadavres flottants. Edwin avançait par à-coups, dissimulé par un corps, les tirs ennemis venaient se loger dans cette sacoche de chair.

À l'issue de sa première journée sur le sol de France, Edwin se demandait ce qu'il avait fait de bon dans sa vie pour mériter d'être encore debout avec un cœur qui pulse de la peur à chaque tir ami, ou ennemi. Mais il était là, vivant, parmi les siens ou d'autres, de nombreux visages manquaient. Il se revoyait éclaboussant ces cinq Allemands à la sortie de leur *blockhaus*, leur enfonçant des projectiles brûlants dans la gueule et les tripes. La trouille au bide, il avait pénétré leur antre, il ne restait personne. Rien que des mitrailleuses au canon surchauffé par les tirs en continu, en posant une main dessus, Edwin s'était cuit les doigts, les cloques n'avaient pas tardé à surgir, gonflées de lymphe. Des caisses de munitions, vides pour la plupart, gisaient partout dans la construction de béton. D'autres, rejetées vers l'arrière, étaient tout aussi nues, les Allemands étaient presque à court. Edwin et ses compagnons avaient observé la plage par les meurtrières. Penchés vers l'embrasure, ils avaient vu les centaines de corps repoussés par la marée montante. Ils avaient jaugé les inscriptions en lettres gothiques sur les murs intérieurs de la fortification, « *5 Minuten vor der Zeit ist des Soldaten Pünktlichkeit!* », cinq minutes en avance, pour un soldat c'est la ponctualité! Mais n'y comprenant rien, ils ne s'étaient pas attardés longtemps dans cet endroit lugubre. En ressortant, ils avaient entrevu des dessins et des peintures de champs fleuris, de villages allemands, à même les murs. Ces mecs en bottes, avec leurs casques et mitraillettes, c'étaient rien que des putains de fermiers, comme eux. De nouveau dehors, ils avaient enjambé les cadavres de leurs ennemis, les tout premiers humains tués de leurs mains, ils n'avaient que vingt ans et déjà la capacité émotionnelle de décimer leurs semblables sans se sentir l'âme de meurtriers, il était temps pour eux de s'élancer dans la guerre.

Edwin a combattu en France et en Allemagne, il a galopé au cul des chars jusqu'en Autriche. C'est du côté de Tübingen qu'il a enfin reçu cette lettre magnifique de Jessie, non pas que ses mots disaient soudain autre chose que dans les missives précédentes, il s'agissait du même registre enamouré que ce qu'elle lui servait habituellement, suavité naïve qu'Edwin lui renvoyait avec une symétrie parfaitement ordonnée. Non, cette fois, elle l'avait fait. Jessie s'était arraché une petite touffe de poils du sexe, le bulbe des poils attestait du geste d'arrachage. Dans ses mots, elle ne commentait à aucun moment son offrande, elle avait glissé les filaments dorés et leurs racines dans l'enveloppe, puis elle l'avait refermée sans la moindre allusion. C'était là, elle l'avait fait, c'est tout. Edwin avait exulté devant ses camarades de chambrée, le nez dans l'enveloppe, il contemplait son trésor. Le gros con de service, qui, gamelle en main, gueulait toujours, quand y en a pour deux, y en a pour moi, s'était approché de cette face d'insecte, c'est comme ça qu'il avait baptisé Edwin, il pouvait aussi l'appeler « Criquet ». Il avait empoigné l'enveloppe et avait ricané avec force, brandissant la touffe de poils pubiens de Jessie. Les autres rigolaient aussi, Edwin sautillait comme un con au-dessous du bras tendu de l'autre géant, quémandant trop poliment, rends-moi ça, rends-moi ça. La chambrée braillait toute sa hargne. Edwin était plutôt courageux et apprécié, mais sur ce coup, les copains se rangeaient du côté de la rigolade. Alors qu'Edwin venait de lui asséner un direct bien dosé, l'autre l'a regardé, hésitant sur la nature de sa réplique. Edwin l'attendait, en garde, prêt à lui secouer les oreilles. Alors l'autre s'est contenté d'enfourner les poils dans sa sale gueule, il les a mâchés lentement, longuement, avant même qu'Edwin ait pu les tenir au creux de sa paume. L'autre les sectionnait méthodiquement de ses incisives, tandis que le pauvre gars du Nebraska, blessé, regagnait sa couchette sous les hurlements et les sifflets.

Blessé, Edwin l'a été à deux autres reprises, à la cuisse, chaque fois la même, il a senti l'odeur de la viande brûlée dans son propre corps. Il a vu les étoiles dans sa chair, vite étirée, rassemblée, recousue, au mépris des fibres musculaires. Ces blessures le feront souffrir jusqu'à la fin de sa vie, mais il ne s'en plaindra jamais, ça ne restera que des cicatrices, des souvenirs de guerre émergeant par temps de pluie. À la fin du conflit, de nouveau basé en France, Edwin, pourtant peu porté sur la désobéissance, s'est retrouvé à manifester avec le mouvement « *Bring us Home* ». C'en était fini de la Seconde Guerre mondiale, 15 millions d'hommes et de femmes incorporés dans l'armée américaine attendaient impatiemment de rentrer à la maison. Alors que Hitler et les siens étaient vaincus, désarticulés, chacun rongeait son désir de retour au pays, chacun rêvassait à une vie meilleure. Ces combattants étaient bien surpris d'être encore de ce monde. Mais le haut commandement américain en avait décidé autrement, il s'agissait de transborder sans attendre des troupes des zones de guerre européennes vers le Pacifique, piétinant ainsi les espoirs de rapatriement des vainqueurs. Le jour de Noël 1945, quatre mille soldats américains manifestaient dans les rues de Manille aux Philippines en hurlant qu'ils voulaient des bateaux, qu'ils voulaient rentrer chez eux. Des heurts violents les ont opposés à la Police militaire, le mouvement prenait de l'ampleur jusqu'en Europe, déstabilisant même l'état-major. En janvier de 1946, des GI's se sont aussi réunis à Paris pour manifester contre la lenteur de la démobilisation. Edwin était de ceux-là, des affiches recouvraient les murs de la capitale française avec ces mots : « Ne laissons pas tomber nos potes de Manille. Rendez-vous ce jour à l'Arc de Triomphe dès 20 h 30. » Le 8 janvier 1946, ils étaient donc plus de mille à descendre les Champs-Élysées pour protester, les températures stagnaient en dessous de zéro, des bouches sortaient des petits sachets d'air embrumés, chacun se réchauffait comme il pouvait en marchant d'un pas cadencé, aligné avec les compagnons d'armes. Cet attroupement avait fondu sur l'ambassade des États-Unis, allant jusqu'à l'encercler. Emporté par sa ferveur, Edwin avait même escaladé les grilles de l'ambassade avec quelques copains, au mépris de la Police militaire. Se retrouvant toisés par des arbres élégants, ne sachant plus quoi faire, ils avaient escaladé les obstacles dans l'autre sens avant de rejoindre leur garnison dans la nuit. Edwin n'en pouvait plus d'attendre, il crevait de caresser vraiment les poils de Jessie. Aucun écart, aucune embrassade, il ne s'était rendu coupable de rien. Il laissait aux autres les Parisiennes débridées par la violence de la liberté retrouvée.

*

Il y était enfin. Le nez enfoncé entre les grosses lèvres de Jessie, il caressait enfin ses poils pubiens en s'émerveillant de la vue, il réalisait qu'il venait de trouver l'unique endroit au monde où il se sentait bien. Il la léchait autant maladroitement qu'abondamment, elle gémissait avec la même maladresse, en espérant que cela abrégerait sa détresse. Il se délectait de son goût et il n'allait pas tarder à y injecter sa liqueur à lui, d'un autre goût, enfermant dans son ventre une capsule de vie, qui mettrait un peu moins de neuf mois pour s'épanouir et alourdir les seins de Jessie. Harry S. Truman, le successeur de Roosevelt à sa mort en 1945, avait fini par ordonner la démobilisation générale, les troupes américaines en service à l'étranger étaient enfin réduites à 1,5 million d'hommes. Et le retour des soldats était facilité par la mise en œuvre du « *G.I. Bill of Rights* », permettant à des milliers de militaires d'intégrer l'université et d'acquérir un logement en empruntant à des taux préférentiels et garantis.

Edwin retapait avec entrain la grange que son père leur avait laissée au coin de la maison. Il n'y avait pas d'argent chez les Swanson, mais s'il y avait une chose pour laquelle se battre, c'était son toit, il fallait se construire un toit pour y encastrer sa famille, sans cela, inutile d'imaginer brouter les terres alentour pour ramener de quoi becqueter. Avant toute chose, de la terre devait pousser une baraque bien droite, aux murs de planches ou de tourbe, peu importe. Sinon, on était bon pour la ville, l'errance du côté des abattoirs, la crasse, la misère et le désespoir, et un jour ou l'autre on était retrouvé dans une venelle biscornue, la gueule écrasée contre un sol pulvérisé d'immondices, étendu pour l'éternité. Edwin n'avait rien dépensé en Europe, l'orgie de la Libération ne l'avait pas atteint, il gardait son fric pour rentrer à la maison, empilant patiemment sa solde en attendant de fourrer son nez entre les cuisses de Jessie. Sa fierté c'était de ne pas avoir contracté d'emprunt grâce à l'aide de l'État et son fameux « *G.I. Bill of Rights* ». Il avait marché fièrement jusqu'à la scierie, il avait étalé une partie de son argent sur le minuscule comptoir de la réception, le patron l'avait regardé sans suspicion, savoir qu'il rentrait victorieux d'Europe lui suffisait pour se laisser transmettre de la confiance. Près de la petite fenêtre où grésillaient des insectes infects, on avait cloué un calendrier illustré d'une armada de bateaux de guerre, des bâtiments rouge et gris, survolés par des escadrilles de la Royal Air Force, qui semblaient s'élancer à la conquête des terres ensevelies sous la bouillasse des troupes de Hitler. En dessous, une lampe métallique au bras annelé et flexible penchait dangereusement vers la paperasse, le bulbe de protection du filament de tungstène chauffait quelques factures éparpillées à l'arrière du comptoir. Edwin se disait que si le feu venait à partir dans une scierie qui débite des planches comme on pisse de la bière, ça prendrait pas longtemps pour tout cramer. Il avait accompagné le patron à l'arrière, et avait réservé un lot de grosses planches bien régulières, puis il avait sélectionné des planches de *red cedar*, moins épaisses, pour scier ses bardeaux là-dedans. Il en avait pour un paquet, le bois étant assez rare dans ces saletés de plaines du Nebraska. La scierie lui avait livré son bois deux jours plus loin, lui laissant une boîte de clous et un marteau en cadeau.

À mesure que le ventre de Jessie se transformait, la grange se transformait elle aussi. Edwin avait refermé définitivement les lourdes portes de la construction pour les sceller avec de la ferraille et des vis d'assemblage, puis il avait créé de nouvelles ouvertures, des fenêtres et une porte ouvragée, aux montants supérieurs joliment sculptés. Jessie n'en revenait pas de la multitude de talents enfermés dans son bonhomme, elle s'approchait discrètement, admirative, les mains nouées sur son tablier. Elle le regardait s'acharner, elle l'écoutait ahaner sur sa tâche, et quand, sentant sa présence, il redressait la tête, il descendait de son échelle pour la rejoindre, l'enlacer et renifler sa nuque, cueillant avec sa bouche les cheveux effilochés de son généreux chignon. Ils étaient désormais mariés et vivaient chez les parents d'Edwin.

Le soir, à la lueur cuivrée des lampes à pétrole, le père d'Edwin le tannait pour qu'il leur raconte sa guerre, Jessie n'aimait pas ces séances, elle en voulait à son beau-père qui ne comprenait rien à la brutalité qu'avait endurée son fils, là-bas, dans les barbelés de l'histoire. Alors, cédant parfois, il leur racontait quelques situations cocasses, jamais il n'abordait les épisodes sanglants ou les confrontations avec l'ennemi. Il se contentait d'évoquer les nuits de l'autre côté de la frontière allemande, à picoler du schnaps dans des sous-casques passant de mains en mains. Il leur radotait aussi cette étape où les hommes, éreintés, avaient atterri dans une manufacture d'horlogerie, et qu'aux alentours de 3 h 00 du matin, une bonne centaine de réveils s'étaient mis à sonner simultanément, créant un vacarme qui avait réveillé les officiers endormis dans les bureaux de la direction. Le vacarme des officiers avait retenti sans attendre, et les responsables avaient été sommés de se désigner, alors l'ensemble de la compagnie avait fait un pas en avant, deux cents hommes, tous solidaires, s'étaient désignés, laissant les gradés à leurs jérémiades minuscules. Cette anecdote était chaque fois payante, chez les Swanson on avait toujours respecté la force des puissants, on s'y était plié, la menace faisait partie de la gratitude, les deux notions s'agrégeaient. Mais au fond, le père Swanson en avait assez de cet écrasement par les classes supérieures, il goûtait de moins en moins leur arrogance, leur suffisance étudiée, bien certain que les nantis des grandes familles avaient le cul aussi sale que le sien. Il étouffait dans l'organisation de cette société, le respect lui échappait lentement, la misère et la guerre avaient créé une cassure en lui, les diaclases invisibles de son éloignement, envers les dominants et l'obéissance. Il trouvait son fils Edwin bien indulgent avec tous ceux qui l'avaient envoyé là-bas, quand eux étaient restés planqués, loin des combats, s'attelant à leur métier comme si l'avenir du pays en dépendait. Ces fumiers de sénateurs, il voulait tous les passer au peloton d'exécution, pour en finir avec l'administration, les institutions. Il regrettait de ne pas avoir connu l'époque des pionniers, quand ils déblayaient la terre à coups de revolvers, chassant serpents à sonnettes et peuplades indiennes. Le mot liberté semblait avoir du sens alors, mais le père d'Edwin n'y trouvait aucune équivalence dans son époque. Et le malheureux traînait sa guibole raccourcie dès la naissance, lui il avait une belle excuse pour ne pas débarquer sur les plages de Normandie, contrairement à tous les pourris qui se cachaient derrière des décisions soi-disant administratives.

Ils se sont mariés avant que le ventre de Jessie ne parle trop. Empressés de partir en épousailles, la cérémonie s'est déroulée quelques mois avant le début des travaux de la grange, dans le péché. Mais Jessie avait ficelé son ventre de bandages pour ne rien laisser voir de cette union avant le mariage. À la naissance de Marty, Edwin et Jessie se sont débrouillés comme ils ont pu pour convaincre la famille que le petit était prématuré. Les voisins trouvaient qu'il était bien avancé pour un prématuré, puis dans le comté on a peu à peu cessé de parler et de croire que ce mariage avait été célébré sous la bannière du péché. Heureusement pour eux, le bébé était frêle, ce qui laissait une part de doute à l'entourage et ses contours. Jessie n'a jamais digéré la réplique de sa belle-mère qui, au retour de l'hôpital, lui avait lancé, dis donc, c'était bien la peine d'être aussi grosse si c'est pour nous faire un petit rat comme ça. Oui, un petit rat comme ça, c'est exactement ce qu'elle avait dit, et maintenant que Marty grandit, c'est un gros bébé bien rembourré d'amour et de lait maternel.

*

La maison est finie, elle est joliment recouverte de bardeaux qui la protègent du soleil, du vent et de la pluie, comme les écailles d'un crotale des prairies. Ils ont fait tirer l'électricité jusque chez eux, mais les parents n'ont pas voulu en bénéficier au passage. Depuis la naissance de Marty, Edwin s'accroche aux seins de sa femme. Jessie s'en est offusquée la première fois, mais elle se contente désormais de protester mollement, bien consciente que rien n'arrêtera son cinglé de mari. Elle se demande même qui du père ou du fils lui tire le plus de lait. En général, le soir, Edwin guette le moment où Marty s'endort, dès que l'anneau de sa petite bouche ouverte dégage le mamelon rougi par la succion, il se précipite, il se lève du lit et emporte le bébé dans ses longs doigts pour le déposer délicatement dans son berceau. Puis il bondit sur le matelas, faisant grincer le sommier, et se faufile sous les draps en tapotant l'édredon. Sans attendre, il s'empare de l'autre sein, il le caresse de ses doigts fins montés sur leur paume calleuse, Jessie baisse le menton pour l'observer, créant un renflement sous celui-ci et au niveau de ses sourcils. Du bout de l'index il prend les chemins bleus de sa peau blanche, cartographiant le réseau de ses veines jusqu'au sommet du mamelon. Sa langue se substitue lentement à son doigt, diffusant un masque salivaire sur toute la calotte mammaire. Il l'enduit de ses fluides, et Jessie s'arrime aux draps pour supporter cet agacement, elle est souvent tentée de lui chiffonner doucement les cheveux, instinctivement, elle en ignore la raison, mais en général elle préfère s'abstenir de peur de le voir s'éterniser sur la crête de sa féminité. Puis la ventouse de sa bouche se cramponne à son mamelon de toutes ses forces pour en extraire cette lactescence tellement convoitée. Ce soir, ça recommence, il guide le sein de ses deux mains, il tète fiévreusement sa femme, les picots de sa barbe crépusculaire griffent la chair veloutée, Jessie ne tente même pas de s'écarter, elle attend, c'est tout. Il presse le bout du sein entre ses lèvres, son aspiration est démultipliée en rentrant les joues, il tire sur le petit bouchon caoutchouteux, le lait s'écoule dans sa gorge, il tire jusqu'à ce que la base de sa langue lui fasse mal. Sa douleur passant avant celle de sa femme. Puis quand il a bien bu, ivre de lait, il l'embrasse dans la bouche, et laisse sa tête rouler sur le côté, calée contre les galets de l'épaule de Jessie. Elle lui tapote le dos machinalement, il se redresse pour savoir si elle attend son rot, ils pouffent de rire en s'étranglant pour ne pas réveiller Marty.

Edwin est fier de pouvoir abriter sa famille dans une maison de planches, la plupart des fermes alentour sont bâties en briques de terre, constituées de tourbe, les arbres manquent encore dans la région. Ainsi, les plaines du Nebraska sont toujours battues par les tornades, les vents de sable venus de l'ouest, et les nuées d'insectes affamés surgissant du sud. Le programme de reboisement décidé par le président F. D. Roosevelt en 1935 pour lutter contre le chômage et améliorer l'outillage du pays n'a pas encore convaincu Edwin, qui se demande où sont passés les 220 millions d'arbres plantés dans les grandes plaines du Mid-Ouest. Il répète à l'envi que leur Roosevelt a annoncé plus de 30 000 haies pour découper la campagne et protéger les récoltes, mais on n'en voit point le bout du museau. Pourtant, qu'il l'admette ou non, rengorgé de cette mauvaise foi propre à l'ami Edwin, le paysage du Nebraska a changé, on érige des clôtures pour protéger le grain, et on veille à cette agriculture orientée vers l'élevage bovin. Les Swanson ne possèdent que peu de terres, comme son père, Edwin travaille en tant que garçon de ferme chez les Hellström, de riches propriétaires suédois qui cultivent la betterave à sucre, le blé, l'orge, et font aussi de la vache et du cochon. Des dizaines de porcs noirs fouillent le sol des journées entières, à la recherche de racines et d'autres cochonneries. La mère d'Edwin, tout comme Jessie, travaille principalement à la maison, elle organise les repas et maintient propres les draps. Les deux femmes effectuent de menus travaux pour la ferme des Hellström et se proposent en complément de main-d'œuvre dès que l'exploitation est en surchauffe. Recherchées pour leurs qualités de servantes, les femmes scandinaves avaient été appréciées en ville dès les débuts de leur migration, car elles apprenaient rapidement la langue et les coutumes locales, mais la famille Swanson, arrivant du Jämtland, une région rurale du centre de la Suède mais dont on dit facilement qu'elle est située au nord, ne goûtaient que peu les attraits de la vie citadine, préférant reproduire le schéma de leurs ancêtres tournés vers la terre, et l'élevage des bêtes. Au fond d'elle, Jessie déteste la ville, et ce dégoût s'accentue depuis le retour des vétérans de la Seconde Guerre, on en voit à tous les coins de rue, mutilés, une jambe en moins, assis sur le garde-boue d'une vieille bagnole à essayer de refourguer des stylos à la populace, ou des éventails d'une laideur insolente quand il fait trop chaud. Elle préfère rester dans sa campagne, à Springfield, à élever son gosse parmi les épluchures et les pourceaux.

La grange de la ferme des Hellström se découpe, immense, sur l'horizon écrasé des plaines. Avec sa charpente saccadée en polygone on ne risque pas de la rater. Ça fait bien longtemps que les fermiers de ces larges prairies ne fabriquent plus leur peinture eux-mêmes avec un mélange de lait, de chaux et d'oxyde de fer, de la rouille pour être clair. Depuis longtemps, ils connaissent les propriétés du rouge, ça a fait ses preuves en Suède, c'est une couleur qui retient la lumière, rendant les habitations et les étables moins froides en hiver, mais aujourd'hui c'est plus simple, la peinture est fournie en pot. Edwin est grimpé sur une échelle et, avec d'autres ouvriers agricoles, il repeint la grange de son employeur, les pots de peinture achetés chez B & G Grocery, à Omaha, pendouillent au sommet de chaque échelle, dégoulinant de gouttes sur celui qui approche son nez trop près du mur. Hey, Toby, t'as déjà sucé les seins d'une femme ? Bah ouais, qu'est-ce que tu crois ? Nan mais, je parle pas de les léchouiller, mais de vraiment sucer le lait, de le boire. Nan jamais, ça doit être bien dégueu. Et toi tu l'as déjà fait ? Je le fais tout le temps. Avec Jessie ? Bah oui, qui d'autre ? Et elle dit rien ? Rien du tout, elle me laisse pomper comme un salaud, je lui tète plus de lait que le gosse. Mais t'es con ou quoi ? Déjà que ton Marty il était pas bien gros à la naissance. T'inquiète pas pour ça Toby, il profite, il s'est bien rattrapé l'animal. Tobias se tourne discrètement vers Edwin, ils conversent sans se regarder, se concentrant sur la peinture qu'ils appliquent sur leur mur. Il jauge ce grand couillon dans sa salopette propre, et il se demande ce qu'il a dans la tête celui-là.

Jessie fait irruption dans leur conversation, elle salue tous les hommes, ils la trouvent bien jolie madame Swanson, on devine de longues jambes sous cette robe bleue lui descendant à mi-mollets, sa taille est fine, surmontée d'une magnifique poitrine nourricière, encadrée d'un plastron de dentelle blanche. Le col, remontant haut sur son cou délicat, montre de multiples plis ouvragés, rehaussant son adorable visage, dégagé par un lourd chignon de cheveux blonds. Ses yeux bleus pétillent, les hommes peinent à détourner le regard tant la femme d'Edwin a de l'allure. Elle lui apporte sa *lunchbox*, un coffret anthracite gravée à son nom, il l'avait oubliée sur le buffet à l'aube. Elle dépose le boîtier métallique au pied de son échelle, elle n'a pas relâché la poignée enrubannée d'un tissu grossier qu'Edwin lui demande de l'apporter là-haut. Jessie hésite, elle sait que ça va brailler dans les environs. Elle monte à peine sur le premier barreau de l'échelle, que déjà les cris et les sifflements retentissent. Elle poursuit son escalade, bien déterminée à ne pas se laisser intimider, et rejoint son mari au sommet de l'échelle. Il s'empare de son repas et loge la poignée de la *lunchbox* sur le montant libre de l'échelle. D'un côté la bouffe, de l'autre le pot de peinture. Jessie se hisse à hauteur de son mari, ils sont l'un contre l'autre, alors redoublent les cris. Il l'embrasse devant tout le monde, elle le réprimande pour la forme, si heureuse qu'il soit rentré indemne d'Europe. Elle se demande parfois jusqu'où elle serait allée avec lui s'il avait été plus gravement blessé, s'il lui manquait un bout de bras ou un morceau du visage, envoyer une touffe de poils pubiens dans une enveloppe à un soldat propulsé au front, ne constituant pas forcément une véritable demande en mariage. Elle est consciente qu'elle pouvait alors se désister. Jessie redescend sous les acclamations, ce qui fait sortir monsieur Hellström de sa maison, le patron de la ferme sourit en apercevant la jeune femme, il l'aime bien cette petite, elle est courageuse et il est convaincu qu'elle est charpentée pour accueillir une dizaine de gosses. Pour l'instant, ils n'ont que Marty, et il ne regrette pas d'avoir accompagné la femme du jeune Swanson à l'hôpital, attendant patiemment des nouvelles à sa place, jusqu'à la délivrance. Ils voulaient un petit garçon, ils ont eu un petit garçon, tout petit. Mais depuis il a bien grossi le Marty, il dort dans son berceau poussé sous la fenêtre de la chambre, tandis qu'une nuée d'insectes avides crépite derrière la toile de la moustiquaire. L'enfant ignore tout des tourments que pourraient lui causer ces prédateurs mille fois plus menus que lui, il ignore aussi combien ses parents se débattent au creux de la trajectoire du Nebraska, ce rectangle de poussière, disloqué sur la carte des États-Unis.

*

Marty est fasciné par les vaches de monsieur Hellström, à deux ans une vache c'est plus dingue qu'un dinosaure, mais surtout, il ignore absolument tout de ces grands animaux de la préhistoire. Il gambade dans l'étable sous le regard bienveillant de Jessie venue acheter un peu de farine pour le lendemain, pour son gâteau du dimanche. Elle était à court et Gunnar Hellström, le patron d'Edwin, est toujours enthousiaste quand il s'agit de la dépanner. Mais voilà que le gamin échappe à l'attention de sa mère, il enjambe la rigole d'excavation de la litière souillée et se balade entre les ruminants attachés à leur emplacement. Baissant la tête il passe sous le ventre d'une vache qui tourne le cou, se demandant soudain ce qui lui a frotté le dessous de l'abdomen. Marty glousse, c'est amusant, il remonte toute l'étable en passant sous les bovidés, leur pinçant le pis au passage. Arrivé en haut du bâtiment, il traverse l'allée de béton et redescend vers sa mère et monsieur Hellström de la même façon. Il s'arrête maintenant sous une bestiole, il s'assied en tailleur sous son gros bidon, il se sent à l'abri, c'est comme une cabane, une maison. Jessie, s'inquiète, elle se demande où est passé son fils, monsieur Hellström fronce aussi les sourcils,

Jessie l'appelle mais ne reçoit aucune réponse, elle se projette dans l'allée et découvre son gosse assis dans la paille, sous le ventre monstrueux d'une paisible vache. Elle l'attire à elle d'une secousse, il rebondit au bout du bras de sa mère et se retrouve debout au milieu de l'allée. Marty se marre, elle lui balance deux gifles guidées par la peur. Il suffisait qu'une bête se couche et il mourait étouffé, écrasé sous cette chaleur animale. Monsieur Hellström tente de la rassurer, Marty laisse des rubans de morve s'écouler de son nez, il sait qu'il lui est interdit d'utiliser ses revers de manche pour se moucher. L'homme déplie un immense mouchoir à carreaux, brodé de ses initiales, et pince le nez du petit. Jessie le remercie tout en réprimandant son enfant.

Debout dans la cuisine, Jessie concocte un *carrot cake*, elle a lu la recette sur l'étiquette d'une boîte de conserve, sur des carottes vendues à l'épicerie Mitchell. Cette idée de gâteau lui est venue de l'homme d'affaires George C. Page, elle ne le connaît pas personnellement, elle n'a même jamais entendu prononcer son nom. C'est un fermier de Fremont, Nebraska. Il y a quelques années, il a déménagé à l'ouest avec quelques dollars en poche et une sacrée envie de devenir riche. Il a commencé par faire la plonge dans un restaurant puis il a monté son affaire, expédiant des oranges de Californie vers les États enneigés pendant les fêtes de Noël. Son opération a été un tel succès qu'il a pu racheter le front de mer de Malibu pour presque rien, les gens abandonnant le secteur par peur d'une invasion japonaise. Puis, découvrant que les Japs ne poseraient pas leurs pattes sur le sable de Malibu, les locaux sont revenus, il leur a revendu leurs terrains et leurs maisons au prix fort. La fortune des uns se faisant le plus souvent sur la bêtise des autres. Alors, George C. Page s'est porté volontaire pour se battre, mais on l'a envoyé étudier les produits déshydratés à Berkeley pour les rations militaires. Démobilisé, il a tout misé là-dessus, mais il s'est trompé, les consommateurs découvraient les aliments congelés, mais ils ne voulaient pas entendre parler de nourriture déshydratée. À la fin de la guerre, le gouvernement l'a lâché, ne renouvelant pas ses contrats, et George C. Page s'est retrouvé avec un entrepôt rempli jusqu'au plafond de boîtes de conserve, rien que des carottes déshydratées. Pas facile à écouler. L'entrepreneur est allé trouver le restaurateur pour qui il avait fait la plonge dans sa jeunesse et celui-ci lui a proposé l'idée du gâteau aux carottes. Sans attendre, Page a fait imprimer la recette sur ses conserves, et il faut avouer que le truc commence à prendre, son entrepôt est plein, mais entre-temps, il l'a déjà vidé deux ou trois fois. Et Jessie, appuyée sur son ouvre-boîte, découpant une dentelle tranchante dans le couvercle de fer-blanc, participe à son tour à la fortune de cet homme, pourtant né fermier, dans le Nebraska.

Le *carrot cake* est au fourneau. Marty est assis sur la chaise haute que lui a construite son père, un torchon propre est étalé sur ses épaules, un autre recouvre sa poitrine, il a le cou serré par deux nœuds bien solides qui lui plissent la peau, mais il ne lui viendrait pas à l'idée de protester. Sa mère s'est emparée des ciseaux, elle lui frôle les oreilles avec les lames fraîchement meulées par le grand-père. Marty l'a vu faire, il était là debout près de la roue en pierre, percée de sa manivelle et montée sur son socle métallique, observant l'homme en chemise et salopette. Un son strident s'échappait des rondeurs granuleuses de l'installation, Marty plaquait ses petites mains sur ses oreilles minuscules. Et maintenant Jessie lui défriche la nuque, des copeaux de cheveux blonds tombent sur ses épaules comme des vermicelles colorés sur la coque chocolatée et cassante d'un *donut*. Elle lui recommande de ne pas bouger, sa mère est d'une gentillesse extrême, mais quand on a fauté, quand on s'est jeté sous le ventre des vaches, elle peut se transformer en monstre froid, et devenir aussi terrifiante qu'une entité issue d'un puits d'une profondeur sans fin. Ses yeux bleu marine n'expriment alors plus rien, surtout pas de l'amour, ce n'est pas le moment, le jeune garçon est tenté de reconnecter avec sa mère, il esquisse un sourire, elle n'y répond pas, il appuie sa grimace afin qu'elle comprenne, aucune réaction. Alors il se renfrogne et s'isole dans une bouderie monumentale qui n'aura aucun effet sur Jessie. Avec un peigne, elle s'applique à lui dessiner une belle raie, à droite. Edwin la voulait à gauche, mais Jessie n'a pas cédé, elle a lu quelque part que la raie d'une coiffure était une sorte de relief de la personnalité. Placée à gauche, elle souligne l'hémisphère gauche du cerveau, mettant ainsi en avant une nature organisée, logique, rationnelle, tandis que les gens positionnant leur raie à droite seraient finalement plus sensibles à la créativité et développeraient des pulsions artistiques. Edwin ne veut pas entendre parler de raie à droite pour son fils, car Hitler l'avait à droite, et il a largement prouvé qu'il n'avait aucune aptitude artistique. Mais Jessie lui désobéit si rarement qu'elle ne comprend pas pourquoi elle devrait céder pour cette raie. Ce sera donc à droite. Elle coiffe son jeune garçon avec la même moue que celle du petit être assis sur sa chaise haute. Marty se déride et lui demande, tu es fâchée Maman ? Plus maintenant. Il l'observe fixement, peu convaincu par la noirceur de son regard. Elle se penche et embrasse les plis d'inquiétude de son front. Je t'aime mon petit Hitler, lui lance-t-elle joyeusement.

*

Ça fait déjà un bon moment qu'Edwin tourne autour du *pick-up* Ford vert bouteille qui dort à l'arrière de la cour. Depuis la fenêtre de son bureau, Hendrick lui propose justement de lui servir un verre, il soulève une flasque de whisky en direction de l'homme en salopette et casquette. Avec cette chaleur, c'est pas un temps à acheter une bagnole, fait-il, faisant semblant de décourager son client. Edwin refuse poliment le verre, il vérifie les ridelles à claire-voie de chaque côté de la remorque, il les ouvre et les referme, Hendrick lui gueule depuis son bureau qu'il peut y aller, c'est du costaud. Puis il se décide enfin à lever son gros cul du fauteuil pour aller renifler le portefeuille du gars dans la cour. Edwin est intéressé, il l'avait repéré depuis longtemps ce véhicule, s'étonnant même qu'il ne parte pas. Hendrick lui vante sa bagnole, c'est un Ford de 1940, il a neuf ans, mais à le voir, on dirait qu'il n'en a que la moitié. Je le laisse partir pour 350 $. C'est dans les prix de Swanson, mais il n'en dit rien pour le moment. Hendrick ouvre le capot. Voilà la bête, elle en a sucé des gallons d'essence, et pas un pet, rien, pas le moindre problème. Il sort la clef de sa poche, ouvre la portière et s'installe au volant. Il fait démarrer l'engin, il accélère au point mort, enfonçant la pédale à fond, histoire de réveiller les gars qui bossent dans son établissement. Un tour ? Edwin accepte volontiers, il s'installe sur le siège passager, l'autre lui fait signe d'approcher son museau du volant, il lui cède sa place. Hendrick fait le tour du véhicule et revient s'installer à droite de son conducteur. Ça va très vite dans la tête d'Edwin, il se demande ce qui arriverait en cas d'accident, s'il renversait quelqu'un ou s'il tuait des enfants. Depuis ses combats en Europe, il anticipe tout, il noircit tout. Il se jure d'être prudent. Hendrick s'essuie le front avec un chiffon trouvé dans le renfoncement de la boîte à gants, le truc est dégueulasse mais bien assez propre pour éponger l'alcool qui perle sous la scie de ses cheveux. Du coin de l'œil, Edwin observe cet animal avec son magnifique bec-de-lièvre, il a bien envie de sourire, ça lui fait penser à cette suture de la peau sous les testicules. Mais il trouve la force de s'abstenir. Les voilà dans les rues d'Omaha, Edwin tourne sur Howard Street, les vibrations du moteur remontent dans le volant, il est fier de conduire un tel engin, en Allemagne il lui arrivait de toucher à des Jeeps mais c'était rare, suffisamment pourtant pour apprendre à conduire. Il n'en revient pas, cette caisse pourrait lui appartenir s'il le voulait, et il n'a que vingt-quatre ans, il se dit que la vie c'est quand même bien foutu, du moment qu'on n'a pas à s'esquinter les mains sur les cordes d'une basse, ou à souffler comme un bourricot dans les tuyaux d'un saxo. Edwin déteste la musique, le clairon c'est ce qu'il a le plus détesté dans la guerre. Bien plus que les presse-purée des Allemands, ces grenades qu'ils leur envoyaient à la gueule dans les combats rapprochés. Il prend à droite sur North 24 Street, il n'est pas 17 h 00 ce samedi, mais ça grouille de tous les côtés. Au croisement de Lake Street, un enchevêtrement de câbles de tramway noircit le bleu du ciel, les rues pavées sont défoncées par endroits, certains lampadaires pendent comme leur ombre, Edwin continue sur North 24 Street, « *The Street of Dreams* » comme on l'appelait y a pas si longtemps, pas un truc opulent et artificiel comme à l'ouest de la ville, non, ici, à Omaha Nord, avant la guerre tout semblait encore possible pour celui qui voulait vivre loin des champs, en dehors des plaines du Nebraska. Pour ça, il suffisait d'être noir ou blanc, d'être déterminé et dévoué à sa bonne vieille ville d'Omaha. Mais depuis son retour d'Europe, le quartier a bien changé, on entend moins de trompettes de jazz, y a moins de lignes de basses à se dérouler depuis la chaleur des clubs. Les boutiques, les restaus, les hôtels, les pharmacies, ça vivait, les communautés se reniflaient du bout du nez c'est vrai, mais ça se parlait, les Noirs, les Juifs, les Italiens, les Allemands, les Scandinaves, tout ce monde-là faisait affaire avec le voisin, ça bossait dans les usines attenantes, une industrie locale, entre les murs de briques et leurs cheminées, le même labeur, la même sueur, tout le monde en avait pour son compte. Mais quelque chose a changé depuis, une ségrégation brutale est apparue, des Noirs ont été dessaisis de leurs biens immobiliers, de leurs boutiques, la politique de la ville s'est désintéressée de ce quartier, et maintenant, les trottoirs, les égouts et les tramways qui sillonnent cette rue se détériorent, les investisseurs se barrent, et les propriétaires blancs se tirent on ne sait où avec leurs églises blanches sous le bras. Les maisons de famille ont été peu à peu divisées en appartements, sans suivi, sans entretien, le nord d'Omaha est peu à peu abandonné par ses dirigeants, locaux et gouvernementaux. Edwin s'attarde sur un bulldozer, les vérins de levage de sa lame sont abaissés, le bord tranchant pousse devant lui les débris d'une maison, où ont vécu de nombreuses générations, des petites filles retenant leur poupée avec émotion, des vieux affalés sur des canapés ou des balancelles fleuries avec goût, des couples s'enlaçant dans la pénombre d'une fin de journée, dissimulant des petits cris pour ne pas être entendus des autres, tous ces gens-là ont vécu ici, se sont lavés, ont mangé, baisé et chié ici, et il ne reste plus que ces montagnes de gravats, ces poutres brisées, ces briques disloquées, rabotées dans leur propre poussière. Hendrick lui demande s'il roupille, ça klaxonne à l'arrière, le feu est vert. Comprenant l'étonnement du petit jeune au volant, le gros lard sur le siège passager reconnaît que ça a bien changé par ici. C'est pas parce qu'on part faire la guerre que le monde s'arrête de tourner, au contraire, il tourne plus vite. Edwin ne prend pas le temps de méditer cette sentence imbibée de whisky, il fait demi-tour et redescend au garage, cette vision de sa ville diffuse soudain une zone d'ombrage sur son envie de s'offrir sa première auto.

Il reconnaît le bâtiment de briques à l'angle de la rue, ses vitrines surchargées de piles de jantes, de panneaux publicitaires et d'indications peintes à la main avec de belles lettres en couleur à même le verre. Le fronton mouluré au-dessus est habillé d'un vaste tableau avec, au milieu, le logo Ford inscrit dans son ovale identifiable. Tout en haut, dans un bandeau, on peut lire en lettres majuscules « Hendrick Motor Co ». Des pneus sont empilés à l'arrière des pompes à essence, dans cette anarchie apparente se dissimule en réalité une organisation redoutable. Edwin range le *pick-up* Ford dans la cour à l'arrière de l'établissement Hendrick. Ce dernier l'interroge du regard. Edwin lui annonce, vous savez, je passais comme ça, j'avais pas vraiment l'intention d'acheter une bagnole aujourd'hui, vous ne pensiez pas la vendre aujourd'hui non plus, je sais qu'elle dort dehors dans cette cour depuis un moment déjà, 300 $ et je vous l'embarque, pas d'histoire, tout le monde est content. Hendrick jauge le petit con qu'il a face à lui, ces vétérans, parce qu'ils ont fait sauter la cervelle de deux ou trois Allemands, ils se croient tout permis. Écoute-moi bien mon petit, t'as peut-être zigouillé des mecs en Europe, tu leur as peut-être grillé la peau des couilles au lance-flamme, t'as appris des trucs pour la suite de ta vie, c'est sûr, mais si y a bien un truc que t'as pas appris là-bas, c'est comment négocier une bagnole chez Hendrick. C'est 350 $, comme annoncé. Edwin déglutit douloureusement, il réajuste sa casquette, ouvre son zip de salopette et en extrait les 350 $ demandés. Hendrick fait semblant de ne rien recompter, il lui tend les clefs et se met à recompter dans son dos. Il enfourne les dollars dans cette longue poche qui pend à l'intérieur de son pantalon, alourdie par un tas de conneries et de cliquetis, et l'invite à le suivre dans son bureau. Edwin considère ses courtes et grosses pattes en cônes dans leur toile beige et graisseuse, il se dit qu'il n'aimerait pas être comme lui plus tard. En observant ce personnage, Swanson se dit qu'il est impossible de ne pas imaginer ce type assis sur la cuvette des w.-c. installés au fond du garage. Il ne voit que ça de lui, il le voit avec son ceinturon délié, le pantalon en accordéon sur ses chevilles, ses grosses cuisses blanches et glabres, et ses fesses ventousées sur le cercle de Bakélite de l'abattant. Il le voit recroquevillé autour de ses intestins, ce nid de reptiles gluants. Il le voit souffler, rougir, se débattre jusqu'à en chier des muscles. Edwin flaire sa merde nervurée de charcuterie, sa merde sent curieusement la peinture. Hendrick souffre chaque fois qu'il se précipite aux chiottes, ça Edwin le sait déjà, mais pour l'instant, Hendrick exulte avec cette vente express. Au passage il insulte ses ouvriers, il se tourne vers Edwin perdu dans ses pensées et lui balance, y a rien de tel que des feignasses au boulot. Ils signent de la paperasse, chacun leur volet de papier carbone, et c'est bon, Edwin Swanson peut remonter à bord de son acquisition.

De retour à Springfield, le conducteur heureux croise la route de son voisin, le père Sandberg. Edwin freine en douceur, il n'a pas envie de trop solliciter ses freins à tambour. Le quinquagénaire considère l'engin vert bouteille qui se range sous son nez, il s'attarde sur les phares ronds montés dans les ailes, il est bien tenté de passer une main là-dessus, mais il s'abstient. Le jeune Edwin Swanson est au volant, où c'est qu'il a volé ce camion-là, se demande aussitôt l'homme à pied. Bonjour monsieur Sandberg, je rentre à la maison, vous voulez que je vous ramène chez vous ? L'autre le dévisage avec un air mauvais, il a l'arrière du crâne décoiffé comme la nuque d'un rapace. T'inquiète pas mon garçon, ça me fait du bien de marcher. C'est un beau camion que t'as là… Ouais, je me le suis offert avec le reste de ma solde. Je vois, je vois, et t'avais déjà bien arrangé la grange de ton père, ça paye de faire la guerre on dirait. Edwin, se referme, depuis que leur voisin Sandberg a perdu ses deux fils dans le débarquement en Normandie, il ne peut plus saquer Edwin, ruminant sa jalousie et l'accablant à la moindre occasion, égrenant ses remarques inconvenantes comme des rejets gazeux. Ils étaient allés à l'école ensemble, Edwin avait grandi au côté des fils Sandberg, ils tiraient sur les bestioles des prairies avec leurs lance-pierres, ils ont fait les mêmes conneries, à la lisière de la cruauté, c'étaient ses amis, et leur disparition lui coûte aussi. À aucun moment, leur père n'a imaginé les dégâts que cette perte pouvait causer à leur ami Edwin, cette absence, cette douleur lui paraît unique, tellement unique, que le père

Sandberg en a oublié que sa propre femme en souffrait, elle aussi. Edwin n'insiste pas, il enclenche la première en douceur, évitant à ce malheureux bonhomme d'être enveloppé dans une nébuleuse de poussière arrachée au chemin.

Les mouvements des rideaux dessinent un fragment de vent, ils se soulèvent puis s'épuisent, voilages capricieux dévoilant un morceau des cieux étoilés. Edwin et Jessie sont étalés en travers du lit. Elle allonge ici ses vingt-trois ans impeccables et son petit air innocent, tandis qu'il se débat avec ses vingt-quatre ans, sa jeunesse entaillée par la guerre et sa gueule d'ange tombé brutalement du ciel à force de voler trop bas. Edwin est incapable de se trouver séduisant, alors qu'il l'est, il a cette beauté agaçante qui échappe à sa conscience. Jessie lui parle de leur matelas, elle en est très contente, elle dit que cette marque, Dunlop Pillow, est une bénédiction pour son dos. Elle ne sait rien de John Boyd Dunlop, cet Écossais de Birmingham en Angleterre, qui a révolutionné l'industrie de la roue en caoutchouc avant d'élargir son offre en appliquant les propriétés naturelles du latex aux matelas, mais le résultat est là. Jessie s'étire, allongée sur le dos, ses omoplates s'enfoncent dans l'étoffe de lin rugueux, Edwin vient de se retirer de son ventre, plutôt satisfait d'avoir bataillé avec sa femme, de relancer leur sexualité en dents de scie. Elle surprend le regard insistant qu'il porte sur la protubérance de ses mamelons, il adore ces deux framboises de caoutchouc, leur légèreté, leur goût, elle se dit qu'il va vouloir remettre ça, comme s'il n'en avait pas eu assez. Alors elle se tourne sur le ventre en espérant naïvement que la vue de ses jolies fesses parviendra à déjouer son excitation. Sa poitrine s'écrase sur les draps, et s'épanouit sur les côtés, en contreforts sensuels. Edwin caresse maintenant sa femme en lui dessinant des 8 au niveau des lombaires, un geste machinal comme sur l'échine d'un animal. Le bout de ses doigts trace une caresse infinie, soudain Jessie, agacée, se redresse en se tordant le cou pour lui demander de cesser de faire ces 8 dans le bas de son dos. Edwin se ravise, marque un temps d'arrêt, et lui demande poliment quel chiffre il peut dessiner. Elle le regarde, interdite, et disperse un joli rire, il l'attrape dans ses bras, ils basculent, se serrent fort, elle n'a pas le temps de réaliser à quel point elle l'aime, qu'il aplatit déjà sa grosse langue baveuse contre le doux sillon de sa fente. Et ses papilles goûtent au sillage de son propre sperme s'écoulant du sexe de sa femme. Elle s'inquiète, elle espère qu'il n'a pas appris toutes ces conneries en France ou en Allemagne. Il est tard, autour de 23 h 00, le chien des Sandberg vient encore d'aboyer dans le lointain, sans doute un rôdeur, un renard, un animal, ou peut-être un humain. Elle espère qu'Edwin va se calmer, qu'il ne va pas remettre vraiment ça, elle se dit qu'ils seront fatigués demain matin, car ils se lèvent tôt. Lui il s'en fiche, il sait ce qu'elle en pense, il sait lui aussi qu'il faudra se lever tôt, il sait que pour vivre une belle journée celle-ci doit commencer à l'aube, et il se souvient que Hitler n'avait pas envahi la Pologne à 11 h 00, mais plutôt au milieu de la nuit. Il songe donc à envahir à nouveau sa femme aux alentours de 23 h 15, mais Jessie lui demande de se dépêcher, elle a sommeil, et elle lui assène comme excuse qu'ils risquent de réveiller Marty. Edwin relève la tête de ses cuisses et rigole de la voir s'accrocher au prétexte du petit.

Le vent dans les ailettes de l'éolienne de pompage arrimée à la cour vient de réveiller Jessie, ça l'énerve ce bruit, cette vibration de l'air sur la ferraille qui tourne. Elle regarde le réveil, une fois de plus il ne s'est pas déclenché, il aurait dû sonner il y a dix minutes au moins, il leur a sans doute servi son déclic suivi du silence habituel, ça devient agaçant, elle aimerait qu'Edwin le regarde, mais il ne trouve jamais le temps. Il sent qu'elle remue dans le lit, il grogne et ouvre les yeux à son tour, il incline la tête vers le visage de Jessie, il lui sourit, elle réplique par une offrande symétrique. Il est temps pour lui de faire un brin de toilette devant la cuvette en émail posée sur sa petite table, puis d'enfiler un tricot de peau, une chemise et une salopette propre. Pendant ce temps, Jessie tape sur le matelas et referme le lit. Elle prend la suite de son mari devant la cuvette après en avoir changé l'eau à l'aide d'un broc, elle a vidé le liquide souillé dans le pot de chambre tandis qu'il descend prudemment les marches qui mènent à la cuisine tenant le récipient devant lui. Il s'apprête à préparer le petit déjeuner, les effets de la guerre s'estompent, le *breakfast* a retrouvé quelques couleurs. Entre 1942 et 1947, le gouvernement exhortait les familles à se rationner, leur demandant de cultiver leur « jardin de la victoire », histoire de faire pousser leurs propres fruits et légumes, d'atteindre une forme d'autonomie en évitant ou réduisant les denrées comme le sucre, le beurre et la viande. Mais maintenant, en 1949, chez les Swanson, on revient peu à peu aux produits de base comme le bacon, les œufs et les pancakes gaufrés garnis de crème ou de confiture. Marty n'est pas de bonne humeur, il regarde son père de travers, ce dernier se demande si son gosse sait pour le lait de sa mère, a-t-il compris que son père lui avait piqué sa place à la tétée ? Il espère que non, il n'a pas envie de passer pour un con auprès du fiston, un gamin de deux ans… Ça ne serait pas très glorieux.

Gunnar Hellström est entouré de ses gars, ça bosse et ça parle en même temps, ils préparent des pieux pour clôturer un champ. Les larges prairies du Nebraska sont désormais découpées en parcelles filetées de barbelés, et le programme de reforestation est bien en place, on aperçoit régulièrement des cimes qui viennent contrarier la ligne resserrée de l'horizon. Le patron d'Edwin est remonté ce matin, il leur annonce que si c'était à refaire, il se lancerait dans la bête à viande. L'élevage, ça c'est une affaire qui rapporte, je suis certain que dans quelques années, Omaha dépassera Chicago sur le marché du bétail, vous verrez. La Chambre de commerce d'Omaha estime que les parcs à bestiaux et l'industrie d'abattage emploient près de la moitié des travailleurs de la ville. Rien qu'en découpe et en emballage de viande on est déjà presque les premiers du pays. C'est ça la véritable activité de notre ville, et ce, depuis que le premier bouvillon a été enfermé ici, dans son enclos, vers 1884. Vous les avez vus tous les petits gars de l'Europe de l'Est qu'ont débarqué à Omaha, vous les avez vus ? Bientôt ils vous boufferont de la soupe sur la tête, ils grandissent, ils prospèrent dans leurs abattoirs. Pendant que nous, on s'échine à travailler la terre comme de pauvres bougres. Allez voir au nord d'Omaha, c'est la fête, tous ces cols bleus font la fête, ils nourrissent leurs familles sans s'emmerder avec des exploitations, ils coupent de la viande, ils découpent sans relâche. Leur vie, ils la font à coups de couteau, et ils n'ont même plus besoin de se battre, c'est eux maintenant la vraie classe moyenne, et en plus ils ont des syndicats qui les protègent, je ne devrais pas vous raconter tout ça. Ouais, dans mon propre intérêt, je devrais la fermer les gars, mais si vous aviez un peu de jugeote, vous quitteriez le vieux Hellström. Et la communauté ? lui demande un gars, vous en faites quoi de notre communauté, on est tous Suédois, on est soudés, on doit s'entraider, non ? Hellström le jauge et lui envoie que c'est justement la communauté suédoise qui les perdra, il affirme qu'elle tue les ambitions, c'est plus comme au début, comme à l'époque des pionniers qui jetaient leurs chevaux sur des pistes fraîchement dessinées, avec les femmes et les marmots, les chariots chargés jusqu'aux arceaux, à lutter contre ces saletés de serpents à sonnettes qui venaient chiquer les pattes de leurs montures. Aujourd'hui, l'esprit de communauté les fait stagner, il annihile leur curiosité.

Personne ne fait le malin, ils écoutent religieusement leur *boss*. Ce dernier se tourne vers Edwin. Et toi Swanson, t'es jeune, t'es le plus jeune d'entre nous, qu'est-ce que tu penses de tout ça ? J'en pense rien monsieur Hellström. Allons, tu dois bien avoir une petite idée sur la chose ? Eh bien, si je dois être totalement honnête avec vous, les cultures, les plantations brûlées par la sécheresse, emportées par les tornades, les moissons, tout ça ne m'attire pas trop. Et pourtant, j'ai rencontré ma Jessie pendant les moissons. Tout le monde s'esclaffe joyeusement. Quand je me mettrai à mon compte, si un jour je monte ma propre affaire, je ferai autre chose. Et quoi donc mon petit, allez, raconte-nous ça, intervient Hellström. De la poule pondeuse, je veux me lancer dans l'élevage de poules pondeuses. Un silence évacue la cour de la ferme, ils se regardent tous en coin. Edwin se lance. J'ai ma petite idée. Depuis la fin de la guerre, les gens se concentrent dans les villes, et y a de moins en moins de place pour élever ses trois ou quatre poules sur le pavé, les poules des villes disparaissent. Et on a remarqué que la demande de nourriture bon marché, comme les œufs, a beaucoup augmenté, j'ai bien potassé le sujet. Bref, mon rêve c'est de monter un hangar avec des cages en batterie là-dedans, et un plancher incliné pour que les œufs roulent dans une rigole à l'avant de chaque cage. On a déjà des chiffres, j'ai lu que les poules élevées en batteries pondent bien plus que les poules élevées en plein air, et surtout, c'est des poules en meilleure santé que celles élevées dans les cours de fermes, parce qu'en élevage, elles ont une alimentation régulière, et pour tout vous dire, les poules en batteries bouffent moins d'aliments que les poules au sol. Les autres dévisagent Edwin avec des yeux agrandis, certains ont abaissé leurs sourcils, on sent de la méfiance dans leur regard, ils prennent le jeune Swanson pour un dingue. Puis, les gars rassemblés là s'arrêtent de bosser, lâchant leurs outils sur les pieux désossés de leurs écorces, ils éclatent de rire. Soudain, ils se taisent, guettant la réaction de monsieur Hellström qui n'a pas bronché. Il se contente de se masser le menton. Surprise, le vieux trouve l'idée intéressante, il n'en est pas complètement convaincu, mais il affirme que ça va dans le sens de ce qu'il avançait, mieux vaut abandonner les cultures pour s'orienter vers l'élevage. Edwin n'en tire aucun orgueil, il se redresse à peine, il envoie un regard appuyé à monsieur Hellström, il saisit sa pince et se remet à arracher les écorces des pieux qui serviront à délimiter les terres de leur patron. Les autres l'imitent, un peu vexés d'avoir rigolé comme des cons.

*

Le réveil a été réparé, Edwin a finalement trouvé le temps de se pencher là-dessus. Mais cet appareil ne sonne toujours pas, car l'homme de la maison ne dort plus. Son installation est presque terminée, l'hiver 1953 étant relativement clément, il a pu avancer dans son projet d'élevage de poules pondeuses, le bâtiment tient debout, il ne lui reste plus qu'à accueillir ses habitants. Dans trois ou quatre minutes, 6 h 00 vont sonner. Edwin tend le bras par-dessus Jessie pour bloquer la sonnerie, et comme chaque matin, Jessie est réveillée par l'odeur de ses aisselles, par ses poils qui lui chatouillent le nez.

Marty a bien grandi, à six ans il se sent presque aussi fort que son papa, il oscille entre la maison et l'école, où il se sent beaucoup moins fort, vivant reclus entre sa timidité et ses rêves. Ses cheveux blonds quasi blancs sont chiffonnés par la brise, il court jusqu'à la salle de classe de mademoiselle Westerlund et il attend dehors que ça commence. C'est une petite école aux murs de lattes jaune pâle et horizontales, au toit teinté de rouge, une cloche imposante patiente à la droite du perron, posée sur son socle de bois, une large manivelle permettant de la faire tanguer sur son axe. Pour l'heure, les gamins se pourchassent dans l'herbe attenante, dans le froid enveloppant de l'hiver. Marty s'installe près des marches et les observe, immobile dans le froid, les gosses de cette classe ont entre quatre et dix-huit ans, il ne sait pas ce qu'il doit faire pour leur parler, leur ressembler, être de leur clan. Ça fait déjà deux ans qu'il les côtoie, mais il semble toujours ignorer ses droits. Alors il attend sagement que ça commence en serrant fort la poignée de bois de cette boîte de beurre de cacahuète métallique, arrondie, toute orange avec une inscription jaune « *The original Reese's Peanut butter* ». Il songe à son contenu, à ce déjeuner minutieusement emballé par sa mère, les œufs durs, les crêpes roulées, nappées de confiture, celles qu'il n'a pas finies au petit déjeuner, et la tranche de lard entre ses deux petits pains. C'est surtout cette couenne de porc qui le fait saliver, c'est ce qu'il préfère. Mademoiselle Westerlund apparaît sur le perron, une longue robe noire, très cintrée, comprime ses formes strictes et déjà serrées. Un gilet de laine violacé, boutonné jusqu'en haut, la protège de la fraîcheur. De fines chaussures de cuir noir imitent la forme de ses menus pieds, elle a l'allure d'une veuve sans jamais avoir connu la hardiesse ni la pilosité sexuelle d'un homme. Elle est parfaitement autonome avec ses 1 250 dollars annuels, ce n'est pas si mal en 1953, et bon nombre d'ouvriers agricoles estiment qu'elle pourrait être un bon parti si seulement elle n'était pas si instruite et si chiante, à cheval sur ses principes à la con. Mais tant qu'elle s'occupe bien des gosses et qu'elle leur enseigne l'essentiel, personne ne trouve rien à redire, mademoiselle Westerlund est à sa place, et elle a globalement l'approbation de la populace. La jeune enseignante descend les marches et s'arc-boute sur la cloche, tournant la roue de la manivelle de toutes ses forces, des paquets de nuages s'échappent de sa gorge. Bien huilé, le mécanisme s'élance, la boule de frappe du marteau vient heurter la jupe de la cloche, c'est le moment où les gamins s'arrêtent de jouer en émettant leur grognement singulier. Plus obéissantes, les filles s'alignent les premières devant la petite école constituée d'une seule pièce, les robes dépassent des gilets et des manteaux, certaines étoffes sont rapiécées, mais il n'y a pas de jaloux, ici chacun a plus ou moins son compte de pauvreté. Ensuite s'alignent les garçons, ils sont tous en salopette et pull-over, la plupart d'entre eux ont les vêtements dégueulassés par les corvées de ferme entamées dès l'aube. Ils déposent, les pulls, les manteaux, leur seau en fer-blanc ou leur boîte de nourriture dans les casiers à l'entrée, des rangements de bois ouverts, où chacun laisse sa maigre possession. Chacun s'installe à sa place, et, debout près de sa petite table, bien droit, la main sur le cœur, tourné vers la bannière étoilée, récite son serment, « Je jure allégeance au drapeau des États-Unis d'Amérique qu'il représente, une nation unie sous l'autorité de Dieu, indivisible, avec la liberté et la justice pour tous. » Edwin est bien content que Roosevelt ait changé les règles de ce serment patriotique, la main sur le cœur c'est quand même autre chose que l'espèce de salut nazi que les gamins devaient brandir par le passé, mais en 1942, le président poliomyélite, depuis sa petite carriole, avait pris cette sage décision de ne plus imposer aux enfants de tendre le bras comme les jeunesses hitlériennes. Enfin, la classe doit chanter deux ou trois cantiques, avant que mademoiselle Westerlund ne passe dans les rangs pour inspecter les ongles des garnements. Les malheureux qui ramènent de la terre de la maison avec eux, sont bons pour ressortir dans le froid, sans leur gilet, pour aller remonter de l'eau du puits et se frotter les pognes avec du savon Lye. À peine ont-ils réintégré la classe réchauffée par le poêle à bois, que l'enseignante vérifie à nouveau leurs ongles, puis ils se mettent tous au garde-à-vous face aux portraits de George Washington et Abraham Lincoln. Ce dernier leur fait toujours un peu peur avec sa trogne de traviole et sa barbe incomplète, en collier hirsute. Ils attendent que la maîtresse leur indique de s'asseoir pour poser leurs fesses sur leur siège de bois. Les filles sont installées d'un côté, les garçons de l'autre. À la moindre défaillance disciplinaire, le garçon concerné, car il s'agit le plus souvent d'un garçon, est expédié du côté des filles sous les huées. Et si la bêtise est solide, il est évacué vers le tabouret haut situé dans le coin droit du tableau, où tout le monde peut voir sa tête surmontée d'un chapeau conique, avec l'inscription « *Dunce* » pour désigner le cancre. Toute la journée ils récitent leurs leçons, Marty connaît parfaitement les siennes, mais un surplus d'émotion le fait échouer la plupart du temps. Il vit très mal l'idée de se lever et de se donner en spectacle devant les autres. Pendant ces instants de torture, il rêve de tomber en cendres d'un coup devant la classe, d'être projeté par un lance-pierres géant jusqu'aux confins de l'atmosphère terrestre, il aimerait disparaître, qu'on le laisse, tel un vieux serpent dans un nid trop petit. Il préfère le calcul, craie en main. Annoter des trucs sur son ardoise en bois, la soulever pour annoncer le résultat, ça lui va. Tremper sa plume de dinde dans le minuscule encrier pendant la leçon d'orthographe ou la dictée, ça lui va aussi. Mademoiselle Westerlund apprécie sincèrement le petit Swanson, même si elle ne peut rien lui transmettre d'affectif au détriment des autres. Lui n'en est pas conscient, il est convaincu qu'elle le maudit. Il n'est pourtant pas trop petit pour déceler les connivences et les divergences humaines, c'est seulement que l'enseignante s'applique à écrêter toute forme de sentiment à la surface de sa classe. Et dans sa vie privée, elle ne cède pas davantage de terrain aux émotions, nul ne peut deviner ce que ressent cet être rigide, sévère, qui ne sourit que lorsqu'il se brûle.

Sous le clou se dispersent des croûtes de sang, les planches à l'entrée de la remise en sont couvertes. Jessie noue les pattes pleines de merde de son poulet avec une ficelle de lieuse, puis elle suspend le volatile à la pointe métallique. La bestiole cligne de l'œil pour comprendre ce qu'il se passe, elle se tord le cou, s'interroge sur l'humaine qui lui apportait si gentiment ses graines. Jessie lisse son tablier des deux mains, avant de s'emparer du couteau glissé dans la poche ventrale. La lame enfoncée profondément dans le gosier du poulet, elle fait un quart de tour, et la même chose dans l'autre sens, le gallinacé ferme les deux yeux sous l'effet de la douleur. Jessie retire la lame de sa gorge et l'essuie entre ses doigts qu'elle secoue, avant de l'aplatir sur son tablier et de refermer le couteau. Les ailes grandes ouvertes, le poulet se débat, voletant au bout de sa ficelle. De lourdes taches de carmin s'effondrent dans la poussière du sol de terre battue, les ploc, ploc, ploc de l'horloge sanglante rapprochent l'animal de sa dernière heure. Jessie attend quelques minutes que le saignement s'estompe, une flaque de sang lourd s'étale à la verticale de la volaille. Sans attendre, elle file tirer un seau d'eau au puits, les ailettes de l'éolienne vrombissent, docilement guidées par leur gouvernail, elle balance la flotte dans un bac en bois, et fonce vérifier la marmite sur son fourneau. Jessie regagne la remise et verse son eau bouillante dans le bac. Elle approche un tabouret trépieds, celui qu'elle utilise pour la traite de leurs deux vaches, elle soulève la tête du poulet, il est mort, elle le détache de la ficelle et l'expédie dans l'eau brûlante. Elle le laisse tremper là-dedans un petit moment avant de s'en occuper et de le plumer. L'odeur caractéristique du poulet ébouillanté lui effleure les narines, elle songe à Marty, elle s'inquiète, il ne joue pas avec les autres enfants, pourtant elle l'y encourage, mais c'est comme s'il ne voyait en eux que de la menace et de la concurrence. Soudain, des coups de klaxon la tirent de ses pensées. Les roues du *pick-up* ramollissent les bourrelets de boue de la cour. Edwin tambourine sur son klaxon jusqu'à ce que Jessie apparaisse sur le pas-de-porte de la remise. Elle est là, debout devant le camion Ford vert bouteille qui manœuvre au milieu de la bouillasse. Un poulet à demi plumé pend au bout de son bras. Edwin lui lance un grand salut de la main depuis sa vitre ouverte, il semble tellement heureux. L'arrière du *pick-up* est chargé de cageots. Elle s'approche, les caisses de bois sont rembourrées de poulets, elle s'approche plus près, sans égard pour la première impression des volatiles entassés là, qui, au moment de découvrir leur nouvelle maison, aperçoivent un de leurs congénères, la gueule de travers, le corps à demi dénudé, dans le poing de cette femme. Ça cligne de l'œil dans les cagettes, plus personne ne caquète, Edwin atterrit les deux pieds dans la boue, il soulève son épouse et la fait tournoyer avec son poulet voltigeant au bout du bras. Le volatile, bien que partiellement plumé, vole à nouveau, il flotte dans l'air rafraîchi de novembre, en route vers d'autres cieux, les estomacs de ses hôtes. Jessie est très heureuse elle aussi, ils vont enfin se lancer. Elle demande à Edwin de patienter jusqu'au retour de l'école de leur fils pour installer les poules pondeuses dans leurs boxes en batterie, mais son homme est trop impatient pour attendre le petit. Il la serre contre lui, il l'embrasse, les parents d'Edwin, alertés par les cris, sont sortis sur le porche de leur baraque et s'inquiètent de ce raffut. Ils rejoignent le couple et inspectent les cagettes, le vieux Swanson demande combien y en a là-dedans, Edwin lui répond fièrement qu'il y en a bien plus que la centaine. Il n'imaginait pas son fils capable d'aller au bout de ce projet, personne ne fait de poule pondeuse par ici, on fait de la bête à viande, bovins essentiellement, pas trop de moutons, et puis de l'orge ou du blé. Les poulaillers en batterie, cette forme d'élevage, ça reste des balbutiements dans la région. Mais Edwin s'est informé à la Chambre de commerce, il a commandé des documents, il les a épluchés, il a étudié les différentes techniques, les systèmes d'exploitation, et la façon dont les volatiles sont agencés dans leurs cages. C'est finalement assez rudimentaire. Avec son père, ils ont coulé une dalle de béton à l'autre bout de la parcelle de terrain, histoire d'éloigner les odeurs de fiente de la maison. Puis, ils ont élevé un hangar de planches, un truc tout en longueur, avec des segments d'aération dans le toit, des cheminées de zinc avec leur chapeau pour que la volaille respire. Le toit est constitué de fibres de ciment ondulé, par endroits on a intercalé des plaques de plastique transparent, c'est un matériau assez nouveau qui laisse passer la lumière. Le résultat est là, le bâtiment, peint en rouge comme la maison, se découpe sur la grisaille de l'hiver, les gens alentour les observent mi-curieux, mi-jaloux, certains comme leur voisin Sandberg, espérant secrètement que le fils Swanson se pète la gueule avec ses grands projets de poulailler. Edwin approche le cul de son camion des portes battantes du bâtiment, Jessie et ses beaux-parents accompagnent le véhicule à petits pas dans la boue, des clameurs de poules surgissent à chaque secousse du *pick-up* à mesure qu'il recule. La vieille génération et la jeune s'entraident pour débarquer les cagettes, on les aligne au milieu de l'allée centrale. L'installation est bien éclairée par le plafond, des rangées de cages ont été soudées en hauteur, les poules évolueront sur un sol grillagé et incliné afin que leur merde traverse les barreaux et retombe plus bas pour ne pas souiller les œufs qui s'écouleront le long de ce plan incliné pour atterrir en douceur dans une rigole courant tout le long du hangar. Au-dessus, deux autres goulets accueilleront la nourriture et l'eau, ces conduits seront accessibles des poulets par des ouvertures dans les cages. Pour ça, il leur suffira de tendre le cou, et dès qu'il y a de quoi bouffer, ce genre de bestiole sait allonger le museau, répète joyeusement la mère d'Edwin. Le vieux Swanson s'active, il est aussi mal coiffé qu'un cacatoès, ses cheveux rebiquent à l'arrière de son crâne, il porte vaillamment la volaille, ses godasses crottées n'ont aucune incidence sur sa fierté, son fils l'a fait, il est le premier dans tout le comté et ils vont voir ce qu'ils vont voir, un Swanson reste un Swanson, et un Swanson revenu de la guerre ça vaut bien deux pécores qui n'ont jamais quitté leur terre.

L'heure du déjeuner a sonné à l'école, les gamins se rassemblent dans l'herbe qui s'allonge autour du bâtiment, les filles les plus populaires ont accaparé l'unique banc installé à l'extérieur. Il y a là Solveig Holmberg, la plus jolie, d'après les garçons que les filles intéressent déjà, et sa petite sœur Viktoria, cette dernière n'intéresse pas les gars, à part Marty, peut-être, qui lui trouve une drôle de façon de marcher, de courir, c'est comme si elle évoluait constamment sur un tapis de velours rouge, qu'elle montait chercher une récompense pour sa bonne conduite, c'est ce que cette Viktoria lui inspire. Sur le banc, il y a aussi cette saleté de Tilda Magnusson, Marty la déteste et les autres aussi, elle possède cette faculté étrange de se faire vomir à volonté, recrachant de menues giclées de bouffe prédigérée entre ses dents du bonheur. Elle en a fait une spécialité qui fascine et dégoûte les autres, ils ne l'aiment guère, mais ils la respectent. De dégueuler comme ça sur commande lui confère un certain pouvoir du haut de ses douze ans. Marty est assis sur une motte de terre endurcie et rehaussée de caillasse, il a construit ce petit monticule discret afin de ne pas ramener trop de vêtements à laver à sa mère. Il se tient à l'écart des autres, il les regarde, un peu inquiet, toujours inquiet, il est aussi éblouissant que le vent, invisible comme l'éternité. Il ouvre le fermoir métallique de sa boîte de Reese's Peanut butter, ce qu'il découvre le laisse interdit. La bonne tranche de lard et ses petits pains sont imbibés d'encre, le blanc de la couenne a bu le liquide violet, le blanc des œufs durs en a fait autant, les crêpes sont gâtées elles aussi. Sa gourde d'eau est souillée également. Il reste assis là, à contempler le saccage, il ne dit rien, il regarde sa boîte ouverte et c'est tout.

Mademoiselle Westerlund termine son déjeuner sur le petit perron de bois, elle s'essuie les lèvres avec un carré de tissu aux bords dentelés, se lève et file ranger ses affaires dans un tiroir de son bureau. Par une fenêtre, elle aperçoit le petit Swanson, immobile sur son siège de terre, elle s'approche des vitres pour l'examiner quelques instants. Elle se précipite au-dehors et le rejoint. Tu n'as pas faim Marty aujourd'hui ? L'enfant ne répond pas, il rouvre sa boîte de fer et lui soumet le désastre. Mademoiselle Westerlund relève la tête, ses yeux catastrophés cherchent alentour, mais qui a bien pu lui faire cela, qui a osé ? Qui ? Elle laisse les élèves terminer leur déjeuner, et quand tout est rangé et qu'ils s'élancent pour jouer avant de reprendre les leçons, elle les interrompt. L'enseignante réunit les enfants. Incrédules, ils s'alignent face aux marches, mais personne ne la ramène, ils savent qu'il est inutile de s'inquiéter à voix haute pour cette récréation écourtée sans raison. Ils devinent au fond d'eux qu'il existe forcément une cause à cette décision, et mademoiselle Westerlund ne va pas tarder à leur offrir la réponse sur un plateau de ronces et de colère. Ils entrent en classe, veillant, pour une fois, à ne pas faire claquer leurs brodequins sur le plancher de bois, ils s'installent tout près de leur pupitre, à aucun moment elle ne les autorise à s'asseoir. D'une voix blanche, elle demande à la personne qui a versé de l'encre dans la *lunchbox* de Marty de se dénoncer. Tous les regards s'orientent vers le jeune Swanson, le gamin baisse la tête pour fixer les lattes au sol. La maîtresse réitère sa question, les élèves reconnaissent les stigmates de la fureur dans son intonation, et ils n'aiment pas ça, ils redoutent ces moments-là. Personne ne se dénonce, elle fait le tour des pupitres et inspecte les encriers de porcelaine. Aucun n'est vide, ils sont tous remplis aux deux tiers ou à la moitié. Elle se dirige vers l'armoire où elle entrepose tout le matériel, elle incline sa bouteille d'encre vers la lumière, elle tente de se souvenir où elle en était, impossible de savoir, mais l'encre dans la *lunchbox* a probablement été versée depuis cette bouteille, il y en avait trop pour que ça provienne d'un seul encrier, ou même de deux ou trois creusets de porcelaine. Certains regards se tournent vers l'inquiétante Tilda Magnusson, la gamine leur répond avec des yeux chargés d'incompréhension, remuant la tête en signe de dénégation. Ces soupçons échappent à l'enseignante qui, résignée, devine qu'elle ne découvrira pas l'auteur de cette bassesse. Debout sur l'estrade, les traits tirés par la sévérité, mademoiselle Westerlund insiste pour la forme, car elle est convaincue qu'elle ne trouvera personne pour se dénoncer, et par-dessus le marché, il lui prend soudain une furieuse envie de se gratter les fesses. Elle regagne sa chaise, et le plus discrètement du monde, elle se tortille sur l'assise afin d'écraser les globes de son fessier, et de faire en sorte que son anus atteigne la surface de bois pour s'y frotter. Elle appuie comme elle peut sur cet anneau délicat, lui faisant goûter à la rudesse des planches. Elle trouve finalement une forme de soulagement qui lui ferait presque oublier l'épisode du déjeuner gâché. Elle se reprend et interroge les enfants pour savoir si quelqu'un n'aurait pas fini son repas. Elles sont deux, l'enseignante les invite alors à distribuer leur surplus de nourriture à Marty, n'imaginant pas le pauvre gosse finissant la journée le ventre vide. Marty refuse poliment dans un premier temps, on lui a appris à ne rien recevoir, puis il cède sous l'insistance de la maîtresse et commence à mâcher sans joie ces restes de *pancake* à la confiture, plantant ses incisives à la suite des traces de dents laissées par les deux autres enfants. Il ne sait pas vraiment si la honte le submerge ou quoi, mais le fait que la petite Viktoria Holmberg lui ait passé les restes de son déjeuner, ça lui remue des sentiments à l'arrière du crâne, il mange sans relever les yeux, se sachant observé par toute la classe, il se demande si certains lui font des grimaces. Cette visibilité soudaine lui semble bien malsaine.

Les poules sont maintenant encastrées dans les cages du hangar, deux alignements symétriques installés en hauteur. Edwin et Jessie contemplent leur œuvre, les parents du fils Swanson sont à leurs côtés, enthousiastes à l'idée que ce projet dont il leur avait tant et tant parlé, puisse enfin se concrétiser. Edwin ne s'attarde pas, il a lancé la broyeuse électrique qui lui sert à moudre le maïs, l'orge et le blé. Il va déverser ce mélange dans une brouette et remonter lentement l'allée en alimentant le conduit métallique de la mangeoire qui s'étire comme un couloir le long des cages. Avec une petite pelle en inox il égalise la poudre alimentaire tout le long du sillon, de sorte qu'aucun gallinacé ne manque son premier repas dans cette nouvelle maison. Une seconde rigole jumelée à celle des aliments doit accueillir l'eau. Edwin ouvre le robinet installé juste au-dessus, un filet s'écoule en douceur et remplit sans déborder le réceptacle tendu tout le long de l'allée. La poudre alimentaire est immédiatement accessible aux poules, pour l'eau, il faut qu'elles tendent davantage le cou, l'inverse n'était pas envisageable, les aliments auraient fini par souiller l'eau, tandis que quelques gouttes d'eau dans les aliments, ça n'a jamais tué une poule pondeuse. Jessie a les yeux embués, elle regarde son mari faire. Ses beaux-parents font de même, le sentiment qui prime, c'est la fierté.

Marty se présente à la porte de la maison accompagné de mademoiselle Westerlund, elle a tenu à faire le déplacement jusqu'ici. Jessie s'inquiète en apercevant la longue silhouette de l'enseignante. Elle jauge Marty en un éclair, il semble si triste, comme s'il était ailleurs. Elle prend soudain peur, qu'est-il arrivé à notre fils ? demande-t-elle après avoir poliment invité sa maîtresse à entrer se réchauffer près du poêle. La jeune femme se veut rassurante, avec cette voix qui trahit un problème. Jessie offre des biscuits à la cannelle à la demoiselle, pendant qu'elle lui réchauffe du café, elle a déjà sorti le lait. Marty se précipite contre le tablier de sa mère, elle lui demande de s'en éloigner, il est maculé de pâte à tarte. La maîtresse de Marty examine les lieux, elle s'attarde sur les ustensiles de cuisine accrochés à la planchette vissée au mur, l'harmonie des couleurs est respectée, les manches de bois de la louche, de l'écumoire et de la spatule sont laqués de vert pâle, exactement comme leur support et tout le mobilier. L'énorme bac d'évier en céramique s'inscrit dans les contours du meuble bas, comme une pierre tombale trop lourde qu'on aurait placée là, à la force des bras, et qu'on ne bougera jamais. Une passoire émaillée patiente en hauteur sur un clou, le bas des murs est peint en brun tandis que le reste est recouvert d'une couleur crème. Les aliments comme la farine, les pétales de maïs ou le sucre sont enfermés dans des bocaux ravissants, un fourneau en tôle émaillée, récent, fournit un surplus de chaleur à la cuisine. Les ombres se répandent à la périphérie de l'éclat lumineux servi par la petite lampe en émail elle aussi, son contrepoids la laisse descendre assez bas sur la table, ce qui atténue les couleurs de la nappe. Mademoiselle Westerlund considère enfin la tenue de Jessie, elle ne comprend pas cette mode qui consiste à porter un jean large avec de gros ourlets retournés, elle trouve cela absolument inélégant. Mais selon elle, bien qu'elle suive ces affreuses tendances, la maman de Marty reste jolie. Jessie envoie son fils dans sa chambre, il s'éloigne et s'enfonce dans la fraîcheur sombre de son antre, laissant la porte entrouverte pour ne rien perdre de la conversation. Sa maîtresse explique la situation en détail, Jessie attend avant de poser des questions. Marty devine sa mère avec une main portée à sa bouche, elle agit ainsi chaque fois qu'une mauvaise nouvelle s'inscrit dans sa vie. Mais qui a bien pu commettre une telle chose ? Marty est si jeune, il n'a que six ans, il est si fragile, et d'après ce que nous comprenons, il tarde à se faire des amis. C'est exact madame Swanson, Marty a un comportement irréprochable, mais sa timidité l'éloigne des autres, je tente de le mettre en confiance au quotidien, mais chaque fois il se réfugie dans la solitude, la rêverie. Quant à l'encre, je n'ai aucune idée de l'auteur de cet acte affreux, j'ai usé de sévérité, mais personne ne s'est dénoncé. Marty n'en perd pas un mot, ce vocabulaire et ces tournures de phrases d'adultes lui permettent malgré tout de saisir l'essentiel du message. Soudain, il se désintéresse de cette discussion, il s'allonge sur son lit dans la pénombre. C'est Jessie qui vient l'en déloger, elle veut qu'il aille saluer mademoiselle Westerlund, qui, à l'abri des regards, loin des autres élèves, lui témoigne étonnamment toute son affection en le rapprochant d'elle, pour le serrer contre sa hanche droite. Marty est surpris par la rudesse de son corps, son oreille a cogné contre l'os iliaque de l'enseignante et il en tire immédiatement deux enseignements, son oreille est rouge et il a hâte de grandir pour ne heurter que les parties charnues des femmes. Au moment de ressortir, la jeune femme croise Edwin dans la cour, il la salue avec verve. Tellement heureux de son installation de poules pondeuses, il ne remarque pas le sourire crispé de la maîtresse de son fils, il lui souhaite une bonne soirée et se retient de lui souhaiter une vie formidable et davantage.

La nuit descend tôt sur le Nebraska à cette saison, les larges prairies cisaillées de routes maigrelettes frôlent le vent et l'aplatissent jusqu'à l'horizon, les tornades du printemps attendront, les fermes sont plongées dans l'habitude, les hommes vont et viennent avec une certaine lassitude, impatients de retrouver les moissons. Les silhouettes des bovins ont remplacé celles des bisons, ces grosses bêtes ayant disparu de ces contrées dès 1880. Edwin regrette de ne pas avoir connu l'époque où des troupeaux entiers dévalaient les grandes plaines, mais le développement des armes à feu et l'exploitation quasi industrielle des peaux ont éteint l'espèce dans la région, de même qu'ils ont conduit les Indiens à leur quasi-extinction, étant ainsi privés d'une ressource naturelle importante. Edwin, se tient debout entre les deux battants de son poulailler de poules pondeuses, il a hâte d'être à demain, pour récolter de bons gros œufs bien frais, bien chauds et surtout propres, car l'avantage de l'élevage en batterie c'est d'obtenir des coquilles qui arrivent non souillées. Il a hâte d'inviter son ancien patron, monsieur Hellström, à visiter son installation. Il pose la main sur l'interrupteur en porcelaine, il soupèse sa chance, jetant un dernier regard à sa volaille, il soupire et ferme la lumière. Les poules émettent une clameur inquiète, puis la vague de caquètements retombe.

Le repas était endiablé, comme souvent Edwin monopolisait la parole, son enthousiasme dissimulant le malaise ambiant. Jessie attendait d'être couchée pour lui parler. Edwin attendait d'être couché pour la toucher. Car il n'avait pas qu'une furieuse envie de la téter ce soir. De son côté, elle ne voulait pas évoquer l'histoire de l'encre et de la *lunchbox* devant Marty, sachant que leur fils avait déjà beaucoup subi lors de cette cruelle journée. Elle savait qu'au moment de se déshabiller, là-haut, elle aurait de quoi l'accrocher et le détourner d'une saillie malvenue. Il n'était pas si difficile de le faire penser à autre chose, mais ça devenait plus compliqué quand il était joyeux, ça, elle l'admettait. Maintenant Jessie a cédé sa place à Edwin dans la chambre du petit, comme tous les soirs il lui dit, allez, serre ton père dans tes bras, car demain tu ne sais pas s'il sera encore là. Depuis qu'il est tout gosse, Marty entend cette litanie dévastatrice qui lui dévisse la confiance, qui désamorce le peu d'assurance qu'il s'était accordée. Son père lui chiffonne les cheveux et l'embrasse sur le front avant de fermer la porte jusqu'au déclic, chaque détail compte quand il s'agit de se mettre dans de bonnes conditions pour ajuster son sexe à celui de sa femme. Marty reste les yeux grands ouverts dans le noir, il ne saisit pas vraiment ce qui l'a poussé à s'emparer de la bouteille d'encre de mademoiselle Westerlund pour en asperger son propre déjeuner, et se faire passer pour une victime. Ce besoin d'attention lui fait honte, car dans le même temps, il n'aspire qu'à vivre caché. Il songe encore au regard de sa maîtresse quand elle a découvert la nourriture dégradée. Il craignait qu'avec son intelligence d'adulte, elle puisse démasquer l'auteur de ce péché. Il n'est même pas certain qu'il s'agisse d'un péché, et Dieu, après tout, le punirait-il pour avoir jeûné ? Son fils en avait fait autant, et pendant quarante jours, alors. Dans le noir, il devine la petite croix clouée au-dessus de la porte de sa chambre, est-ce que ce bout de bois le regarde ? Est-ce qu'il le juge ? Il n'en est pas certain, il ferme les yeux en espérant qu'il lui restera assez de forces pour le lendemain.

*

Jessie est assise sur le bord du lit. À demi-nue, elle s'attarde sur ses seins dans le reflet de la glace de sa coiffeuse. Elle n'en peut plus des tétées d'Edwin, déjà six ans que ça dure, elle le considère de plus en plus comme son grand gosse, Edwin est un enfant, elle en est convaincue maintenant, quand ils se sont mariés, ils ne se connaissaient pas, et puis il rentrait de la guerre, elle était censée épouser un homme endurci. Pourtant il est dur au mal, mais cet imbécile s'entête à lui tirer son lait, il n'en est jamais sevré, c'est effrayant. Alors que leur propre enfant, lui, s'est décroché de ses seins à l'âge de deux ans. Elle a honte d'avoir laissé évoluer cette situation, elle ne sait plus comment exprimer sa désapprobation, elle grogne, elle maugrée mais Edwin n'en fait qu'à son gré. Elle soupèse sa poitrine, elle est toujours jolie, la chair est dense, elle n'est pas affaissée. Sous la transparence de la peau, des rivières bleues de sang convergent vers le point culminant du mamelon, ses deux petits bouchons sont rouges mais pas irrités bien qu'Edwin tire dessus comme un con. Elle voudrait pleurer, mais n'y parvient pas, il l'appelle déjà d'en bas, réveillant Marty sans même s'en soucier. Jessie finit de s'habiller en hâte et se présente en haut de l'escalier, les cheveux remontés en un chignon mal modelé. Edwin est en bas des marches, il brandit deux poignées d'œufs bruns et légèrement rosés. Elle accourt, traverse la cour avec lui, le soleil de l'aube affronte les globes oculaires, aveuglant le fermier et sa fermière. La campagne environnante est encore blanchie de l'écoulement de la nuit. Les rais dégorgeant de lumière ramollissent le givre et dessinent des nappes d'herbe clandestines. Un coq faisan, effrayé par on ne sait quoi, un morceau de néant, un rongeur, ou des mouvements humains, prend soudain son envol. Les battements saccadés de ses ailes étirent une trajectoire cahotante vers le ciel, il voudrait disparaître mais s'affiche comme une cible évidente sur le bleu naissant à l'horizon. Edwin conduit sa femme à l'intérieur du poulailler industriel. Il lui montre les rigoles recueillant les œufs, elles sont quasi pleines, Edwin précise que si on est un peu patient, on peut voir d'autres œufs rouler jusqu'à ce réceptacle. Il la soulève de terre, l'emporte avec lui, l'embrasse dans le cou, sur les joues, elle rit, elle est heureuse elle aussi, ils ont réussi leur pari. Il la dépose sur le sol et lui pince les fesses, elle lui répond d'un pincement symétrique, il fait semblant de s'en offusquer, bien content que sa femme cède à son espièglerie. Ils virevoltent dans le hangar, les poules pondeuses inclinent la tête pour mieux les voir. Les fientes se sont déversées sur la dalle de béton, il suffira de les ramasser à l'aide d'un large racloir au bout d'un bâton. Ils sautillent de cage en cage, surprenant parfois la volaille, celle-ci tente de se réfugier dans ces quelques centimètres carrés de métal. Ça caquète, ça se tait, ça caquète, ça se calme, puis ça caquète à tue-tête. Marty les a rejoints, il a enfilé sa salopette, une chemise, un pull et ses brodequins. Le laçage sur les crochets métalliques laisse à désirer, mais Jessie n'est pas trop regardante ce matin, ce qui leur arrive est tellement singulier, qu'elle pourrait le laisser traverser la gadoue de la cour en chaussettes ou encore nus pieds. Edwin attrape son fils, il le porte dans ses bras, l'autre exulte avec les deux adultes, avant de se reprendre et de réclamer qu'on le pose, car il n'est plus un bébé. Il est fier de son père et de sa mère, mais ce ne sont pas ces poules qui feront de lui un être épanoui dans la cour de l'école, au moins il sait que maintenant, il verra bien plus souvent son père qu'à l'époque où il travaillait pour monsieur Hellström et son entreprise agricole. La lumière du soleil jaillit sous le hangar, les poules la ferment un peu, surprises par cet éclat dangereux, puis elles se ravisent et recommencent leur boucan. Edwin a déjà embarqué quelques clayettes, il les distribue aux différentes sections de l'allée, le fond de chaque boîte est rembourré de foin, Jessie s'empresse de ramasser les œufs sur le conduit métallique assujetti aux cages. Elle dépose délicatement les lourdes coquilles dans les cageots, en veillant à conserver la pointe de l'œuf vers le haut. Elle tapisse bien le fond à chaque fois, et passe au suivant. Marty aimerait les aider, mais il est trop petit. Cette fois, il demande à son père de le reprendre dans ses bras afin d'atteindre la rigole dans laquelle se déversent les œufs. Il est heureux de saisir ces gros cailloux lisses dans ses jeunes mains, pour les entreposer sur leur support, il est ravi de participer à la nouvelle vie de leur ferme, il est conscient que ses parents, en ce moment même, réalisent de grandes choses, et ça lui fait du bien de savoir que ses aînés ne sont pas dans la misère. Car la misère l'obsède, chaque fois qu'ils vont à Omaha et que, depuis le *pick-up* de son papa, le petit Marty aperçoit un Noir allongé sur le trottoir, ou avachi devant son gobelet sur un escalier, ça lui fiche la trouille, il éprouve tout d'abord une grande peine pour ces gens, puis s'identifie immanquablement à eux, effrayé à l'idée de n'avoir plus de parents, plus de toit, plus de protection. Marty a peur de beaucoup de choses, mais surtout de l'extrême pauvreté. Heureusement pour lui, il ne sait pas encore que les parents de Jessie sont morts dans de sales conditions. Sa mère ne lui a encore rien dit, se contentant de lui annoncer qu'ils étaient partis dans le ciel, avec les anges et tous ceux dont le pasteur Danielsson leur parle chaque dimanche à l'église. Jessie a perdu son père vers treize ans, rien n'est précis dans la succession des événements. Il serait mort d'une infection indéterminée, qui lui aurait brûlé poumons et trachée. Une sorte de cancer aurait déclaré le médecin qui s'était penché sur sa dépouille. Ses parents étaient si pauvres que la seule fois qu'ils ont vu le médecin, ils ne l'ont pas vraiment vu, ils étaient déjà morts. Sa mère a accouché de Jessie, seule. Elle était partie chercher de l'eau au puits, et soudain ça lui avait pris, elle s'était assise contre une pierre inhospitalière, la dureté de la roche lui mangeait les vertèbres, elle avait ramené sa gosse à la baraque dans son tablier replié, des filaments de glaires ensanglantés lui badigeonnaient les cuisses, le père l'avait engueulée, et deux jours plus tard, elle était morte. Jessie n'a jamais connu sa mère. C'est ce drame qui l'avait convaincue d'accoucher à l'hôpital malgré les protestations d'Edwin. Une fois seule, la petite Jessie a été récupérée par de la famille, des gens qui lui en ont fait voir. De belles saloperies, pas de quoi appeler ça des humains. Ils l'ont surtout utilisée comme boniche, et comme défouloir, si elle s'en est sortie vierge, c'est de justesse. Puis elle a rencontré Edwin, qui a scellé leur amour en lui transperçant la main avec une fourche. L'enfance de Jessie n'a été qu'une plaine de solitude survolée par le chagrin, elle se souviendra toujours des rivières de larmes pour cette mère morte qui ne l'a prise qu'une fois dans ses bras, au moment de la faire sortir de son ventre. Marty l'ignore, mais il a bien de la chance d'être élevé dans une famille unie, Jessie veille constamment à son bien-être, et ce petit bonhomme, même s'il montre parfois du désarroi ou de la mélancolie sauvage, ne devrait pas souffrir du même sentiment d'abandon que sa maman.

Il a neigé tout l'après-midi, le soleil matinal n'a pas répondu quand les nuages l'ont englouti. Le *pick-up* vert bouteille des Swanson ne tente pas de rivaliser avec les véhicules rassemblés aux abords de la petite église, le leur est crotté de boue et sent la volaille. La plupart des fidèles se sont déplacés à pied dans le blizzard, mais ceux qui le pouvaient ont utilisé les moyens motorisés. Dans ce bâtiment de planches parfaitement blanches, surmonté d'un minuscule clocher, la petite communauté de Springfield a tenu à se rassembler. Les bancs sont pleins, il ne manque personne, et chacun tient dans ses mains le petit livret rouge des évangiles. Les fermiers et autres ouvriers agricoles ont enveloppé leurs épaules de leur unique manteau, celui qui leur a coûté bien trop cher par rapport au nombre de jours qu'ils le portent. Mais chaque fois qu'ils arborent ce paletot à l'église, c'est comme si ça comptait double dans leur tête, et ils oublient la somme exorbitante qu'ils ont mise là-dedans. Le pasteur Danielsson dirige la cérémonie avec son intensité habituelle. La petite Solveig Holmberg apparaît dans l'embouchure de la grande porte, tout le monde se retourne, elle est majestueuse. Ses cheveux sont ficelés en nattes serrées que sa mère a minutieusement repliées sur sa tête. Elle porte une couronne tissée de branches souples et de feuilles, l'ensemble est surmonté de cinq bougies enflammées. Habillée d'une aube blanche et ceinturée de rouge, elle s'avance solennellement entre les bancs, suivie par d'autres filles portant une simple bougie dans leurs mains, vêtues de la même aube, la taille resserrée du même ruban rouge. Des garçons ferment la marche, agrandis par de hauts chapeaux pointus. Nous sommes le 13 décembre et c'est la Sainte-Lucie, la nuit la plus longue de l'année. Cette fête scandinave marque le début de la période de Noël, des processions ont lieu dans toutes les communautés suédoises du Nebraska. La couronne de bougies suintantes de cire que « Lucia » arbore sur son crâne en tête de cortège, est auréolée de sens. Les bougies représentent le feu qui refuse de prendre la vie de sainte Lucie au bûcher. Ainsi la lumière va vaincre la nuit.

La petite troupe prend place sur l'estrade où l'on a fixé l'autel, chacun déroule sa chansonnette en regardant la foule intensément, funambules sur le fil de leur fierté. Ils s'appliquent avec leur langue ancestrale accentuée, ils connaissent le sens de chaque mot, car leurs parents leur ont enseigné chaque bribe de leur propre enfance.

Natten går tunga fjät / La nuit avance à pas lourds
Rund gård och stuva / Autour de la cour et de l'âtre
Kring jord, som sol förlät / Alors que le soleil quitte la terre
Skuggorna ruva / Les ombres menacent
Då i vårt mörka hus / Là, dans notre maison sombre
Stiger med tända ljus / Marchant avec des bougies allumées
Sankta Lucia, Sankta Lucia / Sainte Lucie, sainte Lucie

Les enfants enchaînent plusieurs chansons traditionnelles, les garçons regardent un peu au plafond, certains ont déjà la voix grave et sans doute du poil aux pattes. Le pasteur Danielsson les accompagne d'une voix fluette, tandis que mademoiselle Westerlund s'organise et s'excite sur l'harmonium de l'église. Tous les parents dévisagent leur enfant avec un sourire identique à celui qu'ils avaient le jour où il est apparu, poussant son premier cri, nu. Jessie et Edwin sont ravis d'apercevoir leur petit Marty, c'est la première année qu'il est autorisé à chanter dans la chorale de la Sainte-Lucie, il a beaucoup répété pour cela. Il se tient au bord de la troupe, un peu à l'écart, comme dissocié. Lucia s'anime à nouveau et redescend l'église jusqu'à la sortie, les autres enfants la suivent, ils passent tous la lourde porte, disparaissent dans un dernier souffle, une dernière volute de « Lucia » et se retrouvent dehors dans la nuit et le froid. Les parents se précipitent. Marty rejoint le pubis de sa maman, embrassant ses hanches, niché contre elle. Edwin se redresse et se colle à eux, ils se serrent tous les trois, comme toujours, un cercle dénué d'espace, il n'y a de place pour personne d'autre, tout est là. Ils se collent souvent ainsi tous les trois, les uns aux autres, les trois « moitiés », dans la cuisine, les chambres, dans la cour, et bientôt dans le poulailler. Ils tourbillonnent dans la galaxie de leur intimité. Cachés du monde, ils éclairent leurs propres ombres. Imbibés de lumière, ils s'acheminent vers l'horizon de leur vie, comme s'il fallait traverser au sec, traverser une rivière. Monsieur Hellström vient féliciter Marty et ses parents, il enquille immédiatement sur les poules pondeuses, les Swanson préfèrent rester prudents et affirment qu'ils n'en sont qu'au commencement, même si au fond d'eux-mêmes brille une saveur de plaisir. Tout le monde a un bon mot pour son voisin, pour un proche et même quelqu'un de plus lointain. Puis on se ramasse dans les voitures quand les autres se rassemblent sur la route enneigée, giflés par la tempête. Ils vont se disloquer dans la nuit, faire aboyer des chiens, puis, un à un, ils vont allumer des lumières à chaque ramification, en arrivant au bout de leur chemin. Une fois les enfants couchés, et les parents couchés, les rêves seront malaxés dans leur mémoire, de l'autre côté de l'église, de l'autre côté de leur foi, sous d'autres lois.

*

Le printemps de 1954 semble bien paisible, on a construit de nouveaux abris anti-tornades dans la région d'Omaha, mais cette année on n'a pas eu à les utiliser, c'est comme si ces phénomènes avaient déserté la fameuse « Allée des tornades » qui traverse le Nebraska. Le camion des Swanson est chargé, la mère d'Edwin se tient près de lui, elle est fière de son grand garçon de vingt-neuf ans, ce n'était vraiment pas évident de le laisser se mettre à son compte, pour de la volaille en plus, quand tout le monde ici élève des bovins. Elle a cinquante-neuf ans, née en 1894, une autre époque, la mécanisation n'aidait pas encore les hommes comme maintenant. Leur Edwin, ils l'ont eu tard, elle entamait sa trente-et-unième année, elle avait longtemps hésité à épouser ce rescapé de la vie, avec sa jambe branlante comme une roue de charrette à l'essieu brisé. Au moins, grâce à son handicap, les politiciens comme Woodrow Wilson n'avaient pas réussi à l'envoyer en Europe, à la guerre de 14-18. Dans son discours d'avril 1917, il en avait pourtant expédié des jeunes gars comme le père d'Edwin sur le front. Quand ce Wilson avait déclaré que l'Amérique devait donner son sang pour les principes qui l'avaient fait naître, les jeunes hommes du pays n'avaient pas bronché, ils avaient obéi, et nombreux étaient ceux qui avaient signé. Le vote de la conscription avait permis de porter les effectifs de deux cent mille à quatre millions de soldats, et le père d'Edwin, par chance, à cause de sa patte cinglée, n'était pas de ceux-là. Deux millions de ces hommes ont traversé l'Atlantique, ils se sont battus du côté de Verdun, et les survivants, on les a ramenés chez eux après l'armistice. Edwin doit sans doute la vie à cette jambe estropiée qui a empêché son père de partir, pour servir de chair à canon dans les tranchées. Le vieux, son handicap, ça ne l'a pas empêché de bosser, il en a usé des pantalons dans les champs, il en a imbibé des chemises de sueur, le travail ne lui a jamais fait peur, et aujourd'hui encore, malgré sa patte abîmée, il trotte toujours derrière les autres ouvriers de monsieur Hellström, il a toujours travaillé dans cette ferme, ayant commencé à bosser jeune pour le père de monsieur Hellström, bien avant la Première Guerre, aujourd'hui le brave homme finit de dessécher au cimetière, et ce, depuis bien longtemps. Mais le fils est un bon patron, il n'a pas été fâché quand Edwin lui a annoncé qu'il le quittait pour monter sa propre affaire, se laissant plutôt dériver vers une sorte de curiosité. Jessie est là près de sa belle-mère, elle embrasse discrètement son Edwin, avec retenue, mais elle avait envie de l'enlacer pour un baiser bien plus goulu. Edwin démarre le *pick-up* avec ses cagettes d'œufs, en passant devant les champs des Hellström il reconnaît son père, courbé, qui gratte la terre avec une binette. Au passage du camion, ce dernier se redresse et salue son fils. Des larmes gravissent les rides sous ses yeux. Il a refusé de s'associer à Edwin, pourtant celui-ci l'a relancé sans relâche, mais le père considère que son devoir est de travailler jusqu'au bout pour la famille Hellström qui avait accepté de l'embaucher malgré sa jambe. Edwin conduit prudemment, il n'a pas envie de se retrouver à patauger dans une omelette géante. Il a ses clients, des restaurants, des magasins, des épiceries, il a l'impression qu'on n'a jamais bouffé autant d'œufs qu'aujourd'hui dans ce pays. Les œufs se vendent bien, les Swanson font des bénéfices, ils n'ont jamais aussi bien mangé depuis que des centaines de poules pondeuses chient des fientes dans un hangar à l'arrière de leur maison. Mais Jessie compte les dollars, il n'est pas question de changer de camion, de s'offrir des vêtements ou de se ruiner au restaurant. De toute façon, on n'a pas besoin d'aller au restaurant, c'est moins bon qu'à la maison, c'est moins bien que la nourriture de Maman, s'exclame Marty dès que son père suggère qu'ils pourraient s'autoriser une petite sortie. C'est Jessie qui freine, elle veille à la dépense, traumatisée qu'elle est par la pauvreté de son enfance. Jour après jour, ils règlent leurs dettes. Et Edwin retire une certaine satisfaction à n'avoir jamais profité du *G.I. Bill*, la loi adoptée en 1944 par le Congrès, qui permettait aux soldats démobilisés, les rescapés, de financer leurs études universitaires, leur formation professionnelle, une année de chômage, leur logement ou encore le lancement de leur entreprise. Ça Edwin, c'est sa fierté, il n'a pas demandé un seul *cent*, un seul dollar à l'État. Quand il a eu besoin d'argent, il a préféré s'adresser directement à la banque d'Omaha, la First National Bank, un établissement local, préférant couper net avec son statut envié de vétéran. Il avait trop subi la jalousie du voisin Sandberg, qui lui, n'a jamais revu ses deux G.I. de garçons. Oui, c'est un peu absurde, pour deux camarades perdus au combat, il n'a pas activé l'aide de l'État comme des milliers d'anciens combattants l'ont fait. Ne pas signer le *G.I. Bill*, c'est un peu sa définition de l'honneur. Jessie et lui remboursent patiemment leur emprunt sous les regards admiratifs des parents. Le père d'Edwin articule parfois des regrets, admettant que s'il n'avait pas grandi avec cette jambe en mauvais état, lui aussi aurait pu se lancer, faire quelque chose de nouveau dans leur communauté, comme son fils. Mais sa fierté emporte son amertume au-delà des grandes plaines, la vie lui a offert un fils en bonne santé, en route pour la fortune. Dans ces moments de lyrisme débraillé, Jessie doit toujours le ramener à la réalité, alors il se plaint gaiement de sa belle-fille, il dit qu'elle est un cheval en feu galopant silencieusement dans la nuit, il dit qu'elle est insensible à la douleur, la sienne et celle des autres. Dans ces moments partagés, tout le monde s'enthousiasme pour la belle trajectoire du couple, on se tourne alors vers le petit Marty, l'unique représentant de leur avenir, on lui mélange les cheveux et souvent on lui demande ce qu'il voudra faire quand il sera grand. En général, il répond qu'il ne veut pas être grand, qu'il préfère jouer. Ça fait rire la tablée, Marty s'impose plus facilement auprès de son meilleur public, sa famille, qu'avec ses semblables dans la classe de mademoiselle Westerlund. Il n'a toujours pas d'ami, et il ne saurait qu'en faire s'il en avait. Parfois la jolie Viktoria Holmberg lui emporte la main, elle le tire vers les autres, alors il reste là, au milieu d'eux, désamorcé par les regards, par leur curiosité. Il arrive qu'on lui donne une batte pour qu'il frappe dans une balle, mais chaque fois il rate et parfois, y mettant trop de force, c'est la batte qui s'envole vers le ciel en tournoyant. On se désintéresse aussitôt de Marty, il ne sait décidément rien faire, il ne sait pas jouer, il ne sait pas être aimé, Sven Lindhagen, le leader de la cour s'en détourne, suivi par la cohorte des suiveurs qui en profitent pour accabler le petit Swanson, le moquer pour sa maladresse en amitié. Marty observe souvent le comportement de ce Sven, la force qu'il dégage le fascine, il le voit aboyer sur les autres écoliers, il les attrape par la peau du dos pour leur filer des dérouillées dès que mademoiselle Westerlund reste dans la classe à écrire des choses au tableau. Ce meneur est grand, pas spécialement musclé, mais du haut de ses quinze ans, il est terrifiant pour les tranches d'âge situées en dessous, avec sa mâchoire proéminente et ses dents en champs de bataille, il parvient même à faire peur aux plus vieux, à ceux qui le dépassent par la taille. Pendant une période il a été très copain avec Tilda Magnusson, la fille qui se fait dégueuler sur commande, mais un jour, fâchée pour une raison inconnue, elle lui a envoyé une giclée de vomi directement dans sa grande gueule, et le Sven n'a plus osé l'approcher, prétendant qu'elle était la fille du dieu Loki, le dieu de la malice et des illusions dans la mythologie scandinave. Loki était le père de plusieurs monstres tous plus affreux les uns que les autres, le serpent Jörmungand, le loup Fenrir et Hel, la déesse du monde des morts. Loki était un dieu impulsif, traître et rusé. Sa jalousie l'a conduit à causer la mort d'un autre dieu. Pour le punir, on l'a attaché, ligoté avec les intestins d'un de ses fils, puis on a exposé son visage aux gouttes de venin d'un serpent dangereux suspendu au-dessus de lui. Mais il en a réchappé. Ça, c'est le genre d'histoires qui terrifient Sven Lindhagen quand le soir son grand-père explore avec lui la richesse de son héritage nordique. Le grand Sven déteste les serpents, parmi les gosses de la communauté, il est un des rares à ne pas oser les tirer au lance-pierres quand ils entendent crisser des anneaux et qu'ils en découvrent un ou deux enroulés sur une bande de terre.

L'orge et le blé commencent à bien lever, les plaines du Nebraska se couvrent d'une belle nappe verdoyante qui bientôt tournera au doré. Les renardeaux s'aventurent chaque jour plus loin autour de leur antre, mais les parents veillent aux coyotes qui rôdent. Le printemps s'étire lentement, curieusement épargné par les tornades cette année, la petite communauté de Springfield s'épanouit à l'ombre d'Omaha. Chez les Swanson, le poulailler tourne à plein régime, les rotations pour livrer les œufs sont bien huilées, Edwin ne perd pas de temps, tout est optimisé, il commence à être bien connu en ville, on lui fait confiance, ses œufs sont beaux et réguliers, personne ne songerait à aller s'approvisionner par le train dans un autre comté. La méthode déployée par Edwin avait déjà fait ses preuves ailleurs, et chez lui la production des œufs fonctionne aussi à la perfection. Les grosses coquilles de calcaire dévalent sans relâche les tubulures de l'installation, ce qui suffit au bonheur de la famille Swanson. Ils n'ont aucun regret pour leurs investissements et le travail que ça exige, et monsieur Hellström lui-même est très fier de son ancien employé de ferme, au point qu'il se demande parfois si, à son tour, il ne se lancerait pas dans les poules pondeuses pour construire une concurrence saine avec son voisin. Mais Hellström se trouve trop âgé pour envisager de nouvelles conquêtes, de nouvelles affaires, il a de l'argent, sa ferme est une réussite, pourquoi prendre de nouveaux risques au crépuscule de sa vie ? Mais cette histoire de poulets l'intrigue. Les poules pondeuses ont été les premiers animaux d'élevage à être confinés en permanence dans des hangars, dans des constructions abritées et en grand nombre, des structures dotées de systèmes automatisés pour le nourrissage et la récolte des œufs. Très vite, l'industrie de la volaille aux États-Unis est devenue le modèle de l'agriculture d'élevage partout dans le reste du monde. Et, sans le savoir, Edwin participe à cette grande épopée, ne se doutant pas qu'un jour, la génétique intensive et la dépendance aux substances antibiotiques prendraient le relais sur sa naïveté de pionnier. Pour l'heure, il est son propre patron, même s'il est bien conscient que le véritable patron, c'est la banque. Il investit régulièrement les dollars gagnés en installant d'autres cages pour son élevage, puis dans celle-ci il entasse de nouvelles poules. Ça tourne à bloc, il mène sa vie comme il l'entend, il la savoure, et en ce beau dimanche après-midi, allongé dans l'herbe sur les berges du lac où ils ont leurs habitudes, il contemple son fils et sa Jessie qui batifolent dans l'eau. Les cliquetis du soleil sur l'onde miroitante l'aveuglent, il place une ombre de main sur ses yeux pour échapper à la volée d'éclats, de nombreux parents sont mollement installés sur les rebords du lac tandis que leurs gosses s'éclaboussent d'eau encore fraîche pour la saison. Le grand Sven Lindhagen avec sa mâchoire proéminente, ratisse la surface de la flotte comme un prédateur, il imite le caïman, les autres s'en éloignent dès qu'ils l'aperçoivent, de peur d'être propulsés vers les profondeurs. Il n'inspire pas confiance. S'approchant d'un groupe de jeunes innocents grimpés sur une chambre à air de camion, à moitié assoupis, effleurés par le soleil, Sven allonge sa brasse, lentement, sans bruit, avec l'intention de les surprendre. Un gamin le repère dans l'eau, il alerte les autres, qui, tels des grenouilles terrorisées, sautent en tous sens, abandonnant la roue gonflée. Ils préfèrent la claque de l'eau fraîche au plus petit contact avec ce drôle d'animal qu'est Sven Lindhagen. Seul le plus costaud d'entre eux décide de ne pas céder, il se redresse sur son embarcation moelleuse, bien résolu à riposter face à ce gros bêta. Le gosse n'a pas le temps d'esquisser le moindre mouvement qu'il se retrouve sous l'eau du lac, sa bouée ayant été retournée d'une giclée, comme une brebis laineuse pour la tonte. Le Sven est tout heureux de se hisser à bord de son esquif, il surveille sa position quelques instants puis s'allonge, serein, dès qu'il est bien certain qu'aucun enfant ni parent ne viendra exiger qu'il en redescende. En état de somnolence, poussé par la brise, il glisse et s'éloigne lentement de la berge. Quand il se réveille, en nage, il constate qu'il n'est pas si loin qu'il le craignait, son truc gonflable n'a pas beaucoup avancé. Il se laisse couler sous l'écran de l'eau pour se rafraîchir. De retour à la surface dans une nébuleuse de bulles, il se met sur le dos, écarte les jambes et les bras, il flotte sans exécuter le moindre mouvement. Une sensation de bien-être s'écoule dans ses veines, la vie est belle pour lui, son beau-père le frappe de moins en moins à mesure que celui-ci grandit, il a maintenant des mains larges comme une pelle de boulanger, forcément ça dissuade. Sa mère pleurniche par conséquent moins souvent, et pour n'avoir plus aucun doute sur son propre bonheur, son grand-père lui a offert son vieux revolver, vraiment la vie ne l'a jamais aussi bien servi. Et Sven Lindhagen en est bien conscient, c'est comme s'il reprenait son souffle après une course sans fin à travers ruelles et jardins, pour échapper à un commerçant chez qui il aurait chapardé. Jusqu'à présent, ses maigres instants d'apaisement il avait le sentiment de les avoir volés, et là soudain, c'est comme si les bonnes choses étaient méritées. Il se délecte de cette forme d'apesanteur, il n'en attendait pas tant. Soudain, il détecte une présence, il se sent observé, il se redresse, brasse légèrement de l'eau, juste assez pour rester suspendu à la surface. Rien, personne. Pourtant, il est convaincu d'avoir ressenti quelque chose. Ça s'agite là-bas, à quinze mètres environ, oh putain de merde, c'est exactement les mots qu'il emploie, il est en plein sur la trajectoire d'un serpent à sonnette. Ces reptiles sont d'excellents nageurs, mais une fois dans l'eau, les anneaux détrempés de leur queue ne peuvent plus alerter personne, ils ne crissent plus, n'émettent plus aucun son, ils nagent silencieusement et mordent silencieusement, si quelque chose de vivant s'aventure dans leur périmètre. Sven se lance dans un *crawl* désespéré, il est clair qu'il n'en maîtrise pas la technique, sa tête va de droite à gauche, les mouvements de ses bras sont anarchiques, et ses jambes ne le propulsent pas assez. Il traîne de l'eau derrière lui, faisant presque du sur-place. Il s'essouffle, s'épuise, il se retourne pour apercevoir son poursuivant, rien, il ne voit plus rien. Il se met debout dans l'eau en faisant quelques battements, seule sa tête émerge, le *rattlesnake* surgit du tumulte de l'onde, il glisse jusqu'à Sven en une moitié de seconde et sans réfléchir plante ses crochets dans le cou de l'humain en détresse. La douleur de la morsure crée l'épouvante dans la tête de l'adolescent, il se débat, il suffoque, panique, sa frayeur est telle que son esprit se désamorce, il tombe en syncope et se laisse entraîner par le fond. Son corps se déverse dans la vase et sur les algues tapissant le lit du lac, une chute paisible, ralentie par l'inconscience de la victime. Sven Lindhagen s'allonge ici, à l'insu de tous. La flotte envahit ses poumons, de l'air est expulsé de sa cage thoracique, galets de CO_2 qui s'entrechoquent en remontant à la surface. Au-dessus ne subsiste plus que cette grosse chambre à air noire. Découvrant que le grand Sven a abandonné la bouée, les enfants y retournent et récupèrent leur bien, sans se soucier de la disparition de leur rival. Ils escaladent à nouveau leur boudin gonflable, tandis qu'en dessous, un copain de classe, un ami, un ennemi, est mort noyé dans l'indifférence. Le soleil crève le plateau de l'eau, longues épées fouillant les profondeurs, et maintenant un gamin se propulse entre ces rais de lumière, il maintient ses yeux ouverts, et remonte en poussant un cri d'effroi. Depuis la berge on comprend que quelqu'un se noie, les parents cherchent des yeux leur progéniture, c'est l'affolement général. Des hommes s'élancent, rejoignent les enfants accrochés à la chambre à air. Edwin, observe tout cela de loin, il a Marty et Jessie dans son champ de vision, au moins ce ne sera pas lui qui pleurera ce soir. On ramène le corps du grand Sven sur cette bande de terre qui imite si mal le sable. On l'allonge sur une serviette, un homme avec des notions de secourisme, se jette sur sa bouche et lui souffle dedans, il appuie avec ses poings sur ses côtes, il recommence le truc avec sa bouche, il s'acharne sur son torse, enfonçant ses mains en cadence. Tout le monde retient son souffle, mais le jeune Lindhagen n'en a plus lui-même. Les adultes se résignent, ils savent que le gamin est mort, personne ne demande si quelqu'un le connaît ici, tout le monde le connaît très bien, il est dans la même classe que l'escadrille de gosses attroupée autour du cadavre. Jessie se penche, elle dégage quelques mèches brunes qui serpentent dans son cou, faisant apparaître le renflement de la carotide et, juste à côté, deux petits trous ensanglantés, une morsure de crotale des prairies. Tout le monde comprend. Le réflexe des parents c'est de hurler aux gamins restés dans l'eau d'en sortir immédiatement. Les gosses obtempèrent, mais le reptile responsable de la morsure de l'ado a traversé le lac depuis longtemps, pour se réfugier dans les fourrés attenants. Et peut-être même plus au large. On recouvre la victime d'une serviette ample. Quelqu'un devra se charger de le ramener chez lui dans cet état, mort. On rassemble ses vêtements, certains gémissent, d'autres pleurent, certains s'en remettent au Seigneur.

*

À sept ans, Marty est convaincu qu'il est un enfant adopté. Chaque fois qu'il court chercher le courrier dans la boîte plantée au bout du chemin devant la maison et qu'il en revient avec une enveloppe cachetée, il ne peut cacher son appréhension, il demande, c'est les papiers d'*adoptation* ? D'adoption, le reprend sa mère. Alors, vous m'avez adopté ? Dans ces moments-là, quand elle tient son mari sous la main, elle préfère s'en remettre à lui, vas-y, toi, explique-lui, dis-lui ce que j'ai souffert quand il a fallu mettre bas. Jessie adore se comparer à une bête, une vache, une jument, ça n'a pas d'importance, elle aime ramener la souffrance de son accouchement à un acte bestial, proche de la morbidité. Elle ne fera jamais assez payer à Edwin de l'avoir laissée y aller seule, elle revoit les murs vert pâle et blancs de cet hôpital, et elle ressent toujours la même peine quand sa mémoire pointe l'absence d'Edwin dans les couloirs de cet établissement, elle continue de penser que ce n'était pas normal pour un homme qui prétend aimer sa femme. Ainsi, dans leur courte existence, c'est la seule fois qu'ils se sont accrochés, que les mots ont escaladé des sonorités jamais explorées. Chaque fois que Marty évoque cette adoption, on finit par lui rétorquer que non, il n'a pas été adopté, qu'il est bien sorti du ventre de sa mère, mais comme il insiste, on lui dit qu'il va finir en pension, avec tous les enfants adoptés, et que là, enfin, il connaîtra sa chance d'avoir des parents. Mais, sur cette question, Marty ne lâche jamais, alors, harassés, les parents abdiquent parfois et font semblant d'avouer. Et aujourd'hui elle est fatiguée. Oui, on peut te le dire maintenant, tu as été adopté se lance sa mère, on t'a trouvé frigorifié, emmailloté dans une grosse toile, dure comme du carton, tu braillais près de la mare derrière la baraque, posé dans la merde de poule et de canard, on t'a ramassé, on t'a déclaré à la police, mais comme personne n'est venu te chercher, et qu'on voulait un gosse, à un moment on a bien été obligés de faire de la paperasse pour que tu rentres dans notre famille, et voilà, c'était simple, plus simple que d'en baver pendant une grossesse de neuf mois et d'aller seule à l'hôpital, parce que ton mari a la trouille ou je ne sais quoi, et de pondre ton gamin seule au milieu de gens que tu ne connais pas. Et maintenant t'es heureux parmi nous, non ? Tu veux retrouver tes vrais parents ? C'est là que Marty observe sa mère avec suspicion, la tête inclinée sur le côté, comme un oiseau qui regarde ou qui écoute un organisme vivant. Il esquisse un sourire, mais ne trouve aucune réplique dans le camp adverse, sa mère reste énigmatique, rien ne transparaît sur son visage, il fouille ses traits, il tente un nouveau sourire, qui se tord en grimace confuse, et quand il bascule vers les larmes, Jessie le rattrape instantanément, mais non gros nigaud, c'est toi notre fils, et seulement toi, papa a mis sa petite graine dans mon ventre, elle a germé, elle a poussé, mon ventre a gonflé, gonflé comme un potiron, et voilà, tu es arrivé. Et si tu veux tout savoir, je suis vraiment allée seule à l'hôpital pour t'avoir, ton père n'a pas voulu y mettre les pieds pour m'accompagner, c'est monsieur Hellström, l'ancien patron de Papa qui m'a emmenée là-bas. Demande à ton père quand il rentrera ce soir, tu verras, il fera moins le malin. Dans ces instants déconcertants, Marty se blottit dans les jambes de sa mère, il renifle sa morve, ses larmes, et tente d'aspirer l'odeur des bras de Jessie. Elle l'entoure, l'enveloppe de toutes ses forces pour lui faire comprendre combien il compte, combien il est central et à quel point il est sorti du centre de ses cuisses. Marty n'a aucune confiance en lui et il se demande souvent s'il doit partager de la confiance avec ceux qui se présentent comme ses géniteurs, ce qui le conduit à verser facilement dans l'auto-apitoiement, afin d'attirer un peu l'attention.

Marty escalade souvent les escaliers qui mènent aux chambres, alors il ouvre délicatement la clenche de la leur, il connaît les lattes grinçantes du plancher par cœur, il se faufile entre les grimaces du parquet et s'installe debout devant le miroir de la coiffeuse de Jessie. Il peut rester de longues minutes ainsi, immobile, à ausculter les ailes de son nez, le contour de ses yeux, la forme de ses paupières, de ses sourcils. Il s'inquiète aussi de ses joues, de sa bouche, de son menton et de son cou. Il n'oublie pas les lobes de ses oreilles, leur forme générale, il compare chaque détail de son visage avec celui d'Edwin et Jessie. Il s'empare généralement des deux cadres posés devant cette glace, les morsures de l'étain subtilisent quelques zones réfléchissantes, mais ce grand ovale lui suffit pour jauger l'ovale de son visage. Il inspecte les portraits de ses parents, cherchant la moindre ressemblance, il soupèse les différences, il repose les cadres, il les reprend, puis, quand il quitte leur chambre, il redescend lentement l'escalier, dans la brume de ses analyses, bien forcé d'admettre qu'il a été conçu par ces deux-là, qu'il a les mêmes cheveux blonds et qu'il leur ressemble sacrément. Il aimerait tellement pouvoir leur prouver qu'ils mentent, qu'ils l'ont trouvé sur un tas de bois, ou au fond d'une étable, mais jusqu'à ce jour, il n'a pu que tambouriner contre leur patience en leur assénant sans preuve qu'il n'était pas leur gosse. Alors il finit par se ranger à l'ombre des contreforts de ses soupçons, ce sentiment finit toujours par se disperser, et il redevient le petit garçon tendre que ses parents aiment embrasser, cajoler.

Les parents de Sven Lindhagen ont fait forger une croix magnifique pour la tombe de leur fils. Elle est scellée dans un socle de béton ouvragé, aux angles biseautés, Marty se dit que rien n'est trop beau quand on perd un être qu'on aime, un enfant, et chaque fois qu'il repense au grand Sven, il imagine ses parents dévastés, leur peine. À son tour, il s'entrevoit sans les siens, il se demande où il irait puiser des forces, et l'évocation de leur disparition dans sa jeune cervelle, lui tire immanquablement des larmes, c'est une souffrance douce, identique à chaque fois. Ce malheur maîtrisé, tant qu'il n'arrive pas, lui procure finalement une certaine joie, une délicieuse sensation. Il songe à la procession des gens de leur communauté, il revoit tous ces habitants de Springfield passant devant les parents de Sven, certains leur posaient une main sur l'épaule, d'autres leur serraient les poings, leur glissaient une phrase à l'oreille, on entendait parfois des bribes comme, saleté de serpent, saleté de bestiole. Marty avait accompagné Edwin et Jessie, il s'était lui aussi retrouvé devant les veufs à l'enfant, il se demande parfois s'il existe un mot pour désigner des parents qui ont perdu leur gosse, et souvent, après réflexion, il se dit qu'il ne le connaît pas. Il croit se souvenir qu'une fois il a demandé à sa mère s'il y avait un mot pour ça. Elle avait dû lui répondre que non, mais il n'en est pas certain. Il lui reste cependant une certitude, il connaît le mot orphelin, et il sait qu'il n'aimerait pas être un enfant comme ça, un enfant qui a perdu ses parents. Alors il se contente de ne pas y penser, il fait tout ce qu'on lui dit, il travaille à l'école et il obéit à ses parents tout en observant les règles de politesse qu'on lui inculque.

Finalement, il les aime ses parents, même s'il ne comprend pas tout à leur comportement. Marty s'interroge parfois sur l'absence de poste radio à la maison, tout le monde dans sa classe possède un poste, un gros truc en bois, avec des boutons blancs comme l'ivoire, et une sorte de cannage sur la façade pour filtrer le son. Il a déjà posé la question chez lui, désirant savoir s'ils auraient une radio un jour, on lui a répondu que c'était inutile d'y songer. C'est son père qui, chaque fois, prend la responsabilité de répondre à cette demande par la négative. Il n'est pas envisageable d'avoir un tel objet dans leur foyer car Edwin déteste la musique, absolument toute forme de musique, il prétend qu'elle est destinée aux oisifs, à ceux qui font semblant d'ignorer la force qu'ils ont dans les bras. Parfois, il se dit que c'est une bonne chose que ces établissements d'Omaha, ces clubs de jazz sur North 24 Street se cassent la gueule les uns après les autres, ça ne peut pas leur faire de mal à ces fainéants qui soufflent dans des trompettes toute la nuit et qui dorment le jour au lieu de cavaler derrière les bêtes pour gratter cette bonne vieille terre du Nebraska. Edwin n'en a jamais parlé à personne, mais sur le front européen, du côté de l'Autriche, il avait massacré à coups de pierre un soldat de la Wehrmacht qui jouait de l'harmonica tranquillement adossé à un arbre. Il n'avait pas vidé son chargeur, rien, il avait posé son arme automatique et s'était jeté sur le pauvre gars, resté à l'écart des siens. Ces derniers ne l'ont jamais retrouvé, eux-mêmes ayant été décimés dans la suite des opérations. Au pied de cet arbre, il était resté une tête écrabouillée, difforme et gélatineuse, avec un gros bloc de pierre en son milieu. Le sergent d'Edwin n'avait pas écrit de rapport, mais il n'était pas passé loin, le jeune gars d'Omaha avait fini par formuler de vagues excuses en expliquant qu'il ne supportait absolument aucune forme de musique, alors un Allemand, soufflant dans un harmonica, représentait pour lui la pire des provocations. Les gars l'avaient regardé de travers pendant un moment, puis ils avaient oublié cette étrange histoire, marchant à grandes enjambées vers la victoire. Alors le poste de radio attendra, Marty n'insiste jamais sur ce sujet, mais il sait que les autres en ont un chez eux, même s'il n'est jamais invité nulle part, même s'il ne visite jamais aucune autre maison que celle de ses grands-parents qui vivent sur le même terrain que ses parents. Il a compris que tant que son père vivra, aucune musique ne pénétrera dans leur foyer. Au fond, Marty s'en moque, il n'est pas certain non plus d'aimer la musique, il se demande à quoi ça sert ce truc, il se dit que ça suffit bien pour les militaires, la messe, et rien d'autre. Il ne sait pas s'il connaît des enfants qui apprécient la musique, peut-être que c'est surtout réservé aux adultes, des sortes de gens importants, voilà ce qu'il en pense. Il n'aime pas quand mademoiselle Westerlund les fait chanter, il se trouve ridicule, ainsi debout, les bras dépliés le long du corps, et même s'ils sont tous debout dans la classe, dans la même position, Marty ne peut s'empêcher de penser qu'il est le plus grotesque de tous. Chanter génère en lui de la honte, ses joues sont rouges, non pas à cause de l'effort respiratoire, mais parce que ça mobilise en lui une forme d'humiliation. Les autres élèves n'en devinent rien, pas plus que la maîtresse, mais chanter lui donne envie de s'effondrer comme un tas de sable oublié au fond d'une galerie. Chanter est un poids, et Marty assimile toutes les formes de musiques au chant, pour lui, il n'y a rien de plus gênant.

*

Achevant son virage, la voiture débusque un beau nuage de poussière au milieu de la cour. C'est une Hudson Hornet grise qui s'immobilise devant la maison des Swanson. Deux hommes en descendent, costumes sombres, cravates ajustées, tant pour les couleurs que pour leur positionnement. À chaque pas, le plus grand des deux mecs soupèse un porte-documents de cuir au bout de son bras. Deux compères d'Irlandais, à la mine réjouie par chaque minuscule instant de la vie. Des hommes inspirant immédiatement la confiance. Edwin et Jessie se présentent dans la cour, surpris. Ils n'attendaient personne. Elle essuie ses mains contre un torchon à carreaux. Il glisse ses doigts dans ses cheveux, les ramenant vers l'arrière, avant de remettre sa casquette en place. Le couple les connaît, ils arrivent d'Omaha, ils bossent pour la First National Bank. Ils avaient reçu Edwin et Jessie dans leurs bureaux au moment de la signature de leur prêt. Marty est à l'école, s'il avait été là, il les aurait détaillés de la tête aux pieds, n'accordant qu'un regard distrait au bel engin garé devant chez eux. Les voitures, ça ne l'intéresse pas tellement, lui ce qu'il aime, c'est rêvasser en regardant les cumulus dans le ciel, ce sont ses nuages préférés, c'est son grand-père qui lui a tout expliqué. Edwin les invite à l'intérieur, Jessie s'attarde sur leurs souliers parfaitement cirés, elle aimerait bien qu'Edwin s'achète un costume et qu'il s'habille parfois un peu mieux, comme eux, mais elle est certaine qu'il refuserait. Il se sentirait peu à son aise dans ce style de vêtements, quand elle aborde la question du costume, il lui répond invariablement, un jour je serai élégant, alors elle lui demande invariablement quand il sera élégant, et il précise, un jour. Une réponse qui laisse supposer que ce ne sera pas avant le crépuscule de sa vie, dans très longtemps, peut-être même le jour où il faudra le déposer à plat dans son cercueil de défunt. Les deux types sont chargés d'empathie, le plus grand expose son visage jovial et le plus petit acquiesce à tout ce qu'il dit, avec ce sourire forcé qu'ont les gros lèche-cul. Ils aimeraient visiter leur installation de poules pondeuses, voir et comprendre ce qu'ils ont aidé à financer. Edwin se méfie, il n'aime pas trop le principe de débarquer à l'improviste, à deux, dans une grosse bagnole qui en impose. Il inspecte leurs socquettes en douce sous la table, il se dit que des chaussettes comme ça, au fil si délicat, on peut dormir avec sans se faire emmerder par sa femme au moment de remonter l'édredon sous son menton. Jessie se lève, elle tapote les omoplates de son homme, il rêve ou quoi, ils sont debout face à lui pendant qu'il est toujours assis. Edwin réagit, se lève à son tour, et les accompagne dans la cour.

À une extrémité du poulailler, il ouvre la petite porte inscrite dans un des larges battants, la lumière oblique du soleil s'écrase sur le revêtement de béton. Edwin laisse les deux hommes élégants pénétrer les premiers dans ce temple de la merde molle, ce mausolée des odeurs fétides, le plus grand étire le tissu de soie planqué dans la pochette de sa veste, et s'en couvre une partie du visage. Le petit est tenté de l'imiter, mais il se reprend, réalisant soudain qu'il ne fait rien d'autre qu'imiter son supérieur, et là, c'est le moment de se distinguer de lui, de lui montrer ce qu'il a dans le ventre. Il va braver cette épreuve le nez à nu, exposant ses muqueuses à ces flocons olfactifs nauséabonds. Jessie se porte à leur hauteur et commence à leur expliquer le fonctionnement des installations, Edwin apprécie quand sa femme prend l'initiative pour éclairer les rares visiteurs sur le cœur de leur exploitation. Le caquètement des poules peut laisser penser qu'elles sont irritables, et à raison, il n'y a rien de drôle à s'esquinter les ergots sur le fond grillagé d'une cage, c'est exactement comme marcher avec des talons aiguilles sur une plaque ajourée. Les pattes qui se tordent, la promiscuité, cela conduit à l'énervement, alors quand une fricassée d'humains débarque dans leur pavillon, les poules s'estiment en droit de redoubler les caquètements. C'est assourdissant, Jessie force sa voix pour les explications, les deux banquiers s'approchent d'elle, si près qu'ils perçoivent son eau de toilette surnageant au milieu de cette vinaigrette de merde. Ils s'intéressent aux tubulures du circuit d'alimentation, ils observent les cous qui se tendent pour picorer de la nourriture, puis ça sirote à petites lampées l'eau déversée dans les canalisations. Parfois un œuf roule paisiblement depuis une cage, pour aller se caler en douceur contre la bordure de réception, il se loge dans son emplacement en attendant d'être collecté. Fantastique, c'est fantastique, répète celui qu'on a surélevé dans la hiérarchie, l'autre se tait, il fait moins le malin à renifler cette odeur infecte qui lui traverse le cerveau. Ils prennent leur temps, le grand type au porte-documents de cuir pose des questions, Jessie y répond avec un bel aplomb, Edwin reste en retrait, fier de l'aisance de sa femme, de sa maîtrise. Si ces deux cons de banquiers n'étaient pas ici avec eux, il la dépoitraillerait sans attendre pour une tétée au milieu du poulailler. Il s'imagine déboutonnant sa chemise, retournant l'étoffe sur ses bras, il se voit soulever délicatement son soutien-gorge au-dessus de sa poitrine, libérant bretelles et dentelles du poids de ses globes lactés. Il est soudain pris d'une furieuse envie de se jeter sur les bouchons granuleux de ses mamelons, de se précipiter sur sa femme et de s'enivrer de lait. Mais il lui faut se ressaisir quand le plus grand des deux types leur annonce le véritable objet de leur visite. Ils voulaient se renseigner, savoir exactement à quoi ressemble cet élevage de poules pondeuses, car depuis quelque temps, ils ont pas mal de demandes de financement pour le même type d'exploitation. Edwin déglutit douloureusement, il réussit à articuler une question, et vous en avez beaucoup dans la région ? Le petit lui répond, que ça commence à venir, les agriculteurs du coin veulent se tourner vers d'autres formes de revenus, il lui sert tout le baratin habituel, se restructurer, trouver de nouveaux débouchés, se réinventer, Edwin n'y comprend rien, il ne les écoute plus, il réalise que son *Far West* s'arrête ici, il ne sera plus le seul à arroser la ville d'œufs frais et locaux, en provenance d'Omaha même. Il trouve la réalité bien cruelle, les autres ont attendu qu'ils prennent tous les risques, et découvrant que ça fonctionnait bien et que leur élevage était viable, ils se décident enfin à se lancer, en les copiant, tout simplement. Il considère Jessie, elle n'est pas mieux que lui, ses yeux sont brillants, scellés aux siens. Elle devine combien leur exploitation est précaire. Elle pourrait frapper les deux mecs sur le torse avec ses poings magnifiques, elle pourrait les renverser sur les tas de fiente de poule qui s'amoncellent sous les cages. Elle pourrait leur écraser la gueule dedans, même si elle sait que ces pauvres gens, employés de banques, n'y sont absolument pour rien. Elle se reprend, elle leur demande s'il existe une réelle concurrence. Le plus petit lui répond par l'affirmative. Il y a une demande certaine, les agriculteurs du comté veulent se lancer. C'est imminent. La voix étranglée, elle leur demande s'ils peuvent encaisser cette concurrence, s'ils peuvent y survivre. C'est le plus grand qui intervient. Madame Swanson, ne soyez pas si inquiète, rien n'est fait, et n'oubliez pas que vous avez un temps d'avance sur la concurrence, vous maîtrisez parfaitement votre affaire, votre élevage est rentable, et cette rentabilité ne se fait pas en un jour, vous avez de l'avance sur eux, je le répète. Mais pour renforcer votre position de *leader*, ce qu'il faudrait faire est assez simple. Quoi donc ? lui demande-t-elle avec une douceur craintive. Il suffirait d'investir dans un second poulailler, un second bâtiment pour maintenir votre avance, pour distancer la concurrence. Les Swanson tiquent un peu, ils n'ont pas encore fini de rembourser le premier prêt, même s'il arrive bientôt à échéance. Les deux banquiers n'insistent pas, ils laissent la discussion retomber à l'état de suggestion, et regagnent la lumière de la cour, bien heureux de se soustraire à cette horrible odeur d'excréments de volaille. Ils serrent la main des Swanson avec une belle franchise, une empathie palpable, cueillant au passage quelques effluves de confiance, puis ils remontent dans leur Hudson Hornet grise aux chromes étincelants. Edwin et Jessie, soudés à la bagnole, voient leurs sourires bienveillants s'éloigner sur le chemin, la voiture soulevant le même nuage de poussière qu'à leur arrivée. Edwin attrape sa femme par une épaule, il la serre contre lui, l'embrasse sur le front et la raccompagne d'un pas identique vers les tréfonds de leur maison.

À bord du véhicule c'est le silence, le grand balèze est au volant, il regarde loin devant lui, tandis que le petit se concentre sur cet horizon entassé de prairies. Soudain, ils se regardent et éclatent de rire, s'étranglant de peur d'être entendus alors qu'ils sont déjà à un demi-mile de distance de chez les Swanson. Le conducteur accélère, il tape du poing sur le volant, il hurle et pleure de joie, tout en essayant d'articuler quelques phrases inaudibles. Il est à deux gouttes de pisser dans son froc et son passager est exactement dans la même position. Non mais, t'as vu leurs gueules ? parvient à piailler le grand. T'as vu leurs gueules ? Ils nous ont crus, alors qu'on n'a pas vu un seul bouseux s'intéresser à leurs saletés de poules. L'autre est sur le point de suffoquer, il n'en peut plus de glousser à en crever. Le grand reprend, non mais t'as vu leur château de cartes qui se débinait, adieu la petite vie pépère à entasser des œufs dans des grosses boîtes pour arroser le comté. On les a laissés sur le cul dans leur putain d'omelette. Et ils explosent à nouveau, le conducteur faisant même quelques embardées. Le plus petit des deux Irlandais retrouve enfin son sérieux et parvient à énoncer l'état de ses réflexions, tu sais quoi ? On les a ferrés, on va les revoir, ils passeront à la banque d'ici deux mois, pour signer un nouveau prêt, tu peux me croire. L'autre acquiesce. Ouais, je pense aussi, bon je vais te déposer devant la banque et je te rejoins après, faut que je repasse chez moi. Le petit le regarde avec incrédulité. Tu me crois si tu veux, mais à rire comme des bossus, je me suis chié dessus, je passe me changer chez moi et je te retrouve au bureau. L'autre ne sait pas s'il doit en rire, il préfère s'abstenir.

*

La chaleur insistante pour un mois de mai a dérouté les fermiers de la région d'Omaha, quelques tornades sont bien passées, mais à côté, laissant un peu de répit aux habitants de l'est du Nebraska. Edwin a charrié de la crotte de poule toute la journée avec sa brouette, après l'avoir raclée de dessous les cages. Des collines de merde qu'il faut régulièrement évacuer et qu'il stocke sur une dalle de béton ceinturée de murs, un espace qu'il a spécialement aménagé. Il revend ses fientes comme engrais, c'est riche en azote, phosphore, potassium et calcium. C'est bon marché et de très bonne qualité. Les types qui passent lui acheter son engrais sont parfois maraîchers mais la plupart du temps, c'est pour fertiliser des vergers. Les arbres absorbent très vite l'azote contenu là-dedans, et les clients d'Edwin savent qu'il faut rester prudent avec la fiente de poule, car en grande concentration elle peut brûler les racines des plantes et des arbres. Ça lui permet de voir du monde, ça le change, et ça permet d'échanger sur d'autres exploitations agricoles. Les gars n'ont pas l'air malheureux, mais c'est certain qu'ils gagnent moins bien que ceux qui font du bétail.

Marty aime flâner en rentrant de l'école, il lambine en chemin, semant chaque soir les autres gamins qui partent dans sa direction. Sa façon à lui de les semer, c'est de rester en arrière, de traînasser à ramasser des herbes et souffler dedans pour émettre un sifflement strident. Les autres gamins n'ont pas que ça à faire, l'attendre. Sitôt rentrés, la plupart d'entre eux doivent aider leurs parents. Marty lui est préservé, depuis qu'ils gagnent un peu d'argent, ses parents ne lui en demandent plus autant, ils semblent moins inquiets maintenant que les poules pondeuses leur rapportent. Marty aimerait bien les aider à les ramasser ces œufs mais il est encore un peu petit pour atteindre ces grosses coquilles fraîchement pondues. Et il se doute bien que ce serait ridicule de les récupérer à l'aide d'un escabeau. Alors il attend simplement de grandir, il se dit que ça pourra servir. Une légère brise frôle les prairies de Springfield, les silhouettes des énormes bœufs du voisinage s'amenuisent sur la ligne de l'horizon. Marty aime quand ces bêtes sont au bord de la route, et que de leurs naseaux pulse un souffle chaud. Il les caresse souvent à travers la clôture, les mastodontes se laissent gratter le ventre comme des chiots. Marty se méfie rarement des coups de corne, il lui arrive même de caresser cette toison frisée entre les extrémités menaçantes. Ce soir, les bovins paissent au large, les flots d'herbe grasse ondulent à l'infini sous les éraflures du vent. En chemin il ramasse des pierres et les glisse dans les poches de son gilet, son lance-pierres est enfoncé dans une poche arrière de sa salopette. Il repère un robin à la gorge bien rouge, posé sur la barrière d'un champ. Les gens disent ici que ces oiseaux annoncent le printemps dès qu'ils montrent leur petite tête dans le Nebraska, mais il faut se faire une raison, la majorité d'entre eux passent maintenant les quatre saisons dans la région. L'hiver ne les fait même plus fuir. Il sort une pierre de sa poche, il tend son élastique, il serre progressivement le morceau de cuir dans lequel il a logé son projectile, il vise, il rate. Le robin s'écarte, étirant son squelette dans le ciel transparent de cette fin de journée. Marty range son arme et repart en sifflotant. Tuer cet oiseau n'était pas forcément une source de plaisir, il voulait surtout bien viser, l'atteindre et rien d'autre. Il réalise qu'il pourrait jouer à ce jeu en confectionnant des petites boulettes en carton, suffisamment lourdes pour conserver leur trajectoire et assez légères pour ne pas blesser ses cibles. En regagnant la maison, il passe comme chaque soir saluer ses grands-parents, ils adorent le serrer contre eux, avec leurs vieux vêtements usés de fermiers. Son grand-père lui glisse à l'oreille d'aller chercher un bonbon sur sa table de nuit dans la chambre, sa femme lui demande, qu'est-ce qu'il raconte encore Papi? Sachant très bien où il l'expédie. L'enfant se glisse dans la pièce d'à-côté et revient aussitôt avec deux bonbons, un pour lui et un autre pour son grand-père, car bien sûr, la demande lui était surtout destinée. Le vieux Swanson n'a plus qu'une seule dent, ce qui ne l'autorise à manger que de la soupe, des haricots rouges bien ramollis ou du ragoût longuement mijoté. Son élocution en est altérée, mais leur petit-fils comprend parfaitement son aïeul, parfois mieux que ses parents ne le comprennent. La grand-mère est souvent obligée de répéter, comme une sorte de traduction, quand Jessie et Edwin sont chez eux. Marty ne reste en général pas trop longtemps chez ses grands-parents, ils lui demandent s'il apprend bien ses leçons, il acquiesce timidement, les embrasse et repart dans l'autre sens, il aime vivre près d'eux, il les trouve rassurants, bien plus que son père et sa mère. Il regagne maintenant sa maison située à moins de cent mètres de là. Il retrouve Jessie debout près de la table de la cuisine, elle repasse avec ce nouveau fer à thermostat. Elle a étalé un vieux drap replié en quatre pour protéger la table des brûlures électriques. Le temps qu'elle pose son fer à la verticale, Marty vient se serrer contre elle, elle lui demande ce qu'il a dans les poches, il lui montre ses cailloux. Elle n'aime pas ça, elle grogne que ça déforme son gilet. Il lui adresse une grimace tellement craquante, qu'elle se penche sur lui pour l'ensevelir sous les baisers. Il aime les lèvres de sa mère, il les préfère à celles de son père, car le soir, il pique. Il reste près d'elle à la regarder repasser, le fer glisse sur les salopettes d'Edwin, c'est fascinant, il lui demande s'il peut essayer, elle lui cède l'engin en lui demandant de ne pas rester trop longtemps au même endroit. Marty a l'impression de conduire une voiture ou une fusée, il imagine que le pilote d'un tel engin éprouve la même intensité. Il restitue le fer à sa mère qui tente de lui caresser les cheveux, il lui glisse entre les doigts, filant déjà dans la cour retrouver Edwin. Son père charge les œufs de l'après-midi. Les boîtes en carton posées à l'arrière du Ford accueillent les plateaux alvéolés, il entasse ces derniers en veillant à ne rien abîmer. Il est habitué maintenant, mais il peut arriver qu'il y ait de la casse. Il faut plus de vingt-quatre heures à ses poules pour faire un œuf, ainsi certaines pondent le matin, et les autres en fin d'après-midi. C'est pour cette raison qu'il a deux livraisons par jour. Les bestioles d'Edwin vivront six ans en moyenne, ce qui lui laissera du temps avant de les remplacer, mais au bout de quatre ans, leur rendement devrait ralentir. Une jeune poule peut délivrer entre cent cinquante et deux cents œufs par an. La ponte n'est pas régulière sur une année, ça Edwin l'a bien compris, la plupart de ses volatiles réduisent leur volume d'œufs à la fin de l'automne, autour de la Sainte-Lucie, mais ça repart très fort quand les jours rallongent sérieusement, autour du mois de mars. C'est une question de luminosité, la poule a besoin de douze heures de lumière pour pondre, alors Edwin se demande s'il ne va pas bientôt équiper son poulailler avec des lampes pour qu'il fasse jour tout le temps. Il sait que ça lui coûterait une fortune en électricité, mais il sait aussi que ça arrangerait son rendement, et que ça lui rapporterait bien davantage. Il en parle avec Jessie depuis quelque temps, elle semble plus prudente que lui, elle souhaiterait attendre, voir venir, mais Edwin veut tout et tout de suite, c'est sa nature, il est têtu et il fonce, c'est un miracle qu'il soit rentré vivant de ce débarquement, et de cette campagne européenne. Elle se dit parfois qu'il a dû être bien imprudent à la guerre, et qu'elle n'est pas passée loin de rester seule dans la misère. Bien sûr, elle aurait fini par rencontrer un autre gars du coin, moins ambitieux qu'Edwin, moins cinglé aussi, et elle aurait eu d'autres gosses, Marty ne serait pas là, à faire son timide avec les autres enfants. La vie lui semble souvent vertigineuse et c'est à Edwin qu'elle le doit, elle lui est reconnaissante pour ça, avec de la lumière dans son poulailler ou pas. Elle sait qu'il va en mettre et elle sait qu'elle s'en remettra, il est inutile de s'y opposer, il n'en fait qu'à sa tête, et ils ne sont pas malheureux finalement.

Edwin froisse les cheveux de son fils, il lui demande de l'aider un peu. Le gamin amène les plateaux chargés d'œufs, il les passe à son père qui les empile à l'arrière du *pick-up*. Il ne restait pas grand-chose à faire, mais Edwin estime que Marty doit participer à la ferme, il doit fournir lui aussi un effort, car il sait qu'il en retirera de la fierté plus tard. L'enfant s'efface dès qu'il a terminé sa mission, Edwin regarde s'éloigner son garçon, il se demande s'il sera courageux, une fois adulte. À moins qu'il ne le soit avant. C'est une question qui l'anime, qui l'angoisse même, il ne voudrait pas que son fils se laisse aller à traîner dans les rues d'Omaha, il en voit parfois des comme ça, des gosses grandis trop vite, à moitié chassés de leur famille, qui chapardent et se moquent de la société. Il se promet que si un jour son fiston menait une vie de débine, il irait te le chercher par la peau du dos, et il lui expliquerait deux ou trois trucs de la Bible. Il redoute qu'un jour cette malédiction leur arrive, qu'il parte et ne revienne pas. Puis il se rassure en se disant qu'un Swanson ça ne se laisse pas aller.

Marty est debout face à l'arbre à moitié mort planqué à l'arrière du poulailler, avec son lance-pierres il vise le tronc, il tend l'élastique puis le relâche, son caillou vient frapper la fragile écorce, détachant un petit morceau du manteau de l'arbre à chaque fois. Régulièrement, il s'installe ici, il vise ce chêne presque sans vie, pour le dénuder de sa peau. Les parties mises à nu sont lisses comme les rémiges d'un corbeau, la chair de l'arbre est blanche, lavée par le temps et ses éléments. Marty s'étonne toujours que son père n'abatte pas ce vieux tronc déplumé, ça ferait un peu de bois pour le fourneau. Mais non, il le laisse bien droit sur ses racines, qui n'ont plus grand-chose à puiser, ni dans la poussière ni dans la boue. Marty vide ses poches, il tire ses derniers cailloux, ils rebondissent, *tonk*, *tonk*, sur cette silhouette décharnée, il se dit qu'il n'aimerait pas être à la place de ce vieux chêne abandonné, délaissé de tous.

*

Viktoria Holmberg rejoint parfois Marty au bout du chemin qui mène à sa maison. Elle aime bien le voir, même s'il parle peu. Il ne comprend rien à l'intérêt qu'elle lui porte, pourtant, à huit ans on sait ce que ça signifie être amoureux. Marty ne l'est pas, amoureux, et il espère qu'elle ne l'est pas non plus, il ne saurait que faire de ce fardeau de sentiments. Un jour, il a tout de même bien voulu lui plaire, il lui avait proposé de visiter le poulailler. Mais ça ne lui avait pas plu. Elle n'en avait retenu que l'odeur. Pourtant, les roulades des œufs le long des cages, jusque dans leur tuyau, lui il trouve à chaque fois que c'est rigolo. Elle est quand même revenue. Ils se voient de temps en temps. Il ne sait jamais trop quoi lui dire, ils jouent un peu, ils s'apprivoisent, ils ont trouvé un terrain d'entente, il lui apprend à tirer au lance-pierres. Il lui a d'abord montré comment s'en confectionner un, elle apprend vite, il trouve qu'elle comprend bien, mieux que lui, souvent. Jessie tente parfois de le faire parler de Viktoria, mais il se referme aussitôt, pour redevenir le petit bonhomme silencieux qui se contente de regarder tomber les œufs. Sa mère n'insiste pas, elle se demande simplement à qui il ressemble pour être taiseux comme ça. Ce n'est pas elle, et ce n'est pas Edwin non plus.

Aujourd'hui, Marty est bien décidé à lui dire son secret, il a un peu peur, mais il va le dire à Viktoria, ça fait plusieurs jours qu'il y pense. Il l'entraîne vers une prairie appartenant à Hellström, elle traîne en chemin, ramassant des fleurs dans le fossé, elle dit que ça fera un petit bouquet pour la table chez eux. Solveig, sa grande sœur en ramène souvent et aimante les compliments de leur maman. Elle dit, c'est facile d'être aimée, il suffit de cueillir quelques fleurs. Eh bien moi, pour être aimé, je leur dis que je suis adopté. Elle trouve ça amusant et cruel, elle lui demande si ça fonctionne, Marty avoue que ça ne marche pas trop mal. Ils rient doucement, un rire identique, ils se regardent, conscients de cette étrangeté. Il lui montre les trois grands arbres là-bas, c'est là qu'il aime aller, pour les escalader. Viktoria le prévient, ses parents ne seraient pas d'accord de la voir monter trop haut dans les arbres. Il la rassure, ce n'est pas dangereux, il y a une branche plus basse que les autres, et elle ne sera pas obligée d'y grimper. Une escadrille de sturnelles jaillit des herbes hautes, leur vol caractéristique fait d'une alternance de battements d'ailes énergiques et de longues glissades ne laisse aucun doute aux enfants, ils savent que ce sont des sturnelles même s'ils n'ont pas eu le temps de voir le jaune de leur poitrail, n'apercevant que leur dos et sa grisaille. Elle lui demande s'il en a déjà tué, Marty acquiesce, il a tué de tout, même des corbeaux. Pas des coyotes quand même ? Il précise qu'il ne parlait que des oiseaux. Viktoria est à demi rassurée. Mais ça lui plaît cette forme d'adresse avec le lance-pierres, elle se dit que si elle se mariait avec lui, plus tard, il saurait chasser, et ramener des bêtes à manger, elle se sent en sécurité avec Marty. Les nuages blancs du ciel se déversent maintenant dans une masse de nuages gris, les deux enfants gambadent à travers champs, Viktoria veille à ne pas se tordre les chevilles, elle n'aurait pas envie qu'une douleur soudaine lui fasse lâcher son joli bouquet. Elle est comme ivre, elle parle, elle est intense, Marty l'écoute et ponctue par des interjections pour dissimuler ses silences. Arrivés au pied des trois grands chênes, il escalade la branche la plus basse sans attendre, il l'invite à monter, elle refuse, avant de céder. Il lui tend un bras pour l'aider, ce n'est pas si haut. Elle est fière d'être perchée là-dessus et d'apercevoir tous les alentours d'un seul regard. Elle se sent grande par le fait d'avoir escaladé le chêne, et aussi par la hauteur de vue que l'arbre lui offre. Un tracteur s'échappe dans le lointain, il tire une bétaillère chargée de bœufs. Marty, qui s'épanche rarement, décide, sans prévenir, de lui balancer son secret. Il a vu son père téter le lait de sa mère. Viktoria le regarde, interloquée, elle lui demande pourquoi elle a encore du lait sa mère, parce que la sienne n'en a plus. Il lui explique alors que tant qu'on tire dessus, ça ne s'arrête pas, c'est quand le bébé est sevré que les seins s'arrêtent progressivement de faire du lait. Il précise que c'est pareil pour les animaux. Elle lui demande quel âge il a son père. Il répond qu'il a tout juste trente ans. Viktoria écarquille des yeux, ses paupières palpitent, elle n'en revient pas. Elle lui demande si elle peut en parler à sa sœur Solveig. Surtout pas, c'est notre secret, rétorque Marty. Elle tente de se représenter la scène, elle lui demande s'il fait ça debout ou assis dans les bras de Jessie comme un bébé. Marty lui répond qu'il ne les a vus qu'une seule fois, mais ce jour-là, son père faisait ça comme un bébé. Ça dégoûte Viktoria, elle lui confie qu'elle espère que son père ne fait pas ça. Il la rassure, probablement que non, il a l'air triste soudain. Il avoue que son père est sans doute le seul papa au monde à téter le lait de sa femme. Viktoria hésite, elle veut le rassurer à son tour, elle lui confie qu'il y en a peut-être d'autres comme lui. Marty serre les lèvres, ses sourcils tombent, il secoue sa tête de haut en bas, lentement, il est un peu malheureux. Viktoria glisse ses doigts dans ses cheveux, il se laisse faire, sa petite main d'enfant se perd dans sa blondeur. C'est sa façon à elle de lui dire qu'elle l'aime. Il la regarde, il lui tapote le dos, c'est sa façon à lui de lui dire qu'il l'aime bien. Le ciel gris tourne au jaune, ça sent la pluie, l'orage même. Marty observe les oiseaux qui filent se réfugier, il se demande bien où, dans ces plaines infinies. Ils restent silencieux à regarder les boulets de basalte nuageux qui dégringolent sur eux, Marty connaît les nuages, son grand-père lui a appris à les observer, et ce qu'il voit s'avancer n'est pas de nature à le réconforter. On devrait peut-être se tirer ? Pourquoi, on est bien ici, on est à l'abri. Viktoria n'a pas l'air décidée de bouger. Elle raffole de ce moment magnifique en sa compagnie, elle lui prend la main, elle a glissé son bouquet dans la poche unique de sa robe, il la laisse faire, ils restent tous les deux assis sur leur branche à regarder dans le lointain les déchirures des éclairs qui descendent directement de l'enfer. Des ombres obliques et violacées s'épanchent des nuages les plus sombres, la pluie arrive. D'un coup elle s'abat sur le secteur, de larges gouttes crèvent le feuillage de leur arbre. Marty annonce à Viktoria qu'il faut partir. Mais elle veut rester ici, elle ne veut pas détremper sa robe à carreaux, et ses nattes sont toutes fraîches, sa sœur les a tressées ce matin. Elle préfère attendre sous ce grand chêne. Marty la regarde, il ne comprend pas son obstination, elle lui jette un baiser sur la joue et reprend exactement la même position comme si elle n'avait jamais bougé, il s'essuie, elle en rit. La pluie redouble, le ciel est jaune et noir, comme le dos d'un doryphore du Colorado. Il insiste, il y a des éclairs, il ne faut pas rester ici, elle insiste, elle veut rester à l'abri, elle dit qu'elle veut attendre la fin de la pluie. Reste si tu veux, moi j'y vais. Il saute de leur branche. Dans le fracas de l'orage, elle lui crie qu'il est une poule mouillée, il fait semblant de ne pas l'entendre. Il s'écarte un peu de l'arbre, il est trempé en quelques secondes, comme s'il avait plongé dans un lac de pluie. Poule mouillée, répète Viktoria en rigolant. Allez vient, c'est dangereux, mon grand-père dit qu'il ne faut jamais rester sous les arbres quand ça tonne et que ça éclaire. Ton grand-père n'est pas là, on s'en fiche. Il s'éloigne un peu, ses cheveux blonds coulent dans ses yeux, il lui crie qu'elle est plus têtue qu'Edwin, son père. Viktoria hésite à descendre, ça ne la rassure pas de rester seule ici, elle comprend que Marty va partir et la laisser. Tant pis pour ses nattes et ses vêtements, elle s'apprête à sauter en bas quand un craquement épouvantable divise le monde en deux sous les yeux de Marty, le monde des vivants et celui des morts. La foudre s'est abattue sur l'arbre, Marty a été projeté au sol, il peine à se relever, ça sonne très fort dans son crâne, un son strident, il se redresse, il parle, il appelle Viktoria, il ne s'entend pas crier. Il lui hurle dessus, elle fait la morte, il se précipite, elle est allongée sous la grosse branche qui leur servait de banc dans le ciel. Il tire sur ses cils pour lui ouvrir les paupières, il lâche, ses yeux se referment aussitôt, il lui crie dans les oreilles, il ne s'entend pas, il crie encore, le son réapparaît peu à peu, dans son oreille droite seulement. Viktoria ne réagit pas, il ouvre sa bouche, pour qu'elle respire, elle ne donne pas l'impression de respirer. Marty ouvre rapidement la rangée de boutons tout ronds qui descend de son col, il y a une tache noire au milieu de son ventre, il s'approche, ça sent le brûlé. Il pose une main sur son torse, à l'emplacement du cœur, il cesse de trembler et de respirer, il ne ressent rien, aucun battement. Plus rien ne bouge là-dessous, il appelle, Viktoria, Viktoria réveille-toi. Il sait déjà qu'elle est morte. Il appelle avec une voix blanche, il n'a pas envie qu'on l'accuse, mais on l'accuserait de quoi ? D'être allé courir sous l'orage ? Oui, les grands sont bien capables de l'accuser de ça. Il reboutonne sa robe, c'est la première fois qu'il touche quelqu'un de mort. Il considère le petit bouquet de fleurs pour sa mère, dans la poche, il a de la peine pour sa mère. En tombant, l'étoffe de la robe est remontée sous sa hanche, il s'apprête à la rabaisser pour lui laisser sa dignité, il découvre une seconde tache noire qui sent le brûlé, sous sa cuisse gauche. Il n'y comprend rien, il est trop jeune pour savoir que la brûlure sur le torse, près du cœur de Viktoria représente le point d'entrée de la foudre sur elle, et que l'autre tache de peau carbonisée indique le point de sortie de la décharge qui voulait regagner le sol au plus vite, en passant par la branche sur laquelle Viktoria était assise. Il ignore que cent millions de volts ont traversé son corps irrigué de sang, donc très conducteur, simplement attirés par l'enveloppe de sang de son cœur. Marty se redresse, il contemple le vieux chêne, une longue bande d'écorce a été arrachée, elle a comme éclaté, il y a même une fente élargie dans le tronc. La foudre est descendue de haut en bas, jusqu'aux racines, l'électricité en a chauffé la sève jusqu'à ce qu'elle se vaporise, faisant exploser l'écorce. Il se met à courir, la pluie redouble, ça éclaire de partout, s'il savait de quoi il s'agit, comme son père, il dirait que ça ressemble à la guerre. Il trébuche et glisse, la faute à cette terre imbibée d'eau. La tête la première dans l'herbe, il a le temps d'apercevoir un mulot. Cette petite souris des moissons, réfugiée sous la mitraille, se carapate en apercevant l'humain couché sur le sol. Essoufflé, Marty reprend sa course vers la maison, il préfère prévenir ses parents d'abord, ils sauront quoi faire. Edwin l'engueule, ils le cherchaient partout avec le grand-père Swanson, les deux adultes sont tous deux trempés. Marty leur explique le problème, putain de merde s'exclame Edwin, elle est où, elle est où, hurle-t-il. Il prévient Jessie, il lui demande de passer chez les Holmberg, il lui précise de ne pas en dire trop. Tu dis qu'il y a eu un accident, rien de plus, de toute façon, on ne sait rien pour le moment, Marty n'est pas médecin, il dit juste qu'elle ne bouge plus et qu'il ne sent pas son cœur quand il le touche. Nous on fonce avec Papa. Edwin entraîne son vieux père par le bras, ils suivent Marty qui retrouve sa piste comme un chien. Arrivés près de la gosse, la pluie dégouline autour d'elle, l'orage s'éloigne, mais ça tombe toujours aussi fort. Edwin couche une joue contre les ailes de son nez, il attend un peu de voir si un souffle lui atteint la peau. Il ne sent rien. Il ouvre sa robe détrempée, il écoute son cœur, y a rien qui rebondit dans son torse. Il referme la robe, le grand-père Swanson s'approche, il l'interroge du regard. Morte, c'est le seul mot qu'il prononce. Marty a soudain peur de se faire disputer, on va lui reprocher de l'avoir attirée ici. La mort de Viktoria sera de sa faute. Jessie accourt avec les parents Holmberg et Solveig, leur aînée, dans quelques instants ils vont comprendre qu'ils n'ont plus de cadette, plus d'aînée. À la mine des Swanson, la maman devine le diagnostic, elle se jette sur sa gosse en hurlant, un bruit raclé des profondeurs, Marty ignorait que les mères pouvaient avoir la voix si grave. Le père de Viktoria s'agenouille près de son enfant, il caresse le dos de sa femme en pleurs, la pluie cesse à mesure que les larmes du papa et de la maman enflent. *Varför*? Elle demande « pourquoi ? » dans sa langue maternelle, elle n'obtiendra aucune réponse, dans aucune langue, malgré sa foi indéfectible. Marty lui montre le petit bouquet dans la poche de la robe de Viktoria. Les fleurs semblent épuisées, à bout de forces, les pétales flétris sous les coups de la pluie. Elle les a ramassées pour vous, elle voulait les déposer au milieu de la table. Madame Holmberg considère longuement Marty, elle ignore si elle doit lui sourire, elle s'empare du minuscule bouquet, les fleurs s'allongent sur sa main et son poignet. Solveig se jette sur Viktoria, ses sanglots font presque battre à nouveau le cœur de sa petite sœur, tant son désespoir la secoue. Les Swanson restent silencieux, Edwin tient son immuable casquette entre ses doigts, juste devant sa braguette. Son père l'imite, à moins que ce ne soit l'inverse. Jessie s'est accroupie, elle tient la mère de Viktoria dans ses bras. Tout le monde est trempé. La pluie glisse des cheveux, se mêle aux larmes, et ruisselle sur les visages. Très digne, le père Holmberg soulève son enfant, il la porte comme une offrande sur ses bras à plat. Son cœur aussi est à plat, sa vie est bousillée et il tente de marcher bien droit au milieu d'une prairie d'herbe versée par l'orage.

*

Personne n'a jamais engueulé Marty pour être allé traîner sous ce grand chêne. Il a souvent expliqué aux siens qu'il voulait quitter l'arbre, mais Viktoria n'y tenait pas, elle craignait d'abîmer sa robe et ses nattes modelées du matin même. Ses parents le croient, chez les Holmberg, on le croit aussi, et on ne lui en veut pas. Le soir, au moment de s'endormir, quand il s'approche du lit de Marty, Edwin lui décoche toujours la même tirade, il lui dit, allez, serre ton père dans tes bras, car demain tu ne sais pas s'il sera encore là. Marty déteste cette façon de l'embrasser, de le quitter, parfois, dès que son père fait couiner les dernières lattes du plancher en sortant de la chambre, il s'enfonce sous sa couverture et pour s'endormir, commence à pleurer.

Le docteur Blackwell est venu pour l'oreille de Marty. C'est désormais le fils qui se déplace chez eux, le père étant décédé depuis peu. Le brave homme avait soigné toute la famille Swanson depuis deux ou trois générations, et puis un matin, personne n'a été en capacité de le soigner. On l'a retrouvé droit dans son lit, sans aucune transpiration dans les draps, il était là, éteint, près de sa femme. Il lui avait caché qu'il était malade, il l'avait caché à tous. Le fils Blackwell a ausculté Marty, son oreille gauche est définitivement perdue. Il lui a déconseillé d'accompagner les autres à la chasse, car il n'a plus que l'oreille droite pour traverser ce qu'il lui reste de vie. Et à huit ans, normalement il te reste un paquet d'années, lui avait-il dit. Marty avait répliqué, non docteur, Viktoria Holmberg et Sven Lindhagen, ils ont pas attendu longtemps pour mourir, eux. Le docteur Blackwell lui avait souri, son sourire était un bien mince déguisement. Depuis ce jour Marty tend un peu plus l'oreille droite quand on s'adresse à lui, il incline la tête et ça lui donne un air d'oiseau soucieux. Il trouve aussi son handicap très pratique, ça l'autorise à faire semblant de ne pas entendre les gens, ce qui lui permet de conserver une sorte de mutisme privilégié. Ses parents, surtout Jessie, étaient affolés dans les premiers temps, mais ils ont très vite relativisé en considérant la différence entre une perte d'audition et la perte d'un enfant.

L'enterrement a eu lieu sous un soleil oblique, une cérémonie pénible menée avec sérieux par le pasteur Danielsson. Une petite tombe fraîche orne désormais la cuvette herbeuse du cimetière. Les gens dans la procession évitaient de jeter des regards aux grands arbres alentour, essentiellement des chênes, comme celui qui avait ôté la vie de Viktoria. Depuis, l'arbre foudroyé continue sa vie, certes il est fendu sur le côté mais il prospère toujours, et sa cicatrice ne semble pas le déranger. Le vieux Gunnar Hellström a proposé de le faire abattre, mais monsieur Holmberg a refusé, il a dit que ce n'était pas comme s'ils avaient beaucoup d'arbres dans le Nebraska. L'autre lui avait rétorqué que le programme de reforestation avançait et que celui-ci n'était plus digne d'être là, mais le père de Viktoria avait définitivement repoussé la proposition, se contentant de ne plus jamais traîner dans le coin, de ne plus adresser un seul regard à ces trois arbres enracinés sur le terrain des Hellström.

Tout cela est encore bien présent dans les esprits, même après plusieurs mois. Et Marty est encore plus isolé à l'école, il est devenu celui qui est resté vivant, celui que la foudre n'a pas choisi. Tout le monde adorait Viktoria, au fond d'eux les gosses auraient préféré que ce soit Marty qui y reste, certains ne s'en cachent pas, il les a entendus, s'exprimant à mi-voix. Solveig, la grande sœur Holmberg est désormais seule, comme Marty, elle l'a bien évité elle aussi. Mais, près des parois tapissées de foi de son petit cœur, il y a comme une petite voix qui lui indique que Marty n'est pas si mauvais, qu'il n'est pas responsable de ce qui est arrivé à sa petite sœur. Peu à peu, les semaines et les mois aidant, elle se rapproche de lui, elle l'a toujours trouvé gentil et joli, mais c'est autre chose, elle croit qu'elle aimerait toucher sa sœur à travers lui, connaître ses derniers instants. Pour le moment, le jeune Swanson a toujours été réticent à lui raconter cette tragédie. Puis il a réfléchi dans le creux de sa chambre, il se sent prêt à monnayer ses possibles révélations, il va proposer à Solveig de lui montrer ses seins naissants. C'est la plus jolie des filles de l'école, elle a déjà douze printemps.

Il est assis sur son tas de terre rembourré de cailloux, à l'écart. Les autres élèves jouent avec une batte et une balle toute déformée. Il n'en revient pas qu'au tournant de l'hiver on a fêté son neuvième anniversaire, bientôt on le considérera comme un grand. Solveig est accroupie près de lui, elle l'implore. Elle s'est positionnée du côté de son oreille valide. Depuis quelque temps, elle passe la plupart des récréations avec lui dehors. Mademoiselle Westerlund est un témoin privilégié de ce changement d'attitude, elle rôde et s'assure que tout se passe bien entre eux. Solveig se tait chaque fois qu'elle approche. Marty attend lui aussi qu'elle s'éloigne, puis, il se livre enfin, je suis d'accord pour te raconter, mais avant faut d'abord que tu me montres tes seins. Sans une hésitation, elle le gifle. Il plaque sa main à l'emplacement de la brûlure, ça ne le soustrait pas à la douleur. Elle ne l'a pas raté. Il a encaissé en silence. Ce n'est pas une claque qui risque d'irriguer des larmes vers ses yeux. Elle se redresse et s'éparpille avec le reste des élèves, ceux qui, jusqu'alors, constituaient sa vraie famille.

Edwin a bossé comme un malade ces derniers mois, il a étiré une dalle parallèle au poulailler pour construire un bâtiment identique. Avec Jessie, ils ont mesuré les risques et se sont décidés, le discours des deux Irlandais de banquiers les avait bien remués. Il n'était pas question de se laisser distancer par une éventuelle concurrence. Ils ont choisi de s'endetter à nouveau. Quand les deux rougeauds les ont vus débarquer avec leurs habits du dimanche dans le hall de la banque, ils savaient que c'était pour eux. Les deux péquenauds allaient en prendre plein la gueule, et ressortir de leur bureau, heureux et menottés par le pognon. Ça n'avait pas loupé, les Swanson avaient fini par signer un nouvel emprunt, embarqués par leur ivresse d'avoir quasi remboursé le premier. Dès le début du rendez-vous, les deux zozos avaient fait semblant de s'intéresser à leurs poules, et Edwin, très naïvement, leur avait expliqué que leurs volatiles étaient en pleine période de mue. Les deux gars avaient mimé l'étonnement, comment ça, les poules ça mue comme les serpents ? Jessie avait acquiescé, en abondant que ça arrive généralement en automne. Les deux banquiers se regardaient avec des airs de roublards, leurs interlocuteurs n'en voyaient rien, ils avalaient leurs conneries et leur condescendance avec le manque d'assurance des gens qui se sentent gouvernés par le Bon Dieu et la chance. Edwin était venu en renfort de Jessie, il leur avait expliqué que la mue n'est pas une maladie, qu'elle est naturelle, servant tout simplement à renouveler le plumage qui, d'une année sur l'autre, est soumis à une usure importante, surtout dans les cages. Il leur avait aussi raconté que cette mue entraînait une diminution de la ponte, mais rien de méchant, ajoutant même, qu'il fallait mieux les nourrir pendant cette période, car les poules ont besoin d'énormément d'énergie au moment de faire repousser leurs plumes. Le plus petit des deux Irlandais avait bâillé, le plus grand avait abrégé ses explications, n'hésitant pas à le couper au beau milieu d'une phrase. Edwin n'y avait vu aucune trace d'incorrection, jugeant plutôt qu'il s'était lui-même épanché trop longuement. Les Swanson avaient retraversé le hall de la banque, clopinant entre la crainte et la satisfaction. Ils se demandaient tout de même si ces deux types étaient dignes de confiance. Une fois assis dans le *pick-up*, Edwin avait effacé les doutes de Jessie en lui assurant qu'ils connaissaient leur affaire et que de toute façon, c'est à eux-mêmes que revenait la réussite de leur élevage, c'était eux qui bossaient, qui ramassaient les œufs et qui raclaient la merde en dessous des cages, pas ces deux rouquins de banquiers avec leur raie impossible à coiffer. Edwin avait enclenché sa vitesse, et Jessie l'avait embrassé à la dérobée, avant que leur véhicule ne s'élance.

Le second poulailler est là maintenant, érigé tout contre l'autre, les Swanson sont à la tête d'une petite entreprise. Le père d'Edwin s'est finalement proposé pour les aider, mais le fils a préféré décliner son offre. Jessie a cessé de travailler chez les autres, laver, frotter, rincer, sécher, ça donne plus de courage quand on le fait pour soi-même. Les bénéfices sur les œufs lui permettent enfin de se concentrer sur les tâches de la maison. Heureusement Marty ne s'est jamais beaucoup sali, c'est un gamin très propre. Jessie se souvient qu'étant nourrisson, il détestait avoir les fesses sales, il attendait qu'elle déplie ses langes pour pisser, son robinet n'entrant en action que lorsqu'elle le libérait. Elle n'a pas compté le nombre de fois où elle a reçu son jet d'urine au visage, elle s'écartait, mais le petit coquin ne la ratait jamais. Edwin aussi fait attention à ses vêtements, pour un homme qui travaille au contact des bêtes et de leurs excréments, il maintient ses salopettes relativement propres. Jessie lui en est reconnaissante. Surtout que maintenant qu'ils sont plus âgés, elle récupère aussi le linge de ses beaux-parents, ça lui fait pas mal de paniers d'osier à étendre à l'arrière de la maison. Edwin a multiplié le nombre de poules pondeuses, il dit qu'ils en possèdent plus de mille maintenant. Un jour Marty a voulu les compter, mais il s'est arrêté alors qu'il avait à peine atteint les quatre cents. Les rotations d'Edwin se sont alourdies, les œufs ça ne pèse pas bien lourd, mais il en déplace quand même le double à chaque fois. Un grossiste lui prend ceux du matin pour les expédier dans tout le pays. Edwin n'aime pas l'idée de faire voyager des œufs, il dit que dans l'idéal, ils ne devraient pas être consommés à plus de dix *miles* du cul de leur poule. À la maison, ils en mangent de moins en moins, ils sont presque arrivés à saturation, à force d'en parler toute la journée, d'en trimballer sur des plateaux alvéolés, pour aller les vendre à Omaha, de voir leur vie tourner autour de ces fragiles coquilles, il fallait bien que ça arrive.

Pour Solveig et Marty, il fallait aussi que ça arrive, et c'est justement aujourd'hui. Ça moissonne dans les champs, cette année les fermiers de Springfield auront une belle récolte, pendant un temps ils ont craint une invasion de criquets pèlerins, mais c'était une fausse alerte, ces derniers ont sauté le Nebraska pour se poser directement sur les cultures du Wyoming voisin. Marty a promis à Solveig qu'il lui dirait tout sur le jour où la foudre a tué sa sœur, elle connaît les conditions, et après des mois de refus, elle semble enfin d'accord. Ils viennent d'escalader une échelle à l'intérieur d'une grange pour se planquer en haut d'un tas de foin tout frais. Marty a choisi une remise déjà pleine à ras bord de fourrages pour ne pas voir débarquer les adultes au milieu de leur pacte. Ça sent l'herbe fanée, cette odeur particulière enivre le jeune garçon, c'est à cela qu'il pense quand l'hiver tarde à se disloquer. Solveig est là, à genoux au sommet du tas de foin, elle a hâte d'en finir, ses mollets sont déjà griffés et rougis, mais pas autant que ses joues. Elle tente brutalement de changer les règles, tu me racontes d'abord, je te montre après. C'est pas ce qu'on avait dit. Marty est inflexible. Voilà ce qu'on avait dit, tu me montres, je ne touche pas, je regarde c'est tout, et après je te raconte tout, et à la fin seulement tu remontes les épaulettes de ta robe et tu refermes les boutons. Solveig se déboutonne à contrecœur, elle lui dit, tu te rends compte, je n'ai que douze ans. Et alors ? C'est pas grave, moi j'en ai que neuf. Justement, lui rétorque-t-elle. Marty lui demande, si j'en avais douze comme toi, ce serait mieux ? Elle s'offusque, non idiot, ce serait tout aussi grave. Mais tu veux savoir pour ta sœur ? Oui. Alors on fait ce qu'on a dit. Elle détache les derniers boutons, petits bulbes métalliques recouverts de tissu assorti à l'étoffe de sa robe. Elle tremble un peu, ses lèvres surtout. Ses gestes sont lents. Le tissu frôle ses bras, elle se dégage, et masque aussitôt sa poitrine avec ses mains croisées. Marty fait une moue qui lui indique les limites du contrat, elle pose alors ses deux mains à plat sur ses cuisses, une secousse électrique lui parcourt l'échine, c'est de la peur imbibée de honte. Il mastique un peu sa langue devenue pâteuse, les seins de Solveig, il n'en revient pas, il admire les seins de Solveig, la plus jolie fille de l'école. Il s'attarde sur le vieux rose de ses aréoles qui contraste avec la blancheur de son épiderme, il est fasciné par la délicatesse des couleurs, il est soudain heureux d'être sourd d'une oreille, c'est ce qui lui permet aujourd'hui de voir ça. Alors, à toi maintenant. Marty s'élance, il est bien décidé à prendre son temps, afin de tout lui raconter et d'enregistrer les détails de sa poitrine, pour le souvenir, peut-être pour l'avenir. Il va lui dire les somptueux détails de l'amour, la résistance de Viktoria pour descendre de sa branche. Tout. Solveig l'écoute raconter ce truc de son père qui tète sa mère, elle veut savoir comment Viktoria avait réagi. Il lui confie qu'elle était très étonnée dans un premier temps, puis dégoûtée, et qu'elle espérait que leur père n'en faisait pas autant. Solveig ponctue en détachant bien les mots, ça n'arriverait certainement pas chez nous, pas notre père. Marty, hausse les épaules, un peu vexé de constater que les siens seraient donc les seuls à faire des choses un peu étranges dans le coin. Il se souvient qu'il avait éprouvé la même tristesse en l'annonçant à Viktoria, et qu'elle avait voulu le consoler. Elle lui avait passé une main dans les cheveux, caressant son crâne avec ses doigts fins. Il lui dit avec quelle délicatesse elle lui avait pris la main, il lui raconte combien il s'impatientait à cause de la menace de l'orage, et aussi qu'elle n'en démordait pas, elle voulait rester sous ce chêne, sur cette branche. Puis, il lui explique pour ce baiser furtif, sur la joue. Solveig ne parvient pas à imaginer sa sœur dans une telle situation, elle lance à Marty qu'il ment, il lui assure que non, son regard est convaincant, elle lui demande de poursuivre. Marty se tait. Dans une dernière respiration, il ajoute qu'il s'était essuyé la joue. Solveig le traite d'imbécile. Il reprend en lui affirmant que Viktoria, elle, au contraire, en avait ri. Solveig se rembrunit, elle a envie de cacher sa poitrine maintenant, mais elle a promis de laisser sa robe ouverte jusqu'au bout de l'explication. Il lui raconte l'orage au-dessus de leur tête, le refus de Viktoria de partir, elle ne voulait pas que sa jolie robe soit touchée par la pluie, ni ses jolies nattes. Il a hésité pour les tresses que Solveig lui avait faites le matin même, puis il a tout balancé. Solveig lui demande de répéter précisément ce qu'elle avait dit, alors il restitue un morceau de la conversation, non, je ne veux pas mouiller ma robe, ni abîmer mes tresses, c'est Solveig qui me les a faites ce matin. La grande sœur commence à pleurer, entre ses sanglot Marty distingue des mots, elle prétend que c'est de sa faute, que si le matin même elle n'avait pas tressé ces nattes, Viktoria aurait osé affronter la pluie. Marty est ennuyé, il ne sait pas comment la réconforter, il a promis de ne pas la toucher, des larmes tombent sur les seins de Solveig, elle baisse le regard pour accompagner le sien. Elle se moque bien de ces larmes qui s'écoulent sur les contours de son torse. La respiration saccadée, elle lui demande de finir, vite, il lui raconte qu'il a sauté de la branche, qu'il l'a implorée encore de le rejoindre, qu'il a crié que c'était dangereux et qu'au moment de se décider, de sauter elle-même, Viktoria a été rattrapée par le bras de la foudre. Puis il croise les bras pour lui indiquer qu'il en a terminé. Elle se reboutonne sans attendre. Ne voulant rien perdre, Marty fixe sa poitrine jusqu'au dernier instant, elle vérifie son col, elle ajuste ses épaulettes, elle se redresse et se dirige vers l'échelle.

Sans un mot, ils retrouvent la terre battue de la grange. Avant de sortir, Marty vérifie que personne ne traîne alentour, puis ils s'exfiltrent du bâtiment de planches, marchant l'un près de l'autre, à pas furtifs.

*

Un porche, il avait déclaré qu'il voulait se construire un porche. Jessie l'avait regardé, un peu amusée, plutôt surprise par ce soudain désir de grandeur. Voulait-il affirmer sa réussite, l'afficher aux yeux de tous ? Ce n'était pourtant pas dans les habitudes d'Edwin d'exposer la moindre once d'orgueil, il restait modeste en toutes circonstances, sachant exactement d'où il sortait. La pauvre baraque de ses parents où l'on venait tout juste d'installer l'électricité, en 1957, pour les dix ans de leur petit-fils, lui rappelait constamment la rudesse de ses origines. Jessie lui avait proposé malicieusement d'y ajouter des colonnades comme sur les grandes bâtisses du Sud. Il ne l'avait pas mal pris, il savait qu'elle le taquinait, mais il a convaincu sa femme de construire cette saleté de porche pour y poser une balancelle rembourrée de coussins à fleurs. Oui, il voulait sa balancelle, pour se prélasser après ses journées dans la chaleur du poulailler, et se faire dévorer par des moustiques gonflés comme des échalotes à la nuit tombée. Et maintenant ils sont là tous les deux, leur fils est couché depuis longtemps, la chaîne de la balancelle grince, Edwin promet à Jessie d'y ajouter une dose d'huile dès le lendemain. Ils sont dans les bras l'un de l'autre, ils parlent peu, préférant évaluer silencieusement le chemin parcouru. Edwin se souvient de cette journée du 6 juin 1944, et des jours suivants, il admet qu'il a été chanceux, et depuis cette chance ne l'a pas quitté, il est un survivant. Jessie est admirative de leur trajectoire, et elle est tellement fière de leur enfant même si elle ne s'épanche jamais sur ses qualités.

Mais au fond, elle serait bien en peine de qualifier ses qualités, il surnage comme une impression d'inconnu, c'est comme si cet enfant se dérobait constamment, comme s'il ne voulait pas être vu. Il est là et il est absent, il est aimant, et il est distant, et cette étrangeté ne semble toucher que Jessie, les autres autour ne sont pas conscients de cette subtilité. Elle se rassure en se disant que Marty est comme les enfants de son âge, il leur demande souvent s'ils auront un poste de radio un jour comme dans les maisons des autres élèves de son école. Il demande régulièrement même si Edwin s'y refuse méthodiquement, arguant que la musique est une souillure et qu'elle détruit les mœurs de la société.

C'est un été démesuré, le soleil grille les prairies, on pose une main sur le barbelé d'une clôture et c'est la brûlure assurée. Les toits des granges sont surchauffés, on en a vu partir en fumée, avec tout le fourrage de l'hiver envolé dans l'atmosphère. Edwin est heureux de ne pas s'être lancé dans l'élevage du bétail, il les voit s'esquinter la santé ceux qui font de la bête à viande, il se dit que les œufs c'était une bonne solution, et il s'étonne de constater que la concurrence n'a pas encore émergé. Ces deux banquiers irlandais étaient alarmistes, à moins qu'ils rêvaient seulement de leur refourguer un nouveau prêt voyant qu'ils arrivaient presque au terme du premier, il ne serait pas étonné que ces deux-là leur aient menti, mais peu importe, leur affaire marche bien, ils ont multiplié leurs revenus par deux, et avec Jessie ils veillent à la dépense, Marty porte toujours les mêmes vêtements, il n'était pas question qu'il se distingue des autres parce que soudain, ses parents auraient un peu d'argent. L'asphalte des rues a bien ramolli, c'est sa deuxième livraison de la journée, et en cette fin d'après-midi, il se dit qu'il a hâte de rentrer retrouver les siens, et de se passer un gant de toilette d'eau fraîche sur la nuque. L'ambiance est singulière aujourd'hui, il n'y a pas grand-monde en ville. Comme à l'accoutumée, Edwin commence sa tournée de livraisons par le nord d'Omaha, ensuite il va redescendre tranquillement et rejoindre la petite communauté scandinave de Springfield en début de soirée. Il s'apprête à tourner sur North 24 Street et ce qui reste de « *The street of dreams* », quand une masse humaine débarque devant lui, ça déboule de tous les côtés, il est presque à l'arrêt, il s'engage, lentement, très lentement, venant grossir le flot des manifestants, il faudrait qu'il traverse le carrefour, mais en face il en arrive autant, il n'était pas informé de ce rassemblement. Il remarque quelques Blancs, mais la majorité des gens qui marchent dans cette rue sont noirs. Une bousculade compacte l'enveloppe, il garde son coude sur le rebord brûlant de sa vitre pour conserver un air tranquille, mais Edwin n'est pas rassuré. Il n'aime pas la foule, ça lui faisait déjà ça quand il fallait se rassembler au garde-à-vous sur le *marchfeld* de son unité d'entraînement en Angleterre, les quelques mois avant d'embarquer pour la France. Il y a là des hommes et des femmes, la plupart d'entre eux sont jeunes, ils portent des drapeaux américains au bout de longs bâtons, il y a aussi quelques pancartes, avec des mots comme « La justice est notre but ». Edwin regarde ces jeunes femmes en jupes plissées et chemisiers blancs, certaines portent des parapluies pour se protéger du soleil, les hommes sont en costume, certains ont des chapeaux, tout le monde est élégant, tous ces gens ont sorti leurs plus beaux vêtements. Son *pick-up* est enseveli au milieu d'une marche spontanée pour les droits civiques des Noirs. Il avait pourtant l'impression que leur condition s'améliorait peu à peu avec le temps, que l'inauguration de l'église méthodiste de Grove, ouverte à tous, qui faisait même de la publicité dans les journaux pour dire que tout le monde y était le bienvenu, avait fait bouger les choses. Mais Edwin doit bien admettre, que ce n'est pas assez, que tout est trop lent. Lui, les Noirs, il en côtoie peu, un seul pour être honnête, il vend seulement quelques œufs, une plaque, pas plus, à un vieux monsieur aux cheveux grisonnants et aux lunettes basses, qui tient une épicerie sur Laird Street. Au fond, les Noirs, il s'en fiche un peu, lui ce qui lui importe, c'est que sa communauté de Suédois se serre les coudes. Il se dit que les Noirs en font sans doute autant et qu'ils ont bien raison, chacun doit défendre sa liberté, et augmenter sa part de nourriture dans l'assiette des gosses. Pendant la guerre, il en a croisé quelques-uns des Noirs, Edwin n'a jamais eu accès aux chiffres officiels, mais ils étaient mille sept cents à débarquer avec lui le 6 juin en Normandie. Il se souvient surtout que dans sa chambrée, il y avait ce William, un gars du Sud, de l'Alabama ou un truc comme ça. Il apportait toujours un soin méticuleux à ses chaussettes, les lavant chaque soir avec son savon, c'était simple, il y avait toujours une paire à sécher sur le barreau métallique en bas de son lit, les gars l'avaient rebaptisé « Long Socks » parce qu'il avait de grands pieds, d'autres prétendaient qu'il se masturbait dans ses chaussettes, et que c'était pour cette raison qu'il les lavait si souvent. Personne n'a jamais vraiment su, Edwin s'en foutait, ils se branlaient tous autant qu'ils pouvaient dans son bataillon, et dans les autres aussi, probablement. Il se disait aussi que les poches de sang dédiées aux blessés de l'armée américaine étaient séparées, le sang des Blancs revenait aux Blancs, et le sang des Noirs allait aux Noirs. Un sous-officier avait confirmé l'information à Edwin, ça l'avait étonné. Le William, ils ne l'ont pas vu longtemps, mais ils en ont eu des nouvelles au cours de leur percée à travers les lignes allemandes, il était resté à l'arrière, en tant que responsable de la pharmacie du bataillon, ce qui l'avait conduit à stationner plusieurs jours de suite sur la plage d'Omaha, à soigner les blessés, et les types à moitié morts. Il paraît que le William avait tenu vaillamment et que c'était seulement à la fin de cette mission sur la plage, au bout de cinq jours, qu'il avait signalé l'éclat de mortier qui lui cisaillait la jambe droite. Il avait fait tout ça en étant amoché.

En l'apprenant, les gars autour d'Edwin avaient été impressionnés par ce putain de courage, ils s'étaient regardés, et ceux qui l'avaient raillé pendant les classes, avaient fini par baisser les yeux.

Ça commence à chahuter autour de la bagnole vert bouteille, on la secoue en criant et en rigolant, Edwin, se marre avec eux, soudain, dans son rétroviseur, il s'aperçoit qu'on lui vole des œufs, des types emportent des plaques entières, arrachées à leurs cageots de bois. Hey ! Hey ! Hey ! Attendez ! Edwin sort précipitamment de son Ford, vous ne pouvez pas faire ça, attendez ! Mais il est trop tard, les plaques alvéolées s'envolent au bout des bras, des femmes maintenant fendent la foule en tenant leur précieux butin au-dessus de leur tête, Edwin les voit se dissoudre dans la masse. Il escalade le plateau de son *pick-up*, debout il tente de protéger son bien, on le pousse, on le bouscule, il est balancé à terre, tout le monde ricane, et on lui déverse des œufs sur la gueule qu'on lui écrase du bout du pied, pour ne pas salir les chaussures parfaitement cirées. Les derniers œufs intacts, sont balancés dans la cabine de son camion, l'habitacle est visqueux quand Edwin le réintègre, lui-même est maculé de blanc d'œuf gluant. Il laisse le gros de la manifestation le dépasser, Edwin Swanson tente de reprendre son souffle et une partie de sa dignité, il attend sagement les deux mains posées sur le volant. Des étudiants de l'université de Creighton, très excités, s'adressent à lui en hurlant, on est du DePorres Club, retiens bien ce nom mec, on est les gars du DePorres, tu vas entendre parler de nous ! Les types appartiennent à un groupe d'étudiants qui ont fondé ce groupe à l'université de Creighton, pour lutter contre la discrimination raciale au Nebraska, ici même, à Omaha, et surtout contre la discrimination dans le logement et sur le lieu de travail. Edwin, évite leurs yeux furieux, il regarde loin devant lui, même si, loin, ça signifie seulement le bout de son capot, tant la foule reste compacte autour de lui. On rit, on le raille, il reste immobile dans son automobile. Si les gars sont énervés, c'est parce que le DePorres Club a été viré de Creighton, ils sont bannis du campus. Mais l'*Omaha Star*, le journal noir, fondé par Mildred Brown et son mari, les a récemment accueillis, hébergés dans ses bureaux. Et c'est de là qu'ils ont appelé au boycott des bus et des tramways d'Omaha, exhortant les lecteurs du journal à protester contre ces compagnies de transport qui s'entêtent à ne pas embaucher de chauffeurs noirs. Ils sont à l'initiative de cette marche de protestation, et Edwin se trouve comme un con au milieu de ces tensions. Lui qui ne demandait rien à personne a soudain la désagréable impression d'être comme un escargot arraché à sa coquille.

De retour à la ferme, Edwin tombe directement sur Marty. C'est exactement la situation qu'il voulait éviter. Le gamin reste interdit au milieu de la cour, il inspecte son père de la tête aux pieds, il prend peur et se réfugie dans la cuisine. Sa mère est surprise de voir Marty s'enfoncer dans ses hanches, à dix ans, c'est une situation qui lui arrive de moins en moins souvent. Edwin apparaît dans le rectangle de la porte, ses cheveux blonds sont collés, raides comme des brindilles dépassant de sa casquette à carreaux. Sa chemise et sa salopette sont comme recouvertes de morve, sur tout le corps. Jessie porte une main à sa bouche. Celle de son mari est abîmée, sa lèvre inférieure est gonflée, une larme de sang finit de s'encroûter dans un pli du menton. Il ouvre le robinet de l'évier, il se rince la bouche, et recrache des glaires ensanglantées, il se frotte bruyamment le visage et se décrotte des salissures d'œuf séché. Il soulève sa casquette, se passe une main pleine d'eau dans les cheveux, avec ses doigts imitant un peigne, il repose son couvre-chef et s'assied. Marty est toujours réfugié dans les cuisses de sa mère. Mais qu'est-ce qui t'es arrivé, bon sang ? Qui t'a fait ça ? Edwin ne veut pas effrayer le petit et ne surtout pas avoir l'air minable, pendant une fraction de seconde il imagine un accident, puis il se résigne à leur dire la vérité. Marty veut comprendre ce qu'il se passe avec les Noirs, alors son père lui explique l'esclavage dans le Sud, la liberté partiellement retrouvée, il lui explique que c'est trop long et que ces gens n'en peuvent plus. Marty ne comprend pas, il affirme que son père n'a rien fait, lui. Celui-ci se défend en disant qu'il était au mauvais endroit, au mauvais moment. Jessie ajoute qu'il avait aussi la mauvaise couleur. Edwin tente de protester en soulignant qu'il y avait quelques Blancs parmi les manifestants, mais soudain il se tait, il replie ses deux avant-bras à plat sur la table et enfouit son visage dedans. Jessie et Marty se demandent s'il pleure. Le gosse est effrayé, il lui est inconcevable de voir son père chialer, il s'approche, il lui relève doucement la tête pour vérifier, son visage est rouge, mais il ne pleure pas. Marty est rassuré. Il étend son bras par-dessus les épaules de son père et lui demande si tous les œufs de son chargement sont perdus, Edwin répond que oui. C'est pas grave, demain matin nos poules en auront fait d'autres, il réconforte son petit bonhomme. Jessie s'approche de ses deux hommes, elle s'accroupit et enfonce sa tête au milieu d'eux, ils sont à nouveau un cercle inamovible, pur, délicat et dur, un cercle de vie. Edwin frotte le galet de son front contre celui de sa femme, sentir les os de son crâne et son odeur naturelle le rassure, il a quand même failli avoir peur, retrouvant certaines sensations encastrées dans sa guerre. Le repas se déroule silencieusement, Edwin n'a pas envie de donner plus de détails sur sa mésaventure. Ils se couchent tous très tôt, Jessie attend son mari un bon moment au lit, le temps qu'il se lave le visage et les membres, qu'il se lave de cette humiliation. Quand il la rejoint, elle lui offre d'elle-même son sein, elle soulève sa chemise de nuit, la passe par-dessus sa tête et la dépose sur le tapis rangé sous le lit. Edwin hésite, il se sent las et minable, c'est la première fois que Jessie s'offre ainsi à lui, d'elle-même. Il ne veut pas de sa pitié, il veut dormir, il se voit comme un usurpateur, un escroc, sa place c'est le sommeil, n'être plus lui. Jessie lui prend la tête à deux mains, elle le serre contre elle, elle hérite de son visage, l'écrasant contre sa poitrine. Edwin demeure inerte, elle se penche pour sonder son regard, il a les sourcils bas, il semble dévitalisé, comme s'il avait perdu toute virilité. Elle refuse qu'il se laisse remuer par cette histoire, elle prend les commandes, lui susurre des mots infantilisants, ajustés à sa virilité diminuée, d'une main, elle dirige un sein vers sa bouche et lui fouille les lèvres avec son mamelon. Edwin tarde à réagir, puis se laisse convaincre, saisissant le capuchon proéminent de son aréole entre ses lèvres. Un bruit de succion envahit la chambre, elle le calme, en lui demandant de téter moins fort, elle s'adresse à lui comme à un bébé, elle est heureuse de pouvoir le réconforter. Les yeux fermés, Edwin avale son lait, il se laisse guider par la douceur de sa femme, il ne s'était jamais senti aussi faible et diminué, il ne l'avait jamais sentie aussi forte. Il lui parle en têtant, ses phrases sont déformées. Jessie pouffe de rire et s'en excuse aussitôt, elle ne voudrait pas le contrarier mais il rit avec elle, il glousse, retrouvant soudain quelques appuis intérieurs.

La porte de la chambre s'ouvre. C'est Marty, il n'arrive pas à dormir. Il découvre alors son père accroché au sein de sa mère, l'image est révoltante, c'est la deuxième fois qu'il les surprend à le faire. Il est imbibé de colère. Jessie devine son désarroi, elle l'invite à venir s'asseoir près d'elle. Il hésite et vient poser ses fesses sur le rebord du lit. Viens ici mon bébé, répète-t-elle à Marty, exactement les mots qu'elle murmurait à Edwin quelques minutes plus tôt. Il se laisse diriger par sa mère, mi-intrigué, mi-dégoûté. Il rampe le long de ses jambes et s'installe plus confortablement contre elle. Elle s'empare de son second sein et le suggère à ses lèvres entrouvertes, elle lui explique un peu le principe. Tétant sans s'arrêter, son père l'observe intensément. Marty s'applique, Jessie semble soulagée, heureuse, elle leur masse les cheveux, son regard va de l'un à l'autre, un voile de folie le dispute à l'émerveillement ressenti. Leur cercle n'a jamais été si intime, seulement réduit à sa pureté. Mais l'enfant recrache soudain son lait, manquant de s'étouffer l'instant d'après. Il trouve ça dégoûtant. Jessie lui assure qu'il l'adorait, bébé. Alors Edwin lui ordonne de retourner dans sa chambre sans attendre. Marty s'exécute et claque presque la porte. Un peu plus fort, et son père se relevait. Jessie lui lance un bonne nuit saillant à travers la cloison, auquel il trouve la force de répondre d'un borborygme. Il se couche. Enseveli sous son drap, il sanglote en silence, incapable de décliner vers le sommeil. Il se demande pourquoi ses parents lui ont donné vie. Pourquoi des êtres semblables avaient-ils besoin d'un enfant ? Maintenant, il n'a plus d'autre but que fuir, quitter tout ce qui l'entoure, ce qui se rapporte à l'humain, l'amour des autres, leur haine, leur gentillesse aussi. Ce qui n'est pas lui, est dangereux. Il a toujours fonctionné ainsi, et il va se limiter à cela avec application. Il n'a plus aucune raison de rester, il n'a aucune envie de souffrir, de se faire perforer l'enveloppe de chair qui lui retient le cœur. Plus tard, il sera dans l'action, une action choisie, pour ne plus subir. Et il en a marre de ne pas avoir plus confiance en lui-même. Mais le lendemain il aura oublié tout ça, toute cette fureur, il se réveillera après une belle nuit, à l'aube, les yeux presque déblayés de leurs larmes fossilisées.

*

L'inquiétude grandit chez les Swanson, Edwin inspecte ses œufs à la lueur du soleil, devant l'entrée du poulailler numéro 2. Il a sélectionné quelques échantillons qu'il tourne et retourne dans ses grosses pognes, c'est pas bon. La coquille est rugueuse, trop rugueuse. Jessie est près de lui, un malaise les unit. Il casse un œuf sur la tranche de la porte pour d'autres vérifications, cette coquille est trop fine, elle est beaucoup plus épaisse en temps normal. Il observe l'albumen, ce qu'on appelle le blanc de l'œuf, c'est vraiment pas bon, il est trop clair, trop liquide. Edwin dépose les résidus dans une poubelle attenante à la porte, il se tourne vers sa femme, il pue la trouille, elle ne l'a jamais vu comme ça. S'il pouvait se soustraire au monde des vivants, en un instant, en tournant un simple interrupteur, il le ferait, elle en est convaincue. Ils s'aventurent dans l'allée et entament leur ascension jusqu'au sommet du poulailler, les cages sont alignées sur les deux versants. Edwin signale une poule à Jessie, regarde celle-ci, elle n'en a pas pour longtemps. L'animal a les ailes qui tombent, elles traînent le long de son corps, quand il se déplace il peine à soulever ses pattes qui se râpent contre la ferraille grillagée du sol de la cage. Jessie sent monter une boule d'angoisse dans son ventre. Cette pauvre poule n'est plus capable de produire le moindre effort, soulever son pauvre corps est une telle débauche d'énergie, qu'elle préfère rester atone, ne faisant plus que de menus déplacements, elle tourne en rond. Elle ne tend même plus le cou pour s'alimenter. Elle meurt. Edwin et Jessie se propulsent vers les autres cages, de nombreux volatiles semblent atteints d'un mal identique, ces poules ont la tête qui oscille faiblement, le cou bizarrement tordu, plombé par le torticolis, certaines sont comme tétanisées. Voilà, nous y sommes, putain de merde. Edwin lance un grand coup de poing dans une cage, soulevant une volée de caquètements assourdissants, puis les piaillements retombent. La peste aviaire, articule-t-il. T'es sûr ? C'est la peste aviaire j'te dis, cette saleté va toutes les emporter, crois-moi, elles vont toutes crever. Regarde-les, perte d'appétit, ailes tombantes, fièvre, plumes hérissées, en plus quand tu regardes bien tu vois qu'elles en chient pour respirer, c'est baisé. Ce poulailler va être décimé dans quelques semaines, la peste aviaire c'est foudroyant. Jessie lui prend la main, il la relâche, trop énervé pour supporter du réconfort.

Ils se déhanchent et courent jusqu'au poulailler numéro 1. Quelques poules font déjà le dos rond, le plumage est hérissé, on voit des ailes qui traînent. Mais c'est quoi précisément, demande Jessie. C'est le système digestif, musculaire et nerveux, tout ça est atteint, toutes ces poules que tu vois là vont crever, par asphyxie. Nos deux poulaillers vont être décimés. On n'aura plus rien. Y a pas un traitement ? Non, rien. Et l'homme peut l'attraper ? Non, pas que je sache. T'inquiète pas *mitt hjärta*[1], on va en racheter des poules. Ouais, mais y en a pour un paquet de fric, et avant faudra tout désinfecter. Va falloir pulvériser de la soude, des solutions de soude, dans tous les recoins, du sol au plafond. Je t'aiderai. Trop dangereux pour les poumons, un seul d'entre nous doit s'y risquer, va falloir en balancer des hectolitres. Edwin est soudain mélancolique. Tu vois, la dérouillée que j'ai reçue avec les Noirs l'autre fois, c'était le début des emmerdes, comme pour nous annoncer le truc qui se déclenche aujourd'hui. On est dans la mouise, crois-moi, avant d'enlever cette saleté-là des deux bâtiments, on va en baver. La vie était trop belle, c'était pas normal. J'ai pas été conçu pour vivre tranquille. Vas-y, va engueuler tes parents pendant que tu y es, ose-t-elle plaisanter. Mais ça ne le fait pas marrer. Je le sentais, on avait moins d'œufs, la production ralentissait. Mais tu ne m'as rien dit ? Pour quoi faire, te dire quoi ? J'observais le truc avant de l'ouvrir, ça ne servait à rien de gueuler avant d'avoir mal. Sauf que là maintenant, on va avoir très mal, et on le sait déjà. Tout finit par s'arranger *mitt hjärta*, regarde Hiroshima, il paraît qu'ils ont quasi tout reconstruit et que c'est une très belle ville maintenant. Où t'as lu ces conneries ? Je l'ai lu, c'est tout.

Depuis, chaque matin, Edwin voit son cheptel se dégrader, il découvre des œufs difformes, et des poules mortes, aplaties dans leur coin, desséchées par la peste. Il faut les sortir, les

1. « Mon cœur », en suédois (N.d.A.).

entasser dans une brouette et déverser les cadavres dans un tas, au fond du terrain. Il doit alors asperger cette masse de plumes et de chair à l'essence et y mettre le feu. L'odeur est infecte. Il voulait rester discret, ayant même demandé à ses parents de la fermer, mais le père Hellström n'a pas tardé à pointer son museau. Il a bien fallu lui raconter ces déboires. Il compatissait, bien conscient du désespoir qui frappait les Swanson, mais il était également soulagé de ne pas avoir tenté l'aventure de la poule pondeuse. Il se disait qu'il l'avait échappé belle, le vieux. Sandberg, le voisin jaloux est venu se régaler lui aussi, appuyé sur une canne, il a marché à travers champs pour atteindre le foyer infect près de la clôture des Swanson. Il a attendu patiemment qu'Edwin réapparaisse avec un chargement de bestioles mortes pour l'interpeller. Ça ne va pas fort, on dirait. Edwin se contente d'un grognement pendant qu'il déverse ces saletés de cadavres. L'autre, croyant ne pas avoir été entendu, s'autorise une relance. Dis-moi, ça ne va pas bien fort tes poulets, là. Alors, n'y tenant plus, Edwin l'exécute sur place. Ouaip, c'est pas la grande forme, non, un peu comme tes deux fistons. Le père Sandberg l'insulte en suédois, avec des mots qu'Edwin ne comprend même pas, puis il se sauve, écœuré de voir ce petit con s'en prendre à ses fils tombés sur le sol de France. Il cahote sur les mottes de terre et maugrée que c'est une loterie et que ce Swanson a eu bien de la chance de ne pas y rester, puis il hurle que la chance à la loterie vient de tourner. Edwin relève la tête en entendant le mot loterie, il comprend que l'autre insinue que son tour est venu d'en baver. Il sait que le vieux n'a pas tort.

Jour après jour, il charrie de la matière morte, Marty est inquiet, ses parents se veulent rassurants, ils lui demandent simplement de ne pas en parler à l'école. À qui voulez-vous que j'en parle, Viktoria est morte, c'était la seule qui me parlait. Mais toi, pourquoi ne vas-tu pas vers les autres ? en profite pour lui demander Jessie. Il hausse les épaules, et il s'enfuit en criant que les autres sont trop heureux et trop forts. Jessie n'aime pas cette réponse, elle a envie de le rappeler pour qu'il s'explique, mais elle est trop lasse pour enclencher une bagarre. À mesure que les deux bâtiments se vident, la puanteur emplit le ciel. Quelques curieux s'aventurent dans le secteur, c'est simple dès qu'ils flairent un désastre, ça les attire. Jessie les aperçoit depuis la fenêtre de la cuisine, ils s'agglutinent derrière la clôture pour jauger la taille du feu dans lequel se consument les poules dévorées par la peste. Jessie décide de s'approcher d'eux, elle va leur raconter ce qu'il se passe ici. S'essuyant les mains sur son tablier, elle s'élance dehors, et se dirige vers les types amassés en bordure de leur terrain. Elle les salue, elle prend le temps de leur serrer la main un à un, ils sont surpris, mais contents, elle est mignonne la petite femme de Swanson avec ses jeans retournés en gros ourlets. Le plus âgé décide de jouer au naïf, qu'est-ce qui vous arrive donc madame Swanson ? Bah, nos deux poulaillers sont décimés, toutes nos poules crèvent, on a arrêté les livraisons, on est à l'arrêt, va falloir tout désinfecter à la soude, et on n'est pas sûrs du résultat. Ah ? Qu'est-ce que c'est donc ? La peste les amis, la peste. Oui, c'est bien malheureux ce qui nous arrive. Ils se regardent, inspectent leurs mains, se regardent à nouveau. Ils la saluent de loin et déguerpissent comme une armée en débâcle. Jessie jubile, ravie de ce petit divertissement. Au moins, cette pause aura égayé sa journée.

Edwin, qui n'est pas réapparu avec sa brouette, les a aperçus depuis le coin de son poulailler. Il a préféré s'abstenir, une confrontation avec ces connards risquait de mal tourner, il était plus sage de rester à distance. Il en a profité pour rentrer à la baraque, et réintégrer les bâtisses infectées, avec son fusil. Jessie n'en a rien vu, elle parlait avec ses amis. Et voilà Edwin qui sort les poules des cages, les plus vaillantes volètent maladroitement au-dessus de l'allée centrale, les plus mal en point restent au sol sans bouger, insensibles aux mouvements surexcités de cet humain. Toutes les poules encore vivantes sont maintenant extraites des cages, il doit en rester à peine une centaine. Edwin a pris deux boîtes de cartouches avec lui, il arme son fusil superposé et vise une poule en vol, la détonation soulève des cris hideux, la volaille bascule dans l'hystérie, les individus les plus malades restant prostrés. La poule visée a succombé dans l'instant. Dégagée du territoire des vivants. Ses ailes se sont contractées, sa queue aussi, elle s'est ramassée en boule, retombant sur le sol, la tête sur le côté, les yeux clos. Edwin envoie une seconde volée de plombs, directement dans l'allée cette fois, trois poules se couchent sur le flanc, mortes. Il réarme, deux belles cartouches vertes, croisillon, qui dispersent largement leurs plombs. Bam, Bam, ça gueule là-dedans, les poules se demandent d'où vient ce bruit, certaines s'interrogent pour leurs congénères, elles s'approchent pour renifler leur plumage, picorer alentour, comprendre un peu. Elles ne comprennent rien. Bam, ça tire encore. Edwin n'entend pas Jessie arriver dans son dos avec les parents Swanson. Mais bon dieu, qu'est-ce que tu fous, lui demande son père ? T'en as pas eu assez à la guerre, de la mitraille ? Edwin rigole, arme à nouveau son fusil et tire dans le tas. Certains volatiles sont projetés en dehors de l'allée, dans les montagnes de merde amoncelée sous les cages. Jessie est triste et presque malheureuse de le voir si malheureux. Elle reconduit ses beaux-parents jusque chez eux, non sans avoir serré les avant-bras d'Edwin, en signe de compassion. Il vide ses boîtes de cartouches, il déglingue la volaille, ça piaille, ça caquète, mais personne ne pense à se planquer. Il gueule de toutes ses forces, alors, ça fait moins les malines, hein ? Heureusement que c'est pas vous, connasses de bestioles, qu'on a envoyées débarquer le 6 juin, les Allemands l'auraient gagnée cette putain de guerre. Il en rit la gueule grande ouverte, ses gencives sont gorgées de sang, il est effrayant, les tirs continuent. Les plumes volent, déchiquetées, souillées de sang. De la peau est mise à nu, comme desquamée par de l'eczéma. Les volailles sont plumées, râpées, par les assauts de ces nuée de plombs. Il tire à plusieurs reprises sur ses victimes, il tue les mortes, il s'acharne sur le cadavre d'une grosse poule qu'il fait avancer au sol à coups de cartouches. Sa rage se dilue lentement dans le vacarme, il ne reste déjà plus un élément vivant, mais il est bien décidé à vider la seconde boîte de cartouches. L'odeur de poudre peine à surnager dans l'odeur de fiente. Il ne se doute pas qu'à l'extérieur, les ouvriers agricoles et leurs patrons sont rassemblés le long de sa clôture. Edwin ne se doute pas de ce qui se dit dans son dos, personne n'a jamais cru en lui, en son projet de poules, il voulait se distinguer, être différent, faire le Monsieur. En réalité, on lui prête un orgueil qu'il n'a jamais eu. Son seul orgueil, c'était l'opportunité du désespoir. Les détonations s'espacent, le rythme retombe, les autres dehors tendent l'oreille, Edwin revient à lui, il se dit qu'heureusement Marty est en classe, il ne voit pas sa furie, il ne l'entend pas. Il songe à son oreille morte, mais il se dit aussi que l'autre est encore assez forte, il réalise que Marty l'entend peut-être depuis l'école, le visage d'Edwin est enduit de honte. Il ressort du poulailler, ses parents et sa femme se tiennent debout devant la porte, les bras tombés au plus bas de leurs épaules. Voilà, c'est réglé, déclare-t-il à l'assemblée. Il repère, les curieux derrière la barrière, il s'approche et les met en joue, ajustant son arme et ses yeux à une vitesse extraordinaire. Les badauds se contractent, ils s'élancent et bondissent à travers champs, pour se disperser comme des dératés accompagnés de jurons. Edwin s'esclaffe, ça ne fait rire que lui, Jessie et ses beaux-parents s'inquiètent de ce revirement. Un élément de son corps s'est rompu, ça doit se situer du côté de la cervelle, voilà ce que se dit le vieux père Swanson. Il éprouve une amorce de pitié pour son fils, mais il n'est pas inquiet, il sait déjà que tout rentrera dans l'ordre. Edwin rentre à la maison pour remettre son fusil en place, dans le placard de lambris situé sous l'escalier. Il lui reste à attraper les bras de la brouette pour aller entasser les derniers cadavres de poules dans les flammes inconsolables de son brasier. Le sol de béton est relativement épargné par le sang, on y trouve surtout de minuscules billes de plomb, cabossées par les tirs. Edwin s'éponge le front avec les pores de ses avant-bras, il vit son malheur comme un soulagement, tout ce bonheur, ça devenait inquiétant.

*

D'un coup de couteau il éventre un sac de 25 kg. Il déverse les cristaux de soude caustique dans son pulvérisateur déjà bien rempli d'eau. Il est vigilant, il porte des gants, et a d'abord mis l'eau, parfaitement conscient qu'il ne peut faire l'inverse, la soude vient toujours après pour éviter les risques de bouillonnement et de projections. La bonne moyenne pour le dosage correspond à un kilo de soude pour cinq litres de flotte. Là, il en balance deux kilos dans son gros réservoir dorsal. Il remue son mélange avec un bâton. C'est prêt. L'appareil est en cuivre, il referme le couvercle du même métal orangé, vérifie la bague de serrage sur le tuyau de caoutchouc raccordé au robinet, puis il enfile son pulvérisateur qui vient lui heurter les omoplates. Il porte lourd, les sangles s'enfoncent dans ses épaules. Il actionne le levier de la pompe, le mécanisme fonctionne, au bout de sa lance jaillit une nappe de désinfectant ultra corrosif, de l'hydroxyde de sodium, ça ne rigole pas, ça détruit toute forme de matière organique, permettant l'assainissement des murs, des sols, et des installations. Edwin commence par le haut des cages, il en asperge les grillages, les gouttes se dispersent et ruissellent plus bas, arrachant d'autres traces animales au passage. Il porte un foulard sur son visage comme les bandits de grands chemins à l'époque des pionniers. Il protège ses voies respiratoires de la soude, il retrouve peu à peu l'espoir, il va leur montrer à tous ces connards qui commençaient à bavasser sur son compte. Ses poulaillers vont être remis à neuf, parfaitement désinfectés, les germes de la maladie vont se dissoudre dans la soude, il va vaincre cette saleté de peste aviaire, et les autres n'auront plus qu'à se taire. Jessie se présente dans la lumière de tungstène du bâtiment, elle tente de masquer son inquiétude derrière des mots charmants, Edwin fait le malin et l'embrasse à travers son foulard, la texture de l'étoffe sur sa bouche lui déplaît fortement, elle se retire doucement de son visage pour ne pas froisser Edwin. Il lui montre le principe de la désinfection, il n'y a rien à apprendre, ni même à comprendre, il s'agit seulement de recouvrir toutes les parois du poulailler. Elle laisse son mari s'en émerveiller, elle est contente de le voir reprendre de la vigueur. Elle se retire, elle a bien assez à faire de son côté elle aussi.

Une bagnole griffe le gravier de la cour, Jessie réapparaît, accompagnée cette fois des deux rougeauds irlandais, ils miment des mines inquiètes. Edwin est irrité, la promptitude de la banque à réagir sur leur malheur le dégoûte pour deux raisons. Il y a tout d'abord cette fausse bienveillance affichée par les deux rouquins de service, et ensuite, la vitesse de propagation de la nouvelle, de cette déveine qui s'est abattue sur les Swanson, ça le met en rogne. Les gens parlent, ils se repaissent de cette malédiction. Qu'y gagnent-ils ? Quelle jouissance éprouvent-ils à colporter cette catastrophe ? Edwin, les maudit, il pensait vivre au sein d'une communauté soudée, à l'avenir il sera plus méfiant à l'égard de ses congénères. Il sait aussi que le malheur des uns ne fait pas forcément le bonheur des autres, il se dit qu'ils ne l'emporteront pas, et certains, vont carrément le lui payer. Les deux banquiers inspectent le poulailler, ils se couvrent le nez et les muqueuses, l'odeur est infecte, il n'y a plus un poulet là-dedans mais c'est comme s'il en restait des milliers. Ils constatent que Swanson n'a pas traîné, il en est déjà à l'étape de désinfection, Edwin leur confirme qu'il a brûlé tout son cheptel, près de deux mille poules pondeuses, les deux cons prennent un air désolé. Ils lui demandent ce qu'il compte faire. Edwin les rassure, une fois les bâtiments désinfectés de la peste aviaire, il rachètera le même nombre de poules pondeuses. Vous savez très bien ce qu'on a sur notre compte, de l'argent, on en a, ne vous en faites donc pas pour nous, leur assène-t-il avec un sourire de travers. Les types en costard sentent qu'il est inutile de s'attarder, le gars est surmotivé, déterminé, même pas abattu, il ne leur a pas offert ce plaisir. Ils n'ont plus qu'à retourner s'emmerder ferme, sous les néons de leur bureau. Ils ont de la paperasse indigeste qui les attend. En repartant, le plus petit lui pose innocemment la question de la dangerosité pour l'homme, Edwin, visiblement navré, leur annonce que c'est la peste, et que bien sûr c'est extrêmement contagieux. Les deux ordures plongent simultanément leur regard dans la paume de leur main, ils ont serré le gant caoutchouteux de Swanson, et ce con qui a mis ses pattes partout, qui a tripoté ses poulets, qui les a transbahutés à l'extérieur pour les brûler, merde, merde, merde se dit le plus grand. C'est la panique. Et dans la tête du petit, il y en a autant.

Marty est inquiet de voir ses parents en difficulté, ça parle aussi de son côté, même Solveig est venue le voir à la récré. Elle ne lui avait plus adressé la parole depuis l'épisode en haut du tas de foin. Elle voulait savoir ce qui allait maintenant se passer pour eux. Marty était vexé qu'elle vienne gentiment lui parler, avec douceur, pour lui soutirer quelques grammes de malheur. Tout ça pour aller s'en délecter avec les autres. Mais il a compris qu'ils étaient quittes, à égalité. Le chantage de Solveig était sensiblement identique à celui qu'il lui avait infligé, en l'obligeant à se déshabiller, pour connaître les derniers mots de sa sœur foudroyée. Alors, il lui a raconté à Solveig, la remise en état des poulaillers, les désinfectants hyper dangereux, et les nouvelles poules pondeuses qui sont arrivées, il lui a expliqué comment ça carbure là-dedans, combien leur ferme est solide, et sa famille unie. Elle l'a entendu expliquer avec quelle énergie ils s'étaient relevés, elle a failli en douter, mais ça coïncidait avec ce qui se disait à Springfield. Depuis, elle ne lui parle plus trop, elle a obtenu ce qu'elle voulait savoir, partagée entre la déception et l'admiration. Elle n'arrive jamais à se positionner quant à ce qu'elle ressent pour Marty, elle lui en veut trop pour ce qu'il lui a demandé dans la grange, et elle l'envie pour sa force, cette capacité à vivre dans l'isolement, sans les autres, de rester mutique et de ne jamais se plaindre pour son oreille morte. Elle aimerait pouvoir mettre autant de distance avec les autres, pouvoir sélectionner, choisir le niveau de promiscuité, mais elle est si jolie que les gamins de l'école sont comme aimantés, ils veulent les faveurs de son attention, ils veulent lui parler, la toucher, lui arracher son amitié, comme de vieilles racines qu'on déterre. Et elle se sent tiraillée, violentée par toutes ces mains et ces regards, dirigés vers son sourire et l'intérieur de son crâne.

Marty leur ressemble finalement, elle l'attire lui aussi, et il n'en revient toujours pas d'avoir réussi à lui imposer de la voir à demi-nue, il regrette seulement de ne pas être allé plus loin, de ne pas l'avoir touchée ou ne pas lui avoir demandé de lui montrer le bas. Mais il avait promis, et il respecte toujours ses promesses, comme on le lui a appris. Pour l'anniversaire de ses onze ans, il avait presque envie d'inviter Solveig à manger des biscuits secs et des *kanelbullar*, ces délicieuses brioches à la cannelle que prépare souvent Jessie. Mais il n'a pas osé l'inviter, elle a tout de même trois ans de plus que lui. Et il est certain qu'elle aurait refusé. En attendant, il est dans son lit, il songe aux bougies de ce midi, c'était un bel anniversaire, ses parents lui ont fait cadeau d'un pull de laine avec des couleurs en zigzag, pour l'hiver. Il est allongé là, il pense aussi à Solveig, elle possède presque le même pull-over. Il fait un peu froid, mais il a chaud sous son édredon. Il ne comprend pas cette tension, il se passe quelque chose en bas, au niveau de ses attributs sexuels. Quelque chose qu'il ne s'explique pas, il est très excité, mais il ne sait pas quoi faire. Il descend son slip jusqu'à ses chevilles, il se touche un peu la bite, il la tourne dans tous les sens, et soudain, il se produit ce truc qui lui arrive parfois, sans en comprendre la raison, ni la nécessité. Sa bite durcit tout en s'allongeant, elle lui paraît énorme, d'habitude, quand ça vient, il porte un pantalon, il y a des gens autour et il ne peut y toucher ni la voir, mais là, seul, y a moyen de s'ausculter. Il allume sa lampe de chevet, il s'assure que la porte de sa chambre est bien fermée, il soulève l'ensemble drap, couverture, édredon, il construit comme une petite tente qu'il maintient relevée avec sa main gauche. Il laisse la lumière lui frôler la peau, son sexe a vraiment grandi d'un coup, même le petit chapeau, cette sorte de casque de soldat anglais, est ressorti. De sa main droite il soulève l'espèce de tube, c'est lourd et ça claque en retombant sur son bas-ventre. Il recommence, c'est agréable cette lourdeur. Du bout de l'index, il dessine un trait de haut en bas, il réalise l'existence de cette petite peau tout là-haut, sur le dessous de sa bite, qui se trouve être justement au-dessus en cet instant précis. Ça ressemble à une couture toute dure, de la peau tendue. Il touche aussi les deux glandes de ses couilles, elles sont moins grosses que celles des béliers et des taureaux, mais il les trouve grosses quand même. Il remonte vers cette partie de son anatomie qu'on désigne par le mot « gland » et dont il ignore tout, il constate qu'une goutte de liquide visqueux et transparent luit à l'entrée de la petite fente, à sa sortie plutôt. Il touche, il en enduit son casque anglais, c'est délicieux, une sensation brûlante, ou électrique, probablement entre les deux. Il ajoute deux doigts, index et majeur, sur cette peau tendue, située juste en dessous du casque, et il les fait coulisser sur cette couture bien dure, déplaçant ses phalanges de quelques millimètres, de haut en bas. Il appuie à peine, c'est troublant, une émotion nouvelle et incroyable. Comme une démangeaison luxueuse, qui n'irrite pas, ne fait aucun mal. Il pense à Solveig, elle porte des soutiens-gorge maintenant, ses seins se sont alourdis, des trucs en dentelle, il en a aperçu un à travers un chemisier blanc, un peu usé. Il pouvait deviner le dessin brodé dans l'étoffe, ça représentait deux petits oiseaux se faisant face, comme s'ils picoraient la framboise de son mamelon. Il se concentre sur le bec des deux oiseaux, ils mordillent délicatement l'excroissance de chair, il y pense, il ne pense qu'à ça. Marty dérive maintenant vers la séance en haut du tas de foin, dans la grange. Solveig est là devant lui, à demi-nue, bien droite, à genoux, les fesses posées sur ses talons. Ses seins, moins importants qu'aujourd'hui, le regardent avec leurs aréoles rosies. Elle reste quasi immobile, mais des mouvements imperceptibles font osciller son buste, ses rondeurs s'émeuvent et se replacent aussitôt. Ses souvenirs sont intacts. Les phalanges de Marty accélèrent, il ne sait pas quoi faire, alors il accélère, c'est affreusement bon, il sent une tension, une chaleur dans le bas de son dos, dans son ventre, il a le sentiment qu'il pourrait éclater comme une grenade. Il persévère, de plus en plus vite, il enfonce le bout de ses doigts dans la couture en haut de sa bite, il les plante dedans, sans ralentir, c'est fort, il se passe un truc fort. Soudain une intense brûlure le soulève, une chose jamais vécue, un jet chaud jaillit du casque anglais, et le touche au visage, d'autres jets arrivent et retombent sur son torse, sur les veines tendues de son abdomen. Il a le souffle coupé, il est sans doute rouge, la tension redescend, c'était à peine croyable. Complètement dingue. Le liquide blanchâtre s'étale sur son ventre et devient de plus en plus liquide, il y trempe un doigt, il goûte. Pas terrible. Il décolle le drap de sa couverture, et il s'essuie avec la grosse toile de lin. Il se débarbouille le visage, ça lui coulait sur le front et les joues. Quel truc de fou, il n'en revient pas, il n'imaginait pas qu'un tel plaisir puisse exister, il se demande s'il vient de l'inventer, s'il est le seul au monde à connaître ce truc. Si ça se trouve, il est le seul. L'idée lui plaît bien. Il veut vérifier qu'il ne vivra pas cette chose qu'une seule fois dans sa vie, il décide de recommencer sans attendre, il repositionne ses doigts au même endroit, il pense fort à Solveig, cette fois il imagine qu'il dépose ses seins dans ses mains, comme deux nids de grenouille, deux essaims grouillants, deux poches élastiques, il y pense de toutes ses forces, il peut les sentir, il sent l'odeur des seins de Solveig, la même brûlure, plus douloureuse, plus délicieuse le soulève encore, il est stupéfait. Il y a moins de liquide, mais l'émotion était aussi puissante, c'est à peine croyable, il peut donc le refaire, il s'essuie, avec une parcelle sèche du drap, quelle trouvaille, quelle invention. Il se demande vraiment s'il en est l'inventeur. Mais si on est l'inventeur d'une telle chose, comment en parle-t-on, à qui on en parle, à qui on la montre ? Ces questions le dépassent. Le sommeil le gagne rapidement, il est épuisé, dans ses dernières pensées conscientes, il se jure qu'il a déjà hâte d'être à demain soir.

*

Les grands-parents Swanson épient les humeurs de leur fils, et ils doivent finalement admettre qu'il se porte plutôt bien depuis qu'il a rentré de nouvelles poules au poulailler. La ferme a retrouvé son activité d'avant la peste, une nouvelle forme de quiétude s'est installée sur le foyer, on est à la fois confiants et méfiants. La légèreté s'est envolée, un sentiment de peur domine,

Edwin et Jessie savent désormais à quel point leur situation est fragile. Avant que cette catastrophe de la peste aviaire ne fonde sur leur entreprise, ils s'en doutaient, tout simplement. Maintenant, ils savent. La nuance est contenue dans la douleur intermédiaire. Marty semble épanoui comme il ne l'a jamais été, il reste isolé à l'école, rien n'a changé, mais le soir en rentrant à la maison, il paraît plus joyeux, il monte s'enfermer dans sa chambre pour travailler, ses parents sont admiratifs devant un tel engagement. Ils lui ont installé une petite table, une chaise au dossier canné de rotin tressé, et une lampe métallique articulée, pour travailler dans les meilleures conditions. Ainsi Marty peut se branler dans les meilleures conditions. Son oreille valide est à l'affût, et, attablé à son bureau, il pense à Solveig et aux autres filles de la classe. Chaque soir, dès qu'il rentre de l'école, juste avant d'étudier ses leçons, il stimule son pénis jusqu'à la jouissance. Il prend bien soin d'enfermer sa semence dans des feuilles de papier chiffonnées, qu'il enfonce dans les flammes du fourneau au moment de redescendre pour dîner. Le bonheur est une chose simple quand on a onze ans en 1958, qu'on vit dans une ferme baignée d'une constante odeur de fiente de poule, dans une petite ville à l'est du Nebraska.

Edwin a retrouvé des clients, il distribue ses plaques d'œufs avec un sourire neuf, mais il ne fournit plus les mêmes gars, Swanson s'est arrangé pour ne plus s'aventurer du côté nord d'Omaha. La dérouillée qu'il a ramassée là-haut lui a laissé de si mauvais souvenirs qu'il n'a plus jamais emprunté North 24 Street, il est désormais prudent à l'égard de la communauté noire. Avant il s'en foutait de passer là-bas, n'ayant absolument rien contre ces gens, il travaillait un peu avec eux, tout roulait, chacun faisait sa petite affaire, avec la politesse des partenaires, maintenant, il les évite, sa confiance s'est érodée. Et chaque fois qu'il croise un Noir, une partie de sa cervelle tressaille, un mauvais rappel fait de l'ombrage à la sérénité fragile de son quotidien. Il ne sait plus si le gouvernement doit les aider ou les laisser, même s'il considère les manifestations pour leurs droits civiques nécessaires. Il a peur d'eux. Et il préfère s'en tenir éloigné. L'hiver est cruel cette année, et en ce début janvier, la neige qui avait recouvert les prairies au large d'Omaha a fondu pour laisser place à une bouillasse bien collante. Mais depuis quelques jours, il gèle très fort et la boue des routes et des prés semble figée, comme les fossiles d'une époque disparue, émergeant sous les lueurs du présent. Les familles se réunissent autour de casseroles fumantes, on mange du gibier tué dans son errance. Dénicher de menues traces de nourriture est une épreuve pour les animaux quand l'hiver défie les organismes vivants, cela les conduit à se découvrir, silhouettes affamées sur l'horizon décharné, à la merci des hommes. Le tas de bois sous chaque appentis est rongé par la maladie du feu, on encastre les bûches dans les cheminées et les fourneaux, et on évite de penser à ceux, qui, dans leur extrême pauvreté n'ont pas de quoi se chauffer. Le vent tombé du Nord déblaie les rares oiseaux du ciel, pour les coucher contre les murs et cloisons érigés par les habitants de ces contrées. Chaque espèce s'arrange avec ces températures ni humaines ni animales, chaque être au cœur battant va tenter de rejoindre le printemps sans laisser trop de morts en chemin, dans sa famille chétive. Les enfants ne traînent pas quand il s'agit de rejoindre la classe de mademoiselle Westerlund, ils parcourent la distance qui les sépare de chez eux à la petite école en galopant comme des fuyards dans le froid, avec leur bonnet enfoncé sur les yeux, et des grosses moufles retenant leur petite *lunchbox* chargée de bonnes choses de la maison. C'est l'époque où l'on ressort les pots de confiture patiemment alignés sur les étagères à la fin de l'été. Marty se délecte de ses *pancakes* à la confiture de rhubarbe, il adore cueillir les larges feuilles au jardin avec Jessie, pour en découper les tiges en morceaux. C'est sa confiture préférée.

Quand les températures sont glaciales, leur enseignante les autorise à déjeuner à l'intérieur, mais elle déteste leur céder sur ce point, car souvent, même après le nettoyage des tables, le bois s'accroche à ces taches grasses qui vont salir livres et cahiers de leçons. Mademoiselle Westerlund se félicite chaque hiver d'avoir fait placer le poêle près de l'estrade, plutôt que dans le fond de la classe près de la porte, ainsi, les élèves les moins motivés ne rechignent plus quand elle les place devant, le nez collé au tableau. À la gauche de celui-ci, des photos de Viktoria Holmberg et Sven Lindhagen ont été accrochées au mur pour ne pas les oublier. Mais comment effacer de sa mémoire deux êtres, qu'ils soient étranges ou singuliers, quand on a passé toute son enfance, toute sa vie près d'eux ? La maîtresse leur a fait fabriquer les cadres en travaux manuels, il avait été question de les peindre, mais ils sont restés en bois brut, la classe étant incapable de se mettre d'accord sur la couleur de la peinture. Solveig évite soigneusement le regard de sa sœur, chaque fois qu'elle croise son visage par inadvertance, ça lui pince les poumons, et une douleur sifflante traverse sa cage thoracique pour se réfugier dans son cerveau. Près des deux portraits on a punaisé la carte des États d'Amérique, le Nebraska a été teinté à la craie rouge, afin que chaque élève puisse repérer sans difficulté l'endroit où il est né, l'endroit où il est assis en classe, l'endroit où il se fouille le nez pour en extraire des crottes et les manger.

C'est un samedi tout gris, Edwin vient de terminer sa tournée, il a aussi ramené le tissu pour les rideaux que sa mère avait commandé. À soixante-quatre ans, madame Swanson possède toujours une très bonne vue, bien assez pour faire sa couture, et parfois aussi de menus dépannages pour les autres familles de la communauté. Elle n'a jamais cessé de coudre, et maintenant qu'elle possède une machine, elle court après les bobines de fil, elle n'en a jamais assez. Il arrive que Jessie, sa belle-fille, lui cède quelques bricoles, mais cette dernière préfère généralement s'en acquitter elle-même, si elle laisse parfois des choses à faire à sa belle-mère, c'est vraiment parce que la mère d'Edwin insiste. Ils sont assis autour de la table de la cuisine, madame Swanson se lève et regarde à nouveau son tissu à la lumière de la fenêtre. J'en profite, tant qu'il fait jour, glisse-t-elle. Elle interroge son vieux mari pour savoir s'il trouve ça beau pour des rideaux, il acquiesce sans même réfléchir ni regarder. Elle n'en demande pas plus, elle est habituée. Marty s'attarde sur le tissu, il le trouve beau, puis il se penche à nouveau sur les nervures de la table qu'il suit du bout de l'index comme un circuit de course automobile. Une voiture vient écorcher le gravier de la cour. Ils n'attendent personne à cette heure-ci. C'est la police, annonce la mère d'Edwin. La police ? disent les hommes en se levant. Et les voilà, père et fils dans le milieu de la cour à saluer les deux hommes qui sortent de cette Ford Fairlane complètement noire, exceptés le toit et les portières qui sont peints en blanc. Les deux policiers sont très polis, le père Swanson les invite à l'intérieur. Madame porte leurs lourds manteaux d'hiver en laine peignée dans la pièce d'à côté. Ils ont quelques questions à poser. Ils aimeraient savoir s'ils ont remarqué que ça rôdait ces derniers temps par chez eux. Le vieux demande s'ils parlent de bestioles. Mais non Papa, ils veulent savoir si on a vu des gens traîner dans le coin, pas des chevreuils, ou je ne sais quoi, réplique Edwin. Le policier le plus âgé, une bonne cinquantaine, sourit à Edwin, ravi qu'il ait compris et qu'il l'aide. Ça le soulage, ils ont déjà posé tellement de questions dans le voisinage. Non, ils n'ont rien remarqué de particulier. Le plus jeune, avec son long menton dessinant une raie des fesses, insiste, vous n'avez vu personne poser des collets à lapins dans le coin ? Non rien, ils n'ont rien vu. Le vieux Swanson ajoute que les lapins en ce moment, avec ce froid, ils se font discrets. Edwin veut en savoir davantage, on lui répond qu'un homme a été retrouvé mort pas bien loin. Dans une prairie appartenant à Hellström. Il gisait dans une mare ou un petit étang. En s'écroulant là-dedans, le gars a brisé la glace, il y est resté, noyé. Le jeune type ajoute que c'est probablement un meurtre. Personne ne réagit franchement. Le père Swanson déglutit et leur demande ce qui leur fait dire qu'on a affaire à un assassinat. Le vieux flic leur explique que le type avait l'œil droit quasi arraché. Le père Swanson émet l'hypothèse que ça pourrait être des poissons ou des saloperies du genre qui auraient tiré là-dessus, sur le globe oculaire. Mais Papa, t'es pas sérieux, un œil, ça ne peut pas sortir si facilement du crâne. Ouais, fiston, mais après quelques jours dans la flotte, la gueule de ton gars, c'est de la marmelade. Le jeune flic est d'accord avec lui, mais il ajoute qu'il y avait aussi des traces d'ecchymoses sur toute la partie droite du visage, une sorte de traumatisme, un bel hématome. Dans ce cas, ouais, c'est une saloperie de meurtre. Le vieux Swanson réfléchit. Et s'il s'était blessé avec ses collets à lapins ? Papa, c'est du sérieux, tu ne peux pas plaisanter avec ça. Mais je ne rigole pas, bon Dieu. Peu probable, monsieur, lui répond le jeune policier. On a tenté de lui arracher son œil, et on l'a balancé à la flotte. Sale histoire, le gars avait une femme et six gosses, il a fallu leur dire. Madame Swanson lève les yeux au ciel, cherchant à transmettre sa compassion envers cette famille qu'elle ne connaît sans doute pas. Le vieux flic continue, des gens du nord d'Omaha, des Noirs. Qu'est-ce qu'il faisait par ici ? demande le père Swanson. La pauvreté Papa, la misère sans doute, il cherchait des lapins pour nourrir sa famille. C'est tout, rien de plus. Il ne faisait rien de grave. Oui, monsieur reprend le policier plus âgé, c'est exactement ce que nous en avons déduit. Vous avez une idée ? C'est pas le vieux Hellström quand même ? interroge Edwin. Nous l'avons vu, nous lui avons parlé, il est hors de cause. Pas d'empreinte, rien, la faute au sol gelé. Mais pour tout vous dire nous orientons nos recherches vers

Charles Starkweather et sa petite copine, Caril Ann Fugate. Ils ont fait beaucoup de dégâts dans la région ces derniers temps, mais on est sur leurs traces, on va les coincer. Prenez bien soin de vous, fermez bien vos portes, ils sont peut-être encore sur le comté. Les flics se lèvent, réajustent leurs casquettes, madame Swanson leur apporte leurs manteaux, ils saluent tout le monde avec sérieux et lassitude.

Au moment de les laisser remonter dans leur bagnole, Edwin demande aux flics comment s'appelait la victime. Isaac Lyttle, lui répondent-ils en chœur. Le fils Swanson acquiesce comme si ça changeait quelque chose, mais cette information ne change rien. Madame Lyttle est désormais veuve avec six enfants à charge, elle vit dans une pauvre masure au nord d'Omaha, la communauté de sa petite église fera bien des efforts pour la soutenir dans un premier temps, puis, lentement, on va oublier son malheur, d'autres malheurs viendront enfouir le sien dans le limon du destin.

*

C'est sûr, Charles Starkweather et Caril Ann Fugate en ont fait du ménage dans le Nebraska et le Wyoming ces derniers jours. Ils se sont rencontrés à Lincoln. Elle avait treize ans, il en avait dix-huit, il bossait dans un entrepôt de la Western Newspaper Union, sa tâche consistait à décharger des camions. Il travaillait mal, était à moitié con, les autres s'en plaignaient. Il avait choisi cet entrepôt près de l'école de Caril afin de la voir plus facilement. Les cinq années de différence d'âge entre Charles et Caril ne semblaient pas déranger les parents qui, de toute façon, n'avaient pas leur mot à dire, Charles Starkweather n'a jamais demandé la permission à personne pour enfiler son machin dur dans le truc mou de Caril Ann Fugate, pas même à elle. Mais ça avait l'air de leur convenir à tous deux.

Starkweather retrouvait enfin un peu d'estime de lui-même aux côtés de Fugate, il en avait bavé à l'école, il apprenait mal, il avait des soucis d'élocution et les jambes de travers, alors on se foutait de sa gueule, forcément. Une jeunesse en marge, avec une intelligence constamment moquée, et des aptitudes physiques lui permettant de compenser, c'était ça Charles Starkweather. Dès qu'il a pris du muscle, l'élève relégué s'est vengé, défonçant les petites gueules de tous ceux qui l'avaient humilié par le passé. Un torrent de colère se déversait en lui, renversant tous les principes d'éducation qu'on lui avait inculqués. Puis, tout a basculé le jour où, dans une station-service de Lincoln, Charles a voulu acheter à crédit une peluche de chien pour l'offrir à Caril. Le type à la caisse a refusé le crédit, ce qui, plus tard dans la nuit, lui a coûté la vie. Un chien ne vous protège que rarement, un chien en peluche, encore moins souvent. Un coup de fusil en pleine tête, et le pompiste s'était vidé comme un pistolet d'essence. Charles Starkweather venait d'enclencher les principes qui allaient régenter les deux prochaines années de sa vie. Les deux dernières années de sa vie. Avant de terminer sanglé sur une chaise, traversé par cinq décharges électriques. Pour lui, désormais, seuls les gens morts étaient tous du même niveau. Dans son crâne, c'était l'unique dénouement possible, tuer, pour se débarrasser des bravades, des moqueries et menaces de ses congénères, ses contrariétés qui l'avaient rabaissé tout au long de son existence. Les morts ne la ramènent plus, ils sont identiques, la hiérarchie est ramenée à zéro. Ainsi, il va bousiller la famille de Caril, flinguant sa mère et son beau-père. Puis, devant elle, il va matraquer, étrangler et poignarder sa petite sœur de deux ans, Charles était prêt pour la cavalcade. Et Caril Ann Fugate allait le suivre, jusqu'en prison.

Voilà que le mois de janvier 1958 touche à sa fin. Après une lourde série de meurtres, la police les fait capituler. Les deux fugitifs ne reconnaissent pas le crime d'Isaac Lyttle, ni quelques autres, leurs déclarations se contredisent constamment. Caril Ann Fugate cherche même à se désolidariser des actes de son compagnon en affirmant qu'elle n'était pas libre de ses mouvements. Au contraire, lui affirme qu'elle maîtrisait parfaitement ses mouvements, confiant à la police qu'elle avait même la gâchette plutôt facile. Le couple n'a pas l'occasion de se déchirer, chacun va croupir de son côté dans une cellule, avec ses secrets et la minuscule somme de ses regrets. Les flics ne vont pas s'embarrasser avec la liste de leurs victimes, la justice sera expéditive, la mort pour lui, afin qu'il soit bien certain d'être l'égal des autres, la détention à vie pour elle. La paix peut à nouveau survoler l'État du Nebraska, les citoyens se sont fait peur, mais maintenant le cours de la vie reprend, les banques et autres prédateurs peuvent retrouver un peu d'ardeur.

Les mois suivants, l'élevage de poules pondeuses des Swanson se refait une santé. Edwin soigne ses nouveaux clients, fournissant même un foyer de jeunes travailleurs, une sorte de pension dotée d'un *self-service*. Là, ça dépote des œufs, ils les mangent brouillés avec du bacon croustillant, Edwin leur livre des plaques et des plaques, à ce rythme il pourrait envisager de les avoir comme seul client, mais le garçon sait qu'il ne faut pas mettre tous ses œufs dans le même panier, c'est trop risqué quand survient l'imprévu. Le père d'Edwin connaît maintenant quelques problèmes de prostate, il se pisse dessus et sa femme a eu bien du mal à le convaincre de faire venir le docteur Blackwell. Une simple question d'orgueil, parler de son robinet et de fuites urinaires incommodait au plus au point le père d'Edwin. Le constat du docteur est sans appel, c'est un cancer, mais comme le faisait si bien son père, il se veut rassurant, et confirme au vieux Swanson qu'il aura l'opportunité de devenir beaucoup plus vieux encore. La prostate, on n'en meurt pas vraiment, lui répète-t-il avec un sourire rafraîchissant. Le vieil homme se contente de ça et congédie le médecin avec sa science et ses certitudes. Madame Swanson lui glisse des dollars dans la main, elle plisse des yeux en signe de reconnaissance. Blackwell se sauve, il n'en peut plus de cette infecte odeur de fiente de poules. Jessie est inquiète pour son beau-père, elle l'aime bien malgré ses mauvaises manières, il a bossé dur dans sa vie, il bosse encore parfois, donnant quelques coups de main à l'occasion chez le vieux Hellström. On lui dit que ce n'est pas raisonnable, mais il affirme qu'au contraire, c'est ce qui le maintient en bonne santé. Avec la découverte de ce cancer, sa théorie risque de s'effondrer, et sa femme risque de lui interdire d'y retourner. Edwin, est ombrageux soudain, il n'avait jamais imaginé que son père, ce vieux roc, puisse mourir un jour, et, encore plus grave, partir avant lui. Il a bien l'intention de le faire surveiller par Blackwell, qu'il proteste ou non, il faudra qu'il lui montre sa verge et qu'il accepte les humiliations du toucher rectal. Son père peut quand même comprendre qu'il s'agit d'un geste médical. Blackwell en a déjà palpé un paquet des tumeurs par le trou de balle, le vieux Swanson, n'est pas un cobaye, simplement un patient sur la longue liste des victimes du cancer. Ça Edwin en est convaincu, le père faudra qu'il ferme sa gueule.

Marty n'a pas de chance, alors qu'il jouissait d'une liberté sexuelle toute nouvelle au bord de son joli bureau, dans sa chambre, Jessie l'a surpris en pleine action, à s'astiquer le morceau. Elle a refermé la porte sans un bruit, inquiète et horrifiée, en espérant que son gamin n'avait pas détecté le clic de la clenche. Bien sûr, Marty ayant senti sa présence, a brusquement détourné la tête, mais la porte était déjà refermée. Il a cependant eu le temps d'apercevoir la poignée remonter lentement, pour retrouver sa position initiale. Pendant des jours, enroulé dans sa propre angoisse, il a cessé de s'alimenter, son appétit l'avait fui. Son malaise était renfloué par une incertitude, qui était derrière cette porte, son père ou sa mère? Il n'y avait aucune solution qui puisse le satisfaire. Marty a donc décidé que c'était sa mère, il a pu s'alimenter à nouveau, et depuis, chaque fois qu'il y songe, ses joues s'empourprent de sang. Il en ignore la raison, mais au fond de lui il se dit qu'il vaut mieux que ce soit Jessie, elle lui semble globalement plus compréhensive avec les contradictions de la vie. Même s'il n'a jamais considéré que se faire du bien avec son engin constituait une quelconque contradiction avec la vertu ou les valeurs qu'on lui a enseignées.

Il fallait bien trouver une solution, et c'est aujourd'hui, dans cette douceur printanière, qu'il va l'expérimenter pour la première fois. Marty a simplement modifié ses horaires, plutôt que le soir à l'heure des devoirs, il va tenter de s'extraire du groupe vers midi. Les gosses de la classe dévorent le contenu de leur *lunchbox* sur les pelouses devant l'école, ils sont assis en cercle, et comme à son habitude, Marty est à l'écart, assis sur son monticule de terre, jouissant de son invisibilité habituelle. Il n'a pas touché à son repas, il serre fort la poignée de sa boîte et se lève avec naturel. Il contourne le bâtiment de l'école, se retourne avant de disparaître, personne ne remarque rien. Il traverse des fourrés et parcourt les cent mètres qui le séparent de l'église, installée à l'écart de leur petite ville. Comme toujours, la porte n'est pas verrouillée, il jette un dernier coup d'œil alentour avant de s'y faufiler. Le blondinet referme la lourde masse de bois derrière lui, et sans attendre, file se réfugier à l'ombre de l'harmonium. Il s'installe douillettement sur les lattes du plancher ciré et ouvre son ceinturon de cuir. Il dégage son sexe de son slip, il se redresse, ouvre le capot recouvrant le clavier et fait glisser ses doigts sur les touches d'ivoire. Il caresse les rectangles blancs et noirs sur lesquels mademoiselle Westerlund appuie ses phalanges le dimanche pendant l'office, la douceur du matériau rejoint la douceur de sa bite, il se rassied, une forte érection accapare son attention, il tend le bras gauche afin de rester en contact avec le clavier et il commence à se toucher. Il pense à mademoiselle Westerlund, il l'imagine dans sa petite chambre à lui, elle lui rendrait visite avec la bénédiction de ses parents, dans le but d'améliorer un ou deux points de grammaire, elle serait là, debout au milieu de la pièce, la porte fermée. Il serait là, assis sur son lit, il la regarderait se déshabiller, ôtant soigneusement ses vêtements stricts, d'un autre temps. Il enregistrerait chaque mouvement dans les plis et replis de son cerveau. Il la verrait retirer son chemisier, déposer avec beaucoup d'assurance son soutien-gorge dans ses propres mains de garçon émerveillé, il se pencherait pour humer l'étoffe, retenir le délicat parfum de sa peau. Mademoiselle Westerlund viendrait s'allonger près de lui en retirant sa jupe longue et sombre, d'un modèle que sa propre grand-mère n'ose même plus porter. Elle serait là, sur le dos, tout près, lui encore assis sur le matelas, les jambes repliées à l'équerre. Elle frissonnerait, les bras étendus le long de son corps, en attente, elle lui demanderait de la toucher, de ne pas rester interdit comme ça. Sa langue pèserait une tonne et déverserait des hectolitres de salive dans sa gorge, il poserait une main sur ses seins menus mais plus présents que ceux de Solveig. Du bout des doigts il descendrait patiemment son torse, son abdomen, s'attendrirait sur l'hélice boursouflée de son nombril, et plongerait sa main sous l'élastique de sa culotte de dentelle noire, dont les rebords peineraient à dissimuler l'énorme rembourrage de poils blonds de sa maîtresse d'école. Il fouillerait délicatement cet endroit qu'il imagine très chaud. Retour à la réalité, c'est à ce moment précis qu'il doit s'emparer de sa boulette de papier froissée, il y enfonce son gland pour éviter de gicler sur l'harmonium de l'église, et se déverse abondamment dans cette page quadrillée, arrachée à son cahier à spirale. Marty s'essuie contre le papier qui accroche la douceur de son fruit violacé, il le replie soigneusement, origami à l'étanchéité quasi brevetée, puis il range sa semence dans sa *lunchbox*, se rhabille en hâte, se lève, referme le capot de l'harmonium et se tire de l'église d'un glissement furtif, sans aucune considération pour la croix, les candélabres, et les objets sacrés amoncelés en ce lieu. Tout en marchant, il précipite son repas vers son œsophage, il fait passer le tout avec l'eau de sa gourde et rejoint son monticule de terre. Il se pose là, comme d'habitude. Les autres jouent dans l'herbe, seuls les plus âgés des garçons s'envoient une balle de baseball ramollie sur le diamant de sable tracé par les parents d'élèves. La batte n'attrape pas souvent la balle, mais ils ont l'air heureux. Marty réalise qu'à cet instant, aucun d'entre eux n'est aussi heureux que lui. Mademoiselle Westerlund finit par apparaître sur le perron de l'école, elle en descend pour activer la cloche à manivelle, les gamins s'alignent devant les marches. Marty s'attarde sur son chemisier, il inspecte le col de dentelle qui remonte haut sur son cou, et cette longue jupe sombre découvrant à peine ses bottines lacées de cuir. Le battant de la cloche frappe le vide, le mouvement de l'objet en fonte se tait lentement jusqu'à l'immobilité. Il songe à son papier rempli de sa propre glu, il aura séché d'ici son retour à la maison, il lui suffira de le balancer au fourneau, comme un automatisme. Il est bien rêveur en ce début d'après-midi, les formes de mademoiselle Westerlund neutralisent son attention, il reste bloqué sur la finesse de sa taille et le rebond de ses hanches, il sait qu'elle n'est pas mariée et il se demande si elle l'a déjà fait. Ses cheveux blonds ont pas mal poussé ce qui finit par lui cacher les yeux et le bout du nez. Il réajuste sa mèche, et enfonce à nouveau son menton dans sa paume. Il décide que sa maîtresse n'a jamais vu une bite, qu'elle n'a jamais senti la lourdeur d'une bite dans sa main. Il se demande si elle serait d'accord pour qu'il lui montre la sienne, et elle pourrait lui montrer, elle aussi, la fortune qu'elle a au fond de ses poils. Il ne l'a pas vue s'approcher de son oreille droite, contournant habilement le silence de son oreille gauche.

L'enseignante lui pose une main sur l'épaule, et lui demande doucement à quoi il pense. Marty se laisse submerger par une inondation de sang qui lui monte jusqu'aux oreilles, il balbutie et s'excuse de rêver, elle lui rappelle les principes érigés en règles dans cette classe, la rêverie c'est plus grave que de ne pas savoir ou ne pas comprendre. Il se déforme le cou et la regarde, elle est si près de lui. Cette longue verticale rehaussée d'un chignon, ça doit bien valoir quelque chose au lit, voilà ce qu'il se dit. Elle lui demande si c'est bien compris, il acquiesce avec un mouvement du menton. Elle retire sa main de son épaule, il a envie de flairer l'endroit où elle a posé ses doigts. Il attend un peu que l'attention des autres élèves se détache de lui pour se tordre les carotides, et sentir discrètement son épaule. Ça ne sent rien d'autre que cette odeur de fiente de poule profondément incrustée dans son chandail.

*

Renversée par deux nouvelles épidémies de peste aviaire, la ferme n'a pas survécu à cette tragédie. Edwin et Jessie se sont retrouvés à quatre pattes à ramasser les cadavres de poulets après les avoir fait tomber de leurs cages. Ils les ont brûlés comme un tas de vieilles souches, envoyant par deux fois une infecte colonne de fumée torsadée au milieu du ciel. Ils se sont relevés à chaque fois, ont remboursé le plus gros de leurs emprunts, ça marchait sacrément bien, mais ils ne s'en remettront pas sur ce coup-là. Il leur faut admettre l'évidence, le site de leur poulailler est désormais pourri, impossible de purifier un tel endroit après trois épidémies.

Marty ne se laisse ni influencer ni démobiliser, chaque jour de classe, il se rend à l'église pour se planquer à l'ombre de l'harmonium. Là-bas il se branle consciencieusement puis rejoint l'équipée de ses camarades qui hurlent et s'invectivent sur la pelouse devant l'école. Le week-end, ne pouvant aller en classe, ni profiter de cette distraction à l'heure du déjeuner, il a établi un protocole pendant un temps, c'est-à-dire qu'il attend toute la journée comme un crevard que le soir arrive pour aller se coucher et faufiler ses mains sous ses vieux draps de lin râpés, qui ont appartenu à ses grands-parents. Les journées sont longues, il ne trouve aucun goût à rien, il tente parfois d'échapper à la surveillance des siens, il se hâte en direction de la campagne, mais le Nebraska n'a pas encore planté assez d'arbres pour se cacher de la vue des curieux. Marty l'a déjà bien compris, où qu'on soit, quel que soit son degré d'isolement, il y a toujours des yeux qui traînent, quelqu'un qui traverse le paysage, qui surgit de nulle part, comme s'il était envoyé pour le bloquer à la racine du plaisir. C'est pourquoi il se cache désormais dans les poulaillers désaffectés. Ça fait quelques mois maintenant qu'il n'y a plus l'âme d'un poulet là-dedans, mais leur présence pue encore, ça schlingue une sorte de mélange entre la fiente et le produit désinfectant, une puanteur hybride qui pourrait déchausser définitivement les facultés olfactives d'un pauvre créateur de parfums. C'est établi maintenant, le week-end, dans la journée, il se rabote la bite dans un coin, bien dissimulé par les armatures métalliques de l'installation.

Soudain, l'un des battants de la porte s'ouvre, une flaque de soleil s'abat sur le béton du sol, deux bottes de caoutchouc s'immobilisent à l'embouchure de la lumière, c'est son père. Edwin se tient debout, les poings sur les hanches, il contemple l'étendue de son échec. Marty est inquiet, l'angoisse lui traverse les doigts, il rentre son sexe dans son slip, se reboutonne, étrangle son ceinturon. Il reste immobile dans la pénombre, anxieux à l'idée que son père s'avance le long de cette nef de métal et de ciment. Son paternel reste ainsi dans l'entrée, il est songeur, puis il fait demi-tour et referme la porte derrière lui pour retourner s'asseoir sur la balancelle du porche. Marty en profite pour se glisser hors des murs, une musaraigne déplacerait plus d'air que lui, il a la souplesse d'un fantôme.

Edwin est comme retombé en enfance, chaque matin au moment de se lever, il apparaît en slip et maillot de corps dans le couloir à l'étage, il ouvre la porte de la salle de bains, surprenant Jessie nue le plus souvent, et il lui demande comment il doit s'habiller. C'est assez nouveau comme situation, il n'a plus aucune initiative, pour rien, et surtout pas celle de choisir ses vêtements. Jessie s'enveloppe alors dans une serviette de bain, elle est devenue pudique depuis qu'elle a surpris Marty se masturbant dans sa chambre, elle le surveille, mais heureusement, il ne semble pas s'intéresser à l'anatomie de sa mère. Quoi qu'il en soit, elle a décidé de se soustraire à son regard, elle a compris qu'il n'était plus le petit garçon innocent qui se détourne avec dégoût des seins de sa mère quand son père l'invite à téter avec lui. Jessie doit alors choisir un pantalon et une chemise à carreaux pour son mari. Elle doit aussi lui demander s'il s'est lavé. Les trois quarts du temps il répond que non, il ne s'acquitte plus de l'essentiel. Elle lui tend quand même un tricot de peau et un slip propre qu'il enfile devant elle au milieu du couloir. Il n'a aucune pudeur, et il voit toujours Marty comme un garçonnet qui ne mérite pas qu'on enfile un peignoir. Edwin a perdu une certaine autonomie, peu à peu il se substitue à son fils, parfaitement inconscient de lui céder la place du père. C'est de plus en plus souvent vers Marty que Jessie se tourne quand elle s'interroge sur une décision à prendre, il lui répond alors avec la logique d'un garçon de onze ans, agglomérant ses craintes à son inexpérience. À table, Edwin tache régulièrement ses vêtements, de gros médaillons de gras maculent ses chemises et ses pulls. Cette dérive est assez récente. Jessie s'esquinte à lui demander de faire attention, comme à un enfant, mais rien n'y fait, il est redevenu un enfant. Aussi,

Edwin passe la plupart de ses journées à se prélasser dans la banquette suspendue sur la terrasse de la maison, le porche l'abrite de la pluie et du soleil, il se laisse constamment glisser vers les plaines du sommeil tandis que Jessie s'escrime à faire des ménages dans les foyers les plus aisés de leur petite communauté. Ne supportant plus l'oisiveté de son homme, elle promène sa mine affligée à travers Springfield, les gens plaignent madame Swanson tout en se délectant de leur faillite. Edwin et Jessie n'avaient pourtant jamais paru suffisants, n'avaient montré aucune arrogance, se contentant de bosser comme des cinglés dans leur poulailler-usine. Il ne fait plus rien dans la baraque, n'entretient plus ni l'extérieur ni l'intérieur de leur logement, il est comme sorti de lui-même, absent. Les rares moments où il s'extrait de sa balancelle c'est pour aller rendre service aux autres. Jessie a mis du temps à comprendre, mais malgré sa négligence corporelle, il soigne son image, il veut être apprécié de tous, y accordant une certaine importance tandis que le regard des siens ne lui apporte plus rien. Edwin veut devenir ce gars sympa sur qui on peut toujours compter. On lui demande des coups de main, et il y va, il se lève de sa balancelle et se propulse jusqu'à l'adresse indiquée. À la maison il ne fait plus rien, il se fait servir, préférant faire le beau à l'extérieur. Il rend service aux autres pour trois fois rien. On le prend pour un con, son nom circule, il aide des gens qu'il ne connaît même pas, qui ne sont que des connaissances de connaissances. On lui demande de tailler des haies, d'abattre des arbres, de scier du bois, de faire des peintures, de poncer des grilles de fer forgé, et il s'y plie, il obéit. On lui promet un agneau, un petit cochon, on lui fait miroiter un *chili con carne* à l'année dans un restaurant d'ouvriers, tout un tas de choses qu'il ne voit jamais. Jessie le pousse à réclamer son dû, il lui assure qu'il le fera, mais il n'ose jamais s'humilier à demander ce qu'on lui doit, trop de fierté. On le prend ouvertement pour un imbécile, il ne veut pas l'admettre, mais au fond de lui il sait ce qu'on pense de lui, il sait qu'on le piétine et qu'il n'est plus rien dans cette société de travailleurs courageux, forcenés, élevés depuis le berceau avec la notion d'équilibre entre labeur et gratitude. Il est sorti du jeu, et en s'acharnant à rendre service aux autres au détriment des siens, il s'enfonce dans ce territoire abandonné de la respectabilité, il ne compte plus, et ce fil fragile de l'honneur le reliant à sa famille, s'effiloche sous ses propres yeux. Lui qui ne mentait absolument jamais a commencé à mentir pour d'infimes situations, d'infimes raisons. Quand il quitte la maison, on ne sait jamais vraiment où il se rend, il ne parle pas, ne donne aucune explication. Jessie s'assure qu'il ne boive pas, pour l'instant, rien ne lui permet de s'alarmer à ce sujet, il semble rester globalement sobre. Mais ce qui l'irrite particulièrement, à en hurler silencieusement, c'est l'aplomb avec lequel il ment, cette certitude qu'on va le croire, cette façon de rabaisser l'autre plus bas que lui-même. Parfois, lorsque Jessie rentre après une journée à frotter des meubles et des plinthes, à s'échiner à genoux sous les regards soupçonneux de celles qui l'emploient, elle le trouve avachi sur la balancelle, elle lui demande avec toute la douceur qu'il lui est encore possible de déployer ce qu'il a fait de son temps, alors il lui répond souvent avec cette même expression de vide et de défiance, rien, je n'ai pas bougé. Mais depuis quelque temps, chaque matin elle relève le kilométrage du *pick-up*, et sitôt rentrée elle vérifie si les tambours du compteur kilométrique du Ford ont tourné. Bien souvent les chiffres ont oscillé, il lui ment. Il est assis là, immobile, et sûr de lui, très crédible dans la posture du gars désamorcé, mais en vérité, il a enfilé les *miles* pour aller elle ne préfère pas savoir où. Elle se demande parfois s'il a une maîtresse, ou plusieurs, s'il en trouve dans ces clubs sombres, enfumés, au bord des routes rectilignes qui traversent leur État, mais elle se permet de respirer à nouveau quand elle constate que ses tempes ne sentent jamais la fumée. Elle le suspecte toujours un peu et finit par se convaincre qu'il voit quelqu'un, tout en se demandant qui pourrait bien accueillir un tel crassoux en son vagin. Edwin s'absente de plus en plus régulièrement, des sorties qu'il cache à sa femme. Plus le temps s'étire moins il est là, et ses mensonges deviennent difficilement supportables. Aussi, il n'a jamais été aussi aimable avec les autres, les gens adorent Edwin, alors qu'il est infect à la maison. Elle n'y peut rien, mais leur entourage est devenu distant envers Jessie. Elle souffre de le voir sortir avec des vêtements sales, elle lui demande de se changer, il n'écoute pas, elle se demande quel regard portent les autres sur ses taches de graisse, elle découvre peu à peu que l'accusation se dirige contre elle. Personne ne comprend qu'elle le laisse aller ainsi, on s'interroge sur la façon dont elle le néglige. Le soir, au moment de dîner, il ingurgite son repas en cinq minutes et quitte la table, les laissant là tous les deux, Marty et elle, au bord du précipice de la table de la cuisine. Il file vers sa balancelle, car c'est devenu la sienne, il s'installe parmi les coussins et il rêvasse, il attend. Parfois Jessie s'approche, il ne la repousse pas. Une nuit, alors que Marty était couché elle lui a demandé s'il tétait d'autres seins, il lui a assuré que non. Qu'il n'en voyait pas l'utilité, qu'il était assez bien servi à la maison. Elle n'avait pas aimé sa réponse, elle avait rêvé à plus de chaleur et d'appropriation, elle était convaincue qu'elle ne lui appartenait plus. Marty souffre de voir son père malmener ainsi sa mère, la voir pleurer assise sur le rebord de son lit, se confiant à son garçon, rien ne lui brise davantage le cœur. Il a décrété que la chose la plus insoutenable dans la vie, c'était de voir sa propre mère pleurer. Alors il n'a plus envie de jouer au fils adopté, il ne les ennuie plus avec cette question inventée. Parfois Edwin vient jusque dans sa chambre pour l'embrasser avant le coucher, chaque fois il lui assène sa saleté de formule, celle qu'il lui inflige depuis qu'il est petit, serre ton père dans tes bras, car demain tu ne sais pas s'il sera encore là. Marty aurait bien envie de lui dire de fermer sa gueule, mais il craint sa réaction. Il sait qu'on ne parle pas ainsi à son père à onze ans, ni à n'importe quel âge.

*

Les deux Irlandais de la First National Bank sont repassés, ils voulaient savoir si les Swanson avaient besoin d'un nouveau prêt pour se relancer, Edwin les a chassés, les faisant remonter dans leur Hudson Hornet grise plus vite qu'ils en étaient descendus. Depuis, il est moins souvent encastré dans sa balancelle, il a décidé d'abattre les deux poulaillers, à coups de masse. Il a évacué toute l'installation métallique pour la revendre au poids, à un ferrailleur, plus escroc que ferrailleur. Le fibrociment de la toiture a volé en éclats, les murs de parpaings ont été disloqués, il est allé déverser tous ces matériaux en faisant des rotations de *pick-up* vers une carrière désaffectée où s'entassent divers déchets et gravats depuis des décennies, sans que réagisse la municipalité. Maintenant, l'emplacement des deux poulaillers est représenté par deux rectangles affranchis de leur béton, zones inertes que de timides mauvaises herbes peinent à reconquérir.

Le père Hellström a proposé à Edwin de le reprendre sur son exploitation, ce dernier a accepté mais il s'est très vite rétracté. Après quelques semaines avec les autres, à nourrir les bêtes et réparer des clôtures, un matin il a décidé de ne pas se lever, et d'envoyer valdinguer ce job pour lequel il n'avait plus aucun goût. Il a tenté d'expliquer à Hellström qu'avoir été son propre patron pour finalement revenir bosser sous les ordres d'un autre, était une situation à peine supportable pour un humain. Hellström l'a écouté jusqu'au bout, ils se sont serré la main, le vieux lui a fait promettre de rester bons amis, après tout ce qu'ils avaient vécu ensemble. Edwin n'avait pas le sentiment d'avoir vécu la même chose, il cherchait dans son crâne ce qu'ils pouvaient avoir vécu de si spécial ensemble, alors qu'il n'a passé que quelques années sur l'exploitation de ce vieux renard qu'est Hellström. Certes, il a rencontré Jessie en faisant les moissons chez lui. Mais aujourd'hui, quelle valeur accorder à cette sensation de jeunesse, quelle place dans son cœur désuni, flétri par la mélancolie ? Edwin était incapable de répondre au tourbillon de ses interrogations. Il a tourné le dos au vieux, l'évitant même chaque fois qu'il l'aperçoit au-delà du chemin, quand il renifle ses mottes de terre pour deviner ce que sera demain.

Les cellules cancéreuses du grand-père Swanson ont envahi les tissus et les organes voisins de sa prostate, pour finalement se propager à l'ensemble de son corps par voie sanguine. Les alluvions mortelles, dispersées dans son réseau veineux, l'ont affaibli irrémédiablement, et cette nouvelle dimension métastasique de sa maladie l'a projeté rapidement vers le repos éternel. Lui qui avait tant donné, il allait enfin pouvoir se reposer, s'allonger sous cette terre qu'il avait tant aimée, organisée et nourrie. Maintenant venait son tour de la nourrir de son propre corps, même malade et pourri. Des bras de travailleur, fins mais puissants, entaillés de blessures, le dos ravagé par les efforts, toutes ces charges portées à mains nues, pendant des années, les récoltes à rentrer dans les granges, les bêtes à alimenter et contenir, les caillasses à ôter des prés, c'était cela sa vie. Et avec une jambe plus courte que l'autre. Et le soir, il se rangeait dans son lit contre sa femme, aussi brave que lui, et le silence parlait pour eux, à mi-chemin de la souffrance et de la peur. Né en 1893, mort en 1959. Soixante-six ans, c'est quand même pas vieux répète sa femme en se mouchant, soixante-six ans, pour qui ? Pour quoi ? Edwin croit la rassurer en lui murmurant, je suis là, moi. Elle le regarde, à peine attendrie, son fils n'est plus le même, il est devenu cette sombre feignasse qui regarde bosser sa femme. La grand-mère se penche vers le petit, lui au moins il est mignon, il ne dit pas grand-chose mais il est gentil, elle touche son oreille valide, elle la froisse entre ses gros doigts, ça fait un bruit énorme dans l'oreille de Marty.

C'est la première fois que Marty assiste à un enterrement qui le concerne, la petite église de Springfield est pleine, le pasteur Danielsson rougeoie malgré le froid ambiant, mademoiselle Westerlund est fidèle à son harmonium, Marty ne peut s'empêcher de penser à la douceur de son siège en velours, au temps passé dans cette enclave secrète. Il se tient près de ses parents, tout le monde est bien droit, le cercueil est posé sur des tréteaux de bois, et la famille l'entoure près du chœur de l'église, afin de constituer un cercle. Mais cette figure circulaire ressemble davantage à un engrenage auquel il manque des dents. Ils ne sont pas assez nombreux pour fermer cette tentative de cercle. Le pasteur se joint à eux avec ses lectures, mais rien n'y fait, rien ne peut envelopper la mort du vieux Swanson, aucun chant, aucune prière, aucune douceur. C'est approximatif comme la plupart des enterrements. L'unique précision, c'est la mort, implacable. Edwin est effondré, il est le seul à pleurer dans cette construction de planches surmontée de son modeste clocher. Jessie lui tient le bras alors qu'il oscille d'avant en arrière. Sa propre mère explore le registre de la dignité, tandis qu'elle déplore la faiblesse de son fils. D'un seul regard, Edwin devine les récriminations de madame Swanson, il s'attarde sur son visage blême, cabossé d'os. Il se dit, voilà tout ce qu'il me reste, une mère malheureuse, une femme et un fils, malheureux eux aussi. L'assemblée patiente, c'est une longue cérémonie, le père Swanson était apprécié, il mérite bien que ses concitoyens restent un peu debout dans la fraîcheur d'une église pour l'acclamer. Des segments de buée s'échappent de la bouche du pasteur Danielsson, petits sachets blanchissant au contact de l'air. Son souffle est saccadé, le col à rabat blanc lui écrase le cou, certains se demandent s'il pourra mener cet office jusqu'au bout. L'harmonium accompagne chaque portion de chant, les fidèles montrent un certain empressement, accélérant le tempo, ils ont à faire, ils ont hâte de se changer, de retirer leurs vêtements du dimanche pour accomplir leurs tâches. Une procession compacte va raccompagner le père Swanson jusqu'au cimetière, on va le diriger entre les arbres, jusqu'à un emplacement éloigné de l'allée principale. On va encore prier, puis se disperser dans le froid de l'hiver.

Marty se rend tous les midis à l'église, il attrape son sexe et il l'aiguise. Il apprécie ces escapades à l'heure du déjeuner. C'est tout ce qui le guide dans la vie, son père est désarçonné, sa mère s'en attendrit et ne s'occupe plus de lui. Il ne lui reste que ça, l'église et ses plaisirs. Il marche à grandes enjambées, sans se retourner. Il pousse la porte de bois ouvragé, il s'installe à l'arrière de l'harmonium, il se précipite, déracine son pénis de ses sous-vêtements, puis, équipé de sa page de cahier à spirale récupère sa liqueur, avant qu'elle n'atterrisse sur le plancher. Il a tout juste terminé son origami que des pas escaladent les quatre marches du perron. Il se ramasse dans son coin, assis cul nu sur le parquet. Il reconnaît les voix, ils sont de son école, ils sont trois, ils l'ont suivi de loin, ils l'ont vu pénétrer dans l'église, ils ont attendu qu'il en ressorte, et ne le voyant pas ressortir, ils sont entrés. C'est la catastrophe. S'ils le découvrent, il est brisé. Le sourdingue a été surpris le cul à l'air en train de se faire du bien dans l'église, voilà ce qu'on dira de lui, et ça remontera aux oreilles de mademoiselle Westerlund, du pasteur Danielsson, de son père et de sa mère. C'est surtout l'image de sa mère apprenant cet épisode qui lui inflige le plus grand sentiment d'horreur. Ils le cherchent, l'église est petite, et vide. Ils ne comprennent pas. Ils prennent peur, le plus jeune prétend que Swanson est une saleté de fantôme, le plus grand, la voix blanche, se veut rassurant avec les deux autres. Ils sont terrifiés, ils ressortent en vitesse et quittent cet endroit sans attendre. Quelle chance, ils n'ont pas inspecté l'arrière de l'harmonium, ils y auraient trouvé Marty Swanson essoufflé, deux nappes rouges sur la peau claire de ses joues, ses cheveux blancs dans les yeux, le regard bleu, apeuré au travers de ses mèches, et dans sa main gauche, une feuille de papier quadrillé, barbouillée de morve ammoniaquée. Il se rhabille à toute allure, ils pourraient revenir avec du renfort. Il range son origami de sperme dans sa *lunchbox*, il n'a plus faim, il s'installe sur le tabouret de l'harmonium, décoiffe le capot et observe l'instrument. Il pose soudain ses pieds sur les larges pédales qui alimentent les soufflets, exactement là où son enseignante dépose ses menues chaussures le dimanche. Il ventile la grosse boîte de bois, et allonge ses doigts sur les touches d'ivoire. Il appuie, c'est doux, l'enfoncement de la touche est comme atténué, il trouve émouvant cet aspect moelleux de l'instrument. Un son limpide s'échappe de l'arrière du clavier, il recommence. Il balade ses phalanges pour explorer l'amplitude des touches. Les graves, les aigus. Il décide de jouer *The Star-Spangled Banner*, l'hymne de son pays, pour voir. C'est étrange, mais il trouve naturellement les notes, ça sort comme s'il l'avait toujours joué. De toute sa vie, il n'a jamais touché autre chose qu'un lance-pierres comme instrument, les seules notes qu'il en a sorti ce sont des *plic* et des *ploc* contre le crâne des oiseaux qu'il tue, et voilà qu'aujourd'hui il réalise qu'il sait jouer de l'harmonium. Il fait accélérer ses mains, les notes lui tombent parfaitement sous les doigts. Il s'arrête, essoufflé par sa découverte. Pour s'amuser il entame un chant liturgique, un de ceux que mademoiselle Westerlund joue si fréquemment. Ça paraît si simple. Il veut tenter autre chose, mais il réalise que son registre musical ressemble au néant. Il ne connaît aucune musique en dehors des chants et comptines qu'on lui a enseignés en classe. Il maudit son père d'avoir toujours refusé d'acheter un poste de radio. Tout le monde en a un à la maison, sauf lui. Il ne connaît rien de rien. Alors il décide de jouer les chansons apprises dans la cour de l'école, *Did you feed my cow?*, *Cluck old hen* et *Beautiful dreamer*. C'est incroyablement simple à jouer, les notes jaillissent sous ses doigts, comme si elles avaient toujours été contenues sous la peau de ses phalanges. Il essaie tout ce qu'il connaît, il comprend qu'il peut tout jouer, absolument toutes les mélodies qu'il a mémorisées. Il se sent joyeux, presque heureux. Il referme le capot, il est temps de retourner là-bas, il balance la nourriture de sa *lunchbox* dans les fourrés, des animaux sauvages viendront s'en emparer. Il sifflote en chemin, il reprend l'hymne américain, il est émerveillé par son pouvoir, incrédule, transporté par cette impression de détenir quelque chose d'unique. Et au fond de lui il se réjouit, je le savais que je n'étais pas complètement nul, je le savais. Mais en réalité, il n'en était pas convaincu, bien au contraire. Très tôt il a été conscient de son absence de confiance en lui, il a souvent honte d'éprouver une sorte de jalousie à l'égard de ceux qui ont une grande confiance en eux. Chaque fois qu'il est confronté aux gens de cette espèce-là, il se réfugie dans son éternelle posture de défense, ainsi il pense que ceux qui sont en confiance sont tous des idiots, il les voit, il les juge comme des idiots. Selon lui, il ne peut pas en être autrement. Mais il ne s'en est confié à personne, c'est sa vision personnelle des relations humaines, elle se limite à ce système binaire. Et lui il sait qu'il n'aura jamais assez de confiance en lui pour traverser la vie sereinement. Il craint aussi de devoir passer le reste de son existence à se sous-estimer, pour s'apercevoir qu'un jour, quand il sera vieux, il avait surestimé les autres. C'est sa grande peur avec celle de voir son père rendre sa mère complètement folle et malheureuse. Rejoignant l'école, il trouve les autres élèves autour du diamant de baseball, il s'installe sur son monticule de terre comme s'il ne l'avait jamais quitté. Mademoiselle Westerlund ne va pas tarder à faire tinter la cloche du retour en classe.

*

Marty vise les ailettes de l'éolienne campée dans la cour avec son lance-pierres, ça claque sur les triangles métalliques. Depuis sa balancelle, Edwin lui demande d'arrêter ses conneries, ça lui casse les oreilles. Il manque d'ajouter, toi tu t'en fous, t'es à moitié sourd, mais il épargne cette réplique à son fils, juste avant qu'elle ne s'échappe de sa bouche. Bougon, Marty se sauve à reculons, en soutenant le regard de son fainéant de père qui se prélasse sous le porche de la maison. Accompagnant sa belle-mère à l'église, Jessie n'a pas réussi à traîner son enfant avec elle, depuis ses douze ans, il est devenu un peu têtu, mais pas autant que son géniteur. Les deux femmes viennent de partir. Il escalade les barbelés de la clôture qui délimite leur propriété, ils sont bien rouillés maintenant. C'est un beau dimanche, le soleil crame les derniers contours de dentelle nuageuse, le printemps s'installe et les écureuils détalent dans les chênes. Marty observe le manège d'un couple, le mâle et la femelle se relaient pour aller chercher des glands qu'ils remontent le long du tronc. Il imagine les petits, coincés dans le trou là-haut, enveloppés dans leur nid de mousse et d'herbes sèches. S'il arrive la moindre bricole aux parents, les petits meurent et se dessèchent dans le sarcophage de leur chêne. Il se dit que c'est beau une famille, que ce soient des écureuils, des lapins ou des humains. Il prend une pierre dans la poche de son gilet, il arme et tire, il vise volontairement à côté de l'écureuil adulte, juste pour jouer, il ne veut pas le tuer. Le petit animal déguerpit, ses griffes accrochent les écorces, il grimpe jusque dans son trou en quelques centièmes de secondes. Ça faire rire Marty, cette puissance, la sienne, pas celle du petit mammifère, ce pouvoir de vie et de mort, cette capacité à moduler la peur d'autrui. Il laisse la petite famille tranquille et s'éloigne du bosquet, les blés ont déjà bien levé, ils sont en avance sur l'an passé. Il songe à son grand-père, à la dernière fois qu'il l'a vu. Il n'était pas en très bon état, sa grand-mère devait l'aider à se laver, à s'habiller, s'esquintant la santé à manipuler ce gros bonhomme, enflé par les strates des années. Marty était arrivé à l'improviste, il s'était annoncé et avait débarqué dans leur chambre. À genoux au bord du lit, la mère Swanson tentait de faire passer les chevilles de son homme dans son slip. Son grand-père, simplement vêtu d'une liquette blanche, avait paniqué en voyant Marty surgir dans l'encadrement de la porte. D'un geste incohérent, le vieil homme avait tenté de ramener l'étoffe de sa chemise sur son sexe afin d'en dissimuler l'essentiel. En vain, le jeune Marty avait eu le loisir de découvrir l'objet ratatiné qui avait conçu Edwin, son propre père. Sa grand-mère avait ri, et avait fait un peu marcher son homme, alors Papi, on montre son zizi ? Son mari avait grogné une rumeur abyssale pour manifester l'ampleur de sa mauvaise humeur. Sa femme l'avait chahuté, le prenant dans ses bras pour le secouer, elle le serrait contre elle, avec une affection foudroyante, une scène magnifique, les larmes avaient heurté les yeux de Marty, le piquant soudainement. C'était si beau, si pur, cet amour invariable. Il avait laissé couler les larmes sur ses joues, ses grands-parents n'avaient rien vu, ou avaient feint de ne rien voir. Son grand-père lui avait dit de prendre un bonbon sur la table de nuit, Marty en avait ramassé un pour lui et un second pour son aïeul, il lui avait déplié le papier pour épargner ses doigts gourds. Le vieux Swanson avait gobé la sucrerie comme un reptile saccage les œufs d'un nid, goulûment, par saccades, la peau du cou tendue. Il n'épargnait plus son unique dent, pour quoi faire ? Il n'en avait plus pour longtemps. Le lendemain, il mourrait. Et Marty était content d'avoir partagé cet ultime moment avec lui, avec eux deux.

Il se dirige vers la maison, il se dit qu'il aurait peut-être dû suivre sa mère et sa grand-mère à l'office du pasteur Danielsson. Il aurait aperçu Solveig et mademoiselle Westerlund, c'était déjà ça pour un dimanche. Il escalade les barbelés dans l'autre sens, et s'immobilise. Son père est suspendu à l'arbre à moitié mort, celui qu'il n'avait jamais voulu déraciner. Marty accourt, une épaisse corde en chanvre lui retient la tête, juste sous le menton. Ses bras pendent le long de son corps, inertes. Papa ? Il l'appelle, mais il sait déjà qu'il ne lui répondra pas. Il mobilise toutes ses forces pour le soulever en lui serrant les jambes, là-haut la tête s'allonge sur une épaule, c'est exactement comme le cou d'un oiseau mort. Plus de densité, de la mollesse chaude. Il grimpe à l'arbre, il connaît ce chêne par cœur, il y a passé des heures, chevauchant la ramure à laquelle son père est pendu. Il s'accroche au nœud qui étrangle la branche, impossible de le desserrer. Il touche les yeux de son père, il soulève ses paupières, elles retombent dès qu'il les relâche. Il gémit, Papa, Papa, il a mal dans son ventre. Il saute de l'arbre et court vers la remise attenante à la maison, il revient avec une scie, il se l'enfonce dans l'arrière du pantalon et remonte à la vitesse d'un écureuil. À califourchon sur la branche, il s'applique à scier la corde. Penché sur le nœud, il divise l'assemblage torsadé, des copeaux de chanvres s'envolent dans la brise printanière, il envoie de grands coups de scie, une douleur lui mange le biceps, il ne faiblit pas, il s'acharne sur sa tâche, il doit décrocher son père de là. Il regarde en dessous, cette image de lui, alourdi dans le vide, ça lui soulève le cœur. Il inspecte son travail, la corde ne tient plus que par quelques millimètres de fibres. Il balance sa scie en bas, il la rejoint d'un bond, il s'accroche à son père, il tire de toutes ses forces, ça ne vient pas. Il doit remonter pour affaiblir la corde encore. En nage, il se hisse là-haut, il fait extrêmement attention, il ne veut pas mordre trop fort dans le chanvre. Il n'a pas envie que son père s'écroule brutalement dans la poussière, en vrac comme un sac de blé. Il retourne en bas, il s'empare de ses jambes, il serre bien ses mollets contre son visage, il l'attire à lui d'un coup sec, crac, Edwin s'effondre sur lui. Le père et le fils rejoignent le plancher des vaches. La Terre n'a jamais paru aussi basse à Marty. Il se relève seul. Son père s'étale avec une attitude improbable, la face contre le sol, les bras retournés dans une position inconfortable. Marty s'agenouille près de lui, il caresse ses joues lisses, il note qu'il s'est rasé aujourd'hui. Il se bat avec la corde pour relâcher le nœud coulant. C'est difficile pour ses mains de garçon de douze ans, mais il y parvient. Il balance l'anneau mortel loin d'eux, il se penche sur Edwin, Papa, je t'aime, tu sais que je t'aime ? Il lui dit des trucs qu'il n'a jamais prononcés. Ça lui fait mal en dedans. Il se dit que sans y avoir réellement pensé, il se doutait que ça arriverait. Il se demande si la mort du grand-père a joué, si cette détresse accumulée ne l'a pas convaincu d'y aller, de l'autre côté. Marty ne sait pas vraiment s'il y a quelque chose là-bas, de l'autre côté de la vie, il aurait bien envie d'y croire, mais ça lui fait comme un silence quand il y pense. Il plonge ses doigts dans les cheveux blonds de son père, c'est la première fois qu'il lui touche les cheveux. C'est étrange, il découvre qu'il ne le touchait jamais, qu'il l'évitait même. Edwin avait rangé son éternelle casquette dans la poche de sa salopette avant de se jeter dans le vide, il a voulu mourir tête nue. Croyait-il en Dieu, lui ? Devait-il se présenter au Seigneur le crâne découvert, comme on le lui avait appris depuis sa prime enfance ? Son fils se demande. Il n'allait jamais à l'église, mais ce n'est pas forcément une référence solide, Marty sait déjà que certains hommes, dénués de dévotion, couvent des croyances fécondes au plus profond de leur être, sans même ployer sous la nécessité de la détresse. L'enfant réfléchit. Il reste longtemps immobile, les genoux enfoncés dans les côtes de son père. Il réagit. Il se lève et se sauve pour réapparaître muni d'une pelle. Il devise avec le chêne, il interroge le sol, les racines, et trace un rectangle avec la tranche de l'outil, à quelques mètres de la base de l'arbre. Marty allonge son père proprement, bien droit, sur le dos. Puis il retire son gilet, remonte les manches de sa chemise, se crache dans les mains et s'empare de la pelle. Il a aussi vu son père et son grand-père agripper les manches trop lisses avec de la salive, il est fier de répéter les mêmes gestes, maintenant qu'ils sont partis, l'un comme l'autre. Il creuse en suivant le tracé de la figure géométrique esquissée dans la terre. Les premiers coups de pelle sont difficiles, le sol est trop tassé par le poids des saisons, mais peu à peu, la terre devient plus meuble, il extrait de grasses pelletées qui viennent s'amonceler sur le rebord du trou. Il ne relâche pas son effort, il creuse comme un fou. La sueur lui dessine des formes dans le dos, sa chemise lui colle à la peau. Marty descend dans son trou, il balance de la terre par-dessus sa tête, décrivant un arc mécanique. Des bouchées de sol s'envolent, il s'enfonce sereinement. Marty juge qu'il a assez creusé quand ses hanches atteignent le rebord, le niveau zéro de l'horizon. Il souffle en s'appuyant sur son outil, ses poumons aspirent de la poussière, tout le Nebraska pénètre ses alvéoles, il est en lui. Il peine à s'extraire de cette cavité pourtant peu profonde, il gratte avec ses pieds sur la paroi opposée et finit par se hisser sur le sol. Il est sale, malheureux, mais il doit poursuivre sa mission. Il fait rouler le corps de son père jusque dans le trou. Il est si lourd qu'il se demande s'il va réussir à l'atteindre. Une fois au bord du vide, Marty retient sa respiration, avant de le pousser avec le pied. L'homme s'écrase lourdement, il aurait pu se faire très mal s'il n'était déjà mort. Il est maintenant face contre terre, Marty doit descendre afin de corriger sa position et l'allonger dignement. Il le rétablit, il se penche sur lui, ses larmes atteignent le visage d'Edwin, des taches d'eau salée dont les impacts viennent cribler la crasse terreuse de la figure paternelle. Au revoir Papa, au revoir. Ses larmes redoublent, il remonte, sa vue est trouble, il ne récite aucune prière, il recommence à pelleter, mais dans l'autre sens. Des volées de terre atterrissent dans le fond de la fosse, recouvrant le visage d'Edwin Swanson, puis son ventre, ses jambes. Il s'interrompt quelques instants, juste le temps de se débarrasser d'un doute, mais il juge que son père n'a besoin de rien là-dedans, ni costume, ni bijou, ni photo de famille, c'est très bien comme ça. Marty ne faiblit pas, il accumule de la terre dans la tombe, par moments il descend dedans et il la tasse avec ses chaussures, avant de recommencer à remplir le vide. Il peut vérifier comme il est facile de reboucher un trou et combien il est plus délicat de le creuser. Il peine mais il ne sombre pas, il sait qu'il n'est plus très loin de la fin, il envoie les ultimes pelletées, le corps incrusté là-dessous surélève la terre en formant un bel ourlet. Il le tasse encore, afin qu'il soit régulier, il l'aplatit avec les mains en tapotant l'ouvrage, ça ressemble à une belle terrine de pâté de lapin dépassant de son plat en grès. Il songe à planter une petite branche en haut de la tombe, il se ravise, ça rappellerait trop la branche à laquelle il s'est pendu. Il pense à des fleurs, sa mère ne serait pas contente qu'il coupe des plantes patiemment cultivées sur ses parterres. Elle risquerait de l'engueuler pour ça. Il choisit d'écrire son nom avec des petits cailloux blancs piqués à la base des fleurs de sa mère. Il sait qu'elle ne dira rien pour quelques pierres. Il s'applique à restituer toutes les lettres d'Edwin en majuscules bien droites. Il contemple son travail, il est content, son père restera toujours près d'eux, au milieu de la cour. Quant au vieux chêne tout pourri, il se demande s'ils doivent le conserver. Il sait juste qu'il n'a plus tellement envie d'y grimper.

Marty est monté se laver dans la salle de bains, une toilette sommaire histoire de se défaire de toute cette terre. Il a changé de pantalon et de chemise, et maintenant il occupe la place de son père dans la balancelle. Il est triste, il regarde au loin, mais il ne voit rien. Ses yeux sont emplis de larmes, de la morve s'aligne sous ses narines. Sa mère et sa grand-mère rentrent de l'église. Jessie remarque qu'il s'est changé. Qu'est-ce que tu as fait de tes vêtements ? Je les ai mis au sale. Ils étaient pleins de terre, j'ai enterré Papa. Il s'est pendu. Jessie vacille et se retient à la chaîne de la banquette suspendue. Sa belle-mère n'a pas bien saisi la situation, elle demande à Marty de répéter. Il lui confirme qu'il vient d'enterrer son père, Edwin. Elle comprend qu'il s'agit de son fils à elle. Mais où ? crie Jessie. Où ? Il se lève lentement et les conduit près de l'arbre mort. Le chêne surplombe maintenant une jolie tombe, bien régulière avec le nom « Edwin » inscrit en pointillé. Jessie se jette au sol et arrache les petites pierres blanches. Elle hurle à Marty d'aller chercher des pelles, sa grand-mère lui en demande une aussi. Mais qu'est-ce que tu as fait ? Qu'est que tu as fait ? Marty ne comprend pas, il leur a ôté du malheur, il a agi en homme, les soulageant de voir et le fils et le mari mort, vidé de tout, vidé de sa vie, de ses souvenirs et de son amour pour les siens. Il revient avec les pelles et se met à gratter la terre avec sa mère et sa grand-mère. Les outils s'entrechoquent, les deux femmes sont en colère, Marty démultiplie les efforts, il se veut plus avantageux qu'elles afin d'afficher sa bonne volonté. Ça déblaye à toute allure, Jessie et Marty sont maintenant dans le trou, ils envoient des pelletées dans la lumière, le soleil inonde la cavité, Jessie demande à sa belle-mère de filer chercher le docteur Blackwell. La vieille dame ne se fait pas prier, elle traverse la cour tout endimanchée avec ses ongles incrustés de terre. Quand ils atteignent le corps, Jessie balance sa pelle, elle s'accroupit dans le trou et dégage sa tête, ils parviennent à le libérer complètement, à le redresser pour le hisser sur le rebord de la fosse. Marty s'arrache du trou le premier, il tend un bras à sa mère pour l'aider à remonter. De ses mains sales, elle nettoie le visage de son homme. Avec deux doigts, elle retire la boue qu'il a dans les yeux et dans la bouche. Elle sanglote. Son homme est mort. Elle devine les dents de la corde sur la peau de son cou. Marty réapparaît avec l'arme qui lui a donné la mort, la boucle de la corde qui se termine comme un ressort. Jette cette saleté, lui hurle Jessie. Marty repart en sens inverse. La grand-mère Swanson est de retour, dans la voiture du docteur Blackwell. Les deux portières claquent simultanément, comme s'il n'y en avait qu'une, la vieille dame se précipite et se prosterne à genoux devant la dépouille de son fils. Les larmes montent, aucun cri ne dépasse l'embouchure de sa gorge, elle crispe le visage, sa bouche tremble, à sa douleur elle n'oppose que du silence. Le médecin laisse les deux femmes couvrir le poitrail de leur homme, à tour de rôle elles se penchent sur lui, le couvrent de baisers. Mais sa peau est figée, complètement cyanosée. Blackwell ouvre sa trousse, il se saisit de son stéthoscope, il ouvre la chemise d'Edwin, pose le pavillon sur son torse, le jeune fermier ne ressent aucune sensation de froid, le froid, c'est lui.

*

Edwin n'a laissé aucun mot, pas une lettre, rien. Il s'est levé de son éternelle balancelle, il est allé chercher une corde dans la remise, il a malaxé un nœud coulant pour escalader l'arbre de son enfant, il a passé la corde autour de son cou, accroché l'autre bout à la branche, puis il a réfléchi un peu. Il n'y avait plus rien à réfléchir, ni décider, il s'est laissé guider par sa souffrance, il n'avait qu'une envie, s'y soustraire, interrompre cet état de supplice. Il s'est jeté dans le vide, se fracturant larynx et cervicales. Edwin a été remis en terre une seconde fois, personne à Springfield n'a su pour l'initiative de Marty qui voulait que son père repose près de la maison, sous l'arbre qui l'avait tué. Si l'information s'était échappée de la bouche du docteur

Blackwell, l'adolescent aurait été regardé différemment dans la petite communauté. Jusqu'ici invisible, on l'aurait montré du doigt, discrètement, tant son attitude inspirerait de la crainte. Certains n'auraient pas hésité à travestir la vérité pour rendre Marty coupable de la mort de son propre père, mais rien de tout cela n'est arrivé, et Marty est bien conscient qu'il n'est pas passé loin.

Il a prévenu Jessie, il va abattre ce vieux chêne moribond depuis longtemps. Elle a salué cette résolution, en lui demandant d'être prudent, tellement de gens se retrouvent là-dessous, écrasés, concassés comme des noix sur une planche. Il a retrouvé la scie qui lui avait servi à libérer son père. Il fallait l'affûter, il s'y est plié avec beaucoup d'allant. Il a engagé la lame dans un étau entre deux morceaux de bois, puis avec une lime diamantée, aux angles vifs, il s'y est mis. Quatre coups de lime identiques entre chaque dent, jamais d'aller-retour, il avait vu faire son grand-père. Il a commencé par les dents près de la poignée puis il est descendu jusqu'à l'extrémité de la scie. Il a peaufiné son travail en lui appliquant un chiffon imbibé de graisse mécanique, il était prêt. Et maintenant il est là, au pied de l'arbre mort, sa mère l'observe depuis le porche de la maison, le soleil écrase les lattes des bardeaux, elle porte une main à son front pour détourner le bombardement des photons. Marty choisit minutieusement le côté de la chute. Il scie une fine encoche d'un angle de quarante-cinq degrés environ. S'il ne s'est pas trompé, cette entaille de direction devrait faire tomber le chêne vers le milieu de la cour. Il se porte de l'autre côté de l'arbre et commence à scier le tronc cinq centimètres au-dessus de l'encoche qu'il vient de dégager à l'opposé. Son trait de chute il le coupe bien à l'horizontale, il s'applique, il a chaud, il avance vers le cœur du tronc, il insiste. Soudain, le tronc affaibli cède, le trait de chute s'ouvre, c'est le signal du basculement. Marty se dégage à bonne distance et laisse le vieux chêne amorcer son effondrement. Il tombe exactement à l'emplacement souhaité. Il entame l'ébranchage, sciant chaque branche à sa base et commence à débiter l'arbre en tronçons. Il a soif, sa mère est maintenant dans la balancelle, les jambes repliées sur le matelas moelleux. Elle lui propose de l'eau fraîche, elle l'a sortie du frigo pour lui. Il préfère poursuivre, il en met une volée. La lame de sa scie est brûlante, Marty retire sa chemise, il la pose sur la souche coupée. Jessie est fière de son petit homme, elle est certaine qu'il sera aussi courageux que son père, et qu'il reprendra la ferme avec la même énergie, celle qu'avait Edwin avant de sombrer et de se laisser gagner par une inertie destructrice. Jessie ne cesse de penser à Edwin, l'absence de ses mains sur sa peau lui fait mal, elle ne l'aurait jamais imaginé, de même que ses absurdes tétées, souvent irritantes, viennent à lui manquer. Maintenant, pour la première fois depuis la naissance de Marty, son lait se tarit. Elle songe aux dernières phrases qu'Edwin a prononcées, rien ne laissait entrevoir cette fin tragique, il était en difficulté, ça elle en est consciente, mais de là à se jeter d'une branche d'arbre, il était impossible de détecter une telle issue. Elle rumine leurs dernières soirées, il ne souhaitait plus s'adonner à la tétée, elle comprend qu'enfin, après des années, ses seins vont cesser de produire du lait, elle se sent soulagée. La mort a sevré son bébé. C'est la bonne nouvelle encastrée dans la mauvaise. Torse nu, son petit Marty, lui, se bat avec son arbre, il le débite en tronçons de bonne taille. Elle le voit s'immobiliser, examiner sa main ou plutôt ce qu'il tient entre le pouce et l'index. Il enfourne la chose dans la poche arrière de son jean. Il reprend sa découpe, il s'arrête à nouveau, sa scie frotte un objet métallique, et raye son oreille valide, c'est une nouvelle balle, toute ratatinée. Il va en extraire un bon paquet de son arbre, les trajectoires des projectiles ont creusé des galeries qui commencent toutes à la même circonférence du chêne. Il compte les cernes ou anneaux qui sont venus après l'entrée des munitions dans l'arbre, il en dénombre onze ou douze, il n'est pas certain. Il réalise que quelqu'un a tiré sur ce chêne peu de temps après sa naissance. Il rejoint Jessie sous le porche de la maison, il lui montre les balles qui alourdissent sa main. Elle prend une profonde inspiration. Elle lui rappelle l'épisode de l'accouchement, quand elle y était allée seule, il s'en souvient, ou plutôt il se souvient qu'on lui a déjà raconté cet événement. Mais ce que sa mère ne lui avait jamais raconté, ça elle le tient de son beau-père, c'est que dans sa fureur, Edwin avait passé une partie de la matinée à tirer sur le vieil arbre à moitié mort dans la cour, le vieux chêne biscornu sur lequel Marty a lui aussi tiré tant et tant de cailloux avec son lance-pierres. Jessie lui lance, au moins tu ne retrouveras aucun de tes cailloux à l'intérieur. Marty est très perturbé par sa découverte, les munitions déformées qu'il tient dans sa main symbolisent le jour de sa naissance, ces balles ont été tirées le jour où il est né. Il les soupèse, l'information lui semble vertigineuse. Il est heureux d'exhumer un nouveau lien avec son père, même si celui-ci est tissé sur de la colère. Il embrasse sa mère et file près de son chêne pour le débiter en menus morceaux. Il va y rester tout le reste de la journée, le soleil va lui mordre la peau du dos, et c'est rouge écarlate qu'il va retrouver la maison à l'heure du souper. Les bûches seront déjà entassées sous la remise, à l'abri de l'humidité pour l'hiver.

Ce soir, après son bain, allongé dans son lit, il en oublie de se toucher, se contentant de manipuler les cinquante-huit balles qu'il a retrouvées et déposées dans une boîte de « Kennedy's Biscuits ». Il ressasse aussi les réponses de sa mère autour de ses questions. L'absence de son père à l'hôpital, sa fureur suite au départ de sa femme pour l'accouchement. Une phrase tourne en boucle, ton père ne voulait pas que des gens sans aucun rapport avec la famille me voient nue. Que des gens autres que le docteur Blackwell, le père, s'occupent de moi et de ta venue au monde. Marty ne comprend vraiment pas, il est certain qu'à la place de son père, lui il aurait préféré le contraire, il n'aimerait pas qu'un vieux docteur qui a vu défiler les fesses des femmes de toute la famille s'occupe en plus des fesses de sa femme. Il préfère l'idée de l'hôpital, avec cette sorte d'anonymat, et son format de naissances à la chaîne. Il a demandé à Jessie le nom du médecin qui l'avait fait accoucher, elle n'a jamais su. Ça au moins, ce sont des notions qui le rassurent, l'intimité n'est plus reliée à aucun protocole, aucune mise en scène, ou cérémonial. L'accouchement est sanitaire, et c'est tout. Il aime l'idée que la partie affective se réduise aux parents. Il s'endort, épuisé, la boîte de munitions posée sur ses draps.

Plus loin, au milieu de la nuit, le fracas des balles tombant sur le plancher, réveille brutalement Jessie et Marty. Elle se précipite dans la chambre adjacente pour découvrir son fils assis dans son lit, avec ses poings dans les yeux chassant les croûtes de sommeil. Elle se jette sur les munitions pour les remettre dans leur boîte, elle l'embrasse sur le front, il est trempé, la peur ou la chaleur, elle hésite. Elle éteint sa lumière et referme la porte en espérant que cet épisode soudain ne gâchera pas le reste de sa nuit, et qu'il s'en souviendra à peine le lendemain.

La petite église de Springfield, à l'écart de la ville, cachée dans son vallon vert et fleuri, accueille désormais Marty tous les midis, sauf le week-end. Son escapade est bien rodée, il s'extrait de l'école, il engloutit son repas en chemin, se masturbe et joue de l'harmonium. Il retrouve de vieilles mélodies enfouies dans sa cervelle, ça l'amuse. Aujourd'hui, gagné par l'euphorie, il se prend à imiter mademoiselle Westerlund, le dimanche pendant la messe. Tout y est, l'engagement, les mouvements du buste, le visage penché sur le clavier qui se redresse brutalement, le regard circulaire à l'assemblée des fidèles, les sourires polis, l'allégresse. Il l'imite avec précision, et ses doigts qui gambadent sur les touches d'ivoire font penser à des furets ou des loirs. Les chants liturgiques sont restitués à la perfection, c'est une messe donnée à une assemblée invisible, Marty aime l'idée qu'il joue pour tous les morts de Springfield, son père, son grand-père, Viktoria Holmberg, Sven Lindhagen, et tous les autres, ceux qu'il n'a pas connus, il joue même pour les pionniers, ceux qu'on a enterrés dans le premier cimetière de Springfield, là-bas dans la forêt, cimetière dont on dit qu'il est le lieu le plus hanté du Nebraska. Marty songe à William Liddiard, plus connu sous le nom de « Rattlesnake Pete », il avait quitté Springfield pour rejoindre Buffalo Bill et son équipe d'aventuriers. Les pieds de Marty insufflent de l'air en cadence à l'instrument, les deux pédales se croisent, montent et descendent, et les notes s'envolent depuis l'arrière du clavier, tourbillonnant sous le plafond de planches peintes en bleu nuit pour restituer l'idée de la voûte céleste. Il ne l'entend pas arriver, elle est là, subjuguée, dans l'embrasure de la porte. Elle l'écoute, elle le regarde, elle contemple l'aisance de ses mains. Elle sourit aussi en comprenant avec quelle maturité il l'imite, elle se voit, elle se reconnaît, elle aime l'espièglerie de son esprit, lui, si sensible, si secret, elle se dit qu'il y a beaucoup de choses sous le capot de son cerveau, pauvre petit bonhomme qui vient de perdre son père, dont la famille est proche de plonger dans la misère. Se sentant observé, Marty tourne la tête vers la porte, et s'arrête brutalement de jouer. Ses joues se colorent à la vue de mademoiselle Westerlund, heureusement qu'elle n'est pas arrivée plus tôt, quand il avait les fesses sur le plancher et sa bite à la main. Continue, joue Marty, fais-moi plaisir, joue pour moi Marty. Le gamin devient méfiant, il reprend tout en la regardant, le son emplit l'espace, une mélodie religieuse s'élève, trempée dans la dévotion et la sincérité. Marty s'en fout de tout ça, plus ça va moins il croit, il joue ces chants parce qu'il ne connaît que ça, il n'a rien d'autre à sa disposition. Son enseignante fait prudemment un pas en avant, elle revêt la même prudence qu'avec un crotale des prairies, s'approchant en retenant son souffle, pour venir s'asseoir tout près de Marty sur le tabouret de velours, le garçon est si fluet que l'assise pourrait laisser supposer qu'il y a deux places. Elle se cale contre lui, il détecte son eau de toilette, c'est citronné, avec une pointe de romarin, ça il en est certain, au moins il est satisfait de ne plus porter de vêtements imbibés de cette sale odeur de fiente de poulet. Mais ce n'est pas assez pour le rassurer. Il continue de jouer, il lui jette des regards inquiets, elle lui demande de poursuivre, et se veut rassurante en couvrant de sa main chaude son avant-bras droit. Il est surpris, ça lui file la chair de poule mais il laisse aller ses phalanges sur le clavier. Elle se contente d'admirer sa dextérité, elle ferme les yeux, retire sa main et la dépose sur sa robe, à la jointure de ses genoux. Rien n'échappe à Marty, il voit les deux cuisses s'entrouvrir, l'autre main rejoindre son poing, elle entremêle ses doigts comme pour une prière et les enfonce dans l'étoffe en resserrant ses genoux, exactement comme lorsqu'on veut se réchauffer en hiver. Ses mains restent au niveau des rotules, elles n'iront pas plus loin, elles n'iront pas plus haut. Marty s'arrête, les mains de mademoiselle Westerlund jaillissent et applaudissent avec un enthousiasme qu'il ne lui avait jamais vu. Qui t'a appris à jouer ? Il hausse les épaules, elle comprend. Tu joues depuis combien de temps ? Il lui concède qu'il vient ici depuis quelques semaines, occultant toute la période où il venait pour jouer uniquement d'un autre instrument. Elle lui demande si ça l'intéresserait de la remplacer un dimanche à la messe, juste pour essayer. Il lui répond qu'il n'aime pas que les gens le regardent. Mais enfin Marty, tu vois bien, l'harmonium est au fond de l'église, tout à l'arrière, les gens ne sont pas autorisés à se retourner pendant l'office, personne ne te verrait. Elle lui prend une main, elle l'enveloppe dans ses doigts délicats, il voit immédiatement l'image de sa bite posée sur le clavier et la main de mademoiselle Westerlund l'enserrant délicatement. Tu ferais ça pour moi, pour le pasteur Danielsson et la paroisse, hein, dis ? Tu ferais ça ? Marty n'a plus le choix, il doit accepter. Il se demande si ce rapprochement soudain, cet accompagnement, pourrait aller plus loin ? Est-ce qu'il la verra à poil un jour ? Dans sa tête ça gravite à toute vitesse. Je veux bien essayer, mais à condition que vous me donniez des cours après l'école, en vrai je ne sais pas jouer. Tu te débrouilles très bien, mais c'est d'accord. Nous jouerons le jeudi si tu veux bien. Il acquiesce timidement, elle se rapproche de lui et le serre contre elle en le tenant fermement par une épaule. Il fléchit légèrement, sa tête rate de peu la poitrine de mademoiselle Westerlund, il s'en veut de s'être laissé emporter vers l'avant. Il aimerait recommencer, qu'elle lui suggère le même mouvement, là il ne se laisserait pas faire, mais il est trop tard, il aurait pu l'effleurer avec une joue, il est passé à côté d'une belle occasion d'examiner le moelleux de ses seins. Elle l'entraîne déjà hors de l'église, la classe va bientôt reprendre.

*

Jessie Swanson a revendu le *pick-up* Ford, elle n'a jamais su conduire, elle n'avait aucune intention d'apprendre, et elle n'avait pas envie, non plus, de laisser l'engin rouiller dans la cour. Elle n'en a pas tiré grand-chose, juste de quoi acheter du tissu à tailler et coudre pour de nouveaux rideaux, et aussi le fameux poste de radio que Marty réclamait depuis des années. Il est collé à cet appareil à la moindre occasion et sa mère se désespère de ne plus le voir dehors, elle prétend qu'il ne sait plus tirer au lance-pierres. Pour la contredire, chaque fois il doit s'en saisir, dénicher un caillou et viser les ailettes de la vieille éolienne de la cour. Jessie est bien obligée d'admettre qu'il est toujours aussi adroit, alors elle le voit reposer son bâton fourchu pour regagner la toile tendue du haut-parleur du poste de radio.

Le père Hellström, toujours bienveillant avec Jessie, les a conduits à Omaha, Marty grandit et il lui faut un manteau pour cet hiver qui est déjà bien entamé. Le gamin a treize ans maintenant, ses bras s'allongent à force de jouer sur l'harmonium de l'église, ça c'est une blague de sa grand-mère. Le ciel est bas, teinté de nuages, le grésil recouvre les pare-brise et les toits de la ville, les passants se hâtent, un vétéran, de l'âge de son père observe Marty quand il descend de la voiture, il leur demande de l'argent, le vieux Hellstöm fait celui qui n'a rien remarqué, ce vétéran estropié d'une jambe, il pourrait te le piétiner sous ses bottes. Il songe à Edwin Swanson, vétéran lui aussi, qui s'était battu au front, et battu avec ses poules tout le restant de sa vie. Il exècre ces soldats quémandeurs assis par terre ou sur les marches des bâtiments publics, il les voit traîner à la sortie des boutiques, espérant de menus butins pour combler l'arithmétique de leur estomac. Déjà cinq ans que la guerre du Vietnam est déclarée. 1960 n'apporte, pour l'instant, pas de meilleures nouvelles que l'an passé, on voit les cercueils arriver, on les honore sous le drapeau étoilé, et de nouvelles cargaisons de morts tombent des avions, on les enfonce dans la terre au rythme des prières, les familles repartent chez elles, assombries par ces choses qui les dépassent. Hellström répète à qui veut l'entendre que cette guerre va durer, il ajoute souvent, on n'a rien à faire là-bas, qu'est-ce qu'on est allé sacrifier nos gars, quand les champs ont besoin de bras ? Personne ne l'écoute plus, il est trop âgé pour ça, les vieux ne sont plus écoutés comme avant, au coin du feu, dans les veillées d'hiver. Jessie connaît un endroit qui vend des vêtements de seconde main encore en bon état, le père Hellström tique un peu, mais il les suit. Il reste cependant dehors, contrarié par un léger voile de honte, il n'aimerait pas être aperçu à l'intérieur de cet établissement. Le fils et sa mère réapparaissent avec un manteau bien chaud, mal ajusté, un peu grand, Jessie affirme qu'il lui fera deux ou trois hivers. Marty a l'air d'un échassier là-dedans, mais il se contente de sourire, heureux d'être enfin équipé contre le froid. Pendant qu'ils remontent à la voiture, le vieux Hellström lui parle de sa ville, il lui raconte les débuts d'Henry Fonda et Marlon Brando, ici au théâtre municipal d'Omaha. Marty lui répond qu'il ne les connaît pas. Le vieux s'accroche à ses vieilles histoires, il lui explique que ce sont d'immenses acteurs qui sont connus dans le monde entier. Il veut partager avec Marty le destin du timide et renfermé Henry Fonda, lui expliquer ce que madame Dorothy Brando a fait pour lui, cette amie de la famille, mère de Marlon. Marty se laisse guider dans son Omaha d'hier qui fait la fierté de monsieur Hellström, il n'a pas envie de le contrarier, il sait qu'il peut se mettre dans d'énormes colères. De retour à la voiture, le vétéran est encore là, le cul sur le trottoir, adossé à son mur, il interpelle monsieur Hellström, hey le vieux rupin, t'as bien quelques dollars qui traînent dans tes poches, allez fais pas le chien, j'ai foutu Hitler par terre, mais j'suis à la rue depuis que j'suis revenu. Hellström s'arrête, il le considère avec un regard étrange, et soudain, sans prévenir, il se met à lui marcher dessus, il piétine sa jambe valide, plante ses semelles dans son foie et lui marche sur les couilles. Le type se couche entièrement sur le côté, aucun son ne sort de sa bouche, il est stoïque, Jessie attrape Hellström par le bras, allons, venez, Marty n'a pas besoin de voir cela. Mais le vieux se débat, sale fainéant, j'en ai connu des comme toi qui rentraient d'Europe, ils ont bossé, eux, ils se sont lancés, ils ne sont pas restés à rien foutre sous prétexte qu'ils avaient une guibole de traviole, sale feignasse. Il s'en désintéresse aussitôt, Jessie se précipite dans la bagnole, portée par cet outrage, Marty est choqué par l'attitude de son voisin si gentil. Le gars allongé sur le béton se redresse et torche sa morve d'un revers de main, le haut de son corps est enveloppé d'un vieux sac de grain, ou de farine, il n'insulte personne, il se contente de regarder la grosse automobile s'échapper vers le sud de l'avenue. Le reste du trajet se poursuit en silence, Marty n'a pas envie de savoir ce que le vieux en pense. Sa mère se tient immobile près du conducteur, elle réalise que madame Hellström n'a pas dû rigoler tous les jours avec un tel homme. Qu'est-ce que vous croyez, c'est avec des bons à rien comme ça que le pays court à sa perte. Faites bien attention à votre petit, là, faudrait pas qu'il tourne mal. Jessie ne s'offusque pas, mais au fond d'elle ça bouillonne, il se prend pour qui avec tout son fric, elle décide que c'est bien la dernière fois qu'elle lui demande de lui rendre service, elle en a trop vu, trop entendu. Elle tempère en affirmant que ce n'est jamais facile pour personne de rentrer de la guerre. *Bullshit!* Ça fait quinze ans qu'il est rentré du front celui-là, quinze ans à traînasser dans les rues. Jessie l'avise sur sa jambe amputée. Mais merde, j'en ai vu qui poussaient des wagonnets avec une patte en moins, j'ai vu des types qui aidaient à désembourber des tracteurs avec une seule patte, des Noirs en plus. La mère de Marty préfère se taire, elle sait qu'elle n'aura pas le dernier mot, elle se tourne vers son fils, ça va mon chéri? Il déteste qu'elle l'appelle ainsi devant les autres, il trouve que ça fait bébé, il veut être considéré comme un homme maintenant, même s'il n'a pas encore rangé son pénis dans la fente poilue d'une femme.

Sa maîtresse d'école a su le convaincre, elle a trouvé les mots pour inviter Marty à jouer de l'harmonium à l'église. Le pasteur Danielsson n'était pas d'accord, il a bien signifié à mademoiselle Westerlund qu'il avait absolument besoin de ses services pour assurer l'office du dimanche. Il a très peur qu'elle le lâche, qu'elle lui échappe. C'est vrai, il a besoin d'elle, mais il a surtout besoin de l'approcher, d'humer les exhalaisons de son eau de toilette au citron, de lui effleurer l'avant-bras au milieu d'une discussion, dans le seul but de se créer des images, des souvenirs, pour en fabriquer d'autres au moment de se donner du plaisir.

L'enseignante lui a promis que Marty Swanson ne jouerait qu'une seule fois, elle a insisté sur le fait que ce petit manquait de confiance en lui et que c'était un bon moyen de lui en offrir, un geste pieux en quelque sorte. Elle a ajouté qu'il avait l'oreille absolue, qu'il était capable de jouer n'importe quelle mélodie sur un clavier sans jamais avoir appris la moindre note, sans avoir touché le moindre piano de sa vie. Il lui suffit d'écouter une chanson pour la restituer dans l'instant. Ça, l'enseignante l'a bien compris. Le pasteur a cédé à contrecœur, et voilà Marty assis devant l'instrument, les habitants de la petite communauté se pressent vers les bancs de bois, sans remarquer que le tabouret de velours au fond du bâtiment est occupé par le gosse de Swanson, celui qui s'est pendu l'an dernier au milieu de sa ferme. De rares fidèles s'aperçoivent du changement en découvrant mademoiselle Westerlund assise à l'avant, sur le premier banc. Avant que ça ne commence, ils se retournent, intrigués, sans éveiller la curiosité des autres paroissiens. Jessie et sa belle-mère se tiennent non loin de l'harmonium, dissimulant de leur mieux leur fierté. Le pasteur Danielsson s'élance, il fait vibrer sa voix, comme s'il s'adressait à une force occulte installée sur les hauteurs de la vie terrestre, les hommes et les femmes rassemblés là l'écoutent avec ferveur, mais il annonce déjà une prière chantée. Il entonne les trois premières notes et Marty se faufile après lui, une mélodie monte vers la charpente de l'édifice. Préférant éviter les regards, le gamin joue les yeux fermés. Il accompagne les fidèles, s'ajustant au rythme du groupe, puis il laisse traîner quelques notes après la fin de la dernière strophe chantée. Il ne ressent aucun plaisir, seulement de la trouille, il trouve sa tâche disproportionnée, il regrette déjà de l'avoir acceptée. À l'autre bout de l'église, mademoiselle Westerlund tend discrètement le cou hors de son col montant rehaussé de dentelle, elle devine la crinière blonde et hirsute de son élève, elle est heureuse de le prendre en charge, elle aussi a mal vécu le départ de son père, elle se demande toujours comment un enfant trouve la force nécessaire pour surmonter ces moments-là. L'office se déroule sans encombre, le gosse assure sa mission sans trop se poser de question. Parfois Jessie et sa belle-mère tentent un regard, mais Marty demeure immobile, les yeux clos, seules ses mains s'animent pour effleurer le clavier. Le pasteur leur souhaite à tous un bon dimanche, les paroissiens découvrent alors Marty sur son siège, juste en se retournant vers la porte à double battant. On lui jette des regards dissonants, que fait-il ici celui-là ? semblent dire les sourcils rapprochés. Mademoiselle Westerlund se précipite à sa rescousse, elle le présente aux paroissiens retardataires, elle leur exprime sa fierté, annonçant qu'il se débrouille bien mieux qu'elle, et sans hésiter, elle annonce qu'elle souhaite que Marty Swanson la remplace sur ce fauteuil de velours. Le pasteur, qui s'est furtivement avancé jusque-là, encaisse la secousse, il évalue l'enthousiasme de la jeune femme, dans l'instant il saisit que la jolie maîtresse ne posera plus jamais ses fesses devant cet harmonium, détruisant par cet acte leur relation privilégiée, leurs liens entortillés dans l'indicible. Il finit par se rassurer en comprenant qu'elle se tiendra au plus près de lui, au premier rang, il aura donc tout le loisir de contempler sa silhouette élégante, ses formes appétissantes, sans que le Seigneur ou qui que ce soit y trouve à redire.

Les dimanches suivants, c'est effectivement Marty qui s'installe au clavier. Ce nouveau rôle semble finalement lui convenir, il joue un peu, puis il rentre chez lui avec le sentiment du devoir accompli. Ensuite, il accompagne souvent Jessie sur la tombe d'Edwin, elle agrémente ce lieu de tristesse avec des fleurs achetées au marché des fermiers d'Omaha. Des petits bouquets rustiques, retenus par de la ficelle de raphia. Ils laissent donc cette poignée de pétales, mauves le plus souvent, au pied de la stèle funéraire, gravée ainsi, Edwin Swanson, 1925-1959.

Trente-quatre ans seulement, une guerre, une femme et un enfant. Ce ne sont pas les poules pondeuses qui l'ont tué, mais la promesse d'un avenir meilleur que celui de ses parents, puis la désolation en découvrant qu'il était irrémédiablement relié, ligoté à sa condition de commis de ferme, comme son père. La déception de ne pouvoir se réaliser complètement, le sentiment de n'avoir aucune influence sur le cours de sa vie a détruit Edwin. Il avait rêvé d'une trajectoire différente, et quand avec les poules ça avait commencé à bien marcher, à aucun moment il ne s'était enorgueilli, il était resté prudent, à l'abri des jalousies et des ricanements. Mais ça ne suffit jamais, quand arrive un minuscule succès, la perfidie explose, les regards changent. Son élevage de poules a déclenché de l'envie, de la médisance et des mensonges, par chance, Edwin n'en savait rien, il ne voulait pas savoir ce qu'on racontait sur lui et sa famille. Les gens imaginaient qu'ils étaient millionnaires en dollars, alors qu'ils se contentaient de rembourser la First National Bank, et heureusement, car aujourd'hui, Jessie, est quasi libérée de ce poids, elle ne leur doit presque plus rien aux deux rouquins.

La Hudson Hornet grise du grand Irlandais raye les graviers de la cour. Jessie penche ses yeux à la fenêtre, une voiture est là, la vapeur de sa respiration sur le carreau l'efface aussitôt. Il est seul cette fois, c'est étrange, les deux banquiers se déplacent toujours à deux, comme des flics qui fouineraient les familles, et les signatures de prêts potentielles. Elle s'inscrit dans l'encadrement de la porte et referme derrière elle, ne voulant pas laisser le froid explorer la maison. Le grand gars est élégamment vêtu d'un manteau de laine, Jessie se dit que ça ne doit pas être donné. Il retire son chapeau et le place devant ses testicules comme pour se protéger, et montrer surtout une certaine humilité. Il en caresse le rebord avec maladresse. Elle repère sa gêne, mais elle est fermement décidée à ne pas le laisser entrer. Vêtue d'une longue robe noire, et d'un gilet de la même couleur, Jessie a laissé tomber les pantalons de jean aux larges ourlets retournés, les chemisiers avec les deux boutons du haut délivrés sur l'amorce de sa poitrine. Elle est sobre, elle l'a toujours été, mais elle l'est davantage aujourd'hui, la mort a neutralisé ses désirs et son envie d'être jolie. L'autre lui annonce qu'il la trouve très en beauté, ce sont ses mots, et ils ont le mérite d'irriter Jessie d'emblée. Elle déteste ces types affables, qui enveloppent des phrases et des compliments en imaginant que la partie adverse est assez bête pour ne rien entrevoir à leur manège de gros lourdaud. Edwin détestait lui aussi les compliments, ils s'étaient bien trouvés sur ce point-là. Ce con se croit obligé d'ajouter qu'il lui trouve un air de ressemblance avec Marilyn Monroe. Il n'a pas tout à fait tort, Jessie, avec ses pommettes hautes, sa blondeur légèrement bouclée, et son immense bouche peut faire penser à l'actrice. Elle y fait penser quiconque l'aperçoit. Et c'est aussi pour cette raison qu'Edwin était jalousé des hommes du comté. Elle regarde l'employé de banque, elle le considère sans mépris, et elle lui rétorque sans détour que personne ne ressemble à Marilyn Monroe. Le type face à elle encaisse le coup et déglutit, mais il revient quand même à la charge, il lui sert ses ritournelles de politesses, il veut savoir si tout va bien, si Marty s'en sort, il a appris qu'il jouait de l'harmonium à l'église, il lui demande de féliciter le petit. Il lui assure que lui, en sa qualité de banquier, et d'homme, il sera toujours là si elle a besoin de quoi que ce soit. La scène paraît interminable à Jessie, elle l'attend en embuscade, elle se demande ce qu'il va pouvoir lui raconter encore comme saletés avant de lui annoncer ce pour quoi il est venu avec sa grosse bagnole, au milieu de cette cour misérable, en plein hiver, sous un ciel meurtri et las. Après de nombreux détours, il lui demande enfin si elle souhaite l'accompagner au restaurant le vendredi suivant. Il connaît un *dinner* très sympathique, le patron est un ami d'enfance, il lui sert toujours double ration, et il y passe de la bonne musique. Jessie ne fait pas semblant d'hésiter, elle réplique immédiatement et lui demande si elle lui doit quelque chose ? L'Irlandais est époustouflé par sa hardiesse et sa violence, ses oreilles virent au rouge violacé. Il balbutie inutilement, des borborygmes insondables qui laissent Jessie sans réaction, elle attend des excuses et qu'il s'en aille. L'homme repose son chapeau sur ses larges oreilles dont le cartilage se plie sous les rebords du couvre-chef. Il présente des excuses, il la salue froidement, vexé jusqu'à la moelle, et file vers cette automobile grise et rutilante qui patiente sous la grisaille. Jessie l'observe faire son demi-tour, elle resserre l'encolure de son gilet en croisant ses deux bras sur sa poitrine, un sourire de colère et de satisfaction lui tord subtilement les maxillaires, elle retourne dans sa cuisine et referme pensivement la porte à clef, Marty lui demande ce qu'il voulait le banquier, elle a envie de lui répondre qu'il voulait voir ses fesses, elle se ravise et lui concède qu'il voulait l'inviter au restaurant. Marty veut savoir ce qu'elle lui a répondu, elle dit qu'elle a refusé, tout simplement. Son fils se remet sur la radio et tourne le gros bouton à la recherche de nouvelles fréquences.

*

C'est une saison intermédiaire, nul ne sait s'il fait chaud ou froid, on met des pulls comme en hiver, qu'on retire en milieu de journée, sanglé par la sueur, assiégé par la chaleur. La classe est au complet, personne n'est malade ou au champ pour aider les parents. Mademoiselle Westerlund lit un livre historique à voix haute, en circulant parmi les tables, elle cesse brutalement sa lecture, repose l'ouvrage sur son bureau et se précipite vers la porte qu'elle referme derrière elle, afin que les enfants n'entendent pas. C'est le pasteur Danielsson qui vient la trouver, il est essoufflé, du sang jaillit sous l'épaisseur de ses joues, ses cheveux blancs rebiquent dans le vent. Un cacatoès, songe Marty en l'apercevant. Il s'exprime à voix basse, il ne veut pas créer d'incident, il reste fidèle à sa nature prudente. Il accourt à l'instant de l'église. Il informe l'enseignante que quelqu'un a tenté de brûler l'harmonium dans la matinée. Par chance, il s'est présenté dans le bâtiment quelques instants seulement après le début de l'incendie, ratant sans doute de peu le criminel responsable de cette abomination. Voulant récupérer la nappe de l'autel pour la laver, il était passé de façon assez inattendue à l'église, ce qui lui a permis de sauver l'édifice, la maison de Dieu. Il n'a pas regretté d'avoir fait installer l'eau là-bas et d'avoir toujours un seau à disposition. Il lui a fallu trois aller-retour près du robinet en laiton pour se débarrasser des flammes et des braises. L'harmonium est partiellement détruit, suffisamment pour être condamné, inutilisable. La jeune femme porte une main à sa bouche, comme pour masquer les vilains mots qui pourraient en sortir, elle se tourne par réflexe vers sa classe derrière la porte, tous les élèves ont le cou tendu vers les deux adultes à l'extérieur, essayant de glaner quelques bribes de leur conversation. Elle leur adresse un signe afin qu'ils se retournent, ils obéissent, le temps qu'elle-même se retourne. Le pasteur lui tend une feuille de papier. Tenez, j'ai trouvé ça sur le gravier devant les marches, le type qui a fait ça pensait que tout le bâtiment allait brûler, d'après moi il a voulu que son mot soit épargné. Qu'est-ce que c'est? Elle s'empare du message, c'est écrit en lettres majuscules au crayon de bois, elle murmure les quelques lignes maladroitement écrites « Petite ordure, je vais te le cramer ton harmonium, il n'en restera que des cendres, et tu pourras faire tes saloperies ailleurs. » Mademoiselle Westerlund s'interroge à voix haute, quelles saloperies? Si jouer de la musique dans une église devient un problème maintenant, où va-t-on? Elle demande à Danielsson s'il a une petite idée sur l'identité de l'auteur. Pas la moindre idée, ma chère, comment voulez-vous que je sache ? Elle s'excuse, elle ne voulait pas l'offenser, le pasteur n'est pas un enquêteur. Elle doit retourner en classe, elle lui demande de prévenir les autorités, si ce n'est déjà fait. C'est vous que je tenais à prévenir la première, lui assure-t-il avec une tonalité soyeuse pour lui faire entendre tout ce qu'il éprouve pour elle. La jeune femme, habituée à ses éruptions sensuelles, se défile comme à chaque fois, en le remerciant poliment et en se sauvant pour un motif chaque fois plus impérieux. Elle referme la porte sous ses yeux, il reste là, interdit, sur les marches de l'école, il songe à son parfum, cette odeur d'eau de toilette infernale, qu'il s'est aussi offert pour lui-même, et dont il s'asperge régulièrement le corps quand son désir est trop fort. L'enseignante reprend sa place, son regard localise Marty au milieu de la classe, elle glisse sur lui comme si son siège était vide. Il est comme les autres, il ne se doute de rien, le pasteur Danielsson, avec son air catastrophé, pouvait aussi bien annoncer l'accident mortel d'un parent d'élève, la fin de la guerre du Vietnam, un déraillement tragique à Omaha, le lynchage d'un Noir, impossible de déceler la teneur de cette entrevue fortuite. Soudain, la peur s'abat sur lui, il est convaincu que sa mère vient de mourir. Il demande la permission de se lever, mademoiselle Westerlund s'en étonne mais elle l'y autorise, alors il lui demande si le pasteur Danielsson s'est déplacé pour lui annoncer un décès. L'ensemble de la classe éclate de rire, l'enseignante les fait taire d'une remarque chargée de fureur. Non Marty, personne n'est décédé, tout le monde va bien chez toi, je suppose. Les autres considèrent avec une certaine jalousie la douceur du ton employé dans cette réplique par la maîtresse. Seule Solveig ressent un peu de compassion pour la délicatesse de Marty, sa fragilité aussi. Il lui faudra attendre la pause du déjeuner pour en apprendre davantage.

Mademoiselle Westerlund les a à peine chassés de la classe qu'elle rappelle Marty. Il s'inquiète, lui aurait-elle menti ? Il songe à nouveau à sa mère. L'air grave qui s'étale sur le visage de la jeune femme réunit une concrétion de douleur dans son ventre à lui. Elle lui annonce l'incendie dans l'harmonium. Elle lui confirme qu'il s'agit de quelqu'un de mal intentionné. Elle ne lui parle pas du mot retrouvé. Il se doute que ce genre d'instrument coûte une petite fortune, et qu'il ne le reverra pas de sitôt, il se risque tout de même à demander si l'harmonium est réparable, elle lui répond qu'il ne l'est pas. Il comprend qu'il faudra du temps à la petite communauté de Springfield pour le remplacer. Elle décèle un manteau d'inquiétude sur son regard. Elle raccompagne Marty à l'extérieur et réunit tous les élèves, elle leur annonce qu'elle doit s'absenter dix minutes, elle leur demande de finir tranquillement leur *lunchbox*, elle sera de retour avant qu'ils l'aient terminée. Marty comprend qu'elle a décidé de se rendre à l'église pour constater les dégâts d'elle-même, il lui demande s'il peut l'accompagner, elle refuse, ça pourrait le choquer, dit-elle. Marty inspecte l'horizon de son cerveau en se demandant ce qui pourrait bien le choquer dans cette vie. Il ne sait pas. Il obéit, s'installe sur son monticule et réalise que sa petite escapade du déjeuner s'arrête ici. Il aimait beaucoup conjuguer ses deux activités de la mi-journée. Pour la musique, c'est fini. Éjaculer par contre, restera possible, le matin ou le soir, à la maison. L'enseignante se dirige à grands pas vers le bâtiment de planches peint de blanc, le pasteur n'est pas là, il est certainement parti prévenir la police. Elle escalade les quelques marches sous le clocher, elle reste sur le seuil pour ne rien déranger, et favoriser l'enquête. C'est une grande chance que monsieur Danielsson soit arrivé peu après le début d'incendie, car avec son plancher en lattes de chêne, l'église de Springfield se serait embrasée et consumée en un rien de temps, ne laissant qu'une rumeur de poudre grise, des poutres et une cloche bancale sur le chemin des fidèles. Le sommet de l'harmonium a été dévoré aux trois quarts, une morsure noire éventre l'instrument, mettant son mécanisme à nu.

Marty a encaissé la situation sans bouger, c'était plaisant de jouer pour l'église, mais ça devenait répétitif, toujours les mêmes mélodies, et puis plus les années passent et moins il se sent concerné par la question religieuse. Ça l'emmerdait un peu d'y aller tous les dimanches. Il ne croit plus en rien, et il s'interroge sur ce croisement qu'il juge hasardeux, comment se fait-il que des scientifiques ou des médecins puissent croire en Dieu ? Il y pense souvent, et ne trouve jamais d'issue à cette question. Jessie le comprend de moins en moins, sa grand-mère prétend qu'il l'écoute encore, elle ne se rend pas compte qu'il a déjà quatorze ans. Elle le voit encore comme un enfant, et chaque fois qu'il passe chez elle, qu'il débarque avec sa frimousse mal débarbouillée elle l'attrape par le haut du col, elle saisit son torchon sur la barre du fourneau, elle en humecte un coin avec sa salive, et lui nettoie le museau, comme elle dit. Elle le frotte avec sa salive pour ôter les traces de confiture ou de morve, Marty déteste ça, cette odeur de salive qui n'est pas la sienne et avec laquelle on lui recouvre le visage, ça lui donne envie de vomir, chaque fois il se retient pour ne pas donner plus de travail à sa grand-mère, mais il le vit comme le passage d'une frontière vers l'enfer.

Maintenant le samedi, il se rend à Omaha, il grimpe dans le bus avec son argent de poche et il traîne du côté du bâtiment de l'association des aveugles. Le parc attenant est tranquille, il se pose sur un banc et il attend, il observe les aveugles. Ça le rassure de pouvoir faire quelque chose d'inaccessible aux autres, ça le fait grandir. Il a repéré une brunette de dix-huit ou dix-neuf ans, elle se déplace sans lunettes, on voit ses yeux grisés qui gigotent vers le haut ou sur les côtés, mais il la juge bien faite, bien assez pour le dépuceler. Dès qu'il l'aperçoit à la porte de l'établissement, il s'installe sur le banc où elle a l'habitude de se poser. Il ne dit rien, il bouquine son livre sur l'histoire des pionniers. Elle vient s'asseoir à l'autre extrémité du banc, bien loin de lui. Elle flaire le moindre bruit. Il se contente de lire et de tourner les pages. Ça fait déjà une flopée de week-ends qu'il vient traîner par ici, pour l'instant il n'a établi aucun contact avec la brunette. Il attend, il n'est pas si pressé, le soir en rentrant, il se touche en pensant à elle, et à d'autres, il aime bien jouer à la loterie, voir sur laquelle ça tombe quand le sperme gicle de son étui. Vous êtes du quartier ? Euh, bonjour, non j'aime simplement ce parc, ses grands arbres, ça me rappelle mon père. Votre père ? Oh, il est mort. Il tourne une autre page, comme s'il continuait de lire sans vraiment s'intéresser à elle. C'est elle qui revient à la charge. Vous lisez en braille ? Non, désolé, je lis un livre classique. Vous n'avez pas à être désolé, le rectifie-t-elle. Marty se laisse guider, il adore ce début de conversation. Il s'efforce simplement de racler la plus grosse voix qu'il puisse trouver au fond de sa gorge pour avoir l'air plus âgé que ses quatorze ans de malheur. Il n'en peut plus de patienter, il veut devenir adulte, et le plus vite possible. Elle le laisse lire vingt bonnes minutes en silence, puis elle lui demande ce qu'il lit. Il lui répond qu'il s'agit d'un auteur qui a travaillé sur l'histoire des pionniers et qui raconte leur périlleuse traversée du pays en allant vers l'ouest. Ça doit être intéressant. Ça l'est. Elle se lève, elle le salue, et ajoute qu'elle s'appelle Shirley. Sans hésiter, il lui annonce qu'il se prénomme Marty. Il lui adresse un franc au revoir avec sa grosse voix, auquel elle ne répond pas, considérant qu'elle l'avait déjà salué. Il la contemple dans les allées du parc, il se dit qu'elle doit compter chaque pas, elle marche sans utiliser de canne, il est admiratif. Il s'attarde sur ses hanches, sa jupe est un peu longue, pas tellement dans la tendance actuelle, ce n'est pas non plus la même ringardise que mademoiselle Westerlund qui n'a jamais quitté le siècle dernier, les femmes enchapeautées à bord des diligences, les lourdes malles chargées de vêtements et de souvenirs de familles, les chevaux l'anus ouvert délivrant des saccades de crottin dans la poussière, au milieu de l'unique rue d'une ville dangereuse, non cette Shirley a simplement récupéré des vêtements usagés obtenus après un don auprès d'une association, c'est ce qui explique la coupe approximative de sa jupe, et l'indulgence de Marty. Car depuis quelque temps, il s'intéresse aux filles, mais aussi à l'allure des filles. Lui-même se déplace avec un jean et sa veste assortie. Il porte des chaussures de cuir noir, coquées, au cas où on viendrait l'embêter dans l'obscurité. À son cou est noué un joli foulard, avec le nœud sur le côté, à l'exact opposé de sa mèche de cheveux. C'est une organisation symétrique qu'il a élaborée devant la glace de la salle de bains, chez lui, pendant que sa mère était en bas à lui tricoter des gants pour l'hiver suivant. Il la voit s'engouffrer dans la porte tourniquet de l'établissement pour aveugles, il aime ses boucles brunes, il trouve que ça lui irait bien de porter des lunettes, il aime son visage équilibré qui pourrait faire penser à un batracien, mais un batracien harmonieux, ses épaules semblent aussi lisses et douces que des galets au fond d'une rivière, ses bras et ses jambes sont façonnés de la plus belle des manières, il réalise qu'elle pourrait servir de modèle dans les écoles de dessin, ou pour les artistes qui aiment les petits seins. Il pense qu'elle est de taille plus modeste que lui, il hésite, il ne s'est jamais trouvé debout près d'elle. Sa seule certitude, c'est qu'elle est très jolie, et qu'il sera à nouveau sur le banc le prochain samedi.

Shirley n'est pas très bavarde, il calque son comportement sur la jeune fille, il n'a pas envie de s'épuiser avec cette voix grave qui n'est pas tout à fait la sienne. Elle lui annonce qu'elle a vingt ans et qu'elle est non voyante depuis la naissance. Il lui révèle qu'il est sourd de l'oreille gauche depuis qu'il a été foudroyé, puis il lui glisse qu'il a vingt-deux ans. Elle est intriguée par cette histoire de foudre, il se demande si le fait qu'elle le rejoigne chaque samedi sur ce banc ça ne ressemble pas aussi à un coup de foudre. Elle se penche vers lui quand elle lui parle, comme si elle le regardait. C'est un peu gênant, il a l'impression d'être mis à nu. Il lui a menti sur son âge mais il se promet de ne plus lui mentir. Il ne rêve que de droiture. Mais il n'avait pas le choix, jamais un petit mec de quatorze ans ne pourrait soulever les jupes d'une fille de vingt ans. Il est à nouveau piégé quand il lui faut évoquer ce qu'il fait au quotidien, étudiant c'est trop risqué, elle est peut-être elle-même à l'université. Il décide de mentir à moitié, il prétend qu'il a repris l'entreprise de poules pondeuses de son père après la mort de celui-ci, il fait ça avec sa mère. Elle ne semble pas s'en émouvoir. Ses parents l'ont abandonnée enfant, dès qu'ils ont compris qu'elle était aveugle. Marty précise que c'est cruel, il s'en veut aussitôt pour cette remarque idiote. Elle lui fait remarquer que c'est une remarque idiote. Il avoue qu'il s'en est voulu immédiatement après l'avoir prononcée. Elle fait la moue, pas convaincue, elle se tait souvent. Il en fait autant, ça lui évite de se fourvoyer. Puis il la laisse filer, disparaître dans sa porte à tambour.

⁂

Dans la ferme de monsieur Hellström, il y a ce nouveau type qui livre du lait en ville, il fait ça tous les jours de la semaine, et le samedi, son patron est un peu moins regardant sur les horaires. Marty lui a demandé s'il pouvait l'emmener à Omaha dans sa fourgonnette, ça lui économise les tickets pour le bus. Le gars a accepté, il s'appelle Ralph, la trentaine bien élimée, un bonnet sur la tête été comme hiver. Il n'a pas de chance, il est déjà à moitié chauve, à son âge c'est vraiment pas de veine, se dit Marty. Son seul défaut, c'est qu'il est atrocement bavard, impudique et curieux. Ça fait trois défauts. Il sait déjà tout de la vie de Marty, les poules, la pendaison de son père, les munitions retrouvées dans le tronc, l'harmonium à l'église. Lui non plus ne va jamais à l'église. Il a six gosses, sa femme est tout le temps grosse, la faute à son ventre rembourré de vie, Ralph le reconnaît c'est sa faute à lui. Il se confie constamment à Marty, il lui révèle qu'elle voudrait qu'il fasse plus attention, mais il se dit incapable de se retirer d'elle quand ils le font. Et il ne veut pas non plus utiliser de *condom*, il prétend que c'est pour les types qui s'enculent, ce sont ses mots. Marty l'écoute religieusement, ça l'excite ses conneries de cul, l'autre s'épanche sur sa femme, Marty connaît déjà toute son anatomie en détail sans jamais l'avoir vue. Il sait aussi ce qu'il lui fait et comment il le fait. Il imagine une femme mise à genoux avec des articulations épaisses et moelleuses comme de la guimauve, il imagine ses cheveux ne dépassant pas son cou, et ses joues tachées de rouge pendant l'effort, car ne rien faire sur un lit, attendre à genoux, c'est déjà un effort pour son gabarit. Faudra que tu passes un jour à la maison, je te la présenterai, c'est une brave fille, pas méchante, et bosseuse avec ça. À chaque fois, Marty lui promet de passer, puis il fait semblant d'oublier. Il n'a pas envie de voir cette femme, il sent bien que son mari lui manque de respect, il n'aurait pas aimé que son père parle comme ça de sa mère. Forcément, il a fallu lui raconter sa petite histoire avec la fille de l'association des aveugles. Le Ralph s'excite aussi, il répète tout le temps que ça doit être bien une aveugle, c'est sensuel et tout, la peau, elles savent s'en servir, les petites saloperies qu'elles te disent à l'oreille, elles sont très douées avec les organes qu'il leur reste. Mais il n'en sait rien du tout, il rabâche les bêtises qu'il a entendues çà et là. Ça dégoûte un peu Marty de l'écouter salir sa rencontre avec Shirley, même s'il se souvient que son intention initiale n'était pas si jolie-jolie, mais peu à peu il s'attache à elle. Il la trouve délicate et intelligente, et surtout, il a très envie de lui montrer tout ce qu'il sait. Cette pensée l'attriste à chaque fois, il est bien conscient que sexuellement, il ne sait rien. Les semaines et les mois filent, l'été va bientôt s'en aller, avec Shirley, ils se sont vus chaque samedi depuis le mois d'avril. Ralph l'a déposé en début de matinée, Shirley ne s'est pas montrée, Marty n'a pas abdiqué, il est resté sur son banc, aplati sous la douleur et la chaleur, avec un livre sur la grande dépression entre les mains. Il n'a pas vu Shirley qui l'épiait depuis ses souvenirs, pour la bonne raison qu'elle ne pouvait l'épier de nulle part. Mais son cœur l'épiait.

Assise sur le rebord de son lit, elle lutte contre sa peur, elle tente de se raisonner, elle sait tout de lui en dehors de ses traits, elle regrette seulement de ne lui avoir jamais demandé de se décrire physiquement, convenant presque aussitôt que c'est inconvenant. Soudain, elle extrait un pendentif en argent de son écrin de porcelaine. L'objet est posé sur sa table de nuit. Elle retire le petit motif métallique de la chaîne et elle l'enfouit dans une feuille de papier qu'elle plie et replie jusqu'à en faire une forteresse. Elle l'enfonce dans la poche arrière de son jean, vérifie que son chemisier est bien boutonné et dévale les escaliers en se retenant à la rampe. Marty l'a attendu plus de quatre heures. Il croit faire une syncope quand il l'aperçoit, dans son enthousiasme il manque de lui faire un signe de la main en la voyant passer les portes du bâtiment, se ravisant au dernier instant, avec un sourire idiot sur la figure. Elle s'assied à sa place. L'ombre des arbres s'avance enfin vers leur banc. Malgré son bronzage, Marty montre de nouvelles rougeurs, rester ainsi des heures sous le soleil, a fini par le brûler. Mais il s'en fout, elle est là, tout près de lui. Elle porte une eau de toilette, c'est la première fois qu'il note ce détail, c'est la première fois qu'elle en porte. Shirley est magnifique, elle lui sourit, il lui répond de la même façon. Ils restent silencieux, c'est un instant qui dérive sur un long moment, elle demande enfin pardon pour son retard. Marty lui assure que ce n'est pas nécessaire. Maintenant, c'est comme si elle regardait loin devant elle, elle semble tendue, inquiète, elle tortille une main dans une poche arrière de son pantalon, puis elle fouille les doigts de Marty, il a refermé son livre, elle lui enfonce la concrétion de papier dans une paume, sans retirer sa main qui couvre la sienne. Le cartilage thyroïdien de sa pomme d'Adam gravit les marches de son larynx et redescend aussitôt le long de son cou, Marty avale sa salive, c'est la première fois qu'ils se touchent. Ils sont parfaitement immobiles. Les sueurs soudent leurs doigts. Il ne se passe rien, il pourrait regarder ce qu'elle lui a glissé dans la main, mais il ne regarde pas, il la regarde intensément. Soudain, elle se jette sur sa bouche, avec les deux mains plaquées sur les joues de Marty. Le mouvement décrit par son corps semble calculé par une succession d'opérations complexes, tant la précision de son geste était parfaite. Une personne voyante n'aurait pas mieux visé. Elle a tamponné ses lèvres contre celles de Marty, qui, sous la surprise a entrouvert la bouche, laissant la langue de Shirley naviguer à vue entre les écueils de ses dents et son mollusque granuleux. Ils s'embrassent, la sensation est absolument dingue, la langue de Shirley s'allonge et se rétracte, se couche contre celle de Marty, l'entraîne, lui donne la main, s'enroule contre la sienne, torsade amoureuse qui fait naître une érection monumentale dans le slip du garçon. Il la tient par les épaules, avec le petit paquet de papier au creux de sa paume. Des pensées jaillissent au seuil de son cerveau, j'embrasse une fille bordel, je lui roule une pelle, six ans de plus que moi putain, c'est une vraie femme, je vais voir sa chatte, c'est incroyable, je l'aime. Les salives se réunissent, les muscles puissants de leurs deux langues coulissent, leur baiser est interminable, l'un et l'autre l'ont attendu depuis tant d'années, Shirley constate aussi l'effet produit dans le bas de son ventre, une chaleur complexe l'envahit, à l'orée de son sexe s'écoule une saveur onctueuse, elle connaît ce phénomène, dans son petit lit surmonté de barreaux de fer elle se touche et explore son intimité presque aussi souvent que Marty, sans qu'à aucun moment il lui vienne de mauvaises pensées, elle a compris que ça faisait partie de la vie. Ils se détachent l'un de l'autre comme pour se regarder, les yeux de Shirley sont quasi blancs, les billes de ses pupilles sont parties on ne sait où. Marty la tient de toutes ses forces par les épaules, il l'aime putain, il l'aime. Il l'observe, il la dévisage, elle se laisse regarder, elle savoure, le regard de Marty sur elle est comme une eau pulvérisée en minuscules gouttelettes, une étoffe de pluie qui balaye méthodiquement son visage, elle est heureuse de se laisser regarder. Elle l'attire contre elle, elle serre ses bras contre ses omoplates, Marty est surpris de la force qu'elle développe. Elle glisse les mains à plat sous sa chemise, elle peut ressentir toute l'énergie contenue dans les muscles qui enveloppent son dos. Marty résiste un peu pour gonfler les bandes musculaires qui lui tapissent le corps tout autour de la colonne vertébrale. Cette puissance, cette trajectoire vivante excite Shirley. Son homme est dur et résistant, son homme est beau. Marty s'écarte un peu d'elle, il déplie lentement le bloc de papier plié qu'elle lui a offert, elle est haletante, cet instant est émouvant, il va découvrir son offrande, elle analyse les mouvements du papier défroissé, elle le regarde. Marty découvre un cœur en argent, un organe un peu tordu, presque réaliste, ne ressemblant pas à ceux qu'affectionnent les petites filles. Dessus se détache une croix, comme celle du Christ, mais sans le Christ. Il l'embrasse à nouveau, elle décolle ses lèvres et les enfonce contre les siennes, leurs langues vont chercher l'autre très loin dans le fond de la bouche, elles se frottent avec délice, s'enroulent encore, se lient, se délient, s'embrassent comme deux amis lors de retrouvailles retardées, reportées par les aléas de la vie. Elle s'écarte. Tu aimes ?

J'aime ce petit cœur, il est très beau, merci, vraiment. Je voudrais que tu l'emmènes partout, que tu le gardes dans une poche, et quand tu changes de pantalon, tu le changes de poche aussi, tu ne dois jamais l'oublier, c'est ce qui nous relie. Il lui dit qu'il l'aime, c'est la première fois qu'il prononce solennellement cette suite de mots depuis le décès de son père. Il s'est entraîné devant la glace de la salle de bains, mais le faire en vrai, c'est pas pareil. En le disant, il s'est vu au-dessus de lui-même, comme une ampoule de lumière éclairant le petit gars de Springfield, Nebraska. Il est un peu perturbé, elle ne lui a pas répondu qu'elle l'aimait, il se rassure en convenant que son cadeau, ce cœur issu d'un pendentif, c'est sa réponse. Elle lui demande son nom. Je m'appelle Swanson, Marty Swanson. Shirley Wells, enchantée. Puis elle tend à nouveau son cou vers lui, la bouche entrouverte, en attente de son gros muscle agile, enduit de salive. Il l'embrasse dans la bouche, les boutons de son jean lui font mal, son pénis est tordu, comme plié en deux, c'est à la fois agréable et douloureux, il fourre directement une main dans son slip et redresse le pauvre membre à l'étroit. Il se déploie majestueusement, sort même de son slip pour appuyer de toutes ses forces sur le rivet du gros bouton tout en haut de la braguette. Par chance, Shirley n'en voit rien, une aveugle évite parfois bien de l'embarras. Elle retire sa bouche de la sienne et lui demande dans quelle poche il a rangé son cœur, il lui indique que c'est la poche droite. Elle tend le bras pour le sentir à travers la toile, et se fourvoie en laissant sa main atterrir sur sa braguette, elle s'excuse en devinant le marteau prêt à jaillir que renferme son pantalon. Ça ne l'a pas effrayée, elle se doute que c'est ce fameux truc qui la différencie d'un garçon. Ses doigts rejoignent la poche, elle appuie du bout des phalanges, elle reconnaît le délicat volume de son cœur d'argent, elle appuie plus fort et détecte à travers le tissu la minuscule croix du Christ, en relief sur cette représentation du muscle cardiaque. Elle lui sourit, il a fait exactement ce qu'il avait dit, elle espère simplement que la prochaine fois qu'ils se verront il aura encore ce bijou dans sa poche. Elle lui dit qu'elle doit remonter, elle a promis à une amie de prendre le café dans sa chambre, elle a préparé des cookies dans la cuisine au sous-sol de l'établissement. Il s'apprête à lui demander comment elle peut réussir une telle prouesse, il retient au dernier instant sa maladresse tandis que Shirley devance ses questions en lui répondant, question d'habitude. Il siffle pour lui montrer qu'il est impressionné, elle rit, une volée de notes éclatées dans l'air de cette fin d'été atterrit dans son oreille droite. Il est heureux. Ils s'embrassent encore et encore, incapables de se quitter, elle puise dans ses ressources et se lève, il lui serre la main par saccades, singeant une sorte de message en morse, elle lui répond de la même façon et s'échappe en courant. Il trouve ça complètement irréel, sa fiancée aveugle qui court comme une dératée au milieu d'une allée bordée d'arbres, elle s'immobilise juste devant la porte du centre, elle se retourne dans sa direction et lui adresse un hello très mignon de la main, Marty est remué, il lui répond, elle sait qu'il lui répond. Elle lui envoie un dernier baiser avec les doigts détachés de sa bouche, et disparaît. Il a le cœur qui bat presque autant que la grosse veine qui lui escalade la bite. Il se lève, dans sa poche il tripote le cœur qu'elle lui a donné. Il a un peu honte de ne lui avoir rien offert. Il ne pouvait quand même pas lui laisser ce livre imprimé de lettres encrées.

Il sait qu'il a manqué Ralph, il était convenu qu'ils s'attendraient comme d'habitude, près du *Joe Tess Place*, le restau de sandwiches qui ne sert que des trucs au poisson. Il l'a sans doute attendu cinq-dix minutes, mais pas plus. Sa tournée de livraison étant terminée, il n'avait aucune raison de rester planté là au milieu du carrefour, à attendre que monsieur ait fini de s'exciter avec cette nana qu'a pas les yeux en face des trous. Marty marche d'un pas cadencé, si des militaires l'apercevaient ils y verraient de la graine de conscrit, il ne faiblit pas, il veut atteindre la sortie de la ville au plus tôt, pour faire du stop et rentrer dans sa petite communauté. Il traînasse en matant les vitrines, il se dit qu'il y a de ces manteaux de fourrure quand même, faut être drôlement gonflé pour porter ces choses-là sans se dire qu'on ressemble à un bison à la con. Il regarde aussi les bagnoles, il y en a qui sont quand même vraiment sympas, avec des carrosseries rondes comme des fesses de femme, et des chromes étincelants comme des ovnis, un jour il s'en offrira une, il se le promet. Il aimait bien le *pick-up* de son père, mais comme sa mère ne conduit pas, elle l'a revendu pour récupérer trois fois rien. Il ne la critique pas, il en aurait fait autant à sa place, avec un gosse qui ne dit rien, qui n'a jamais rien à raconter, et à qui faut quand même faire ouvrir la bouche pour le nourrir. Il fait encore chaud à cette heure tardive de l'après-midi, il a soif, il s'arrête dans un endroit crasseux pour un Coca. Il demande bien au mec un Coca sans glaçon, parce que ça lui ferait moins de boisson sinon, ça il ne le dit pas au patron. Et l'autre lui apporte quoi ? Un Coca rempli d'une louche de glaçons. Car le type sait bien que de cette façon il en sert moins, et tant que le cours des glaçons est moins élevé que le cours du Coca, il en fourgue plein ses gobelets. C'est aussi simple que ça. Marty est mécontent mais il n'en montre rien, il n'est pas en position d'évoquer une quelconque contrariété face à ce mastodonte aux dents disloquées. Il reste assis sur son tabouret de cuir rouge, et il attend que les cubes de glaces fondent pour finir de boire le reste de jus marronnasse dans lequel ils barbotent. Il tape sa main sur le comptoir, aplatissant quelques *cents*, le gars lui rend la monnaie avec un regard mauvais. Qu'est-ce qu'il veut ? se demande l'ado. Puis il salue la compagnie et se retrouve dans la ville, à marcher le long des trottoirs poussiéreux. Des files de voitures sortent de ce nouveau truc, le *mall de Crossroads*, sur Dodge Street, une galerie marchande fraîchement ouverte, avec l'air conditionné et une bonne vingtaine de magasins à l'intérieur. Les friqués s'y retrouvent pour s'offrir des canapés ou des robes de mariée. Marty décide d'aller y faire un tour. Les mecs portent le costume, les femmes sont toutes en robe, ça leur arrive juste en dessous des genoux. La plupart resserrent leur taille avec une ceinture, elles portent des sacs en papier, parfois cartonnés, contenant leurs achats. De gros bacs hexagonaux, blancs, reçoivent des plantes, certaines atteignent deux mètres, le sol est pavé d'un dallage marbré, des carrés larges comme des serviettes de table. Entre les bacs de fleurs il y a aussi des bancs sans dossier pour se reposer des courses, mais dont le design étudié évite qu'on s'y affaisse trop longtemps. Les gens ont l'air ou préoccupés ou joyeux, ils viennent tous des beaux quartiers, ça se voit surtout à leurs souliers, la chemise de Marty est trempée, ça lui fait du bien de circuler au milieu de passants, ça le revigore un peu de se laisser envelopper par la brise de l'air conditionné. Il se jure à voix haute qu'un jour il amènera Shirley ici, et qu'il lui offrira des trucs si elle le veut. Les rectangles de lumière blanche au plafond accentuent la sensation de fraîcheur, tout ici est distingué, pensé pour consommer en toute tranquillité. Un gardien avec une casquette comme celle des flics s'approche soudain de Marty, il lui demande ce qu'il fabrique ici. Le jeune Swanson croit s'en sortir en lui expliquant qu'il cherche un cadeau pour sa fiancée, le type le reconduit vers la sortie en le tirant par une oreille, avec ses gros doigts. Heureusement, c'est l'oreille gauche, celle qui est déjà cassée. En ressortant de là, Marty ressent que la lumière du jour a légèrement décliné, il commence à se faire tard, il espère que sa mère ne s'inquiète pas, il fonce vers le sud d'Omaha, pour attraper la route qui conduit à Springfield, des lanières nuageuses se teintent déjà de rose vers l'ouest, il est inquiet pour sa mère.

Il fait du stop depuis un bon moment maintenant et personne ne le prend, il se demande à quoi il peut bien ressembler pour qu'on ne veuille pas l'embarquer à bord d'une de ces saletés de bagnoles. C'est chaque fois le même cinéma, les types ont le nez collé au pare-brise, ils veulent voir s'ils connaissent le gamin avec son pouce levé, puis dès qu'ils ont vu, ils prennent un air de dépit et font un signe pour dire qu'ils tournent dans pas longtemps, sans même savoir où se rend le garçon, peut-être qu'il tourne dans pas longtemps lui aussi ? Le temps défile, le ciel s'assombrit, il commence à se dire qu'il aurait mieux fait de s'installer sous un poteau qui éparpille de la lumière. Soudain, une petite voiture s'arrête à sa hauteur. C'est une mamie qui se trouve à l'intérieur, elle se penche et tourne la manivelle de la vitre côté passager. Vous allez où jeune homme ? Springfield, madame. Allez monte mon garçon, tu as de la chance, je vais jusqu'à Louisville, c'est sur ma route. Le voilà à bord de l'automobile, une Nash Metropolitan de 1957, un petit modèle de voiture bicolore, celle-ci est crème et vert d'eau. Il est heureux d'être assis là-dedans, il commençait à se demander s'il allait passer la nuit sur le bord de la route. Il doit désormais lutter avec une certitude, sa mère doit être morte de peur, il y a aussi cette seconde certitude, il va se faire sacrément engueuler en rentrant. Un truc le chagrine avec la petite mémé, elle n'allume pas ses phares, la nuit tombe, on n'y voit plus grand-chose et elle ne bronche pas. Les voitures arrivant en face s'excitent et lui font des appels de phares, mais rien ne la perturbe, elle roule quasi dans le noir alors que le soleil dérape un peu plus vers l'ouest, laissant les hommes à la merci d'un maigre sillage de feu. Marty est mort de trouille, la vieille va les expédier dans les décors si ça continue, il y a déjà assez de son grand-père et de son père morts dans la famille, seule satisfaction, s'il meurt lui aussi ce soir, sa mère ne pourra pas l'engueuler. Ou alors elle l'engueulera, mais il ne l'entendra pas. Il intervient. Madame, ne pensez-vous pas qu'il serait raisonnable d'allumer vos phares maintenant, la nuit tombe.

Elle tourne la tête et le regarde, détournant longuement les yeux de la route. Elle réplique, jeune homme, ne trouvez-vous pas qu'il serait dommage d'ajouter un peu de lumière artificielle à un si beau paysage, c'est un si beau coucher de soleil ? Marty n'insiste pas, il hésite, il a bien envie de lui demander de le laisser là, au milieu de nulle part, puis il décide de continuer avec cette cinglée. Elle doit avoir soixante-dix ans au moins. Il ne se fâche pas, il reste très correct. Plus les années passent, plus il se prend pour un pasteur, un homme d'Église avec la Bible sur le cœur. Marty déteste faire du mal à autrui, exactement comme on le lui a appris. Ce qui est complètement fou avec cette petite dame, c'est qu'elle appuie très fort sur l'accélérateur alors qu'elle roule presque dans le noir. Non mais, vous êtes bien consciente qu'il commence à faire nuit, là ? Pas encore mon petit, pas encore, profite donc de cette belle lumière. Il arrive à la conclusion qu'elle a ou des yeux de chat ou des pulsions suicidaires. Sauf que lui, il n'a pas envie de mourir encastré dans de la tôle chiffonnée. Il voudrait bien descendre, là, tout de suite, mais rien ne lui dit qu'il retrouverait un autre conducteur aussi serviable, surtout dans les ténèbres, les gens le prendraient pour un marginal, un rôdeur ou même un criminel. Il décide de patienter et de jouer sa vie au côté de cette femme complètement siphonnée du volant. Soudain, sans prévenir, alors que les appels de phares redoublent en face, elle accepte d'allumer les siens. Ce que les gens peuvent être énervés, dit-elle. Oui, admet poliment Marty. Il se laisse couler dans son siège, enfin soulagé, il avait les pieds plaqués contre le plan inclinés sous le tableau de bord, comme s'il voulait constamment freiner, ou parer l'impact d'une collision. Pauvre gamin, il ne se doute pas qu'un choc frontal à bord de cet engin, les réduirait à de la bouillie d'humains. Il a presque envie de siffloter, rassuré de voir la dame conduire si prudemment maintenant. Il préfère ne pas lui parler, il aurait trop peur de la déranger.

Elle le dépose au milieu de la rue principale de Springfield, elle le remercie pour ce trajet en si excellente compagnie, Marty insiste pour lui dire que c'est lui qui la remercie. Il claque la portière, elle redémarre en trombe comme pour une course automobile. Il galope dans le noir jusque chez lui, il aperçoit enfin le puits, les ailettes de l'éolienne dans la cour, elles luisent en vibrant sous un ciel crevé, le trou de la lune et son halo tout autour. Quand il ouvre la porte de la maison, il trouve Jessie attablée, le visage enfoncé dans les mains, une dentelle de veinules rouges décore le blanc de ses yeux. File prévenir ta grand-mère que tu es rentré, elle se fait du souci pour toi. Il veut embrasser sa mère, elle ne réagit pas, elle se laisse faire, inerte, vidée par la peur de retrouver du malheur.

*

Se réveiller au son des bestioles qui grésillent contre la fenêtre entoilée. Se lever, encore chargé de sommeil, tituber jusqu'à la fenêtre ouverte, et d'une pichenette envoyer valdinguer les insectes qui rôdent de l'autre côté de la moustiquaire. Marty s'imagine quelques instants dans la peau de ces petites bêtes, le coup qu'elles viennent de recevoir doit s'apparenter au boulet d'une catapulte romaine, ou à une secousse comme Nagasaki. Pourtant elles ne meurent pas, se contentant d'aller fouiner plus loin, vers d'autres épidermes, dans une autre ferme. Il se rallonge, il vient de se souvenir qu'il est amoureux. Quelle sensation étrange, il songe à la petite Viktoria qui, sur l'arbre où elle est morte foudroyée, lui avait fait la confidence de son amour pour lui, il se rappelle à quel point il avait été indifférent, et il se demande si elle avait compris cette distance ou si son amour pour lui l'avait aveuglée face à la réalité. Il s'étire, il n'a pas envie de se lever, seulement rêvasser, dessiner le visage de Shirley dans ses pensées. Quelle beauté, quelle femme, ses boucles brunes et naturelles, sa bouche immense et charnue, ses pommettes hautes, son cou si fin, si délicat, les rivières de ses veines visibles sous la peau, tout dans son visage l'enchante, même ses yeux désamorcés, d'un blanc grisé, lui évoquent de la tendresse. Jessie l'appelle d'en bas, il répond qu'il descend. Une lueur lui traverse l'esprit, un message d'évidence, il vient de comprendre. C'est le pasteur Danielsson qui a mis le feu à l'harmonium. Il l'a probablement surpris un jour, assis derrière l'instrument, avec sa feuille quadrillée dans une main, et son pénis dans l'autre. Cette présence et cette image lui ont sans doute électrocuté le cerveau, Marty peut concevoir sa colère, ou sa gêne. Puis cette blessure s'est convertie en haine. Sa jalousie pour Marty est palpable, le vieux pasteur en pince pour mademoiselle Westerlund, il n'y a aucun mystère sur cette question, et depuis que Marty s'est installé sur le tabouret de l'harmonium, il le voit comme un concurrent, car l'enseignante ne s'est jamais cachée de son admiration pour ce garçon. Alors il a mis le feu à l'instrument, pour le maîtriser aussitôt et faire croire qu'il est arrivé au bon moment, manquant de peu le criminel audacieux responsable de cet acte odieux. C'est limpide maintenant, Marty est convaincu de son raisonnement. Il se demande s'il doit le partager avec sa mère, il y réfléchit en s'habillant. Il se dit que oui. Mais en faisant son lit, il se convainc du contraire. Cette découverte, il va la garder pour lui et se contenter de se méfier de cette ordure de pasteur. Ça l'amuse de voir ce quinquagénaire s'exciter sur la beauté de mademoiselle Westerlund, Marty s'en fiche, lui, il a encore mieux que du désir pour une enseignante, il est amoureux, et sa fiancée est encore plus belle, et elle a cette chose si spéciale, elle est aveugle et elle a six ans de plus que lui, elle a des formes qui peuvent rendre irresponsable, des formes dont on se souvient même après la mort, même quand on ne croit plus à rien.

Ralph veut tout savoir, il veut savoir ce qu'il lui a fait, et où il l'a touchée. Mon salaud, une aveugle de six ans ton aînée, y en a là-dedans, j'y aurais pas pensé, t'es une putain d'enflure. Marty peine à lui raconter, il ne veut pas salir une relation si pure, si exclusive. Une relation malhonnête, ajoute l'autre avec un sourire sadique. Allez raconte-moi ça, tu l'as fourrée ou quoi, bordel ? Tu lui as mis ton truc bien profond ? Marty se referme, il regarde la route, loin, son regard pourchasse la ligne d'horizon. Ralph lui balance des coups de coude dans les biceps pour qu'il se lance, mais le jeune Swanson ne desserre pas les lèvres. Tu me fais chier, je vais te déposer là puisque c'est comme ça. Et il stoppe sa camionnette chargée de lait au milieu de la route, au milieu de nulle part, dans un bruit de compression d'air qui fait un long *pschiiiiiiiiiii,* le véhicule s'immobilise. Allez, descends, casse-toi, j'te dis. Marty obéit, c'est donc la dernière fois qu'il fait le voyage avec ce gars, il ne l'appréciait qu'à moitié, maintenant il sait, il ne l'apprécie pas non plus sur l'autre moitié. La fourgonnette redémarre et s'éloigne en soulevant des flaques de poussière. Marty avait promis à Shirley d'être là pour midi, il sera forcément en retard, il a peur qu'elle ait peur, il ne veut pas qu'elle ressente le moindre mal. Seul, debout au bord de la route, cerné de champs cultivés récemment moissonnés, il se sent abattu, il n'y a personne à perte de vue. Et les voitures sont rares ce samedi. Il tend le pouce au bout de son bras vers les quelques conducteurs qui le dévisagent, pas moyen. Personne n'a envie d'avoir cet inconnu assis sur son siège passager. Les automobilistes oublient toujours que le danger est équitablement partagé, certes, ils ne savent rien du gars qu'ils risquent d'embarquer, mais le passager n'en sait pas davantage sur celui qui tient le volant. Celui-ci peut expédier l'auto-stoppeur dans un sous-bois merdique, le forcer à faire des trucs sous la menace d'un flingue, puis lui saboter la cervelle d'une pression sur la gâchette. Des oiseaux se rassemblent déjà en vue de la migration, ils survolent les prairies, étranges bancs de poissons dans le bleu du ciel, qui vont et viennent vers l'infini. Marty observe cette mouvance compacte, organisée sur de l'indécision. Il ne les envie pas, il ne pourrait pas partir d'ici, il y a une femme qui l'attend à quelques *miles* de là, au bout de cette route, c'est la plus belle femme du pays, et elle l'attend, lui, Marty Swanson.

Son bras tendu le fatigue, il compte les secondes dans sa tête entre chaque voiture qui passe, il escalade même les minutes, y a vraiment pas foule. Il pourrait baisser le bras le long de sa jambe dans les périodes de vide, mais non, il s'acharne à le maintenir bien droit, il pense que ne pas faiblir finira par lui porter chance. Une bagnole beige gribouille un point noir sur l'horizon. Chaque véhicule lui envoie une décharge d'espoir, mais en général les automobilistes passent devant lui sans même le voir. La voiture beige le dépasse et soudain freine pour se rabattre sur le bas-côté. Marty s'élance, les cheveux dans les yeux, le nœud de son foulard lui envoie les pointes de l'étoffe vers la bouche, il déteste ça, avoir du tissu dans le bec, c'est une sensation qui le dégoûte. Arrivé près des ronflements du moteur, il ravale son souffle, il se penche à la fenêtre ouverte, et découvre Solveig et son père. Voyez-vous qui on a là, Marty Swanson, monte mon gars, on te dépose. Il ne se fait pas prier, il atterrit sur la banquette en cuir à l'arrière. Alors, où vas-tu comme ça, l'ami ? Marty hésite, il n'a pas envie de s'épancher. D'autres garçons raconteraient fièrement qu'ils vont en ville retrouver une fille de six ans leur aînée, surtout si la fille assise sur le siège passager les devançait d'au moins trois ans, comme c'est précisément le cas pour Solveig. Marty n'appartient pas à cette catégorie de prétentieux, il préfère l'invisibilité. Et c'est ce qu'il est, invisible aux yeux de la fille qu'il aime. En quelques mots, il leur explique qu'il se rend tous les samedis à Omaha, sa mère est au courant, il a tout de même quatorze ans, presque quinze, il ne dit plus les « et demi » depuis longtemps, mais au fond de lui, il est encore tenté. Solveig se marre intérieurement, ça l'amuse de le voir jouer au grand, elle va sur ses dix-neuf ans, et elle constate que le taiseux qu'elle a connu à l'école est bien bavard aujourd'hui. Elle se demande ce qu'il peut fabriquer en ville, tout seul. Il n'est pas du genre à traîner vers les quartiers louches, mais ça l'intrigue. Alors, comme ça, tu traînes ? lui demande-t-elle. Oui, c'est à peu près ça. Je regarde les gens, j'aime bien les observer. Et tu vois quoi ? Rien de spécial, j'imagine qui ils sont, ce qu'ils font dans la vie. Et ça te prend tous les après-midi du samedi ? Oui. Eh bien, tu as bien de la chance d'avoir autant de temps à perdre. Le père de Solveig intervient. Allons, laisse-le tranquille, Marty ne te doit aucune justification. Monsieur et madame Holmberg n'en ont jamais voulu à Marty pour la mort de leur petite Viktoria, ils ont toujours convenu que c'était la fatalité qui l'avait tuée, et que le Seigneur avait estimé qu'il était temps de la ramener près de lui. Cependant, madame Holmberg ne s'en est jamais remise, tandis que son mari déploie des forces interstellaires pour laisser penser qu'il n'en souffre plus. Seule Solveig en veut encore à Marty d'avoir embarqué sa sœur à bord de son arbre secret, un jour d'orage, de foudre et de malchance. Elle lui en veut surtout pour l'avoir poussée à se dépoitrailler devant lui en haut du tas de foin de cette grange, alors qu'il n'avait pas dix ans. Ça c'est un événement qu'elle ne peut lui pardonner. Il y a trois choses qu'elle ne peut pardonner dans la vie, la mort de sa sœur dans l'arbre de ce Swanson, l'épisode de la grange toujours avec Swanson, et la prochaine saloperie que lui fera Swanson.

Shirley l'a presque vu arriver en courant, elle l'a entendu débouler à grandes enjambées sur le gravier de l'allée, il ne parvient pas à reprendre son souffle, il dit qu'il est mort, elle dit qu'elle s'inquiétait, il lui explique son trajet en stop, le gars qui l'a lâché au milieu du chemin, elle le serre contre elle, fort. Elle tamponne son visage de baisers très doux, il se laisse tapisser de son odeur, partout. Shirley lui prend les mains, elle lui demande s'il l'aime, il ne s'attendait pas à une telle question, il manque de se fourvoyer en lui révélant qu'en classe il ne pense qu'à elle, il rectifie avant de parler, il déclare que dans son poulailler, il ne pense qu'à elle. Elle appuie le bout de ses doigts contre sa poche droite, le cœur métallique est bien là. Il lui annonce qu'il ne le quitte jamais, il l'a accompagné tout au long de la semaine. Elle a un petit rire satisfait. Il sort une photo de la pochette de sa chemise en jean, il lui tend le rectangle. C'est quoi ? C'est une photo de moi. Je te la donne, tu pourras l'accrocher sur le mur de ta chambre, as-tu des photos, des images ? Aucune, lui répond-elle. Mais l'idée l'amuse. Raconte-moi ce qu'il y a sur cette photo. C'est moi, mon père et ma mère. C'est une photo en noir et blanc. Elle lui demande pourquoi elle n'est pas en couleur, il lui avoue qu'il ne sait pas et que cet appareil ne leur appartenait pas, c'est une connaissance de ses parents qui avait pris la photo. Mais maintenant que son père est mort, ils ne prennent plus de photographies. Du bout des phalanges, elle évalue les petites dents découpées dans le rebord du tirage, ça semble vraiment lui plaire. Vous faites quoi avec ton père et ta mère sur cette photo ? Il me tient dans ses bras, je suis gosse, peut-être cinq ou six ans, au milieu d'un champ, ma mère me regarde, en arrière-plan on aperçoit une meule de foin avec une fourche plantée dedans. Il fait beau, on voit que le ciel est bleu même s'il est gris sur la photo. Il n'y a aucun nuage. Elle lui sourit. J'adore quand tu me racontes les photos. On a un album à la maison, si tu veux, avec une quinzaine de photos, un jour je te l'amènerai. Elle a déjà hâte. Il lui demande ce qui lui reste de ses parents, si elle a des objets. Elle ne possède rien, ils l'ont abandonnée quand ils ont compris qu'elle était aveugle, elle n'était qu'un nourrisson. Depuis, on lui a dit qu'elle venait de la haute, mais c'est tout ce qu'elle sait. Elle se tait. Ils restent tous deux silencieux, leur désir est plus qu'imminent, ils le retiennent. Il se jette sur elle, il accroche sa langue à la sienne, c'est comme un combat entre deux soldats qui roulent sur le sable, une roulade infinie sans vainqueur. Il n'ose toucher les formes minutieusement rangées sous son chemisier. Dans son dos il sent l'agrafe de son soutien-gorge, il ne s'y attarde pas. Il ne veut surtout pas lui donner l'impression d'imposer des choses. Il supportera toutes les portes closes. Elle se détache de sa salive et lui demande s'il veut visiter sa chambre. Mais tu m'as dit qu'il était interdit d'amener des gens ici ? Oui c'est vrai, c'est interdit. Et si on m'attrape ? Si on t'attrape, tu risques la prison. C'est vrai ? C'est vrai. Sa pomme d'Adam fait un aller-retour rapide sur la rampe de son cou. Le gardien à l'accueil s'absente souvent pour uriner, il a un problème de je ne sais pas quoi. Marty la coupe, c'est la prostate, mon grand-père est mort de ça. Oui, peut-être, il suffit de surveiller la lumière de ses toilettes pour savoir qu'il a quitté l'accueil, il n'y a qu'un minuscule vasistas qui éclaire mal, alors il allume. Ça te laisse une minute au moins pour te faufiler. Comment tu le sais ? On me l'a dit. Tu as déjà expliqué ceci à quelqu'un. Elle rougit et se renfrogne, pour qui tu me prends ? Il demande pardon. Et pour ressortir, je fais comment ? Tu utilises l'escalier de secours qui arrive juste en face du comptoir de l'accueil, tu guettes le gardien à travers la serrure et tu te sauves dès qu'il part aux toilettes. Tu es drôlement bien renseignée dis donc. C'est ma copine Sally qui m'a tout expliqué. Tu me la présenteras ? Pas de sitôt, elle est partie, elle s'est mariée. Marty reste pensif. Il lui demande quel âge avait sa Sally quand elle a quitté le centre des aveugles. Vingt-neuf, elle avait vingt-neuf ans. Shirley prend un air songeur, malgré ses yeux blancs. Il la trouve si particulière, si différente, elle le rend dingue. Son pénis n'a pas soufflé depuis qu'il est arrivé, il est raide dans son pantalon moulant, à l'oblique, sa chance c'est qu'ici tout le monde est aveugle. Dans le doute, il lui demande si le gardien est voyant. Bien sûr, ils n'allaient pas nous mettre un non-voyant pour nous surveiller. Il n'y a que des filles ici, il est l'unique garçon, et son remplaçant, Moses, celui qui travaille de nuit, est beaucoup moins sympa, mieux vaut ne pas avoir affaire à lui. Marty est bien renseigné avec tout ça. Il va lui en falloir du courage pour affronter les deux molosses à l'entrée. Mais ce n'est pas lui qui commande, c'est elle, sa bite et la liqueur onctueuse qui lui savonne déjà le pourtour du gland. Elle l'embrasse encore, se lève et se sauve. La lumière du vasistas, c'est elle que tu dois surveiller. *Pfiouuuu*… Il ne s'y attendait vraiment pas. Quelle pression. Il va le faire, il sait qu'il va le faire, il va lui enfoncer sa langue pour commencer, puis ses doigts, puis son morceau. *Crescendo*. Il a tout préparé dans sa tête, il y pense depuis un sacré bout de temps. Il veut être doux, et le plus délicat possible, il ne veut pas lui faire mal ni lui faire peur, il espère juste qu'elle n'aura pas autant peur que lui. Il n'en revient pas, il y est, c'est aujourd'hui. Il ne sait comment contenir tout ce bonheur, quelle fille, bordel, quelle fille. Il l'aime sa Shirley. Tout était si lent, des mois sans se parler, des mois. Et puis, d'un coup, elle l'a abordé. Et maintenant tout va si vite. Il l'aime bordel. Il rectifie la trajectoire de sa bite, il la replace à la verticale.

Il traîne le long de la façade du bâtiment, il s'est posté bien à l'écart de l'accueil, il n'a pas envie de se faire repérer le jour où il doit se faire dépuceler. Il se demande si ce n'est pas un peu inscrit sur sa gueule qu'il va mettre son truc dans le truc d'une fille, surtout en attendant au pied d'un établissement qui n'héberge que des filles. Il reste en planque, il essaie de se souvenir comment font les flics dans les livres, puis il se dit que dans les livres on ne raconte que des conneries. Oh putain, le vasistas, la lumière vient de s'allumer, il se parle à lui-même. Il fait un premier passage devant la porte à tambour, personne à l'accueil, il y retourne, le système rotatif est bien huilé, pas un bruit ne surgit du mécanisme. Il se carapate devant le comptoir, il bondit vers les marches et se hisse en quelques secondes au premier étage, un cerf n'aurait pas fait mieux. Il reste à écouter un peu, il reprend son souffle, il compte le temps que le type met à revenir, bon ça va, il a la prostate bien abîmée, il lui faut de la concentration avant que ça vienne. Marty gagne la chambre 38, au troisième et dernier étage comme le lui a indiqué Shirley. La porte est déjà entrouverte, elle l'attend. Il s'engouffre dans cet endroit si mystérieux et ferme la porte à clef. Mais alors, c'est décoré comment une chambre d'aveugle ? Il se le demande. La photo avec son père et sa mère est déjà scotchée au mur, avec du sparadrap pour les blessures, juste au-dessus du petit bureau. Il n'y a pas de lampe sur cette table. Avant qu'il ne prononce un mot, elle lui pose un index sur les lèvres. Puis, elle murmure à son oreille droite pour lui indiquer le niveau sonore autorisé. De la même façon, il lui demande si le soir il lui arrive d'allumer la lumière. Elle lui répond négativement. Certaines le font, mais pas moi. Elle s'assied sur le rebord du lit et l'invite à la suivre en le tenant par la main. Pour la première fois, il se sent tout petit, et l'animal qu'il a dans le slip est encore plus minuscule. Il a envie de parler pour gagner du temps, pour se motiver. Il regarde son armoire, les portes battantes ne sont pas fermées, il peut voir les piles de vêtements impeccablement rangées, à côté, un alignement militaire paraîtrait désordonné. Il y a une glace sur une des deux portes, il trouve cela un peu déplacé, peut-être qu'elle se poste devant, le matin, pour faire comme les voyants. L'idée lui semble saugrenue. Elle ne parle plus. Il se tait aussi, se contentant de regarder autour de lui, tout est si simple, et nu. Une étagère à trois niveaux accueille des livres en braille. Il lui demande si elle les a tous lus, elle acquiesce avec le menton. Elle s'allonge sur le dos en travers du lit, c'est un matelas de 54" par 74", mieux que ces lits individuels trop étroits.

Il se demande soudain ce qu'il fout là. Il se voit au-dessus de lui, comme un tribunal qui le scruterait, c'est effrayant, il est effrayé. Il faut qu'il se lance, il faudrait. Pourtant, il a tout le scénario dans le crâne, il a répété la scène comme un fou, il sait ce qu'il va lui faire. Il ne bouge plus. S'il ne réagit pas, elle va prendre peur. Il se penche doucement sur Shirley, et il l'embrasse lentement, avec la même lenteur que la relecture d'un testament. Elle le laisse l'atteindre dans la bouche, qu'elle entrouvre plus largement. Elle plaque une main derrière sa nuque pour qu'il enfonce sa langue plus profondément. Avec son autre main, elle lui masse le cuir chevelu, l'activité reprend plus bas, du côté de ses sous-vêtements. Elle se détache à peine de lui pour dire à son oreille valide qu'elle a peur mais qu'elle est heureuse. Il murmure sensiblement les mêmes mots. Ils s'embrassent trop longtemps, mais il se hisse au niveau du courage d'un homme pour déboutonner son chemisier. Sa poitrine n'est pas aussi menue qu'il l'avait estimée. Il la caresse avec ses cheveux, sa tête se balance au-dessus de son abdomen, Shirley se retourne, il s'enhardit et dévisse le chemisier de ses bras, elle l'aide quand l'étoffe s'agrippe à ses articulations, elle s'en saisit et lance le vêtement à travers la pièce. Il est fasciné par son dos, c'est si beau. Il reprend ses caresses avec les cheveux, puis les mains, elle tressaille sous ses doigts. Il s'applique à dégrafer son soutien-gorge, il s'est entraîné dans sa chambre avec un modèle piqué à sa mère. Ça coince, bordel. Dans sa tête c'est la confusion, il est rouge de honte, le truc claque dans le dos de Shirley, sans rien dire elle le tire de là, elle se tord les bras dans le dos et divise le mécanisme, libérant deux rubans de dentelle sur ses omoplates. Il la caresse longuement, évitant de passer deux fois au même endroit. Elle se délecte de ses caresses, surprise qu'il soit capable d'autant de tendresse. Il la fait passer sur le dos, dans ce mouvement de translation elle en profite pour se débarrasser du soutien-gorge, les voilà ses yeux se dit-il en découvrant sa poitrine. Il lui susurre sa blague à l'oreille, elle pouffe et se retient de rire vraiment. Il se croit assez malin pour ajouter, je ne savais pas que tu avais les yeux roses. Elle glousse encore, ça le rassure, il va pouvoir poursuivre son exploration. Du bout de la langue il passe sous le pli des seins, et remonte vers leur iris, elle ne se plaint pas de l'effet de froid, elle le laisse agir, curieuse de voir comment il se débrouille. Ils s'embrassent encore, sa langue alterne baisers et caresses. Il lui lèche le cou, il appuie fort avec son muscle, il déloge les lobes de ses oreilles, qui frétillent dans la salive, il revient vers ses seins, le temps est inusable, il s'étire sans jamais se casser, ils ont la journée devant eux, la vie aussi. Marty tend une main vers le bouton du pantalon de Shirley, cette fois, c'est une réussite, pas besoin de s'entraîner pour ça, elle l'aide à le faire glisser en soulevant les fesses. Il n'en revient pas de faire ça. C'est presque inhumain. Elle secoue les jambes et se dégage, son jean atterrit au bas du lit, elle se débarrasse aussi de ses chaussettes, elle y parvient à la force de ses gros doigts de pieds. Marty se demande s'il ne va pas crever, il est à l'arrêt, complètement immobile, il observe le magnifique renflement sous le triangle de tissu blanc. De la dentelle encore. Tout est noir là-dessous, des poils s'entassent entre les élastiques, certains dépassent, c'est complètement dément. Il reprend ses caresses, il l'embrasse. Shirley n'a plus peur, elle sait maintenant combien il est doux, ce qu'il possède en lui est bon, elle ne s'est pas trompée. Elle se tend, elle se redresse, il passe un bras derrière son dos, il la retient et l'embrasse à nouveau dans la bouche alors que sa tête aux cheveux bouclés part vers l'arrière, elle se laisse bercer. Il la repose sur le matelas, chaque geste leur prend un temps infini, c'est comme une éclipse au ralenti. Soudain, il retire religieusement sa culotte. C'est complètement dingue, il retire la culotte de Shirley. Elle lui sourit, elle a confiance. Elle sait ce qu'il fait, elle sait qu'il ne l'a jamais fait, elle est heureuse pour lui. Il touche enfin ce polygone de poils, il met ses griffes dedans, ça crisse, ils sont épais et luisants, comme ses cheveux, de la salive s'écoule de sa bouche et atterrit près du nombril de Shirley, il la reprend en quelques lapements, il s'attarde sur le nombril elle l'écarte en précisant qu'ici c'est interdit, c'est très désagréable. Il apprend, il obéit. Il s'agenouille alors entre ses cuisses, il sent une légère contraction, puis elle se détend et le laisse regarder. Il pourrait jurer toutes les saloperies qu'il connaît, il n'a jamais vu plus beau paysage, il pense à tous ceux qui meurent avant d'avoir vu cet endroit, cette destination. Il n'ose pas l'affronter, il se contente de l'observer, Shirley panique un peu, elle se demande ce qu'il fabrique, elle relève la tête comme pour regarder, alors il fait glisser ses doigts, il déplie les chairs, la peau est onctueuse, huilée de l'intérieur, il se délecte de cette caresse. À la réflexion, il se dit que celui qui donne cette caresse éprouve sans doute autant de plaisir que celle qui la reçoit. Il n'en revient pas d'être là et de toucher Shirley comme ça. Il explore les possibilités, il écarte les poils, il touche les contreforts de sa volupté, il s'y attarde, heureux des soupirs que ça déclenche, heureux de la voir onduler des hanches. D'une main il se libère de son slip et de son pantalon, le premier restant encastré dans le second, tout s'écroule en bas du lit comme un accordéon. Shirley est inquiète maintenant, il lui prend la main pour qu'elle découvre son véritable ami, ça lui semble gros et lourd, mais ça ne l'est pas tant que ça, elle lui fait confiance. Elle serre le membre dans sa main, elle serre très fort en se demandant si ça lui fait mal, la main de Marty vient en renfort pour la rassurer. Elle relâche ce drôle de battant qui ne produira, elle l'espère, aucun son strident. Il approche son visage, sa langue se substitue à ses doigts, il s'exerce et se trouve malhabile, elle ne le guide pas, elle ne sait pas. Il reste plaqué contre sa vulve qu'il suce, qu'il tète. Après quelques minutes, elle relève le crâne, tend le cou, étire ses carotides, s'expulse en arrière, et lâche après un moment intenable, ce cri qu'elle étouffe d'un poing entre ses dents. Elle manque de lui écraser la tête comme une noisette, refermant ses cuisses avec la force d'une lame de bulldozer. Marty est inquiet, il demande s'il lui a fait mal, elle a envie de rire, mais les spasmes la remuent encore, elle lui interdit de toucher la zone devenue trop sensible, elle se tortille, l'attire à elle, et l'embrasse avec un enthousiasme inédit. Ils prennent encore leur temps, la peur se solidifie fasse à leur envie, mais Marty décide de ne plus faire l'enfant, il se cale entre ses cuisses qu'elle ouvre courageusement et annonce la douceur de son gland à l'entrée de ses petites lèvres, il reste ainsi un moment, elle se demande ce qu'il attend, ses mains se crispent sur les draps, elle pourrait arracher la texture superficielle du matelas. Il s'avance, il la pénètre lentement, elle respire fort, terrorisée par la suite qui vient, il se dit qu'il fait hyper chaud là-dedans, c'est détrempé et accueillant, il croit buter contre un truc, il insiste, ça passe, il la regarde, elle serre les dents, il demande si ça va, elle lui murmure que ça va aller. Il lui annonce qu'il rentre entièrement, il la voit grimacer, c'est furieusement bon ce qu'il ressent, il va et vient, très doucement, il ne peut pas stopper, il l'écoute, elle ne lui a rien demandé, elle lui dit de continuer tout en grimaçant, il se dépêche pour ne pas la faire souffrir trop longtemps, c'est complètement dingue, il le fait, il est dans le ventre de Shirley, sa femme, de six ans son aînée. Il coulisse entre ses cuisses, dans son crâne c'est une bouillie de pensées, d'envies et de rêves qui se précipitent. Il accélère, une onde de chaleur le brise dans son élan, il s'immobilise et gicle de toutes ses forces dans la chatte de Shirley, il s'enfonce en elle. Il reste ainsi, collé à elle, soudé aux pointes de son os iliaque. Leurs sueurs se savonnent, la fin de l'été fait perler une suave exsudation dans leur dos, et sur leurs joues. Il ne sait pas s'il est un homme, mais il sait qu'il l'aime et comme c'est incroyablement bon de faire ça avec quelqu'un d'autre que soi. Elle ne bouge pas, elle fait la morte, ses yeux grisés ne roulent plus. Elle lui demande, mon amour, mon chéri, ça y est, tout est parti ? Oui, tout, mon sperme, mon sang. Il pense aussi à son estomac, son cœur et tous ses organes mais il ne souhaite pas lui faire peur. Elle complète sa description, ton cœur aussi, il est parti ? Non, il est bien là, rien que pour toi. Elle conclut en lui confiant que sa virginité aussi est partie. Ils se chuchotent des mièvreries post-sécrétions-coïtales, ils se livrent entièrement, la nudité de leur esprit est à la fois mignonne et tragique. Ils se serrent très fort l'un contre l'autre, à s'en déboîter les articulations. Elle le trouve si beau, si fort et délicat à la fois, elle l'aime dans toutes ses contradictions. Lui ce qu'il aime, c'est de l'aimer, et aussi le goût qui s'écoule de son vagin. Il pourrait la lécher des heures ou des années, tant qu'elle ne lui demande pas d'arrêter. Il se retire lentement, il observe sa queue fripée, il est fier d'elle. Il fait très chaud dans la pièce, au moins trente degrés Celsius, ils sont trempés, les draps aussi, il se détache d'elle, elle garde les cuisses grandes écartées, il admire son impudeur, il fixe encore son sexe entrouvert, ses lèvres dessinent une nouille ou un lacet flasque, il effleure cette ligne sinueuse et bande à nouveau, il soupèse ses couilles, elles sont encore lourdes, il se demande s'il peut recommencer. Mais il s'abstient, très conscient de lui avoir déchiré quelque chose dedans. Il s'étonne de ne pas voir de sang. Il lui demande si elle a mal, elle lui assure que ça va. Viens, viens contre moi, lui demande-t-elle. Marty s'allonge tout près d'elle, leurs langues s'emmêlent encore, avec une lenteur exquise. Sa bite s'enfonce à plat dans sa touffe de poils, il voudrait le refaire, mais il se retient. Ils restent ainsi de longues minutes sans se parler, à rêvasser sur la vie et le monde extérieur. Leur rencontre n'est pas une erreur, ils sont fiers de s'aimer. Marty se dit qu'il a quasi accompli ce qu'il s'était fixé, et ça s'est déroulé dans l'ordre qu'il avait répété. Ça faisait des semaines, presque des mois qu'il envisageait cette étape de sa vie, qu'il élaborait son plan, qu'il organisait ses gestes, qu'il s'entraînait dans sa tête pour ce moment unique. Il est fier de respecter ses rêves. Soudain, elle se redresse sans prévenir, elle saute hors du lit et cherche ses vêtements à tâtons. Il l'observe, appuyé sur ses deux bras à l'équerre dans son dos. Il lui murmure qu'elle brûle quand elle s'en approche et qu'elle refroidit quand elle s'en éloigne. Impossible lui répond-elle, maintenant que tu m'as fait ça, je suis chaude, si chaude. Il trouve la formule un peu vulgaire, mais venant d'elle, rien n'est moche. Et ça l'excite qu'elle lui assène cette saloperie, il pourrait le refaire, là tout de suite, mais elle lui demande une faveur. Elle voudrait qu'il lui pose du vernis à ongles sur les mains et sur les doigts de pieds. Il est d'accord, il réfléchit. Mais on va savoir que quelqu'un l'a fait pour toi ? Et alors ? Ça voudra dire que j'ai quelqu'un dans ma vie, un homme qui me prend, qui m'enlace et qui m'embrasse. Tu crois que ce vernis fera de toi une femme ? Oui, c'est un peu ça, l'équation mathématique de toi plus le vernis. Il ne sait pas si elle se moque de lui ou quoi, il attend qu'elle réapparaisse de la salle de bains avec le minuscule flacon, elle l'agite et en extrait un petit pinceau, voilà, c'est à toi. Marty s'applique, il n'a jamais fait ça. Elle lui demande si c'est joli, s'il ne déborde pas, il s'exécute avec une telle lenteur et précision que le résultat sera magnifique. Une fois le vernis sec, elle lui demande de s'en aller, elle dit que ça l'attriste, mais elle souhaite se laver. Il s'inquiète pour le vernis. Mais non, ça tient sous la douche. Il préfère, parce qu'après tous ses efforts, il n'aurait pas aimé que ça parte sous la bonde. Elle l'embrasse furtivement, il se dit qu'elle a très envie de pisser, il ne voit pas d'autre explication pour être chassé ainsi sans ménagement. Il l'aime quand même. Il veut encore l'embrasser, la porte est déjà refermée. Mais il est heureux. Il emprunte l'escalier de secours qu'elle lui a indiqué, il ne fait aucun bruit, il se penche sur le trou de serrure et mate le gardien à l'accueil derrière son comptoir, il n'a pas l'air décidé à bouger. Marty attend, il ne se lève pas, il décide de s'asseoir en attendant, il réfléchit, il sort sa queue et se masturbe énergiquement, il ne met pas longtemps à venir, il jouit dans sa main gauche, sa glu s'écrase dans sa paume qu'il lèche jusqu'à la dernière larme. Il le fait souvent maintenant, c'est moins compliqué que les origamis de papier quadrillé, et ça lui bouffait trop de cahiers à spirale. De l'autre côté de la porte, il entend soupirer le cuir de l'assise du fauteuil, Marty pose à nouveau un œil contre le trou de la serrure, l'autre se barre. Il abaisse la poignée, il avait peur que ça grince, mais tout est bien graissé, il se faufile au-dehors, traversant la porte à tambour comme si elle n'existait pas. Il marche dans le parc vide, il n'a plus peur. Il a envie de crier, j'ai un amour avec des poils autour. Il préfère se taire, il se retourne, Shirley est à sa fenêtre, au troisième étage. Elle se montre pour lui. Sa jolie silhouette emballée dans son chemisier blanc, ses cheveux bouclés, ça lui fait un doux tressaillement, il repart en courant.

*

Le gâteau d'anniversaire est sur la table, Marty est plutôt content même s'il n'en peut plus de cette saleté de nichon gonflé, tout vert, avec sa petite fleur en pâte à sucre rose au sommet. Il dit que c'est un gâteau d'anniversaire de fille. Sa mère lui assure que non, mais il n'est aucunement convaincu. Comme chaque année, Jessie découpe les tranches, ça déborde de crème, de pâte d'amande et de confiture à la framboise. Elle se lèche les doigts tandis que sa belle-mère la regarde avec gourmandise. Équipée d'une spatule, elle sert son fils, les morceaux sont énormes. Elle a découpé le gâteau en quatre et Marty n'a pu se retenir de dire que la dernière part était pour son père. Les deux femmes l'ont regardé, attristées, le pauvre gosse souffre encore de son départ, elles savent déjà qu'il en souffrira toujours, que son esprit est remodelé par cette mort. On le félicite pour ses quinze ans, et on s'empiffre sous cette sorte de couvercle en tôle émaillée qui sert de lampe au plafond. Sa grand-mère le serre contre son éternel tablier, sa mère en fait autant contre son chemisier. Marty les remercie poliment pour le cadeau, même s'il se demande ce qu'il va bien pouvoir faire avec ce couteau. Il n'a jamais aimé ces outils, il se demande comment sa mère peut si mal le connaître. Elle lui assure que le manche est en véritable os de taureau, ça explique la douceur. Il caresse cette chose parfaitement polie, sous les regards attentifs de ce qui lui reste de famille. Il a très envie de leur dire qu'il l'a fait, qu'il a touché le sexe d'une fille, qu'il a fait l'amour avec elle et qu'il est très amoureux, mais il préfère se retenir. Il leur présentera peut-être Shirley un jour, à condition que personne ne mentionne la différence d'âge, ce sera l'unique condition.

Depuis qu'ils sont tous les deux dépucelés, ils se sont revus avec Shirley. Elle grimace moins quand il remue dans son ventre, et c'est toujours complètement dingo, il a l'impression de s'expulser entièrement en elle, une sorte de transfert. Chaque fois elle le rapproche de son corps avec force, elle lui empoigne les fesses pour l'enfoncer en elle, dès qu'elle sent que la capsule de sa retenue va expirer. Il est heureux de la douceur de leurs combats, il est épuisé quand il s'effondre dans ses bras. Ils ne se retrouvent que le week-end. Ils ont un rituel établi, chaque samedi il lui remet du vernis. Depuis, il ne porte plus le même regard sur mademoiselle Westerlund. Il n'est plus attiré. Et il se demande si elle avait décelé l'attirance qu'il éprouvait pour elle par le passé. Elle lui annonce régulièrement que la communauté fait tout son possible pour offrir un nouvel harmonium à l'église, il hausse les épaules, il sait que rien n'arrivera avant un moment. L'enquête de police est arrêtée, ils n'avaient pas assez d'indices. Marty est toujours convaincu que l'incendie a été déclenché par le pasteur lui-même, mais il préfère ne pas s'épancher sur le sujet, personne ne le croirait. Et puis l'histoire de ses passages à l'église à l'heure du déjeuner risquerait de sortir et ce serait vraiment la honte pour lui. Un ado qui se masturbe dans un lieu sacré, c'est une offense presque inégalée, il n'aurait plus qu'à partir loin d'ici, ce qu'il ne souhaite absolument pas.

Solveig est tapie dans l'ombre de ses sentiments, elle ne sait plus quoi penser de Swanson, il lui plaît mais elle le trouve aussi répugnant. Elle estime que quelque chose a changé en lui, non pas qu'il ait enfin pris de l'assurance, il est toujours le même être éteint, inquiet, prostré à l'écart du groupe. Mais il a maintenant quelque chose dans le regard, une lueur nouvelle qui ne la laisse pas indifférente. Elle l'observe à distance chaque fois qu'elle le peut, ils se voient de moins en moins depuis qu'elle a quitté l'école de Springfield et qu'elle est entrée à Creighton, l'université catholique d'Omaha. Lui, il la trouve plus belle que jamais, cependant, tout ce qu'il avait imaginé faire avec elle, s'est évanoui à l'instant où il est entré dans la chambre de Shirley, et cette indifférence nouvelle a froissé la jolie blonde, Solveig ne supporte pas et ne comprend pas cette distance inédite. Ce samedi, elle le coince alors qu'il attend son bus pour Springfield, il ne se déplace pas toujours en stop, il apprécie aussi la régularité des horaires programmés des rotations d'autocars, et sa mère qui n'aime pas le voir rentrer trop tard, entend maintenir une structure dans cette famille. Il rêvasse à l'arrêt, dans le froid, quand soudain elle réapparaît dans sa vie. Marty, on ne te voit plus, que deviens-tu, t'étais à la manif contre la guerre du Vietnam ? Non. Alors tu fais quoi sur Omaha ? Je bricole, çà et là. Mais plus concrètement ? Rien, non rien, je m'emmerde un peu comme tous les mecs de mon âge. Solveig sent qu'il lui cache des trucs. Ça fait deux fois qu'elle le voit traîner le week-end à Omaha. Il n'a pas d'argent pour faire les magasins, que peut-il fabriquer en ville ? Il tente de la convaincre qu'il n'y a rien à en dire, mais elle n'en démord pas, elle voit que quelque chose a changé dans son regard. Il y a un truc qu'elle sent et qui lui échappe. Les passagers pour Springfield s'accumulent près de leur quai, ils s'enroulent dans leurs écharpes et s'enfoncent dans leurs bonnets, les mains qui ne portent pas de gants sont violacées. Les bus arrivent et repartent de la station dans un tourbillon d'hydrocarbures, laissant des nuages blancs à hauteur des voitures. Il y a là des étudiants, des vieux qui ne conduisent plus, et des femmes seules avec leurs gosses. Soudain Solveig s'éclaire. Elle lui glisse à son oreille valide, Marty Swanson, tu as une copine. Il déteste mentir. Il se tait, mais le *flush* rougeoyant qui lui monte aux joues, jusque sous les yeux, le trahit. Elle s'écarte d'un pas, elle le regarde en détail. Nan. Elle exulte et répète nan avec une voix suffisamment forte pour faire se retourner les autres passagers. Marty enfonce les mains dans ses poches. Il baisse la tête, penaud. Elle tente de le ranimer, elle le secoue un peu, il la regarde, les yeux vides. Elle veut savoir si elle la connaît. Marty se contente de secouer la tête. Elle conclut qu'elle est d'Omaha ou d'une autre ville pas loin et qu'ils se donnent rendez-vous ici. Il ne secoue même plus la tête. Il la sent irritée, il y a une vibration de jalousie dans sa voix. Elle veut savoir ce qu'ils font, s'ils se promènent pour du lèche-vitrine, ou dans les parcs. Marty a presque envie de lui révéler qu'il la lèche. Mais il préfère se taire. N'empêche qu'il aimerait bien voir sa gueule s'il lui annonçait un truc pareil. Tu sais quoi ma grosse ? Je la baise, ouais, je la baise, je lui en mets partout, et tu sais quoi, elle en redemande, ça t'épate ça ? Bon, il préfère la fermer, comme toujours, mais il le pense si fort qu'il se demande si elle peut lire ses pensées dans son regard. Solveig fait une moue incompréhensible, Marty ne montre rien du tout. Quand le bus vient se ranger le long de son quai, que ses portes automatiques s'ouvrent avec un sifflement de décompression, les passagers s'engagent poliment sur le marchepied. Il monte juste après Solveig, elle choisit un siège au milieu, elle s'attend à ce qu'il prenne le siège adjacent mais Marty file un peu plus loin, elle se retourne, vexée, elle écrabouille son orgueil et décide de le rejoindre. Elle tentera de lui faire lâcher des infos pendant tout le trajet du retour jusqu'à Springfield, et même le long du chemin jusqu'au hameau où elle habite, elle essayera de lui déraciner des morceaux de cerveau. Un embaumeur égyptien de l'Antiquité, qui passait sa vie à sortir de la cervelle avec son crochet, par les trous de nez de ses morts, n'aurait rien à lui envier. Sauf que Marty n'est pas mort, au contraire, il n'a jamais été aussi vivant, mais tout ça reste bien en dedans, il ne cède rien aux yeux des curieux. Sa grand-mère et sa mère n'en savent pas davantage, elles contribuent à son bien-être en le laissant naviguer entre les rêves, les illusions et les désirs de son âge.

Shirley est bien décidée à lui présenter ses deux amies. Elles habitent le centre des jeunes femmes aveugles, comme elle. Ellen et Vilma sont toutes les deux assez laides, mais ça ne les dérange pas. Et ça ne dérange pas non plus Marty, il s'en fiche, lui c'est Shirley qui le fait frissonner. Elles ont des petits rires ingrats alors qu'elles ont de très belles voix. Marty se demande si la voix appartient au physique, en tout cas il trouve que c'est ce qu'elles ont de plus joli. Pour le reste, il ne s'y attarde pas, elles sont disgracieuses, tout simplement. Mais il trouve salutaire de croiser des filles aussi moches et aussi heureuses. Il se demande si être aveugle n'est pas une condition au bonheur, tant que personne ne vous annonce à quel point vous êtes moche. Il se ravise. Il décide d'emmener tout ce monde-là prendre une orangeade, un café ou une limonade. Emmitouflés dans leurs manteaux, ils marchent jusqu'à cette galerie commerciale où s'intercalent les restaurants et les boutiques de vêtements. À la table voisine, des fermiers évoquent leurs stocks de bestiaux, ça discute cours de la viande, abattage, découpe et coûts des transports. Ellen et Vilma sont drôles, elles sont très intelligentes, mais comme l'amour rend aussi aveugle, il trouve que Shirley, pas bête du tout elle non plus, est la plus brillante. Il se sent un peu minable face à elles, moins intelligent surtout. Leur trio a des rouages humoristiques bien rodés, il a l'impression d'assister à un spectacle, tant les filles veulent lui en remontrer. Soudain, hilare, il recrache sa limonade par le nez ce qui amuse les fermiers d'à-côté, qui soudain se taisent et s'attardent sur ces trois filles aveugles qui regardent de travers. Ils n'avaient pas remarqué. Les deux copines portent des lunettes de soleil par tous les temps, Shirley n'en porte jamais. Pendant qu'Ellen et Vilma font des blagues et papotent, Marty en profite pour attraper la bouche de Shirley à leur insu, elle se laisse prendre au jeu, elle pouffe et les deux autres s'imaginent qu'elle rit à leurs conneries. Il s'agit surtout d'éviter tout bruit de succion pour ne pas être découvert. Mais un des agriculteurs, excité et un peu jaloux lâche à voix haute, regarde-moi ça, ces deux-là, ils s'entre-pourlèchent le museau comme si c'était la première fois. Devinant ce qui se trame sous leurs yeux, Ellen et Vilma se taisent, tendent l'oreille, et s'esclaffent en constatant que les deux autres n'ont même pas remarqué qu'elles avaient cessé de parler.

Les passants préparent les fêtes de Noël, tout est décoré dans cette galerie, il règne une atmosphère chaleureuse, même si les récentes manifestations pour les droits civiques des Noirs ont un peu terni l'ambiance, surtout la dernière qui a dégénéré. Des vitrines ont été brisées, et un manifestant s'est fait lyncher par la police, échappant à la mort par on ne sait quelle force extérieure à ce chaos. Les différentes communautés se regardent en biais maintenant, la peur est palpable dans les deux camps, mais personne n'est bien certain qu'il n'existe que deux camps. Marty est totalement étanche à toutes ces questions, il aime quelqu'un qui l'aime, et c'est déjà bien assez pour dépasser le seuil de ses réflexions. Il contemple Shirley à la dérobée, c'est assez incroyable, mais elle sent quand il l'observe. Parfois il surprend les regards insistants des passants, ils peinent à masquer leur répulsion pour les deux globes oculaires grisés de Shirley. Sa cécité les heurte. Ça l'assombrit immanquablement, il a mal pour elle, il voudrait la défendre, il n'a pas de solution, il sait qu'il ne peut maîtriser les réactions des gens. Marty ? Qu'est-ce que tu fais là ? Cette fois-ci, impossible d'éluder les interrogations de Solveig, elle est avec sa mère, les lanières d'un sac de courses très léger se suspendent au bout de ses doigts. Sa mère porte des gants de cuir, sans doute du veau ou de l'agneau, il n'avait jamais vu madame Holmberg si élégante. Ses grands yeux bleu marine semblent perdus, elle ne comprend pas la scène. Que fait donc le petit Swanson avec ces trois jeunes femmes aveugles, visiblement bien plus âgées que lui. Ses paupières palpitent, elle ne parvient pas encaisser ce qu'elle voit. Heureusement, rien de sexuel n'atteint son cerveau, elle n'a plus aucune notion de cet ordre-là. Marty reprend ses esprits, madame Holmberg, Solveig, je vous présente mes amies, voici Shirley, Ellen et Vilma. Les trois jeunes femmes leur adressent un merveilleux sourire, parfaitement dirigé vers les visages médusés des deux passantes. Et voici madame Holmberg et sa fille Solveig qui vivent à Springfield, pas loin de chez moi. Les trois amies s'empressent de les saluer chaleureusement. On échange des banalités sur le mauvais temps qui persiste, puis la mère et sa fille poursuivent leur chemin au sein de la galerie. Pas très bavardes les dames de Springfield, décoche Ellen. Disons que chaque fois qu'elles m'aperçoivent ça leur soulève le cœur, j'ai vu mourir la sœur cadette. Foudroyée dans un arbre, je n'entends plus de l'oreille gauche depuis ce jour-là, mais moi je suis vivant, et elles m'en veulent pour ça. Shirley connaissait l'histoire, mais elle a la même gravité sur le visage que ses amies. Les filles veulent en savoir un peu plus sur son quotidien, la ferme, les poules pondeuses, alors il leur sert tout ce qu'il sait.

Ça lui remue l'estomac de laisser croire qu'il tient une ferme avec sa mère, mais il ne voit aucun moyen de contourner ce mensonge. Vilma demande à Shirley si elle y est déjà allée, mais ce n'est pas le cas. Il ne tente même pas de la dissuader, toutes les trois répandent déjà cette idée, qu'il doit être atroce de marcher au milieu de cette odeur infecte, qu'elles imaginent très bien. Les fermiers de la table voisine se sont levés, ils se séparent en se tapant dans le dos. Marty et ses copines se lèvent aussi, il a réglé la note et les trois filles le remercient, chacune à leur façon. Mais c'est la manière de Shirley qu'il préfère. Il tient absolument à les raccompagner au centre avant que ne s'éteigne le jour, même si elles insistent en disant que ça ne change rien et qu'il ne retient vraiment aucune leçon. Chaque fois qu'ils se séparent avec Shirley, c'est la splendeur du désespoir, ils emportent les dernières traces d'une odeur de peau, d'un baiser, et elle lui fait le cadeau, à chaque fois, de se retourner pour un dernier regard.

*

Le temps passé en classe semble bien long à Marty maintenant qu'il a une vie amoureuse bien établie. Les pauses récréatives lui semblent encore plus longues, il regarde les autres garçons qui s'excitent sur le diamant de baseball devant l'école, s'échinant à courir après leur balle cousue et recousue, sur ce terrain pelé par leurs piétinements. Il se demande combien ici l'ont déjà fait, aucun probablement. Il s'attarde sur la musculature des plus grands, il évalue leur hardiesse, soupèse la portée des mots qui sortent de leurs grandes gueules. Il sourit, aucun de ces connards n'a fait ce qu'il fait lui tous les samedis. Aucun n'a mis ses doigts dans un vagin, ni le reste. Il ne tire aucune fierté de cela, mais il se sent un peu moins nul, un peu moins écrasé par leur jugement. Il sait que juger les autres c'est de l'orgueil dégueulasse, il a compris que juger c'est se positionner au-dessus d'autrui, alors il se ramasse sur lui-même et, dans sa tête, réfute aussitôt les mauvaises pensées qu'il pourrait avoir à l'encontre de ses camarades qui n'en sont pas vraiment. N'empêche qu'il se demande quand ça leur arrivera, pas seulement embrasser, mais le vrai truc de coucher, de toucher partout. Il se doute que tous ceux-là se tripotent dans leur coin, ils sont comme lui, et c'est pour ça qu'ils ne les détestent pas complètement. Tous ces garçons-là sont réunis par la même détresse, comment parvenir à le faire, avec qui, et où ? S'ils savaient quelles étapes Marty a franchies, ils seraient tous sur lui, à le questionner, à le harceler autour de son monticule de terre, comme un vieux sage, le vétéran d'une guerre effacée par d'autres guerres.

Pour combler ses absences du samedi, Marty compense à la maison, il participe dès qu'il le peut, il propose toujours à Jessie d'étendre les draps avec elle sur le fil à linge, et de les replier en tenant bien fort les coins quand ils sont secs. Il s'occupe systématiquement de la vaisselle, il la lave, l'essuie et la range dans les cases du meuble ouvert sur lequel on a posé la radio. Elle tente encore de lui enseigner quelques rudiments d'éducation, ainsi, quand il souhaite aider sa mère, il ne lui demande plus jamais ce qu'il peut faire pour l'aider, depuis qu'elle lui a fait proscrire ce mot « aider », depuis qu'elle lui a fait comprendre qu'il ne la concernait pas, puisqu'il n'y a plus de tâches incombant aux femmes et d'autres aux hommes. Ce discours assez révolutionnaire dans la famille embrouille un peu sa grand-mère, mais pour Jessie, c'est désormais très clair. Quand tout est propre et qu'il est bien certain de ne plus pouvoir rien apporter à la maison, il tourne les boutons du poste radio, à la recherche de ses stations favorites. Il reste là, assis à l'envers sur sa chaise, accoudé au dossier, et il écoute les morceaux qui passent, il écoute un peu de tout, pourvu que ce soit triste. Il éprouve une forte détestation pour les chansons gaies et entraînantes. Sa mère lui demande systématiquement de s'écarter du haut-parleur de l'appareil, s'il ne veut pas voir les capacités de son unique oreille diminuer à leur tour. Alors il obéit, il recule du poste, quitte à rester dans le passage et obliger Jessie à faire le tour par l'autre côté de la table de la cuisine. Elle préfère ces quelques pas supplémentaires à l'idée d'héberger un fils complètement sourd.

Pour son anniversaire, Marty veut offrir deux livres imprimés en braille à Shirley, des romans classiques qu'elle n'a pas lus. Il avait fait l'inventaire de ses étagères et surtout, il avait demandé à Vilma si la bibliothèque du centre possédait ces ouvrages. Sa complice était descendue vérifier au sous-sol, là où s'entassent les rayons chargés de livres et dans un coin, ces larges fauteuils moelleux appuyés par de gros poufs multicolores. Marty a commandé ses deux romans à la librairie qui traite habituellement les commandes du centre des aveugles, c'était la garantie d'être bien compris, et les objets convoités sont donc arrivés très vite, deux semaines plus tard. Et maintenant, il est là, assis près d'elle, sur le rebord de son lit, elle déchire le papier cadeau qu'il a souhaité le plus joli possible, il est allé l'acheter spécialement pour elle, avec du relief, embossé comme de la tapisserie. Elle ne le déchire pas vraiment, elle le déplie après en avoir détaché le ruban adhésif. Il admire sa dextérité, il est difficile de croire encore, après tous ces mois passés à ses côtés que les deux boulets blancs qui lui emplissent les cavités orbitaires sont parfaitement inutiles, incapables de détecter la moindre lueur, le moindre mouvement, deux astres soufflés par le vent du néant. Elle replie le papier pour en faire un rectangle parfait, elle le repose sur le bleu ciel du dessus de lit. Les deux ouvrages sont à plat sur ses genoux, ou ses cuisses, du point de vue de Marty. Du bout des phalanges, elle lit le titre du premier livre, elle tourne quelques pages, il la regarde, inquiet.

Elle s'empare du second volume, elle promène ses doigts sur la couverture et aussi sur la première page, il ne décèle rien sur son visage. Elle repose l'ensemble sur le lit et se jette sur lui. Quand il se redresse, il est parfumé de baisers. Elle est émue par l'attention qu'il lui porte, elle n'avait jamais évoqué, prononcé la date de son anniversaire, il a fallu qu'il se renseigne auprès des filles, Ellen et Vilma. Elle le touche à nouveau avec la bouche. Il se laisse guider, allonger sur le lit, elle au-dessus de lui. Ses cheveux bruns lui caressent les joues, le front, il est heureux, il ne songe même pas à ce qu'il a dans son pantalon. Elle s'immobilise et s'étonne à voix haute de la douceur de ses joues, de son absence de barbe, il vante ce léger duvet qu'il laisse volontairement pousser sous son nez, impatient de le voir prendre une allure plus drue, plus dure aussi. Mais ça tarde. Sa grand-mère prétend qu'il n'y a rien de tel que la merde de pigeon, il faut s'en appliquer si on veut que ça pousse. Il trouve cette méthode repoussante, et il n'est pas près de l'appliquer. Marty rassure Shirley. Sans lui montrer qu'il se veut rassurant. Il lui dit que dans sa famille on n'a pas la pilosité du bison mais plutôt celle du poisson. Elle rit, elle s'en fiche, elle aime tout de lui, sa délicatesse, l'attention qu'il lui porte, ses silences. Elle n'a toujours pas décelé son manque d'assurance, il s'applique à lui cacher ce trait de caractère proéminent qui, pense-t-il, le défigure. Si Shirley découvrait ce que Marty désigne comme une faiblesse, il serait étonné de comprendre qu'elle l'envisage plutôt comme une qualité. Elle n'aime pas l'arrogance des idiots qui assènent leur assurance alors qu'ils crèvent de trouille ou d'inconscience.

On frappe à la porte de la chambre, trois coups secs et inquiétants. Shirley précipite Marty sous le lit, il arrive que le gardien fasse une ronde pour vérifier on ne sait quoi. Elle retient son souffle, elle abaisse la poignée, et explose en reconnaissant les parfums d'Ellen et Vilma. Elles lui ont fichu une de ces frousses, les trois filles chahutent dans le couloir, mais Shirley reprend ses esprits et les invite à entrer. Marty s'extrait de sous le sommier, il se cogne aux montants de l'armature métallique du lit, ce qui ajoute du volume à sa contrariété de ne pouvoir rester seul avec Shirley. Sous le manteau ouvert de Vilma, on devine un décolleté impressionnant, Marty comprend qu'elle n'a pas l'intention de rester glandouiller bien longtemps dans cette chambre étroite. Les deux copines aux éternelles lunettes noires ont apporté un cadeau commun, un bijou que Shirley devra porter autour du cou. Merde, ça c'était une belle idée, ça avait de la gueule, Marty regrette un peu ses livres, puis il se dit que c'était peut-être un peu tôt pour un bijou, il ne sait pas, il n'a aucune notion des conventions amoureuses. Si son père était vivant, il pourrait lui demander de lui faire son instruction, ou demander à son grand-père sinon, mais les deux sont morts maintenant, il est le seul homme de la maison. Et sa mère ne semble pas vouloir refaire sa vie, ce qui l'arrange lui, ça le colmate et le sécurise dans son égoïsme, il ne s'imagine pas obéir à un inconnu le menaçant de ses grosses paluches, allongeant ses pattes sous la table pour bien lui montrer qui est le patron dans la baraque. Marty se demande simplement comment sa mère peut désormais vivre sans mari dans son lit, sans personne pour tenir compagnie à la touffe de poils qui lui rembourre l'entrejambe. Cette vision de sa mère le débecte, il s'en veut d'avoir dérivé vers le canot de son intimité. Les filles autour de lui sont toutes excitées, elles veulent sortir ce soir, que Marty les emmène dans un bar, elles ont toutes vingt-et-un ans maintenant, et en 1962, dans le Nebraska, c'est l'âge légal pour boire de l'alcool en public, et ce soir, les filles veulent boire, elles le répètent en étirant le mot jusqu'à la rupture. Ça, Marty y avait songé, il redoutait ce moment. Il savait qu'un jour il y serait confronté. Il les coupe dans leur élan, leur envoyant à la face l'épisode dépressif de son père, sa confrontation avec l'alcool, ça lui tord le ventre de leur mentir car Edwin ne buvait pas. Il leur sert le chapitre sur sa dégringolade, la peste qui s'est abattue sur leur ferme, il insiste, trois fois la peste aviaire, son père qui sombre, son père qui se pend dans la cour, lui et sa mère qui retroussent leurs manches pour relancer l'exploitation. Les filles sont bouleversées, Shirley connaît cette histoire et pourtant ça la remue autant que les autres. Marty est désolé, mais l'alcool et tout ce qui s'en approche, ce n'est pas pour lui. Il refuse même d'entrer dans un bar pour accompagner quelqu'un, et c'est aussi valable pour l'être aimé, même le jour de ses vingt-et-un ans. Shirley, Ellen et Vilma, peinent à dissimuler leur déception, mais elles comprennent la situation. Vilma est très agacée, car elle a souvent imaginé cette scène où elle laisse son corps onduler en direction d'un *juke-box*, elle glisse une pièce dedans, elle revient à sa place exacte en comptant bien ses pas, sous les regards et la mitraille de questions des gars qui contemplent cette nana dépoitraillée qui se trimballe avec ses lunettes noires. C'est son principal fantasme, mettre les mecs en arrêt, comme des chiens de chasse, immobiles dans leur tenue de poils. Qu'est-ce qu'on peut faire alors ? s'entendent-elles pleurnicher. Je peux vous inviter dans ce restaurant italien que je connais bien. Il n'y connaît rien, mais il a fait quelques repérages. Les filles sont partantes. Elles oublient vite qu'elles sont déçues. Il a prévenu sa mère qu'il ne rentrerait probablement pas ce soir, il ne souhaitait pas lui déléguer d'inquiétude. Jessie se demande quand même avec qui il traîne maintenant. Tant qu'elle ne voit pas de voiture noire et blanche, gyrophares allumés, lui ramener le gamin dans la cour de la ferme, elle lui accorde une certaine confiance, elle se dit que le bonheur quand on vit seul avec son fils qui navigue à l'orée de l'homme qu'il deviendra, c'est simplement de le voir rentrer debout, et pas avec du sang, des trous partout. Son petit bonhomme, elle n'a pas hâte de le voir franchir les jambes d'une fille, de l'entendre lui mentir sur ses sorties, ses allées et venues, elle souhaite que cette catégorie de tracas arrive le plus tard possible, au plus profond d'elle-même, elle aimerait que ça lui prenne encore deux ou trois ans. Jessie ne sait rien de Marty. Elle ne sait rien de son bonheur, ni de ses peurs. Elle ne perçoit que l'expression de son enfance qui s'effiloche. Elle ne lui montre aucune domination, elle ne lui offre que de l'amour encore possible, celui d'une femme qui n'a que sa descendance comme présence masculine, que son fils pour activer les manivelles de son cœur.

La soirée d'anniversaire de Shirley s'est déclinée sous des couleurs très hospitalières, c'était gai et tendre, bruyant aussi, soulevant parfois la désapprobation amusée des autres convives, baignés d'une indulgence relative à l'égard de ces demoiselles malvoyantes et de leur cow-boy inquiet. Ils sont rentrés lentement sous une lune écorchée de nuages, Shirley se blottissait contre Marty, les paroles se modelaient et blanchissaient dans le froid des ténèbres. Moses, le vigoureux gardien de nuit du centre a laissé les trois filles entrer avec un grand sourire qu'elles lui ont renvoyé comme des automates. Shirley lui a demandé si le courrier qu'elle attendait était arrivé, Moses n'avait pas l'air de savoir, il lui a demandé de patienter, le temps qu'il aille vérifier dans la salle d'intendance. Au frôlement des caoutchoucs de la porte à battants, Shirley a envoyé le signal à Marty qui attendait planqué dehors, il s'est engouffré dans l'établissement pour jeunes femmes aveugles à la vitesse de la lumière, une expression que Shirley adore et qu'elle se représente comme une claque inattendue sur les fesses, c'est ce qu'il a trouvé de mieux pour lui expliquer la soudaineté du jaillissement d'un éclair. Il s'est faufilé dans les escaliers. Bredouille, Moses est réapparu avec sa tête de moignon au comptoir, s'excusant pour la lettre que Shirley attendait. Ils ont dormi ensemble pour la première fois, enclavés l'un dans l'autre, juchés sur un tandem de rêves semblables. Il est rentré chez lui sur les bords de l'extase, insensible à son environnement, aux éléments, peut-être qu'il ventait, qu'il neigeait ou pleuvait des nuées de criquets, il ne sait pas. En bagnole, à pied, en bus, il ne sait pas davantage, il est rentré heureux, c'est tout.

Elle avait tout préparé, elle avait suivi Marty depuis quelques samedis, Solveig, avait laissé enfler sa jalousie. Pourtant son père ne cessait de lui répéter que la jalousie n'avait aucune raison d'être, puisque le succès des autres ne fait pas ta faillite, ma chérie. Elle était souvent en accord avec lui, mais dans cette affaire, elle ne parvenait à se contenir, ce petit salaud de Marty Swanson allait déguster. Un mardi, elle est allée se poser sur un banc du parc, elle a attendu que Shirley se présente à la sortie du centre, il faisait un peu froid, mais elle avait tout son temps, la brûlure qui l'animait pouvait lui faire endurer toutes les températures. La jeune femme aveugle, un livre à la main, avait passé la porte à tambour, il était autour de midi, c'est souvent le moment qu'elle préfère pour faire son petit tour. Solveig s'était levée et avait accosté la jeune femme brune aux yeux blancs.

Marty vit sa scolarité avec impatience, son petit monticule de terre lui fait maintenant penser à un tas de merde sous le cul d'une poule, il n'en peut plus de rester là à attendre que la semaine passe pour retrouver Shirley le samedi. Son amour pour elle le torture tout en le maintenant en vie. Ce soir, il a choisi d'annoncer la nouvelle à sa mère, il a une copine, ça fait presque un an que ça dure. Jessie est émue, elle se demande comment elle peut en être surprise après toutes ces escapades, si régulières, ces cachotteries, ces retours en stop, tout ce temps à traîner du côté d'Omaha. Soudain, tout s'éclaire, non, son fils ne commettait pas de sales trucs avec de sales types, il ne traficotait rien dans son dos, il rafistolait seulement sa capacité à aimer quelqu'un d'autre que son père et sa mère. Il ne lui en dit pas plus que son prénom, Shirley, il ajoute qu'elle est brune, puis il repousse toutes les attaques enthousiastes de Jessie. Il monte se coucher après l'avoir embrassée, elle a posé ses lèvres sur la tempe de son oreille morte en lui souhaitant une douce nuit, elle est heureuse pour lui, et en plus, demain c'est samedi.

Marty a surveillé la petite lumière, c'est quand même plus facile de passer quand ce n'est pas Moses qui monte la garde, avec sa tête de moignon, sa tronche de boxeur à la retraite, ses mains aussi larges que des avalanches et sa voix de rottweiler, il ne faut pas se manquer. Mister « prostate » est parti pour un petit moment aux toilettes, Marty pourrait même filer le long du comptoir en sifflotant, c'est devenu si facile maintenant. Il avale les escaliers en un rien de temps et se présente devant la porte de la chambre 38. Il gratte le revêtement de bois avec ses ongles, Shirley lui ouvre. Son visage est fermé, il tente de l'embrasser, elle tente de le repousser. Elle referme derrière lui et se tient debout près du lit. Elle lui demande de s'asseoir, Marty s'exécute. Elle le domine, elle est tendue, et ça sort d'un coup. Pauvre gosse, pauvre type, elle décharge toutes les insultes que son éducation lui autorise, les phrases se tamponnent, son débit est aussi volatil qu'inflammable, la colère affleure chaque mot, on sent des trépidations dans sa voix. Marty se tait, il a saisi la situation, il se demande qui a lâché l'information, quelqu'un de sa classe, quelqu'un qui n'est plus dans sa classe ? Solveig Holmberg, la blonde avec la voix aiguë. Shirley lui réplique qu'elle ne sait rien sur la nature de ses cheveux mais qu'elle sait tout sur la nature de son mensonge à lui. Tu n'es qu'un pauvre môme, comment j'ai pu me laisser abuser, et t'offrir mon cœur, t'ouvrir mes jambes, je suis dévastée, tu me donnes envie de vomir. Marty tente de se justifier, de lui prouver l'étendue de ses sentiments, il sort le minuscule cœur argenté qu'elle lui avait offert, avec la petite croix moulée sur l'organe. Regarde, je l'ai toujours sur moi, il ne m'a jamais quitté, tu es tout pour moi. Shirley ne l'écoute plus, elle se sent si honteuse d'avoir été trompée, dupée par une sorte d'enfant. Il essaye de se justifier en lui lançant qu'il aura bientôt seize ans, qu'il pourra quitter l'école et se mettre à travailler dur pour eux deux, pour leur offrir un toit, quelque part où s'aimer sans gardien au rez-de-chaussée. Elle lui demande de se taire. Elle lui balance qu'elle a six ans de plus que lui, qu'il n'est qu'une petite ordure qui a profité de sa cécité. Elle lui demande de partir, elle ne veut plus jamais le revoir. Marty se redresse, il veut l'embrasser, Shirley hurle, elle le repousse et appelle le gardien, son cri traverse toutes les cloisons de l'établissement, elle a astucieusement veillé à ne pas fermer à clef, cachant l'objet métallique dans sa culotte dès que Marty est entré, et dans ces circonstances, elle se dit que c'est le dernier endroit où il ira la chercher. Mais il ne montre aucune opposition, il se tient à deux mètres d'elle, triste et désarmé. Il est comme bloqué, en état de sidération, il songe à se jeter par la fenêtre, il se rattrape en pensant au mal qu'il ferait. Ni sa mère ni sa grand-mère ne seraient en capacité d'accueillir une telle trahison. Il reste là. Les cris puissants de Shirley n'ont pas cessé, les cous se tendent dans le couloir, mais personne n'ose se précipiter dans la chambre 38. Le gardien apparaît, il bondit sur l'immobilité de Marty, ce dernier ne montre aucune opposition et se laisse plaquer au sol par ce sexagénaire à la prostate molle, démolie par un cancer. Le vieux se relève, victorieux, après lui avoir serré des menottes sur le poignet, puis avoir fixé l'autre à l'un des barreaux métalliques du lit, parfaitement inconscient que son adversaire s'était laissé faire. Il demande à Shirley de l'accompagner en bas, de ne pas rester là. Il exige qu'elle referme la porte à clef derrière elle, comme si un *rattlesnake* ou un grizzli s'était introduit dans la pièce. En descendant les escaliers, il demande à Shirley si elle le connaît, elle admet que cet homme l'a abordée une ou deux fois dans le parc mais c'est tout, elle s'étonne de la facilité avec laquelle elle lui ment. Il lui apprend qu'il ne s'agit pas d'un homme mais d'un gamin, c'est un gosse qui l'a agressée. Mais il avait l'air si grand tente-t-elle de protester. Il l'est, lui répond le gardien, on ne sait pas jusqu'où ça ira comme ça avec ces gosses, mais maintenant ils mangent leur soupe sur la tête de leurs parents. Arrivés à l'accueil, il s'empare du téléphone mural et appelle la police.

Ainsi Jessie a vu son fils rentrer à la maison dans une voiture noire et blanche, gyrophares allumés. Il avait les deux yeux amochés et quelques côtes cassées, on lui avait ôté l'envie de traîner du côté du centre des jeunes filles aveugles. Shirley n'a pas porté plainte, elle a juré que le gosse l'avait suivie mais ne lui avait fait aucun mal, il s'en est tiré avec une bonne volée, et la virginité de son casier intacte. Marty a terminé son année scolaire à la peine. Il s'est caché derrière sa longue mèche blonde tout le reste du temps, sachant que les autres le cherchaient du regard. Dans la cour de l'école, on a fini par l'appeler *poney shetland*, mais rien ne l'atteignait plus, il avait perdu Shirley. Un soir après le repas il a demandé à sa mère s'il valait mieux être pauvre parmi les riches ou riche parmi les pauvres. Sans aucune hésitation, Jessie lui a répondu qu'il valait mieux être pauvre parmi les riches. Parce que les regards sont plus supportables. Les regards justement, c'est cela qui chagrinait Marty, il a fini par se dématérialiser à l'école, ses notes ont dégringolé, mademoiselle Westerlund a convoqué Jessie pour en parler, rien n'a pu redresser les résultats du jeune Swanson, sa scolarité était déjà derrière lui, avortée, désertée. Il a traîné un peu du côté d'Omaha, il a couché avec une ou deux filles aussi paumées que lui, il s'est appliqué, goûtant pleinement chaque milliseconde de ces échanges, car à son âge, on n'est jamais certain du temps qui va s'écouler avant la prochaine fois, la prochaine rencontre, le prochain matelas. Marty a maudit Solveig, il a eu envie de lui enfoncer la tête dans du fumier, mais il comprenait aussi sa souffrance, elle ne supportait pas de le voir heureux, lui par la faute de qui sa petite sœur était partie, vers cet ailleurs d'où l'on ne revient pas. Mademoiselle Westerlund a bien tenté de le récupérer, de le relancer, lui proposant même des cours particuliers sans contrepartie, sa mère n'avait rien à payer. Pour toute réponse, il ne lui a offert qu'un profond soupir, préférant se laisser glisser vers les plaines du désespoir. L'enseignante elle-même ne stimulait plus rien en lui, il la voyait désormais comme une relique du passé avec ses chemisiers à col haut, ses jupes et ses robes de l'époque des pionniers. Il n'éprouvait plus pour elle qu'une sorte de pitié, son désir pour mademoiselle Westerlund n'était pas plus utile qu'une coquille fossilisée. Les deux derniers mois de l'année scolaire, il les a passés sans adresser la parole à personne. À la maison, les mots étaient espacés, comme la sueur d'un liquide dans un alambic. Ses yeux étaient devenus vides, un bleu marine aveugle, désamorcé. Mais il mangeait, c'était surtout ce qui importait à sa grand-mère. Le soir, dans son lit, il dispersait des larmes avec son chagrin et ses rêves réunis, il savait qu'il aimait sa mère et sa grand-mère, et c'était tout. À la fin de l'été, au lendemain de l'anniversaire de ses seize ans, sa décision était prise, il n'aimerait plus jamais personne. Il est sorti de l'école sans ambition et sans diplôme, ça n'approvisionnait chez lui aucune peur, puis il est sorti de la maison en pataugeant dans l'amour que lui servaient sa mère et sa grand-mère, l'unique dividende de ses sentiments. À l'aube, ils se sont longuement serrés les uns contre les autres au milieu de la cour, comme ils le faisaient quand son père était de ce monde, le cercle, Jessie tenait à lui faire mémoriser ce cercle, afin qu'il sente l'immortalité de leur union. Ces coquetteries accablent désormais Marty, mais il n'en a rien montré. Il a laissé sa mère lui servir le couplet de sa présence éternelle, lui assurant qu'elle sera toujours là pour lui, et Grand-Mère aussi, il a eu droit au passage sur la porte toujours ouverte, mais n'a formulé aucune impatience. Puis il les a embrassées tendrement. Elle lui a demandé une dernière fois s'il avait bien son argent et son couteau, il lui a montré le canif avec sa lame enfoncée dans l'os de bœuf, elle l'a encore serré contre ses mamelles, il a bataillé pour ne pas avoir pitié d'elle.

Et maintenant, Marty Swanson est là sur le bord de la route, l'*Interstate 80*, il est encore tôt, le soleil n'a escaladé que quelques heures sur l'édifice de la journée. Le garçon jauge la puissance de l'astre voisin à l'abri de ses lunettes fumées. Ça lui étire une douloureuse mélancolie au sommet de l'organisme, son sac est à ses pieds, un baluchon de toile qui peut laisser penser qu'il provient de l'armée. Il a les yeux fixés sur les bagnoles qui dégringolent de l'Iowa, il tend le bras, les types à bord lui jettent un regard mauvais en pensant que des gosses se font éclabousser de sang au Vietnam pendant que celui-ci est en vadrouille sur les routes du pays. Soudain, une caisse toute neuve s'arrête. Sans lui demander où il va, le conducteur lui dit de monter, le pare-brise de la bagnole est éclaté, il n'en reste rien, qu'une dentition de verre sur le pourtour caoutchouté. Le mec redémarre, il roule vite. Sur le siège passager, Marty serre son sac de fringues entre ses godasses, il ne dit rien, ne demande rien pour le pare-brise, il a du vent plein la gueule, il ajuste ses lunettes de soleil, des larmes lui ravinent les joues. Au bout d'un moment, le type veut savoir ce qu'il a dans son sac. Mes fringues et une boîte de balles ratatinées, celles que mon père a tirées dans un arbre mort le jour où je suis né. Le type au volant a l'air satisfait de la réponse, il enfonce l'accélérateur sans en demander plus.

SECONDE PARTIE

Le freinage rageur du 4x4 dans la cour, ce n'était déjà pas bon signe. Il l'a entendu depuis l'autre rive de la maison, la partie faisant face à l'océan. Quand les pneus font pétiller le gravier ainsi, il sait qui se pointe chez lui. Ester est entrée comme une bourrasque, le maigre personnel s'est sauvé, courant se mettre à l'abri. Elle l'a appelé dans toute la baraque, il n'a pas répondu, occupé qu'il était à fouiner dans les compartiments de sa boîte de matériel de pêche. Marty l'a vue apparaître dans le salon, plus maigre que jamais. Qu'est-ce que tu fous, tu ne réponds pas quand on t'appelle ? Mon oreille, tu sais bien. C'est ça oui, ton oreille. Marty se demande comment on peut conduire de Los Angeles à Carmel-by-the-Sea, un trajet d'au moins cinq heures en voiture, pour arriver dans un tel état d'énervement, sans que la pression soit retombée. Il lui propose un rafraîchissement, elle ne l'entend pas, elle hurle qu'elle veut du fric, qu'elle est dans la merde, et que s'il ne lui en donne pas, il ne reverra pas ses petits-enfants. Il a déjà connu des entrées plus fracassantes, alors il ne s'inquiète pas, c'est à peine si ça lui accélère les ventricules. Il la croyait en cure, il s'y perd un peu avec ces aller-retour dans cet établissement du Montana. Les séances d'espoir dominées par les rechutes, les traversées dans le noir avec pour seule lumière la blancheur de son poison, il ne sait plus ce qu'il en est. Marty redresse la tête, elle se tient debout face à lui, les jambes semi-écartées dans des bottes de cow-boy vintage, une petite robe de créateur dissimule mal la maigreur de ses cuisses. Il mate furtivement l'intérieur de ses bras, il ne reste que des cicatrices, les aiguilles semblent être de l'histoire ancienne. Elle capte son regard. Si tu veux tout savoir, quand je me pique, je me pique dans le cul maintenant, ça laisse moins de traces, alors content ? Il lui sourit. Ester, ma chérie, calme-toi, et raconte-moi ce que tu écoutes aujourd'hui. Elle lui répond que ce n'est pas la peine d'essayer de l'embobiner avec ses histoires de musique, et que, de toute façon, ce qu'elle écoute, il ne connaît pas. C'est justement pour cette raison que je te le demande, lui murmure-t-il avec le calme d'un empereur. Elle ne l'écoute plus, elle veut son fric, elle prétend que c'est pour ses deux gosses, Marty n'en croit rien, ce n'est pas la première fois qu'elle lui débite des mensonges, il la laisse délier la besace de son amertume, il la laisse le menacer de l'index, son doigt est noueux comme une racine. Il la laisse déverser ses peurs, il sait qu'il va la récupérer en pleurs, il lui suffit d'attendre. La sonnerie de son téléphone se solidifie dans sa poche de pantalon, il s'en empare, ouvre le clapet, sa fille aînée découvre qu'il possède le dernier Motorola, avec son profil hyper *slim*, elle se dit que décidément, il ne se refuse rien le paternel. Elle continue de brailler dans le vide. À l'autre bout c'est June, elle s'inquiète pour le vacarme, Marty la rassure, c'est simplement Ester qui est venue lui rendre visite. June a une voix resserrée, Marty… Elle gémit. Marty… Helmut est mort. Le quinquagénaire se lève, délaissant sa boîte de lignes de pêche, il s'écarte de sa fille qui aboie dans son dos, et file s'enfermer dans son bureau. Les eaux de la baie de *Stillwater* semblent déchaussées de leur étui rocheux, en cette fin d'après-midi les vagues s'écrasent avec force contre les piliers de la jetée, et les trois ou quatre voiliers qui patientent, enchâssés dans leur remorque, sur le ponton pour la mise à l'eau, pourraient même se renverser directement dans le Pacifique si la mer était plus formée. June tente de reprendre ses esprits, Marty aussi. La veille, avec Helmut, ils avaient dîné en compagnie d'un dirigeant de General Motors, l'homme qui ne connaît absolument rien à la photographie, tenait à remercier Helmut pour la campagne publicitaire à succès qu'il lui avait servie. June s'attarde sur les détails, elle repousse le moment fatidique, celui où elle a perdu l'être aimé. Elle lui explique pour la Cadillac, le gars de la firme automobile, très démonstratif, avait décidé d'offrir à Helmut une Cadillac SRX, le dernier modèle « silver ». Le lendemain, aujourd'hui donc, peu avant midi, Helmut qui adore les belles cylindrées et rouler fenêtres ouvertes dans Los Angeles, décide d'essayer son bolide sans tarder et de restituer du même coup leur voiture de location. Dans la pénombre de l'ascenseur du Château Marmont où ils passent tous leurs hivers, June et Helmut croisent la petite Sofia Coppola, charmante et bien éduquée, précise June. Marty a envie de lui demander d'en venir aux faits, mais il la laisse épancher la liqueur de sa douleur. Ils se retrouvent au garage, Helmut monte dans sa Cadillac flambant neuve et June se met au volant du véhicule qu'ils ont loué, car pour lui, il n'est pas question de rouler une minute de plus dans cet engin qui sent le mauvais cuir. L'idée c'est qu'elle l'accompagne jusqu'à la société de location, et qu'ils repartent ensemble avec leur nouvelle acquisition. Par la vitre côté conducteur, il lui lance « suis-moi ». Le temps qu'elle démarre, la Cadillac neuve a brusquement accéléré, traversé la rue, et s'est encastrée dans le mur d'en face, manquant de faucher un photographe de l'Associated Press qui passait par hasard sur le trottoir. Crise cardiaque. June répète ces quelques syllabes, crise cardiaque. Elle lui apprend qu'on l'a transporté à l'hôpital, au Cedars-Sinaï, qu'on a tenté de le ranimer, et qu'il s'est éteint là-bas, peu après son arrivée. Elle pleure doucement, Marty, qu'est-ce que je vais devenir ? Helmut n'avait que quatre-vingt-trois ans, c'est jeune aujourd'hui, hein, tu es d'accord avec moi ? Oui, June, c'est jeune de nos jours. Il lui annonce qu'il arrive, il monte dans sa voiture et il arrive. Elle proteste, tu as plus de cinq heures de route, prends au moins l'avion. Il la rassure, conduire lui permettra de réfléchir. Il arrivera dans la nuit, vers 23 h 00 selon lui. Elle proteste encore. Il lui affirme que rien ne l'empêchera d'aller retrouver son amie June, la femme de son ami. Il l'embrasse, elle se tait, elle se tient sur cette frontière ténue entre l'incompréhension et la mort brutale. Elle raccroche, il referme le clapet de son téléphone portable, Ester pénètre dans le bureau, elle le trouve assis, le visage caché dans les mains. Quand il se redresse, le pourtour de ses yeux est rouge. Elle lui demande qui c'était. Il se contente de répondre qu'Helmut est mort. Elle rigole, elle lui balance que c'était un connard, qu'il avait voulu la photographier à poil alors qu'elle venait d'accoucher, elle ajoute qu'elle ne l'a jamais aimé son pote Helmut, et qu'à quatre-vingt-trois ans, il s'en tire bien le salaud. Ester disparaît après cette remarque venimeuse, Marty monte dans sa chambre, il allume la radio, déjà les infos ne parlent que de cela, Helmut Newton est mort, il a crashé sa Cadillac dans un mur en quittant l'enceinte du Château Marmont, vraisemblablement terrassé par un arrêt cardiaque. Marty songe à la proximité entre les mots Cadillac et cardiaque, il enfonce quelques vêtements dans une valise, quelques lotions, du dentifrice et sa brosse à dents. Ester le rejoint. Apparemment calmée, elle se poste dans l'embrasure de la double porte avec un large carton sur les bras. Il reconnaît ce truc, là-dedans il y a de vieilles photos de gala dédicacées, des tirages encadrés montrant des remises de prix, et quelques statuettes des Oscars. J'ai trouvé ça à la cave. Elle pose sa boîte et brandit un trophée plaqué d'or, un chevalier debout sur une bobine de film tenant une épée dans ses poings gantés, la récompense paraît si lourde entre ses doigts, Marty en frémit. Je vais revendre tout ça à des connards, je vais voir combien je peux me faire. Si tu veux, répond son père, la douceur de sa voix contraste avec la colère tremblée de sa fille. Elle redescend déjà les escaliers, dans sa tête Marty formule pour lui-même, tu ne m'embrasses pas ? Elle est déjà ressortie, claquant la porte d'entrée, et celle de sa bagnole. Il accompagne sa valise au rez-de-chaussée, il la dépose en bas des marches, il pousse plus loin en descendant à la cave. Tout est encore allumé là-dedans, il passe devant le studio, des cartons sont renversés sur la console, il rejoint le débarras tout au fond du sous-sol, les racks des étagères sont dépossédés de leur contenu, tous les cartons ont été jetés sur le plancher, un enchevêtrement de souvenirs, d'objets hétéroclites et de boîtes de jeux s'amoncelle sous ses yeux. Il rangera ça plus tard. Il repense à toutes ces parties de *Scrabble* avec Ester et Klara, qu'est-ce qu'ils ont pu jouer. Pourtant, il a toujours détesté les jeux de société, ça a toujours représenté la pire contrainte de sa vie, non pas qu'il détestait jouer avec ses filles, ça il raffolait, mais son problème ça a toujours été les jeux de société. Nancy, qui adorait y jouer, c'était son plus grand plaisir, envoyait les filles en éclaireurs, elles amadouaient leur père avec une aisance particulière, il faut avouer que Marty n'a jamais su leur dire non, ce terme n'était franchement pas dans son vocabulaire à la maison, trop effrayé qu'il était à l'idée de leur déplaire. Il considère le désordre mis par sa fille aînée, il songe à sa Nancy, sa chère femme, disparue elle aussi, il voudrait n'avoir aimé qu'elle. Il tourne le bouton de la lumière et remonte de la cave, chargé d'amertume.

Il prévient Dorris et Rodrigo qu'il doit s'absenter, il descend à L.A., son ami Helmut est mort. Son personnel, toujours aussi fidèle, lève simultanément les yeux au ciel en signe de compassion. Dorris porte une main à sa bouche. Monsieur Helmut était si drôle, finit-elle par murmurer. Marty se pince les lèvres pour acquiescer silencieusement. Rodrigo s'empresse pour porter la valise vers la voiture, mais Marty le soulage, il lui dit qu'il s'en charge. Dorris et Rodrigo sont respectivement âgés de soixante-et-onze et soixante-douze ans, ils sont mariés depuis cinquante ans. Ils ont cinq enfants, l'aîné est acupuncteur, les autres sont tous engagés dans l'armée. Dorris met ses mains à plat pour lisser son tablier tandis qu'elle accompagne Marty du regard, alors que sa voiture fait demi-tour dans la cour. Arrivé sur *Ocean Avenue*, il doit piler pour éviter un cycliste qui lui coupe la route avec une planche de *bodyboard* sous le bras, un peu plus et Marty lui coupait la vie. Le type se retourne et l'engueule, en tournant la tête il dévie de sa trajectoire et manque de s'emplafonner dans un camion de livraison arrivant, heureusement pour lui, à très faible allure. Marty tressaille, il était en tort, égaré dans ses pensées. Il rejoint la *Highway 1*, le ciel est dégagé, tout autant que la route qui s'étire devant lui.

Helmut aimait prendre cette route, rouler les cheveux au vent en songeant au chemin parcouru depuis sa naissance à Berlin dans les années vingt. Ce soir, le 23 janvier 2004, Marty s'enroule dans son sillage, longeant les collines de la Pacific Coast Highway avec son vieux coupé Mercedes 280 SL Pagode, le modèle gris argenté, acheté en 1969. Il n'a jamais changé de véhicule, même lorsque les filles ont grandi. Forcément, elles préféraient la voiture de Nancy, une cinq porte, Mercedes aussi, dans laquelle il était possible d'étendre les jambes, contrairement à la banquette arrière de la voiture de leur père. Des lignes simples et élégantes, un capot interminable, un pare-brise fièrement dressé, deux grands phares verticaux, des ailes enflées, une large calandre, le tout ourlé par un petit pare-chocs chromé, Marty ne se lasse pas de la beauté de cette automobile, et il se demande ce qu'Helmut est allé foutre au volant d'une Cadillac de 2004. Finir contre un mur, quand on en a abattu autant que lui, odieuse ironie qui lui tire des larmes alors que le soleil s'enfuit au large de Bixby

Creek Bridge, ce vieux pont de béton des années trente dont les arches enjambent une large entaille dans le paysage. Une croûte orangée écrase les reflets de l'océan, dans certaines courbes il peut apercevoir cette éternelle incandescence, il essuie ses joues pour conserver la vie, et admirer la charge de la nuit qui s'avance. À son tour, il songe au passé, à ce qu'il a réussi, à ce qu'il a raté, il est globalement certain d'avoir échoué, et il a envie qu'on pense cela de lui. Car c'est ce qui s'approche le plus de la vérité. Il a vécu dans la peur, et il se dit que ça ne sert à rien d'avoir des paupières quand on est tout le temps aux aguets, inquiet comme ça, inquiet comme lui. Ses nuits sont constellées de cauchemars, presque toujours le même, un lance-pierres, la nuit, le froid, un fantôme immense qui s'avance, qui s'effondre, comme s'effondrent les miracles. Il sait ce qu'il est, un type ni sympathique ni antipathique. À force de vouloir s'effacer, il est devenu ce rien, ce point absolu vers lequel sa vie entière est tendue. On pourrait comparer Marty à un crotale au sang froid, lové sur lui-même. Mais l'animal cruel peut aussi avoir la peau douce et chaude, quand il rassemble ses anneaux d'écailles sur de la roche dure, surchauffée par le soleil. Il suffirait de poser une main sur son dos pour s'en convaincre, mais personne ne fait ça, et avec Marty, c'est pareil, ils ne sont pas nombreux ceux qui peuvent lui passer une main dans le dos. Il roule en direction de Big Sur, le jour détale pour laisser toute la place aux étoiles, le vertige n'est pas l'ennemi, il permet de dépasser les ennuis.

Il arrive bien plus tard que ce qu'il avait annoncé à June, à l'instant précis où s'arrête son CD de Neil Young. La voiture crashée a été déplacée, il reconnaît l'impact dans le mur, du lierre a été arraché. Il observe le sol pour voir si on y a jeté de la sciure. Rien, pas de sang, à peine une tache d'huile, c'est une forme de soulagement, même si ça ne change rien à l'histoire, Helmut n'est plus de ce monde pour ricaner et se moquer des cons, pour embrasser son ami, et lui montrer qu'ils sont à jamais unis. Le voiturier du Château Marmont s'approche et reconnaît Marty, ce dernier lui tend quelque chose qu'il sort de ses poches, l'autre prend le volant avec un sourire plein de gencives. La grande bâtisse qui surplombe Sunset Boulevard de sa silhouette inspirée des châteaux de la Loire, en France, notamment celui d'Amboise, n'a plus aucun secret pour Marty. Il snobe l'ascenseur, lui préférant les escaliers, après être resté assis des heures dans sa voiture, il n'a qu'une envie, se dégourdir les pieds. June était sur le point de s'endormir, elle l'accueille avec une tête difforme, une sorte de contrefaçon de June Newton. Elle lui demande s'il a mangé, il ne sait pas mentir, il lui avoue que non, mais il précise qu'il ne veut rien. Il lui demande seulement l'autorisation d'aller soulager sa vessie aux w.-c. Il pisse assis le plus souvent, ça lui permet de mater un peu les revues attenantes, il s'attarde sur les derniers journaux qu'Helmut a feuilletés, il trouve un *Vogue* et un magazine sur le jet ski, il tourne quelques pages et repose immédiatement cette revue idiote. June lui propose une bière à travers la porte des toilettes, il s'essuie le gland, guette la dernière goutte, se lave les mains et rejoint la veuve de son ami. Il la retrouve sur la terrasse, les yeux dans le vague, pieds nus sur le tapis en peau de zèbre, assise sur une chaise pliante. Elle ne réalise pas que son homme est mort, elle en parle comme s'il était dans la pièce d'à côté. Elle demande à Marty s'il veut rester dormir. Il lui assure qu'il va prendre une chambre, elle aimerait qu'il reste là, il lui dit non avec la fermeté d'un oui. Il veut savoir si elle a vu des gens, elle lui avoue que depuis l'hôpital elle a refusé tout le monde, et tous les coups de téléphone aussi, elle a respiré comme elle a pu, et elle l'a appelé, elle n'a appelé que lui. June lui avoue qu'elle a photographié son époux sur son lit d'hôpital. Il portait une minerve, des tuyaux jaillissaient autour de son cou. Il était déjà mort. Une bière dégoupillée attend Marty sur la table, il s'en empare, elle lui demande de l'accompagner dans l'appartement, ils sont là, tous les deux, comme pour une visite immobilière, c'est comme si elle lui faisait l'inventaire des qualités d'un meublé, c'est comme si elle cherchait son mari jusque derrière les rideaux. Ils traversent la cuisine et son fourneau vintage, ils pénètrent dans son bureau, elle est presque tentée de soulever le tapis, une table basse en verre alourdit le rouleau déplié, tissé de fleurs. Marty s'approche du bureau d'inspiration art déco, il y a là une plante en mauvaise santé, une lampe d'une autre époque, un téléphone à touches, des gadgets électroniques, un portrait presque érotique, de la paperasse et un petit coffret de bois. Des stylos dans un pot, pas d'appareil photo. Ils reviennent au salon, la télévision marche toute seule, elle l'éteint pour éviter d'entendre prononcer son nom. Elle lui demande brusquement depuis combien d'années il est veuf. Pas la peine de lui éplucher les sentiments, il lui déclare sans hésitation, onze ans, sept mois et vingt-deux jours. Elle relève la tête, elle se dit que c'est donc ça la mort de l'être aimé, elle considère Marty avec de l'effroi dans le regard. Nancy avait quarante-deux ans, précise-t-il, la voix faussée, méchamment tordue.

*

Marty a accompagné June pendant quelques jours, le temps de se réveiller de la mort de son compagnon de toujours. Puis ils se sont fait des promesses, pour étouffer leur tristesse. Elle ne sait pas encore quand il sera inhumé, elle sait seulement que ça se passera à Berlin, c'est ce que voulait Helmut. Il est rentré chez lui, à Carmel-by-the-Sea, retrouvant ses habitudes, et surtout l'absence d'animal de compagnie. Il n'aime pas les chats, et les chiens, il les aime trop. Ils ne vivent pas assez longtemps, ils ne peuvent suivre les humains, et finissent par leur causer trop de chagrin. Marty se souvient qu'à la ferme, ils n'ont jamais eu de chien, ses parents rouspétaient après celui des Sandberg, les voisins. Celui-là aboyait sans cesse, tirant sur sa laisse, une chaîne clouée dans le bois de sa niche. Comme un compas, la bestiole faisait les cent pas autour de sa cabane, dessinant un cercle parfait dans la terre de l'herbe attenante. Chaque fois que les gosses approchaient, il leur montrait les crocs pour les effrayer. Avec le temps, Marty comprend maintenant que ce pauvre berger allemand n'était qu'une bête terrorisée. Et il comprend pourquoi ses parents n'en voulaient pas. Ici, la municipalité de Carmel offre un formidable accueil aux chiens, dans les rues, les boutiques et les hôtels. Certains restaurants vont même jusqu'à élaborer des menus spécifiques pour les animaux domestiques. Mais aucune de ces mesures n'a convaincu Marty d'en prendre un, il connaît trop la blessure laissée par la séparation avec un être aimé. Il se veut cet être distant, non attachant, qui ne veut plus être attaché.

Chaque matin, quand c'est possible, il marche à fond de train jusqu'à Point Lobos, la pointe des Loups-des-Mers. Les Espagnols appelaient ainsi les otaries de Californie à cause de leurs aboiements qui, selon eux, ressemblaient à ceux des loups. Aujourd'hui, l'air marin est saturé d'air iodé et d'odeurs de fleurs. Les cyprès, torturés par les tempêtes de la côte, luttent encore alors que le vent est retombé. Ces arbres, accrochés aux rochers, sont comme des mains tendues vers leur prochain, une solidarité immobile entre conifères de bord de mer, une entraide entre frères. Marty s'amuse de cette ressemblance, il a toujours vu les arbres comme des hommes, et celui qui avait pendu son père méritait donc d'être abattu. Les eaux froides coulissent contre le chaos rocheux de la côte, empilant des nuances de blanc, de vert et de bleu, berçant des laminaires géantes, et de modestes algues brunes aux reflets dorés. Les chemins côtiers sont balisés de barrières élégantes. Marty songe à ces arbres, probablement déracinés dans une autre région, dans un autre

État, on les a transportés jusqu'ici pour les remonter sous forme de planches face à l'océan, afin d'assurer la sécurité des promeneurs. Il pense à leurs nervures, à la capillarité de leurs vaisseaux qui n'acheminent plus de sève vers les cimes, des cadavres végétaux censés protéger la vie humaine, voilà ce qu'il en est. L'équation lui paraît déséquilibrée. Arrivé légèrement essoufflé sur la baie de Whaler's, Marty découvre un attroupement. Des touristes équipés de sacs à dos légers et d'appareils photos observent d'autres touristes descendus sur la plage pour photographier les otaries et les éléphants de mer de plus près. Les femelles arrivent à la fin de leur gestation, dans quelques jours, sur cette plage, on verra les premiers petits, de grosses saucisses à la fourrure grasse, oscillant entre le sable et les tétines de leur mère. Marty s'interroge sur ce besoin qu'ont les humains de toujours s'approcher au plus près du danger. C'est comme ces gens qui prennent des risques en s'avançant au bord d'une falaise pour photographier un coucher de soleil, ça leur change quoi de s'approcher de trois ou quatre mètres quand ils photographient la ligne d'horizon ? La petite famille circule entre les mammifères marins, paisiblement posés sur le rivage. Le père avance d'un pas décidé, prudemment suivi par sa femme qui tient les deux gamins par la main. Les gosses n'ont pas l'air rassuré, ils contournent les animaux en se demandant ce que ça mange ces bestioles-là. Leur père cavale devant, il s'accroupit pour réussir son cadrage, il vise une belle femelle éléphant de mer qui se prélasse sur le flanc, elle n'est pas assoupie, elle a repéré l'humain, mais elle n'en fait rien. Soudain, surgissant de l'eau, un gros mâle se précipite au milieu de la scène, identique à une boule de bowling, mais une boule de deux tonnes. Le père de famille n'a pas le temps de réagir, l'éléphant de mer le bouscule et l'expédie trois mètres plus loin, le gars tente de se relever mais la masse de graisse est déjà sur lui, la bête le fouette de sa proéminence nasale, le renverse, le piétine et le mord, lui plantant ses canines dans une cuisse. L'animal s'acharne sur l'homme. Le père de famille se laisse balancer de part et d'autre, inerte, il a perdu connaissance. Sa femme se replie avec les enfants en hurlant. Ça s'agite dans la colonie d'éléphants de mer et d'otaries. Le gros mâle se retourne, il se redresse et pousse un cri comme un cliquetis de notes graves, le renflement de ses narines devient plus volumineux, le nez se met à vibrer, il regarde alentour, les autres mammifères se calment. Puis il retourne à l'eau, plonge sous l'écran de l'océan et disparaît dans le bouillon des algues. Des vacanciers accourent, la jeune femme entraîne ses enfants à l'abri des barrières, on s'entraide pour extraire son mari de ce territoire dangereux, il est acheminé, bras ballants, vers le sentier qui longe la plage, de sa jambe s'écoule du sang. Il faut le mettre en slip pour évaluer la blessure, ses enfants ne sont pas d'accord, mais personne ne s'en préoccupe, l'artère fémorale est intacte, ses sauveteurs lui insufflent du CO_2 dans le nez, un bouche-à-bouche énergique exécuté par un gros barbu. L'homme reprend ses esprits. Ses enfants, en larmes, se précipitent sur lui. Sa femme aussi. Quelqu'un a déjà appelé les services de secours, le type est remué, c'est un Français, il répète dans sa langue maternelle, mais qu'est-ce que j'ai fait, qu'est-ce que j'ai fait ? Une femme en K-Way jaune et petit bonnet de la même couleur, qui comprend sa langue, marmonne dans son coin qu'il a fait le con. Marty, plutôt en retrait, réalise que cet imbécile a failli crever sous les yeux de sa femme et de ses enfants. Il maudit l'imprudence des gens, leur arrogance face aux éléments, face au monde animal. Une ambulance se fraie un passage entre les curieux, le conducteur se déhanche à la vitre pour l'acheminer en marche arrière au plus près de la victime. On l'ausculte, on lui installe une minerve et, avec d'infinies précautions, on l'enferme dans un matelas coquille. Ses enfants pleurnichent, ils se demandent ce qui arrive à leur père. Lui qui, depuis qu'ils étaient tout petits, se faisait passer pour une saloperie de héros, pour un roc indestructible, vient de se faire secouer par un gros morceau de guimauve d'au moins trois mètres de haut. Sa femme, avec un accent français assez dérangeant, demande si elle peut monter à bord avec les enfants, on leur refuse l'accès au véhicule, mais ils peuvent le suivre avec leur voiture. Elle explique qu'elle est garée trop loin, car ils marchaient depuis ce matin. Le responsable des ambulanciers la rassure, ils retrouveront leur mari et père dans une jolie chambre bien éclairée à l'hôpital de Monterey. Vaillante, elle serre ses enfants contre elle, des promeneurs bien intentionnés décident de les raccompagner jusqu'à leur automobile, au moment de se remettre en route, elle se retourne une dernière fois et lance un regard haineux à la colonie de mammifères marins, ceux-ci ont déjà oublié la famille d'humains et se délestent de leurs flatulences infectes, un fumet de poisson pourri neutralise l'ensemble de la plage. Marty ne s'attarde pas, il poursuit sa marche commando, il appelle ça comme ça, même s'il ne porte rien sur son dos. Depuis deux ans il se lève à 5 h 00 pour aller marcher, ce matin il était bien en retard, la faute à une insomnie qui l'a maintenu éveillé trois heures au milieu de la nuit. Ce cauchemar récurrent, qui surgit sans prévenir, au beau milieu de rêves délicieux, ce cauchemar dévalant des ténèbres pour lui coller de la sueur du côté des vertèbres. Il aime partir vadrouiller dans l'obscurité, voir le soleil émerger des rebords de l'univers, faire comme s'il arrivait de nulle part alors qu'il apparaît toujours au même endroit sur la Terre. Marty considère qu'à cinquante-sept ans il n'a plus trop le choix, il doit se faire violence s'il veut rester en bonne santé le plus longtemps possible. Elle est loin la période des excès, mais ce n'est pas une raison pour s'avachir sur ses viscères. C'est une discipline de marcher chaque matin, il stimule la bête, ce qu'il appelle la bête c'est son cœur, il aime cette comparaison pour son organe cardiaque. Il y voit une araignée aux pattes larges comme des artères, qui tisse la toile de ses capillaires et disperse du sang dans l'ensemble de son corps. Partir seul à l'aube lui permet de faire des bilans, de soupeser sa vie, d'évaluer les bonheurs possibles pour le temps restant. Ça lui permet aussi de savoir ce qui s'est passé, de comprendre ce qu'a été cette tranche d'existence, de mesurer la quantité de bonheur injectée dans la rainure de sa vie. Il songe à Omaha, ses parents, l'autodestruction de son père, ces sales poulets, l'harmonium dans la petite église, il songe à ceux qui sont morts, à ce Sven Lindhagen, mordu par un serpent qui nageait mieux que lui, au creux d'un étang. Il pense au centre des filles aveugles, la honte le submerge, il évalue sa sincérité d'alors, il était sincère, mais pas au début, puis il s'est laissé surprendre par des sentiments normaux comme l'amour. Il se demande si cet épisode a modifié la trajectoire de sa vie. Sans doute que oui. Il se rappelle qu'il marche, et que ce qui compte c'est transpirer, fredonner des souvenirs et des idées. Il marche toujours jusqu'à Gibson Creek, au sud de Point Lobos, puis il rentre à la même allure, par les mêmes sentiers, il ne dévie jamais de son parcours. Sur le chemin du retour il rencontre souvent des spécialistes de marche nordique, ceux qui se distinguent avec leurs bâtons de carbone et de tungstène, leurs vêtements techniques et leurs corps fripés.

Il est de retour chez lui, le jour est déjà bien établi, Dorris et Rodrigo sortent de leur douche, la vitre brouillée de leur salle de bains fume sa buée veloutée. Ils habitent un logement adjacent à sa villa, une jolie maisonnette implantée sur son terrain, sertie dans une végétation orchestrée par Wallace, le célèbre jardinier de Carmel. Ici, la célébrité touche tous les corps de métier. Il ne faut pas longtemps à Marty pour se jeter à son tour sous les jets brûlants d'un pommeau chromé et rectangulaire, puis s'éponger d'une serviette moelleuse en pur coton, du 800 g/m^2 de préférence. Il repense à ces Français qui se promenaient sur la plage avec leur appareil photo, prenant les éléphants de mer pour de grosses peluches inoffensives. De sa bouche jaillit cette expression « Sacrés Français », sa propre intonation le fait marrer, il la répète et la chantonne, comme une ritournelle infatigable. Il se tait, il se dit qu'en général il les aime bien les Français, mais souvent il les trouve un peu idiots. Son Français préféré de tous les temps reste quand même Paul Bracq, le *designer* de sa Mercedes. Il a eu la chance de le rencontrer deux ou trois fois au prestigieux Pebble Beach Concours d'Elegance, qui réunit chaque année les plus belles voitures de collection au bord de l'océan Pacifique, Paul Bracq y tient le rôle de juge, et Marty a eu un jour, l'immense honneur de dîner à ses côtés, c'est une des choses qui l'étonne le plus dans cette existence, avoir pu côtoyer d'aussi près le grand Paul Bracq, avoir pu converser avec lui, il n'en parle jamais, mais Marty ne s'en est jamais tout à fait remis. Il est conscient que son immense respect pour ce *designer* automobile laisse son entourage indifférent, mais l'indifférence des autres est son refuge. Il aime cette incompréhension-là. L'incompréhension, sous toutes ses formes, lui a toujours paru délicate et suave. La solitude est l'origine de sa motricité.

Les blessures du Français sur la plage le ramènent à la jambe de sa fille Klara, sa cadette. Depuis sa naissance elle souffre d'une inégalité des membres inférieurs, sa jambe gauche est plus courte que sa jambe droite. Probablement un saut dans l'hérédité, ça viendrait de son arrière-grand-père paternel, le père d'Edwin. Marty se souvient de cette anecdote, son père avait rencontré sa mère, Jessie, pendant les foins, il lui avait maladroitement traversé la main avec une fourche, et le grand-père, furieux, avait botté le cul de son fils avec sa jambe trop courte, mais bien assez longue pour lui secouer l'arrière-train. Ça lui fait jaillir un sourire en coin, vite racorni par la réalité. À vingt-huit ans, Klara, la plus jeune fille de Marty, refuse toujours de se faire opérer alors que la médecine, en 2004, maîtrise de mieux en mieux cette technique qui consiste à allonger la jambe déficiente. Marty a beau lui répéter que la chirurgie orthopédique est celle qui réalise constamment le plus de progrès, Klara s'entête à ne pas vouloir mettre les pieds dans un hôpital, elle hait ces endroits, et préfère sa marche claudicante, les talonnettes ne pouvant rien pour les six centimètres en moins de sa jambe. Parfois elle lui murmure, tu vois Papa, toi et moi on est pareils, j'ai ma jambe gauche qui déconne, et toi, c'est l'oreille. On est tous les deux moisis du côté gauche. Ça la fait rire, Marty un peu moins, il la trouve si jolie, mais il admet volontiers que cette infirmité lui ôte la grâce naturelle qu'avait sa mère. Ça le peine chaque fois qu'il y pense, ça le contrarie, il est convaincu que leur vie pourrait être bien plus simple, mais sa fille s'oppose à son propre bonheur, et c'est une chose qui lui retourne les ventricules. Souvent, il n'aime pas la vie qu'il mène.

*

Il en a fabriqué des nuages au cours de ces dernières décennies. Car il en a pris des avions. Cette vapeur d'eau crachée des réacteurs à haute altitude, qui gèle pour former des particules de glace responsables des sillages blancs à l'arrière des longs-courriers, ça l'inspire. Quand on lui demande quel est son métier, Marty répond qu'il crée des nuages. Récemment encore, au mois de juin, il est monté dans un avion à destination de Berlin où son amie June l'avait invité afin d'assister à la cérémonie dédiée à son défunt de mari. C'était un moment joyeux. La femme d'Helmut ne voulait pas de pasteur, pas de dégueulasserie triste comme les couronnes, pas de rituel religieux. Marty a retrouvé June dans le cimetière de Friedenau, elle portait un joli béret noir et de larges lunettes de soleil, tenant solennellement l'urne contenant les cendres du photographe. En tête de la procession se tenait un groupe de jazz qui jouait fort, on entendait aussi des cloches et les gens portaient des brassées de fleurs, uniquement blanches. Elle a fait descendre le réceptacle de cendres, en maintenant son couvercle bien fermé, au milieu du rectangle creusé dans le sol. Elle a aussi jeté dans le trou le petit appareil photo noir que son époux emportait partout. Elle lui a lancé un dernier baiser, et a entonné « *Dein ist mein Herz* », « Mon cœur est tien », de Franz Schubert. Quatre tombes plus loin, Marlene Dietrich lui tenait déjà compagnie, ça Marty en était certain, l'emplacement aurait plu à Helmut. Comme toujours, monsieur Swanson s'est planqué, se tenant un peu à l'écart de l'assemblée, il y avait là Roger Moore et bien d'autres célébrités. June est repartie au bras du maire de Berlin, Marty n'a pas souhaité se rendre à cette réception à la mairie donnée en l'honneur de son ami. Il est rentré à l'hôtel, il a longtemps regardé par la fenêtre, il a pleuré longtemps aussi, il a pleuré Helmut Newton, il a pleuré sur cette ville détruite, cet amas de béton et de verre, il a pleuré sa femme Nancy, partie elle aussi, il a pleuré ses filles qu'il sait malheureuses. Il s'est demandé comment l'homme peut continuer à vivre quand il sait combien ses enfants sont accablés, démunis de bonheur. La gaîté n'est pas ce qui le caractérise. Comme il le dit souvent au moment de se présenter, j'aurais pu m'appeler « Party », mais je m'appelle Marty.

Il est de retour à l'aérogare de Berlin-Schönefeld, il attend son vol pour Los Angeles. Malgré la réunification des deux Allemagne, les architectes d'intérieur qui ont consacré des centaines d'heures à la rénovation de ce bâtiment, ne sont pas parvenus à gommer la raideur insufflée par l'esthétique communiste héritée de l'Est. Les lignes sont tendues, perpendiculaires, le confort visuel et ergonomique n'apparaît pas comme une priorité. Marty est bizarrement installé dans son siège revêtu de tissu, il observe tous ces gens qui vont et viennent, aimantés par le *lounge* de la compagnie, il s'attarde sur les spécimens qui s'empiffrent au buffet, des gros sacs et des petits gringalets qui commandent coupe sur coupe aux serveurs, parce que c'est gratuit, parce que c'est compris dans le prix de leur billet. Dans un coin, il reconnaît cette jeune chanteuse aux cheveux bleus, elle est accompagnée de son manager, un type qui se déplace toujours avec son ordinateur à la main, jamais dans un étui ou un cartable adapté, mais à nu pour répondre dans l'instant, pour répandre des chiffres et renseigner ses dirigeants. Une gamine de dix ans a reconnu la chanteuse. Poussée par sa mère, elle s'approche timidement et lui demande de signer une page de son passeport. La jeune star de la pop s'exécute docilement même si elle ne parvient pas à trouver mignonne cette enfant, à dix-sept ans on ne s'est pas assez éloigné de ses dix ans pour y trouver quelques traces de joliesse ou pour simuler de l'empathie. Néanmoins, la gosse aux cheveux bleus s'applique à lui écrire une longue tirade sur une page à la fin de son passeport, laissant repartir la petite gosse avec des échardes plein les yeux. Les poings enfoncés de part et d'autre du nez, la gamine retrouve son chemin et retourne s'asseoir, heureuse, près de sa mère. Marty est attendri par la scène, ça lui rappelle un peu les siennes. Il se souvient d'un concert avec Ester et Klara, elles étaient encore ados, il les avait emmenées au Forum de Los Angeles, pour voir il ne sait plus quel groupe destiné aux adolescents, un truc énorme à l'époque, ils achevaient leur tournée mondiale ce soir-là. Ça l'ennuie de ne pas pouvoir remettre de nom sur ce groupe, il cherche, mais ça ne lui revient pas. En revanche, il se souvient très bien qu'ils avaient roulé dans Inglewood pour trouver une pharmacie, il avait oublié ses bouchons, pour son oreille valide. Ça leur avait pris du temps et les filles devenaient hystériques à l'idée de manquer le début du concert. Mais à la fin de celui-ci, il avait assisté à quelque chose de terrible. Ça l'a marqué pendant des années, se redressant parfois en sueur au milieu de la nuit, tandis que Nancy, qui était encore là près de lui, se réveillait et, à moitié endormie, lui caressait la nuque pour éparpiller cette histoire affreuse qui l'épouvantait. Il se souvient très bien de cette petite fille aperçue là-bas avec son papa. Les lumières du Forum venaient de se rallumer, les gens évacuaient la salle, seuls ceux qui étaient K.-O. debout restaient là, hébétés, au milieu des papiers et gobelets en carton souillés qui jonchaient le parquet de la salle. L'enfant devait avoir neuf ans, elle tirait sur le bras de son père pour aller voir le groupe dans leur loge. Son géniteur lui répondait patiemment que c'était impossible, il lui expliquait le fonctionnement d'une fin de concert, du moins, ce qu'il en imaginait. Sa petite fille insistait, elle voulait vraiment y aller, il lui affirmait que seuls leurs proches y avaient droit, surtout pour la dernière date de leur tournée. Alors, un homme de la sécurité, en costume et cravate, entendant les demandes répétées de l'enfant, s'était approché. Il s'était accroupi et avait demandé à la petite fille, tu veux les voir, vraiment? La gamine n'osait sourire, elle avait timidement acquiescé. Marty observait discrètement la scène, intrigué, en espérant que ses filles, trop excitées, ne s'aperçoivent de rien. Le type de la sécurité s'était relevé et avait gentiment proposé au père d'accompagner son enfant jusqu'aux loges du groupe star. Il y en a pour un quart d'heure, pas plus, sans doute moins, ce serait, je pense, un cadeau inoubliable, avait-il ajouté. Marty se souvient très bien de l'intonation de sa voix quand il avait prononcé cette phrase, celle-ci, précisément. Le père hésitait, la gamine insistait, s'il te plaît Papa, mon petit Papa chéri… Le père avait fini par accepter, le gars de la sécurité lui avait assuré qu'ils reviendraient très vite, après avoir décroché quelques autographes, il lui avait donné rendez-vous ici, près de l'escalier où ils se trouvaient. Et voilà. Le père avait regardé sa petite fille adorée partir, il était sans doute heureux pour elle, mais une sensation étrange et inquiétante devait aussi se déverser vers son abdomen. L'homme et l'enfant avaient traversé le parquet, se perdant dans les scories de la foule. Ils avaient emprunté une porte sur le côté de la scène. Puis, après un dédale de couloirs, ils étaient ressortis du Forum, quittant les lieux, ce bâtiment majestueux, cerné de colonnes. Pour justifier leur sortie et ne pas l'inquiéter, il avait affirmé à la gamine que le groupe se trouvait dans l'hôtel d'à côté. On ne l'a jamais revue. Et l'homme non plus. Marty qui avait suivi toute la scène, avec une franche suspicion, avait découvert cette affreuse disparition aux infos quelques jours plus tard. Ester et Klara avaient frissonné en comprenant qu'elles avaient assisté au même concert, ne se doutant pas que leur père avait assisté à l'enlèvement. Puis Marty s'était fait connaître des enquêteurs, il leur avait raconté toute la scène en détail, et décrit au plus près le visage et la corpulence du ravisseur, en se disant que peut-être, le père, sous le choc, avait pu manquer de précision. Mais sa déposition n'avait pas permis de retrouver l'enfant. C'était en 1988, il y a exactement seize ans. Marty y pense très souvent, et cette gosse faisant dédicacer son passeport le ramène en arrière et lui inflige des remords. Il s'est souvent demandé ce qu'il aurait pu faire, se substituer au père ? Et interdire à l'enfant d'y aller ? Ça le hante encore. Il est horrifié chaque fois que cette histoire effleure sa mémoire. Il songe à cet homme, ce père, qui a livré de lui-même sa petite fille à un prédateur. Il espère que, depuis, il a eu d'autres enfants, mais il sait aussi qu'on ne remplace jamais un petit ange par un autre. Son vol est annoncé, Marty se lève, il a la gorge nouée et les cils alourdis de larmes. Il s'essuie en creusant ses yeux du bout des doigts, il se fiche qu'on le voie ou pas.

Il n'est pas mécontent de quitter Berlin, cette ville surestimée par ses riverains et les Européens. Marty n'est pas nostalgique de l'époque du mur, mais il estime que cet assemblage de vieux bâtiments historiques accolés à des matériaux actuels, nouveaux bétons, verres composites, n'est pas à la hauteur de la réputation de cette ville. Les éloges constants pour ces jumelages soi-disant osés entre ancien et contemporain le laissent perplexe. Il observe souvent les Allemands, pédalant gaiement entre les bus et tramways jaunes de leur cité, ils ont l'air heureux, il se dit que c'est l'essentiel pour un peuple meurtri par ses aînés, mais il ne leur envie pas cette architecture de reconstruction hâtive, convenant aussi qu'il s'agit de la conséquence de leur orgueil passé, et de ses dérives.

Après son escale à L.A., Marty était ravi de poser le pied sur le tarmac de l'aéroport de Monterey, son transfert l'attendait, il est repassé chez lui, a déposé sa valise dans l'entrée et a sauté de nouveau dans le taxi avec une envie furieuse de viande grillée. Il a foncé chez *Grasing*, le restaurant du chef Kurt Grasing. Ils sont nombreux les habitants de Carmel à parler de lui comme d'un ami, même ceux qui ne font que passer en villégiature d'été se réclament de son amitié, alors que le chef en question n'a probablement aucune idée de qui ils sont. Marty, lui, n'a jamais manifesté l'envie d'être ami avec un quelconque restaurateur, bien sûr il est un habitué des lieux, mais il maintient savamment son hôte à distance, préférant rester dans son coin en observateur. Il ne supporterait pas qu'on lui porte une attention privilégiée, qu'on le flatte, ou qu'on lui serve des soupières de politesse prédigérée. Il aime l'aspect confidentiel de l'endroit, et il laisse ce Kurt gérer sa propre célébrité de chef plébiscité par les magazines et les récompenses du métier. Quand il parle de lui, Marty prend un malin plaisir à l'appeler « le saucier », car Kurt Grasing a effectivement commencé comme saucier à San Francisco. Marty ne lui veut aucun mal, mais ça l'amuse de voir le gars gesticuler dans son restaurant, avec un tablier brodé à son nom, organiser des croisières de luxe en Méditerranée, pour régaler de riches gourmets amateurs de tables authentiques. Kurt a tout compris, il leur sert de l'authenticité à chaque plat, et sa clientèle jubile de pouvoir approcher un tel chef, une telle sommité. Marty aime sentir, identifier tout leur cinéma, et ça ne l'empêche pas de se délecter d'une bonne assiette tout seul dans son coin. Il apprécie la chaleur de l'établissement, mais il n'aime pas dire que cet endroit est sa « cantine », comme le font nombre de ses congénères, car contrairement à ce qu'il a toujours éprouvé pour sa famille, il déteste la notion de fidélité à l'égard des institutions commerciales. La jeune femme qui l'a accueilli, vêtue d'un ensemble pantalon, gilet et cravate noire sur chemise blanche, revient discrètement vers lui, elle veut savoir ce qu'il désire ce soir. Marty se contentera de la poitrine de poulet. En prononçant ces mots, il se laisse surprendre par les effluves du passé, il revoit son jeune père s'échinant autour de ses poulaillers, et Jessie, son admirable mère qui tentait de verser de l'huile dans les rouages du malheur. Il sent encore cette immonde odeur de fiente qui embaumait la ferme et ses alentours, et soudain la salle du restaurant s'emplit de cette puanteur. Il dévisage les convives, personne n'a rien remarqué, il se demande s'il ne devient pas cinglé, et quand la jeune femme lui pose la question du vin, il lui annonce qu'il préfère noyer son chagrin dans de l'eau plate. Elle lui sert un sourire bienveillant, pas certaine qu'il s'agissait d'humour, tourne les talons, qu'elle a très hauts, et rejoint les cuisines. Marty se laisse tourmenter par ses souvenirs, Omaha, Springfield, c'est bien loin tout ça. La douleur de l'enterrement de Jessie le transperce encore, ce jour-là il avait compris qu'aucun adulte n'est adulte le jour où il enterre sa mère, quand on suit le cercueil de sa maman jusqu'au trou dans la terre, on redevient son enfant. On se croit suffisamment armé pour soutenir la charge de la peine, mais c'est comme si on vous vidait des tonnes de larves sur le crâne, avec un camion-benne. Mais Jessie avait largement réussi sa mission en mourant d'un cancer foudroyant à soixante-six ans, elle s'était toujours fixé comme objectif d'être vivante pour les treize ans de Marty, traumatisée qu'elle était, d'avoir perdu les siens à cet âge. La petite procession avait suivi le cercueil, il y avait là de vieux voisins, et leurs enfants parfois. Solveig n'était pas venue, elle vit désormais du côté de Spokane, dans l'État de Washington, mariée à un type qui tient une grosse boîte de menuiserie. Marty comprenait cette absence, il ne s'était pas davantage déplacé aux inhumations des parents des autres, ceux de sa classe. Et puis, ses relations avec Solveig avaient toujours été compliquées. Mademoiselle Westerlund était là, ça l'avait remué de la retrouver vieillie et diminuée, éternellement célibataire. Marty se souvient s'être demandé, en suivant le cortège de sa mère, si l'enseignante de son enfance avait vu, au moins une fois dans sa vie, un pénis dressé devant elle, ou en elle. Sa conclusion, et c'est encore limpide dans sa mémoire, c'était qu'elle n'avait jamais rien vu de tout ça, et qu'elle n'avait aperçu de sexes en érection que chez les animaux de la ferme. Il avait été triste pour elle, avant de se reprendre et de convenir, qu'elle était peut-être plus heureuse que la plupart des croyants qui cheminaient ce jour-là dans le sillage du cercueil. Reconnaissant sa tignasse blonde, mademoiselle Westerlund s'était empressée de se rapprocher de Marty au début de la cérémonie, qui lui-même s'était empressé de lui présenter Nancy et les filles. Ni Ester ni Klara n'étaient assez tristes pour pleurer, en à peine vingt ans, elles n'avaient que trop peu vu leur grand-mère qui répugnait à prendre l'avion, qui refusait de quitter sa petite maison. L'enseignante à la voix essoufflée serrait les poings de Marty pour lui parler, le félicitant pour son parcours, lui avouant qu'elle avait toujours su qu'il était différent. Nancy était émue face à cette dame élégante, si sincère et passionnée. Dans son regard, elle lisait tout l'amour qu'elle éprouvait pour Marty. Le soir de cette journée pénible, au moment de se coucher à l'hôtel, Nancy lui avait confié que sa vieille maîtresse avait dû être très amoureuse de lui quand il était dans sa classe. Marty avait considéré la chose, il avait interrogé sa femme sur le sens qu'elle donnait au mot « amoureuse », elle lui avait confirmé qu'il s'agissait bien d'amour, elle était convaincue que cette femme avait aimé Marty à la folie. À ce moment précis, des regrets avaient frotté son esprit, il comprenait qu'il avait raté quelque chose, il avait essayé de rassembler ses souvenirs, il avait tenté d'imaginer à quoi pouvaient ressembler les fesses de l'enseignante à l'époque, et ses seins aussi, ça lui avait demandé beaucoup d'efforts pour apercevoir ces formes au seuil de son imaginaire. Il était resté là dans le lit, avec cette sensation de désir inassouvi, observant dans le noir les contours de Nancy qui sommeillait déjà. L'enterrement de Jessie avait renversé chez lui bien des certitudes, il était rentré d'Omaha dévasté, la vision des deux tombes de ses parents, jumelées à celles de ses grands-parents, favorisait cette notion d'abandon qui le tourmentait, il était désormais seul, tirant la remorque de sa propre famille, avec Nancy et leurs deux filles. Il avait quand même souri dans une pénombre crépusculaire, en songeant aux misères qu'il avait faites à son père et sa mère, les affrontant parfois avec l'idée de l'adoption, quand il leur répétait malicieusement, je sais que vous m'avez adopté. Il se souvient de la véhémence de sa mère quand elle tentait de le convaincre du contraire ou simplement de le faire taire. Il n'y avait bien sûr jamais cru lui-même, mais c'était sans doute la seule situation de pouvoir qu'il pouvait s'octroyer à l'égard de ses parents. Et leur irritation le gorgeait de plaisir. Il n'est pas souvent retourné dans ce petit cimetière, ça lui a toujours semblé trop loin, à lui qui a parcouru le monde en avion, à lui qui s'est produit au Japon, en France ou en Australie, et il éprouve souvent de la honte quand il se planque dans les contreforts de ce raisonnement minable. Poitrine de poulet Jidori, lui annonce la serveuse aux talons prolongeant son pantalon. Marty esquive les derniers haillons de sa rêverie, il lève les yeux vers son plat, une purée de pommes de terre accompagne sa viande, avec de l'ail ramolli et cuit au four, des champignons grillés et du romarin nappé de jus. Il confie à la jeune femme que ça a l'air délicieux, elle le remercie par un sourire qui pourrait paraître sincère.

Deux tables plus loin, un jeune couple, la trentaine, se délecte de son *Wagyu* japonais, une pièce de bœuf exceptionnelle, dont les clients raffolent ici. Ce jeune couple dîne sans se parler, sans même se regarder, un peu à la façon de ces vieux couples qui ne trouvent plus leur plaisir que dans la nourriture ou dans l'absence de l'autre. Marty s'attarde sur le type, il mâche longuement sa viande, c'est assez impressionnant le temps qui s'écoule entre chaque bouchée. Puis, il recrache chaque morceau, vidé de son sang, dans son assiette. Ça ressemble à des petits chewing-gums gris, des chewing-gums de chair, ou d'une matière indéfinie. Marty est fasciné par ce gars, il ne bouffe que le sang, se pourrait-il que les vampires existent vraiment, et qu'ils dînent au restaurant, à l'insu de tous ? Il aurait presque envie de lui poser la question, mais sa retenue maladive l'empêche de se lever, de se diriger vers l'homme pour lui demander platement, excusez-moi, je vous observe depuis un petit moment et je vous vois recracher votre viande, se pourrait-il que vous apparteniez à l'espèce des vampires ? Marty sourit intérieurement, il se sent bien ici, les tables ne sont pas toutes garnies, mais comme chaque soir, c'est bien rempli. Il n'aura pas le courage de défaire sa valise en rentrant, il se couchera après un séjour sous l'orage de sa douche, en pensant à son amie June, à son photographe de mari déjà oublié de tous, et à son œuvre immense.

*

La presse a nourri ses pages de photos du défunt photographe. Pendant trois semaines, Helmut était partout, jusque dans les magazines pour gosses, mais avec ses images les moins controversées. Puis, le cirque des médias s'est élancé vers d'autres infos, pour se traîner jusqu'aux élections présidentielles. Celles de novembre 2004 sont sans surprise. Le président sortant, George W. Bush, a conforté sa position en l'emportant d'une victoire nette sur son adversaire démocrate, John Kerry. Celui-ci a reconnu sa défaite dès le lendemain du scrutin, la pression médiatique pouvait enfin retomber. Les sondages concernant sa gestion de la guerre en Irak étaient tellement favorables au candidat de la Maison-Blanche, qu'il a sans doute très peu douté quant au résultat final de cette campagne électorale. Marty n'y comprend plus grand-chose à la politique, il s'y intéresse, c'est vrai, mais aucun candidat ne lui donne suffisamment envie de se déplacer pour voter. Il trouve que tous ces gens manquent de vision, de rêves même, ils ne font que piétiner la réalité. Ils ne savent plus s'adresser aux gens, leurs discours étant téléguidés par les instituts de sondages. Il croit savoir que sa fille Ester a voté « Républicain » et son autre fille Klara, « Démocrate ». Il ne s'est jamais autorisé à interpréter ou commenter leur choix, elles sont libres, elles sont grandes, et il serait bien incapable d'avoir un avis sur la question. Il paraît qu'elles en parlent entre elles, il leur arrive aussi de s'engueuler sur le sujet, mais il est très rare qu'elles évoquent la politique avec lui. Elles le trouvent naïf et trop peu manichéen. L'une et l'autre aiment les avis tranchés, la netteté des sentiments et des résolutions. C'est sûr, Marty est plus flottant, regrettant constamment les choix qu'il fait, il vit dans la peur d'avoir à prendre des décisions. Pourtant il en a pris dans sa vie. Mais il ne s'en souvient pas. Chaque fois qu'il agit, qu'il choisit, l'instant d'après il s'inquiète, mordillé par la peur de se tromper. C'est vrai pour un pantalon dans une boutique, un siège au cinéma, ou encore un cadeau à offrir à ses filles. Il ne sait pas arrêter ses choix et s'en satisfaire, il vit dans la peur constante d'être à côté, de ne jamais être juste, il sautille de regret en regret. Nancy, quand elle était là, parvenait à le rassurer, il pouvait alors apprécier ses propres choix. Il s'imagine que ces difficultés sont les conséquences de son perpétuel désir d'effacement, en clair, il ne se comprend plus vraiment lui-même. Désormais, il refuse les interviews enregistrées, il leur préfère les questions envoyées par mail. Il se trouve trop peu intelligent pour se protéger, ne pas se mettre à nu, trop peu intelligent pour asséner instantanément des phrases percutantes. Il a besoin de réflexion, de temps, pour avoir l'air un minimum intéressant. Rares sont les artistes qui sont conscients de leurs déficiences intellectuelles, Marty Swanson appartient à ce groupe très restreint. Il s'épanche très difficilement sur le sujet, mais quand il l'évoque, on l'accuse de partir à la pêche aux compliments, alors qu'il est parfaitement sincère. C'est ce décalage entre la perception d'autrui pour ce qu'il est, et la réalité de celui qu'il pense être qui l'a poussé à se retrancher à Carmel.

La sonnerie de son téléphone glisse de la poche droite de son pantalon. Il ouvre le clapet de plastique, c'est Klara. Elle lui demande s'il est au courant, s'il a lu les infos. Au courant de quoi ? Il sent déjà que ça va lui tordre le ventre. Klara poursuit avec embarras, elle lui apprend que sa sœur Ester est dans le journal. Deux jours plus tôt, alors qu'elle traînait sur Sunset Boulevard, elle serait entrée dans une petite bijouterie très simple, tenue par un Coréen vendant essentiellement des bijoux de fantaisie. Un lieu qui ne ressemble en rien aux établissements de joaillerie qu'on rencontre sur Rodeo Drive. Klara lui explique que là-dedans, elle a volé un pendentif, une petite chose en plaqué or, par jeu sans doute plus que par nécessité, sauf que le propriétaire a sorti une arme de gros calibre pour la menacer, et devant la défiance, la légèreté qu'Ester Swanson lui aurait apparemment opposée, il a tiré. Juste à côté d'elle. Son intention n'était pas de la blesser, ni de la tuer, mais sa vitrine s'est effondrée dans un fracas épouvantable, alertant les passants et les propriétaires des boutiques voisines qui ont immédiatement appelé la police. Par chance, la balle perdue s'est logée dans le mur d'en face, n'occasionnant d'autres dégâts que la vitrine. La fille de Marty a été embarquée au poste, elle affichait, paraît-il, un air désinvolte, peu concernée qu'elle était par ce nouvel épisode de sa vie. Marty est consterné, lui, par ce nouvel épisode de sa propre vie. Et c'est peut-être la première fois de son existence qu'il se sent si fatigué, il ressent soudain comme un besoin de s'allonger dans un transat pour le restant de ses jours, sans considération pour les éléments, la pluie, le vent et la foudre alentour. Il pourrait se recroqueviller sous une couverture et rester là, à l'épreuve du temps, que le cercle de l'atmosphère brûle, que la planète devienne une bille de gaz semblable au soleil, sanglotant ses gerbes de feu en éruptions violentes, ça n'aurait aucune importance. Il se trouve brutalement dévitalisé de ses forces, il voudrait ne plus avoir d'enfant, ne plus avoir de vie, rester comme un troglodyte enfoncé dans la paroi d'une montagne, à observer les allées et venues d'un couple de rapaces, un couple de pygargues à tête blanche, nourrissant leurs petits au nid avec du saumon, de l'anguille ou du placenta de mammifère marin. Marty écoute la plus jeune de ses filles, sa voix est emplie de colère mêlée à une certaine lassitude. Enfin il se demande pourquoi le bijoutier a défendu son bijou fantaisie en tirant au revolver sur sa vitrine. Au moment de la remplacer ça lui coûtera sans doute beaucoup plus cher que la valeur du bijou en question, et il devra rester quelques jours ou semaines avec sa devanture opacifiée par un panneau de bois en aggloméré. Il s'en confie à Klara, elle arrive à la même conclusion. Elle lui annonce qu'elle va monter le voir un de ces jours. Elle oubliera quelque temps les contraintes de son cabinet d'avocats, elle bosse comme une malade depuis qu'elle a monté cette structure chargée de défendre les droits des artistes, essentiellement dans le milieu du cinéma. Sa boîte lui dévore tout son temps, lui concédant peu de place pour les sentiments. Mais venir à Carmel, passer un moment avec son père, ce n'est pas ce qu'elle range dans la catégorie « sentiments », c'est fondamental, chaque fois ce voyage retourne l'humus de sa constitution. Marty n'a aucun doute sur les émotions de Klara, il aimerait seulement qu'elle ralentisse un peu, qu'elle se consacre à elle-même, qu'elle creuse une autre trajectoire à travers les sédiments de sa vie. Chaque fois qu'il aborde la question, elle lui avoue avec une lucidité exemplaire, qu'elle souhaite se laisser le moins de temps possible pour une rencontre, pour une relation suivie avec un homme, puisque ça foire systématiquement. Elle n'a pas enseveli la vérité, elle connaît la cause exacte de ses échecs, les hommes l'aiment pour de mauvaises raisons, et la quittent pour la seule bonne raison, sa jambe. Ils sont aimantés par sa beauté, son argent et son nom, et chaque fois, sans avoir le courage de le lui avouer, ils la quittent pour sa jambe gauche trop courte, son boitement disgracieux. Elle serait pourtant prête à l'aimer vraiment, lui, le seul mec qui lui dira un jour, loyalement, qu'il la quitte à cause de cette patte de travers. Elle aurait la force de retourner le chercher, de cultiver des plaines d'ingéniosité pour l'allonger à nouveau dans son lit, et prendre le petit-déjeuner avec lui, sur une terrasse surplombant l'océan, avec des colonies de goélands affamés qui lorgneraient sur leurs fruits découpés, leurs œufs au plat et leur bacon croustillant. Mais ce mec-là, il n'existe pas. Et ça fait des années qu'elle le sait, alors elle se réfugie dans le travail, en espérant que la vie passera assez vite jusqu'à ses funérailles. Ce discours attriste Marty, il se sent désarmé face au malheur de ses filles, il aimerait qu'Ester soit définitivement sevrée, et que Klara se fasse opérer. Il est convaincu que leur bonheur, à l'une comme à l'autre, passera par le médical.

À nouveau seul, le téléphone posé sur la table basse du salon, il pense à sa petite Ester, elle est bien mal en point, il souhaiterait la convaincre d'espacer les aller et retour dans cet établissement du Montana, les cures là-bas, ça ne fonctionne pas. Il connaît un autre endroit, près de Montreux en Suisse, avec une vue époustouflante sur le lac Léman, un joyau architectural, un chalet centenaire puisant dans la tradition alpine, des tourelles aux toits pentus, des murs et des balcons de bois rehaussant une structure de blocs de pierres empilés. Un ancien hôtel, hissé au sommet d'une colline, cerné de majestueux sapins et reconverti depuis longtemps en centre dédié au soin des addictions. Marty a encore en mémoire les délicieux *breakfasts* qu'ils y servent. C'est un lieu très privilégié, unique, et qui obtient d'excellents résultats moyennant un séjour de quatre à six semaines, à cinquante-mille dollars la semaine. Marty sait que le coût de ce traitement est dissuasif pour bien des malades, mais il sait aussi qu'il peut offrir cette thérapie salutaire à sa fille, elle devrait trouver sa place là-bas, parmi les vingt-cinq pensionnaires de cette institution renommée. L'étape la plus périlleuse de cette désintoxication, consistant à convaincre Ester de participer à ce programme. Il lui reste maintenant à trouver les ressources physiques nécessaires pour affronter sa fille sur le sujet, et il sait qu'à ce jour, il n'en a pas la force. Il n'est pas même capable d'appeler l'ex-mari d'Ester, avec qui elle est pourtant en bons termes, pour qu'il l'aide à la convaincre d'aller dans un endroit comme celui-là, en Europe.

Le téléphone portable n'est pas resté silencieux longtemps, Marty l'achemine à nouveau vers son oreille droite. C'est Doug Bender, son agent. Les journalistes le harcèlent depuis la veille au soir, tous voudraient une interview de Marty. Bien entendu, ils se sont défilés quand il a voulu savoir si leur demande était en lien avec l'affaire de sa fille Ester. Marty déteste voir son nom écrit de cette façon dans les journaux, ce n'est pas vraiment une question d'humiliation, plutôt d'intrusion. Tout au long de son existence, il a désiré vivre caché, ce serait l'unique condition, selon lui, pour accéder au bonheur. La peuplade des journalistes en chasse, partis pour le débusquer, ça le rapetisse, ça le diminue, il se minimalise, il voudrait disparaître. Doug est embarrassé, il souhaitait juste le prévenir. Sur la pointe des mots, il demande à Marty s'il a parlé avec Ester. Non, il n'a parlé qu'à Klara, il lui confie qu'il vient de l'apprendre pour Ester, par Klara. Doug se racle le fond des mandibules, Marty l'avertit qu'il fume trop, l'autre acquiesce en ajoutant que c'est par là qu'il partira, les poumons. Marty lui assure qu'on ne peut jamais prédire de quoi on va mourir, même quand on est suicidaire. Doug Bender lui demande enfin si ça va bien. Marty le rassure, oui, tout va bien, je viens d'apprendre que ma fille aînée fait une nouvelle fois les gros titres des journaux à scandales parce qu'elle a voulu dévaliser la boutique d'un honnête bijoutier, tout va bien. Je vais enfiler un short de bain et aller piquer une tête dans cet océan glacial qui fait front devant la maison. Doug présente des excuses pour sa naïveté. Marty ne lui en veut pas, il veut seulement raccrocher. Ils se séparent après les politesses amicales d'usage, ça signifie que Marty reste émotionnellement correct, pendant que son agent, affable, lui lèche le cul comme s'il allait bénéficier de mystérieuses vertus. Un peu à la façon dont les Papous croquaient un organe spécifique de leur ennemi tombé au combat, en tenant compte de ses aptitudes exceptionnelles, que ce soient les jambes pour un guerrier rapide, ou le pénis pour un ennemi fertile. Marty raccroche avec un peu de dégoût, ils se connaissent depuis des années, il est resté fidèle malgré les coups tordus martelés par Doug Bender, mais il faut encore que son agent le déçoive avec son attitude de loup merdique, avançant la tête basse et les omoplates hautes.

Ça sonne à nouveau, un numéro inconnu. La barrière de son téléphone est franchie, c'est une journaliste de *Star*

Magazine. Une fille à la voix très jeune se présente et lui injecte sa préparation vénéneuse sans attendre. Le débit de sa voix est le même que celui d'une poésie récitée à toute allure par un enfant qui craint de perdre le fil de ses pensées. Marty la laisse poliment finir, et décline tout aussi poliment l'invitation à s'épancher sur les malheurs de sa propre enfant. Il lui annonce qu'il va raccrocher. En refermant le clapet de son téléphone, il perçoit les jappements de la jeune femme. Il ne sait comment elle a obtenu son numéro, cette intrusion lui alourdit les organes autour de l'estomac, il a envie de se répandre, de se soulager de ses glaires, il sait déjà qu'il va devoir, une fois encore, changer de numéro auprès de son opérateur, puis donner le nouveau à tous les proches, même à Ester, qui ne doit pas trop avoir envie de l'entendre en ce moment. Heureusement, Marty n'aura pas grand-monde à appeler, il a de moins en moins d'amis, un de ses plus grands plaisirs étant de se séparer d'eux.

Le portable miaule encore sur la table basse, Marty a envie de crier, il se contrôle et ouvre le clapet de l'appareil. Qu'est-ce qu'il veut celui-là ? Il s'exprime à mi-voix, comme s'il craignait qu'on l'entende. C'est Jimmy Chandler. Marty hésite à décrocher, ils ont été amis durant quinze, vingt ans, il ne sait plus très bien, ils se sont appréciés, ont passé beaucoup de temps ensemble, mais Chandler et ses copains ont fini par décourager Marty. Au fil du temps, il a saturé de ces concours de testostérone permanents. Ces types veulent se mesurer sur tous les sujets, ce qu'ils ont dans leur assiette au restaurant est forcément meilleur que ce qu'on t'a servi la veille, leurs gosses sont inévitablement les plus brillants, leur chien aussi, les poissons exotiques de leur aquarium géant, oui, géant, forcément, sont eux aussi des sommités d'intelligence. Bien sûr, leurs femmes à tous ne connaissent aucun tourment, aucun chagrin tant elles sont heureuses à leurs côtés, elles sont surtout magnifiques et encore plus brillantes que leurs gosses et leurs poissons exotiques. Quand ils s'offrent du matériel de pêche, un bateau le plus souvent, c'est toujours le plus beau modèle, équipé du moteur le plus puissant. Quand ils voyagent en avion, c'est une expérience au-delà du luxe, toi, dans ta petite *business-class*, tu ne sais même pas qu'il existe des prestations de ce niveau, eux, ils savent. Ils appellent la plupart des stars de cinéma par leur prénom, ils aiment le strass, ils traînent toujours du côté des studios de Burbank, à renifler les copains producteurs. Leur truc c'est le fric, ils appellent ça « l'oseille », et ils placent systématiquement le montant des choses qu'ils s'offrent dans chacune de leurs conversations, ils font du placement de prix de produit, le pognon leur emplit la bouche dès qu'ils posent un pied en dehors de leur lit à on ne sait même plus combien de dollars. Mais Marty l'a probablement su, ils lui ont sûrement dit. Enfin, sportivement parlant, bien sûr ils sont au top, imbattables au golf, dans les vagues, sur les pistes d'Aspen, c'est tout juste s'ils ne détiennent pas le record mondial du marathon, bref ils sont doués dans tout ce qu'ils touchent. Et toutes leurs discussions tournent méthodiquement à la surenchère. C'est leur nature.

La dernière fois qu'il a vu cette bande-là, il ne les a justement pas vus. Ils avaient organisé un petit week-end camping en Alaska, les autres appelaient cela « un week-end de survie », c'est aussitôt plus intense, plus dangereux, mais dans les faits, il s'agissait seulement d'aller chatouiller quelques saumons remontant les rivières, en route pour aller frayer sur leur lieu de naissance. Le projet était organisé depuis deux ou trois mois, tout le monde était motivé, et à deux ou trois jours du départ, les deux plus gros concurrents de la planète au concours d'organe sexuel, se sont désistés. C'était indépendant de leur volonté, car ils avaient, bien évidemment, de hautes responsabilités qui les rappelaient à la réalité, donc bien loin de cet épisode d'amusement qu'ils attendaient avec tant d'impatience. Mais ce n'était que partie remise, ils y retourneraient ensemble en Alaska, Jimmy Chandler le promettait à Marty sur tous les tons. Swanson en a eu sa claque de leurs conneries, cette fois, c'était bel et bien terminé. Il avait amorcé un virage sévère pour affronter les vents contraires, bien décidé à ne plus se laisser embarquer dans l'impasse de ce raid inutile, leur amour pour eux-mêmes. Il était résolu à ne plus les contacter, une attitude déjà plus ou moins en place, puisqu'il espaçait les entrevues avec ces types depuis quelques années déjà. Leur relation ne tenait plus qu'à quelques lanières de rires sous perfusion, et quelques expressions érigées en codes, qui vous faisaient appartenir au clan, ou non. Des codes auxquels Marty n'adhérait plus. Comme prévu, on lui a reproché d'avoir changé, alors qu'il a toujours détesté cet esprit de compétition en amitié. Mais l'essentiel était fait, il était parvenu à se décrocher de cette roche inhospitalière pour se laisser emporter, comme un petit coquillage bivalve, dans les flots d'une vie quasi recluse.

Et voici que ce Jimmy Chandler le rappelle, là, maintenant, celui que Marty appelle « The golfeur ». Il hésite et décroche quand même, l'autre lui annonce qu'il a lu les nouvelles pour Ester, Marty hésite à nouveau, il pourrait laisser entendre qu'il l'apprend de sa bouche, mais comme il déteste toute forme de mensonge, il acquiesce à reculons. Il élude le sujet. Chandler, qui n'est pas con, change de ton et déclare que ce serait sympa de se voir, que ça fait un moment. Marty ne veut pas s'attarder sur ce terrain, il a plus qu'envie de raccrocher. Jimmy Chandler, je vais te le dire bien calmement, et très clairement, si tu regardes en arrière, tu peux constater que ça fait un moment qu'on ne se voit plus, je dirais dix ans, ça fait dix ans que je vous évite, que j'espace les visites, pourquoi ? Parce que je ne vous supporte plus, tous autant que vous êtes, avec vos rivalités de mâles, votre orgueil de chaque instant, planqué dans les menus détails de votre existence. Votre vie magnifique, gardez-la pour vous, personnellement j'aspire à plus de simplicité, d'authenticité, la compétition permanente ce n'est pas pour moi, il faut m'oublier, je ne vous appartiens pas. Oubliez-moi, c'est une demande très formelle et très civilisée. L'autre est à genoux, il a pris ses mots dans le foie, le coup est parti sans qu'il le voie. Chandler se redresse, il est vaillant et coriace. Maintenant il hurle. Mais je vais te péter la gueule, je vais venir chez toi, espèce de connard, et je vais te défoncer la gueule. J'en ai pour une heure, je saute dans un hélico et dans une heure je suis chez toi, je me pose sur ta pelouse, à Carmel, rien à foutre de ton gazon, de tes bruyères ou je ne sais quoi, je te bousille ta petite gueule de connard. Marty l'écoute, le mec sanglote maintenant, ce niveau de vexation ne semble même pas soluble dans les larmes. Marty a envie de sourire tant c'est risible, une pauvre situation d'orgueilleux maltraité. Du classique. Je vais te défoncer, et il chiale encore. Mais merde, Marty, on a passé de bons moments, t'étais mon ami pour la vie, mon grand ami, j'aurais tout fait pour toi. Marty ne l'écoute plus, il se souvient de ces interminables séances de golf, il déteste marcher sur un *green* entouré de mecs qui ne parlent que de pognon. Alors pour leur foutre la honte, il frappait les balles de toutes ses forces avec son club, en veillant à ne pas le tenir trop fermement, alors les autres voyaient le club de Marty s'envoler en tournoyant comme les pales d'un hélico justement, le truc traversait le ciel et retombait mollement sur le sol architecturé de mouvements herbeux. Ça leur fichait bien la honte. Puis Marty allait tranquillement récupérer son bien et revenait en souriant vers son équipe de prétentieux, alors que tous les regards alentour se portaient sur eux. Il leur a fait le coup un nombre incalculable de fois jusqu'à ce qu'ils décident de ne plus l'inviter au golf. Marty est réamorcé par les sanglots de Chandler, celui-ci parle toujours de lui péter la gueule. Marty trouve qu'il a une attitude pas très sympathique pour un ami. Il lui demande, si c'est OK, s'il en a fini avec ses pleurnicheries. Il lui annonce qu'il va devoir raccrocher, la fureur de Jimmy

Chandler redouble. Tu sais quoi Swanson ? Tu es un minable, tu es petit, tu es minuscule, tout petit, tu te prends pour un pasteur, tu penses détenir la vérité, t'es qu'une espèce de contrôleur, tu t'imagines avoir le droit de contrôler nos vies, tu donnes des leçons, mais t'es qu'un connard de marsouin qui prêche au milieu des eaux pourries de son propre baptême, tu nous fais chier à faire ton père la morale, nickel, toujours irréprochable, tu me fais chier, tu n'as rien fait de ta vie, retourne dans ton sale trou, du côté d'Omaha, retourne dans tes plaines merdiques du Nebraska, là-bas tu y seras bien, en parfaite adéquation avec le paysage, car ta vie est plate, totalement plate, tu n'as rien, et tu n'es rien. Marty décide de clore la conversation, il le coupe. Restons-en là, s'il te plaît, restons-en là. Ça me va très bien comme ça, restons-en là. Puis il raccroche avec une certaine jubilation dans l'arrière-gorge. Son sport favori à Marty ce n'est décidément pas le golf, non, son sport préféré, c'est de perdre des amis, se séparer d'eux pour ne plus jamais les revoir.

*

Une grosse panse de brume alourdit le paysage, s'enfonçant sur les cimes des cyprès, sur les toits des villas, pour se poser en douceur sur le fameux dix-neuf trous de Carmel-by-the-Sea. Ce matin, l'océan a disparu dans ce tumulte de gris et de reflux blancs, Marty s'est installé vers la partie de sa terrasse à l'abri du vent, il prend son petit déjeuner en solitaire, conformément à chaque instant de sa vie d'aujourd'hui. Il commence par son rituel du kiwi. Chaque jour, il découpe un kiwi avec le couteau que sa mère lui avait offert pour ses quinze ans, il ne comprend pas vraiment ce qui l'a poussé à conserver cet objet auquel il n'a jamais trouvé d'intérêt, mais ces derniers temps, il se satisfait de ce lien avec les sentiments de Jessie, et ça le fait sourire de voir à quel point, parfois, celle-ci connaissait mal son fils. Le verdict du kiwi c'est toujours une surprise, impatient, il coupe le fruit en deux et découvre le dessin blanc au milieu des petits pépins noirs. Ce matin, c'est un slip, la forme blanche a clairement une forme de slip, parfois, c'est la carte du Texas, ou même la France, plus rarement un truc s'apparentant au rectangle du Nebraska. Marty découpe religieusement ses kiwis, chaque jour c'est une découverte, une évocation, et ça le laisse de bonne humeur au moins jusqu'au soir. Ses filles se sont beaucoup amusées avec ce jeu. Elles voulaient y jouer elles aussi, il les laissait découper maladroitement leur kiwi avec une lame fatiguée, elles n'étaient jamais d'accord sur le résultat, quand l'une voyait un cœur, l'autre voyait des fesses, ça dégénérait parfois, il fallait les départager et Nancy laissait Marty se débrouiller avec cette responsabilité. La principale difficulté concernant les rapports entre leurs deux filles, c'était la jalousie d'Ester envers sa jeune sœur. Avec leurs quatre ans de différence, Ester avait toujours eu l'impression que Klara, en naissant, lui avait volé la part d'amour que lui avait dédiée Nancy et Marty. Ses parents devenaient leurs parents. Tout était dans cette nuance. Nancy et Marty ont souffert de ce sentiment de jalousie qu'éprouvait Ester, elle était mauvaise avec sa petite sœur qui avait déjà bien des problèmes pour se déplacer avec ses deux jambes inégales, les parents craignaient que son boitillement prononcé ne lui abîme la hanche, mais heureusement ça ne l'a jamais détraquée. Ester s'acharnait sur sa sœur, convaincue que les parents lui accordaient plus d'attention à cause de ce qu'elle appelait « son petit malheur », minimisant constamment le handicap de Klara. Cette dernière s'est toujours maîtrisée pour ne pas réagir, laissant les ressentiments de l'autre glisser sur les plumes de sa loyauté, mais Ester revenait toujours à la charge. Moins Klara s'émouvait de sa maltraitance, plus sa sœur la maltraitait, persuadée que l'enfant « blessée » était la préférée des parents. Bien entendu, leurs géniteurs n'avaient jamais fait la moindre différence, ils adoraient leurs deux filles avec la même puissance mystérieuse, la même quantité d'amour inquantifiable, et d'émotions merveilleuses. La situation s'est dégradée avec le temps, les sœurs communiquent toujours, mais les diaclases de leurs sentiments sont irrémédiables, jamais elles ne pourront en ressouder les fragments, leurs divisions sont trop profondes.

Dorris et Rodrigo sont levés à leur tour, chaque matin ils viennent saluer ce cher monsieur Swanson dans leurs beaux vêtements de travail. Leur livrée a été ajustée chez un tailleur, Marty voulait quelque chose de sobre et élégant, avec leurs initiales brodées d'un discret fil bleu sombre sur l'étoffe couleur anthracite. Souvent il songe à les délivrer, à leur offrir une retraite bien méritée, il leur a même proposé de continuer à les payer jusqu'à la fin de leurs jours, en leur offrant la maison de leurs rêves, ici même à Carmel. Chaque fois ils lui répondent qu'ils préfèrent rester en activité, ils ne sauraient quoi faire, leurs enfants sont grands, et ils n'auraient pas le loisir de s'occuper de leurs petits-enfants, étant donné qu'ils ne vivent pas ici en Californie. Mais au fond d'eux ils pensent aussi, que plus les années passent, plus Marty a besoin d'eux, il vieillit, oubliant qu'eux-mêmes vieillissent et qu'ils sont bien plus âgés que lui. Leur dévouement pourrait meurtrir bien des cœurs si Marty n'était aussi prévenant, aussi gentil et correct avec eux. L'essentiel de leur travail consiste à gérer les courses quotidiennes, les repas du déjeuner uniquement, jamais ceux du soir, le ménage également, c'est un gros poste dans leur journée, et Rodrigo est également chargé de l'entretien des bâtiments, il doit signaler la moindre dégradation de robinetterie, de peinture, de plinthes ou d'huisserie. C'est Marty qui s'occupe d'appeler lui-même les artisans concernés, il a fini par les connaître et les apprécier, s'enveloppant avec le temps d'une pellicule de réciprocité. Marty n'a jamais eu à veiller à la façon dont il traitait son personnel et les équipes adjacentes, avec eux il a toujours été bienveillant et naturel. Il n'aura jamais aucun mépris envers ces gens qui dépendent de lui au quotidien, ou épisodiquement. Aussi, tout le monde parle, et la réputation de Marty Swanson est solidement sanglée à l'idée que les gens se font de l'honnêteté et de l'équité. Les artisans apprécient venir travailler chez lui, c'est un homme discret et attentionné. Jamais il ne circule de bruits dégoûtants sur son compte, ce qui n'est pas le cas de bien des célébrités habitant la petite ville de Carmel-by-the-Sea. Ce mardi, il risque d'y avoir du monde chez Marty, il a pas mal de réparations à faire.

Les équipes de Wallace viennent de débarquer. Ses filles et ses gars ont de quoi faire aujourd'hui, une partie du gazon étant à remplacer depuis que ce prétentieux de Jimmy Chandler a atterri ici dans la bulle de son hélicoptère. N'ayant pu annuler ses rendez-vous le jour même de son appel furieux au téléphone, il s'est pointé le lendemain. Il avait vraisemblablement demandé à son pilote de labourer les pelouses de Marty, écrasant même le robot de la tondeuse dans l'opération, un modèle tout nouveau, breveté et importé de Belgique. Marty avait vu Chandler sauter de l'appareil, et se poster à quelques dizaines de mètres pour voir l'engin et ses tubes de patins racler minutieusement l'étendue de gazon. Chandler avait regardé l'hélico démouler des mottes de terre de la surface verdoyante, puis il avait ordonné au pilote de poser son appareil, tout en maintenant ses pales en mode « rotation ». Il n'en avait visiblement pas pour longtemps. Marty l'avait vu attraper une poterie mexicaine de la terrasse et la balancer dans la baie vitrée du rez-de-chaussée. Le fracas annonçait une belle empoignade, Chandler était entré dans la baraque en gueulant, Swanson montre-toi. Swanson ! Rodrigo avait tenté de s'interposer, de le calmer, mais l'autre l'avait expédié au sol, balayé d'un mouvement de bras. Outré, Marty avec vu la scène d'en haut, Jimmy Chandler visitait déjà la cuisine, balançant tout par terre, vidant les placards, en gueulant t'es où, Swanson, montre-toi! Marty était descendu rapidement, il s'était présenté face à lui, très calmement, en lui demandant ce qui lui arrivait. Chandler s'était avancé, très énervé, commençant à aboyer sur Marty à un bon mètre de lui. Ne lui laissant pas le temps de reprendre son souffle, Marty lui avait aussitôt décoché un magnifique coup de poing sous les côtes, bien à droite, en plein sur le foie, exactement dans cette région richement innervée qu'il visait. Et il ne l'avait pas raté. Jimmy Chandler avait vacillé pour se retrouver à quatre pattes. L'onde de choc irradiait, remontant les filets nerveux jusqu'à son cerveau. Il était plié, torsadé de douleurs. Marty l'avait saisi des deux poings par le col de sa chemise, on entendait les coutures craquer, et il l'avait traîné sur le plancher, traversant la terrasse, puis la pelouse déracinée, pour le hisser et le jeter à l'intérieur de son hélicoptère. Il avait claqué la porte coulissante de l'engin et avait fait signe au pilote de regagner le ciel sans attendre. Le gars avait hésité, Marty avait claqué la tôle du plat de la main, le type avait relancé son rotor pour s'élever lentement au-dessus de la villa, piquer du nez, et s'élancer vers la mer, direction L.A.

Wallace s'est déplacé en personne, il voulait voir le carnage. Il assure à Marty que c'est la première fois qu'il doit traiter un gazon dévasté volontairement par un hélico. Il insiste sur le mot « volontairement ». Son interlocuteur ne souhaite pas lui donner plus de détails, même si l'entrepreneur crève d'envie d'en savoir davantage. Déjà les équipes découpent des bandes parfaites dans la pelouse, une jeune femme a mesuré et délimité au préalable la surface à retirer. Ils ont descellé et entassé des pavés d'herbe abîmée à bord d'une remorque restée en attente en dehors du gazon. Une machine rotative égalise la surface de terre nue, on y jette des granules d'engrais, et on passe un second tour de rotative afin d'enfouir les petites billes blanches. On descend une palette d'une camionnette à l'aide d'un chariot élévateur. Des rouleaux de gazon neufs patientent sur le plateau de bois, les employés en salopettes et casquettes siglées Wallace Garden's les acheminent délicatement au bord du préjudice. Ils les déposent comme un dallage organique, entremêlant les rebords pour effacer les jointures. Marty est admiratif de leur dextérité. Ils parviennent peu à peu à effacer les plaques, obtenant même une certaine homogénéité. Il est heureux de rémunérer grassement ce Wallace, il est heureux d'avoir remis en place et son gazon, et son ex-ami, reparti un peu contrarié dans son hélico. Le foie, Marty ne connaît que ça, et la trachée, avec deux doigts, mais c'est beaucoup plus dangereux. Au fond, il ne lui voulait aucun mal à ce pauvre Jimmy Chandler. C'est de sa faute aussi, on ne piétine pas le gazon d'un type d'origine suédoise, très attaché à son intérieur et aux rebords de son intérieur.

Le soleil a fini par cramer les derniers bourrelets brumeux, les grincements gutturaux des cormorans se font à nouveau entendre, ils se sèchent les ailes sous la lumière, accrochés à leur socle rocheux. Ils rentrent à peine de la pêche. Marty s'étonne toujours de leur aptitude à plonger à l'aveugle. Depuis les étendues nuageuses, sans visibilité aucune, ils viennent percer l'écran de l'océan, allant chercher leur nourriture dans des eaux éteintes, purifiées de toute luminosité. Il se demande parfois comment ils font pour ne pas s'écraser sur les blocs de roches découpant la côte. Peut-être leur suffit-il de s'éloigner du roulis des déferlantes ? Leur pêche serait donc simplement basée sur l'ouïe ? Marty contemple la beauté du panorama, il n'a jamais regretté d'être venu habiter ici, quitter Los Angeles était salutaire à cette époque de sa vie, les filles étaient encore petites, il ne voulait pas que ça parte de travers avec deux gosses en bas-âge, une femme formidable et une ville dont les torrents de lave de bagnoles les conduisaient en enfer.

Les équipes de Wallace ont laissé place nette en décampant avec tout leur matériel. Marty est ravi de ne lui avoir rien lâché pour Chandler, c'est un sale curieux, agréable, mais un sale curieux quand même, toute la ville aurait été informée qu'un mec était venu péter la gueule de Marty Swanson en hélico. Mais un autre prédateur de l'info rôde encore dans le paysage, c'est son voisin direct, Peter Markuss. Marty a trois voisins, les Fraser, Markuss et les Clifford, des gens de New York qui ne viennent sur leur domaine de Carmel qu'en été, sinon on ne les voit jamais. Par contre, le Peter Markuss il est là et bien là, à l'année, lui on le remarque, c'est un bel homme aux costumes blancs et au bronzage orange moucheté de taches de vieillesse. C'est le genre de type qui a passé les années 1980 avec un réflecteur sous le menton pour capter les plus féroces des rayons solaires, un type très sympathique bien qu'étant à l'opposé de Marty. Il n'est pas humble, mais il est drôle. Il est bavard, il connaît tout le monde, il lui arrive de passer du temps avec le dalaï-lama, et l'homme à la toge couleur safran l'apprécie. Peter Markuss a longtemps tenu une grosse boîte de production, aujourd'hui revendue, il ne se cache pas d'avoir fait du pognon. Une Chevrolet Corvette Stingray de 1969 allonge son long museau noir devant le portail automatique de la maison Swanson, comme si l'automobile souhaitait se mesurer à l'immense portail monté sur rail et chariot mobile invisible. Alors mon ami, on vous a fait des misères ? Je n'ai jamais aimé les hélicoptères, ils se croient tout permis depuis qu'on nous fait croire qu'ils ont été inventés par Leonard de Vinci. Vous allez bien Swanson ? Le voilà lui, faut toujours qu'il vienne fouiner chez le voisin, se dit Marty. Salut Peter, oui ça va bien, je ne me plains pas, le soleil a fini par se lever, ça va être une belle journée. Dites-moi, qu'est-ce qui s'est passé l'autre jour avec le type en hélico, il vous a cassé des vitres si je ne m'abuse ? Oui, oui, une vieille connaissance que je n'avais plus envie de connaître, il a voulu me rendre une petite visite et il ne m'a pas laissé le temps d'ouvrir la baie vitrée. Rien de bien méchant.

Swanson, pas à moi, je vous ai vu le réexpédier dans son hélico, il avait l'air bien amoché. Sacré Markuss, décidément, vous aimez les belles histoires, les beaux scénars. Déformation professionnelle mon ami, la vie ce n'est rien d'autre que du cinéma, et inversement. Pour vous la faire courte, et ça n'a pas duré bien longtemps, l'homme tombé du ciel a fait une petite crise de foie. Vous l'avez frappé ? Disons que je lui ai rappelé où était situé cet organe si fragile au creux de son estomac. Ha ha ha, Swanson, vous n'avez pas l'air comme ça, vous le grand maigrichon aux cheveux éternellement blonds. On ne vous a jamais dit que vous aviez un petit air de Robert Redford jeune ? Arrêtez Markuss, je vais avoir cinquante-huit ans. Très sympa d'ailleurs ce Robert Redford, j'ai tourné deux ou trois fois avec lui, il est d'une élégance, il te demande toujours poliment la permission avant de te piquer ta femme. Marty lui sourit, Peter Markuss le salue, allez, à un de ces jours mon ami, faudra que vous veniez prendre un verre à la maison, on en parle toujours et on ne le fait jamais. La Corvette démarre à fond les manettes, les quatre ronds rouges de ses feux arrière se détachent sur la carrosserie noire de l'engin, Marty le regarde s'éloigner, chaque fois cette bagnole lui fait l'effet d'une araignée, ça lui rappelle les huit yeux de l'animal. Peter Markuss appréciait beaucoup Nancy, il ne s'en cachait jamais, répétant à Marty, vous avez une femme formidable, d'une élégance rare. Il était fasciné par son regard, ses yeux bleu marine, un peu comme ceux de Jessie, et sa chevelure bouclée de blond. Le fait qu'elle soit nutritionniste l'intriguait, il s'étonnait que Marty ne vive pas avec une artiste. Ce à quoi Marty rétorquait que ce métier était aussi une forme d'art, de la sculpture sur la matière vivante, sur le corps humain. Markuss aimait beaucoup quand Swanson venait à la rescousse de sa femme, ça trahissait un manque d'assurance, sa peur de la perdre, mais en réalité Nancy Swanson se défendait très bien toute seule. Un jour, elle l'avait menacé de lui briser les phalanges avec un casse-noix, alors que Markuss l'avait raccompagnée jusque dans la cuisine à la recherche d'un ouvre-bouteille, et qu'il n'avait pu s'empêcher de mesurer la fermeté de ses fesses. Marty a fini par la perdre, mais pas comme il l'imaginait. Peter Markuss a sincèrement regretté son départ, Nancy a été une perte pour beaucoup de gens, et le producteur a mis un certain temps à s'en remettre, il s'était remis beaucoup plus vite de la mort de sa propre femme. Son éternel regret étant de n'avoir jamais réussi à embrasser Nancy.

*

Il se félicite d'être descendu en avion depuis Monterey, les pistes de LAX Airport sont blanches, sa voiture n'aurait pas aimé rouler sous cette poussière tombée du ciel. Ce n'est pas si souvent qu'il neige à Los Angeles, Marty se souviendra de ce mois de mars 2005. Il s'impatiente, la lame abaissée, une escadrille de bulldozers racle le San Diego Freeway, derrière eux s'engouffre un flot de véhicules, mais ça n'avance pas. Il se souviendra surtout de mars 2005 pour cette décision douloureuse, il a laissé filer un peu de temps puis s'est décidé à affronter sa fille Ester et son addiction à la drogue, à toutes les formes de drogue. Ça roule vraiment au ralenti, soudain Marty demande à son chauffeur de quitter l'autoroute et de redescendre sur les boulevards et avenues, tout est plus enneigé ici, mais au moins ça avance, des bagnoles se barrent en travers et s'encastrent dans celles qui sont stationnées, fauchant aussi, parfois, quelques parcmètres esseulés. Marty se maîtrise, il ne sera pas à l'heure, mais Ester a-t-elle déjà été ponctuelle à un rendez-vous ? Pour passer le temps, il contemple ces gros flocons qui dégringolent du champ de coton du ciel, il songe aux esclaves et à leurs descendants, il pense au quartier de Watts, ce n'est pas si loin de là, il espère que les gosses là-bas dessinent eux aussi des anges par terre, en se débattant, allongés sur le dos. La neige ici enivre les gens, certains ont sorti les *snowboards* et pour ceux qui n'en possèdent pas, ils dévalent les pentes assis sur des sacs poubelles. Quand il atteint enfin Brentwood, le quartier où vit Ester, il inspire un grand coup, inquiet à l'idée de devoir l'affronter. Elle lui a promis que les enfants ne seraient pas là, mais chez leur père. Il n'aurait pas refusé de les voir mais pour ce qu'il avait à dire à leur mère, il valait mieux qu'ils soient seuls, tous les deux. Le chauffeur n'est pas mécontent d'avoir accompli sa course, il annonce à Marty qu'il va rentrer chez lui, que ça ne sert à rien de s'obstiner, c'est trop risqué et il ne risque pas de gagner sa vie avec ça aujourd'hui. Marty lui souhaite d'être prudent et de rentrer entier, et pour compenser cette journée chômée il lui offre un pourboire du triple de sa course, en espérant que ça comblera un peu les pertes. Le gars, un Mexicain, lui présente l'ensemble de ses dents rescapées, un sourire qui fait plaisir aux deux protagonistes. Ils se quittent sur une vigoureuse poignée de main, le chauffeur de taxi lui lance une formule à la tonalité religieuse, Marty le remercie poliment, n'accordant que peu d'importance à ce genre de mouvements du cœur. Ester habite une charmante maisonnette qui tranche avec les habitations luxueuses du quartier. Le personnel de chaque maison, sous-équipé pour la situation, s'obstine à balayer la neige tombée devant chaque portail, balisant ainsi un chemin sécurisé pour leurs propriétaires. Ester l'accueille en affichant une excellente humeur, il ne s'y attendait vraiment pas. Il en profite pour la serrer contre lui, imprimant sa silhouette gracile contre son torse dur et sec. Elle lui propose un café, c'est toujours la même chose, elle oublie que son père n'en a jamais bu, il déteste ça, il a dû en goûter deux ou trois au cours de sa vie, pas plus, et à chaque fois il a manqué de recracher le breuvage dans sa tasse. Il a toujours trouvé le goût du café infect. C'est ainsi, mais Ester ne l'a pas encore agrégé à sa mémoire. Il interroge la décoration, observe chaque élément nouveau, rien n'a beaucoup bougé ici, sa fille n'accorde pas autant de soin que lui à son environnement intérieur, forcément, elle est tout le temps dehors, chez des amis, dans des soirées qui durent jusqu'au milieu du jour. T'as vu ? Il neige. Oui, Marty a remarqué. C'était quand la dernière fois ? Marty s'avance un peu, peut-être 1989 ? On avait déjà déménagé. Elle lui demande s'il se souvient avoir eu de la neige à Carmel. Oui, vous étiez petites, tu ne t'en souviens pas ? Ester ne s'en souvient pas. Elle se sert un café allongé, il s'assied sur le sofa, la table basse est sale, pleine de revues, le cendrier déborde, la texture du bois est cerclée de taches de vin, et d'autres alcools probablement. L'air ambiant est imbibé de cigarette, il se demande comment font ses petits-enfants pour vivre là-dedans quand elle les accueille à la maison, ce qui, heureusement, reste rare. Ester s'approche de lui, elle embrasse son père sur la joue, il s'en étonne. Laisse-moi deviner la raison de ta venue ? Tu m'as apporté de l'argent ? C'est ça ? Il est secoué par son aplomb, après tout ce qu'il lui a filé comme fric, plus ou moins parti en fumée, il la trouve particulièrement hardie. Il prend une longue bouffée d'air souillée de tabac et il se lance. Il lui annonce que oui, en quelque sorte, il est venu lui apporter de l'argent. La mine d'Ester s'épanouit. Très vite, il lui fait comprendre que ce fric n'ira pas sur son compte, il lui expose son idée. Ester se ronge les ongles en l'écoutant, du sang apparaît sur l'index de sa main droite, il longe la courbe de son ongle, un arc de cercle parfait, une goutte grossit et manque de verser sur le tapis, elle la rattrape au vol avec sa langue, conservant son doigt dans sa bouche. Marty est surpris par la docilité de sa fille, c'est un moment assez rare, il avait imaginé toutes les situations imaginables, mais pas celle-ci, pas une scène d'apaisement. Elle l'écoute dérouler son plan, l'hôtel magnifique en Suisse, dans la région de Montreux avec sa vue imprenable sur le lac Léman, depuis le sommet de sa colline. Les arbres centenaires, le lieu lui-même, les équipements, la piscine donnant sur un panorama époustouflant, l'espace méditation, taillé dans la roche, et offrant le même spectacle, une vue surplombant la vallée et le lac. Ester s'inquiète du personnel soignant, son père lui assure qu'il s'agit des meilleurs spécialistes en addictologie, des pointures. Il veille à ne pas dénigrer les équipes qui l'ont prise en charge dans le Montana à chacune de ses cures. Il lui annonce qu'on ne parle plus de « cure » en Suisse, mais de « séjour ». Elle affirme que c'est la même chose, de la cosmétique marketing. Il avoue qu'elle n'a pas tort et poursuit sans perdre son élan. Elle ne montre aucune opposition, aucune réticence pour le moment, et il redoute une volte-face soudaine et brutale. Elle se sert un second café. Marty commence à se détendre, il approche sa valise restée sur le côté du sofa, il fait fredonner le zip, et en extrait un fascicule à destination des patients et de leurs proches. C'est assez bien fait, dès la couverture on est emporté par le paysage, la structure historique du bâtiment, c'est une image hollywoodienne, comme un château en Allemagne, parfaitement intégré à la végétation, avec des arbres puissamment agrippés à leurs pentes escarpées. Ester feuillette le papier glacé, cette plaquette luxueuse a sans doute fait le bonheur de son imprimeur. Elle revient en arrière, soupèse chaque paragraphe, s'attarde sur la tête des médecins qui s'affichent sous leur meilleur profil, elle y traque la moindre malice, la moindre avidité. Elle ne voudrait pas atterrir dans une boîte à fric. Elle interroge son père. Si je tourne les dernières pages, je tombe sur une grille tarifaire ? Plus ou moins, oui. Dis-moi, je n'en ai pas le courage. Ça dure six semaines, et c'est cinquante mille dollars. La semaine, bien sûr ? Oui, cinquante mille la semaine. Et tu es prêt à mettre trois cent mille dollars dans ce truc pour m'envoyer là-bas ? Oui, trois cent mille dollars pour que tu retrouves une vie normale, je sais bien que tu ne regagneras pas les années perdues, mais maintenant il faut que tu penses à toi, à tes enfants, à ton avenir. Et qui te dis que j'ai envie d'une vie normale ? Ester… Regarde cette maison, elle est triste, elle pue la déchéance, et tu le sais. Mais Papa, j'ai peur de ne pas y arriver, chaque fois que je rentre du Montana, j'y crois, et puis je rechute quatre, cinq, huit jours après. OK, c'est pas cinquante mille dollars la semaine, mais quand même, à chaque fois ça me coûte un œil, y a bien longtemps que je suis aveugle. Elle se tait, se penche sur l'épaule de son père et commence à sangloter, entre ses larmes il comprend qu'elle n'en peut plus, elle couine qu'elle est devenue étanche à la vie, aux petits bonheurs, le grand, elle n'en parle même pas, c'est une quête stérile. Elle veut retrouver son fils et sa fille, elle ne veut pas qu'ils grandissent sans elle. À trente-trois ans, elle considère qu'il est temps de retrouver du sens dans cette vie, de laisser ses veines se reposer et d'évacuer ses peines. Elle s'allonge sur les genoux de son père, recroquevillée comme un chien dans le froid d'une grange. Elle renifle et reprend ses larmes, Marty la laisse s'épancher, elle parle de sa maman, elle est heureuse qu'elle ne l'ait jamais vue dans cet état, elle est heureuse qu'elle soit partie avant, elle ajoute que son addiction est aussi, probablement la conséquence de sa mort. Marty la corrige, il lui explique que rien n'est inéluctable, on peut aussi supporter la mort d'un être aimé sans sombrer, il a envie de dire, regarde-moi, il préfère se taire. Ester devine ce qu'il allait dire, elle lui lance qu'à son époque il n'y avait pas de drogues. Ma chérie, je crois que tu te trompes, les drogues étaient bien présentes, Billie Holiday, Ray Charles, Little Richard, Gene Vincent, déjà dans les années 1950-1960 on brûlait sa vie dans la came, c'est pas un truc d'aujourd'hui les drogues, c'est là depuis toujours. Il revient sur le fait qu'il n'y a rien d'automatique quand on encaisse du malheur, il lui parle du pauvre Roy Orbison, ce génie absolu, l'auteur qu'il admire le plus sur cette planète, il lui assure qu'il n'a jamais touché à la moindre drogue, malgré les horreurs qui l'ont frappé dans la vie, il lui raconte l'histoire de sa femme Claudette fauchée à moto, un camion lui ayant grillé la priorité, Roy qui la suivait avec sa moto l'a vue s'enfoncer dans la porte du bahut côté conducteur, morte sur le coup. Il lui explique aussi pour ses deux fils, brûlés vifs dans l'incendie de sa maison du Tennessee, alors qu'il était en tournée en Angleterre. Ester l'écoute avec une attention relative, elle devient pensive, soudain elle mesure l'effort financier que son père lui octroie, il a certes les moyens de claquer trois cent mille dollars dans cet établissement, mais elle reconnaît la beauté de son geste parfaitement désintéressé, il ne souhaite pas récupérer l'amour de sa fille, il sait qu'au fond d'elle écume une flottille de sentiments bienveillants pour lui, il veut seulement qu'elle s'aime, ensuite elle aimera les autres, tous ceux qui l'entourent et l'aiment. C'est cela qu'elle comprend. Marty pense que ce voyage en Suisse est salutaire, et Ester n'est pas loin de le croire elle aussi. Elle demande pardon pour sa dernière apparition à Carmel. Il ne lui demande pas si elle a vendu toutes ses babioles, elle devine le cheminement de ses pensées, elle lui concède que oui, elle a tout vendu, c'est parti très vite et elle en a retiré un bon prix, suffisamment pour se défoncer la gueule et sortir pendant des semaines. Il l'écoute docilement. Elle lui épargne les scories des détails, elle se livre avec sincérité. Rien ne le surprend, il sait dans quelle tragédie sa fille est scellée, la déboulonner de ce sale truc représente un effort hors norme, mais il est convaincu que la solution se situe en Europe.

Ils ont pris la voiture d'Ester pour aller chercher des légumes au Farmers Market, les bagnoles étaient rares, ils ont assisté à quelques glissades, des véhicules venant se heurter mollement les uns contre les autres, comme les pierres de granit d'un match de curling. Ils ont emporté des légumes en grandes quantités, des fruits aussi, des œufs, de la viande et tout un tas de trucs pour cuisiner. Ester sait que son père est loin d'être un virtuose de la cuisine, mais il semblait déterminé à lui concocter des petits plats qu'il ne maîtrise pas trop mal. Ils sont rentrés comme ils ont pu, réalisant soudain qu'ils avaient pris des risques en allant si loin pour quelques victuailles. En garant la voiture dans le garage, ils avaient l'impression de rentrer de la chasse après avoir évité mille dangers, cette satisfaction du devoir accompli les emplissait de joie, et laissait traîner dans leur esprit la sensation de vivre à l'ère du paléolithique. Ils se sont enfoncés dans leur grotte en poussant des cris de bêtes, père et fille se sont jetés sur le sofa en pouffant de rire, elle avait des cheveux dans la bouche, le monde tremblait autour d'elle, déformé par des larmes délicieuses.

Marty lui a préparé sa recette spéciale, la fameuse salade grecque, celle avec laquelle il a toujours prétendu avoir séduit Nancy alors qu'il l'avait invitée chez lui. Ester l'arrête dans son élan, attends, tu ne vas pas encore une fois me raconter tes médiocres talents culinaires et l'odieuse façon dont tu as arraché le cœur de Maman avec cette misérable salade grecque? Ils en rigolent bruyamment, et retrouvent des éléments de complicité qu'ils croyaient à jamais flétris. Ils passent la soirée à remuer les belles choses du passé, à évoquer des souvenirs enfouis sous le rembourrage de leurs tourments. Ils disposent d'une bouteille de bon vin, un pinot noir de la Napa Valley, ils lui font joyeusement visiter la tuyauterie de leur anatomie et Marty commence à exhumer quelques conneries. Ester voit son père sous un nouvel angle, il n'était finalement pas dénué d'excentricité le paternel, avant que ses filles n'entrent dans sa vie. Ils vont se chamailler pour nettoyer les plats et les assiettes, le lave-vaisselle étant hors service, cassé et jamais réparé. Ils vont préparer son lit ensemble, elle va sortir des draps frais et repassés par sa femme de ménage, depuis congédiée. Chaque instant devient un espace de rigolade, chaque parole un beau souvenir pour les futures engueulades.

*

Klara n'a montré que de l'enthousiasme depuis qu'elle sait que leur père va accompagner Ester en Suisse. Elle est confiante, bien plus que sa sœur qui se laisse encore ensevelir dans le ressac de sa noirceur, pourtant Marty l'a encouragée, l'appelant tous les jours, à heure fixe, comme un rendez-vous avec le présent. Et maintenant ils sont dans cette navette aux vitres teintées, gravissant une jolie route de montagne, enracinée à Montreux. La vue sur la vallée est splendide, les arbres palpitent de tout leur feuillage, oscillant dangereusement au-dessus du vide, leur chauffeur est muet, il semble respecter des consignes. La route emprunte un passage à niveau, des wagons de marchandise, du même rouge que les fermes du Nebraska, patientent sur leurs cales en attendant qu'une locomotive vienne les récupérer sur cette voie de garage. Des panneaux triangulaires alertent du danger, Ester se demande si le danger ce n'est pas elle finalement. De hauts murs de rétention redessinent le relief en bordure de route. Juste au-dessus, des jardins élégants s'acheminent jusqu'à cette pension au charme désuet, Ester s'interroge sur ce vieil établissement, on n'est quand même pas arrivés ? Ce n'est quand même pas ici que mon père va lâcher trois cent mille balles ? Heureusement leur chauffeur file sans même un regard pour ce vestige hôtelier, s'enfonçant dans les sous-bois à peine éveillés. Ester se retourne, encastrée dans le brouillard, Montreux se dégage lentement de ses plissements nuageux, son unique tour émerge au bord de l'eau, monolithe énigmatique abritant l'*Eurotel Riviera*, majeur dressé contre la nature pour lui dire que le béton l'emmerde. Dans sa paranoïa, Ester pourrait le prendre pour elle, mais son regard est déjà alerté par d'autres splendeurs, des vaches paissent le long de la route, endiguées par des fils barbelés. Elle se souvient que lorsqu'elles étaient petites, les parents les emmenaient voir leur grand-mère Jessie, à Springfield. Là-bas, dans les plaines du Nebraska, il y en avait des vaches et des bœufs, des troupeaux entiers qui broutaient et ruminaient la surface de la terre, comme des bisons revenus d'une contrée disparue. Elle se souvient que la taille de ces bestioles les impressionnait, et voir leur père écarter les fils de fer piquants pour s'introduire dans un champ, leur procurait une peur indescriptible, l'une après l'autre elles lui demandaient de revenir, comme des petits poussins rappelant leur coq de père parti faire son beau au milieu d'un nid de *rattlesnakes*. Pourtant, cette soi-disant bravoure n'était pas de l'arrogance ou de la frime, Marty ne s'est jamais abaissé à cela et ceux qui versent là-dedans le répugnent, c'était seulement une façon de leur montrer la placidité et le caractère inoffensif de ces grosses bêtes, pour qu'elles s'en approchent et les caressent. Mais les deux sœurs refusaient toujours de toucher ces poils poussiéreux, même vers l'arrière, les cornes n'étant jamais bien loin de la queue. La petite route serpente à flancs de collines, les arbres se penchent et s'intéressent à leur sillage, comme une haie d'honneur les couvrant de branches et de feuillage. Des taches de lumière se répandent sur un goudron aux teintes passées, le véhicule de la clinique se faufile sans effort vers les cimes, le chauffeur vient d'allumer la radio, elle diffuse du jazz, et soudain, changement de registre, un piano et des violons s'élancent. Ester se tourne vers son père, tentée de lui enfoncer un coude dans les côtes. Il sent qu'elle l'observe, ils échangent un regard, il capte toute l'admiration concentrée dans celui de sa fille. Elle ne dit rien, mais pense qu'il s'agit d'un signe, cette musique oui, c'est un signe, elle est maintenant convaincue qu'elle commence sa réhabilitation sous de bons auspices. Elle se plonge encore dans la beauté du paysage, une onde de mélancolie et de bien-être l'enveloppe soudain, le refrain des larmes se joue à nouveau dans ses yeux, elle les laisse dérouler des rubans salés sur ses joues, dans son cou. Marty la serre contre son épaule, dans le même temps, il a refait le cheminement de sa propre vie, il a revu d'où il était parti, les mêmes larmes lui grossissent la vue, loupes distordues qui enflent et tremblent, il les dépose sur le bout de ses doigts, ce qui n'échappe pas au chauffeur qui le mate dans son rétroviseur. Ça lui est égal qu'on l'observe, Marty sait que les hommes pleurent plus souvent que les femmes. Soudain le ciel jaillit d'entre les arbres, là-haut ils aperçoivent la clinique tant promise, c'est un bâtiment magnifique, les feuillus ont cédé leur place aux conifères, harpons élancés vers les boursouflures des derniers nuages filant pour leur échapper. Les murs de la clinique sont blancs, soutenus par des fondations de pierres, des blocs de roches annexés aux montagnes alentour, les derniers étages sont constitués de bois, des poutres épaisses arrachées à la forêt. L'ensemble est harmonieux avec ses balcons de bois, ses toits pentus, grisés d'ardoises, et sa tourelle à la coiffe escarpée. Ester se réjouit déjà de pouvoir passer du temps dans un aussi bel endroit, oubliant les difficultés et souffrances inhérentes au programme. Les collines pourraient rivaliser avec un nuancier de vert, la fluorescence des prairies est picorée par le vert intense des sapins, çà et là combattent des teintes intermédiaires, Ester se dit qu'il va falloir aimer le vert. La navette se présente devant un large portail de bois, enveloppé de murs de pierres, des murs montés récemment, on se croirait face à une villa de Brentwood fraîchement restaurée. Une caméra discrète capte les mouvements du véhicule, quelqu'un autorise l'ouverture. Un filament d'angoisse connecte soudain Ester avec *Vol au-dessus d'un nid de coucou*, elle tressaille et se reprend, ce n'est pas dans le même style d'établissement qu'elle se rend. Une chose est certaine, elle se rend, sa maladie va déposer les armes, elle est prête, il ne peut en être autrement. Le bâtiment qui s'élève face à eux est simplement somptueux. Elle confie à son père qu'il a un petit air de Château Marmont, un flash le ramène à June, il y a longtemps qu'il ne l'a pas appelée, il se demande comment elle vit sans son Helmut et ses fantaisies. Il réalise aussi le soin qui a été apporté à la clinique, elle a été joliment rénovée par rapport aux souvenirs qu'il en avait. Leur chauffeur s'empare de la valise d'Ester, le personnel d'accueil s'approche, tenues impeccables, Marty se dit qu'ici au moins, on ne va pas les accueillir avec une coupe de champagne en signe de bienvenue, ça le fait sourire, sa fille lui demande ce qu'il a, mais il refuse de se confier. Le passage aux admissions est une merveille d'efficacité, une simple formalité, quelques signatures, des mines rayonnantes, ici, on respire la bonne santé, les pommettes sont hautes et sans doute musclées par le rire, Ester observe tous ces gens, elle est en embuscade, mais ici tout concourt à lui faire baisser la garde. Elle décide de se laisser aller, elle comprend qu'elle est au bon endroit, en adéquation avec son présent. On lui montre les équipements, la terrasse et sa vue plongeante sur la vallée, on lui précise que depuis chaque chambre on a absolument la même vue, mais d'un peu plus haut, donc un peu plus jolie encore. On lui fait visiter le restaurant, les salons, c'est douillet, le mobilier est d'un luxe très classique, des canapés beiges ou fleuris, des coussins vert pâle ou fleuris, copieusement garnis de mousse non allergène, des fauteuils rose pâle aussi, des cheminées majestueuses, on est effectivement dans un chalet. Des lampes et des vases d'inspiration Ming, des rideaux lourds, des lustres anciens sous des plafonds boisés de poutres et de reliefs sculptés. C'est un vieux monde, parfaitement restauré, un lieu rassurant où s'empilent des sentiments, où se mêlent des histoires d'un passé récent et plus lointain, il n'y a aucune raison de se faire peur dans un tel écrin de douceur. On les accompagne jusqu'à une construction récente emboîtée sous le chalet. C'est une structure rectangulaire semi-enterrée, enfouie dans la verdure pour ne laisser dépasser que la baie vitrée. Le mobilier plutôt contemporain tranche avec l'autre partie de la clinique. Spa, salle de yoga, piscine, tout ici, comme dans la partie chalet, est connecté à la nature, à la vallée de Montreux et au lac Léman, chaque patient est projeté dans un tête-à-tête puissant avec les éléments. Enfin, on l'invite à monter voir sa chambre, toujours les mêmes coussins fleuris, c'est vaste, calme et sans doute apaisant de pouvoir se sentir vieux grâce à un tel lieu. Ester demande à son père comment il se sent, il ne comprend pas la question, elle veut savoir si en tant que vieux il se sent en adéquation avec cette chambre. Il lui confirme que ça ne ressemble en rien à sa propre habitation, mais que ça a son charme, et que c'est réconfortant, reposant comme endroit. Ester hésite, puis elle lui répond d'un mot. Pareil. Marty est soulagé. Il va la laisser, on doit lui présenter l'équipe médicale ainsi que l'équipe thérapeutique liée aux exercices physiques. Elle serre Marty très fort contre son ventre et son torse, c'est presque gênant, il lui murmure qu'il sera là, en bas, à se promener dans la vallée. On pourra se regarder, sans se voir. Elle acquiesce, un peu navrée. Elle le serre une dernière fois contre elle, sans ajouter un mot au silence de ses baisers.

La plupart des psychiatres ici sont attachés à cette idée que la rencontre entre les médecines séculaires et scientifiques ne peut être que profitable. La ligne générale de leurs travaux consiste à aider chaque pensionnaire de la clinique à retrouver son potentiel d'autoguérison. Ce qui se résumerait de cette façon, si nous sommes capables de nous rendre malades, alors nous sommes capables de nous guérir. Ça paraît simple, expliqué en cinq lignes, mais c'est une épreuve, une œuvre colossale. Autour de ce concept, la clinique a développé une batterie de traitements qui parviennent à rétablir la plupart des personnes malades en quelques semaines. Ester n'a pas tellement d'appétit, mais elle travaille avec un médecin spécialisé dans les domaines de la nutrition et de la micronutrition, le docteur Jensen, un Danois aux cheveux gris habilement balayés sur le côté comme pour cacher ses énormes sourcils en friches.

Ensemble, ils gèrent son déséquilibre alimentaire comme ses complications neurotoxiques. Depuis longtemps la médecine a établi des liens entre les maladies psychologiques, les troubles du comportement alimentaire d'une part, et le stress oxydatif, les déficiences en vitamines, minéraux, oligoéléments, la dégradation du microbiote intestinal d'autre part. C'est pourquoi, sous l'égide du docteur Jensen, Ester s'est livrée à un *check-up* biochimique et génétique afin de déterminer l'étendue des travaux, et choisir ensemble un accompagnement médical et nutritionnel personnalisé.

D'emblée elle lui demande d'être indulgente avec ses origines suédoises, il lui assure qu'il est tout à fait imperméable aux frictions culturelles qui agitent Danois et Suédois depuis quelques siècles. Je me fiche bien de tout ça, lui annonce-t-il.

Le séjour se déroule dans la bonne humeur, le mot d'ordre ici, c'est le sourire intelligent, le personnel ne sourit pas à tout instant, il doit être motivé par des mots ou une action. Ester traverse des moments physiquement douloureux, elle crève d'envie de sortir d'ici, de descendre à Montreux et de s'envoyer des bouteilles de vodka au fond d'un bar dégueulasse. Mais elle n'est pas certaine que ça existe ici, un bar dégueulasse. Tout est si mignon, si propret et réfléchi. Bref, elle a envie de s'arracher la tête, mais les différentes équipes autour d'elles semblent confiantes et à même de l'aider à maîtriser ses pulsions. Elle nage beaucoup entre les sessions avec les différents médecins, psy, généraliste, nutritionniste. Les longueurs en suspension au-dessus de ce fond carrelé de bleu lui apportent une énergie qu'elle ne soupçonnait plus avoir en elle. La piscine c'est sa seconde chambre, quand on ne sait pas où la trouver, en fait si, on sait, Ester est dans l'eau ou au bord de l'eau. Accoudée aux contours du bassin à débordement, elle ne se lasse pas de contempler le panorama qui dévale sous ses pupilles apaisées, le lac Léman scintille de toutes ses lames sous le soleil printanier.

Là-bas, elle imagine son père, cheveux au vent, qui se balade en observant les passants, il fredonne un air mystérieux dans sa tête, dissimulant ses yeux bleus derrière de grosses lunettes. Ester passe aussi beaucoup de temps au spa, on lui masse le dos et toutes les articulations, on lui enfonce des coudes dans les muscles, on la palpe, sa peau huilée roule sous des doigts vigoureux, la vaillance des masseurs et des masseuses l'étonne toujours, elle se dit que le soir, devant leurs plaques de cuisson, ils doivent se préparer à dîner les yeux fermés, limite syncope, tellement ils doivent être fatigués. Le massage la reconnecte avec son corps, ce vieux silex longuement poli, mais oublié sous les couches superficielles de sa mort. Chaque jour elle revit. Elle se l'était interdit, mais chaque soir elle appelle Marty. Il est heureux d'entendre sa fille lui raconter sa journée, et quand elle veut connaître la sienne il lui répond qu'il a marché. Elle n'en saura pas plus, il veut qu'elle reste le centre de ses préoccupations, elle ne doit s'intéresser qu'à elle-même, le reste n'a pas plus de charme qu'une annexe, qu'une barque de transition qu'on arrime au corps-mort d'une grosse embarcation. Ester lui raconte aussi ses séances d'équitation, la thérapie équine lui fait beaucoup de bien. Elle lui permet de réaffirmer sa relation avec l'extérieur, avec le monde, la rencontre avec le cheval lui permet de sortir d'elle-même. Elle sait que Marty a toujours trouvé les chevaux complètement cons, elle l'a souvent entendu déclarer que le cheval était la bestiole la plus stupide et surestimée du règne animal, mais le soir, au téléphone, elle tente de lui enseigner ce qu'elle apprend elle-même, à savoir que les chevaux ont la capacité de réagir avec de vraies émotions, de refléter l'authentique personnalité de chaque individu. Ils ont la douceur bénéfique du miroir. Ester lui assure que cette forme de thérapie fournit des métaphores et des expériences uniques qu'on peut ensuite transposer dans la vie réelle. C'est une source de stimulation sensorielle qui soutient les pensionnaires pendant leur sevrage, et lors des travaux psychologiques intensifs. Marty se dit que ça y est, sa fille est à fond, il craignait qu'elle n'éprouve que du rejet en entrant dans cet établissement, les méthodes ont certes évolué, mais ça lui semble toujours aussi crédible que par le passé.

Depuis la chambre de son hôtel il regarde flotter ce drapeau suisse à l'heure du crépuscule, Ester l'embrasse, elle lui souhaite une bonne nuit et elle le remercie, comme chaque soir. Il lui répond que c'est lui qui la remercie, et ils raccrochent. Il reste un moment dans le noir, le nez collé contre la vitre, les mouvements de sa respiration apparaissent et disparaissent, il est vivant, il préfère ces battements-là, à ceux de son cœur.

*

Elle l'a entraîné dans une galerie marchande, Marty s'est laissé bercer, il est bouleversé, ils ont fait les boutiques après un bon déjeuner. De la Suisse, Ester tenait absolument à ramener un cadeau pour Klara, et pas une simple boîte de chocolats, elle lui a déniché une petite robe vintage avec un sac de la même période, typiquement 80. Elle était si heureuse qu'elle ressemblait à nouveau à sa mère, Marty s'est arrêté de marcher, il l'a placée devant le reflet d'une vitrine, en lui disant, regarde-toi, on dirait Maman. Et c'était vrai, Ester retrouvait après cette thérapie la douceur et les traits de Nancy. Il s'agissait de tenir maintenant. Mais Marty ne se faisait plus de soucis, il avait confiance en cette institution et en leurs résultats passés au crible des investisseurs éclairés. Elle était heureuse de rentrer, parfois ça a été extrêmement difficile, et ce dont elle se serait bien passée, c'était ce garçon, en thérapie, comme elle, qui la ciblait comme ces rapaces battant des ailes au-dessus de leur proie. Il était lourd, insistant, et violemment narcissique. Mais elle l'a contenu dans son box, comme un pauvre bestiau de rodéo dont la porte serait à jamais condamnée.

Marty n'a pas laissé Ester rentrer seule chez elle, il l'a ramenée chez lui, à Carmel. Dès que la première occasion lui a été donnée, Peter Markuss s'est empressé de la féliciter pour sa beauté. Ils déchargeaient leurs valises à l'arrière du taxi, et lui passait par là, à bord de son immuable Corvette noire. Ester l'aime bien ce Peter Markuss, il a beaucoup d'humour sur lui-même. Lui aussi apprécie les filles Swanson, il n'est pas sans ignorer les problèmes de l'aînée, mais c'est toujours avec élégance qu'il feint de n'en savoir rien. Il a quand même eu la furtive impression qu'elle était réparée, il n'en était pas certain, il a réussi à glisser à Marty que sa fille était ravissante, en lui demandant discrètement quel âge ça lui faisait, depuis la vitre de sa bagnole. Marty s'est contenté de grincer, trente-trois, entre ses dents. Et Markuss s'est envolé avec ça, il glane parfois des infos sans intérêt, et c'est si rare qu'il ne parle pas de lui, alors s'intéresser soudain aux autres l'a fait repartir rengorgé de fierté. Ester a escaladé les escaliers jusqu'à sa chambre, elle s'est arrêtée sur le seuil, a inspecté instinctivement les lieux avant d'entrer, rien n'avait bougé là-dedans, Marty entretient sa chambre d'ado comme un mausolée. Elle s'est jetée à la fenêtre pour affronter l'océan, il était là, lourde plaque encastrée dans son talus continental. Des éclats blancs s'étiraient dans le ciel en poussant des cris stridents, Ester a tourné la tête sur le côté et constaté que les Clifford, leurs voisins originaires de New York, étaient de retour pour la saison.

La puissance du sèche-cheveux chasse les derniers rayons du soleil. L'appareil disperse le vol des pélicans dans le ciel, il anéantit la silhouette de la barque qui glissait dans la baie de *Stillwater*, emportant son pêcheur à casquette, disparu à cause d'un putain de sèche-cheveux rembourré de décibels. Et dire qu'ils avaient choisi le modèle le plus silencieux, ils l'avaient même choisi à deux. Larry Clifford se tourne discrètement vers le bruit, sa femme gouverne les va-et-vient de l'engin, étirant ses cheveux pour les enrouler dans une brosse piquante, elle lui sourit, le septuagénaire réplique à sa sexagénaire par une moue symétrique. Il quitte sa luxueuse terrasse vernie de blanc, le bois du garde-corps est aussi lisse que la coque de son yacht de 1930, docilement amarré au ponton en bas de la pelouse, près du Tennis Club. Son organisme fatigué capte la grammaire furtive de son voisin direct. Dans la minuscule bicoque d'à côté, Bob Fraser, la quarantaine établie, galope après ses gallinacés qui ne veulent pas rentrer au poulailler. Les deux poules enfermées sous quelques injures, il peut enfin rejoindre sa femme et sa fille déjà attablées dans la petite cuisine où s'encastre un morceau de soleil couchant. Il pose les œufs souillés sur un torchon, les siens lui adressent des yeux souriants, il s'affale sur sa chaise, il ne s'y adosse pas, il sait que le dossier doit être réparé, il s'y attellera bientôt. Bob s'attarde tendrement sur les seins de sa femme Kathleen, sertis dans ce tee-shirt bon marché. La silhouette d'un petit bonhomme imprimé avec des traits enfantins est surmontée de « *Life is good* » et en dessous c'est signé « Carmel », le caillou où ils vivent depuis des générations. Les Clifford, leurs riches voisins sont de retour après une année d'absence, c'est le signe que la meute opulente des propriétaires venus de la côte Est ne va pas tarder à débarquer. Les Fraser redoutent toujours un peu l'été, il faut s'y faire, s'adapter, puis au bout du compte, ça passe vite, ces gens-là finissent toujours par rentrer chez eux, à New York ou Boston. Dans ce tourbillon de restaurants blindés, de moteurs de bateaux et de jet-skis à la con, Bob sort sa boîte d'élastiques et parvient toujours à leur soutirer quelques dollars. Il leur vend ses prises en direct sur le port de Monterey, de beaux spécimens de homards dont il neutralise les pinces avec des élastiques.

Larry Clifford et sa femme sont accueillis au pupitre des réservations avec la déférence qu'on accorde aux habitués. Ils n'ont pas réservé, mais la direction du restaurant s'empresse de leur trouver une table bien placée, ils échangent poliment avec le chef de rang. Alors comme ça vous êtes arrivés. Oui, nous avons atterri en fin d'après-midi, il y avait du vent, l'avion n'a pas arrêté de tanguer. Madame Clifford soupèse sa coiffure platine, elle s'assure qu'elle n'a pas trop bougé. Le couple de millionnaires dîne dans un silence convenable. Plissant les yeux, hochant la tête, ils saluent les quelques connaissances qui les ravivent depuis leurs tables éloignées. Swanson, leur voisin, dîne avec sa fille aînée, ils ne se souviennent plus de son prénom à celle-ci, ils savent seulement qu'elle a connu quelques déboires avec sa santé, conséquence de la vie à Los Angeles et de son éternelle vulgarité. Monsieur Clifford observe tous ces convives, ils sont comblés, ils ne voient pas plus loin que leur assiette. Il se dit que pour eux, ce soir, la vie se réduit à un duel entre un couteau, une fourchette et la fosse de leur estomac. Ils en sont tous là. Dehors le vent appuie sur les polaires des premiers estivants, nous ne sommes que début juin. Les clients, derrière les baies vitrées, sont accrochés à la vue du soleil couchant qui agonise sous l'océan. Larry Clifford les guette, si un seul des crustacés flambés propageait ses flammes dans les rideaux joliment ondulés, ces étoffes en organza de nylon, suintantes de gouttelettes enflammées, éclabousseraient les visages pour les brûler au second degré. Il se demande si c'est possible. Il en déduit que ça l'est. Puis il songe à la trajectoire de sa vie, sa réussite, héritée de la fortune de son père, n'a fait de lui qu'un passeur, un passeur vers quoi ? Vers qui ? Les Clifford n'ont jamais pu avoir d'enfant, la stérilité c'était lui, sa femme a toujours veillé à maintenir son désir maternel endormi, elle y est sans doute parvenue, le luxe quoi qu'on en dise, efface parfois bien des tourments. Le regard fatigué, il considère l'élégance de Brittany, sa femme. Il se sent moche et diminué, il ne s'est jamais fait à son crâne dégarni, des taches de vieillesse rugueuses poussent sur son visage et ses mains, il se demande ce qu'il a accompli, il n'est même pas certain d'avoir rendu sa femme heureuse, l'orgasme ce n'était pas quelque chose dont on parlait avant, maintenant on ne peut même plus tourner les pages d'un magazine financier sans tomber sur une page consacrée à l'orgasme féminin. Il est partout. Demain il croisera son modeste voisin, Bob Fraser, il lui dira, Bonjour Bob, l'autre lui répondra, Bonjour monsieur Clifford. Il le déteste et il a honte de le détester. Mais cette promiscuité avec la crasse, la saleté, ça le répugne. Il a bien tenté de le convaincre de cesser cette chose avec ces poules, en vain, désormais ils passent leurs vacances à côté d'un poulailler, d'un chien idiot, et d'une ou deux carcasses de bateaux qui traînent dans un terrain hirsute. Les Fraser ne possèdent qu'une petite surface attenante à leur domaine, mais Larry Clifford ne se remet toujours pas de cette capacité qu'ils ont à entasser des choses, à bricoler des trucs avec un soin particulier qui peut laisser croire qu'ils s'imaginent améliorer leur condition. Ainsi, leur terrain est un amoncellement de cabanons de rangement, d'arbres fruitiers tordus, de casiers de pêche entassés, ils ont même tendu une pergola à l'arrière de leur maison, une sorte de paillasse de bambous séchés. La baraque en elle-même est constituée de bardeaux gris et flétris, ça n'a jamais été repeint, le contraste avec la villa des Clifford est éclatant, chez eux, chaque marche, chaque latte de bois, ou montant de fenêtre regorge d'un blanc poudré, une texture si délicate qu'on ne peut longer l'habitation sans laisser traîner une main sur les murs et leur douceur. Les Fraser cultivent aussi un jardin potager qui attire les bestioles de tous bords, Brittany a déjà observé ce Bob aux jumelles, il pataugeait en bottes là-dedans, elle a aperçu des escargots dans ses salades, d'après elle c'était absolument dégoûtant. Les Clifford sont intervenus auprès du maire, essentiellement pour la question du poulailler, mais il n'y a rien eu à faire, les Fraser seraient dans leur droit, ils peuvent bien leur saccager la vue et l'odorat, les autorités ne bougeront pas. Et cela fait des années que ça dure. Clifford s'en est épanché auprès des autres voisins, Peter Markuss et Marty Swanson. Mais Markuss avait des choses de la plus haute importance à régler, il a une vie palpitante et n'a aucune envie d'avoir des problèmes avec le voisin du voisin. Quant à Swanson, le comble, c'est qu'il adore les poules, ça lui rappelle son père qui s'était lancé dans l'industrie de la poule pondeuse au seuil des années 1950. Depuis, Larry Clifford les maudit tous les deux.

Bob Fraser travaille pour Turner's Fishing, une pêcherie basée à Monterey qui fume le poisson. Une année, il s'en souvient très bien, alors qu'un amas nuageux répandait sa pluie maigrelette sur l'été et la péninsule depuis trois jours, Larry Clifford n'avait pas trouvé mieux que de refermer ce livre historique ennuyeux pour monter dans sa voiture et aller visiter l'atelier de fumaison artisanal de Turner's Fishing. Il s'était joint à ce petit groupe de touristes visitant les lieux, des hommes vêtus de cirés à capuches soulevaient leurs enfants pour leur montrer les différentes étapes de production, il était même difficile d'apercevoir quelque chose à cause d'eux. Larry n'ignorait pas que Bob Fraser, son voisin, travaillait là-bas, mais il n'avait pas imaginé se retrouver nez à nez avec lui. Attendant son tour, il avait enfin coulissé contre cette large vitre derrière laquelle un homme équipé comme un chirurgien découpait du poisson. La blouse blanche, le pantalon de matière identique, les gants de latex, le masque de gaze et le calot, tout son accoutrement évoquait le corps médical. Larry Clifford avait longuement observé la dextérité de l'homme avec son couteau de céramique, il pouvait se permettre de prendre son temps puisqu'il avait laissé les autres touristes s'échapper devant. La lame découpait, retranchait avec une jolie assurance, le geste était fascinant, l'homme levait les filets, évacuant la tête, la peau et le reste vers la fente d'une poubelle dissimulée sous l'immense plaque de découpe recouvrant l'établi. Le New-Yorkais était resté à contempler ces mains gantées, l'une appuyant fermement le poisson, l'autre, munie de la lame, se frayant une ouverture dans la chair. Puis, levant les yeux, Larry Clifford avait reconnu Bob Fraser planqué sous sa protection de gaze. Il l'avait salué, l'autre lui avait répondu, abaissant un instant son masque pour articuler quelques mots polis et inaudibles à travers l'épaisseur de la vitre. Bob s'était soudain redressé, enorgueilli par l'idée de montrer à son riche voisin de quoi il était capable, et de quoi était constitué son quotidien. Chaque matin il commence à 7h00, il se lève une heure après sa femme Kathleen, qui elle commence à 6h00, elle travaille pour *The Lodge at Pebble Beach*, un hôtel de luxe qui la fait lever tôt, même si elle habite à cinq minutes à pied, pas plus. Larry s'était éclipsé après un signe de tête imperceptible, laissant son courageux voisin les mains dans l'onctuosité grasse de ses poissons. Il devinait même que l'autre lui souriait sous son masque, il s'était demandé comment ce type pouvait encore lui sourire avec tout ce qui les séparait, et ce boulot de merde qu'il faisait. En pensant cela, il s'était senti minable, mais ça fait environ soixante-dix ans qu'il se sent minable, alors pourquoi s'inquiéter ?

Cet épisode qui lui revient le laisse bien songeur, Brittany regarde ailleurs, son assiette est vide, Clifford se dit que ce con de Fraser a l'air heureux, il ne comprend pas. Il entend encore sa femme, cette maudite Kathleen qui lui assène chaque année la même provocation par-dessus la barrière qui les sépare. Ici c'est super, on est en vacances toute l'année, on a une vraie qualité de vie. Mais bon sang elle le cherche ou quoi ? C'est chaque fois le même rituel, elle lui balance ses conneries et elle rentre dans sa cabane, les mains pleines de mauvaise herbe ou de saloperies cueillies dans l'anarchie de son potager. Et avec leur gamine, leur ado, là, on ne sait même pas si elle ressemble au père ou à la mère, tant elle est jolie. On dirait qu'elle a été déposée ici par des ovnis, tellement elle vient de nulle part. Et leurs rires qui montent de la pergola de bambous crevés, *bullshit*. C'est le tumulte sous son crâne. Simulent-ils le bonheur ? Clifford se dit que c'est bien leur style, et c'est en cela qu'il les trouve malhonnêtes, cette façon de jouer à être heureux au creux de leur maisonnette les rend insupportables. Ils agissent contre lui, tout cela est réfléchi, leurs actes sont évalués, disséqués, il en est convaincu. Au fil des ans, Larry Clifford est devenu la cible des Fraser, c'est certain. Il se ravise, ils sont peut-être tout simplement capables d'être pleinement heureux ces cons-là ? Il s'interroge, mais comment ces gens parviennent-ils à le faire douter, certes, il est déprimé, dépressif même, toujours trop pressé, mais quoi ? Est-ce si grave de posséder, d'accumuler des richesses, de migrer comme ses semblables déversés de leurs avions pour venir vivre ici trois semaines dans l'année, sous le nez de ces citoyens modestes ? Sa vie à lui, Larry Clifford, c'est de se faire inviter en Espagne, au Guggenheim de Bilbao, pour le prêt de trois ou quatre tableaux, la dernière fois c'était les Francis Bacon de la chambre d'amis. Sa vie c'est d'appartenir à des clubs de golf très fermés, des forteresses inaccessibles, réservées à une élite. Alors comment en arrive-t-il à se laisser bousculer par un mec qui écaille des poissons dans une vitrine. *Bullshit. Bullshit.* Il hurle et fait taire tout l'établissement. Il gueule à nouveau *bullshit*, une fois, à la stupéfaction générale. Brittany lui saisit le bras, inquiète. Il se ressaisit, se reconnecte au présent et comprend qu'il est attablé au milieu des convives d'un restaurant. Il présente ses excuses aux clients les plus proches, même auprès de ce con de Marty Swanson et de sa fille aînée, elle est décidément bien mignonne celle-là aussi, le portrait de sa mère disparue il y a bien des années. Il honnit Swanson depuis qu'il l'a laissé tomber pour l'odeur du poulailler, à cause de lui et Markuss, il est seul à combattre contre ces cinglés de Fraser. Il est en boucle sur cette histoire.

Les Clifford règlent l'addition, laissant un *tip* bien consistant destiné au personnel, puis ils rentrent chez eux à pied dans la douceur d'un été plein de promesses, ne croisant qu'une ambulance avec ses gyrophares pétillant dans la nuit, tandis que là-haut, les étoiles crèvent le ciel de Carmel-by-the-Sea.

Deux jours ont passé depuis l'épisode malheureux du restaurant. Brittany a bien tenté de comprendre ce qui avait amené son mari à crier *bullshit* au milieu des clients, aucune information tangible n'a suinté des quelques mots qu'il lui a murmurés en guise d'explication. Il ne s'est pas livré mais il n'a cessé de ruminer pendant ces deux jours, il en a plein le dos des Fraser, il vient à peine d'arriver à Carmel et ils lui bouffent déjà la vie. Même au milieu de la nuit. Brittany ronronne maintenant près de lui dans ce lit surélevé de deux matelas de latex naturel haute densité, autant dire qu'elle dort. Elle s'est même octroyé une bonne dose de somnifères pour se soustraire aux cris persistants des goélands. Larry se relève, enfile ses vêtements, et se couvre d'une veste sombre. Il s'assied quelques instants sur le bord du lit, il considère sa femme, celle qui l'a accompagné tant d'années, il l'embrasse sur chaque paupière comme il l'a toujours fait au moment de s'éloigner pour une nuit ensommeillée. Dans le noir, muni de gants de latex qu'il a trouvés au sous-sol, il quitte la maison.

Il marche prudemment sur le gravier de la cour des Fraser, le chien est rentré, ils dorment tous, il est déjà 2 h 00. Appuyée près de la porte du garage entrouverte, c'est une de leur manie de toujours la laisser ouverte, Larry Clifford trouve une paire de bottes en caoutchouc appartenant à Bob. Il s'en empare, planque ses tennis dans les profondes poches de sa veste et entre dans le garage chaussé des bottes du propriétaire des lieux. Il inspecte l'endroit, en pointillé, à la lueur d'une lampe de poche. Il prend son temps, demeure immobile, il réfléchit en découvrant la vieille bagnole, les objets coupants qui garnissent les étagères et tout le bordel adjacent. Soudain, il arme son bras droit et se lance un violent coup de poing au visage, il recueille le peu de sang tombé de son nez dans la paume de sa main droite, et de l'autre main, il ouvre la voiture appartenant à Bob Fraser. Il laisse le sang s'écouler sur le rebord de la banquette arrière, un trait simple et direct sur le skaï de ce véhicule indestructible. Il attrape cette corde de chanvre suspendue près du tuyau d'arrosage. Il s'allonge sur la banquette arrière, s'attache fort les chevilles avec la corde, sans utiliser le gant souillé de sang, puis il frotte ce cordage avec insistance sur le revêtement de l'assise. Il en fait autant avec la corde accrochée cette fois à ses poings dans son dos. La construction torsadée s'épluche contre les aspérités et les rainures du skaï. Allongé de tout son long, il frotte maintenant son visage contre le dossier de la banquette, veillant à laisser quelques molécules de sueur. Il s'extirpe de la voiture et range la corde à son emplacement exact. Alors il déloge l'éponge séchée qui agonisait dans l'évier, un truc en émail où Fraser nettoie sa pêche. Il l'imbibe de flotte, la serre dans son poing, aimante quelques écailles de poisson. Il en profite pour laver minutieusement le gant esquinté de sang. Il nettoie consciencieusement la banquette, en veillant à gommer les traces de corde, des filaments de chanvre tombent sur le tapis de sol, il les récupère avec l'éponge, il en restera forcément. Il enfonce deux écailles de poisson avec son éponge dans le pli où se rejoignent l'assise et le dossier, les mêlant aux miettes et à la poussière ancienne. Il termine en nettoyant la coulure de sang coagulée, ça sèche vite, huit minutes seulement. Elle a glissé sur la verticale du rebord de la banquette, il la fait disparaître à la perfection, mais laisse volontairement le bulbe suspendu juste en dessous du siège, une croûte fraîche et épaisse. Il lave son éponge et la balance sur l'émail de l'évier criblé d'écailles. Il retire habilement ses gants de latex, il les fourre dans une poche arrière de son pantalon, puis incruste ses ongles dans la corde de chanvre. Il insiste afin d'être certain de recueillir un peu de cette structure filandreuse sous la corne de ses ongles. Il vérifie que la corde est bien en place. C'est parfait, il se hisse sur la pointe de ses bottes pour se saisir d'un désherbant puissant stocké au sommet d'une étagère, il glisse la bouteille dans son pull, sur son ventre, bien bloquée par les boutons de sa veste. Il ressort du garage. Il retire les bottes sans y mettre les mains. Il enfile ses tennis et, du bout du pied, remet les bottes comme il les a trouvées. Il se sauve. Il marche dans la nuit. Souvent il s'accorde un petit tour solitaire au crépuscule, mais là, il est bien plus tard. Le Pacifique est calme ce soir, il marche le long de la plage, à la lisière de l'eau, là où ses pas sont recouverts l'instant d'après. Puis il emprunte des sentiers utilisés par les touristes le jour, des chemins que personne ne prend la nuit. En route, il brûle ses gants qui flambent et s'élèvent en volutes noires, il balance le briquet loin au bout de son bras, il s'envole dans l'atmosphère puis retombe ailleurs, distrayant l'écran lisse de l'océan. Il parcourt quelques kilomètres vers le sud, sans se presser, il s'assure simplement qu'il n'est pas suivi, et s'arrange pour ne croiser personne dans la nuit. Il dépasse Point Lobos, et rejoint le parking situé près de Bird Island, le voilà près des trois marches qui descendent du parking vers le sentier côtier, Larry Clifford se couche maintenant sur le dos, se redresse et se déplace en se traînant assis, à reculons, comme s'il avait les pieds joints, entravés d'une corde, comme si on l'avait traîné ligoté. Il frotte durement sa tête contre l'arête de chaque marche, il se blesse en espérant y laisser un peu de sang et des cheveux. Il en profite pour se râper les vertèbres. Il entame une lente glissade sur trente mètres, conservant une trajectoire rectiligne, on l'a tiré sur la terre parmi des caillasses granitiques, il veille à laisser une belle traînée derrière lui. Il laissera peut-être une trace de gomme avec la texture des semelles de ses tennis sur le roc, prolongeant le cheminement du corps. Il atteint enfin les rochers, il a repéré au préalable l'anfractuosité dans laquelle il veut s'installer, suffisamment invisible pour opérer tranquillement, suffisamment visible pour être découvert. Il a longuement étudié les lieux pour savoir par quel passage il pouvait rejoindre son trou de granit. Il met un temps infini à l'atteindre, toujours sur le dos. Prenant des risques considérables. Il se pose enfin, parfaitement lové dans une brisure de roche. L'océan clapote à peine en contrebas, il n'en est pas trop proche, il reste hors d'atteinte, il ne faudrait pas qu'après, des vagues viennent lécher ces rochers pour le déloger et le rejeter sur une plage. Larry est en nage, il a soif. Il a ce qu'il faut. De son pull, il retire le bidon de désherbant, il le boit entièrement, à grosses saccades. Il se contente de recracher quelques gorgées de liquide bleu sur ses vêtements, Larry est forcément récalcitrant. Le goût est infect, mais pas autant que celui de sa vie, alors il boit la totalité du truc. Il balance le bidon dans la flotte, un bout de plastique de plus ou moins, quelle importance ? Il le voit partir au fil de l'eau, aller, revenir, repartir, puis agripper un bras de courant qui le fera disparaître au large. Il s'allonge lentement, un gargouillis dans la bouche, un plus gros dans le ventre. Il redresse le cou, le bidon de désherbant n'est déjà plus là, qu'on le retrouve ou non, ça ne changera rien. Sur sa table de nuit, il a laissé en évidence ce livre acheté la veille, il voulait montrer qu'il avait bien l'intention de le lire, de vivre, pour que personne ne puisse imaginer qu'il avait envie de se traîner jusqu'ici. Il songe à sa dépression, elle lui en aura fait faire des trucs. Il a une petite pensée pour ce connard de Bob Fraser, il sourit. C'est fini, ses sardines grillées, son sale clébard et ses poules en cage, il ne sentira plus toutes ces odeurs de merde, c'est terminé, et dans moins d'une semaine, c'est leur propriétaire qui finira en cage.

*

Comme tous les convives présents ce soir-là au restaurant, Marty a été très surpris par le craquage nerveux de son voisin Clifford. Il le savait anxieux, fragile, rétif au bonheur, mais de là à se laisser submerger par une telle folie, il pensait qu'il y avait de la marge. Il ne les a pas revus depuis, lui et sa femme, Brittany. Ils semblent terrés dans leur tanière entrelacée de dollars. La honte leur interdit sans doute de sortir de chez eux, même tard, mais le temps et ses volutes les réintroduira bientôt dans la société locale, à moins que, ne supportant plus le regard d'autrui, ils ne soient déjà repartis pour la côte Est. Sa fille Ester, n'a pas compris non plus, elle en a pourtant vu et vécu des scènes d'hystérie, mais rarement chez des gens aussi installés, et surtout pas pour se donner en spectacle au cœur de leur propre microcosme. Père et fille vivent des moments intenses au bord de l'eau, elle retrouve peu à peu le goût des choses et quelques traces de mots enfouis dans sa mémoire, quand elle était encore convaincue que son père l'aimait d'un amour indiscutable. Il lui parle aussi de l'annonce qu'il doit faire à Dorris et Rodrigo, ça le tourmente, il craint leur réaction. Ester lui assure qu'il n'y a pas de raison. Il acquiesce, songeur et peu convaincu, il y pense tout en espérant penser à autre chose, il sait qu'il va falloir se lancer, il ne peut plus laisser traîner.

Dorris et Rodrigo sont de repos le samedi et le dimanche, mais il y a bien longtemps, Marty a dû batailler pour cela, ils estimaient que la nuit était une pause suffisante dans l'organisation de leur semaine. Marty a toujours été très satisfait de leur travail, il trouve même qu'ils y mettent trop d'énergie. Ces gens plus âgés que lui, déclinant ostensiblement, lui laissent des nervures amères du côté des sentiments quand il les voit s'échiner, se ruer sur le travail. Aujourd'hui, après trente ans à son service, une fidélité hors norme, il est bien décidé à leur annoncer du changement. Désormais, leur mission s'arrêtera juste après le déjeuner, il leur explique qu'il veut qu'ils aient du temps pour eux. Il précise que leur rémunération reste inchangée, ils gagneront autant, même en faisant la moitié des heures qu'ils faisaient auparavant. Dorris proteste, Rodrigo est encore plus véhément, mais rien à faire, Marty veut leur offrir des années plus sereines, et il leur annonce ses intentions futures, le jour où ils souhaiteront s'arrêter, il continuera de les payer jusqu'à la fin de leur vie. Et il leur offrira une maison, avec vue sur l'océan, tout comme lui. C'est un choc, ils sont tenaillés entre colère, ils ne veulent d'aucune pitié, et reconnaissance. Marty leur assure avec force qu'il ne s'agit pas de condescendance, il les apprécie sincèrement, après toutes ces années à vivre ensemble. Il leur déclare qu'ils sont des membres de sa famille, il prend soin de ne pas dire qu'ils sont « comme » des membres de sa famille. Il veut qu'ils acceptent de faire partie de ce tout. Il ne veut aucune reconnaissance, il affirme que c'est dans la logique des choses. Ils s'inquiètent des raisons qui le motivent, ils lui demandent s'ils vont être remplacés, il leur assure que non. Pas tant qu'ils décideront de rester. Rodrigo se demande ce qu'ils vont faire de la brutalité de ce temps, il n'a aucune idée de la façon dont ils pourront désormais occuper leurs après-midi. Il se sent nu, désarçonné, trahi aussi. Mais Dorris se lève, elle s'approche de ce grand bonhomme aux cheveux dorés, aussi mince qu'un phasme, elle ne sait si elle y est autorisée mais elle le prend dans ses bras, elle lui arrive au torse, elle penche sa tête contre lui pour une douce accolade. Rodrigo les rejoint, il enserre sa femme et Marty dans ses bras, avec force. Personne ne parle, ils ont trop de larmes dans la bouche. Ils ont toujours été là, au décès de Jessie, à celui de Nancy, quand Ester s'enfonçait de la poudre dans les bras et qu'elle bousillait sa chambre et le reste de la maison, quand Marty a connu sa traversée du désert, comme on dit pudiquement dans le milieu. C'est la première fois que Marty se lance ce genre de défi, une déclaration d'amour envers des employés devenus des amis, il en est très heureux, les choses sont si simples, pures, il n'y a jamais eu aucun calcul, aucune mesquinerie entre eux. Les années ont fait les choses, le temps ici est un bâtisseur, les décennies passées ont émulsionné un grand respect mutuel, et pas seulement à la surface de leur relation. Cette décision est effective dès ce jour, Dorris et Rodrigo sont abasourdis, heureux mais alourdis d'anxiété. Marty se dit qu'ils vont très vite s'adapter à ce nouveau rythme, et qu'ils sauront en profiter. Il s'en veut un peu de cette démarche autoritaire, mais il ne pouvait se résoudre à les voir bosser jusqu'à ce qu'ils deviennent grabataires. Il n'en retire aucune fierté, seulement de la légèreté.

Ester est fière de son père. Elle applaudit des ventricules, ça lui accélère le cœur de pouvoir mesurer sa générosité. Elle l'observe du coin de l'œil, comme on visite un animal énigmatique dans son milieu naturel. Le soulagement de la matinée amène Marty ici, face à la baie vitrée du salon. Les magnifiques cyprès de son domaine, bonsaïs géants torturés par le vent, se délassent après la tempête de ces dernières heures. L'océan est sombre aujourd'hui, couleur bleu nuit, les déferlantes déroulent leur écume blanche, aussitôt engloutie vers des profondeurs inquiétantes. Le ciel est métallique, un assemblage de tôles boursoufflées qui luttent en silence. Marty devine l'imminence du fracas, il s'attend à de l'orage. Il pourrait rester à regarder ce paysage, cette présence, des journées entières assis sur une branche d'arbre. C'est aussi intense qu'un feu de cheminée ou le sommeil d'un enfant. La collision soudaine entre cette pensée de l'orage avec la branche d'arbre le connecte à une douleur ancienne, la mort de Viktoria, un pincement lui contracte le muscle cardiaque, chaque fois la même douleur, on se dégage rarement d'une telle peine.

Il y avait bien longtemps que ses fesses n'avaient effleuré le doux revêtement de la banquette du piano. Il laisse ses doigts toucher le PVC du clavier, il se souvient de son combat pour que les touches des instruments à queue ne soient plus en ivoire, ça amusait son entourage, on le prenait pour un cinglé, mais avec quelques autres, ils avaient fait ployer de grandes marques, et Steinway avait fini, tardivement, par modifier sa production, abandonnant définitivement le clavier ivoire pour du plastique, c'était en 1989. Il ressent quelques petites touches de bonheur en faisant glisser ses phalanges sur les segments noirs et blancs de son Steinway D-274, son modèle favori. Des volutes de notes s'élèvent dans le salon, la furie du Pacifique est barrée par la présence invisible de la baie vitrée. Marty plonge dans le panorama étalé sous ses yeux, il s'élance dans les vagues, en *bodysurf*, totalement nu, un bras tendu en avant, l'autre plaqué contre son corps, il glisse au creux des rouleaux, dans ce nœud puissant d'où jaillit l'écume, il vit l'océan, il s'y intègre, il appartient aux éléments. De la musique éclabousse l'atmosphère silencieuse du salon, une harmonie gouvernée par ses doigts s'imprime dans la coquille de son cerveau. Il ferme les yeux, des moments heureux défilent sur l'escalator de sa mémoire, vite remplacés par des moments douloureux. Les années Omaha fusionnent au seuil de ses souvenirs, les poulaillers, monsieur Hellström, mademoiselle Westerlund, Solveig, Shirley, il se demande ce qu'elle est devenue, si elle est mariée, mère, célibataire, ou morte. Il songe à la folie de sa période « Los Angeles », la misère des deux premières années, à bouffer les restes tout en faisant la plonge pour des restaurants qui ne payaient pas. Puis ces séances de ménage pour étoffer sa subsistance dans ce bar de nuit minable, avec son piano tout aussi misérable. Le patron qui le chope au lever du jour, à jouer comme un sourdingue sur son instrument qui vomit des mélodies, puis son embauche comme pianiste de bar de nuit, dans ce lieu sordide. La dinguerie qui a suivi, pianiste dans un établissement de luxe, un restaurant appartenant à une star de cinéma, à la lisière des collines, puis son premier film comme compositeur, le second, la rencontre avec le succès, la rencontre avec Nancy, les années « Santa Monica », l'amour éperdu, éblouissant, la disparition des ombres de sa vie. Il revoit tout cela, du sel lui emplit les yeux, l'océan assène ses derniers coups dans la débâcle de sa colère. Les roches de la côte encaissent, un ressac rageur remue les plages, on aperçoit quelques irréductibles golfeurs qui frappent leurs balles blanches alvéolées, Marty joue maintenant les yeux fermés, les larmes empruntent le fléchissement de ses pattes d'oie, ses doigts ébauchent quelques envolées, il tâchera de s'en souvenir pour les enregistrer dans son studio du sous-sol. Un mouvement de mélancolie l'emporte loin des frontières de l'oubli, il sait déjà que rien ne sera oublié, tout est là, tout restera là, enchâssé dans l'épaisseur de ses euphories et de ses chagrins. Ester l'écoute, assise sur la plus haute marche de l'escalier, elle ne le voit pas, ses larmes l'en empêchent.

Peter Markuss n'est pas dans sa Corvette ce matin, Dorris vient chercher Marty en lui annonçant que le voisin l'attend dans le hall. Qui donc ? Clifford ? Markuss ? Elle lui confirme qu'il s'agit de l'homme aux costumes blancs. Que se passe-t-il cher voisin ? Marty prend toujours un malin plaisir à appeler Peter « Cher voisin », quand ce dernier lui sert du « Cher ami ». Que se passe-t-il donc pour que tu débarques ici de si bon matin ? Le père Eastwood va à nouveau se présenter à la mairie ? Pour quoi faire, il avait déjà réglé le problème des glaces, on peut à nouveau vendre et consommer des glaces à emporter dans les rues de Carmel-by-the-Sea. Dis-moi ce qu'il y a de si grave pour que tu aies quitté le siège douillet de ta bagnole et venir sonner à ma porte. Peter Markuss est très énigmatique, ce n'est pas dans sa nature de conserver les secrets plus de dix secondes. Swanson, écoute-moi ça, Larry Clifford a disparu. Brittany est venue m'en avertir hier soir, ça semble très grave, ça fait deux jours qu'elle ne l'a pas revu à la maison. Ils se sont couchés normalement, et au réveil, comme souvent, il était déjà parti pour faire son petit tour, c'est souvent le soir, mais parfois aussi le matin, il marche tu sais bien, mais il n'est pas cinglé comme toi à faire de la marche commando, il ne se prend pas pour un Navy Seal, lui. Bref, il n'est pas reparu depuis, et personne ne l'a vu dans les parages. Swanson lui confirme qu'il ne l'a pas revu depuis son sketch au restaurant. Il explique à Markuss l'accès de folie de Clifford qui s'était mis à hurler *bullshit, bullshit* au milieu des clients de l'établissement. Marty s'interroge, pourquoi Brittany n'est-elle pas passée me demander si je l'avais aperçu ou quoi ? Markuss n'en sait rien, il sait seulement qu'elle a vite paniqué, qu'elle a tout de suite compris que quelque chose n'allait pas, prévenant aussitôt les gars du *Police Department*. Il demande à Marty s'il a vu les véhicules des flics dans l'allée. Non, il ne les a pas vus. Pourtant ils sont venus lui assure Peter. Je ne les ai pas vus non plus, précise-t-il. Marty se veut rassurant, il est peut-être rentré en urgence sur la côte Est, un truc à régler. Ouais, c'est ça, sans prévenir Brittany ? Tu rêves, ils ne se quittent jamais. C'est peut-être justement ça mon vieux, l'envie de prendre le large. Peter Markuss s'étonne de cette réplique de Marty, ce n'est pas son registre habituel, il est rarement grinçant ou sarcastique. Dis donc Swanson, tu ne l'aurais pas découpé en morceaux pour le foutre dans ton congélo ? Arrête Peter, tu as produit trop de films, c'est pas du cinéma cette histoire-là. Mais je ne suis pas inquiet, Brittany va retrouver son Larry. Peter Markuss n'est pas de cet avis, il a bien envie de lui balancer que la réalité est plus puissante que la fiction, mais il se retient de lui envoyer cette saleté d'évidence qui pollue les *talk-shows* des plateaux de télévision. Bon, voilà, je voulais t'avertir. Tu devrais peut-être raconter aux flics l'épisode du *bullshit, bullshit*, non ? Marty lui explique que sa femme a certainement commencé par ça quand elle a fouillé dans ses derniers agissements.

Guidés par la voracité des oiseaux marins, les premiers touristes, ceux qui se sont levés très tôt ce matin, sont saisis par cette bataille tout en bas du ciel. À l'aplomb d'une faille rocheuse, goélands et cormorans se livrent une joute aérienne sans pitié. Les oiseaux descendent en piqué et se redressent d'un coup pour éviter les blocs de granit. Ils arrachent les prises dans le bec de l'adversaire, risquant parfois le décrochage en plein vol. Hurlant leur colère, ils pillent un animal échoué, un de leur congénère peut-être, la scène est d'une violence chaotique. Les obturateurs des appareils photos crépitent, on se presse pour capturer cette horde. Ils sont là, au bord du chemin balisé, venus de tous les continents, dans des long-courriers au vol indolent, ils portent des shorts et des lunettes avec la courroie de néoprène posée sur la nuque. Ils sont en extase face à la grande histoire de la nature. L'un des humains quitte le chemin et s'approche, un spécimen plus idiot que les autres, ou plus courageux, ou les deux peut-être, la bêtise et le courage s'unissent parfois, se superposent, et produisent des découvertes. Il est petit, moustachu, il sent l'Angleterre ou l'est de l'Europe, son assurance fait frémir sa femme, qui lui susurre Josef, fais bien attention à toi Josef, je ne veux pas avoir à expliquer aux enfants que tu t'es fait percer le crâne par des saletés d'oiseaux. Josef ne l'écoute déjà plus, il s'avance avec la détermination du connard qui a pris trop de baffes à l'école quand il était petit. Il va leur montrer, lui. Les volatiles ne se préoccupent pas de sa présence, ils s'activent même avec plus de violence, l'arrogant personnage se penche au-dessus du trou dans la roche, en contrebas il découvre la silhouette boursoufflée d'un humain, un homme au corps éclaté sous les coups de becs des oiseaux piochant dans la barbaque en putréfaction. Il se retourne vers l'assemblée de touristes, se replie sur son ventre et vomit. Sa femme accourt en s'écriant, mon chéri, mon chéri, il la repousse, vexé d'avoir montré tant de faiblesse au groupe resté sagement sur le sentier.

L'information remonte jusqu'à Mike Calhoun, l'officier en chef de la police locale, alors qu'il descend ses œufs brouillés et son bacon croustillant, en tentant de boire un café trop brûlant. Saisi par la mélodie de son téléphone portable, il renverse son café sur sa chemise bleu marine, il jure, sa femme se précipite, elle lui défait ses boutons et le déshabille pendant qu'il entame une conversation avec son subalterne. Il étire les bras, elle lui retourne les manches. Elle s'active pour éponger sa chemise imbibée de café, il lui fait signe avec de grands mouvements de dents que son débardeur est également taché, elle s'arrange pour lui ôter l'étoffe de coton par-dessus la tête, même si le passage de l'oreille n'a rien d'évident. Quand il raccroche il est torse nu au milieu de la cuisine, son ado de fille débarque les yeux embués, elle s'interroge sur son paternel et son poitrail tout poilu, qu'est-ce qu'il fabrique encore celui-là ? Elle voit sa mère revenir avec des habits propres, les vêtements froissés au bord de l'évier sont aussi une indication.

Brittany a entrevu une lueur de soulagement quand elle a aperçu Mike Calhoun à bord de son véhicule noir et blanc, rehaussé d'une étoile argentée sur la portière du conducteur. Puis elle a tout de suite compris à sa mine ennuyée. Ce qu'il avait à lui annoncer faisait partie de ces choses douloureuses inhérentes à son métier. Elle s'est propulsée sur le seuil de la maison, il a traversé la cour. Les poings joints en une boule serrée, elle a fixé la plaque gravée de son patronyme, son étoile métallique sous la pointe gauche de son col de chemise, et ce stylo-bille dans la pochette sous l'étoile dorée, puis elle a enfin osé affronter son regard. Tout était là, l'absence à venir, la solitude de ces journées immenses et incompressibles, Larry allait lui manquer. Mike, je vous écoute, dites-moi ce que vous avez à me dire. Le chef du *Police Department* mâche un glaviot bien compact et l'avale avant de s'élancer. Je suis désolé madame

Clifford… On a retrouvé son corps. Dans les rochers de Point Lobos. L'officier se tait. Brittany porte quelques doigts à sa bouche, sa vue se froisse. Elle demande s'il s'agit d'un accident. Il lui répond que rien n'est certain à l'heure où il lui parle, il ajoute qu'il faut rester prudent sur la question. Elle s'en étonne. Il lui soumet la possibilité d'un crime, il ajoute que c'est même fort probable, ses équipes sont sur l'affaire, et il se peut qu'ils reçoivent de l'aide de la part des collègues de Monterey. Il se confond en excuses comme s'il était coupable de quelque chose, et lui demande si elle a besoin d'une assistance psychologique, il peut lui fournir un numéro. Elle décline poliment son offre, elle lui murmure qu'elle appellera son psy dès qu'elle aura refermé cette porte. Mike Calhoun la salue, et marche en direction de sa voiture, le gravier crisse sous les semelles de ses chaussures de cuir. Il se penche vers l'habitacle de sa voiture, se replie à l'intérieur, son pantalon est un peu juste, il lui serre les parties génitales et les cuisses.

La nouvelle s'est faufilée dans le voisinage, Marty a tout de suite pensé à ce pauvre Isaac Lyttle, marié et père de six gosses, victime d'un meurtre dans son enfance, là-bas à Omaha, c'est loin, mais pas assez loin pour l'oublier. Il revoit les deux flics dans la cuisine, celui avec le menton en forme de fesses l'a marqué, il se souvient de la conversation, c'était un samedi tout gris, il s'ennuyait et la police avait débarqué. Il se demande ce que sont devenus ces gamins, et il se dit que lui aussi il a perdu son père très jeune, il se ravise aussitôt en concluant qu'ils n'étaient pas six enfants à la maison, il était seul. Il se demande si la peine de perdre un père se dilue dans les réserves de sentiments de chaque enfant, pour amoindrir le chagrin. Il sait que c'est complètement idiot de penser cela. Il reprend ses esprits et s'interroge, qui pourrait vouloir du mal à Larry Clifford ? Il revoit la scène du restaurant, son accès de folie au milieu des clients. Était-il empêtré dans une sale affaire, devait-il de l'argent ? À qui un milliardaire peut-il bien devoir de l'argent ? Marty se trompait, Larry ne devait rien à personne, sinon à lui-même. Il fallait laisser la police travailler. Marty aussi s'est remis à travailler, il s'est soudain glissé contre le râtelier de son clavier et a essayé de s'alimenter de nouvelles choses. Il considère que les idées arrivent simplement. Il a toujours comparé le processus créatif à un barrage. Dans un premier temps on retient tout, on ne bosse pas. L'eau monte inexorablement, elle monte, elle monte, elle affleure le sommet de la structure de béton, la pression est à son maximum, alors il faut ouvrir les vannes avant que l'édifice n'explose, qu'on perde tout. Et là, ça sort d'un coup, ça gronde, des flots de notes, des phrases musicales, des ritournelles, ça dévale des doigts, du cerveau, ça s'écoule sur le papier, et on noircit des portées, quasi vierges de ratures. Tout est limpide. Parfois il n'en sort que de la boue, il le voit immédiatement, et il n'insiste pas, mais le plus souvent, quand l'eau du barrage a attendu patiemment derrière les digues de son esprit, c'est une mélodie cristalline et mélancolique qui s'en échappe. Il ne croit pas au labeur du clavier, il ne croit pas à la minutie du travailleur coutumier, à celui qui s'installe chaque matin face à son instrument pour explorer, pour écrire de nouvelles mélodies, Marty exècre les tâcherons de la symphonie et leurs tonnes de gravats.

Il a raccompagné Ester à l'aéroport, elle l'a remercié en le serrant fort. Il est resté jusqu'à ce qu'elle disparaisse derrière les vitres opaques, il est resté jusqu'à ce que l'avion s'élance sur le tarmac, et disparaisse enfin dans le tourbillon des cieux. Puis Marty a passé du temps au studio, en bas, à essayer des arrangements. Il a enregistré quelques morceaux, qu'il a travaillés et retravaillés passionnément dans les lueurs boisées des lieux. Les parois recouvertes de panneaux de chêne massif apportent une douceur enveloppante. Dès qu'il s'enferme au studio, il se sent comme dans un ventre, le ventre de la nuit. Le temps disparaît, le monde extérieur s'enfuit, il reste ainsi des heures, pelotonné au cœur de la matrice. Il a fait venir une équipe de Berlin pour concevoir cet espace, la pièce est désormais parfaitement équilibrée en termes de fréquences et de réverbérations. Il a vu les gars de l'équipe mesurer les lieux avec des instruments électroniques, il les a entendus discuter chaque question avec un air dramatique. C'était du sérieux. Il fallait corriger l'écho de la pièce pour que les ondes sonores réfléchies soient en phase avec celles provenant des enceintes. Sans cette correction, on génère des interférences, et le son qu'on entend n'est pas fidèle à celui émis par les enceintes. Les types évoquaient un phénomène de *comb filtering*. Marty les écoutait avec beaucoup d'intérêt, le son l'a toujours enthousiasmé depuis qu'il a perdu l'oreille gauche. D'ailleurs, il est convaincu qu'il doit sa carrière à un orage. Ils ont utilisé des panneaux absorbants. Positionnés à des endroits stratégiques, leurs panneaux ont contribué à limiter les réflexions en absorbant les ondes sonores les atteignant. En plus de ces panneaux sur les murs, les techniciens ont installé un *cloud*, ultime panneau absorbant en suspension au-dessus de la position d'écoute, afin d'éviter au son d'être réfléchi par le plancher ou le plafond. Ils lui avaient bien expliqué, il s'en souvient encore, qu'il ne fallait traiter que trente à quarante pour cent des murs seulement, sinon la pièce risquait de devenir complètement morte. Pour résoudre les problèmes de résonances modales qui génèrent des crêtes et des trous dans les basses fréquences, ils avaient positionné des *bass traps* dans les coins du studio, il s'agissait d'absorber ces basses fréquences et de convertir l'énergie sonore en chaleur pour la dissiper. L'isolation phonique vis-à-vis des bruits extérieurs était optimum, et la ventilation nécessaire aux équipements électroniques était parfaitement silencieuse. Marty était très excité par cette installation, surtout lorsqu'on lui a livré le matériel de la régie, la table de mixage, les appareils d'enregistrement, les enceintes, et autres instruments de traitement du son. Les équipements les plus bruyants étaient, quant à eux, entreposés dans un local technique climatisé, situé à l'autre bout de la cave. Marty adore ces notions techniques, sans être un spécialiste, il peut en parler longtemps autour d'un thé avec les producteurs et les ingénieurs du son, ça l'électrise. Il aime descendre au studio, il aime cette solitude organisée, il apprécie cette confrontation face à lui-même, face aux sédiments de son incertitude. Dans la cabine aménagée trône un second piano, exactement le même modèle que celui situé à l'étage. Les micros sont judicieusement disposés, suffisamment éloignés des marteaux pour obtenir un son ample et pas trop percutant. Marty les règle toujours lui-même, ce sont des décisions basées sur l'empirisme, il a ses astuces, ses trucs bien à lui. Mais il les partage volontiers quand on le lui demande, il ne les conserve pas comme des secrets militaires. Il a toujours détesté les secrets, le mensonge. C'est justement cette constance, cette attitude loyale et désintéressée, qui fait toujours dire à sa fille Ester qu'il est une sorte de pasteur, un putain de pasteur qui fait chier tout le monde avec sa droiture.

Dans son sous-sol, Marty a escamoté la disparition de Larry Clifford. Mike Calhoun, le chef du *Police Department* de Carmel ne l'a pas oublié, lui. Il s'est bougé, il a remué la veuve fraîchement délestée de son milliardaire de mari. Il n'y avait rien à extraire dans les premières lignes de son rapport, il semblait qu'elle l'aimait encore quand il est mort. Elle a admis qu'il avait des soucis, les cris au restaurant sont ressortis. Mais aussi ses demandes incessantes auprès de la mairie à l'encontre du poulailler de son modeste voisin, Bob Fraser, le type qui épluche des poissons avec son couteau de céramique chez Turner's Fishing, l'atelier de fumaison artisanal. Très vite sont remontées les petites rivalités entre les deux hommes, l'insolence, la défiance, les petites bravades, il semblerait que Bob

Fraser en avait après ses riches voisins, jalousie, gêne, perte d'une certaine tranquillité dès qu'ils ouvraient leurs volets et qu'ils s'installaient le temps d'un été contre leur petite maison, tout cela dessinait plus que de l'inimitié, mais plutôt une haine larvée. Ce Bob Fraser avait l'air serein, presque désinvolte lors de la première visite de Calhoun, mais dès que l'enquête s'est orientée vers son garage et que la police a trouvé les premiers éléments, Fraser a changé de ton, devenant plus véhément. Les fibres de chanvre trouvées sous les ongles de Larry Clifford, les ecchymoses autour de ses chevilles et de ses poignets, montrant qu'on l'avait ligoté, le désherbant absorbé par la victime, acheté par Fraser chez un détaillant de Monterey, la croûte de sang coagulée sous la banquette arrière de la vieille bagnole de Fraser, les traces d'ADN de Clifford sur le dossier de cette même banquette, les écailles de poisson dans la rainure, les mêmes écailles sur l'éponge qui avait servi à nettoyer la coulure de sang, cette ordure de Bob Fraser était coincée, son crime, établi, avéré. Mike Calhoun l'a coffré en moins d'une semaine. Depuis, le quartier entier est badigeonné d'effroi, les locaux qui connaissent Bob, n'en reviennent pas. C'est pas possible, étant l'expression qui revient le plus souvent. On a acheminé Bob Fraser à l'arrière d'une grosse berline noire aux portières blanches. Sa femme, Kathleen, et leur sublime fille l'ont regardé partir en se serrant l'une contre l'autre, la gamine a émis un petit cri de détresse. Elles pensaient le revoir, mais elles n'ont revu son visage que dans la presse. On a conduit Bob Fraser à cent trente *miles* de chez lui, on l'a enfermé à la prison de San Quentin, au nord de San Francisco. Sa femme et sa fille, auront beau se débattre, on ne touche pas à un milliardaire. À moins qu'un simple millionnaire ne vous vienne en aide.

*

Équipé d'un blouson bleu, mal taillé, avec les inscriptions CDCR Prisoner en lettres jaunes dans le dos (California Department of Corrections and Rehabilitation), Bob Fraser surnage comme il peut dans son vêtement et dans ce marigot qu'est le milieu carcéral. Déjà deux ans qu'il est interné dans le bâtiment Nord de San Quentin. Rebaptisé le « couloir de la mort », le célèbre établissement de la ville de San Francisco est divisé en trois sections, le quartier Nord, celui qui renferme les détenus ne posant pas de problèmes au sein de la prison, le bloc Est où résident le plus grand nombre de condamnés à mort, et enfin le « centre d'ajustement » pour la crème de la crème, les prisonniers les plus dangereux. Déjà deux ans qu'il ne voit plus vraiment sa gamine grandir, qu'il ne serre plus sa femme contre lui à la lueur du guéridon de leur table de nuit, qu'il ne glisse plus ses grosses mains dans la fourrure puante de son chien, qu'il n'a toujours pas réparé cette foutue chaise dans la cuisine, qu'il ne découpe plus de poisson chez Turner's Fishing, et que sa ville de Carmel lui manque. Bob Fraser se tient bien, il ne commet jamais aucun geste irresponsable, ne montre aucune animosité. Sans être démobilisé ou en état de dépression avancée, il continue de se montrer respectueux envers les autres, même les pires spécimens de l'espèce humaine. On lui a promis la peine de mort, alors il attend. Il a la force de celui qui se sait innocent, il lui reste l'espoir d'être libéré un jour, ce que la plupart de ses codétenus n'espèrent plus. Bob se dit qu'il faudrait juste qu'autour de lui on comprenne qu'il n'a rien fait, mais ce mot « juste » est énorme, il pèse des années de détention, peut-être des décennies. Bob Fraser préfère ne pas y penser, il se fait tout petit, ne s'imposant jamais aux machines à muscles de la cour de promenade, ne pénétrant jamais sur le terrain de basket, effleurant à peine le revêtement goudronné du sol. Il reste immobile, tel un insecte vulnérable, se limitant au minimum d'interaction avec ses congénères. Chaque instant de vie dans cette enceinte est dangereux, il suffit d'un regard, ou même de respirer, pour que soudain, une brute se pointe et décide de vous asphyxier à tout jamais. Les mecs se succèdent aux bancs de musculation, ils tirent et tirent encore sur des leviers, à s'en arracher les muscles du squelette. Bob ne serait pas étonné de voir un jour un ballon de football traverser la cour et s'aplatir contre un mur, avant qu'on ne s'aperçoive qu'il s'agit d'un biceps. Les mecs sont sur les nerfs, les places sont chères, seuls les plus gros s'imposent. Les plus menus doivent se muscler dans leur piaule s'ils veulent rattraper les mâles dominants, et se mesurer à eux, en rejoignant le club des gros. Être en prison c'est crevant. Se faire une place, c'est souvent au détriment de son honneur ou de la morale, alors quand on est innocent, comme Bob Fraser, c'est un effort surhumain de rester vivant au milieu de ces hommes aux réflexes de caïmans. Kathleen et leur grande fille lui rendent visite aussi souvent que possible, à travers ses lettres il est parvenu à les convaincre de son innocence, cette nuit-là, il dormait près de sa femme, jamais il ne s'est levé pour aller tuer Larry Clifford, leur voisin. Cette pourriture dépressive a simplement organisé son suicide en faisant passer son voisin pour un assassin, accusant délibérément Bob Fraser. Tout ça pour une histoire de poules, de standing, de voisinage incompatible. Il retourne constamment la question dans les plis de sa cervelle, il ne comprend pas ce qui peut motiver à se tuer pour de telles futilités. Il ne comprend pas davantage ce qui peut amener un homme à en supprimer un autre. Il aurait pourtant de quoi s'informer ici, auprès de tous les pensionnaires du bloc Nord où il habite. Des centaines d'âmes sont empilées sur cinq étages, c'est bruyant et métallique, même les coursives sont barricadées de barreaux pour ne pas se jeter dans le vide ou agresser les gardes armés qui surveillent d'en bas. La vie à San Quentin reste encore de la vie, même si on patiente dans le couloir de la mort. Les gardiens se font parfois éclabousser d'excréments à travers les portes grillagées des cellules, c'est aussi ça le vivant. En général, la correction qui s'ensuit passe l'envie de recommencer aux lanceurs de déjections humaines. Et la routine s'étire à nouveau.

Mais depuis quelques jours, un scandale a éclaté en dehors de l'enceinte carcérale, le bureau de surveillance des lois de Californie a découvert qu'une nouvelle chambre d'exécution était en construction dans la prison, et qu'il n'en avait pas été informé. Arnold Schwarzenegger, le gouverneur, a été accusé de dissimuler ce projet aux tenants de la loi ainsi qu'au grand public. La direction de San Quentin souhaitait remplacer la minuscule salle d'injection létale, un trou d'à peine quatre mètres carrés, équipé d'une seule vitre d'observation, par une installation plus adaptée, une chambre d'injection de plus de vingt mètres carrés et trois dispositifs d'observation, une vitre dans une pièce destinée à la famille du condamné, une autre pour la famille de la victime, et enfin une ouverture pour la presse. Ça a beaucoup tangué au sein des notables de l'établissement, Schwarzenegger a tapé du poing sur la table et a finalement fait marche arrière pour sauver ses fesses, il est conscient qu'un scandale c'est comme une guerre, on sait quand ça commence, on ne sait pas quand ça se termine. Soudain, il n'est plus question de modifier ou d'améliorer quoi que ce soit dans le déroulement des opérations létales de San Quentin, avant cela, chaque partie doit pouvoir accéder au dossier complet afin qu'une décision soit prise. Le *Terminator* ne fait plus le malin. Rebaptisé *Governator* par les journalistes, il tient à ce que les Américains conservent une bonne image de lui, celle d'un homme fort mais loyal. L'information circule d'une cellule à l'autre, les prisonniers sont divisés, le ton monte de tous les côtés, dans et en dehors des murs. À l'heure des activités sportives, des bagarres éclatent sans que personne en comprenne réellement le sens, personne ne sait rien, mais tout le monde donne son avis, c'est une façon de rester vivant, rien n'est plus joyeux et vivifiant qu'un conflit sous des tourbillons de barbelé, sous des canons pointés depuis les miradors. Mais ici c'est comme partout, les batailles se fanent un jour, et tout se règle sans prévenir, les prisonniers ont ramassé leurs phalanges et les législateurs ont fini par approuver ce projet de rénovation, allouant à la prison la somme de cent quatre vingt mille dollars pour son exécution. Bob Fraser n'a pas d'avis sur la question, dans sa cellule d'un mètre soixante de large, il regarde sa télévision au boîtier transparent, elles sont conçues pour qu'on n'y dissimule rien, il regarde à peine ce qui passe à l'écran, accaparé qu'il est par ses espoirs et ses tourments. Il croit en Marty Swanson, il lui a confié presque la totalité de sa confiance, et depuis quelques mois, l'homme a prouvé que Fraser pouvait compter sur lui.

Kathleen et sa fille avaient sonné au portail de Marty, c'était un dimanche en début d'après-midi. Le couple à son service était absent, au repos, et Kathleen se disait que ce serait sans doute plus facile de voir la porte de la villa s'entrouvrir si elle traitait directement avec monsieur Swanson, l'hôte des lieux. Son calcul était le bon, ils se connaissent de vue, car vivant dans la même allée, et contrairement aux Clifford, il les a toujours salués, malgré l'évidente disparité de niveau de vie. Dans le quartier, il n'y a que Kathleen pour s'imaginer qu'un homme peut s'exonérer des signes élémentaires de politesse, simplement parce qu'il évolue dans une autre catégorie de revenus. Marty avait jaugé l'image sur l'écran relié à la caméra du portail, puis il avait fait coulisser l'armature ouvragée. Les deux femmes s'étaient avancées, malhabiles sur le gravier, il les avait fait entrer et s'asseoir dans le grand salon, où siège le piano. Ils les avaient mises à l'aise en leur annonçant aussitôt que chez eux ils jouissent aussi sans doute de cette magnifique vue sur l'océan. La fille de Kathleen avait manqué de déclarer maladroitement que leur intérieur n'a pas vraiment le même cachet, mais elle s'était abstenue, pressentant qu'elle allait dire une connerie. Marty connaissait un peu Kathleen, mais il ignorait le prénom de la jeune fille l'accompagnant, il le lui avait demandé avec une étrange douceur, elle avait timidement énoncé son prénom, Melany. Il s'était gardé de faire comme de nombreuses célébrités qu'il a parfois côtoyées, et qui se présentent aux autres en murmurant leur prénom comme si personne ne l'avait jamais entendu, comme s'ils étaient de parfaits inconnus, tentant d'avoir l'air sympa alors qu'ils sont la plupart du temps imbibés de dégueulasserie et de fausse modestie. Il s'était contenté de leur offrir un verre, les deux femmes avaient accepté une eau pétillante bien fraîche. Il était réapparu un verre dans chaque main, de fines bulles s'échappant des rondelles de citron. Melany ne pouvait se retenir de soupeser la richesse qui l'entourait, le soin apporté à la menuiserie des baies vitrées était hors norme. Une ouverture centrale immense, au sommet arrondi et généreusement moulurée, était encadrée de deux fenêtres plus basses et rectangulaires. L'effet généré par ces figures mathématiques était de l'ordre de la splendeur. Cette découpe au classicisme épuré, dans un mur donnant sur le Pacifique avait de quoi surprendre ou rendre quelqu'un heureux pour le reste de la journée. Melany trouvait cette visite déjà très tonifiante avant même que Kathleen, sa mère, n'ait lancé la discussion. La jeune femme s'attardait aussi sur la noirceur et la brillance du piano, les sofas, cette large table basse, les livres, le plateau d'argent, ses fleurs et ses bougies. Rien n'était là par hasard, tout était si joli. Melany avait envie de rester ici, de stopper sa vie dans cet endroit parfait, de se laisser bercer par le piano de Marty, elle connaissait la plupart des musiques qu'il avait composées pour le cinéma, ses amies au lycée lui avaient fait écouter, et elle avait tout de suite aimé sa mélancolie. Les copines n'en revenaient pas que Melany Fraser puisse être la voisine de Marty Swanson, le grand compositeur.

Kathleen lui avait enfin tendu la lettre qu'elle tenait contre sa poitrine, un courrier rédigé par son mari, Bob. Sa main était tremblante. Marty s'était emparé des feuilles avec étonnement, il avait pris le temps de parcourir les huit pages écrites au stylo-bille, dans lesquelles Bob Fraser conseillait à sa femme d'aller trouver le voisin Marty Swanson, car, selon lui, il était le seul mec honnête du quartier, et avec suffisamment de relations, le seul gars capable de les aider. Bob rappelait tous les faits, il expliquait comment Larry Clifford lui avait tendu ce piège horrible. Certes, tous les indices coïncidaient et l'accablaient, mais il s'écriait qu'aujourd'hui, il faut être complètement con pour oser se mesurer aux techniques de la police scientifique, zigouiller le voisin avec qui on a déjà eu des histoires, ce n'est pas bien malin, il est évident qu'on se positionne en suspect numéro un, voilà ce qu'il écrivait. Marty revenait parfois en arrière, la pensée de Bob Fraser étant parfois mal exprimée, mal structurée sur le papier. Il décrivait pourtant chaque étape de la mise en scène organisée par son voisin Clifford, la corde, le sang suite aux coups portés au visage, les coups que Clifford s'étaient donnés à lui-même, les écailles de poisson de l'éponge afin de prouver une tentative de dissimulation ratée, et aussi la petite boule de sang séchée sous la banquette arrière, l'ADN de l'autre qui s'était volontairement allongé dans la bagnole de Fraser qui l'avait soi-disant acheminé jusqu'à Point Lobos, mais il y a une chose que Larry Clifford ignorait, et ça, les enquêteurs n'ont pas voulu l'entendre, la bagnole en question était en panne depuis deux jours, impossible de la démarrer. Marty avait relevé la tête, il avait demandé à Kathleen si elle l'avait réparée depuis, il fallait bien, lui avait-elle répondu avec une voix écrasée. Elle avait ajouté que son mari avait contacté son pote, le garagiste Ron Lemos, pour lui demander de passer regarder le moteur. Marty voulait savoir si le gars était venu. Elle avait acquiescé. La veille du drame, ils avaient eu un ou deux échanges au téléphone et Lemos était passé chez eux. Il avait inspecté la voiture, mais il devait commander une pièce. Marty lui avait demandé si elle avait obtenu les relevés téléphoniques. Elle ne les a jamais récupérés. Marty avait alors demandé si elle avait fait appel à Ron Lemos pour prouver que la voiture était cassée au moment des faits. Kathleen lui avait certifié que le garagiste avait pris peur, et qu'il n'avait pas voulu être mêlé à cette histoire, ajoutant même qu'il ne lui parle plus beaucoup depuis cet événement. Sortant de sa rêverie, la gamine avait ajouté que Ron était pourtant un super copain de son papa, un gars sérieux, à la tête d'une entreprise familiale, pour qui une poignée de main comptait autant qu'un contrat écrit. Marty avait ruminé la lettre qu'il tenait entre les doigts. Les deux femmes observaient, craintives, ce grand homme blond, élégant et tout sec, de presque soixante ans, Melany connaissait son âge, elle avait vérifié sur Internet au lycée, à partir d'un des ordinateurs mis à la disposition des élèves. Soudain, après une attente interminable à guetter les muscles de son visage nerveux, il leur avait offert le plus beau des sourires.

Depuis, Marty a pris les choses à son compte, ils ont régulièrement fait des réunions avec Kathleen et Melany, chez les Fraser ou chez lui. Dans un premier temps, elle lui préparait des plats compliqués qu'elle allait chercher dans les livres de recettes que sa mère lui avait laissés. C'était très gênant, Marty lui avait alors fait comprendre d'où il venait, et l'histoire du poulailler de son père avait beaucoup amusé Melany, elle y voyait un lien, un signe, puisque toute cette histoire avec Clifford était partie de ces quelques poules qu'ils élèvent sur leur terrain. Depuis, Kathleen s'est assagie, elle accepte même de le laisser cuisiner. Bob Fraser n'est pas ce genre d'homme qui trempe ses pattes dans les marmites et les casseroles, mais Marty, lui, ne s'y refuse pas, même s'il reste assez médiocre en cuisine. La confiance s'est installée entre eux, Melany n'en revient pas que ce type puisse les aider sincèrement, mais elle a comme consigne de la fermer au lycée, sa mère lui a fait peur, lui expliquant que de son silence dépendait la liberté de son père. Conseillé par sa fille Klara, qui possède sa propre affaire et gère les droits des artistes, Marty Swanson a pu rencontrer les associés d'un gros cabinet d'avocats sur Los Angeles, des types spécialisés en droit pénal. En peu de temps, ils ont obtenu les relevés téléphoniques de Bob Fraser et du garagiste Ron Lemos, signant leur première victoire. Les horaires et la durée de chaque conversation y sont consignés et sont, depuis, portés au dossier. C'est imparable, la veille de la mort de Larry Clifford, Bob Fraser a effectivement appelé son garagiste, qui l'a lui-même rappelé plus tard pour lui dire à quel moment il pourrait passer. Ces éléments étaient précieux, la vérité devenait lisible. Brittany Clifford est rentrée depuis longtemps sur la côte Est, ce n'est pas plus mal, car elle serait choquée de la complicité qui s'est établie entre Swanson et les Fraser, la famille de l'assassin de son cher Larry, dont il ne reste plus qu'une urne enfoncée dans la terre du cimetière de Green-Wood à Brooklyn.

Ce soir, Marty a invité les filles à dîner à la maison, il a une grande nouvelle à leur annoncer, non pas la libération de Bob, ça elles ne s'y attendent pas avant des années, mais chaque avancée est inespérée, leur travail, pour le moment, consiste à accumuler des pièces au dossier. Et aujourd'hui, ils ont obtenu le gros morceau qui leur faisait tant défaut, Cooper et Jones les dirigeants du cabinet Cooper & Jones ont arraché un témoignage crucial au garagiste Ron Lemos, ça s'est déroulé hier dans les bureaux des enquêteurs de Monterey, Marty voulait leur faire la surprise. Et ce soir Ron et sa femme Debbie vont passer. Marty demande à Kathleen si elle en a la force, si elle pourra effacer d'un seul coup la mauvaise attitude de Ron ces derniers temps, son regard fuyant, sa lâcheté. Elle lui assure qu'elle aura la force de l'affronter, elle lui explique que tout cela s'est effacé à l'instant même où Marty lui a annoncé le témoignage de Ron. Le couple de garagistes arrive avec dix minutes d'avance, madame Lemos s'est habillée, une robe très fleurie aux tonalités jaunes et vertes. Ron, lui, a passé le pull Ralph Lauren couleur bleu nuit que les enfants lui ont offert à Noël, et qui amenuise considérablement le bulbe de gras qui lui délimite le ventre. Ils ont apporté une bouteille de Korbel, du champagne qui n'a pas l'autorisation d'utiliser l'appellation « champagne » puisque produit ici en Californie, dans le comté de Sonoma. Monsieur Lemos regarde un peu partout, ses yeux roulent du plancher au plafond avec la tentation de tout mémoriser tant le lieu est impressionnant. Marty les avait avertis que Kathleen et sa fille seraient probablement là, ils avaient eu le loisir de se faire à l'idée, et les premiers échanges ont immédiatement été chaleureux tant les Lemos sont heureux de se trouver ici, chez le célèbre Marty Swanson. Sa femme avait confié à son mari, au moment de ranger leur voiture dans la cour subtilement éclairée, qu'elle aimerait bien que le compositeur leur joue un air de piano. Ce à quoi Ron avait rétorqué, compte sur moi pour lui demander. Maintenant, ils sont là, au milieu du salon, près du piano, surpris de voir à quel point les Fraser semblent à l'aise dans cette habitation. Ron se fait cette réflexion, on dirait qu'elles sont chez elles, à la maison. Il se dit qu'il doit absolument se détendre. Marty revient avec des coupes de champagne des cristalleries Saint-Louis, des modèles dorés à l'or fin. Madame Lemos l'observe à la dérobée, il pose les verres sur la table basse et les invite à s'asseoir. Il demande à Ron s'il veut bien ouvrir la bouteille fraîche qu'il vient d'apporter. Ça y est, c'est la panique dans la tête du garagiste, il ne faut surtout pas qu'il se rate, la dernière fois, chez sa belle-mère, c'était parti avant même qu'on ait apporté les verres. Un pop étouffé s'invite dans l'atmosphère, Ron est soulagé, il s'applique à tenir la bouteille par le cul, avec le pouce dans le renfoncement de la base, il a vu faire cela au restaurant *Chez Grasing*, un soir de nouvel an. Il verse le breuvage dans les trois premières coupes, avant d'aller plus loin, il demande à Kathleen s'il peut servir sa fille, elle est d'accord, elle précise que la situation est suffisamment exceptionnelle pour que Melany ait droit à sa petite coupe de Korbel. Soudain, il ne sait à qui appartient la main qui lui a retiré la bouteille des siennes, mais c'est sûrement un putain de dieu malfaisant qui est parvenu à faire glisser le champagne de ses doigts, laissant retomber lourdement l'objet de verre sur le tapis. Effrayé, Ron Lemos voit le reste de vin pétillant se déverser à grandes lampées sur le tapis, certainement un truc choisi par un décorateur, un machin hors de prix. Bordel de merde, il ne peut contenir un juron, Marty le met immédiatement à l'aise, il lui assure que c'est un tapis éponge, l'autre n'est pas certain de la blague. Leur hôte revient avec une véritable éponge, il s'agenouille, madame Lemos émet un laissez, laissez, avec une voix étranglée. Marty n'a aucun problème avec l'idée de se mettre à genoux pour nettoyer un tapis imbibé de champagne, sous le regard de ses invités. Il termine avec du papier essuie-tout et ouvre une nouvelle bouteille, exactement la même, tirée de sa cave à vin encastrable. Ron Lemos est ailleurs, prostré dans son sofa, avec la tête rentrée dans les épaules, comme une vieille mouette sous la pluie. Sa femme lui envoie des regards cinglants pour l'implorer de revenir dans le présent. Marty trinque avec eux, Melany avoue à sa mère qu'elle avait déjà goûté du vin pétillant chez une copine. Tout le monde se détend et Marty leur indique qu'il doit passer en cuisine.

*

Elle lui avait envoyé un message sur son téléphone, il disait précisément ceci, Papa, ce soir je retrouve mon émission, écoute si tu peux, c'est à 20 h 30. La direction de la station de radio a tergiversé de longs mois, acceptant son retour, pour le lui refuser et enfin revenir sur sa décision et la laisser travailler à nouveau. À partir de ce jour, elle récupère enfin ses heures d'antenne. Ester a connu toutes les nuances de l'espoir, elle a tenu bon, et elle retrouve sa place dans sa propre émission ce soir. Marty est heureux de constater que le décrochage de sa fille a fonctionné, 2008 est peut-être une bonne année ? Il n'ose se retourner pour s'en convaincre, mais il semblerait pourtant qu'elle n'ait plus touché à la dope depuis son retour de Suisse. Il souhaite, il espère qu'elle a réellement décroché, il ne sait pas, Ester lui a tellement menti qu'il lui est difficile de la croire aujourd'hui, mais il s'efforce d'accepter tout ce qu'elle lui dit désormais. Il reste convaincu que pour accéder à une forme de tempérance, voire de bonté, il faut avoir fait des conneries dans le passé. Pour devenir quelqu'un de bon, il faut avoir été mauvais. Être filtré par la peur. Sans ce passage nécessaire, les humains restent foncièrement mauvais toute leur vie, Marty croit à la rédemption, à la réparation solitaire, en silence, le rachat ne pouvant se faire que dans le silence de la modestie. Il est installé dans son bureau, l'océan fouette la côte sans relâche depuis une semaine. Dans l'obscurité souillée de lune, il distingue les gifles blanches qui s'abattent sur les îlots de Pescadéro, concrétions rocheuses placées en éclaireurs à l'avant de la baie de *Stillwater*. La radio est allumée, Marty a éteint l'ensemble des lampes, il attend dans le noir, songeant à cette époque où il était gosse et qu'il restait ainsi des heures, son oreille valide collée sur le haut-parleur de l'appareil. Son père lui en avait fait baver en lui refusant le fameux poste pendant des années, toutes celles où il a vécu, debout au milieu de sa famille. Marty trouve vraiment triste d'avoir attendu la mort de son père pour découvrir les bienfaits de la radio, ses découvertes et ses mystères. Jessie ne parvenait pas à le décoller de cet engin de malheur, c'était comme si cette chose avait fini par remplacer son père. Marty se souvient qu'il devenait dingue quand il entendait une chanson parfaite et que sur les dernières mesures l'animateur oubliait de rappeler de quel titre et de quel auteur ou interprète il s'agissait. Alors il vivait avec cette mélodie enfoncée dans sa tête jusqu'à ce que le type au micro lui balance enfin la bonne info. Il a parfois attendu des semaines avant d'avoir sa réponse, et il est aussi arrivé qu'elle ne vienne jamais. Sa frustration était immense, ça le mettait de travers jusqu'à la prochaine découverte.

Il est bien calé sur la fréquence 106.7 FM, Ester est là, dans les enceintes, sa voix est à la fois excitée et sereine, il se demande comment elle peut faire ça, jumeler deux expressions si opposées. Il est reconnaissant à l'équipe de la direction de Kroq de l'avoir laissée reprendre son émission « *The Ester Late Show* », même si la décision a été très discutée, validée puis invalidée plus tard, finalement elle est là, et pour son grand retour elle a invité Dave Grohl, le célèbre batteur de Nirvana, passé depuis sur le front de scène avec ses Foo Fighters, en assumant la guitare et le chant. Ester connaît très bien l'animal, ils traînent ensemble, il lui arrive parfois de gérer la poussette de Violet Maye sa petite fille, en *backstage*, pendant les concerts. Ester passe pas mal de temps chez eux, elle s'entend bien avec Jordyn, sa femme. Elle entame son émission par une question liée à l'enfance, Dave, je crois savoir que tu as passé une partie de ta jeunesse à Springfield, mais de quel Springfield s'agit-il ? Dave Grohl lui répond que c'était en Virginie, mais qu'il aurait préféré vivre dans la musique des Buffalo Sprinfield, le premier groupe de Neil Young. Ester ne peut s'empêcher de ramener le propos à elle, à sa propre histoire, à ses origines. Tu sais que ma famille était aussi basée à Springfield ? Mais dans le Nebraska, mon père est né là-bas. Alors si Marty Swanson est né à Springfield, tu as tout mon respect. Dave Grohl se fout de sa gueule, on devine qu'Ester lui envoie une grosse mandale dans le studio, on entend le coup partir, absorbé par les micros. *Outch*, mon bras, tu m'as écrabouillé le biceps, s'esclaffe le musicien en simulant la douleur. Marty rougit dans le noir, il a un peu honte de l'invariable égocentrisme de sa fille, il faut toujours qu'elle rapporte tout à elle. Ça le gêne aussi d'être cité ainsi, toute sa vie il s'est tenu à l'écart, il goûte peu l'éclairage des médias, qu'il maintient toujours à bonne distance. Mais sa fille aînée est ainsi constituée, c'est dans sa nature de se montrer, d'ouvrir grandes ses mandibules à toute occasion. Elle est jolie, elle irradie, et ceux qui s'en approchent sont éclaboussés de merde ou de lumière, c'est selon, tout dépend de la tiédeur de son thé et du gluant de ses œufs brouillés à l'heure du *breakfast*. Ça peut la diviser pour la journée, morceler son humeur comme la surface crantée d'une grenade. L'émission est plaisante, Dave Grohl est charmant, il crache un peu sur les papis des Stones, avouant qu'il trouve débectant de les voir voyager systématiquement en première classe, et de se pavaner dans des hôtels de luxe à longueur de temps, avec une flopée d'assistants, il trouve le truc un peu écœurant et pas très rock. Ester le bouscule en lui demandant s'il voyage en éco et s'il descend chez l'habitant. Ça rigole bien dans le studio, tout le monde est détendu, Marty s'enfonce dans son vieux fauteuil Eames au cuir délicieusement craquant. Il pourrait s'endormir, bercé par la voix grave de sa fille, ce timbre reconnaissable entre tous de la gamine grandie trop vite, entourée d'adultes, pas d'enfants de son âge, plongeant dans l'alcool et la drogue pour surmonter la célébrité de son père. Il est triste pour elle, Ester n'a jamais pu maîtriser ses sentiments, notamment à l'égard de sa sœur, et elle est toujours empêtrée dans cette jalousie dévorante, sans doute stimulée par l'admiration qu'elle voue à sa sœur. Ester ne comprend toujours pas comment Klara trouve assez de forces pour dépasser son handicap, pour accepter de se déplacer en claudiquant, à cause de cette jambe gauche beaucoup plus courte que l'autre. Elle ne saisit pas d'où viennent cette énergie et cette confiance qui lui font tant défaut à elle. Et surtout, elle a toujours été convaincue que ses parents faisaient de la différence entre les deux sœurs, à cause de cette saleté de handicap, oui Ester est persuadée d'être moins aimée que Klara, persuadée qu'on lui a toujours accordé moins d'attention. Bien sûr, elle a vu moins de spécialistes, elle a fait moins d'expériences alternatives autour de sa jambe gauche, la sienne étant en parfait état, mais ce n'est pas une raison selon elle, et tout ça lui donne toujours envie de hurler. Elle voudrait qu'on s'occupe d'elle comme on s'occupe du malheur de sa sœur, et en cela, l'usage dévastateur des opiacés lui a été salutaire, la poursuite de lumière s'est accrochée à elle, soudain elle avait le sentiment d'être regardée, voire aimée. La vision d'Ester était déformée, jamais Nancy et Marty n'avaient fait de différence, mais il est impossible d'en convaincre un enfant qui croit déceler ce genre de dysfonctionnement, il y croira jusqu'à la mort. Et si l'autre disparaît avant, si le frère ou la sœur est enfermé sous une tombe, la jalousie de l'être blessé se nourrira de cette stèle, de la mémoire de l'autre, le train de la jalousie ne s'arrête jamais.

La voix d'Ester le détend, il laisse refluer un soupir, l'écouter est apaisant, il flotte dans l'atmosphère de ses souvenirs, songeant à Nancy, elle lui manque, une simple nuit de sommeil c'était déjà du manque. Sur son bureau, dans la pénombre imbibée de lune, il devine le cadre avec son portrait, elle avait quarante ans, deux petites années avant sa mort. Personne ne soupçonnait rien, elle allait bien, elle marchait jusqu'à Point Lobos avec des enjambées spectaculaires, Marty se plaignait toujours qu'elle était difficile à suivre, et soudain, en 1992, elle avait brutalement maigri, elle n'était déjà pas épaisse, des douleurs abdominales étaient apparues, et sa peau avait viré au jaune. Le diagnostic était limpide, trois mois à vivre en digérant cette saleté de cancer du pancréas, une charge d'espoir inutile, du vide qui s'enfonce dans le corps tandis que le cerveau s'emplit d'images du passé, d'une multitude d'instants de bonheur pour lutter contre la douleur de se savoir perdue, pour soi, et pour les autres. Un jour, enfant, Ester lui avait demandé comment elle réagirait si Marty venait à mourir brutalement. Nancy avait répondu sans hésiter, je me remets assez bien de ces choses-là. Marty et Ester avaient éclaté de rire, à la fois choqués et enthousiastes, sa franchise rugueuse les déstabilisait toujours un peu. En réalité, Nancy était extrêmement douce, elle avait sa façon bien à elle d'effacer les tourments, elle ne se plaignait jamais, les événements les plus graves ne semblaient jamais l'atteindre, elle les absorbait sans mélancolie, comme on écrase un moucheron ou une fourmi. En revanche, une assiette ou un bol ébréché lui procuraient une souffrance intense, elle vacillait, dévastée par de l'irréparable qui semblait si futile à Marty. Mais il la prenait au sérieux, il fonçait acheter des colles improbables à la droguerie du coin, il réparait la vaisselle, mais aucune réparation ne colmatait sa douleur, elle était touchée aux tréfonds de son être, comme si elle était elle-même constituée de porcelaine. Nancy ne supportait pas les objets blessés, mais elle ne pouvait davantage voir le sang couler. Une minuscule coupure l'allongeait sur le sol, sur un tapis ou un sofa si elle en avait le temps, qu'il s'agisse de son flux sanguin ou de celui de quelqu'un d'autre. Chaque fois que Marty laissait entrevoir du sang à cause de sa maladresse innée avec les outils, elle le suppliait, elle suffoquait, chancelant à la lisière de la syncope. Elle gémissait aussi. Un cri désespéré, toujours le même. Il trouvait cela si joli, au début il se moquait gentiment, puis il avait cessé, la prenant de plus en plus au sérieux. Aussi, il aura toujours le regret de cette partie de leur vie qu'ils n'ont jamais franchie. Quelle aurait été leur vieillesse à deux ? L'aurait-elle aimé jusqu'au bout ? Il s'imagine que oui, lui il l'aime encore plus que tout aujourd'hui, seize ans après son départ. Et il parvient difficilement à évoquer sa mort avec ce mot précisément, la mort. Il préfère parler d'esquive ou d'échappée vers le néant. Il sait qu'il n'y a rien de l'autre côté, il n'attend aucune retrouvaille, il se souhaite de rester en vie le plus longtemps possible, pour demeurer conscient de son amour pour elle, Nancy est toute sa vie, elle a effacé tout ce qu'il avait aimé comme sentiments. Elle a atténué sa vie d'avant. Il se souvient comment ils s'embrassaient, et le temps délicieux que ça prenait avant qu'ils ne s'unissent, elle l'accueillait si bien, ses cheveux fins étaient froissés comme du foin, elle respirait la bouche ouverte, il empilait du désir pour elle, en elle, elle se démenait au-dessus de lui, il se démenait au-dessus d'elle, et les cris rejoignaient les ourlets gonflés des oreillers pour ne pas réveiller les filles. Les larmes rédigent des lettres salées sur son visage. Il enfonce quelques phalanges dans ses yeux et suce le bout de ses doigts, il aime Nancy plus que tout, autant que ses deux filles. Il revoit leur voyage en Écosse, n'y étant jamais allés, ils en rêvaient tous les deux. C'était leur tout premier séjour ensemble, en dehors de leur pays. Nancy était déjà enceinte d'Ester, enceinte de cinq mois. Ils avaient décidé de partir en février, défiant spontanément les prévisions météorologiques. En atterrissant à Glasgow, une voiture de location les attendait, ils avaient quitté le parking de l'aéroport sous un déluge, découvrant les routes d'Écosse dans un monstrueux carambolage, des véhicules partaient en tête-à-queue, la caillasse des remblais giclait sur la chaussée, la tôle des bagnoles pendouillait, comme le plastique de leurs pare-chocs. La pluie redoublait, la chemise et le pantalon détrempés, des gens se tenaient debout, abasourdis près de leur épave. Marty et Nancy avaient slalomé entre ces automobiles et soudain, le soleil avait cramé tous les nuages. Ils avaient roulé jusqu'au petit port de Stonehaven. Arrivés de nuit, ils s'étaient mêlés aux supporters de rugby postés devant l'écran du bar de leur petit hôtel, on les regardait avec des yeux intéressés, en se demandant d'où arrivaient ces deux oiseaux ébouriffés par les éléments. Le lendemain, sur le front de mer, le soleil levant éclaboussait les murs de pierres repeints en blanc, les contours des fenêtres anthracite incrustaient une certaine élégance dans les façades, et la lumière aveuglante faisait ciller le regard des passants. Aucun touriste à la ronde, ils étaient les seuls. Une mer formée repoussait les oiseaux marins vers l'intérieur des terres. Les volatiles avaient délaissé le sillage des bateaux restés à l'abri de la jetée. Rejoignant les sillons étirés à l'arrière des tracteurs, ils s'étripaient sans pitié pour quelques lombrics débusqués dans ces champs labourés. Étoiles blanches se débattant sur une glaise brune, Nancy et Marty les observaient depuis l'habitacle de leur automobile. Ils se regardaient aussi, tellement heureux de se connaître et d'avoir pu se rencontrer parmi ces milliards d'êtres humains qui peuplent la planète. Ils avaient rejoint le fameux Dunnottar Castle, une forteresse médiévale en ruine, construite sur un bloc rocheux détaché de la falaise. Il fallait emprunter un chemin escarpé à travers le velours d'une verdure accrochée aux rochers. Une impression de puissance s'était emparée d'eux une fois au cœur de la construction, les siècles les enveloppaient, les batailles et les secrets lointains les protégeaient, prenant soin aussi de la petite vie qui germait au creux du ventre de Nancy. Sur le chemin boueux du retour vers la voiture, Nancy s'était effondrée, une glissade malheureuse la laissant sur les fesses au milieu du sentier. Marty s'était précipité pour la relever, la rassurer, s'approcher tout près d'elle, embrasser son visage en larmes, lui fredonner des paroles douces, poser sa tête entre ses mains, lui assurer que l'enfant ne s'était pas décroché de son nid, qu'il resterait en vie. Nancy avait reniflé sa peur, et ils avaient continué leur périple au cœur de l'hiver écossais, Aberdeen, Inverness, quelques distilleries de whisky, sur des routes sinueuses, de la tourbe, une nature de granit envahie de lichen, une végétation roussie, sous les boulets basaltiques des formations nuageuses.

Ils s'arrêtaient dans des hôtels vides et luxueux, tenus par le minimum de personnel. Marty se souvient de ce château, au bord du Loch Ness, un jeune homme en livrée les avait chaleureusement accueillis à la nuit tombée. Ils l'avaient suivi alors qu'il escaladait des escaliers monumentaux avec leurs bagages, avant de leur montrer leur chambre. Puis Nancy et Marty avaient regagné le salon où brûlaient des bûches dans l'âtre gravé d'un sceau de chevalerie. L'homme était réapparu avec la carte des alcools, sa tenue avait légèrement évolué, il avait retiré sa casquette. Plus tard, au moment du dîner, alors seul dans cette somptueuse salle à manger, le couple avait vu arriver un chef cuisinier avec un magnifique tablier brodé à son nom, celui-ci n'était autre que le jeune homme de l'accueil puis du salon. Enfin, ayant regagné leur chambre, et voulant baisser la température du chauffage, sans résultat, Marty avait appelé la réception, on lui avait répondu qu'on leur envoyait un spécialiste. Le même homme était reparu, en vêtements d'ouvrier cette fois, une salopette verte et une jolie casquette. Nancy et Marty avaient eu beaucoup de difficultés à garder leur sérieux face à ce *one-man-show* improvisé. Sitôt la porte de leur chambre refermée, ils avaient explosé d'un rire étouffé, recrachant même de la morve par le nez. Marty avait cru bon de préciser qu'il ne valait mieux pas que l'un d'eux tombe malade après leur délicieux dîner, car ils avaient de sérieuses raisons de douter des compétences du médecin à leur chevet. C'est une anecdote qu'ils avaient souvent racontée au cours de leur vie, à leurs filles, à leurs amis, mais maintenant que Nancy n'est plus de ce monde, Marty la garde pour lui, n'ayant plus aucune joie à évoquer ces souvenirs si intimes, avec celle qui est toute sa vie. Ils avaient aussi visité l'île de Skye, dormant dans une auberge perdue au milieu de nulle part, Marty aujourd'hui encore, maintient que c'est là-bas qu'il a mangé le meilleur *breakfast* de toute son existence. Le goût des petits palets de boudin noir qu'on leur avait servis le fait encore saliver plusieurs décennies plus tard. Des moutons s'attardaient sur les routes, il fallait patienter, une tempête fantastique leur frottait le dos et décrochait les bonnets, ils devaient leur courir après. Nancy et Marty étaient seuls au monde, avec leur petite Ester qui patientait dans son ventre, blottie dans cet univers liquide. Ils avaient rejoint Édimbourg avec la sensation de n'avoir jamais été aussi heureux, et chaque jour de leur vie, ils ont toujours éprouvé ce même sentiment. Marty se décale du fauteuil et rejoint la salle de bains, ses rêveries lui ont fait manquer la fin de l'émission d'Ester, il s'en veut. Son lit aux draps lisses et tendus l'attend pour une nuit de cauchemar. Comme bien souvent, il sera poursuivi par les renards, la mécanique du froid, l'hiver, la neige, et toujours la même silhouette géante, s'avançant vers lui, menaçante, les grandes mains noueuses dépassant des manches d'un veston trop court, le visage sombre, invisible, les dents, tout est effrayant dans cette obsession, dans ces images récurrentes. Il va suffoquer dans la nuit et se réveiller en travers du lit, comme un enfant prisonnier au fond de ses draps, retourné vers le bas, étouffant, en détresse, qui appelle ses parents qui ne l'entendent pas. Il va regarder l'heure, 3 h 16, écouter le vent, songer à lire puis se rendormir. Une somnolence déconstruite le conduira jusqu'aux lueurs de l'aube, où il trouvera enfin la quiétude d'un sommeil profond.

*

La Volvo de Klara écrase les graviers blancs de la cour. Elle a conduit jusqu'ici, Dorris et Rodrigo l'accueillent avec leur enthousiasme habituel, à la mort de leur mère, les filles ont été très entourées par le couple. Leur aide était précieuse, Marty perdait pied, la nouvelle avait été si inattendue, si brutale, qu'il ne comprenait comment il pourrait continuer à vivre sans sa femme. Puis, acceptant les jours les uns après les autres, il avait retrouvé une sérénité de façade, les filles s'accrochaient à lui, comme des lambeaux dont il fallait s'envelopper, une étoffe fragile qui le protégeait et qu'il fallait préserver. Klara serre Dorris et Rodrigo dans ses bras, elle leur fait des petites tapes dans le dos, et elle s'empresse de leur présenter son « amoureux », c'est ainsi qu'elle l'appelle. Puis elle précise son prénom, il s'appelle Matthew, on lui souhaite la bienvenue à Carmel, Dorris leur annonce que Marty est impatient de les voir, il les attend au salon. Matthew s'empare des bagages et les tend à Rodrigo qui prend le relais sans sourciller, Dorris explique à Klara que Marty leur a réservé la chambre avec le vieil harmonium, qui donne sur l'océan et son soleil couchant. Dès qu'ils sont à l'écart, Rodrigo fait remarquer à sa femme que ce Matthew ne leur a pas serré la main, Dorris lui demande de ne pas se formaliser pour si peu, ajoutant qu'il est sans doute stressé de rencontrer Marty. Ce dernier les accueille assis dans un fauteuil, le journal local déplié entre ses doigts, chaque vendredi Marty se délecte des pages du *Carmel Pine Cone*. Fondé en 1915, ce journal est toujours le reflet des activités de la péninsule, de Big Sur à Monterey, en passant par Pebble Beach, Pacific Grove et Carmel, bien sûr. Il couvre les questions politiques, artistiques, sportives, d'environnement aussi et bien sûr, sans laisser de côté les transactions immobilières. Marty se propulse en avant, droit, immense au milieu du salon. Klara trouve qu'il a un peu vieilli, ça lui pince le cœur mais elle se ressaisit pour embrasser son père sur une tempe. Il se laisse faire, et la prend dans ses bras, la serrant de toutes ses forces, comme lorsqu'elle était enfant, elle rit et se dégage pour lui présenter son Matthew. C'est un grand gaillard un peu joufflu, le front haut, les cheveux châtains, inquiets, déjà rabattus vers l'avant pour dissimuler une calvitie imminente. Il a un sourire tordu, des lèvres minces, à peine visibles, des lunettes de soleil remplaçant la pochette de son costume. Marty éprouve rarement de bonnes choses à l'égard de ces jeunes hommes qui portent des blazers le week-end, surtout quand ils sont ornés de boutons-écussons métalliques dorés. Le type est parfaitement rasé, pourquoi pas ? Ses cheveux sont croûtés de gel, comme dans les années 1990, il doit avoir trente-cinq ans, seule certitude, il a une sacrée tête-à-claques. Mais Marty est beau joueur, il va lui laisser le temps de s'exprimer. Il les invite à prendre place au choix dans les fauteuils ou le sofa, ils préfèrent la seconde option, ils s'installent, bien droits, il leur propose à boire et file à la cuisine. Dorris le gronde, elle voulait se charger des boissons, il réapparaît avec des verres, du jus de fruits pressés, et de l'eau pétillante sur un plateau. Klara se montre étonnée qu'il poursuive avec autant d'assiduité son travail pour la libération de prison de son voisin Bob Fraser. Elle lui demande depuis combien de temps il est enfermé à San Quentin, Marty lui répond que puisqu'ils sont en 2009, ça fait exactement quatre ans, deux mois et vingt-huit jours que Bob est interné là-bas. Il ajoute qu'il a une conduite exemplaire, il ne fait pas parler de lui, il attend avec espoir sa libération prochaine, celle qui fera parler de lui. Les équipes de Cooper & Jones ont fait un gros travail d'après Marty, en amenant la preuve que Bob Fraser n'avait pu transporter son riche voisin dans sa voiture jusqu'à la côte, comme les traces d'ADN l'attestaient, puisque ce véhicule était inutilisable, en panne. Klara apporte des précisions à son chéri, elle lui pose une main sur la cuisse et lui explique avec un air grave le combat de son père. Leur voisin dépressif et new-yorkais s'est suicidé, maquillant son geste en meurtre pour faire accuser Bob Fraser, le type habitant juste à côté de chez lui, quelqu'un de modeste, avec des poules dans son jardin, que le milliardaire ne supportait plus. Matthew s'exclame, il trouve cette histoire amusante, il ajoute même que c'est génial. Klara le corrige en affirmant que ce n'est pas exactement les termes qu'elle emploierait. Marty considère avec circonspection l'animal qu'il a face à lui.

La journée se déroule sans accroc notable, mais ce type exaspère Marty, il est triste de voir sa fille cadette heureuse dans les pattes d'un tel connard. Ce dernier n'a cessé de réclamer d'aller tâter le 19 trous situé à quelques *yards* de la maison, puis, s'étonnant d'apprendre que Marty détestait jouer au golf, il s'est renfrogné. Le compositeur lui confirme que ce n'est pas une activité qu'il pratique, lui confiant qu'il préfère aller marcher à l'aube, seul. Il se retient d'évoquer qu'avant ils le faisaient à deux, quand Nancy était de ce monde, il se ravise à temps. Il n'a pas envie de souiller la mémoire de sa femme avec les propos de cet imbécile dont on jurerait, à son arrogance, qu'il travaille dans la finance, alors qu'il détient en réalité des parts importantes dans une grosse chaîne de *fitness*, qui s'étend de la côte Ouest à la côte Est. Il se demande bien dans quelles circonstances Klara l'a rencontré celui-là, ce n'est pas la première fois qu'elle lui présente un type, il en a vu d'autres, pas beaucoup, deux ou trois, pas plus, il les aimait à peu près ceux-là, mais ils avaient finalement fini par la lâcher, comme toujours, à cause de son handicap. Le gars étale son savoir-faire dans le domaine du sport et du *coaching*, Marty l'écoute surtout de son oreille morte, il comprend que ces boîtes-là sont managées par la trouille qui s'écoule du sommet jusqu'en bas. On fait miroiter à chacun une évolution qui n'arrive jamais, les employés sont répartis dans des cases aussi intenses et brutales que des cellules ou des chenils, et lui tout en haut de la pyramide, il est exactement comme ses employés, il lui faut tenir, plus personne ne travaille là-dedans, tout le monde tient. Certains tiennent pour s'accrocher à leur tas de fric, les autres s'accrochent à leur loyer et leur gamelle, mais tout le monde doit tenir. C'est en cela que les cadres dirigeants ressemblent aux employés peu qualifiés. Marty l'observe, cette satisfaction noueuse, vissée à son cerveau l'indispose, il ne comprend vraiment pas ce que Klara lui trouve, peut-être est-il simplement gentil avec elle, il en doute, cet être imbu de lui-même et de sa réussite doit difficilement se tourner vers l'autre. Pour cela, il lui faudrait ramper à terre, le crâne a demi-défoncé par un bloc de pierre, sinon, jamais il ne se soucierait de l'autre, Marty le voit, il le rencontre à peine qu'il le sait déjà. Il aime quoi chez Klara, sa réussite avec son cabinet d'avocats ? Le prestige de son ascendance, avec ce père multiprimé dans le milieu du cinéma ? Il aime pouvoir l'humilier avec sa jambe branlante ? Marty a déjà compris quelle sorte de bandit est ce Matthew, et ça l'attriste de constater que sa fille ne décèle rien dans le comportement de ce type, elle l'aime, c'est une évidence, alors qu'il ne l'approche pas, il se tient à distance d'elle, à peine un regard complice, un mot chaleureux, une esquisse de jeu. Il n'y a rien entre eux, rien d'autre que sa Klara qui déverse des pelletées d'amour étouffantes sur ce pauvre type qui la laisse faire avec étonnement. Marty l'a débusqué, il ne sait pas ce que l'autre veut, mais il sait déjà que ce salopard va faire souffrir sa petite Klara, il sait qu'il est inutile de l'avertir, elle ne comprendrait pas au milieu de cette ligne droite, lancée à toute blinde vers la ligne d'arrivée de l'amour.

Après une soirée passée au coin de la cheminée, avec les grondements du vent qui se prenait dedans, ils sont allés se coucher, Marty avait cuisiné toute la soirée avec Klara à ses côtés, pendant que l'autre était resté dans le salon sur son iPhone, incapable de sortir de son écran. Et ce matin, il s'est levé le premier pour grignoter des fruits et des choses cueillies dans le frigo, il a tout laissé en plan, sur la table, et il s'est sauvé, parti à la recherche d'une salle de *fitness*. Il avait prévu son équipement. Délaissant Klara avant même qu'elle ne se réveille, elle n'y a vu que de la prévenance et de l'attention, elle a raconté à son père combien Matthew était doux et gentil avec elle, veillant chaque fois à ne pas la réveiller quand il part faire son sport. Marty n'a pas souhaité la contrarier, il s'est simplement contenté de guider la conversation vers le sujet qui a le don d'énerver Klara, son opération. Il aimerait qu'elle se lance, chaque fois qu'elle passe à Carmel il évoque les progrès de la science, elle lui affirme que cette singularité, cette jambe trop courte fait désormais partie de sa personnalité, et que les regards idiots et insistants ne la gênent plus depuis longtemps. Elle lui soutient qu'elle est comme lui, bancale comme lui, toi tu es bancal des oreilles, et moi c'est les jambes. Il s'efforce de sourire, mais ça lui torsade les viscères de voir sa gamine se faire jeter par des cons parce qu'ils n'assument jamais son infirmité. Il lui suggère deux noms, d'éminents spécialistes, il s'est renseigné, il les a même rencontrés. L'un est basé dans l'État de New York, l'autre dans l'Oregon. Klara est soufflée. Et, tu les as vus tous les deux ? Sans rien me dire ? Oui, tous les deux, et je te le dis maintenant. Mais enfin Papa, il s'agit de mon corps. Je sais, mais il s'agit du bonheur de ma fille. Elle lui assure qu'elle est heureuse, que son esprit s'est adapté à ce handicap, il lui assure qu'elle se bousille la hanche à clopiner ainsi, et qu'elle perd son temps avec des garçons qui ne l'aiment jamais vraiment. Ça ne va pas recommencer, Klara rougit et, sans contenir sa colère, déverse les récriminations habituelles contre son père. S'il l'aime comme il le prétend, il doit lui laisser sa liberté d'aimer, il n'a pas à juger ses relations, et elle se demande s'il veut réellement son bonheur ou s'il veut la garder pour lui. Il lui confirme qu'il n'ira pas sur ce fameux terrain maintes fois labouré du père qui ne veut pas laisser son enfant se détacher de lui. Il lui certifie que ce n'est pas de cela qu'il s'agit, mais qu'au contraire il est prêt à accepter n'importe qui. Pas n'importe qui, justement, lui rétorque-t-elle. Et par ailleurs, tu n'as à accepter personne, ce n'est simplement pas la question. Marty reconnaît que sa fille n'a pas tort, il se tait et rumine ses réponses. Ils décident de faire la paix, Klara se love dans ses bras, il lui demande si elle veut bien rencontrer ces deux chirurgiens, il le lui demande tout bas. Un bref échange de regards les immobilise, elle acquiesce sans prononcer un mot, il lui broie les épaules en la serrant contre lui, il y a si longtemps qu'il n'éprouve plus de sensations charnelles qu'elle a pitié de lui, et se laisse presser contre son torse osseux. Elle a justement remarqué une habitude nouvelle, dès qu'il lui parle il éprouve le besoin de la toucher, avec un doigt recourbé il toque contre son bras, comme s'il frappait à une porte, c'est assez singulier la sensation que ça laisse, c'est comme s'il voulait la réveiller alors qu'elle est debout face à lui. Elle ne le reprend pas, ne lui fait rien remarquer. Elle se demande depuis combien de temps il n'a pas touché quelqu'un. Si elle le savait, elle en serait horrifiée. Marty Swanson n'a touché personne depuis le décès de sa femme, il y a plus d'une quinzaine d'années. Il n'a touché que lui-même, comme lorsqu'il était petit, à l'ombre de l'harmonium installé dans l'église de Springfield. C'est loin tout ça, cette solitude sexuelle. Et pourtant si présent, il avance seul, titubant entre ses souvenirs, ses fantasmes et ses renonciations. Mais Klara n'aimerait pas non plus apprendre qu'il a trempé son pénis dans d'autres vagins après celui de leur mère, elle sait que cela n'a rien à voir avec une prétendue forme de pureté, mais elle en serait heurtée. Elle a cette chance qu'elle ignore, il ne l'a jamais fait, ni avec une connaissance, ni avec une fan ou même une *escort girl*. Klara songe à la solitude de son père, elle souhaite juste être assez présente pour lui, elle sait qu'Ester est revenue un peu dans sa vie, depuis qu'elle a décroché de ses conneries. Elle espère aussi qu'il a assez de travail, elle lui demande s'il est sur des projets, il lui confirme qu'il a de quoi faire. Je travaille sur une série de cinq épisodes, ça s'appelle *L'horizon à mains nues*, le réalisateur est sympa, c'est un certain Lionel Maygin, il a surtout évolué dans le domaine de la publicité pour le moment, mais il devrait faire parler de lui. Klara l'écoute attentivement, elle apprécie quand son père s'épanche sur ses travaux en cours, ce qui est extrêmement rare, il n'en parle jamais, il est toujours resté très secret quant à son activité. Il ajoute qu'on lui laisse beaucoup moins de temps pour bosser que par le passé. Aujourd'hui ils veulent leur musique tout de suite, tu ne peux pas imaginer la folie du truc, et ce ne sont pas les réalisateurs les plus insupportables, mais les producteurs, c'est la seule chose qui n'a pas changé au cinéma. Klara compatit, elle sait combien il est perfectionniste, et faire les choses à moitié doit l'anéantir chaque fois qu'il descend dans son studio. Elle lui assure que c'est partout pareil, il faut toujours aller plus vite, et travailler mal n'est plus un problème du moment qu'on parle bien de son propre travail. Marty acquiesce douloureusement.

*

Le temps, cet inconscient, qui ne sait même pas qu'il est mesuré par les hommes, le temps si important qu'on lui érige des monuments, qu'on l'implante dans des bijoux pour alourdir les poignets, le temps retire souvent des forces, il en donne aussi parfois, et Brittany Clifford, gouvernée par ses émotions, lui a laissé toute sa place, le temps a œuvré, non elle ne va pas nécessairement mieux, mais elle ose revenir dans sa propriété de Carmel-by-the-Sea. Elle sait cependant que Marty Swanson défend le meurtrier de son mari, entouré d'une cohorte d'avocats, et qu'il n'est pas impossible qu'un jour ce connard de compositeur de musiques de films larmoyantes finisse par faire libérer cet affreux Bob Fraser, mais elle affronte désormais la promiscuité avec ces gens-là, et en cela, on peut estimer qu'elle va mieux. La femme de Fraser, Kathleen, ne la salue plus par-dessus le mur qui les sépare, car un décès et un emprisonnement séparent davantage qu'un mur recouvert d'étincelles de lierre. Melany, leur gamine, a bien grandi. Elle est toujours plus magnifique, mais n'a hélas aucune grâce et sa peau n'attrape pas la lumière, elle n'avait jamais envisagé de carrière de modèle, et c'est plutôt une bonne nouvelle, car elle aurait fini accrochée dans des vitrines de salon de coiffure, et rien de plus. Elle travaille désormais pour le restaurant du chef Kurt Grasing, elle tient l'accueil, elle gère aussi les réservations. Chaque fois que Marty passe dîner là-bas, elle lui adresse des sourires complices, l'un et l'autre savent ce qu'ils entreprennent, ce dossier confidentiel de la libération de son père lui confère une assurance inédite, se savoir accompagnée par cet homme admiré de tous, sauf de madame Clifford, est très réconfortant, ça lui insuffle une puissance inédite, qui ne l'empêche cependant pas de conserver les pieds sur terre. La jeune Melany est très bien éduquée, les gens du cinéma diraient d'elle qu'elle sait rester à sa place. Marty déteste ce genre d'opinion, personne n'a de place désignée, chacun est libre de s'emparer de sa vie, il refuse la notion de déterminisme social, il combat l'idée d'autocensure des talents, il n'a pas traîné longtemps à Los Angeles, mais chaque fois qu'il a eu l'occasion d'aider un jeune, il l'a fait. Le succès aidant, son départ pour Carmel l'a éloigné des studios, des autres, il a travaillé en sage invisible, ne plongeant dans sa cave que pour extraire la somme de ses émotions les plus enfouies, afin de les expédier vers les majors du cinéma. Parfois il évoque l'exemple de Harrison Ford, que l'écrivaine Joan Didion et son mari avaient engagé comme charpentier pour travailler dans leur maison de Colony Road à Malibu. Le jeune homme était si charismatique qu'il fascinait le couple, et sa trajectoire avait brusquement dévié pour embrasser la carrière d'acteur qu'on lui connaît. Marty ne parle jamais de son propre itinéraire. Il n'aime pas se glorifier avec ses origines, cette petite communauté scandinave du Nebraska, orgueilleuse et travailleuse, il la garde dans les plis de sa mémoire, un jour l'information de la ferme de son père, l'histoire du poulailler industriel était sortie et il l'a toujours regretté. Les journalistes n'oublient rien, on lui ressert régulièrement l'épisode de la mort de son père par pendaison, et il maudit la naïveté de ses propres débuts. Il lui arrive parfois de recevoir des courriers de gens qu'il a croisés à l'époque, du côté de Springfield, il ne se souvient que rarement d'eux, ce sont souvent des gens qu'il n'a jamais côtoyés mais qui vivaient dans le coin à la même période, il leur répond poliment, d'une lettre courte, jamais la même, teintée de politesse mais dénuée de sentiments. Certains s'accrochent et tentent d'entamer une correspondance à laquelle il ne donne jamais suite. Il est conscient de la cruauté de son silence, mais quelle serait l'issue d'une telle correspondance ? Il n'a pas besoin d'amis, il n'apprécie pas plus que ça le concept de l'amitié. Il finirait par les inviter à Carmel, et après ? Il n'aime pas cette idée, il retourne rarement à Springfield sur la tombe de ses parents et grands-parents, et quand il le fait, il ne reste pas, il rentre dans la soirée, après un petit détour par l'école, puis l'église. L'harmonium a été remplacé depuis longtemps par un piano électrique, un Yamaha noir, avec un clavier au toucher modulable. Il s'y est déjà assis pour jouer, et retrouver les anciennes mélodies qu'il balbutiait sur l'instrument ventilé de l'époque. Il lui arrive aussi parfois, de se planquer derrière ce piano, les fesses sur la poussière du plancher et de se masturber comme avant. Il fait cela furtivement, il n'aimerait pas être découvert le cul par terre avec une main serrant son pénis comme un manche de pioche. Les journaux ne se priveraient pas, les tabloïds seraient les premiers à en parler, puis l'affaire irait suinter dans des médias moins populaires. Il mettrait sans doute des années à s'en remettre, alors, quand il s'adonne à ce plaisir coupable dans la petite église de Springfield, il le fait rapidement, à l'ombre de ses souvenirs. Il se lève, se reboutonne, range son mouchoir en papier et quitte cette construction de planches, régulièrement restaurée de peinture blanche.

Wallace, le célèbre et très bavard jardinier de Carmel, ne perd jamais une occasion pour renseigner Marty qui ne lui demande pourtant rien sur ses voisins. Madame Clifford, dont il gère aussi les ornements végétaux de son domaine, serait complètement sous la mainmise de sa gouvernante, une certaine madame Denmore, qui l'accompagne désormais partout. Une petite bonne femme brune, du Colorado, avec des hanches larges et un chignon sévère. Brittany Clifford se serait même confiée avec enthousiasme, n'ayant jamais eu d'enfant avec son mari, elle en serait arrivée à la conclusion de tout céder à sa nouvelle meilleure amie, sa gouvernante si habile en détournement de biens. Évidemment, la riche héritière n'a rien décelé dans les confessions tragiques de sa femme de chambre à l'enfance tellement difficile. Sur la terrasse en front d'océan, Wallace les a surprises autour d'un thé, madame Clifford écoutait sa domestique lui déclamer le parcours chaotique de sa jeunesse avec des sanglots dans la voix. Wallace affirme que c'était parfaitement abject. Marty tente de le faire cesser ces confidences malveillantes, mais le jardinier ne l'entend pas, les papiers seraient déjà rédigés, la seule contrainte que devra accepter la quinquagénaire du Colorado à la mort de son employeur, consistera à conserver le chat de madame Clifford, un Ashera Royal, une espèce conçue en laboratoire il y a trois ou quatre ans à peine et pour lequel Brittany a déboursé pas moins de cent mille dollars. La bestiole s'appelle Moon River, une saleté de bête hyper athlétique, croisée avec le serval d'Afrique, un animal aussi affectueux que dangereux. Mesurant un mètre cinquante avec la queue, il est tacheté comme un félin de la savane, et Brittany Clifford le nourrit exclusivement avec des pièces de bœuf de qualité, du faux-filet ou de l'onglet, mais il semblerait que Moon River ait une préférence pour les fibres longues de l'onglet, ça réveille davantage sa nature sauvage de les arracher. Wallace aurait entendu la gouvernante lui soutenir qu'elle s'occupera très bien de son petit minou, qu'elle lui préparera, comme toujours, ses petit-pois extra-fins et ses mini carottes avec son bœuf, comme d'habitude, Brittany Clifford lui aurait alors confié qu'elle savait qu'elle pourrait compter sur elle quand ses problèmes de santé l'auront emportée. Peter Markuss a très peur de ce chat, heureusement qu'elle le promène en laisse son tigre, répète-t-il régulièrement à son voisin Swanson. Wallace continue, il déverse ses ragots faisandés. Sans se fâcher, Marty invite Wallace à s'éloigner du portail qui se referme, il déteste ce genre d'histoires, les insinuations, alors qu'il n'est que mutisme et discrétion. Le jardinier recule et le salue le bras en l'air, il se retourne et marche en direction du 4x4 logotypé à son nom, le bras encore tendu. Marty rumine ces médisances, il se peut que Brittany Clifford ne voie jamais Bob Fraser sortir de prison, et ce serait mieux ainsi, cette pauvre femme étant totalement innocente dans cette tragique affaire, il n'y a aucune revanche à attendre, et Marty se dit que Bob Fraser est aligné sur le même raisonnement, il n'a rien à prouver à cette veuve qui n'a rien commis de répréhensible. Ainsi, elle se sentirait partir, elle n'est pas âgée pourtant, elle doit avoir un peu plus soixante-dix ans. Le cœur ? Une leucémie ? Ou autre chose, il existe tant de possibilités d'être confronté à la maladie, les solutions sont infinies. Sa gorge s'alourdit, il songe à Nancy, sa petite chérie, partie à quarante-deux ans.

Stillwater, le nom de son domaine est incrusté en lettres noires au-dessus de la porte d'entrée de l'habitation. June Newton ricane chaque fois qu'elle passe ici, elle trouve cette façon de donner un petit nom à sa maison parfaitement ringarde, Marty ne s'en est jamais offusqué, il se souvient qu'Helmut s'en foutait complètement. June est venue lui rendre visite quelques jours, la première chose qu'elle lui demande en arrivant c'est comment va Ester. Helmut et June ont toujours adoré Ester, même si elle les déteste tous les deux. Même mort, Ester déteste toujours autant Helmut, rien ne s'est fané dans son jugement. Marty se veut rassurant quant à sa fille, il lui annonce qu'elle ne le traite plus de criminel parce qu'il l'a eue, qu'il a décidé avec sa femme de faire un enfant dans ce monde en perdition, condamné à l'autodestruction. Il lui dit qu'il n'a plus à se défendre maladroitement en prétendant qu'à l'époque où Nancy et lui l'avaient eue, ils ne savaient pas que le monde deviendrait aussi incohérent, disloqué. Il en profite pour lui annoncer qu'Ester est totalement sevrée. June s'en étonne à peine, elle ne relève pas, elle n'a jamais compris qu'un seul enfant, le sien, Helmut. Elle le comparait souvent à son gosse, elle était sa femme, sa maîtresse et son manager, et Helmut était son enfant, car d'après elle, il en était réellement un, d'où cette absence de besoin de procréer. Dorris et Rodrigo ayant leur jour de repos, Marty a monté lui-même les bagages de son amie, dans cette chambre qu'elle a toujours occupée avec son photographe de mari. Il est inquiet de l'installer là-haut, à quatre-vingt-trois ans, elle ne monte plus les escaliers comme avant. Mais elle a insisté pour avoir la petite chambre avec la lucarne centrale percée dans le toit de la demeure. Elle en a pris des photos dans cette petite chambre, certaines de ces images de Carmel ont été exposées dans de prestigieuses galeries, et vendues. Son nom d'artiste, Alice Springs, elle ne le supporte plus, dit-elle à Marty alors qu'il l'aide à ouvrir le zip dentelé de sa grosse valise. À mon âge, on voyage léger, précise-t-elle. Marty a envie de se marrer, il n'a jamais vu une valise aussi grosse, il y a la place pour deux cadavres là-dedans, se dit-il. Elle s'assied sur le lit, considère les images sur les murs, s'attarde sur les joues de la lucarne, elles sont désormais peintes dans une autre teinte que la pièce, un beige soutenu qui lui rappelle la couleur d'une écumoire en métal émaillé qu'elle possède quelque part chez elle.

Il la raccompagne en bas en lui proposant de s'appuyer sur lui. Il insiste, c'est plus prudent. Tu sais quoi mon petit

Marty ? Même dans les cimetières on trouve des tombes avec des gens qui s'appelaient « Prudence », alors garde tes conseils. Marty se marre, c'est bien son humour grinçant. Ils se posent en bas, dehors sur la terrasse, il fait beau, c'est un printemps accueillant, le gazon devant la maison est magnifique, June lui dit qu'elle a presque envie de se rouler dedans, Marty la regarde avec étonnement, puis l'invite à se vautrer dans l'herbe, elle se retient mais c'était imminent. Quel sacré morceau de femme se dit-il à mi-voix, profitant du vent qui chasse les paroles comme des fumerolles. Il disparaît et revient avec un plaid, il lui propose de s'envelopper dedans, elle se laisse manipuler avec délectation, elle est délicieusement enfoncée dans les bourrelets des coussins qui agrémentent les banquettes en rotin de la terrasse. Elle lui fait la remarque, tiens, le rotin ça revient. Il fait celui qui s'en étonne, mais il est parfaitement informé des tendances déco du moment. Il lui sert son thé préféré, un Lapsang Souchong, ce thé noir du sud-ouest de la Chine dont les feuilles subissent une longue période d'oxydation, avant d'être fumées sur un feu de racines de pin, ce qui lui vaut ses notes si cendrées et boisées. Elle adore, et Marty est de son avis. June lui parle de son coiffeur, Isidore, elle tient encore à se déplacer au salon, elle ne supporterait pas qu'on vienne chez elle, au Château Marmont. Elle avoue à Marty qu'elle a toujours un peu pitié de ce type, victime de son succès, elle ajoute que c'est terrible d'être responsable d'un tel établissement. Elle le voit déambuler dans son éternel pantalon de cuir, avec sa chemise noire impeccable, ses cheveux bouclés, sa barbe millimétrée, elle dit qu'il peut faire penser au mec des Doors, elle ne se souvient plus de son nom. Elle le voit trimballer sa déprime, son visage est éloquent, il sourit à tout le monde, un sourire forcé, désamorcé, elle prétend aussi qu'il aurait même ouvert deux salons en France, à Paris, près de Vendôme, et un second au *Crillon*. Elle est convaincue de son malheur. Tu vois Marty, quand tu as une enseigne de coiffure qui marche à fond, au bout d'un moment, en tant que *boss*, tu n'en peux plus de passer du temps dans ton salon de merde, dans ton salon de *Scheiße*. June aime bien reprendre des mots allemands comme Helmut le faisait parfois. Tu te rends compte ? Faut tout le temps être là, tu dois être présent, pour coiffer tes meilleures clientes qui ne veulent être coiffées que par toi, et personne d'autre, même si tu leur mets sous le nez un jeune directeur artistique venu de la haute coiffure, elles n'en veulent pas. C'est usant, alors le Isidore est là, à saluer tout le monde, à raconter des conneries, oh ce que tu es belle ma chérie, tu as fait quelque chose à tes yeux ? Il les brosse dans le sens du poil, et ces connes ne voient rien, tellement flattées d'être coiffées par monsieur Isidore. Le business de la coiffure, crois-moi, c'est pas un bon plan, si ça marche et si tu veux maintenir la pérennité de ton affaire, tu dois être là, et pas question de te pavaner, tu dois faire des heures et des heures, pas juste tripoter deux ou trois coiffures à parfaire, leur asséner la touche finale, non, tu dois tout faire comme un débutant, on t'épargne seulement le shampoing, et encore, je crois que j'ai déjà vu Isidore masser le cuir chevelu d'une comédienne devenue célèbre dans la seconde saison d'une série à moitié bidon. Marty l'écoute avec attention, elle a toujours autant de mordant, ça l'amuse d'entendre les récriminations d'une vieille dame octogénaire. Mais June ne se laisse pas faire, elle saisit le petit sourire moqueur qu'il croyait dissimuler. Dis donc, tu ne te ficherais pas de moi, par hasard ? Elle marque une pause, trempe ses lèvres dans sa tasse de thé et fait remarquer à Marty qu'il est froid, il se lève et file balancer son thé tiédi dans l'évier avant de lui en servir un autre, bien chaud cette fois, issu de cette théière reproduisant un modèle ancestral. June dérive maintenant vers ces pauvres gars contraints de reprendre l'affaire de leur père, elle avoue avec une sincérité douteuse, que rien ne la rend plus malheureuse que ces enfants qu'on dresse, qu'on immerge, jusqu'à ce qu'ils soient imbibés de l'essence même de la profession de leur père, afin d'assurer la succession de l'affaire familiale. Chaque fois qu'elle voit une enseigne de garage à bagnoles avec l'inscription « de père en fils », ça la révolte. Que ce soit dans la boulangerie, dans le *pressing*, ou la peinture en bâtiment, elle ne comprend pas qu'on oblige des gosses à aimer ce qu'ils n'aiment pas. Une activité transmise de génération en génération représente pour elle la pire des aliénations. Tu sais quoi, Marty ? Ces pères tortionnaires mériteraient qu'on les fasse monter à bord d'une fusée, et qu'ils restent des années en orbite dans la station spatiale je ne sais plus quoi, à regarder la Terre tourner, déclare-t-elle avec l'aplomb et la candeur d'une jeune fille de treize ans. Marty ne regrette vraiment pas qu'elle soit passée, certes il va un peu moins bosser, mais ils vont bien s'amuser. Elle lui demande s'il a du champagne français, il lui dit qu'il va voir, mais il sait déjà qu'il en a. Depuis la terrasse elle lui parle de Roy Orbison, elle lui assure que dans tout le répertoire musical du XXe siècle, c'est la voix qu'elle préfère. Elle l'a croisé deux fois avec Helmut, elle évoque sa gentillesse, son humilité, elle demande à Marty s'il l'a connu. Il ne l'entend pas bien depuis la cuisine, il la fait patienter en ne lui répondant pas, puis il revient avec une bouteille de Ruinart. June lui demande à nouveau s'il a eu l'occasion de rencontrer Roy. Malheureusement, il n'a jamais eu cette chance. Il me semble qu'il est mort il y a bien longtemps déjà, en 1988, je crois. Ça doit être ça, réplique la photographe. Mais tu étais déjà connu, tu aurais pu organiser une entrevue, non ? Marty hausse les épaules, il n'a jamais profité de son statut. June s'en étonne, Helmut ne se privait pas, lui, pour initier les rencontres, c'était sa plus grande force, c'est comme ça qu'il a réussi, en forçant le destin aussitôt finie sa toilette du matin. Ils rient ensemble. Elle prend une gorgée de champagne, elle le félicite pour sa température, et lui demande s'il peut lui jouer quelques notes de Roy Orbison.

Mais tu ne chantes pas, hein Marty ? Ta voix est trop vilaine. Il se lève et obtempère, en se disant qu'avec ces femmes d'un certain âge, on n'a pas une minute de répit. À soixante-deux ans, il ne suit déjà plus le rythme. Il rejoint la banquette du piano alangui dans le salon, et ranime son clavier avec les premières notes de cette magnifique chanson, *A love so beautiful*, écrite par cet ami de Roy, le fameux Jeff Lynne, chanteur du groupe Electric Light Orchestra, Marty connaît pas mal d'aspects de la carrière de Roy Orbison. Restée seule sur la terrasse, les yeux fermés, June fredonne les paroles, des larmes se dispersent dans les crevasses de ses joues, elle soulève ses lunettes, éponge ses yeux avec ses poings et s'allume une cigarette. Marty pleure doucement dans son coin, il se souvient que le jour de la naissance d'Ester, après avoir quitté Nancy et leur petite fille restées à la maternité, il avait joué toute la nuit le même air, assis à son piano. À tue-tête, il avait inlassablement chanté *Evergreen*, un titre interprété par Roy Orbison et composé par Joe Tanner. Cette mélodie le hante encore chaque jour de sa vie. Et s'il ne s'en est confié à personne, cet air, ce texte et cette voix sont pour lui ce qu'il y a de plus pur, de plus beau sur cette planète, juste après les sentiments croisés, érigés entre lui et les siens.

*

Il les attendait depuis un moment. Les deux enfants ont passé les portes automatiques des arrivées, accompagnés d'une hôtesse. Les documents de leur voyage en solitaire pendouillaient dans une pochette plastique nouée autour de leur cou. Papi, s'est écriée Courtney en apercevant son grand-père. Bryan s'est précipité derrière sa sœur aînée, à neuf et huit ans, on est très conscient des sentiments qu'on éprouve pour ses grands-parents. Il les a encastrés dans sa vieille Mercedes rangée sur le parking de l'aéroport de Monterey, puis ils sont rentrés à la maison. Ester l'a appelé pour vérifier que tout était en ordre, les enfants ont parlé à leur mère, ils savaient quels mots choisir pour la rassurer, oui, ils étaient très heureux de retrouver Papi et sa maison de *Stillwater*. Ester a donné quelques consignes à son père pour l'alimentation des enfants, notamment pour le *breakfast*. Elle est heureuse de les savoir là-bas au grand air de Carmel, elle se dit qu'au moins, ils passeront quinze jours loin de la pollution des bagnoles de L.A. Dorris a préparé les lits dans la grande chambre là-haut. Les deux enfants gravissent les escaliers en criant et en se bousculant, ils ouvrent les fenêtres et contemplent l'océan. Bryan s'exclame devant la puissance des éléments, un pélican traverse le ciel et plonge soudain sous l'écran de l'eau, arrachant un poisson à son environnement. Le jeune garçon encourage le volatile qui se débat avec ses ailes pour échapper au tangage des rouleaux. Le ciel envoie des éclairs bleus, le soleil n'a, semble-t-il, jamais été aussi radieux, tout cela fait mal aux yeux et Bryan s'élance vers les oreillers, attrape le plus gros et commence à taper sur sa sœur qui réplique avec autant d'ardeur. Ils sont joyeux et leur grand-père en bas les envie, il regrette parfois de n'avoir eu ni frère ni sœur, mais seulement un père aussi fragile qu'un enfant. Dorris et Rodrigo sont adorables avec les deux gamins, constamment aux petits soins. Marty veille à ce qu'ils soient polis, mais il n'y a rien à redire, ils le sont. Ni l'un ni l'autre ne jouent d'un instrument, ce qui leur vaut d'être impressionnés par le piano du salon. Courtney demande, c'est vrai que tu as un studio à la cave ? C'est Maman qui me l'a dit. Oui, un peu comme celui de la radio où travaille Maman. Bryan s'excite, il veut descendre le voir, mais une fois arrivé en bas, il est très déçu, c'est juste une grande table avec des boutons, et un autre piano dans une pièce de verre. Il s'allonge dans le moelleux des fauteuils, ses pieds ne touchent plus terre, c'est sans doute ce qui lui arrive de plus intéressant dans cet endroit sombre aux lumières tamisées. Il veut déjà remonter, mais Courtney semble intéressée. Elle demande si elle peut aller jouer du piano à côté, Marty lui ouvre la lourde porte, on sent un appel d'air feutré, Courtney s'engouffre à l'intérieur, il referme, elle commence à frapper sur le clavier, elle est hilare derrière le rectangle vitré. Marty manipule quelques boutons, le son arrive en renfort dans les haut-parleurs. Bryan se redresse, il veut essayer lui aussi, il tente d'ouvrir la grosse porte, sans y parvenir. Son grand-père arrive à la rescousse, le garçon s'introduit dans la cabine avec sa sœur. Les voilà qui tapent comme des brutes sur les touches du piano, Marty opère quelques réglages, il enregistre, et quand ils sont lassés de leur propre excitation, ils reviennent en régie. Le grand-père leur fait alors écouter ce qu'ils ont joué. C'est nous, ça ? demande Courtney. Il lui répond par l'affirmative. Son frère déclare que c'est nul, elle est d'accord avec lui. Marty leur assure que ce n'est pas si mal pour des enfants qui ne jouent d'aucun instrument. Ils déclinent une moue tordue, exactement la même sur les deux visages.

Ils font des balades sur la côte. En longeant le *green* de Carmel, Bryan a soudain très envie de jouer au golf, son grand-père avoue qu'il ne pratique pas ce sport, Bryan est déçu, et il trouve son papi un peu naze, car il aperçoit des grands-pères plus âgés que lui qui y jouent. Il lui annonce que son Papa pratique le golf, lui. Marty lui dit qu'il est au courant. Le gosse lui demande alors ce qu'il sait faire, et soudain Marty est pris au dépourvu, il constate qu'il ne sait rien faire en dehors de s'asseoir devant un clavier, ou se planquer dans un coin pour se branler. Il se trouve limité, pitoyable et limité, et sa vie lui semble vide maintenant qu'il se regarde avec le filtre de la vision d'un enfant. Ils sont allés faire un tour dans les commerces du centre de Carmel. Bryan est toujours autant fasciné par ces petites maisons et boutiques qu'on croirait sorties d'un dessin animé de Walt Disney. Cette architecture digne d'un conte de fées a été initiée au début du XXe siècle, par un certain Murphy. Ce charpentier originaire de l'Utah avait été engagé par Devendorf, un investisseur, afin de construire des maisons sur des parcelles où il avait fait planter des cyprès, et aujourd'hui ces constructions donnent tout son charme à la petite ville. C'est l'identité même de Carmel-by-the-Sea. Courtney aussi aime bien ces rues qui ressemblent à un décor de cinéma, elle a l'impression qu'elle va voir apparaître des lutins à tout moment. Ils ont croisé Melany, la fille de Kathleen et Bob Fraser, Marty ne sait pas ce qui lui a pris de raconter ça aux deux gosses, mais une fois que la jeune femme avait disparu de leur champ de vision, il leur a confié que son papa était en prison, les enfants ont eu l'air un peu perturbé, ils n'ont pas demandé pourquoi mais Bryan a interrogé son grand-père sur une question pratique. Dis Papi, est-ce que les prisonniers se donnent la main pour aller à la cantine? Marty n'a pu se retenir de rire, cette naïveté quand même. Et Bryan et Courtney n'ont cessé de lui demander pourquoi il rigolait, mais ils arrivaient déjà devant la papeterie dont il leur avait parlé. Il leur a acheté du papier à dessin, des feutres et des crayons de couleur, ça leur plaît de dessiner. C'est leur activité du matin. Courtney s'entraîne à dessiner de la main gauche, son petit frère l'imite, puis elle dessine à l'aveugle les objets qui traînent dans la cuisine, en conservant une main sur ses paupières fermées, ils rigolent comme des fous en découvrant qu'elle a dépassé de sa feuille pour dessiner sur la table. Après le déjeuner, ils descendent à la plage, et là, en général, c'est Marty qui prend les commandes. Aujourd'hui, il leur a promis de faire un circuit dans le sable. Ils vont passer une bonne heure à dessiner des courbes, des ponts, des tunnels et des virages relevés. Une fois la piste tracée et tous les obstacles terminés, Courtney, Bryan et Marty s'élancent dans une course trépidante, ils posent une voiture miniature à côté de la bille qu'ils ont choisie, et d'une pichenette ils expédient leur bille à tour de rôle dans les courbes et dénivelés du circuit. Bryan exulte, il est vite en tête, mais Courtney ne se laisse pas faire. Marty les laisse volontairement filer devant, leur enthousiasme lui suffit, et au cours de sa vie il n'a jamais ressenti le besoin de gagner, alors ce n'est pas avec ses petits-enfants qu'il risque de s'y mettre. Devant, ça bataille dur, soudain Bryan faiblit et se laisse distancer par sa sœur, la faute à ses ongles qu'il ronge depuis qu'il est tout petit. Une goutte de sang s'allonge dans la rainure de son index, une courbe parfaite, ébauche de sa douleur. Il se laisse malmener en silence, il serre les dents, essaye de jouer avec ses autres doigts, mais très vite du sang s'étire à nouveau à la lisière de l'ongle et de la peau, ça pique. Il songe à toutes ces rognures qu'il a avalées tout au long de sa vie, sa mère lui dit souvent qu'il finira par se faire hospitaliser pour une appendicite, ça lui fait toujours peur sur le moment, il stoppe alors cette sale manie qu'il reprend presque aussitôt sans même s'en apercevoir. Courtney passe la ligne d'arrivée la première avec son bolide jaune, Bryan est second avec sa Maserati rouge, et Marty, bon dernier se promène, pépère, sur le circuit au sable asséché par la brise estivale. D'autres enfants viennent les regarder jouer, mais quand Marty leur propose de participer, ils se sauvent en courant. Les deux autres lui font des yeux de bovidés, ils n'ont aucune envie de partager leur grand-père et ses jeux avec des inconnus. Après le circuit automobile, ils vont chercher leurs pelles pour monter un barrage contre le Pacifique. Ils tapent dans le sable humide et construisent une muraille en retrait, sur le sable sec. Marty la veut bien épaisse, tous les trois s'activent comme des forcenés, attirant encore la convoitise des autres enfants qui s'approchent ostensiblement, comme des hyènes affamées. Leur barrage est aussi impressionnant qu'impuissant face à la charge de la marée, ils ont sculpté des sièges en retrait, et observent les vagues qui les attaquent, Courtney se démène pour hisser du sable frais sur le haut de la digue, Bryan l'imite, le frère et la sœur redoublent d'efforts, mais, sous les assauts des déferlantes, leur édifice finit par chavirer et s'effondrer en une soupe informe, une mousse de crème de sable, étalée comme si leur mur n'avait jamais existé. Les autres enfants les observent avec une certaine délectation, les voir perdre face à l'océan les réconforte pour un petit moment. Marty arrache les trois pelles plantées en arrière, ils remontent vers leurs serviettes. Maintenant ils enfilent leurs combinaisons, l'eau est à treize degrés, et c'est parti, les deux enfants emportent leur *bodyboard* sous le bras, une planche en mousse reliée à leur poignet par un *leash* extensible en forme de spirale. Marty appelle ça des biscottes, en comparaison avec la souveraineté royale du surf, activité qu'il n'a jamais vraiment pratiquée mais qu'il a toujours admirée. Il n'a pas de planche, il se contentera de surveiller ses petits-enfants, en ayant de l'eau jusqu'à mi-cuisses, il est conscient de la rudesse du ressac ici, même si aujourd'hui c'est relativement calme si l'on compare à la vigueur habituelle de l'océan. La houle de la semaine dernière est retombée, il ne reste que des scories suffisantes pour ces deux enfants inexpérimentés. Les surfeurs de ces derniers jours ont rangé leurs planches sur les *racks* de leur garage, place au *bodyboard* maintenant. Il y a tout juste un mètre de vague, c'est bien assez pour s'élancer et accélérer dans la pente, Courtney hurle de plaisir en attrapant sa première déferlante, aussitôt imitée par son frère qui prend cette discipline très au sérieux. Les deux gamins rament vers le large avec enthousiasme, ils patientent un peu pour attendre les belles séries et se ruer dans le creux des vagues, poussés par l'énergie de l'onde. Marty est heureux de les voir s'éclater ainsi dans l'eau, si Ester voyait comme ses enfants s'amusent, elle en serait ravie elle aussi. Après une heure dans cette eau glacée, Courtney déclare qu'elle a de la sinusite, il est temps de sortir.

Bryan proteste un peu puis se plie aux injonctions de son grand-père. Ils retirent leurs combinaisons à l'abri une serviette-cabine, rangent l'ensemble dans leurs sacs, Marty leur a préparé des sandwiches, avec des tomates, de la salade, des tranches de pepperoni et d'avocat. Ils les enfoncent dans leur estomac et se lèchent les doigts, les gourdes sont pleines d'eau fraîche, ils n'ont pas le temps de recracher un rot que leur grand-père sort déjà le filet et les raquettes de *badminton*. Il monte la structure du filet pendant que les deux enfants s'entraînent avec un volant. Marty trace des lignes dans le sable avec le talon, puis il s'installe sous le filet, prêt à compter les points comme un juge officiel. Bryan et Courtney se disputent le titre avec acharnement, se jetant sur chaque *smash*, plongeant dans le sable pour se relever couverts de poudre de coquillages, quelques gamins s'approchent pour les maudire ou les encourager silencieusement. Quand le frère et la sœur s'allongent, épuisés, sur le tapis sablonneux de la plage, ils savent qu'il va être temps de rentrer. Bryan demande où est passé le bateau de monsieur Clifford qui mouillait chaque été dans la baie de *Stillwater*, son grand-père lui explique que le voisin est mort et que son yacht patiente désormais dans le port de Monterey. Bryan demande s'ils pourront aller le voir, sans aucun égard pour le voisin décédé. Marty ne lui promet rien, mais dans sa tête c'est déjà oui. Soudain, une femme s'approche, trente-huit ans maximum, une jolie capeline de paille aux larges rebords ondulés lui masque une partie du visage, Marty ne lui voit qu'un œil et son rouge à lèvres éclatant, elle porte un maillot une pièce Eres magnifiquement découpé, qui adoucit sa maigreur maladive. Excusez-moi monsieur, je suis désolée de vous importuner au milieu de votre session, mais je souhaiterais savoir où je dois m'adresser afin d'inscrire mon fils, Kenneth, que voici. Pouvez-vous me dire où se situent les bureaux de votre organisme, ou avez-vous tout simplement un numéro, une carte ? Je vous observe depuis tout à l'heure, et vos activités sont formidables, vous semblez vous occuper des enfants comme s'il s'agissait des vôtres, et ça c'est très important pour moi en tant que naturopathe liée à la petite enfance, vraiment, je tiens à féliciter de vive voix celui qui a monté cette activité, cette société dédiée aux enfants. Marty la regarde, éberlué, sa langue est lourde soudain. Madame, se lance-t-il, il y a méprise, au risque de vous décevoir, je ne suis que leur grand-père, Courtney et Bryan sont mes petits-enfants, tout simplement. Vexée, la jeune femme se rengorge, elle le salue furtivement et tourne les talons, tirant sèchement son fils derrière elle. Le petit Kenneth se retourne avec une moue pleurnicharde, comme si on venait de lui retirer une friandise de la main. Courtney et Bryan questionnent leur grand-père, la dame t'a pris pour un animateur, Papi ? Il leur répond par l'affirmative, amusé et triste de constater à quel point les gens semblent si peu concernés par le temps qu'ils passent aux côtés de leurs enfants. Beaucoup d'amour déclaré, mais peu d'implication, c'est à cela qu'il résume la plupart des relations parents-enfants sur cette plage. Ils remontent maintenant vers la maison, Marty est rêveur, c'était une belle journée, et elle n'est pas finie. Il est gai, heureux, il se sent presque coupable d'éprouver des sentiments aussi brutaux.

Les enfants sont sous leur douche, ils y passent généralement un temps fou, ils aiment se réchauffer sous une pluie brûlante, les murs des deux salles de bains sont assiégés de buée, de grosses gouttes suintantes glissent sur les parois, au milieu d'un tourbillon de chaleur. Son *smartphone* vibre sur la table basse alors qu'il venait tout juste de s'installer au piano. C'est l'ex-mari d'Ester, il ne l'appelle jamais. Le sol s'effondre, Marty se retrouve projeté dans le sofa. Ester est morte. Une connerie. La semaine précédente, elle avait rendu visite à des amis. Avant de continuer, son ex lui assure qu'elle n'avait pas repris les excès, elle buvait à peine de l'alcool, rien. Elle était donc chez des amis du côté de Pasadena, et en mangeant des olives dénoyautées, elle aurait avalé un cure-dent par mégarde. Sur le moment ça s'était bien passé, rien de tragique, tout le monde avait rigolé, mais quelques jours plus tard, ce midi, elle est décédée d'une péritonite secondaire, par perforation. Au Cedars-Sinaï, ils n'ont rien pu faire. Voilà ce que son ex-mari lui balance en cette fin de journée. À 18 h 38, la mort entre à nouveau dans son salon. Une fois de plus. Sa fille aînée, sa petite chérie, Ester, qui était enfin guérie. Le père des gosses lui annonce qu'il monte dans un avion, il le rejoint à Carmel, il tient à l'annoncer lui-même aux enfants, dans la soirée, à sa façon. Marty raccroche. Il a une sale vision, ça n'a rien à voir avec un cure-dent planté dans une olive mais il voit la tête de sa fille décapitée. À l'embouchure de son cou, les veines et artères ont déversé leur lumière, du sang rembruni s'est écoulé avant de se figer sur le plateau d'une table de cuisine. C'est à cela que lui fait penser la mort de sa fille, on lui a ôté la tête, un cure-dent à la con lui a fait sauter la cervelle. Marty est enfoncé dans le dossier du sofa, il cache son visage entre ses mains, il remonte ses genoux, repose sa tête dessus, larmes et salive se mêlent à ses doigts, franchissant ses phalanges pour dégouliner sur l'étoffe de coton de son tee-shirt. Une longue plainte s'échappe de sa gorge, cri difforme, tordu par la détresse. Les sanglots lui secouent les épaules et le dos, l'air lui manque, il suffoque. Il se laisse couler sur les lattes de bois du plancher, à la renverse, sa poitrine se soulève comme elle peut, des saccades au bord de l'asphyxie. À travers ses larmes, il identifie le blanc du plafond, il se noie dans cet univers immaculé, il souhaiterait se débrancher, appuyer sur un bouton et s'éteindre, ne plus participer à cette vie. Il n'y a plus que lui ici, il est désormais seul avec Klara sur la planète de sa famille, il n'a quasi plus que des morts à aimer. Il lui arrivait de rêver qu'un jour ils mourraient tous ensemble, avec Nancy et leurs deux filles. Il en est passé très loin, sa vie n'a pas ressemblé à ses rêves. Il est démembré maintenant, les ramifications de sa vie, de son amour profond, lui ont été ôtées. Il a toujours redouté cet instant, quand ils habitaient encore à Los Angeles, il était effrayé à l'idée de mourir séparé des siens, séparé de ses filles, chacun dans un coin de la ville. Il imaginait un tremblement de terre, et chacun d'eux, mourant de leur côté, c'était sa peur intense, et cela vient de se produire, Nancy n'est plus là et Ester vient de la rejoindre, il ne lui reste que Klara. Il n'était pas près de sa petite fille à l'hôpital, il était absent, et ce bruit-là, cette cadence coupable risque de sonner longtemps dans les contreforts de son crâne. Il tente de se rassurer en se disant qu'au moins, Ester n'aura pas à souffrir de sa perte à lui. Il se redresse sur les coudes, les larmes lui barbouillent la vue. Il pense à Ester, il l'imagine sur son lit d'hôpital, il se voit lui prendre la main, rien n'a changé, elle avait toujours les extrémités froides. La différence, c'est cette rigidité, ses doigts sont des ossements de roche, une pause minérale. Des larmes s'effondrent sur ses vêtements, l'orage de ses sentiments disperse quelques taches sur la blouse de papier bleu que le personnel de l'hôpital a passé à sa fille. Son regard frôle Ester, elle était si vivante. Avec Nancy, ils se le répétaient tout le temps. C'est ça qu'il voit, qu'il imagine. Son estomac hoquète, il se lève et se dirige vers la cuisine. Il vomit son dernier repas, laissant dans l'évier une souillure de glaires. Il se penche sous le filet d'eau du robinet. Il garde la bouche grande ouverte, il fait défiler le liquide, le trop-plein s'écoule vers la bonde. Après quelques gargarismes, il s'empare du liquide vaisselle, s'envoie une giclée dans la bouche et se rince à nouveau sous le robinet. Quand la mousse disparaît, il avale une grande rasade d'eau, nettoie l'évier et retourne dans le salon, s'étendre sur le sofa. Il aimerait être près d'elle, il se pencherait sur le visage d'Ester, et déposerait un baiser à la commissure de son œil droit, et, comme chaque soir de sa vie quand elle était petite, alors qu'elle dormait, il lui murmurerait, je t'aime mon amour, je t'aime et je t'aimerai toujours. Un sanglot déchirant le redresse, il ne faut pas que Courtney et Bryan l'entendent. Il s'éjecte du sofa, il aperçoit son propre reflet dans le miroir du salon, ses bras longent son corps, ils lui semblent démesurés, inutiles, comme le reste de sa carcasse. Il se repasse tous ces visages aimés. Edwin, Jessie, ses parents adorés, Nancy, sa femme si brillante, belle en toutes circonstances, et si douce, et maintenant Ester. Il ne veut plus penser à rien, mais il pense, il songe au 18 juillet, nous sommes le 18 juillet. Voilà, c'est ici que s'achève la vie de sa fille aînée, et la sienne encore un peu plus. Ainsi, la voilà cette date, la voilà, ce sera la date du jour où Ester est morte, elle était là depuis toujours, sournoisement tapie dans le calendrier, sa fille l'a côtoyée pendant des années, elle l'a croisée sans le savoir, et elle la trahit aujourd'hui. Jusqu'alors, il ne s'était rien produit, rien n'était arrivé le 18 juillet, que des bons moments, et soudain, la voilà qui surgit, qui se précipite, arrogante et violente, hérissée au-dessus des autres, maintenant il sait, il sait que c'est ce jour-là, cette date aussi devient un angle mort, une frayeur, une abomination, et chaque année désormais, en la heurtant, il souffrira plus que les autres jours.

Les enfants sont enfin sortis de leur douche, ils sont fraîchement habillés et parfaitement coiffés. Bryan a bien dessiné sa raie sur le côté droit, et Courtney, après s'être séché les cheveux, a torsadé deux nattes blondes et enflées sur cette petite tête si souriante. Elle demande à son grand-père pourquoi il a les yeux rougis, il élude la question en lui demandant si elle a donné un coup de raclette à sa douche, elle se referme et lui avoue qu'elle a oublié, il lui serre l'épaule en passant près d'elle et lui assure que ce n'est pas un problème, il le fera lui-même. Courtney s'en excuse, il lui sourit du mieux qu'il peut, un sourire de pneu crevé. Il laisse les enfants en bas, il s'interroge sur le fait qu'il pourrait demander de l'aide à Dorris et Rodrigo, exceptionnellement, ce soir. Puis, il admet que c'est une mauvaise idée, ça n'est pas dans leur contrat, ils ne sont pas là pour colmater les fissures de sa réussite. En chaussettes dans le bac de douche, il étire le bras, il fait redescendre sa raclette avec un geste bien droit qu'il répète tout le long de la paroi. Murs et vitres de la douche sont parfaitement nettoyés, pas une seule goutte ne subsiste, il peut s'atteler à celle de Bryan, mais en ouvrant la porte de la cabine, il découvre que son petit-fils a fait exactement ce qu'il lui avait demandé pour la douche. Il le trouve si brave, si obéissant, et ça lui déchire l'étoffe de l'âme, il retient un cri douloureux en s'enfonçant une main dans la bouche.

Le repas était étrange, Marty a tenté d'entretenir un semblant de chaleur, mais ça n'a pas pris, les enfants ont senti que quelque chose était morcelé. Il y avait un truc qui ne fonctionnait pas. Leur grand-père avait beau redoubler d'attention, tout ce qu'il disait devenait suspect. Ils l'ont aidé à débarrasser la table et à tout ranger dans le lave-vaisselle, alors il leur a annoncé que leur père allait passer, là ce soir. Le frère et la sœur se sont regardés, ça ne leur disait rien de bon. Ils ont assailli le grand-père de questions. Ils voulaient savoir si les vacances s'arrêtaient, si leur père venait les chercher. Marty s'est contenté de dire qu'il avait très envie de les voir. Ils ont alors demandé si leur maman avait elle aussi envie de les voir. Marty a épuisé ses dernières forces en dissimulant son chagrin, au même instant, un taxi aux vitres teintées s'est garé devant la maison, le carillon dans l'entrée a retenti, et Marty a déclenché l'ouverture du portail. Les enfants se sont précipités vers leur père qui s'est accroupi et les a serrés très fort dans ses bras, enfonçant son museau dans leur corps, comme ces mammifères, plus poilus que les hommes, le font avec leurs petits. La douleur d'un enfant qui découvre la mort de sa maman est insoutenable, la douleur de deux enfants en âge de comprendre est inimaginable. Marty a fait ce qu'il a pu pour rester digne et fort. Mais au fond de lui, il s'en foutait bien de la dignité, il aurait pu faire des centaines de choses ultra-choquantes, mais la présence de ses petits-enfants l'a canalisé dans son chagrin.

Il reconnaît au fond de lui-même qu'il n'y vient pas assez souvent, même s'il s'y rend une fois par mois. Le cimetière San Carlos de Monterey est silencieux, tout a été dit, le cercueil d'Ester est descendu dans le caveau, empilé sur celui de sa mère, Nancy. Marty n'a pu se retenir de regarder à l'intérieur, ce beau cercueil est bien abîmé après dix-huit années ici. Pourtant, au fond de ce trou, il n'y a ni vague ni vent. Il sait dans quel état est sa femme, ce n'est pas difficile à imaginer. L'étoffe de ses vêtements est pourrie par la décomposition organique de son corps, tout est sale et moche dans cette boîte, elle qui était si jolie. Et pour Ester il en sera ainsi. Le même chemin, celui des humains, dans cette civilisation occidentale. Beaucoup de gens ont manifesté leur désir d'être présents, mais Marty est parvenu à maintenir loin de ce sanctuaire la horde des junkies, des stars du métal et de la pop. De tous ces chevelus, aucun n'a pu venir. Il a suffi à ce pauvre père dévasté de faire ce qu'il ne fait absolument jamais, il lui a suffi de mentir, un simple mensonge pour sauver l'ultime recueillement autour d'Ester. Sans le savoir, Doug Bender, son agent, a annoncé une fausse date pour la cérémonie d'inhumation de la fille du compositeur Marty Swanson. Ce dernier avait convenu de la chose avec l'ex-mari d'Ester. Ils ont donné rendez-vous à la foule avec cinq jours de délai, cinq jours trop tard. Le trou sera refermé, les fleurs déjà fanées. Il se fiche de ce qu'on pense de lui, il se fiche de l'élégance, de la bienséance, de ce qui se fait et de ce qui ne se fait pas. On dira ce qu'on veut de lui, aucune remarque, aucune critique ne pourra effacer ou amplifier son malheur. Klara n'était pas contre cette décision, maintenant elle est contre lui, elle lui tient la main, avec une force exceptionnelle. Elle a soigneusement évité de lui parler du dernier sms de sa sœur alors qu'elle était alitée au Cedars-Sinaï, au bout de ses forces, près du portail de la fin de sa vie. Non, Klara ne pouvait vraiment pas partager ce dernier sms envoyé par Ester à sa petite sœur, « Voilà, maintenant, tu l'auras pour toi toute seule, ton père ». La jalousie jusqu'au bout. La détestation jusque dans son dernier souffle, jusque dans ses dernières paroles, dans le tourbillon de ses pensées, de ses enfants qui s'envolent. Courtney et Bryan en avaient déjà vécu des épreuves, leur maman affaiblie par les drogues, leur maman inerte sur le plancher, leur maman cassant tout dans leur logement, leur maman tapant sur leur père, le divorce de leurs parents, l'absence de leur maman, et puis enfin celle-ci, l'absence définitive, quand il est inutile de nager jusqu'à l'autre rive, car elle n'existe simplement pas. Les enfants d'Ester ont le visage gonflé de chagrin, leurs larmes viennent de tarir, après des jours et des nuits à s'épancher. Ils lisent douloureusement ce nom gravé qu'ils aiment tant, ils préféreraient qu'on le remplace par Maman. Ester Swanson, 1972-2010. Et, juste au-dessus, celui de leur grand-mère qu'ils n'ont jamais connue, Nancy Swanson, 1950-1992, abstraction indolore qu'ils contiennent sans effort. Les deux enfants tiennent la main de leur père, celui-ci s'arrange pour ne pas pleurer, comme si cela avait de l'importance que les larmes coulent ou non, comme si sa virilité était en jeu, perdre son ex-femme peut rendre malheureux. Marty l'observe, ce type drapé dans sa fierté masculine à la con, il espère simplement qu'il s'occupera bien des enfants et qu'il les lui laissera de temps en temps. Le moment est venu de refluer vers les voitures. Des cyprès centenaires, aux troncs gris, vrillés dans le sol par les éléments, s'efforcent de se maintenir debout au milieu de tous ces humains couchés. Leurs ombres s'étirent dans la lumière du matin, c'est pourtant une belle journée qui s'annonce, au cœur d'un été dévasté.

*

Depuis les années 1930, jamais un président américain n'avait été réélu avec un taux de chômage supérieur à 7,2 %. Mais en ce 6 novembre 2012, Barak Obama vient de réussir cet exploit, sa victoire est certes plus étroite qu'en 2008, mais il est là, bien accroché au fauteuil de la Maison-Blanche. Quand les télévisions ont annoncé le triomphe de leur champion, une clameur a envahi le quartier général du président sortant, le palais des congrès McCormick Place de Chicago, où étaient rassemblés des milliers de sympathisants. Barak Obama est donc réélu. Même ceux qui clamaient à tous qu'ils y croyaient, ne parviennent pas vraiment à y croire. Ce deuxième mandat est historique d'après les intervenants en direct de son QG. On avance que son destin a été scellé par sa victoire de l'an dernier, quand Obama a pu annoncer la mort de Ben Laden, ennemi juré du pays depuis les attaques du 11 septembre. « Justice est faite », avait alors déclaré l'homme du bureau ovale, alors que des scènes de liesse avaient éclaté dans les grandes villes américaines. C'est là qu'il a été réélu répètent ses fans, c'est exactement là. Marty regarde tout ça avec un air fatigué, les élections, ça ne l'a jamais remué. Et depuis le départ d'Ester, la vie est ramollie, les nouvelles les plus graves comme les plus belles sont réduites à des blocs de mousse jetés sur les populations, ça n'a plus d'effet sur lui, il traverse à nouveau la vie comme on monte dans un camion, en tirant sur le volant pour tenter de se hisser sur le siège, au-dessus des ennuis. Mais il reste enseveli, le souffle coupé, désamorcé, il connaît ces sensations, il connaît leur résistance, il marche, il mange, il attend que la douleur le dépasse pour aller se porter sur un autre concurrent au désastre.

Dans la baraque des Clifford, là-bas dans l'allée, madame Denmore, la gouvernante de madame Clifford, n'a cessé de se plier aux exigences de son employeur. En vieillissant, Brittany est devenue très désagréable avec elle, ainsi qu'avec tous ceux qu'elle peut épingler dans une journée, perdant totalement son élégance naturelle. La solitude et la certitude que Larry a été assassiné ont définitivement terni son esprit, elle navigue désormais entre l'épuisement et le ressentiment, elle perd ses couleurs comme les lichens desséchés au pied du sapin de Noël après les fêtes. Les fêtes justement, il n'est pas certain qu'elle les entrevoie cette année, tant son état s'est dégradé. Sa gouvernante s'ingénie à masquer son affaiblissement aux gens, pour cela elles se sont installées définitivement dans la vaste maison de Carmel, afin de fuir la somptueuse curiosité de leurs voisins de New York. Malgré les humiliations et remontrances, madame Denmore a gagné la confiance de Brittany, au point qu'elle est autorisée à faire des retraits de cinq mille dollars tous les deux ou trois jours. La banque est parfaitement informée, elle a accepté la procuration signée, dans ses bureaux, de la main de Brittany Clifford. Ils avaient alors pu constater que la septuagénaire possédait encore toute sa tête, sans toutefois disperser les soupçons à l'encontre de son assistante ou gouvernante, son rôle demeurant assez confus. Madame Denmore avait réussi à chasser son chef cuisinier, et sa femme de ménage, préférant éloigner toute forme de témoignage et assurer ces postes-là elle-même. C'est sûr, la nourriture arrivant dans l'assiette s'est dégradée, madame Denmore ayant essentiellement des aptitudes pour le *chili con carne*. Mais quelle importance ? Madame Clifford ne mange presque plus. Pour ne pas éveiller les soupçons, madame Denmore a laissé le champ libre à Wallace, le jardinier. Il va et il vient, s'occupant du terrain comme bon lui semble, mais la gouvernante trouve qu'il furète un peu trop. Elle s'en méfie, car il a la parole facile. Il ne met pas longtemps avant de pourrir quelqu'un. La gouvernante s'applique à servir son onglet-petits-pois à Moon River, le félin de la maison. Brittany y veille scrupuleusement. Pour le reste, elle laisse toute latitude à celle qu'elle appelle maintenant sa « domestique », elle vient de lui céder tous ses biens devant un cabinet d'avocats, l'appartement de New York, la maison de Carmel-by-the-Sea, et ses biens détenus à l'étranger. Les Francis Bacon, les Gustave Courbet et tous les autres tableaux seront aussi du voyage, le transfert se fera au décès de madame Brittany Clifford. Tout a été fidèlement répertorié. Sa gouvernante est arrivée à ses fins, c'était une entreprise de longue haleine, elle n'a rien lâché, un travail d'une minutie extrême, mais avant de jubiler elle préfère attendre qu'un médecin déclare officiellement la mort de son employeur, c'est seulement à ce moment précis qu'elle s'autorisera à respirer, à déployer tout le volume de ses poumons. Cette sensation de respiration tronquée la suit depuis des années, mais elle sait qu'elle n'est plus très loin du but, la vieille Clifford vacille chaque jour davantage, elle a beau avoir la pleine possession de ses moyens intellectuels, sa maigreur fera le travail.

Cette année encore, Brittany Clifford a tenu à installer un sapin de Noël dans le salon. Madame Denmore est allée en acheter un elle-même, toute forme de livraison la répugne, elle n'a pas envie que des curieux sachent qu'une vieille dame se meurt à l'ombre de sa demeure. Grimpée sur un escabeau trouvé à la cave, elle a décoré cette grosse branche avec des boules rouges et dorées. Évitant la fausse neige en bombe, car ça en met partout et c'est elle qui fait le ménage après. Brittany surveille la fin des opérations, elle se veut aussi désagréable que vigilante, elle indique les trous dans l'arbre où il faut ajouter des boules, elle se veut la garante de l'organisation esthétique de ce sapin. Madame Denmore accède à toutes ses demandes, il ne s'agit pas de froisser la vieille dame pour qu'elle annule le testament chez les avocats. Surtout pour un agencement de boules de sapin. La gouvernante les avait trouvés très corrects dans ce cabinet d'avocats, aucun regard appuyé, aucun sous-entendu, ils avaient tout expliqué aux deux femmes, puis leur avaient demandé de signer plusieurs documents en bas à droite. Cet ultime rendez-vous, il y en avait eu deux autres au préalable, leur avait pris deux heures. La gouvernante en était ressortie éreintée, tandis que madame Clifford semblait revivre, elle était soulagée et presque heureuse. Elle souhaitait se débarrasser de ce dossier avant la fin de l'année, voilà, c'était fait, sa domestique sera l'unique héritière de sa fortune, même si elle a longtemps hésité avec Moon River, son Ashera Royal, son magnifique chat.

Madame Denmore a tout préparé, ce n'est pas parce qu'elle doit s'absenter une semaine pour les fêtes de Noël qu'elle va laisser Brittany dans le besoin. Chaque repas est déjà cuisiné et entassé dans un Tupperware avec une étiquette sur le couvercle comportant la date pour sa consommation, l'indication « déjeuner » ou « dîner », et bien sûr, la nature du plat en question. *Chili con carne*, pâtes à la bolognaise, lasagnes, poisson pané au riz, c'est assez équilibré et diversifié pour rembourrer le maigre appétit de la dame. Brittany Clifford a aussi tenu à rassurer sa gouvernante sur le fait qu'elle était tout à fait capable de se réchauffer un Tupperware de nourriture au micro-onde. Madame Denmore avait également préparé d'autres plats à l'avance pour Moon River, il était impensable d'oublier l'animal tacheté de poils sombres. Ainsi, madame Clifford a regardé sa domestique monter dans le taxi avec sa valise à roulettes moche, elle a soupiré d'aise, soupesant ce bonheur nouveau de passer du temps seule avec son chat, Brittany n'en pouvant plus d'avoir toujours quelqu'un sur le dos. Et maintenant elle vaque à ses occupations qui consistent principalement à ne rien faire, ça doit faire quatre heures qu'elle est seule dans sa maison. Elle observe l'océan qui tente de se déchausser de son emplacement. Le ciel est si bas qu'il s'agrège aux déferlantes, difficile de croire qu'en dessous de ce tumulte de lames fumantes, sous la surface, l'eau reste d'un calme abstrait. Brittany Clifford médite, elle songe à son existence, certes Larry lui manque, mais finalement elle s'en tire bien, elle est plutôt heureuse seule, car à la fin de sa vie, il avait remis ça, il avait tenté de réveiller sa libido endormie. Elle s'était laissée prendre au jeu sans retrouver de joie réelle, mais puisque Larry semblait y trouver son compte, à quoi bon ? Ce n'était pas vraiment de sa génération de protester ou d'avoir des exigences sexuelles. Elle le laissait s'amuser entre ses muqueuses et ses ossements, du moment qu'il lui fichait la paix sur les sentiments. Mais au fond, elle l'aimait, elle en convient aujourd'hui. Il était profondément gentil, c'est pour cette raison qu'elle ne peut croire à cette histoire de suicide maquillé volontairement en meurtre. Ils étaient quand même bien tous les deux, assis sur leur terrasse, à regarder la nature, le Pacifique et ses habitants, les phoques, les pélicans et les goélands. Elle se dit qu'une vie ça passe vite, même quand on n'a pas d'enfant. Brittany observe cet écureuil qui s'est relevé de son hibernation, elle le connaît, il se réveille toutes les deux semaines environ, il grignote un peu les réserves qu'il a amoncelées dans sa cache, puis s'extirpe de son terrier pour uriner, avant d'y redescendre prestement. L'écureuil ici peut hiberner jusqu'à huit mois, sans emmagasiner de graisses et sans boire. Brittany l'a bien observé, il ne cherche jamais à boire, on dirait que cet animal ne connaît pas la soif. Soudain ça lui donne soif, elle se ferait bien une petite coupe, mais elle n'a plus la force de faire sauter le moindre bouchon de champagne, elle lorgne vers la carafe de whisky. Elle se dit que ce n'est pas une mauvaise idée, ça fait longtemps qu'elle ne s'est pas servi un petit whisky face à la furie des éléments. Elle pivote sur ses jambes, elle est très fière de se déplacer sans canne, malgré cette maigreur persistante. *Plop*, elle s'effondre sur le tapis, désamorcée. Son cœur vient de cesser de battre. Il vient d'arrêter de faire ce qu'il a fait régulièrement, pendant plus de soixante-dix ans. C'est fini. Brittany Clifford est désarticulée dans une position si peu naturelle, qu'on dirait qu'elle joue la comédie avec une absence totale de talent. Mais elle ne joue pas, elle ne jouera plus à humilier madame Denmore, elle ne jouera plus à faire languir son félin devant son assiette de porcelaine. Son *brushing* est aplati sur le plancher, ça lui fait une coiffure du plus mauvais effet. Après quelques heures à se prélasser dans son fauteuil, Moon River daigne se lever, il s'étire à faire rompre une colonne vertébrale mal vissée, il s'approche de sa maîtresse, il inspecte son visage, tourne autour, l'escalade d'un bond et lui marche sur les flancs, avec sa queue en suspension comme le bras d'un roi tenant son pommeau. Il en redescend et s'en désintéresse aussitôt.

Il y revient quelques heures plus tard, en fin de journée, une fois la nuit tombée, s'étonnant que personne ne lui ait servi son repas. Il s'interroge sur la présence de madame Clifford, son immobilité et cette façon de rester dans le noir, de n'allumer aucune lumière. Il sait qu'habituellement, quand elle se tient en position allongée, c'est plutôt dans son lit, sur la méridienne du salon ou encore dans un des deux canapés. Il ne comprend vraiment pas ce qu'elle fabrique ici par terre, et l'autre femme est partie, celle qui lui sert tout le temps sa bouffe. Il est affamé, mais il trouve la force d'oublier les gargouillis de son ventre, il retourne se coucher dans son fauteuil.

Réveillé par la faim au milieu de la nuit, il rôde à nouveau autour de sa maîtresse et finit par lui lécher les joues. Ses canines impatientes déchirent la peau de la vieille dame, il en arrache des morceaux, tire sur les muscles du visage, et sur le misérable pourtour de ses lèvres. Il lui avale toute la chair autour de la bouche, découvrant largement ses dents et un début de tête de mort. Le chat extrait la langue de Brittany Clifford sur toute sa longueur. Il semble satisfait avec cette belle portion. Il lui arrache les oreilles en s'aidant de ses pattes, ses griffes s'enfoncent dans le crâne. Il déchire le tissu de sa robe et commence à lui entamer une épaule, puis un sein. Repu, il peut retourner se coucher dans son fauteuil.

À l'aube, intéressé par toute cette viande à disposition, il se redresse brusquement sur son coussin, le fauteuil et son pelage sont souillés de sang coagulé. D'un bond silencieux il atterrit debout sur le plancher, il observe longuement les parties dévorées, il les renifle, et s'en désintéresse pour se porter vers les zones intactes. Il arrache la brassière de sa maîtresse, tire sur la maigreur du sein épargné, l'élasticité de cette partie le surprend, il se reprend à deux fois pour le séparer du corps et l'engloutir. Il crève ses flancs et se nourrit du foie, il plonge son museau dans les abats qu'il sélectionne avec une habileté innée. Il laisse les intestins après avoir tapé un peu dedans, puis il se rend dans la cuisine, mais sa gamelle d'eau est vide. Moon River retourne s'allonger, le soleil est là maintenant, il pénètre dans la maison par les fenêtres du hall, ses rayons s'appuient sur le parquet comme pour estimer la solidité de l'édifice.

Quelques jours suffisent pour que le cadavre de Brittany Clifford devienne méconnaissable. Il est partiellement dévoré et visiblement abandonné à cause de cette infecte odeur de putréfaction qui se stabilise dans la pièce. Le sang sur le plancher a noirci, le corps aussi. Sur la paroi de l'abdomen on distingue une tache verte, elle correspond à la migration des pigments des matières fécales. Les bactéries prolifèrent et sont responsables de l'odeur de pourriture dans le salon. Des mouches vertes et bleues viennent déjà déposer leurs œufs qui produiront des flaques de larves d'asticots. Le chat se tient désormais à distance de Brittany, il tourne en rond sans s'approcher de la dépouille, les bosses de ses omoplates rythment sa démarche en cadence. Le félin est affamé, il tente à nouveau de se nourrir dans cet organisme éventré, mais son état de décomposition avancée le fait reculer. Moon River rugit de colère, des cris effrayants ressemblant à des hurlements d'enfant. Il va errer plusieurs jours dans la villa, à la recherche de nourriture, vidant les placards de la cuisine, mais incapable d'ouvrir le réfrigérateur où sont entassées tant de victuailles. Il ne trouvera rien pour assouvir sa faim.

Rentrant après les fêtes, la gouvernante se présente enfin sur le seuil de la maison de madame Clifford. Devant la porte fermée, elle sort ses clefs et tire sa valise derrière elle, inquiète. Elle ne fait pas deux mètres dans le hall, que l'Ashera Royal lui saute au visage, les griffes en éventail, le chat lui déchire le front et une joue, évitant de peu son œil droit. Elle ignore par quel miracle elle échappe à cette attaque, elle trouve assez d'énergie pour s'extraire de l'habitation et refermer derrière elle. Tremblante, le portable en main, elle appelle la police et leur explique l'attaque, on lui envoie une équipe de Monterey, le poste de Carmel se contentant de rester en appui. Équipé d'un fusil hypodermique avec lunette de précision, un sous-officier se positionne dans l'entrebâillement de la porte d'entrée. Il attend que l'animal se présente à lui. Le chat est furieux, il se précipite sur l'ouverture trop étroite de la porte, avec ses pattes il agrippe le pantalon du policier en charge de le tirer. Ce dernier attend que l'animal recule, la cartouche de CO_2 est bien enclenchée dans l'arme, soudain il l'a en plein dans le viseur, il appuie sur la gâchette et le gaz comprimé expédie la fléchette-seringue dans une cuisse du félin. Dans l'impact, la capsule de cire obstruant le trou de l'aiguille se rompt et libère le sérum tranquillisant, le chat vacille et se couche, l'équipe pénètre dans la villa, on passe des colliers de serrage autobloquants autour des pattes de l'animal et on l'enfonce dans un large sac de toile. L'odeur est épouvantable. Madame Denmore et la formation de policiers découvrent le cadavre entamé par le chat. Elle ressort aussitôt. Les gars en uniforme dégueulent dans tous les coins de la baraque. L'officier responsable de l'opération avoue qu'il a déjà vu ça, une fois seulement. Il explique la logique à ses subalternes, ceux qui tiennent encore debout. Affamé, le chat grignote son maître, mais abandonne cette source de nourriture dès que le corps entre en putréfaction, du classique, mais assez rare sur le terrain, précise-t-il. Même Mike Calhoun, l'officier en chef de la police locale semble impressionné, ça lui change de ses contraventions pour bagnoles mal garées. Il vomit lui aussi.

Un temps soupçonnée, la gouvernante est finalement blanchie, elle représentait le fameux suspect trop évident. Les vérifications concernant son voyage à Denver, pour les fêtes de Noël, en famille, n'étaient qu'une formalité. Elle est hors de cause dans ce massacre. Après autopsie, on sait que les seuls responsables de cette fin tragique sont une crise cardiaque, puis un chat. Une chance que l'animal ne se soit pas attaqué au cœur, dans le cas contraire la nature du décès serait peut-être restée un mystère. Aujourd'hui, madame Denmore a revendu la maison. Ce bien, entaché par deux morts peu banales a dû patienter plus longtemps que la normale avant de trouver son acquéreur. Les gens parlent beaucoup. Mais tout est finalement rentré dans l'ordre, une famille originaire de Minneapolis s'est installée chez les Clifford. La gouvernante s'est elle-même offert une gouvernante, après avoir revendu tous les biens de ses ex-employeurs, excepté les toiles de Francis Bacon, Gustave

Courbet et les autres, qu'elle conserve précieusement chez elle, malicieusement scotchées à l'arrière de son meuble *living* datant des années 1980, et alourdi de plusieurs encyclopédies. Elle est désormais multimillionnaire en dollars, elle a enfilé tout son fric sur un compte en banque unique, et elle s'est contentée d'acheter un petit pavillon dans un quartier semi-résidentiel de Denver, sa maison est au bord d'une route très passante, elle se tient la plupart du temps dans son jardin, à bricoler ses plantes, ça lui plaît de voir passer des gens. Des neveux éloignés de Larry et Brittany Clifford ont bien tenté de la déposséder de ses biens à la suite d'un procès qui n'a rien donné. Les transactions ayant été effectuées en toute légalité, signées dans un cabinet d'avocats réputé.

*

L'affaire du chat qui a dévoré sa maîtresse a fait pas mal de bruit à Carmel, les gens se déplaçaient pour essayer de voir quelque chose entre les grilles de la propriété. Le quartier a naturellement perdu de sa quiétude, Marty était embarrassé face à l'engouement produit par la nouvelle. Il s'est calfeutré à la cave, dans son studio, ne sortant qu'extrêmement rarement. Parfois il remontait à la surface pour se dissimuler derrière ses rideaux et observer les gens, leur voracité et leurs frustrations. Il s'est amusé à les prendre en photo avec son téléphone, cette façon de passer dans l'allée par un pur hasard, cette désinvolture dans les gestes, tous se ressemblaient. Sous leur aspect décontracté, on décelait une sorte d'avidité. Dès qu'ils atteignaient la maison, ils se précipitaient sur les grilles des Clifford. Marty ressentait de la honte pour eux, s'identifiant à ces gens, ses joues s'empourpraient comme s'il était responsable de leurs agissements. Peu à peu, les visiteurs se sont lassés, comprenant qu'il n'y avait rien à voir. Peu à peu, Peter Markuss a pu naviguer à nouveau en Corvette dans leur allée, sans pousser de jurons contre tous ces cons. Cette séquence tragique a tout de même démoli le quartier pendant plusieurs mois.

Revenir à Los Angeles est si douloureux pour Marty maintenant que sa fille Ester n'y vit plus, maintenant qu'elle ne vit plus nulle part. C'est sous l'impulsion de Doug Bender, son agent, qu'il a décidé de se lancer dans cette vaste opération. Il travaille son répertoire avec l'Orchestre philharmonique de L.A. en vue d'une tournée mondiale qui devrait débuter par un concert-test à Seattle. Il y a bien longtemps qu'il ne s'est plus produit sur une scène, peut-être quinze ans, et ce n'est finalement pas une mauvaise idée. Klara l'accompagne dans ce projet, ils dînent quasi tous les soirs ensemble, elle aussi est très affectée par le départ de sa sœur, même si leur relation n'a jamais été simple et mesurée. L'orchestre est dirigé par le Vénézuélien Gustavo Dudamel, un jeune type de trente-deux ans, un homme brillant sur qui Marty déverse toute sa fragilité et sa confiance. Les répétitions ont commencé depuis deux semaines, tous les grands standards de sa carrière seront joués. Il est très angoissé, se présenter encore une fois face à un public, c'est tout ce qu'il déteste, il n'aime pas être exposé ainsi, mais il admet que c'est le bon moment pour affronter cette peur et s'aérer les idées après l'épreuve de l'an dernier. Il a désormais soixante-six ans, il reprend la route, c'est ce qui a logiquement conduit Doug à vouloir nommer cette tournée « Route 66 ». Marty a refusé, il trouvait que c'était une mauvaise idée, et il ne voulait pas de nom gadget pour cette série de concerts, les dates et son nom suffiront amplement. Les répétitions ont lieu dans le fief de Gustavo Dudamel, au Walt Disney Concert Hall, un bâtiment dessiné par Frank Gehry, dans la droite ligne du musée Guggenheim qu'il avait érigé à Bilbao, en Espagne. Il a fallu faire un choix parmi les cinq cents partitions composées par Marty au cours de sa vie musicale. On l'a souvent rebaptisé sous l'expression de « monstre sacré du Nebraska », et cette façon de dénommer Marty n'est pas usurpée tant son travail, son écriture, ont traversé le temps, les générations, les écoles et les frontières. Il a travaillé pour tous les cinémas, le film social, politique, le western, la comédie, le fantastique et la science-fiction. Il est étonnant de constater avec quelle habileté il s'adapte à tous les genres, tous les films et tous les réalisateurs. Les membres du philharmonique sont tous présents, ils travaillent avec enthousiasme, tous portent le même tee-shirt blanc, tagué en bleu « Marty Swanson ». Le célèbre compositeur a refusé de diriger la formation, il se contente de rester au piano. C'est le chef d'orchestre Gustavo Dudamel qui tient la baguette, et il le fait avec beaucoup de générosité, s'épuisant face à son parterre de premiers violons, d'altos, violoncelles, seconds violons et contrebasses. Marty balaye du regard les instruments à vent placés au second plan de cet hémicycle, derrière il aperçoit les percussions qui se font remarquer depuis le fond. Tout le monde ici semble heureux de participer à cette vaste organisation, après tant d'années d'absence, Marty Swanson va enfin se produire sur scène. Il aime l'aspect boisé de cette immense salle du Walt Disney Concert Hall, en revanche, il trouve les fauteuils des spectateurs absolument hideux. Il lui reste à espérer que la salle sera pleine quand ils passeront à L.A. et que l'auditoire cachera ce tissu repoussant. Marty se consacre aux parties de piano, il est appliqué comme un débutant, et cette fragilité le rend touchant. Dans les moments de repos, il repense à l'harmonium de la petite église d'Omaha, ces émotions brillent sous la lumière de ses souvenirs, on vient parfois lui parler, une intrépide jeune fille, un garçon timide qui se surpasse, ils viennent parfois à deux ou trois pour le tirer de ses rêveries. Il ne leur en veut pas, il engage volontiers la conversation, créant des molécules de complicité avec les membres de la formation. Ils repartent en gambadant comme des cabris vers leur instrument et le siège qui leur est attribué, heureux d'avoir pu plaisanter avec lui, d'avoir pu soupeser sa simplicité, son élégante disponibilité. Klara est passée le chercher plusieurs fois. Le premier jour, Marty a présenté sa fille à l'orchestre, elle a descendu les marches avec son aisance naturelle, n'essayant pas de masquer son handicap, offrant son plus beau sourire à son père. Les gens se demandaient qui était donc cette jeune femme magnifique, heurtée par des jambes si disgracieuses. Ils ne s'y sont jamais vraiment habitués, cette démarche claudicante les incommodait. Klara est parfaitement consciente de la gêne qu'elle peut occasionner, mais elle estime qu'elle n'a pas à se cacher pour épargner les autres.

Le temps des répétitions ne s'est pas étiré bien longtemps, ce soir l'Orchestre philharmonique de Los Angeles vient de terminer sa première représentation-test au Benaroya Hall de Seattle. Les musiciens viennent de s'éclipser sous une énorme ovation, Marty est soulagé, le chef, Gustavo, également. Tout le monde se regroupe dans les loges, on débouche des bouteilles, on verse de l'alcool dans des verres à pied en plastique transparent, on se congratule, c'est l'effervescence, les amis arrivent au compte-gouttes. Klara est là avec son abruti de l'autre fois, son Matthew, Marty s'étonne que cela tienne encore entre eux. Pourtant il décèle d'emblée des tensions dans leurs regards, le type serre la main de Marty en regardant ailleurs, toute la soirée il va regarder ailleurs, il semble affamé à mater les femmes comme il le fait, Marty l'observe à distance, ce type le répugne, pas une seule attention à l'égard de Klara, il dévisage les femmes, toutes les femmes, les musiciennes, les amies des musiciennes, leurs familles, ses yeux roulent sur les courbes des dos nus, sur les poitrines, les épaules, il les aspire toutes, il les respire, il les lèche, soulevant les robes longues avec sa grosse langue. Klara le surprend parfois, elle le tance du regard, mais il recommence aussitôt à scanner la pièce, à disséquer chaque bout de cuisse ou de fesse. Une femme de l'âge de Marty se poste face au compositeur. Elle porte un gilet noir et une robe de velours d'une intensité violacée, c'est une étoffe très foncée, presque un vêtement de deuil. Un pendentif argenté descend de ses clavicules dégagées par un discret décolleté. Elle s'adresse à lui avec une voix grave, un timbre froid et chaleureux à la fois. Elle le félicite pour ce concert, pour sa carrière. Il est loin le temps où vous étiez assis sur un petit tas de terre, contre le mur de l'école de Springfield, pour manger le contenu de votre *lunchbox*, c'est plus confortable ce tabouret de piano, n'est-ce pas ? Marty la dévisage, effrayé. Qui cela peut-il être ? La dame perçoit sa gêne et s'en amuse. À l'époque, vous préfériez jouer avec votre lance-pierres. Marty sent le malaise s'installer, il voudrait fuir, elle n'est pourtant pas agressive, seulement énigmatique, elle ne lui veut pas de mal, mais il n'en est pas certain. C'est le bleu de ses yeux et la courbe de ses sourcils qui le remettent d'aplomb. Solveig, c'est toi Solveig ? Oui, c'est bien moi, si tu voyais ta tête. Ils éclatent de rire ensemble, Marty patauge soudain dans une quinte de toux, tout le monde se retourne, quand il se redresse il est tout rouge. Il a failli ne pas s'en remettre. Alors que les gens se sont écartés, Klara s'approche. Son père lui présente Solveig, c'est mon amie d'enfance. On n'était pas toujours copains, rectifie celle-ci. Klara se présente à son tour, son mec n'est même pas là, il renifle certainement quelques eaux de toilettes suintantes sur les cœurs esseulés. Cette rencontre est un choc pour Marty. Pour Solveig aussi, même si la surprise est moins brutale, car elle avait pris son billet, elle avait roulé depuis Spokane où elle habite, jusqu'à Seattle. Elle avait réservé une chambre d'hôtel puis elle avait rejoint le Benaroya Hall en rêvant à ce qui pourrait se passer. Solveig n'avait aucune certitude de pouvoir le rencontrer. Comment atteindre les loges d'un grand spectacle quand on ne connaît personne d'autre que la star de l'événement, qu'on ne l'a pas revue depuis des décennies, qu'on a soixante-dix ans, et surtout, le sentiment de ne pas être dans son élément ? Klara est très émue de découvrir un morceau d'enfance de son père, cette Solveig, il ne lui en avait jamais parlé. La fille de Marty trouve Solveig très jolie, son visage est harmonieux, une élégance naturelle jaillit de son port de tête. Ses cheveux mi-longs tombent sur ses épaules, elle a dessiné deux nattes qui se rejoignent à l'arrière de son crâne, comme une couronne. Marty reste un bon moment à ses côtés, mais Solveig soudain ressent le besoin de le laisser, d'autres gens l'attendent pour le féliciter. Il se fiche des éloges. Mais avant qu'elle ne se sauve, ils échangent leurs numéros de portable. Il l'embrasse sur le front, elle tressaille, elle ne s'attendait pas à un tel élan d'affection, elle repart avec un léger nuage rouge, hissé sur chacune de ses joues. Marty la regarde s'enfuir à petits pas, se perdre entre les silhouettes et quitter les loges. C'était irréel. Solveig Holmberg, la plus jolie fille de l'école était là, il y a un instant, elle est venue le retrouver ici, à Seattle, après avoir roulé plus de trois cents *miles*. Il ne l'avait pas revue depuis ses seize ans et son départ d'Omaha. Depuis l'époque où, jalouse et revancharde, elle avait saccagé la première histoire de Marty, avec Shirley. Dingue, c'est complètement dingue, se dit-il.

La tournée passe par Tokyo, l'accueil au Japon est simplement hors norme, c'est un triomphe. La journée dédiée à la presse est un véritable bonheur, tant de délicatesse et d'attention, c'est un confort que Marty ne connaissait plus. Le plus minuscule protocole est respecté, les mots sont admirablement choisis, les codes de la politesse sont intacts. Pour Marty, l'étape du Japon pourrait se résumer en un long bain parfumé, pendant que des individus lui massent les épaules et les pieds. Tout le temps qu'il a passé là-bas, c'est ce qu'il a ressenti, retrouvant des sensations enfouies de la précédente tournée. L'accueil des Australiens est plus chaleureux et plus débridé, on lui présente le gratin, ils en sont encore à s'autoflageller en faisant défiler des personnalités aborigènes aux sourires édentés. Marty se demande quand ils les laisseront enfin tranquilles, quand ils leur ficheront la paix avec leurs remords et leur culpabilité. Rejouer à l'Opéra de Sydney est quand même une expérience après de si longues années, l'intérieur a été parfaitement rénové, et surtout, l'acoustique nettement améliorée. L'étape indienne est inoubliable, le public de Bombay l'adore depuis de nombreuses années, il savait qu'en posant les pieds en Inde, il arrivait vraiment au pays du cinéma. Les deux dates de Pékin ont été annulées, le tourneur l'a appris l'avant-veille, pour d'obscures raisons sanitaires. Adieu la Chine donc, Marty s'envole directement pour Moscou. L'inébranlable Vladimir Poutine vient l'accueillir en personne sur le tarmac de l'aéroport Cheremetievo, une imposante escorte policière chasse les bagnoles de l'autoroute, ça déguerpit, ça se fait tout petit, Marty ne ressent que de la gêne, de la honte, ce n'est plus de la glorification, mais une douloureuse compromission. Le concert unique est imbibé de népotisme, ceux qui parviennent à passer les portes de la salle de concert connaissent quelqu'un ou sont eux-mêmes quelqu'un dans la hiérarchie du pays. L'ambiance est stricte, quand ça sourit à pleines dents comme ici, c'est que ça pue la trouille. Tout le monde se surveille, se neutralise, peu de spontanéité entre les rangs de cette salle grise. Marty n'est pas mécontent de s'envoler pour le pays de ses ancêtres, l'arrivée à Arlanda est un triomphe, l'aéroport de Stockholm est envahi par une foule joyeuse équipée de banderoles « Bienvenue à la maison Marty Swanson » et de nombreux drapeaux suédois. L'équipe rapprochée de Marty ne s'attendait pas à ce qu'autant de monde les attende. Il est 15 h 00, il fait à moitié nuit, et ils sont là, par centaines. Ils s'agitent, ils crient poliment, avec des enfants rehaussés sur les épaules de leurs parents. Une réception est organisée avec le roi et la reine, chez eux dans le château de Drottningholm. Marty, grand fan de Björn Borg, a la chance de le saluer, bien qu'il soit arrivé très en retard, car il était retenu pour une dédicace de sa marque de slips dans les rayons du grand magasin Nordiska Kompaniet. Le tennisman lui avoue qu'il met souvent sa musique quand il est au volant, et quand il coupe le moteur, il reste assis là, à écouter la fin du morceau ou du disque. Marty le remercie, gêné, la tête baissée, il n'a pas l'habitude de parler avec ses idoles. Sur le chemin du retour, dans le minibus qui les reconduit à l'hôtel, il reçoit un sms de Solveig. J'ai été très heureuse de te revoir. J'aimerais simplement te voir. Ces quelques mots le perturbent, il se demande quel en est le sens caché, et s'il est vraiment caché. Sa chambre est spacieuse, sobre, joliment décorée, il se regarde longtemps dans la glace de la salle de bains, ses joues sont creuses, ses yeux aussi, toujours aussi grands, aussi bleus, ses sourcils fournis ont viré au blanc maintenant, comme ses cheveux, une raie tente de faire semblant de les organiser, mais ils sont éclatés sur le côté. D'une couleur presque argentée. Sa bouche est bien dessinée, Marty est toujours rasé de près. Passé soixante ans, il considère que c'est une absolue nécessité. Il s'inquiète pour les taches de vieillesse sur ses tempes, il espère ne pas développer de cancer. Il aimerait accompagner Klara encore un peu, dans cette vie qui ne les a pas épargnés tous les deux. Le lendemain, ils jouent avec brio, c'est une de leurs meilleures performances, Gusatavo est ravi, il serre Marty dans ses bras, le public ne cesse de les applaudir, c'est à croire qu'ils applaudiront encore, une fois dans leur lit. Tous les musiciens se retirent de la scène, dans les loges ils retrouvent le roi et la reine. Leur fils Carl Philip les accompagne. Soudain Marty est happé par une bande de *baby-boomers*, il les a vus plusieurs fois en concert, mais n'a jamais osé se présenter à eux *backstage*. Agnetha, Björn, Benny et Anni-Frid sont là, devant lui. Le groupe ABBA au grand complet, alors qu'on les disait distants et même fâchés. Un joueur de clarinette passe tout près d'eux, joue quelques notes de *Dancing Queen* et disparaît, tout le monde rit, l'ambiance est tellement bonne, légère et survoltée. Arrivé à Paris après un passage merveilleux à Londres, Marty redécouvre la ville qu'ils aimaient tant parcourir à pied avec Nancy. Il y règne désormais une étrangeté, quelque chose que l'on ressent mais qu'on ne capte pas au premier abord, tant la mémoire et les souvenirs heureux peuvent jouer des tours. Marty flaire ce changement sans parvenir à le définir. C'est seulement le lendemain qu'il comprend. Paris est devenu sale, c'est une ville à l'abandon, des palissades partout, des poubelles renversées, leur contenu déchiqueté, des rats qui se déplacent jour et nuit par saccades, la crasse est désormais omniprésente. Marty se réfugie dans son hôtel, la rencontre avec les journalistes est exécrable, ils sont tendus, agressifs, ils le questionnent sur la mort d'Ester, c'est un moment épouvantable que le tourneur a la bonne idée d'abréger sous les protestations et insultes de la presse. Il n'aurait jamais imaginé être un jour soulagé de quitter Paris, pourtant, au moment où l'avion s'arrache de la piste, Marty retrouve une certaine forme de satisfaction, ses poumons sont à nouveau rythmés par une inspiration et une expiration, il vient de renouer avec la respiration. Barcelone, Milan, Genève, Vienne, Prague, Berlin, dans aucune de ces villes Marty n'a ressenti le même stress, le même malaise qu'à Paris, où il était pourtant descendu place Vendôme.

Un long-courrier traverse l'Atlantique, chargé de bagages rembourrés d'instruments en soute, l'Orchestre philharmonique de Los Angeles fond maintenant sur New York. Le retour au bercail est savoureux, il se sent finalement plutôt bien dans son pays. La tournée américaine est aussi un triomphe, toutes les grandes villes y passent, avec, bien sûr, une halte à la maison, au Walt Disney Concert Hall de Los Angeles, à l'endroit même où ils avaient tant répété. Marty avait pris soin d'inviter personnellement Peter Markuss son voisin, ainsi que Kathleen et Melany Fraser, ses autres voisins. Il les a placés dans les premiers rangs. Bob est toujours retenu prisonnier à San Quentin, la procédure se dilue dans le temps, même si le cabinet d'avocats Cooper & Jones reste optimiste, tablant désormais sur une libération vers 2018. Au total, ça lui fera une bonne douzaine d'années passée derrière les barreaux. Pour un innocent, ce n'est pas si long, car Bob Fraser conserve toujours l'espoir d'être libéré, il éprouve une sorte d'imminence permanente de sa libération, même si elle est toujours repoussée. La douleur est atténuée par la sincérité, par le sentiment d'être entièrement dans son bon droit. Et Bob le vit exactement comme cela. Il a quand même tiqué quand il a appris que la mère Clifford s'était fait bouffer par son chat, il aurait bien aimé la lui foutre à la gueule sa libération, mais elle est partie avec cette saleté de certitude que leur horrible voisin était l'assassin de son Larry. Elle a emporté cette erreur dans sa cervelle laissée intacte par le chat. Les échanges de sms avec Solveig sont devenus un rituel, ils s'écrivent des petits mots toute la journée désormais. Ainsi Marty a appris que ce type, cet entrepreneur en menuiserie, qui possédait une grosse boîte réputée, à qui elle a été mariée quelques décennies, est décédé voilà six ans. En l'apprenant, Marty n'a pas pu s'empêcher de se réjouir, en se disant que la voie était libre. Ils se sont rapprochés sans se voir, ils se sont parlé, les voix prenant le relais avec les mots pianotés sur leur écran tactile.

La dernière date de cette tournée qui s'achève ne pouvait être ailleurs qu'à Omaha, là où tout a commencé. Ça se passe au Holland Performing Art Center, un bâtiment érigé il y a moins de dix ans, qui n'a rien à envier aux plus grandes scènes, d'un point de vue acoustique. Les journalistes se pressent en grand nombre pour cette ultime date, on lui pose la fameuse question, serait-ce donc votre tout dernier concert, ici, ce soir, à Omaha ? Car il ne nous a pas échappé qu'entre cette tournée et la précédente, plus de quinze ans s'étaient écoulés. Je ne sais pas, j'ai soixante-six ans, si je fais une nouvelle tournée dans quinze ans, j'en aurai quatre-vingt-un, me croyez-vous capable d'assurer une telle tournée à cet âge-là, de prendre des avions tous les trois jours ? Personnellement, je ne pense pas. Monsieur Swanson, c'est donc votre tout dernier concert ? Rien ne m'oblige à attendre quinze ans avant de remonter sur une scène, leur répond-il malicieusement. Ils n'en sauront pas plus et se contenteront de cette question satellite, tournant dans le vide. À Omaha, Marty tenait à modifier la *playlist*, il a ajouté quelques vieux morceaux ayant fait la gloire des films dans lesquels ils apparaissaient. Certains de ces réalisateurs sont déjà morts, le cortège des gens qu'il a connus au cours de sa vie s'amenuise, il souhaite juste ne pas finir bon dernier, seul, avec plus personne à estimer ou aimer. Les élus locaux s'empressent devant les caméras pour saluer l'enfant du pays, et détourner vers eux quelques atomes de reconnaissance. Personne n'est dupe, c'est une stratégie de base en politique. L'enthousiasme est partout, la tristesse aussi, on sent qu'on ne le reverra plus, on devine un adieu entre les lignes, chaque spectateur a le sentiment de le revoir pour la dernière fois, et quand il remontera dans son minibus aux vitres teintées, et que les deux points rouges des feux arrière s'éteindront dans la nuit, ils se sentiront abandonnés, laissés à leur condition, par lui, le fils d'Omaha, qui a quitté le Nebraska, pour d'autres horizons.

Solveig lui a adressé un joli message de réconfort juste avant son entrée en scène, elle sait qu'Omaha est une date particulière, il est encore remué par ces quelques mots. Elle sait choisir les tournures qui l'émeuvent, tout au long de cette tournée, elle aura été une grande alliée, ça fait des mois qu'ils sont sur les routes du ciel, qu'ils déposent leur musique dans toutes les villes du globe, et à aucun moment elle ne s'est éloignée, elle a été là, à ses côtés, chaque jour de cette tournée. C'est comme si elle avait pris ces avions avec lui. Avant de sortir de scène, et après de longs applaudissements, Marty s'empare exceptionnellement du micro, il est immense dans son smoking, maigre et immense, il fait penser à un phasme tant il manque de charisme, mais malgré cela, il souhaite s'exprimer ce soir. Il remercie l'audience avec une profonde sincérité, il évoque en quelques mots sa trajectoire, les poulets de son père, sa famille, Springfield, puis il adresse une sorte de prière en levant les yeux vers le ciel, évoquant une petite fille, Viktoria, foudroyée dans un arbre, par sa faute, décédée à l'âge de huit ans. Ce dernier concert, c'est à elle qu'il le dédie, et à sa sœur, Solveig, aussi. L'assistance est aussi émue que lui, tant de sincérité, tant de simplicité, des phalanges rejoignent des paupières, des mouchoirs en papier frôlent des tuniques oculaires, la salle est bouleversée. Sur ces derniers mots, Marty Swanson se retire, s'échappant par le côté droit de la scène pour plonger derrière les panneaux de bois qui composent le décor acoustique du lieu. Doug Bender saisit son Marty par une épaule, il sent bien l'abattement, le vide qui le submerge, il lui explique que c'est toujours ainsi à la fin d'une tournée, et il s'excuse pour sa bêtise au moment où il le dit, se doutant bien que des tournées, Marty en a quelques-unes derrière lui. On lui serre un verre, Marty le tient avec tant de légèreté qu'il pourrait s'effondrer et se briser sur le plancher sans qu'il s'en aperçoive. Le maire vient se faire photographier avec lui, le shérif aussi. C'est un défilé de gens qu'il ne connaît pas, qui se pressent contre lui, on lui rappelle des anecdotes dont il ne se souvient pas, on lui parle de gens dont il n'a jamais entendu les noms, il acquiesce, il sourit, on lui tient les deux mains en lui parlant, il paraît si fragile, et ils veulent tous tellement de choses de lui, ils ont tellement à lui prendre, il se laisse conduire, il obtempère, tous auront une relique à exhiber, deux ou trois échanges à relater, il est sympa, il n'est pas sympa, il a fait ceci, il a fait cela, il a l'air malade, il n'en a plus pour longtemps, Marty se laisse envahir par le gouffre du présent, on le guide dans ces minutes molles et intenses, pendant lesquelles il tente de rester lui-même. Alors une femme aveugle, un peu plus âgée que lui, guidée par deux hommes qui pourraient être ses grands enfants, s'avance vers lui. On l'arrête juste face à Marty, l'un des hommes lui dit, voilà. Elle se tait, elle le regarde avec ses lunettes noires, lui aussi se tait, il ne l'a pas reconnue, mais il sait qu'il s'agit de Shirley. Il lui dit bonsoir. Elle lui répond de la même façon. D'une voix mal assurée, elle lui glisse qu'elle est heureuse pour lui, pour ce qu'il est devenu, pour ce qu'il a accompli. Elle ajoute qu'il l'a rendue si heureuse, et qu'il l'a tant fait souffrir. Il se prononce enfin, il lui assure qu'elle l'a rendu très heureux lui aussi, et qu'il a souffert tout autant quand elle est partie. Il s'excuse, il ne devrait pas parler ainsi, il avoue que c'est inélégant, mais elle ne lui en veut pas. Les gens autour observent la scène, cette femme qui regarde droit devant elle, comme s'il n'y avait personne, comme si elle parlait à un océan, ça les étonne. Ils se détendent, Shirley lui prend le bras, et lui demande de l'accompagner prendre un verre. Il s'aperçoit qu'il en a déjà un dans les mains. Il se présente avec elle face aux serveurs, on leur demande ce que cette dame désire boire puis on lui sert du champagne. Tu te souviens de ce que tu avais commandé la première fois qu'on est allé au café, lui demande-t-elle. Marty ne s'en souvient plus. Ça pétillait comme du champagne, mais c'était de la limonade, on rigolait tellement que tu l'avais recrachée par le nez. On était avec mes copines Ellen et Vilma, c'est ce jour-là que je te les avais présentées pour la première fois. Marty est ennuyé, il n'a pas envie de lui mentir, mais il ne s'en souvient plus. Il préfère laisser cette dernière phrase en suspens pour lui sourire. Il lui précise qu'il lui sourit, afin de ne pas la laisser seule face au vide de sa réponse. Shirley s'accroche beaucoup à son bras, elle lui raconte les grandes lignes de sa vie, ses deux garçons, son mari, un homme exceptionnel, mais elle ne souhaitait pas l'offenser en le faisant venir ici ce soir. Il avait, de toute façon, décidé de rester à la maison, en lui assurant que c'était son moment, qu'il lui appartenait, il connaissait toute l'histoire. Marty l'écoute prudemment. Shirley lui parle de ses deux grands garçons, ils guettent la scène à distance, tout en prenant des photos avec leur téléphone. Shirley lui demande de ne pas changer, elle lui assure qu'il est une belle personne. Des larmes descendent sous l'armure de ces lunettes noires. Du bout des doigts, Marty les recueille, Shirley lui serre plus fort l'autre avant-bras. Elle s'exclame, la vie, ah, la vie. Une grande souffrance semble se dégager de cette exclamation. Elle s'approche et l'embrasse doucement près de l'oreille, elle se retourne, et se laisse emporter par ses fils. Marty s'essuie les yeux à son tour, il ne sait plus ce qu'il a réussi. Il ne sait plus pourquoi il est ici. Il déteste être au centre comme ce soir, il déteste cette situation de représentation, il a cru pouvoir se cacher derrière Gustavo son chef d'orchestre, mais c'est lui que les gens veulent voir.

Le lendemain, à l'aube, accompagné de Doug et Gustavo, il se rend sur la tombe de ses parents. Marty paye une société pour son entretien régulier. Généralement, quand il vient ici seul, en secret, il trouve la tombe en état de semi-abandon, alors il doit menacer la société, évoquer une dénonciation de contrat, on lui jure que l'entretien sera assuré, c'est parce qu'ils sont débordés, à chaque fois c'est le même refrain. Mais cette fois, avec sa venue annoncée pour cet ultime concert à Omaha, la société en question ne risquait pas de manquer une telle occasion de se distinguer. La tombe est parfaitement fleurie. Avec du jaune et du bleu, comme sur le drapeau suédois, comme il l'avait scrupuleusement demandé.

*

Klara est décidée, elle va se faire opérer. Il est 7 h 00 et elle appelle son père, elle sait qu'il est rentré hier de cette interminable tournée, mais elle est trop impatiente, elle ne peut plus attendre, elle doit lui annoncer la nouvelle. Comme prévu, il accueille cette information avec enthousiasme. Elle va rencontrer les deux professeurs dont il lui avait parlé, la femme de l'Oregon et le type de New York. Marty est fier d'elle, de son courage. Il sait qu'en se faisant rectifier la jambe, sa vie va changer, elle en est consciente, bien sûr, mais elle ne se doute pas des proportions de ce futur changement. Elle doit filer, elle l'embrasse, lui dit de jolies choses et raccroche. Marty est heureux, il se laisse dominer par l'apesanteur, c'est comme si soudain, il n'avait plus peur. Klara a toujours fait la démonstration d'une grande force, elle a toujours su se démultiplier quand c'était nécessaire, son courage agaçait sa sœur, c'était aussi une des raisons de sa jalousie, cette bravoure innée, tout le contraire de ce qu'était Ester. Klara ne l'a jamais accablée, elle a toujours supporté son agressivité, ses aigreurs. Elle a supporté l'insupportable, elle aimait, elle aime sa sœur, même si elle sait qu'aujourd'hui, elle ne représente plus qu'un amas de matière organique en décomposition, elle ne croit pas aux mystères de l'âme, elle ne croit pas qu'il soit possible d'échapper à la carcasse de son corps.

Solveig a fait le voyage en voiture, depuis Spokane. Elle possède une Jeep Cherokee, le dernier modèle. L'entreprise de bois et de menuiserie de son défunt mari fonctionne toujours, elle ne manque pas d'argent. Elle a fait une pause à mi-chemin, pour ne pas avaler les neuf cent quatre-vingts *miles* d'un coup. Son arrivée chez Marty en fin de journée était à la fois extraordinaire et d'une étrange simplicité, c'était comme si elle avait quitté la maison le matin même pour aller travailler et qu'elle rentrait. Avant son arrivée, Marty songeait à Nancy, il avait mal pour elle, il se désapprouvait lui-même. Mais après vingt-deux années, seul, totalement seul, sans un écart envers sa femme morte, Marty se dit qu'une autre histoire est peut-être possible, et ce n'est certainement pas Klara qui le lui reprochera. L'année 1992 avait été terrible, Marty avait perdu et sa mère, et sa femme, à quelques mois d'intervalle. Les filles avaient souffert, il avait fallu gérer, le décès de Nancy les avait dévastées, elles pensaient ne jamais s'en relever. Ester ne s'en est jamais vraiment relevée.

Dorris et Rodrigo sont rentrés depuis longtemps, la nuit ne va pas tarder. Ils sont désormais en quête d'une maison, c'est enfin l'heure de la retraite, ils ont accepté que Marty se sépare d'eux pour un repos bien mérité. Comme il le leur avait promis, il va leur offrir une maison et une rémunération pour leurs vieux jours. Ils ont tenu, ils ont refusé avec véhémence, mais ce n'était pas si simple compte tenu de la persévérance de Marty, il leur a fallu accepter. Ils ne comprenaient pas l'intérêt que celui-ci trouvait à être aussi gentil. Il leur a assuré qu'il n'était pas gentil, comme ils le prétendaient, et que son action était simplement logique, normale. Leur successeur est une jeune femme, il s'agit de Melany Fraser, la fille de Kathleen et Bob Fraser, les voisins. Elle va bientôt quitter son poste au restaurant de Kurt Grasing pour s'occuper de la maison de Marty. La jeune femme est ravie. Elle va quadrupler son salaire, et le compositeur va lui offrir un véhicule de fonction. Il a déjà choisi le modèle, et la couleur surtout, il ne voulait pas qu'il jure avec le gris argenté de son coupé Mercedes Pagode dans la cour, ce sera exactement le même gris. Melany roulera donc à bord d'un *pick-up* GMC dernière génération. Elle adore déjà l'idée, et attend avec impatience de pouvoir commencer.

Solveig est encore très en forme pour ses soixante-et-onze ans, elle refuse que Marty s'empare de ses bagages. Elle trottine devant lui comme si c'était elle qui le recevait. Le ciel est magnifique ce soir, des lanières rose et orange se faufilent au-dessus de l'océan, le soleil sombre dans le Pacifique, les silhouettes de quelques pélicans obscurcissent le paysage en ombres chinoises. Ils restent un moment devant les fenêtres du salon, Solveig ne s'intéresse ni au piano ni à la décoration, elle ne regarde que l'horizon, il lui demande si elle souhaite boire quelque chose, elle ne répond pas, elle attend, alors, il pose une main sur son épaule, elle se rapproche et se colle à Marty, lui offrant son dos. Il la prend dans ses bras, il la serre légèrement contre lui, et tous deux se figent face à l'océan, le silence est délicieux. Ils restent immobiles, deux longues brindilles, asséchées par le temps, là-bas le soleil vacille, Solveig pivote face à lui, il prend son visage entre ses mains et l'embrasse lentement. Ils restent ainsi un temps infini à se toucher et s'embrasser, puis sans rien dire, il la hisse sur son dos, elle s'accroche à son cou, elle n'émet aucun cri, aucun rire, elle se laisse guider. Ils gravissent les escaliers qui mènent à l'étage, la nuit s'installe, Marty dépose Solveig sur son lit, il allume cette petite lampe au design industriel des années 1950 égarée sur sa table de nuit. Elle ne le quitte pas des yeux, elle ne voit que ça, ses iris bleus, se désintéressant parfaitement de la matière organique étalée tout autour. Ils s'embrassent à nouveau, penché sur elle, il ose enfin s'allonger, elle est dure, il devine ses os. Il ose glisser une main sous son pull en V, pour lui caresser le ventre et les seins. Il veille à conserver une grande légèreté avec sa main, il l'effleure, elle frissonne, dans la chambre il fait bon. La langue de Solveig s'enroule contre la sienne, une suave opposition s'engage, les salives s'écoulent et se mélangent, tout est lisse, elle lui donne des petits coups de dent, le son des incisives qui s'entrechoquent est surdimensionné dans leur crâne, elle appuie sa langue plus fort. Le sexe de Marty est ferme, son érection dépasse la bande élastique de son caleçon. Il se redresse, il lui retire son pull, elle est en soutien-gorge, un modèle délicatement ajouré de dentelle noire. De ses clavicules saillantes jaillit la vibration d'une peau, les plis de son cou torsadé se raccordent à son âge, elle lui déboutonne sa chemise, il lui montre les mêmes plis, son cou est fripé, et constellé de grains de beauté, elle pose le bout de l'index dessus pour les compter, il pose ses doigts sur l'extrémité de ses seins. Il ouvre le fermoir de son soutien-gorge et libère deux seins incroyablement denses, ils n'ont été remodelés par aucune chirurgie et subissent naturellement la pesanteur terrestre. Leurs points d'attache sont aussi froncés qu'une jupe. La poitrine de Marty tombe aussi, elle s'attarde sur les contours grumeleux de ses mamelons, elle se penche et les suce avec délectation. Il lui caresse le dos, elle change régulièrement de téton, abandonnant l'autre à la fraîcheur brutale qui l'assaille, de la salive glisse le long de son poitrail, elle y revient, elle le mordille, il sursaute, surpris, mais ne proteste pas. Il la renverse, et l'embrasse à nouveau, il gagne du temps, il a peur, il est effrayé par ce qu'ils font. Il en a délicieusement envie, mais par moments il ne peut se contenir, il pense à Nancy. Il lui avait juré fidélité, et le voilà dans les bras de Solveig, certes, vingt-deux ans après son décès, mais ça lui fout quand même les jetons. La bouche de Marty migre enfin vers les seins de Solveig, il lui fait ce qu'elle vient de lui faire, ses mamelons jaillissent, deux excroissances rosies, il prend son temps. Elle lui chiffonne les cheveux d'une main, elle appuie, elle le maintient en place, la base de sa langue lui fait mal, il tente de se dégager, elle le bloque, il relance le muscle de sa bouche, il bave, ses glandes font gicler la salive, les seins de Solveig sont luisants, lisses comme des savonnettes, elle le relâche. Il s'immobilise, il reste en retrait pour la contempler, il compte les petits plis qui naissent depuis sa bouche, un léger duvet se répand sous son nez, un duvet transparent, ses joues sont creuses et couperosées, elle le regarde sans ciller, deux pierres précieuses, saphirs obscurs, elle est inquiétante. Il pensait qu'il aurait peur, et il a peur. Il ne sait pas trop s'il trompe Nancy, s'il la trahit, il pense que oui, son érection est déstabilisée, il cogite, ce n'est pas grave ce qu'il fait, il en avait rêvé enfant, et maintenant il le fait, c'est Solveig Holmberg qui est là contre lui. C'est Solveig Holmberg, la plus jolie fille de la classe, c'est elle qui tend sa bouche vers lui, c'est elle qui lui montre ses seins pour la seconde fois de sa vie, et elle le fait sans contrainte. Il s'approche davantage, elle lui prend la bouche en plaquant ses deux mains sur ses joues, il se laisse faire, c'est tellement bon, elle tape comme un agneau qui tète pour la première fois, survient à nouveau le choc des dents. Il se débrouille comme il peut pour faire descendre son pantalon, elle soulève les hanches pour que ça passe, il s'aide de ses pieds, elle est en culotte, elle se redresse, elle le regarde, et toujours sans un mot, elle lui ôte son jean qu'elle retourne comme une peau de lapin. Les jambes de Marty sont décharnées, çà et là, de minuscules poils blancs frisent sur la pâleur de sa peau. Leurs pieds semblent si fragiles, on distingue parfaitement les os qui dessinent comme des petits râteaux à mains, glissés sous la chair. Elle entortille ses jambes contre les siennes et plaque son sexe contre le sien, ils s'embrassent encore, Marty introduit une main à plat sur ses fesses, il la caresse, l'élastique de la culotte de dentelle est rêche, il lui râpe le poignet. Habilement, il lui ôte sa culotte, elle soulève à nouveau les hanches pour l'aider, et sans attendre, elle fait glisser son caleçon de coton, les sous-vêtements sont éjectés hors du lit, elle appuie son bas-ventre contre lui. Il lui caresse les fesses, ses doigts effleurent les poils de son sexe par l'arrière, elle maintient les cuisses serrées, elle l'embrasse plus fort, et saisit son pénis. Du bout de l'index, elle inspecte le méat de son gland, une bulle de liquide pré-séminal se présente à l'embouchure de son urètre, elle lui savonne le gland avec cette onctuosité, augmentant son excitation. Elle retient le moment de s'ouvrir. Ça va très vite dans la tête de

Marty, il n'en revient pas de toucher Solveig, là où il la touche, dans sa tête il n'ose nommer les choses, enlacé dans sa pudeur. Elle observe son visage avec amusement, elle sait qu'il n'en revient pas. Il devine la cicatrice d'une césarienne, elle est blanche, sur cette peau déjà blanche. Elle a eu un garçon et une fille, ou bien deux filles, il ne sait plus. Les poils sont vaguement organisés, partiellement entretenus, ils sont châtain clair, une mousse, du lichen un peu chagrin, tandis que les siens sont parsemés de gris et de blanc. Il appuie doucement l'éminence thénar de sa main droite sur la partie charnue de l'épicentre de la vie. Solveig soupèse la lourdeur de ses testicules et les fait rouler comme des galets. Elle le fait patienter. Soudain, elle pose sa main sur la sienne, pour qu'il s'arrête, il ne bougeait déjà plus, ses cuisses se referment, de menus spasmes la soulèvent à peine, elle rouvre les yeux, le regarde profondément et lui sourit. Il est content de lui, il lui sourit comme un con, il a fait jouir sa partenaire, maintenant son plaisir est secondaire. Et soudain, sans qu'il n'y comprenne rien, elle l'invite au sommet inversé de son intimité. En elle. Les cheveux gris de Solveig sont étalés sur les draps, elle l'observe, elle le guette avec beaucoup d'intérêt, Marty ressent cette étrange façon qu'elle a de l'absorber, de l'intégrer, il poursuit sur la même cadence, sans se laisser impressionner, il se balance en elle. Il devine qu'elle s'impatiente, alors il se laisse aller, il s'écoute, une brûlure le redresse, il se crispe, émet un sale cri, il s'écoule, c'est vif et brutal. Elle le serre contre elle, elle sent ses omoplates si pointues. Ils sont en sueur, Marty trouve qu'elle a une bonne odeur. Ils s'embrassent à nouveau, elle le fait rouler sur le dos, et l'escalade à son tour, elle joue avec ses cheveux, elle est silencieuse, il lui demande si c'était bien de faire l'amour. Elle acquiesce en remuant le menton. Il doit se satisfaire de cette réponse. Il trouve ça dingue de pénétrer quelqu'un après vingt-deux années d'abstinence, il s'en veut d'assimiler Solveig à ce « quelqu'un ». Il a honte aussi, il pense à Nancy, sa petite Nancy. Il se dit qu'heureusement les cellules du corps et leurs pensées s'effacent au moment de la mort, il serait très peiné qu'elle le sache, qu'elle puisse entrevoir cette copulation depuis un endroit de l'univers. Mais il n'est assujetti à aucune croyance, ce qui le libère de la notion d'âme et de la peur de mal agir. Même s'il se trouve quand même un peu minable. Si Solveig devinait à quoi il pense, immédiatement après cet acte de tendresse intense, elle s'éjecterait du lit et lui fracasserait le crâne avec la lampe de la table de nuit. Le cerveau est sa dernière zone d'indépendance. Bienvenue à *Stillwater*, lui déclare-t-il. Elle ne comprend pas la *joke*, il lui assure qu'il n'y en a pas, il lui apprend que c'est le nom qu'il a donné à sa maison. Elle le serre un peu plus contre elle. Elle lui demande à l'oreille s'il la trouve toujours aussi désirable à soixante-et-onze ans, il lui murmure que la réponse s'écoule sur les draps depuis la fente de ses cuisses. Elle a ce petit rire satisfait qu'elle a toujours eu quand elle était rassurée. On est un peu vieux quand même, déclare-t-elle. Il lui avoue qu'il ne sait pas. Il s'attarde sur sa peau mouchetée de taches de rousseur, d'autres taches, de vieillesse celles-là, lui assombrissent les tempes et les mains. Il s'intéresse à la maigreur des mains de Solveig, les siennes sont encore plus décharnées, ses veines bleutées et saillantes jouent à saute-mouton avec ses tendons. Solveig lui demande, alors c'est donc de ces mains que sont sorties toutes ces mélodies, sur le piano qui est en bas ? Il lui confie qu'il a changé de piano depuis ses débuts, il n'avait pas les moyens d'avoir ce genre d'engin quand il a commencé. Il rectifie, les mélodies sortent surtout de la tête, des joies et des misères qui nous emportent. Elle souscrit à cette façon de voir les choses. Elle se lève et va uriner dans la salle de bains adjacente, elle réajuste le jet qui s'écoule avec force dans l'eau, préférant l'orienter contre la paroi de céramique. L'endroit n'est pas facile pour quelqu'un de pudique, même quand on vient d'offrir son cœur et ses entrailles. Marty se dit qu'il n'a pas été très créatif, mais bon, ils se découvraient, c'est la sensualité qui les a guidés, il a un peu honte de cet orgueil déplacé, de cette immaturité. Ils se rhabillent en hâte, comme s'ils refusaient de se voir nus maintenant, ils redescendent, elle n'a pas faim, mais elle mangerait bien quelque chose quand même. Il lui demande si elle souhaite visiter le frigo ou aller dehors, un quart d'heure plus tard, la jeune Melany Fraser les accueille au pupitre du restaurant *Chez Grasing*.

*

Ils empilent les jours et les nuits, maquillant le temps de souvenirs neufs. Physiquement, ils sont bien assortis, mais d'un point de vue émotionnel, c'est moins évident. On les aperçoit, marchant côte à côte le long du fracas rocheux de l'océan, on les salue dans la douceur du soir, on chuchote même parfois après avoir croisé leur regard, Solveig et Marty sont deux, ils ne sont pas qu'un, et cela chagrine surtout le second. Elle l'accompagne, sereine et élégante, elle élude ses tourments, elle devine que l'animal n'a guère changé, il est toujours le même, cet être malmené, brimé par les incertitudes.

Ils sont allés ensemble à la fête de Dorris et Rodrigo. Ces derniers ont enfin emménagé dans leur nouvelle maison, celle que Marty leur a offerte. Ils habitent finalement en retrait de la côte, Dorris ne voulait pas de vue sur mer, car il faut sans arrêt nettoyer les carreaux. Ils ne sont qu'à un bloc de l'océan, elle dit qu'il suffit d'ouvrir les fenêtres pour le sentir. Cette femme fait beaucoup rire Solveig. L'inverse est un peu moins vrai, elle n'en montre rien, mais elle est contrariée que Marty se soit remis avec quelqu'un, selon elle, il aurait dû rester seul pour respecter totalement Nancy. Elle s'entendait très bien avec la nutritionniste, pour elle Nancy était indépassable, elle ne comprend même pas comment Marty a pu retrouver quelqu'un, elle se demande où il est allé la chercher celle-là. Dans l'enfance, je suis allé la chercher dans l'enfance lui répond-il comme s'il avait entendu sa question. Dorris rougit, elle s'inquiète, pourrait-il lire dans ses pensées ? Elle se rassure de travers, et leur présente un à un tous les invités. Leurs enfants sont là, leurs petits-enfants aussi, toute la famille est réunie, des gâteaux rivalisent sur la table du salon, on se presse autour de Marty afin de le remercier pour son geste, on lui dit que cette maison vaut des millions, il leur répond que Dorris et Rodrigo lui ont donné leur vie, qu'ils ont fait bien plus que ce que leur métier exigeait. Tout le monde est ravi, un parfum d'allégresse traverse le salon, les enfants se poursuivent avec des colts en plastique, mais aucun n'utilise de pistolet à eau avec ces grosses pompes qu'on amorce, sur ce point, ils craignent tous Rodrigo.

Marty doit s'éloigner un peu, c'est Klara qui l'appelle en larmes, son Matthew s'est barré avec une autre. Bien qu'il soit triste pour sa fille, Marty est soulagé, à long terme c'est ce qui pouvait lui arriver de mieux, et après sa convalescence elle aura enfin droit à des regards bienveillants, on ne la verra plus comme la jolie fille qui a failli tout avoir pour réussir, comme la jolie fille abîmée par la vie. Qu'il se tire ce sale mec, il draguait sous ses yeux, il se foutait de sa gueule même devant lui, son père. S'il avait été violent, Marty lui aurait bien vidé un baril de goudron enflammé sur les épaules. Il réconforte sa fille, il lui assure qu'elle mérite quelqu'un d'aussi bien qu'elle, et que des garçons comme ça, il y en a. Il faut juste qu'elle patiente et qu'elle cesse d'être attirée par des escrocs. Klara déteste ce discours-là, c'est justement ce qu'elle ne veut pas entendre, elle pourrait se fâcher quand elle l'entend s'exprimer ainsi. Mais elle n'en fait rien, elle se contente de lui demander de ne pas lui parler comme ça, elle lui dit qu'il est sa seule base de repli, elle lui lance, quand tu rentres lessivée par tant de combats, tu n'as qu'une envie, t'appuyer contre l'épaule de ton père, alors s'il te plaît, Papa, ne me parle pas comme ça, écoute-moi et comprends-moi. Mais c'est ce que je fais ma chérie, non, tu fais l'inverse. Elle sanglote, il entend des gens autour d'elle, il lui demande où elle se trouve, il espère qu'elle n'est pas au bureau, elle le rassure, elle est sur un parking, l'autre vient de l'appeler, il l'a laissée par téléphone, sans juger bon de se déplacer, de la regarder dans le néant des yeux de la personne délaissée. Marty lui demande de prendre un vol pour Monterey dès ce soir, et de les rejoindre avec Solveig. Elle est d'accord, c'est ce qu'elle va faire, elle repasse chez elle, et elle arrive. Elle lui annonce qu'elle ne sera pas là avant minuit, il est OK.

Solveig est fatiguée et inquiète, elle a détesté cette soirée, elle ne supporte plus le bruit de la fête, elle ne supporte plus les cris des jeunes enfants qui courent en tous sens, elle avoue qu'elle a vieilli. Et maintenant, elle est tétanisée à l'idée d'être jugée par sa fille Klara qui va débarquer à l'improviste. Marty rectifie, elle a prévenu qu'elle venait. Elle n'a rien prévenu du tout, tu lui as proposé de venir, c'est différent, il faut être précis avec les mots qu'on emploie. Marty tentait d'allumer du feu dans la cheminée, il se retourne et l'observe alors qu'elle se brosse les cheveux dans l'encadrement de la porte du salon. Il sait déjà, après quelques semaines, que cette histoire va tourner court, il sait déjà que l'un et l'autre, ensemble, ils ne seront pas doués pour l'amour. Il va essayer, il se dit qu'il faut apprendre un peu, mais ils se connaissent depuis toujours, et entre eux, enfants, ça n'a jamais été une escalade de sentiments. Il bouchonne une autre feuille d'un vieil exemplaire de son *Carmel Pine Cone*, il ajoute encore du petit bois dessus, et craque une nouvelle allumette. Cette fois, ça prend, chaque fois qu'il fait ces gestes, il se sent comme un pionnier à l'abri du vent, derrière sa carriole. Il entend les chacals dans la nuit, sa femme et le reste de la famille qui s'inquiètent dans son dos, qui font semblant de se rassurer alors qu'ils ont vu passer des silhouettes indiennes à cheval. C'est à cela qu'il pense quand il fait du feu. Solveig remonte à la salle de bains, il entend ses pas fragiles sur les marches de chêne. Il a hâte que sa fille arrive, il a envie de la serrer dans ses bras. Il ne sait plus s'il a prévenu Solveig ou non quant à sa jambe, il a oublié qu'elles se connaissent, qu'elles se sont croisées le soir de la première, à Seattle. Il songe à demain, la petite Melany Fraser prendra son poste, il lui a déjà fait visiter la maison, il a été *cash* avec elle, il souhaitait savoir si un job d'employée de maison était quelque chose qui répondait à ses attentes, à son jeune âge, si elle n'avait pas rêvé plus grand. Elle lui a répondu que sa mère avait travaillé toute sa vie comme femme de chambre dans les hôtels de Carmel. Il lui a confié que personne n'était tenu de faire la même chose que ses parents. Eh bien moi, je m'abstiendrai d'aller en prison, comme mon père, lui a-t-elle répondu. Son visage est devenu grave, elle se rendait compte de sa bévue, et combien ses propos étaient déplacés, surtout que son père est innocent, il n'y a plus que des morts, comme madame Clifford, pour être convaincus du contraire. Melany était heureuse de venir travailler pour Marty Swanson, car il a une très bonne réputation dans le quartier, il est généreux et très respectueux des gens qu'il côtoie, il a même ce petit côté « pasteur » un peu précieux et minutieux qui lui donne de la raideur. Melany n'a aucun regret de quitter son job au restau de Kurt Grasing, elle sera beaucoup, beaucoup mieux rémunérée, et Marty lui a offert une bagnole qui en impose, faudra pas que des petits cons se mettent en travers de ma route, lui a-t-elle annoncé, hilare, joyeuse, de ce changement brutal de condition.

Le taxi de Klara, un monospace noir aux vitres éteintes, se poste devant la grille, la jeune femme en descend, le chauffeur se précipite, convaincu qu'avec un tel handicap on ne peut tirer sa valise. Klara la lui reprend des mains, sans agacement visible, le portail ouvragé coulisse pour la laisser passer. L'homme la salue, un peu décontenancé, et remonte dans son véhicule qui détale. Marty rejoint sa fille en chaussons sur le gravier balisé de lumières, il la serre de toutes ses forces contre lui, elle ne lui dit pas qu'il lui fait mal, parce qu'il ne lui fait simplement pas mal, Solveig les attend dans l'entrée, les mains nouées, elle ne se sent pas à sa place ce soir. Elle les observe, les deux êtres se détachent, elle guette l'anomalie incrustée dans la jambe de la fille de Marty. Klara dépose sa valise dans l'entrée. Son père lui présente Solveig, Klara lui rappelle qu'elles se connaissent, qu'elles se sont vues dans les loges lors de la première, à Seattle. Marty, s'étonne de ne pas s'en souvenir, il songe à la santé de son cerveau. Les deux femmes se serrent la main, avant de céder à plus de naturel avec une accolade prolongée. Marty croit nécessaire de refaire des présentations, il annonce sa « copine d'école » puis sa fille cadette. Solveig rectifie en riant qu'elle est sa copine actuelle. Klara note un léger manque de confiance chez cette femme, et peut-être de la jalousie, cette Solveig s'imagine sans doute que Marty a des centaines de femmes accrochées à lui, elle ne l'a sans doute pas cru quand il lui a affirmé qu'il n'avait connu personne depuis sa femme décédée. Ainsi, vous avez, vous aussi, connu la fameuse mademoiselle Westerlund? Solveig lève les yeux au ciel, elle ne la supportait visiblement pas. Ses mots le confirment. Elle était d'une sévérité sans limite, surtout avec les filles. Marty s'en étonne. Forcément, réplique Solveig, toi tu étais amoureux d'elle. Il tente de protester, Solveig commet l'imprudence de rectifier, non en fait, tu étais amoureux de moi. Soudain, Klara lui trouve soudain beaucoup d'assurance. Et elle n'aime pas le ton de sa voix, elle devine de la colère. Klara comprend qu'elle n'est peut-être pas la bienvenue, elle décide de monter sa valise, Solveig s'efforce de ne pas regarder sa jambe, elle se dit au fond d'elle, qu'au moins, dans les escaliers, ça ne se voit pas qu'elle boite. Elle redescend aussitôt, il est tard, son père lui demande si elle veut quelque chose à manger ou à boire. Klara leur indique qu'elle souhaite remonter se coucher, Marty lui propose de parler un peu, elle lui assure que ça peut attendre le lendemain.

Comme chaque matin à l'aube, laissant la maison endormie, Marty s'est glissé hors des murs pour aller marcher jusqu'à Point Lobos, l'hiver est peut-être doux, il aimerait bien qu'il s'en aille, il est fatigué de ces cortèges de nuages déboulant du Pacifique avec toute leur grisaille. De retour à la maison, il file sous la douche, et réapparaît, très mal essuyé, sous la couette, pour se coller contre Solveig. Celle-ci proteste, elle est tendue depuis l'arrivée de Klara. Elle lui demande s'il n'y a pas quelque chose à faire pour ce handicap, il hésite à lui répondre qu'elle vient de prendre la décision de se faire opérer, mais il se contente de lui dire qu'une personne ne doit pas être définie par son handicap, Klara est bien plus que cela. Solveig devine qu'elle l'a blessé, elle l'attire contre elle pour se faire pardonner. Elle pose une main sur son pénis, mais Marty repousse les fesses en arrière, pour se détacher d'elle. Ce n'est pas le moment, et soudain, il ressent de plein fouet la rivalité entre Solveig et sa fille, la veille au soir, il avait déjà entrevu la fraîcheur de leur relation future. Il lui annonce qu'il doit s'habiller, et aller acheter du pain frais, comme un Français, car la jeune Melany ne va pas tarder, elle commence aujourd'hui.

Klara était défigurée au petit-déjeuner, elle avait eu ce Matthew au téléphone, très tôt, qui lui demandait de ne pas repasser chez lui récupérer ses affaires, tout lui serait expédié par la Big Brown, la société UPS. Elle était choquée par cette méthode. Elle en avait croisé des connards, mais celui-ci était un beau spécimen. Elle avait ravalé sa fierté en tentant de masquer cette mine défaite qui trahissait son malaise. Son père s'était entretenu avec elle dans son bureau, lui délivrant tout l'amour dont il était capable. Klara s'était calée dans ses bras, pour pleurer tout bas, Marty lui avait promis qu'il serait toujours là. En prononçant cette phrase, il savait que c'était faux et qu'il faudrait bien qu'un jour sa fille marche derrière son cercueil pour l'enterrer. Elle avait repris des forces, elle avait annoncé à son père qu'elle ne resterait pas plus de trois jours ici à Carmel, elle était déjà capable de soutenir les conversations si peu accueillante de Solveig, ça allait donc déjà mieux. Marty devait accueillir Melany et le carillon de l'entrée retentissait déjà. Il l'avait présentée aux deux femmes. Il lui avait fait visiter chaque pièce de la maison, n'entrouvrant que prudemment la chambre de sa fille, il n'avait pas oublié la cave et son studio, et surtout, il lui avait remis les clefs et les papiers d'assurances du *pick-up* GMC, il était à elle désormais.

Melany est très prudente au volant de l'engin, elle se trouve haute par rapport à sa voiture habituelle. Marty la rassure, elle s'y fera très vite, et la remorque est bien pratique pour trimballer du matériel ou emmener des choses à la déchetterie. Elle se gare sur le parking devant le magasin d'outillage Ace Hardware, Marty présente Melany au patron, il dit qu'elle passera régulièrement chez eux, car elle travaille pour lui maintenant, elle remplace Dorris et Rodrigo, partis à la retraite. Le gars est serviable, il a un grand sourire avenant et des cheveux en épis qu'il peine à maintenir en place. Marty tient à ce que Melany ait du matériel parfaitement neuf pour entretenir la maison, un seau et son balai-serpillière, des gants, des chiffons doux, des brosses, des éponges, ils remplissent un caddie entier de conneries en dix minutes. Melany, ça l'amuse, elle sait qu'une telle débauche de matériel est la marque des piètres bricoleurs, et que le Marty n'a aucune notion concernant le ménage. Ils n'ont pas besoin de tout ça, mais elle le laisse faire. Oh, Swanson, qu'est-ce que tu fais là ? Je pensais à toi justement, t'as beaucoup de projets en ce moment ? Parce que je me disais que je te proposerais bien de monter sur la musique de mon prochain long, on tourne dans deux semaines, ça sortira dans huit mois, ça te laisse du temps, non ? Je me disais qu'on était voisins et qu'on n'avait encore jamais bossé ensemble, t'en penses quoi ? Marty réfléchit, l'autre s'impatiente. Alors ? T'en dis quoi ? Ouais, ouais, faut voir, je termine le thème d'une série, là, mais c'est peut-être jouable, c'est quel genre de projet ce film ? Drame social, ça se passe à Minneapolis. Je te fais porter le scénar si tu veux. T'habites toujours sur *Stillwater* ? J'ai pas déménagé, non. Bon OK, je t'envoie ça, tu me dis, t'as toujours mon numéro, oui ? Je dois l'avoir. Et là, Melany comprend que son nouveau patron est une crème d'une faiblesse extrême, un type qui ne sait pas dire non. Elle ressent de la peine pour lui, et en même temps, de l'admiration pour son interlocuteur, il lui était arrivé de croiser Clint Eastwood dans Carmel, mais jamais d'être en quasi-conversation avec lui. Il est très intimidant, contrairement à Marty qui n'a absolument aucun charisme, et qui est donc très abordable et gentil. Eastwood repart avec une grosse tronçonneuse orange, tandis que Marty se présente en caisse avec un seau, des serpillières et des chiffons, tout est dit, tout est résumé. Dans le *pick-up*, Marty est inquiet, il se plaint qu'il n'aurait pas dû accepter, il a trop de travail, et maintenant qu'il n'a pas su dire non, l'autre ne va pas le lâcher, dans sa tête c'est déjà acté. Je le connais, se plaint-il à Melany, c'est un emmerdeur, il veut tout et tout de suite. Ça me rend dingue de ne pas savoir dire non, c'est le drame de ma vie. Je ne sais pas m'imposer, zéro charisme. Un jour, je venais de remporter un Oscar, je m'étais retrouvé dans un bar, j'étais en smoking, j'attendais au comptoir, personne ne me voyait, on servait tous les autres, sauf moi, j'avais fini par poser mon Oscar sur le comptoir, pour voir si ça changeait quelque chose, rien, ça n'avait rien changé. Et parfois, vous savez quoi Melany, les portes automatiques des magasins se referment sur moi, même elles ne me détectent pas, c'est dire. Melany éclate de rire, elle adore cet humour de malheureux qui en rajoute, elle se ravise, elle est quand même un peu triste pour lui, mais elle se dit aussi qu'il n'est pas à plaindre, contrairement à son père qui crève en prison.

De retour à la maison, ils tombent sur Peter Markuss dans son éternel costume blanc. Il est dans sa Corvette, comme toujours, il salue Melany qu'il connaît bien, il ajoute qu'elle est charmante, il ne peut s'en empêcher. Il est tout de même un peu surpris qu'elle se mette au service de Marty, et un peu jaloux aussi. Il ne peut se retenir de comparer avec son personnel, il dit, c'est sûr, c'est pas chez moi que je risque de voir des gens remettre de l'ordre et faire le ménage en short de jean moulant. Melany est gênée, le compositeur arrive à sa rescousse, mon cher voisin, si Melany n'est pas encore dans sa tenue de travail, c'est parce que je n'ai pas encore reçu sa livrée qu'on est allés ajuster chez un tailleur, quand elle recevra son coffret de vêtements, tous seront brodés de ses initiales avec un discret fil bleu sombre sur l'étoffe couleur anthracite. Ah oui, on ne perd pas les bonnes vieilles habitudes, se moque Markuss accoudé à sa vitre ouverte. Il dévie sur une de ses anecdotes, il les collectionne. Il se souvient que lorsqu'il avait débuté dans le cinéma, c'était à la MGM, il y avait ce type, un gars avec un très gros poste, un financier important de la production qui, du jour au lendemain, avait lâché le costume pour venir habillé en ouvrier du bâtiment. Dans un premier temps, il ne portait pas le casque, mais au bout d'un moment, il n'avait plus quitté son casque de chantier en plastique jaune. Autour de lui on commençait à s'inquiéter, mais ça n'avait pas duré longtemps, il avait été viré vite fait. Peter rit avec fracas, il adore ses propres blagues, et quand il déjeune avec toute une tablée, qu'il est le seul à l'ouvrir pendant deux heures, en général à la fin du repas il s'exclame qu'il a passé un bon moment, que c'était très agréable et qu'il faudra se refaire ça rapidement. Il continue avec l'histoire d'un autre type, c'était un de ses potes à ses débuts, un gars vraiment maltraité dans la prod où ils bossaient, il avait un petit poste. Ce type un jour avait lu un article, une interview de leur *big boss* qui disait aller nager tous les dimanches dans un club très privé, très select. Alors le gars avait commencé à s'entraîner comme un malade dans une piscine merdique, et une fois qu'il avait atteint un top niveau de *crawl*, il s'était inscrit dans le même club que son patron, y lâchant même une bonne partie de ses économies pour y obtenir le droit d'accès à l'année. Et, tous les dimanches, il nageait dans la ligne de nage voisine de son *big boss*. Peter marque une pause et rit tout seul. Son plaisir c'était de l'éclater, de lui mettre des longueurs dans la vue. Ils sortaient de l'eau toujours à peu près en même temps, et sous la douche le *boss* le matait, vexé, humilié. Il avait fini par repérer son employé au sein de la boîte, il l'évitait, il ne l'aimait pas, le petit gars était toujours gonflé à bloc, jusqu'au jour où on l'a foutu dehors lui aussi, le sentiment d'humiliation du *boss* avait triomphé, on ne se fout pas de la gueule de ce genre de type impunément. Peter Markuss se demande si ces mecs sont toujours dans le milieu du cinéma. Il passe la première, il précise qu'il est attendu. Il démarre, laissant Marty et Melany un peu désarçonnés, il se penche vers son rétroviseur extérieur en se disant, sacré petit cul.

*

Cette journée a été bien pénible. Il est passé à la maison de Marty, oui ce grand maigrichon d'Eastwood, qui mesure un mètre quatre-vingt-treize quand même, deux centimètres de plus que Marty, mais deux centimètres qui font toute la différence et lui permettent de se sentir supérieur au musicien, le réalisateur est donc arrivé dans la matinée afin d'écouter la musique que Marty lui avait composée pour son drame social à Minneapolis. Ils étaient là, tous les deux dans la pénombre des boiseries du studio au sous-sol, leurs grandes jambes étaient étalées devant leurs fauteuils rembourrés de cuir, Marty manipulait ses curseurs et ses potards, les boutons ronds des potentiomètres, ces résistances variables qui garnissent sa table de mixage, l'autre ne disait rien. Marty finalisait certaines séquences. Puis il a lancé le thème principal. À la première écoute, Eastwood n'a rien dit, il s'est contenté de demander une seconde écoute. Marty s'est exécuté. Le même silence régnait après la deuxième écoute. La même demande a émergé, Clint lui a demandé à réécouter encore et encore. Marty n'osait le regarder, le compositeur luttait pour ne pas se décomposer. C'est exactement ces moments-là qu'il déteste dans ce métier, ces instants où il est jugé, et les silences qui entrecoupent les jugements. Alors le Marty adulte se désagrège, et redevient le petit garçon de Springfield qui n'ose se mêler aux autres, le petit garçon qui reste à distance, qui s'enfonce dans son tas de terre pour disparaître et n'importuner personne. L'attente de ce matin lui a paru incroyablement extravagante, ce grand couillon d'Eastwood jouait avec lui ou quoi, c'était vraiment pas possible d'émettre un son, une onomatopée d'approbation ou de dégoût, quelque chose au moins ? L'autre ne bougeait pas, il lui rappelait cet iguane qui se prélassait sur leur terrasse lors d'un voyage au Mexique avec Nancy et les filles. Le reptile était toujours parfaitement immobile, seules ses paupières révélaient de la vie dans cet être froid, les gamines hurlaient, son œil a fait clic, son œil a fait clic. C'était si loin tout ça, ce matin. Soudain, l'œil de Clint Eastwood a fait clic lui aussi. Il s'est redressé dans son fauteuil, s'est retroussé les cheveux, et a sorti d'une traite, Swanson, j'ai la chair de poule, c'est terrifiant et ça donne envie de chialer ton truc. Marty a commencé à respirer à nouveau. L'autre parlait peu, se contentant de dire qu'il savait au fond de lui qu'il était temps de travailler avec Swanson, il avait cette intuition que le moment était venu de travailler ensemble, il s'exprimait comme s'il préparait ses réponses pour un entretien avec des journalistes. Alors, quand Marty lui a avoué qu'il avait travaillé à partir du scénario sans se préoccuper de son premier montage, le père Eastwood est resté comme un con. T'es en train de me dire que t'as pas regardé les images ? a-t-il demandé avec de l'incrédulité dans la voix. Marty lui a confirmé que souvent il préfère partir du scénario. T'as pas regardé mon montage ? Si, hier soir, j'y ai jeté un œil, pour vérifier. Et alors ? Alors, ça marchait. Mais putain oui Swanson que ça marche ton truc, c'est une tuerie, une putain de tuerie. Marty lui a souri, enfin libéré. Ils se sont levés d'un bond, Eastwood lui frappait les omoplates, tandis que Marty restait les mains enfoncées dans les poches, avec, calé à l'arrière du cerveau, le goût de la satisfaction du travail bien fait. Marty, un peu gêné, comme toujours avec ces mastodontes médiatisés, a évoqué ses nouveaux voisins arrivant de Minneapolis justement, la ville servant de décor dans le film d'Eastwood, il a osé se demander à voix haute si cette coïncidence n'était pas un signe, en rapport avec leur travail, leur collaboration. Clint Eastwood l'a regardé avec une grimace de dégoût semblant dire, non Swanson, tu ne crois quand même pas à ces putains de signes ? Ça remuait dans sa tête, décidément ce type était pire qu'un pasteur, à force de digérer de la superstition, il devenait à moitié con. Avant de repartir, le réalisateur a reçu un appel, un ami lui signalait une tuerie de masse, pas loin d'ici, dans le comté de Santa Barbara. Il a demandé à Marty d'allumer la télé, ce dernier lui a avoué ne pas en posséder. Ils ont glissé jusqu'à son bureau où ils ont allumé la radio. Eastwood était énervé comme s'il avait été directement concerné. D'après les *news*, un certain Elliot Rodger, ex-étudiant de l'université de Santa Barbara, avait tué à coups de couteau les deux colocataires de sa chambre universitaire, ainsi qu'un autre de leurs amis qui se trouvait là. Il s'était ensuite rendu dans un café Starbucks comme si rien ne s'était passé, il s'était offert un café bien chaud, et, depuis sa voiture, à l'aide de son ordinateur, il avait mis en ligne un texte filmé dans lequel il exposait ses motivations. Il s'était ensuite rendu dans un établissement hébergeant des femmes, de jeunes étudiantes, il avait frappé à la porte avec l'intention d'y pénétrer et de faire un carnage à l'intérieur, il était équipé de plusieurs revolvers. Mais comme personne n'était venu lui ouvrir, il s'était rabattu sur trois étudiantes passant sur le trottoir, deux étaient tuées, la troisième était grièvement blessée. Il était remonté dans sa bagnole pour se diriger vers un autre bâtiment, il avait tiré un peu au hasard sans atteindre personne, il était reparti en direction d'un magasin, où il avait descendu un homme, puis dans une course-poursuite classique avec la police, il avait tiré sur des passants, renversant sciemment des piétons, des types à vélo ou en skate, des échanges de tirs avaient eu lieu avec la police, Rodger avait été blessé à la hanche. Puis son véhicule s'était encastré dans une voiture stationnée. Les autorités étaient parvenues à se rapprocher, avant de constater sa mort d'un coup de fusil à pompe dans le crâne. Le bilan s'élevait à six personnes tuées et quatorze blessés graves. Eastwood était furieux, il a tapé du poing sur le bureau de Marty, faisant rebondir le lourd presse-papiers de verre avec une ancienne illustration d'oiseau à l'intérieur. Marty a sursauté, l'autre s'est dirigé vers la sortie, il marmonnait que ça ne s'arrêtera donc jamais toutes ces conneries. Il a remercié Marty tout en lui assurant qu'il lui enverrait le dernier montage dans quelques jours, afin qu'il puisse caler sa musique dessus.

La porte à peine refermée, Marty a découvert Solveig dans le milieu des escaliers faisant lourdement cahoter sa valise sur chacune des marches. Il savait ce qu'elle faisait, elle s'en allait, elle rentrait à Spokane tout simplement. Ces six mois passés à Carmel n'ont été qu'une lente dégradation de leurs rapports. En s'unissant ils ont cru un moment rattraper le temps de leur enfance, corriger leurs trajectoires, mais ils savent désormais, que rien n'était censé les rapprocher, leurs lignes de vie devaient rester parallèles. Trop différents, trop de reproches qui couvaient constamment sous la cendre de leurs hostilités, ils n'avaient finalement que peu de choses en commun en dehors de cette enfance passée à Omaha. Les sms échangés pendant cette tournée mondiale étaient certes délicieux, mais ils ne traduisaient que du désir, l'envie d'assouvir ce qui n'avait pu se faire dans le passé. Leur relation, au seuil de leurs soixante-dix ans, était bêtement sexuelle, la tendresse amoureuse n'a jamais trouvé sa place là-dedans, les sentiments sont restés séparés, deux blocs stériles reliés par les gifles de l'incompréhension et des malentendus. L'un et l'autre en sont bien désolés, mais ils sont surtout soulagés. Solveig lui reprochait de ne pas passer assez de temps près d'elle, de traîner dans son studio, ou sur son piano. Marty, lui, avait l'impression de se consacrer à son instrument avec parcimonie, dans les interstices, les microscopiques temps morts. Il se félicitait même d'avoir cette chance, cette capacité de s'y mettre sans effort, pour cinq ou dix minutes seulement, dans les pièges du temps comme il les appelle.

Melany lui avait proposé de s'emparer de cette lourde valise, Solveig, d'une humeur de dogue avait répliqué sèchement qu'elle tenait à s'en occuper. Le taxi était là depuis un moment, patientant au milieu de l'allée. Elle attendait que Marty remonte du studio, elle voulait qu'il la voie s'en aller. Ni baiser ni accolade, ce départ a pulvérisé dans l'instant les beaux moments passés ensemble, il n'en reste déjà plus rien, la douceur s'est volatilisée dans une épaisse colère.

Il est allé marcher le long de la côte, l'air printanier l'a enveloppé et embarqué dans sa nacelle. Sur la plage, les laminaires échouées diffusaient de l'iode à profusion, d'autres humains s'épanouissaient comme lui à la frontière de l'océan, Marty a ramassé une canette de soda écrabouillée et l'a glissée dans sa poche en attendant de la jeter à la maison. Ça l'a peiné de constater que des gens laissent traîner ces choses. Il ne comprend pas ce rapport à la nature. Après tout ce qu'elle a offert à l'homme. Et c'est avec ce genre de réflexion qu'il se fait mal. Il s'est encore senti comme un père la morale. Si Ester avait été là, elle l'aurait traité de sale con de pasteur, ou d'un truc approchant. Il s'en est voulu de toujours être celui qui respecte ce qui l'entoure, celui qui s'imbibe de droiture, il s'est dit qu'il fallait en finir avec la rigueur, les normes et les conventions. Il est tellement droit qu'il finit par en être tordu. Il n'a jamais compris d'où venait sa créativité musicale, alors qu'il n'a jamais rien fait d'autre que respecter les règles dans cette foutue vie. Ça reste une énigme pour lui, ce besoin, cette envie d'écrire des phrases de musique. Il ne comprend toujours pas qu'on le respecte et qu'on fasse appel à lui pour cela. Il a marché le long des colonies de marguerites jaunes, les rocs granitiques de la côte revêtaient des teintes gris clair sous les obliques du soleil, les écailles de l'océan miroitaient sur les bourrelets de houle bleu marine, il avait de quoi être heureux, il retrouvait sa liberté, et il avait bien travaillé, on était content de lui, et dans le milieu, ça valait mieux.

Il est passé se recueillir au cimetière, tout y est ordonné, la société qu'il paye ici à Monterey semble respecter le contrat, contrairement à celle de Omaha. On a déposé des fleurs jaunes et des fleurs bleues, on peut y voir le soleil et la mer, lui ne propose que sa fidélité au drapeau suédois. Les lettres et les dates gravées dans le granit le choquent à chaque fois. Voir le nom de sa femme, morte à quarante-deux ans, et celui de sa fille aînée, morte à trente-huit ans, sur cette pierre, lui transmet une tristesse imbattable, deux femmes si vivantes, et pourtant mortes. Les jardiniers du cimetière ont disposé des tuyaux d'arrosage équipés de systèmes rotatifs, nous ne sommes qu'au printemps et le gazon alentour semble déjà fatigué. Une capsule située près de la tombe des femmes Swanson oscille dangereusement vers Marty, à chaque passage, le jet d'eau flirte avec l'étoffe de son pantalon, et ça le gêne pour se recueillir. Marty avance en embuscade et s'empare habilement du gicleur pour le déposer un peu plus loin sur la pelouse, un jardinier le surprend dans cette entreprise, il aurait bien aimé que le gars s'en prenne plein la gueule, il s'ennuie tellement dans son job. Marty ne sait pas prier, il n'est pas croyant, il se contente de penser, d'entrevoir leurs visages, leurs sourires et de reconstruire des souvenirs, des images. Sa mémoire, finalement, est encore bonne, ça lui fait de la peine de s'attarder sur les bons moments, sur les détails insignifiants, sur l'amour et les douleurs qui ont éclairé sa famille.

Melany l'a attendu jusqu'à son retour de Monterey, elle avait fini sa journée mais elle voulait s'assurer que tout allait bien après cette séparation. Malgré son jeune âge, elle se dit que de telles épreuves à soixante-sept ans, ça ne doit pas être facile à vivre. Elle-même ne s'imagine pas se faire larguer à une telle période de sa vie. Sans un mot, comme ça, par une personne qui tire sa valise à roulettes jusqu'à un taxi commandé dans son dos. Marty la rassure, tout va bien, il a juste envie d'écouter un peu de musique forte, allongé dans son salon avec un whisky et des glaçons. Elle s'élance vers la carafe, il lui en interdit l'accès, lui promettant qu'il se débrouillera seul. Il la raccompagne sur le seuil. Curieuse, elle lui demande ce qu'il a envie d'écouter, ça la fascine de savoir ce qu'un grand compositeur de musiques de films comme lui peut bien poser sur sa platine. Il lui confie qu'il a très envie d'écouter un Neil Young ce soir. C'est sans doute le trente-trois tours *Silver & Gold* qu'il sortira de sa pochette. Marty murmure que pour lui, Neil Young est un des plus grands. Melany avoue qu'elle ne le connaît pas bien, ce qui signifie qu'elle n'a aucune idée de ce à quoi ça peut ressembler. Marty lui demande ce qu'elle écoute. En ce moment, elle est très Pharrell Williams, elle lui demande s'il connaît. Il lui fredonne *Happy*, la jeune femme est bluffée. Il dit qu'il n'a aucun mérite, il ne connaît son existence que suite à une rencontre fortuite à L.A. l'an dernier. Il sortait d'un restaurant, il attendait sa fille Klara, restée discuter un peu à l'intérieur. Un jeune homme s'était approché pour lui parler, il avait visiblement reconnu le compositeur, ce qui est extrêmement rare. Ils avaient échangé deux ou trois banalités, puis Klara était sortie du restaurant, elle avait salué le jeune homme, qui s'était poliment éclipsé. Alors elle avait tambouriné sur le torse de son père pour lui demander, tu sais à qui tu viens de parler ? Tu sais à qui tu viens de parler, Papa ? À Pharrell Williams, le grand Pharrell Williams, c'est dingue. Marty explique à la jeune femme qu'il entendait ce nom pour la première fois, mais que depuis, il s'intéresse à ce qu'il fait. Melany est amusée par l'anecdote, elle avoue qu'elle aurait bien aimé être à sa place, mais dit-elle, il ne serait pas venu me parler. Marty lui assure que rien n'est impossible, tout arrive. Elle émet quelques doutes et lui souhaite une bonne soirée en compagnie de Neil Young. Il la regarde passer le portail électrique, cette fille a l'air heureuse, elle prend son job au sérieux, il fait tout pour lui être agréable, et jamais il ne l'a engueulée, elle travaille bien. Soudain il se demande s'il a déjà engueulé quelqu'un. Elle regagne la maison de sa mère, un peu plus loin dans l'allée. Kathleen commençait à s'inquiéter, il est plus tard que d'habitude, et sa fille est toujours ponctuelle.

*

Entre le moment où Klara a décidé de se faire opérer et celui où elle est entrée au bloc opératoire, deux années se sont écoulées. Deux années pendant lesquelles Marty s'est contenté de vivre à son propre rythme, levé à 5 h 00, la balade commando le long de la côte, la journée au studio, dans les livres ou devant sa platine disque, des repas au restau de Kurt Grasing, ou sur le pouce, au bord du piano. Des soirées avec Kathleen et Melany, à discuter stratégie pour sortir Bob de San Quentin. De longues conversations avec Klara, au téléphone et plus rarement autour d'un verre, une vie d'être solitaire entouré de gens. Des nuits sans sommeil, perturbées par ce cauchemar récurrent, le géant dans la nuit qui s'avance vers lui, le froid, la peur, la neige, le sourire du géant. Le temps est maintenant venu d'accompagner Klara suite à sa décision. Elle n'aime pas les hôpitaux et ne les a jamais aimés, son père est moins radical sur la question, en général il accorde sa confiance à ceux qui ont fait des études. Lui qui n'en a pas fait, éprouve un respect naturel face aux diplômés de toutes sortes, que ce soient des designers automobiles, des chercheurs en physique nucléaire, des professeurs d'université, des médecins ou infirmières, tous ceux qui possèdent un titre peuvent trouver grâce à ses yeux. Klara est beaucoup plus sélective, elle qui s'est plongée dans des études de droit, n'a au contraire aucun respect pour les diplômés, elle a connu la machine de l'intérieur, et elle ne sait plus vraiment quel mérite on peut accorder à ceux qui encadrent leur bout de papier à l'arrière de leur fauteuil de bureau. Elle a plus d'estime pour ceux qui se construisent seuls, en dehors des lignes de nage de l'éducation universitaire. Marty l'a suivie à Portland, dans l'Oregon, il souhaite rester aux côtés de sa fille pour cette intervention qui va transformer sa condition, révolutionner sa vie. Klara est finalement plus confiante que ce à quoi son père s'attendait. Ensemble ils ont basculé du service des admissions de l'hôpital à sa chambre, découvrant sous leurs yeux la ville étalée en bas de leur colline. Le téléphérique acheminant la majorité des employés de l'unité de soins a étiré ses câbles jusqu'au fleuve Willamette. Klara, pensive, observe ces capsules métalliques accrochées à leur fil, qui s'élancent du sommet vers la cuvette de Portland, traversant des forêts, des quartiers et des autoroutes. Ce tram, comme l'appellent les habitants de la ville, leur épargne bien des soucis de circulation, de nombreux membres du personnel hospitalier laissant leur vélo au pied de l'infrastructure de la station de téléphérique. La chambre est baignée d'une lumière très douce, l'agencement de panneaux imitant le bois sur les murs n'y est pas étranger. Marty rapproche sa fille de lui en lui serrant une épaule, elle se laisse guider et lève les yeux vers son père, il lui sourit. Elle se dit qu'elle a bien fait de l'écouter, cette intervention va lui ôter d'un coup toutes les misères de l'enfance, et celles de sa vie d'adulte. Les regards désobligeants ne seront plus déviés vers elle, elle deviendra aussi invisible qu'à bord de sa voiture. Elle défait sa valise et range ses affaires de toilette dans la salle de bains, ils patientent un peu avant de voir débarquer le chirurgien. Le docteur Braunwald est une sommité dans sa catégorie, cette femme peu souriante est cependant très rassurante. Elle est suivie de deux médecins masculins qui se comportent en assistants. Les deux médecins en retrait ont chacun un stylo-bille qui émerge de la pochette de leur blouse. Le chirurgien s'adresse à Klara avec une voix douce, elle lui explique à nouveau que sa technique consiste à implanter une sorte de clou dans son os, il s'agit d'un dispositif auto-expansif, c'est-à-dire qu'il s'étire automatiquement à l'intérieur du tibia. Ainsi, sa peau, ses tissus, et ses nerfs pourront s'adapter progressivement, et proportionnellement à l'allongement de son os. Le clou intramédullaire sera programmé pour s'étirer graduellement d'un millimètre par jour, le tissu osseux pourra se régénérer mécaniquement. Le mouvement sera très lent, mais constant, le chirurgien insiste sur la nécessité de cette constance dans l'allongement. L'os allongé deviendra un tissu cicatrisant qui, après sa consolidation complète, aura une consistance plus dure que l'os original. Avec une croissance d'un millimètre par jour, il faudra donc à Klara soixante jours environ pour combler la différence de six centimètres entre ses deux jambes. Pendant toute la période de l'allongement osseux, Klara devra suivre un programme thérapeutique d'étirements musculaires. Elle pourra marcher dès le lendemain de l'intervention. Aussi, le docteur Braunwald lui assure que l'extension des tissus osseux est parfaitement indolore. Elle reverra Klara un an et demi plus tard environ, pour lui retirer son implant, le fameux clou modulaire. La femme lui demande si elle a été informée de la durée de son hospitalisation, Klara répond qu'on lui a indiqué que ça durerait cinq jours. C'est exactement ça, ponctue le chirurgien, puis elle salue la jeune femme et son père, elle leur dit à demain, avec un certain entrain dans la voix. Dès qu'ils sont seuls, Marty demande à sa fille si elle a peur, elle avoue qu'elle n'est pas trop tranquille, car on va lui scier le tibia pour introduire ce mécanisme programmé. Marty visualise parfaitement cette scène de boucherie, il se veut cependant très rassurant. Cette femme sait ce qu'elle fait, des cas comme le sien elle en traite régulièrement, tous les jours peut-être. Klara lui accorde une moue bancale, il sait qu'elle a peur, lui aussi soupèse exactement le même sentiment.

Depuis son hôtel, Marty aperçoit les lumières de l'hôpital où sa fille s'endort. Les rotations des navettes du téléphérique ont ralenti, il est bientôt minuit. Ils viennent de parler encore, elle a raccroché en constatant que sa batterie était quasi déchargée, et qu'elle n'avait pas très envie de se relever pour aller chercher son chargeur dans une pochette de sa valise. Ils se sont dit longtemps qu'ils s'aimaient avant de couper et de s'en remettre au silence. Il est là, assis sur le rebord de son lit, il n'est pas certain d'avoir envie de dormir. Son regard glisse sur la télé, ça ne l'intéresse pas. Il allume l'appareil audio posé sur le bureau, c'est une sorte de radio avec des enceintes qui se veulent de qualité mais qui ne le sont pas. Il furète un peu dans la bouillie des stations et s'arrête sur une fréquence qui diffuse du jazz, c'est le grand Duke Ellington et son orchestre qui passe, et c'est exactement de cela qu'il a besoin à cet instant précis, à la veille de voir sa fille se faire découper le tibia. La nuit de Marty est agitée, il est de nouveau là, son géant. Il marche dans la neige, près d'un arbre, il s'avance vers Marty, encore enfant. Les mains de l'homme sont immenses, elles dépassent des manches courtes et élimées de son veston, il n'est plus qu'à quelques mètres de Marty. La lune est flétrie dans la poche de la nuit, les bourrasques soulèvent des tourbillons de neige, une marre gelée emprisonne sa végétation, quelques amphibiens et poissons. Marty ouvre des yeux terrifiés, il les ouvre vraiment, dans la nuit, ici et maintenant, dans le lit de cet hôtel confortable, dans la neige de ses draps blancs, à quelques encâblures de sa fille ensommeillée dans son lit d'hôpital.

De retour du bloc, elle reprend ses esprits. Klara est contente de remonter dans sa chambre, les râles des autres patients en salle de réveil lui filaient des angoisses. Le soleil se déplie dans la pièce, origami de lumière qui s'étale sans frontière. On l'allonge avec d'immenses précautions, elle ne ressent aucune douleur. Un liquide transparent se déverse dans son sang à l'aide d'un cathéter, elle a hâte de retrouver son père. Il arrive moins d'une heure plus tard, avec des revues de mode, elle est heureuse, elle lui ôte ses derniers lambeaux d'inquiétude, tu vois, je me suis réveillée, tu n'avais pas à t'en faire. Elle lui demande ce qu'il a fait la veille au soir. Il a mangé un club-sandwich dans sa chambre, puis il a traîné en écoutant la radio. Il la serre dans ses bras en veillant à ne rien déplacer. Sa petite fille de quarante ans reste bel et bien sa petite fille. Elle lui demande s'il pense qu'elle a encore le temps d'avoir un enfant. Il calcule à voix haute, tu as six centimètres de moins dans ta jambe gauche, ce qui implique cette claudication depuis que tu es gamine, à partir de là, ce handicap fait fuir les hommes, ils te quittent tous pour cette raison sans jamais avoir le courage de l'avouer, je te l'ai déjà dit, les hommes sont des lâches et des ordures, maintenant, tu es opérée, ton tibia gauche va gagner un millimètre par jour, il te faudra donc deux mois pour que tu cesses de boiter, à partir de là, des hommes moins cons et tout aussi cons vont te tourner autour. Il te suffira de te baisser pour ramasser le plus sincère et le plus joyeux d'entre eux. Je pense que dans six mois tu peux être enceinte, à condition que ni toi ni lui ne soyez stériles. Klara prononce un « gloups » volontairement comique, dans ce tableau à l'humour tragique, elle ne garde que le meilleur, elle confie à son père combien elle le trouve drôle. Il se demande si elle ne se moque pas de lui, si elle ne manie pas l'ironie. Elle s'endort sous ses yeux, épuisée par l'intervention et le choc de l'anesthésie générale. Un infirmier fait un premier passage, il demande si tout va bien, avant de s'apercevoir que la patiente est déjà endormie. Marty reste près d'elle les heures qui suivent, et voit défiler les deux médecins subalternes accompagnant le professeur Braunwald. Klara écoute le chirurgien avec attention, tout s'est bien déroulé, le clou est en place, il va s'étirer comme un piston dans son tibia, et dans deux mois, les tracas de sa jeunesse auront disparu. Marty et Klara Swanson la remercient chaleureusement, la femme et ses lieutenants se volatilisent déjà dans les couloirs de l'hôpital. Klara dort beaucoup, Marty feuillette les magazines de mode qu'il lui a apportés, quand elle se réveille, ils parlent, ils font des projets, ils plaisantent beaucoup. Quand Marty atteint l'heure butoir des visites, il se recroqueville sur sa fille et l'embrasse doucement. Il lui offre un dernier baiser en bonus sur le front, comme lorsqu'elle était un nourrisson et qu'avec Nancy ils l'embrassaient délicatement dans son sommeil, en craignant de la réveiller.

Ce soir dans sa chambre, avant de tirer les rideaux et de se coucher, il adresse un au revoir de la main à sa petite fille, il lui souhaite une bonne nuit. Il s'endort dans l'instant, apaisé après cette épreuve qu'elle et lui redoutaient depuis tant d'années. Mais en attendant si longtemps, sans le vouloir, ils avaient mis toutes les chances de leur côté, puisque ce geste opératoire s'est beaucoup amélioré. La chirurgie orthopédique étant celle qui fait régulièrement le plus de progrès.

Son taxi le dépose comme chaque matin près de l'accueil de l'hôpital, Marty sifflote dans les allées, il s'arrête à la boulangerie dans le hall, prend des cookies pour sa fille, ainsi que de nouvelles revues au kiosque. L'ascenseur lui paraît interminable. Quand il toque à la porte de sa chambre, Klara ne répond pas, il se risque à entrer, elle n'est pas dans son lit et la porte de la salle de bains étant entrouverte il peut constater qu'il n'y a personne à l'intérieur. Il ressort de la chambre et se dirige vers l'îlot des infirmiers, on lui annonce que sa fille est en soins, ils ne sont pas plus précis que ça. Il demande si quelque chose ne va pas, on lui dit qu'il y a un petit souci mais que ça devrait aller. Il cherche un médecin, il n'y a personne, il presse le pas, revient dans la chambre, en ressort, il est désorienté, il trouve enfin l'un des deux médecins subalternes, soudain le gars revêt des habits de la plus haute importance. Il lui parle d'une bactérie passée dans son sang. Il suggère que le cathéter a servi de porte d'entrée. Il évoque un staphylocoque doré multirésistant, une souche très tenace face aux antibiotiques. Le sang de Marty se fige, il le sent dans ses veines, tout s'arrête, comme une gelée qui s'alourdit. Il demande où elle est, le gars lui annonce qu'elle est en soins intensifs. Marty se demande comment il est possible qu'une personne en bonne santé générale et en bonne condition à la sortie du bloc la veille, puisse soudain subir une telle infection. Le médecin lui explique avec des mots bien choisis qu'il se peut que la réponse immunitaire de sa fille, que le système de défense de son organisme ait réagi trop tard, n'ayant pas reconnu à temps la bactérie comme un ennemi à éradiquer. L'infection a sans doute pris depuis des proportions telles qu'elle est devenue difficile à maîtriser, c'est une véritable invasion de bactéries dans son sang. Il lui parle de septicémie, le mot est lâché. La tension artérielle peut chuter fortement, le sang n'irrigue plus les organes, mettant en danger et le cœur et le cerveau. Il évoque un choc septique. Marty parvient à le couper et à articuler quelques mots, il veut connaître son pourcentage de chances d'en réchapper. Le gars reste volontairement positif et évasif. Marty le remercie et file d'un pas bien las vers la chambre de sa fille, il retire ses chaussures, et s'allonge dans son lit, sur le dos, avec les mains ajustées sur son ventre, comme une sépulture mérovingienne. S'il croyait en quelque chose, il prierait, là, maintenant. Il se concentre, il imagine Klara debout, devant lui, et guérie. Il l'imagine sur le ponton de la baie de *Stillwater*, au soleil couchant. Il la voit dans cette robe blanche qui lui va si bien, il voit ses bras nus, sans manches, et son sourire insurmontable. S'il connaissait des prières indiennes, des prières d'Apache, de Mohawk ou de Cheyenne, il les réciterait. Si le vent était une prière, il soufflerait son haleine profonde à travers cette chambre. Il est démuni. Il ne pleure pas, il est statufié par l'espoir, immobile dans ce lit. Il ne veut plus faire aucun mouvement, il aurait trop peur de décaler quelque chose dans la trajectoire de cette vie, de remuer encore une fois le limon du malheur, alors il ne bouge pas. Même ses yeux sont immobiles, il fait le mort. Un infirmier intervient, monsieur, monsieur, vous ne pouvez pas rester là. Nous nous occupons de votre femme. Marty n'a pas la force de lui répondre qu'il s'agit de sa fille. Monsieur. Marty ne réagit pas. Sans réponse, l'infirmier quitte la chambre, il n'insiste pas. Mais il revient avec deux collègues, dont l'un, probablement d'origine hawaïenne, un natif, montre des proportions physiques très différentes de celles de ce gringalet de Marty Swanson. On lui demande de se lever, il ne peut pas rester dans ce lit, on lui dit qu'on ne sait pas encore à quel moment sa femme remontera des soins intensifs. Marty se redresse, s'assied sur le rebord du lit, recroquevillé comme un cloporte, d'une voix faible il précise qu'il ne s'agit pas de sa femme mais de sa fille, cette précision n'émeut personne, on lui demande de se lever et de quitter la chambre. Il sent de l'agacement dans cette demande, il comprend qu'il s'agit d'une sommation. Il enfile ses chaussures, en nouant ses lacets, il devine leur impatience sur sa nuque. On le reconduit dans le couloir et l'Hawaïen l'accompagne jusqu'à l'extérieur de l'hôpital. Marty est cassé, il ne sait plus où aller, retourner à l'hôtel, oui, prendre un taxi, le téléphérique ? Il décide de marcher.

Il est revenu sur les lieux dans l'après-midi, il a demandé à voir le professeur Braunwald, on lui a indiqué que ce n'était pas possible aujourd'hui. Il a attendu dans le hall avec un livre, il n'en a pas fini la moindre page, préoccupé qu'il était par la septicémie de Klara. Vers la fin de l'après-midi, il est remonté dans le service qui la soigne, il a retrouvé le médecin qui l'avait informé dans la matinée, il n'avait rien de nouveau à lui annoncer. Alors Marty est redescendu dans la ville, en téléphérique cette fois, il a commandé un plateau à l'accueil de son hôtel et a commencé à attendre dans sa chambre. Il a mangé, avant d'observer fixement la silhouette de l'hôpital dans le noir, ses lumières nerveuses se détachant au sommet de la colline. Il a fait au revoir à sa fille, imitant ce qu'il connaissait de l'espoir. Puis il s'est couché. Il y est retourné le lendemain, Klara était toujours en soins, ça a duré cinq jours comme ça, des aller et retour, avec un mince filet d'espérance entravant sa voix. Marty est resté silencieux les jours suivants, des journées entières, il passait devant l'îlot des infirmiers et des infirmières en leur indiquant un signe presque imperceptible de la tête, on lui répondait par un mouvement de dénégation, rien, pas un mot n'était échangé, pas une information nouvelle n'arrivait.

Déjà cinq jours depuis l'opération de Klara, c'est aujourd'hui qu'elle devait sortir, mais avec ces graves complications, Marty n'a aucune idée de combien de temps ça va durer. La confiance en soi, cette fameuse confiance qui lui a si souvent fait défaut, la voilà définitivement neutralisée avec cette attente infernale. Son taxi l'attend en bas de l'hôtel. Il le propulse jusqu'en haut de la colline, Marty se présente dans le service de Klara, sans illusion il se rend dans sa chambre, elle ne s'y trouve pas, il se dirige vers le box des infirmiers, il capte immédiatement la gêne, les regards fuyants, ils ont l'air très occupés. Il s'adresse à eux avec toute la déférence qu'il lui est possible de montrer. Une femme courageuse, relève les yeux et lui indique qu'elle va chercher le médecin qui s'occupe de sa fille. Elle revient dix minutes plus tard avec cet homme qui lui avait annoncé pour la septicémie de Klara, et c'est le même homme qui lui annonce maintenant qu'elle est décédée dans la nuit. Ses jambes de géant fléchissent, Marty se retient à une poignée de porte et s'écroule, glissant inexorablement sur les dalles plastifiées du couloir. C'était bien comme on leur avait dit, Klara sortirait d'ici cinq jours après l'intervention chirurgicale. Marty est adossé à un mur, on lui apporte un verre d'eau et du sucre, il boit, il obéit, un filet d'eau s'écoule à la commissure de ses lèvres et tache sa chemise, il se fiche de son allure, il se fiche de son corps, il voudrait que son cœur se désamorce, là, maintenant. On le conduit jusqu'au bureau du docteur Braunwald, elle lui explique que cette issue n'est pas la conséquence de son intervention qui, elle, s'était très bien déroulée, ces complications résultent d'une pose de cathéter, rien d'autre. Il déteste cette façon qu'elle a de se disculper, elle craint visiblement le procès, cette attitude exaspère Marty, il n'a plus aucune force, il n'a de toute façon pas la combativité nécessaire pour lancer la moindre action juridique, mais cette femme l'ignore. Il n'est plus temps, c'est inutile, il a tout perdu, il ne l'écoute plus, il se souvient qu'il avait, lui, poussé Klara à se faire opérer, de quoi a-t-elle donc peur cette femme ? C'est lui et lui seul le coupable, c'est lui qui pensait que sa fille cadette aurait une vie meilleure après cette intervention, c'est lui qui l'a convaincue de rencontrer ce chirurgien et d'aller se faire scier le tibia, pour y rester, pour ne jamais s'en relever. Ces six centimètres lui ont probablement ôté plus de six ans de vie, sans doute quelques décennies, et maintenant il est seul, par sa faute, c'est ainsi que Marty analyse la mort de sa fille chérie. Il n'a plus qu'à rentrer à la maison, il n'a même pas à modifier son billet d'avion.

Dans la salle d'embarquement, une jeune femme admire les yeux pétillants d'intelligence du vieil homme assis face à elle, mais ce ne sont que les larmes de celui qui sait qu'il a déjà perdu tous les siens.

*

La vie lui semblait à nouveau aussi inutile que du mastic incrusté sur les bosses de la carlingue d'un avion. La veille de la cérémonie d'adieu à sa petite Klara, profondément endormi, Marty a été brutalement réveillé autour de 3 h 00 du matin, un claquement extraordinaire s'étant propagé dans son oreille droite, comme une nano-explosion. Toute la célébration, il l'a passée avec ce sifflement inconfortable, cet acouphène dans l'oreille droite. Le corps a été déchargé du corbillard avec ce sifflement, acheminé jusqu'à la stèle familiale avec ce même dysfonctionnement, on a enfilé le cercueil dans la terre avec ce sifflement, et depuis, ce son persistant ne l'a pas quitté. Il retourne régulièrement au cimetière et lorsqu'il contemple les noms de ses trois femmes gravés sur la pierre, il est toujours accompagné de ce sifflement. Il a vu un médecin qui lui a donné comme conseil d'essayer d'oublier cette gêne. Il lui a annoncé qu'il n'existait pas de recette miracle, et que la seule façon d'y échapper c'était de tenter d'oublier son acouphène. Marty est rentré chez lui affaibli, à bout de forces. Au moins, son oreille gauche, son oreille morte dans l'orage, ne le fait pas souffrir, elle est inerte et transparente comme un bloc de cristal. Mais l'autre en face, est hélas bien vivante. Un spécialiste lui a fait passer un audiogramme, on a étudié et déterminé la fréquence du son qui l'incommode, on lui a fait couler de l'eau dans l'oreille, on lui a infligé divers exercices et techniques très étranges, mais Marty n'est pas plus avancé, son sifflement ne le quitte plus, il a même le sentiment qu'il s'intensifie. Il continue à travailler, il a cette chance que le bruit du piano chaque fois lui donne l'illusion que son anomalie le quitte. Alors il vit en musique pour atténuer la gêne, pour diminuer sa souffrance. Quand il s'endort, dans son sommeil, il est épargné, mais le reste du temps, cette agression le neutralise toute la journée.

Cela fait des mois et des mois que ses acouphènes l'angoissent, l'irritent et détruisent sa santé mentale. Ce matin, il a rendez-vous avec une spécialiste dont le cabinet est situé à Carmel, il n'est pas nécessaire d'aller courir jusqu'à Monterey pour la voir, et ça c'est bien pratique, car Marty est devenu encore plus casanier qu'à l'accoutumée, la jeune Melany ne parvient que rarement à le faire sortir de la maison. Le protocole de cette spécialiste des acouphènes se répartit sur trois séances initiales, ensuite, on avise, on voit si on observe une amélioration et s'il est nécessaire d'envisager d'autres consultations. Marty avait déjà aperçu cette femme au restaurant de Kurt Grasing, il la connaît donc de vue. Il pénètre dans le vestibule de la salle d'attente, tout est lambrissé de bois peint en blanc, les coussinets fleuris qui rembourrent les fauteuils et banquettes en osier blanc sont teintés de vert foncé et de pétales fuchsia. Les motifs encadrés et accrochés aux murs répondent à cette même exigence de couleurs, du vert et du fuchsia. De la musique merdique est diffusée par des enceintes discrètes disposées dans les coins du plafond, l'idée étant de ne pas saisir un seul mot de ce qui se dit de l'autre côté de la porte. Marty trouve qu'il aurait été plus pratique d'atténuer les conversations avec une porte phoniquement isolée. Le patient précédent se sauve, un large sourire accueille Marty, elle est plus jeune que lui, à soixante et onze ans, beaucoup de gens sont plus jeunes que lui. Cette femme doit avoir cinquante ans, des bagues diamantées scintillent à ses doigts. Sa spécialiste des acouphènes le fait entrer et asseoir face à elle, il y a aussi un sofa comme chez les psys. Un chien aux poils bouclés et à l'allure un peu sale ronfle sur un énorme coussin vert et rose. Elle porte des bottes de caoutchouc très chères, recouvertes d'une sorte de bas de laine joliment nervuré, en fait c'est un fuseau. Elle est entièrement vêtue de noir, mais sa chemise et sa veste de velours sont garnies de broderies mauves, vertes et violettes. Le soleil est divisé par des rideaux, elle lui pose des questions, lui demandant d'évaluer sur une échelle de un à dix la gêne occasionnée par le son persistant qui lui encombre le cerveau. Elle a toute une batterie de questions en magasin, mais elle ne lui demande pas s'il envisage de se supprimer, il y pense, mais il trouve que c'est mal. Alors il ne se supprime pas. Le chien relève la tête de temps en temps, il détecte le nouveau patient et se rendort. Marty écoute cette femme, elle lui demande à quelle couleur correspond ce bruit dans son oreille, il a envie de lui répondre vert et fuchsia mais il se retient, il n'a pas envie que ça finisse mal, il n'en est qu'au début du protocole. Après une petite heure de questions et d'exposé sur la façon dont elle souhaite travailler avec lui, elle se lève et lui explique qu'à la prochaine séance elle lui fournira la clef qui va le faire progresser, sa fameuse méthode qui diminue drastiquement les acouphènes. Marty a déjà hâte d'être à la semaine prochaine, qu'on lui révèle enfin la meilleure façon d'accéder au silence, à la paix intérieure, comme autrefois, ça lui paraît si loin maintenant, cette époque où rien ne souillait son audition. Elle lui demande de régler les mille deux cents dollars de la consultation, il ne connaissait pas ses tarifs, maintenant il les connaît. Elle le salue avec une poignée de main rembourrée d'articulations grasses. Cette femme mange trop, c'est ce qu'il se dit en descendant les trois marches de son cabinet. Un homme le salue, il se demande s'il le connaît. Puis Marty remonte dans sa Mercedes Pagode, il se dit qu'il y a bien longtemps qu'il n'a vu Peter Markuss. Il irait bien frapper chez lui, afin qu'il lui raconte un peu sa vie, il a honte de penser ainsi. Il n'a jamais apprécié qu'on le prenne lui-même pour une fonction, pour un curseur qu'on monte et qu'on descend à volonté sur la table de mixage des amitiés. Il se souvient de ses premiers mois après son arrivée en Californie, à force de traîner dans les concerts il s'était fait une bande d'amis, qu'heureusement il ne voit plus aujourd'hui, ils avaient leur QG, un bar sur Wilshire Boulevard, une sorte de taverne dans un immeuble moderne, les autres l'appelaient à tout moment, du jour ou de la nuit, c'était selon leur ennui, ils se disaient qu'au moins, avec lui, ils allaient rigoler, « Joe la Lose » qu'ils l'appelaient, ou « Funny on the last day », parce qu'ils prétendaient qu'on découvrait Marty sur le tard, une fois que tout était fini, qu'il était trop tard, les filles le trouvaient drôle au moment de lui dire au revoir, et ce truc-là, ça les avait marqués. C'était sans doute en relation avec la discrétion de Marty. Il trouvait quand même le moyen d'apprécier ces types, mais ce qu'il n'aimait pas, c'était qu'ils se servent de lui pour diluer leur ennui, Marty avait toujours des histoires à raconter sur la façon dont il ramait, dont il galérait, et eux, plutôt protégés et en réussite, se délectaient de cette calamité que diffusait Marty. Eux se sentaient épargnés en l'écoutant, comme immunisés à force de l'approcher, ils étaient convaincus qu'il éloignait les tourments puisqu'il les aimantait tous à lui. Et le voir était un doux alliage entre la réassurance et la peur, il leur rappelait aussi que rien n'était figé, que la chance pouvait tourner, il était exactement comme ces gars pieds nus qui poussent des caddies remplis de cartons sur les avenues du côté de downtown L.A., ces gars qui servent de rappel, qui ne sont que des piqûres de peur, pour se bouger et ne pas se laisser distancer, par la vie, l'amour et tous les soucis qui en découlent. Marty se demande ce qu'ils sont devenus, il s'étonne qu'aucun d'entre eux n'ait tenté de le recontacter, leur orgueil les en a peut-être dissuadés. Il décide de ne pas aller frapper à la porte de Peter, ça ne se fait pas. Il rentre à la maison, Melany a préparé du *chili*, la gamine ne cuisine pas très bien, beaucoup moins bien que Dorris, mais elle est sympathique et respectueuse. Il l'appelle la gamine, mais elle a tout de même vingt-six ans, elle a l'air heureuse, et voir cette gosse heureuse ça lui suffit aujourd'hui. Elle reste discrète sur sa vie privée. Elle ne s'est jamais confiée ni sur ses amours, ni sur ses amitiés, elle pense que ça n'intéresserait pas Marty, le seul sujet de conversation privé qu'elle s'autorise, c'est à propos de son père, toujours enfermé à San Quentin, elle s'inquiète parfois que le cabinet d'avocat Cooper & Jones ne les laisse tomber, mais chaque fois Marty la rassure, il les paye, il n'y a donc aucune raison qu'ils abandonnent. Son père sortira un jour, il le lui a promis, et il le lui promet encore, chaque fois qu'elle défaille. Melany est courageuse, il l'a rarement vue pleurer, pourtant il sait quel gouffre s'étire dans son abdomen, ses organes se balancent dans le vide, elle a enfoui son cœur ailleurs, sous une épaisse coque de terracotta, craquelée par la peur.

La seconde visite chez madame Acouphènes ressemble à la précédente, elle est toujours aussi élégante, elle lui dit qu'elle l'a aperçu le week-end dernier, il parlait avec Wallace. Marty ne se souvient pas avoir vu le jardinier, ni quand, ni où, il constate qu'il ne va pas bien. Il a écrit une petite mélodie ce matin au réveil, quelques phrases musicales, puis le reste s'est enfui. Il se remet à son piano, il a beaucoup de travail, mais il sent que le chagrin l'emporte, il n'y a plus de joie dans ses trouvailles, ce qu'il fournit désormais aux producteurs et réalisateurs qui l'interrogent, n'est plus que noirceur et mélancolie. Certes, c'est ce qu'il a toujours écrit, mais aujourd'hui, il touche les nervures les plus sales et profondes de la douleur humaine. Personne n'ose le corriger, réorienter ce qu'il propose, on se contente de lui dire que c'est très beau, mais dans son dos on dit qu'il va mal, et parfois, on interroge un autre compositeur, plus jeune, moins torturé, bouffé par l'ambition, quelqu'un avec la vie devant lui, et plusieurs options.

Cette deuxième visite chez la spécialiste, mi-psy, mi-sophrologue, il l'attendait avec impatience. Ça ressemble à la première fois, le chien est là qui ronfle, elle est assise face à lui, vêtue avec la même opulence étudiée. Elle le relance avec une série de questions, elle lui parle du cortisol, cette hormone du stress qu'il doit absolument faire diminuer dans son organisme, elle lui demande de penser à un moment heureux du passé, à une situation qui a été un tournant dans sa vie. Il cherche, les images se chevauchent, mais rien n'arrive, il ne parvient pas à trier parmi les tonnes de scories qui se sont affaissées sur lui, il trouve une petite lumière, il pense à la première fois où il a découvert qu'il avait l'oreille musicale, et cette espèce de don pour le piano, dans l'église de Springfield, il songe aussi au plaisir sexuel qui y est associé, au formidable sentiment de liberté qu'il représentait. Elle lui demande s'il a bien localisé un moment dans sa mémoire, il valide, elle lui demande alors de sélectionner le mot le plus approprié pour décrire la sensation, l'émotion à laquelle cette scène est liée. Il lui sort le mot « libéré », oui, c'est le sentiment d'avoir été libéré que cette parenthèse de vie lui suggère. La femme semble ravie, apparemment c'est un très bon mot. Marty est soulagé de ne pas s'être trompé. Ensuite elle lui demande de fermer les yeux et de visualiser un citron dans son cerveau. Ce qu'il fait avec une lueur de doute, elle lui demande si c'est OK. Il est OK. Elle lui demande de le trancher en deux dans sa tête. Marty s'exécute. Puis de couper chaque partie en deux à nouveau, de saisir un morceau et de mordre dedans à pleines dents. Alors, elle l'invite à rouvrir les yeux, elle lui dit, alors ? Vous avez senti toute cette acidité ? Et toute cette salive qui s'est écoulée sur votre langue, pour contrer ce sentiment d'acidité dans votre œsophage puis votre estomac ? Eh bien c'est exactement la différence entre la perception et la réalité. Votre cerveau a imaginé un citron, et il a fait réagir votre corps, vous vous êtes prémuni contre quelque chose qui n'existe pas. Eh bien votre état de stress est absolument identique à cette réaction, vous vous protégez constamment, vous êtes en alerte contre quelque chose qui n'existe pas, et c'est là-dessus que nous allons travailler, grâce au mot clef « libéré » que vous avez trouvé et que vous m'avez soumis. Marty, qui a rarement su dire non dans sa vie, lui sourit et acquiesce comme il peut. Il la regarde en se demandant où il a mis les pieds, il se dit que c'est encore une fichue cinglée à moitié New Age, qui ne connaît rien, ni à la médecine ni au corps, et qui n'a lu que des condisciples de son espèce. Mais, beau joueur, il termine la séance. Elle lui révèle enfin sa technique salutaire, qui va lui permettre de diminuer ses acouphènes, et peut-être les faire disparaître. C'est une question de respiration. Elle s'approche de Marty et lui demande si elle peut mettre une main sur son ventre, elle lui demande de fermer les yeux et d'inspirer par le nez, en gonflant le ventre et en comptant deux temps, puis de prononcer le mot clef « libéré » dans sa tête et enfin d'expirer profondément sur trois temps. Elle précise qu'il est très important d'expirer plus longtemps. Il doit reproduire cette boucle cinq fois de suite. Ce qu'il s'applique à faire sous le contrôle de sa main qui lui chauffe la région du nombril. Elle lui indique qu'il peut rouvrir les yeux, elle se rassied face à lui et lui demande de pratiquer cette série de respirations dix fois par jour, c'est selon elle, la seule façon de faire redescendre son taux de cortisol, donc son stress, et ensuite ses acouphènes seront impactés, fortement atténués, il se pourrait même qu'ils disparaissent. Elle se lève, la séance est finie, son sourire est immense, elle passe une main dans ses cheveux et demande à Marty si ça va, si cette hyperventilation ne lui fait pas déjà un petit peu de bien. Il avoue avec un « sans doute » un peu trop timide au goût de la dame, elle répète donc sa question avec davantage d'enthousiasme, Marty lui assure qu'il se sent transformé. C'est justement ce qu'elle voulait entendre. Il lui déverse mille deux cents dollars en liquide dans la main. Elle le salue avec l'autre main, et lui donne rendez-vous mercredi prochain. Marty se sauve, il sait déjà qu'il ne remettra pas les pieds dans son cabinet et que la seule fois qu'il aura une chance de la recroiser ce sera chez *Grasing* ou sur le sentier qui mène à Point Lobos. Sacrée cinglée quand même, elle lui a presque redonné le sourire, c'est vrai que ça fonctionne son truc, il est joyeux, gonflé à bloc, léger. Il hésite, il va peut-être y retourner. Il rit tout seul dans l'habitacle de son véhicule. Jamais de la vie. Il laisse ce genre de conneries aux autres, il est trop vieux pour conserver son sérieux face à des gens pareils. Il préfère encore rester avec ces saletés d'acouphènes que de se coltiner ces séances corrosives.

*

Le monde a changé. Un matin ils se sont tous réveillés à Carmel-by-the-Sea avec ces nouvelles venues de Chine, un virus circulait du côté de Wuhan, une ville localisée dans la province du Hubei. Et depuis, les premières réactions de stupeur passées, la population américaine s'est adaptée, elle vit avec cette Covid-19. Marty et ses concitoyens respectent désormais des gestes barrière, tout le monde se frotte les mains avec du gel hydroalcoolique, porte un masque en présence des autres, à Carmel aussi on évite les lieux confinés. Les restaurants sont fermés, l'impétueux Kurt Grasing est furieux bien sûr, mais il se rassure comme il peut en constatant qu'il n'est pas le seul à être touché, puisque les salles de cinéma, les salles de sport, les salons de coiffure, et les lieux de culte sont aussi fermés pour lutter contre cette pandémie. Des personnes âgées meurent, on dit que les gens obèses sont les plus vulnérables, on dit beaucoup de choses, dans les hôpitaux de Monterey c'est la panique, on dit aussi à Marty, qu'à son âge, il pourrait être une victime potentielle du virus. Le monde du cinéma est à l'arrêt, ça ne tourne plus nulle part, les commandes de musiques de films se sont échouées on ne sait où, Marty n'est plus sollicité sur aucun projet, tout est en *stand-by*. Il en profite pour marcher dans la nature, sur la plage, contourner les récifs et les personnes, même les chiens font peur, il en croise qui portent des masques, il se dit qu'au moins on fiche la paix aux mouettes et aux pélicans, il n'a vu aucun de ces oiseaux marins avec un masque.

Mais au milieu de cette pandémie très cinématographique, une nouvelle extraordinaire est arrivée aujourd'hui. C'est l'avocat Cooper qui a appelé Marty. Bob Fraser va probablement être libéré, la preuve de son innocence a fait son chemin dans les arcanes de l'administration judiciaire. À force de harceler les autorités avec les preuves établies de son innocence, le cabinet Cooper & Jones a obtenu pour

Bob Fraser le droit d'être rejugé. Par conséquent, il sera très certainement, et très officiellement innocenté sous peu, lui a expliqué Cooper. Quand il a raccroché, Marty est resté sonné sur la banquette de son piano, les bras ballants, le téléphone sur le clavier, il ne parvenait pas à imaginer que cette issue allait bientôt se concrétiser. Il serait donc sur le point d'emporter son combat. Il se lève, il appelle Melany, elle est quelque part dans la maison, coincée à la buanderie. Il la trouve penchée sur un panier en osier, enfouissant des vêtements dans le tambour du lave-linge. Il voudrait prendre un ton solennel, il se redresse comme un général devant ses hommes, les quelques rescapés d'une affreuse bataille, mais aucun ton sentencieux ne sort de sa bouche, il lui dit ça au naturel. Melany, ton père va sortir de San Quentin. La jeune femme se tourne vers lui, ses cheveux défaits ont un joli mouvement au ralenti, sa bouche ouverte n'articule rien, Melany est complètement incrédule. Marty lui confirme que c'est imminent que Cooper & Jones sont sur le coup, et que cette fois, sa libération ne peut plus leur échapper. Elle demande si elle peut appeler sa mère, Kathleen, elle est à la maison depuis la fermeture temporaire de l'hôtel qui l'embauche. Marty acquiesce avec un grand sourire, il veut se retirer mais elle lui fait signe de rester, elle veut qu'il soit témoin de cet appel. Comme prévu, le silence de Kathleen témoigne du choc qu'elle vient d'encaisser, sa fille la relance. Maman ? Elle couvre son appareil avec une main et indique à Marty que sa mère est en pleurs. Il lui recommande de cesser son travail sur-le-champ, il lancera lui-même la machine, il lui demande de rentrer chez elle, d'aller retrouver sa mère à trois maisons d'ici. Melany se jette dans ses bras, il est embarrassé avec ce corps féminin contre le sien, la gosse l'embrasse sur une joue et se détache aussitôt, comme une tique gorgée de sang sous l'incandescence d'une cigarette. Elle défroisse sa jupe, s'excuse maladroitement, Marty plisse les yeux pour lui signifier qu'il n'y a aucun mal à être heureuse. Elle disparaît, elle veille à ne pas claquer la porte, Marty apprécie sa délicatesse. Elle reste lucide même dans ces moments si particuliers qui irradient les filaments de sa vie.

Le soleil du mois de juin a cueilli Bob Fraser au moment d'entrer à l'ombre de son fourgon sécurisé, il a roulé menotté, les poignets fixés à la barre métallique située dans son dos. On l'a conduit au tribunal, il était anxieux, aucun sourire entre les joues, on lui avait tellement labouré le mental qu'il ne lui restait que quelques racines d'espoir pour germer dans sa boîte crânienne. Les policiers l'accompagnant ne montraient aucune courtoisie. Tout comme leurs congénères, ils étaient sceptiques quant à l'innocence de ce lascar. C'est vrai, le « découpeur de poissons », comme on l'appelait à la prison, avait été absolument exemplaire durant toute son incarcération, mais ce n'était pas une raison suffisante pour être aimable avec lui. Bob Fraser avait été baptisé le « découpeur de poissons » car il se présentait toujours en fonction de sa profession, jamais comme assassin. Quand un voisin de cellule lui demandait ce qu'il avait fait, ce qu'il avait commis comme crime, il répondait qu'il avait découpé du poisson toute sa vie, tout en précisant que c'était son métier. Les autres ne s'intéressaient pas beaucoup à lui, il manquait trop d'agressivité, même après toutes ces années entre les murs et les portes grillagées de cette enceinte il n'était jamais parvenu à s'imposer, et il n'avait jamais essayé, lui n'attendait qu'une chose, sa libération. Et à aucun moment il n'a douté, il avait naïvement confiance en la justice de la Californie. Et la révision du procès tant attendue est arrivée, on l'a conduit vers un tribunal encombré de journalistes et de curieux.

Bob en est ressorti joyeux. Il a tout juste eu le temps d'apercevoir sa femme et sa fille en larmes sur les sièges près de ses avocats, un sourire et hop, on l'a sorti du box pour le renvoyer dans son fourgon. Il a retrouvé sa prison avec une sorte de délectation. On l'a immédiatement évacué vers une autre aile du bâtiment, à l'écart du couloir de la mort, loin de ses compagnons. Quelques semaines plus tard, Kathleen, Melany et Marty sont sur la route qui mène à San Francisco. L'autoradio crachote sa gelée dans les baffles désossés des portières, le *pick-up* n'avait pas assez de places pour les emporter tous les trois. Melany et sa mère accompagnent les paroles à pleins poumons en chantant plutôt juste, Marty lui, se contente de fredonner ce qu'il connaît. Et cela jusqu'aux premières habitations de la banlieue. En arrivant aux abords de la baie encastrée sous une croûte nuageuse, Melany s'écrie, nous voilà Papa. La ville est livide, les gens tirent la gueule dans leur bagnole, ces habitacles sont les rares endroits où l'on peut encore voir des tronches non masquées. Ils se hissent jusqu'à la péninsule de San Quentin en passant par Richmond Bridge, ils sortent sur la gauche et arrivent devant cette prison qui n'en a pas l'air, du moins à cette distance des bâtiments principaux. Un petit bureau de poste les accueille à l'entrée, c'est là qu'est trié tout le courrier, le parking des visiteurs que Kathleen et Melany connaissent bien, c'est sur la gauche. Des dizaines de places en épis sont proposées mais peu de voitures y sont garées. Un panneau indique qu'il est interdit de pénétrer en ces lieux avec du tabac, des armes à feu, des alcools forts, de la bière, du vin, de l'herbe, de la benzédrine, et autres drogues dangereuses. On y mentionne aussi qu'en passant cette limite, chacun s'expose à une fouille corporelle ou à une fouille de son véhicule. Ils sont inquiets, et si cela ne se passait pas comme prévu ? Le grand mirador, cette tour de contrôle qui n'aiguille aucun avion dans le ciel mais qui ratisse le sol et ses moindres interstices s'impose soudain à eux. Au second plan, ils aperçoivent l'entrée principale avec ses deux tours de château fort crénelées, percées de fenêtres en ogives qui feraient presque passer la construction pour une église. Au plus près du dernier rideau de sécurité sont massés des camions de télévision, ils sont une bonne douzaine à se disputer le terrain, les antennes paraboliques sont déployées, ça grouille de journalistes dans cette partie du pays. Ces derniers ne leur prêtent pas vraiment d'attention quand ils se présentent au premier poste de sécurité. On leur fait passer le protocole de détection des pièces métalliques, ils séjournent un à un dans un sas, puis à l'ouverture des portes en verre blindé, on vérifie leurs papiers. On les libère et on les expédie au pied de la porte principale, à l'entrée du château. C'est là que stationnent les journalistes endimanchés, le soleil se lève à leur arrivée, les murs des tours, d'une blancheur éclatante, s'enfoncent dans les pupilles, les lunettes noires tombent sur les yeux, on ouvre aussi des parapluies argentés pour préserver le maquillage des intervenants. Un type à l'allure bedonnante reconnaît Marty malgré son masque, il se précipite vers lui avec son équipe, il lui tend son micro, bonjour monsieur Swanson, vous êtes ici pour la libération de votre ami Bob Fraser, n'est-ce pas ? Que vous inspirent cette erreur judiciaire et toutes ces années passées en cellule alors que cet homme était innocent ? Marty abaisse son masque et réplique par un sourire désarmant, il oppose une main à l'objectif de la caméra et ne décoche aucun mot. Puis il remonte son masque. Madame, madame, je suppose que vous êtes la femme de monsieur Fraser, avez-vous toujours cru en son innocence, n'y a-t-il pas eu des moments de doute ? Kathleen imite Marty avec un geste de la main identique, elle ne fait cependant pas descendre son masque, Melany en fait autant, le même mouvement de bras en opposition, elle trouve cette sensation grisante, cette impression unique d'être sollicitée comme une star à la sortie des Golden Globes. Les autres journalistes accourent, ils ont reconnu Marty. Dans l'ensemble ils sont bien plus petits que lui, les cadreurs pointent leurs caméras vers le ciel tandis que Marty se cale judicieusement dans l'axe du soleil, les objectifs sont aveuglés par cette supercherie. Ça gueule, ça pose une bouillie de questions masquées, ils veulent savoir ce qu'ils ressentent, ils veulent savoir s'ils ont de la rancœur ou de la haine, ils veulent connaître les motivations de Marty dans cette aventure humaine, mais face à l'absence de réponse, ils s'éloignent en prétextant auprès de leurs téléspectateurs, qu'ils souhaitent rester à distance afin de préserver ce moment de recueillement et d'intimité nécessaires à la famille du prisonnier innocenté. Ils précisent aussi que les retrouvailles sont imminentes, chaque journaliste ayant sa petite idée sur le *timing* et le déroulement des opérations, alors que personne ne connaît exactement l'heure de sa libération, excepté la petite équipée en provenance de Carmel-by-the-Sea. Les acouphènes de Marty surgissent à nouveau en force, c'est comme une antenne permanente dans sa tête qui diffuserait une fréquence monocorde. Il est tenté de crier pour effacer sa gêne, mais ça ne ferait qu'aggraver la situation avec tous ces journalistes en embuscade. L'attente est interminable, ils ont vingt minutes de retard fait remarquer Kathleen à sa fille. Les fenêtres des deux tours jumelles sont lacérées de barreaux. Les deux portes qui se font presque face sont défendues par une épaisse carapace, comme un caillebotis d'acier à la trame très resserrée. Cinq marches s'entassent jusqu'aux montants de chaque porte. La grille de la tour gauche pivote soudain sur ses gonds aussi lourds que des canons, on devine une porte intérieure grande ouverte, un gardien descend les quelques marches, suivi de Bob Fraser et d'un autre gardien. Bob se retourne vers les deux hommes en uniforme, il leur dit quelque chose d'inaudible et accourt vers Kathleen et Melany qui font de même. Ils s'enlacent tous les trois, se barbouillent de larmes de joie, ils restent ainsi soudés, sous les objectifs des caméras qui se sont rapprochées. Les commentateurs murmurent, exprimant une fausse pudeur. Dès que la famille se détache et que Bob se joint à Marty pour lui secouer la main, la meute se jette sur eux. Bob, Bob, par ici, alors qu'est-ce que ça fait de retrouver la liberté après tout ce temps derrière les barreaux ? L'homme prend son temps, il sèche ses larmes d'un revers de main, inspire un grand coup, il dit qu'il ne réalise pas vraiment, mais qu'il a toujours su qu'il sortirait vivant de ce trou, car il est innocent et qu'il a confiance en la justice de son pays. On lui oppose que des innocents ne sont pas ressortis du couloir de la mort. Il demande qu'on le laisse, une femme leur barre le passage pour demander si Marty Swanson a été déterminant dans cette libération, Bob Fraser s'immobilise, il retire son masque afin qu'on le voie parfaitement s'exprimer, je dois ma liberté à cet homme, lui et ses avocats ont fait le plus gros du boulot, sans eux j'y serais encore, à clamer mon innocence dans le vide. Bob les remercie et scinde la foule des caméras. On s'adresse à Marty qui s'enfonce silencieusement dans leur sillage, ils passent le sas de sécurité, d'autres journalistes les attendent à l'extérieur de la capsule de verre. Ils se frayent un passage jusqu'au parking, leurs poursuivants se découragent devant leur mutisme, Bob n'en revient pas de marcher au grand air, la baie de San Francisco leur offre un ciel clair, l'épisode nuageux du matin s'est disloqué, on devine désormais les étoiles blanches des oiseaux marins sur l'étendue bleue qui s'étire vers l'horizon. Une fois dans la voiture, sur la place passager, Bob se penche vers le pare-brise pour regarder le ciel, il leur dit qu'il les a jalousés ces putains de goélands avec leur liberté, leurs allées et venues au-dessus de la prison, et maintenant il est comme eux, il peut aller et venir où il veut. Kathleen, qui s'est emparée du volant, lui demande si ça lui convient d'aller à Carmel. Il l'embrasse profondément dans la bouche, comme si personne n'était assis sur la banquette arrière, Melany est tout aussi gênée que Marty qui regarde ailleurs, Kathleen démarre le moteur.

D'autres camions de télévision encombrent l'allée, Peter Markuss ne cesse de pester contre cette invasion. Il prétend que sa Corvette ne passe plus, et demande aux chauffeurs de déplacer leurs engins sur le bas-côté, sans écorcher les bougainvilliers qui escaladent le mur d'enceinte de sa propriété. Les gars des camions s'attardent sur ce type au bronzage orange, ils se demandent d'où il sort celui-là. S'ils savaient que cet homme a mobilisé des centaines de camions de machinos et d'électros au cours de sa vie, pour les besoins de ses tournages, et qu'il a neutralisé des centaines d'allées comme celle-ci sans se préoccuper du bien-être des usagers, c'est sûr, ils te l'enverraient se faire voir. Les Fraser se faufilent au milieu de ce cortège et croisent Peter. Il baisse sa vitre, ravi. Hey, bienvenue à la maison Bob, bon, t'as vu, tu l'as eue à l'usure cette vieille peau de Clifford, bouffée par son chat, si t'avais vu ça, un carnage. Oui je sais, monsieur Markuss, elle n'y pouvait rien elle, la pauvre, mais ça m'aurait quand même fait plaisir de lui mettre ma liberté sous le nez. Ça, je veux bien te croire mon ami, bon, faites gaffe à tous ces rapaces, ils vont vous sauter dessus avec leurs caméras. À bientôt monsieur Markuss. Bienvenue chez toi, mon ami. Ils s'engagent dans l'allée, les équipes sont au taquet, on les filme à travers les vitres de la Nissan, elles ne sont pas teintées. Melany sort ouvrir ce portail à moitié déchaussé de ses gonds et elle le referme comme elle peut derrière eux.

Les jours suivants, Bob Fraser va rester à la maison, sans même sortir dans le jardin, afin d'éviter les longues focales des caméras. Par la fenêtre de la cuisine, il constate combien ses femmes ont bien entretenu le potager, ça pousse, les carottes ont l'air belles, il comprend que rien n'a changé pendant toutes ces années, elles lui sont restées fidèles en tout point. Les immuables poules sont encore là, à picorer les saloperies qui traînent, ce ne sont évidemment pas les mêmes qu'à son départ en internat, une poule dépassant rarement les dix ans d'espérance de vie. Seul son gros chien est absent, rongé par les vers à l'heure qu'il est. Il l'a pleuré en silence sur sa couchette, à l'abri de la nuit. Il espère seulement que cette nouvelle famille venue de Minneapolis, qui remplace les Clifford, ne viendra pas encore le faire chier avec son poulailler. Kathleen dit qu'ils ne se sont jamais plaints des poules jusqu'à présent. La plupart de ses journées, Bob les passe désormais dans son bain, il dit qu'en dehors de Kathleen et Melany, c'est ce qui lui a le plus manqué à San Quentin, ce qui amuse beaucoup ses femmes, car avant d'être embarqué dans cette sale aventure, Bob n'était pas réputé pour passer du temps dans la salle de bains, il fallait plutôt l'encourager à faire au moins un passage quotidien dans cette zone de la maison.

Marty lui se détend un peu, il passe du temps au piano, partagé entre le sentiment du devoir accompli, et un grand vide, un vertige qui s'amplifie devant lui. Non pas que cette quête enfin exaucée soit une déception, mais c'est la solitude qui lui pèse, et l'absence de projets. La honte s'est aussi emparée de lui, et il déteste cette réaction, mais voir les Fraser réunis au moment où sa famille est désunie, disloquée, ça lui suggère des ébauches de jalousie. Sa vision se noircit, il n'a plus beaucoup d'envie pour rien, et quand, par hasard, un appel de démarchage téléphonique le tire de sa torpeur, il croit nécessaire d'épeler son nom pour que son interlocuteur impatient soit bien certain de s'adresser à la bonne personne. Et ça donne à peu près ceci. Mon prénom c'est Marty, M comme meurtrier, A comme assassin, R comme raclure, T comme tueur, Y comme yakusa, je vais vous donner mon nom maintenant. Généralement, le type ou la fille raccroche avant, ces gens qui n'ont pas beaucoup de temps à consacrer à chaque appel, n'ont pas du tout envie de gâcher des communications avec un cinglé, un déprimé ou un déclassé de la société. Marty, lui, ça le fait marrer, c'est souvent son unique occasion de rire de la journée.

Il se sent constamment humilié, ses filles lui manquent, Nancy, Ester, Klara, la liste s'est allongée sur la stèle du cimetière de Monterey, il s'y rend de plus en plus souvent, il a besoin d'être là, au milieu des cyprès, des ouvriers des lieux, et des processions accablées. Il se dit parfois qu'il aimerait être un humain sans problème d'humain, un jour il en a parlé à Melany de loin, elle l'a rejoint sur la terrasse, il lui a lancé qu'il préférerait avoir des problèmes de poisson, c'était sa conclusion. Elle n'a pas tardé à le contredire, lui assénant que c'était exactement la même chose, que c'était toujours l'histoire du gros poisson qui bouffe le petit, qu'il n'y avait aucune différence entre les poissons et les humains. Marty en avait convenu avec elle, il apprécie vraiment cette jeune femme. Pour le rassurer elle lui avait dit, par contre, je pourrais vous conseiller d'être un humain avec des problèmes de grizzli, c'est moins compliqué je crois, lui avait-elle rétorqué. Et ça, Marty avait adoré, ils avaient ri comme des dératés, leur amitié naissante avait bien grandi. Melany a un homme dans sa vie, elle n'en parle pas souvent, mais elle l'a rencontré au restaurant de Grasing. Il est chef cuisinier, et pour l'instant il ne bosse plus à cause de cette étrange période de pandémie. Mais elle a confiance en lui, ils pensent s'installer un jour, du côté de Monterey, servir quelque chose de bon, pas comme ces trucs dégueu qu'on sert aux touristes sur les quais de « *Old Fisherman* ».

*

Le département de la police de Carmel doit soudain faire face à un problème imprévu. De nombreux riverains se sont plaints de recevoir des contraventions qui ne leur étaient pas destinées. Des fautes de stationnement, des excès de vitesse, alors qu'ils n'étaient aucunement incriminés et que souvent, leur véhicule n'avait même pas franchi la porte du garage. Après des mois d'enquête, les officiers de police ont enfin pu élucider ce mystère. Un, ou des petits malins avaient interchangé les plaques des véhicules, avant et arrière, ils l'ont fait sur des dizaines et des dizaines de voitures domiciliées à Carmel-by-the-Sea, créant un véritable chaos au moment de la réception des contraventions. Des mecs devant payer les amendes d'autrui pour des dépassements de vitesse ou diverses autres conneries. Pour l'instant, personne n'est parvenu à leur mettre la main dessus, même s'il leur arrive de faire encore, parfois, de nouvelles expéditions tardives. Ce n'est pas très difficile ici, à Carmel, la ville est dépourvue de lampadaires, afin de ne pas dénaturer l'esprit et l'atmosphère de village que revêtait ce lieu à ses débuts. Les seuls éclairages de nuit, proviennent des vitrines des boutiques et des restaurants. Et la mairie a jugé que c'était amplement suffisant. Contre toute attente, si l'on tient compte de sa droiture obstinée, cette histoire de plaques de voitures interverties a bien fait rigoler Marty, il n'y est pour rien, ce genre de bêtise n'est plus de son âge, mais il aimerait bien voir la tête de ceux qui ont fait ça, pour leur payer un verre et les entendre expliquer la genèse de leurs actes. Mais il y a peu de chances qu'ils se fassent attraper, ils ont l'air bien trop rusés. Le rire surgit parfois dans sa vie, à nouveau, ça le surprend à chaque fois, et la culpabilité l'assaille systématiquement. Ses nuits sont mouvementées, son fantôme géant le surprend de plus en plus souvent dans les contreforts du sommeil, il marche vers lui sous un ciel de ténèbres, la menace est chaque fois imminente, il n'a nulle part où s'enfuir, il est à la merci du géant qui s'avance vers lui. Mais chaque fois Marty s'échappe de ce cauchemar par un réveil brutal, comme un ballon de baudruche s'envole vers le néant, pour disparaître en éclatant sous la charge de l'atmosphère.

Marty vient de recevoir une invitation pour la 93e cérémonie des Oscars du cinéma. Ça se déroulera le 25 avril

2021. Le carton et l'affiche de cette édition sont particulièrement laids se dit-il, en revanche le lieu choisi pour cette remise de prix est somptueux, puisqu'il s'agit de la vieille gare de Union Station, à Los Angeles, qui a servi de décor pour le cinéma à plusieurs reprises. Il se souvient du *Blade Runner* de Ridley Scott, et plus récemment, de *The Dark Knight Rises* de Christopher Nolan. Ce lieu se prête bien à des transfigurations, le modeler en salle de cérémonie lui semble également très approprié. Cette année ce sera le réalisateur Steven Soderbergh qui sera aux commandes des Oscars, Marty n'a jamais travaillé avec lui, il ne sait pas trop quoi penser de ce type qui alterne les projets exigeants et plutôt personnels avec des productions de grande ampleur, plus commerciales. Dans la petite annotation à la main sur la carte imprimée au nom de Soderbergh, il semblerait que le réalisateur voue une certaine admiration à Marty, et dans ces quelques lignes il indique que sa présence est absolument indispensable. Marty n'ayant aucun film en compétition cette année, il est clair qu'il va recevoir une distinction, le fameux Oscar d'honneur pour l'ensemble de son œuvre. Cette distinction l'attriste, c'est celle qu'on attribue aux croulants, ceux dont on se dit, vite, vite, avant qu'il n'y passe, faut pas qu'on le rate, on en a raté suffisamment comme ça. Il trouve qu'on l'enterre un peu tôt, il n'est que septuagénaire, mais si les organisateurs se sont calés sur le rythme des décès dans son foyer, il convient qu'ils n'ont peut-être pas tort de se hâter, tant la famille Swanson a été décimée bien avant l'heure.

Cette année encore, il ne foulera pas le tapis rouge en compagnie de sa chère femme Nancy, ni avec Ester, ni Klara. Il se souvient du courage de cette dernière lorsqu'elle l'avait accompagné, mitraillée par les photographes, ne cachant aucunement sa claudication, elle avait affronté les *flashes* et les caméras avec une audace qui avait moulé des larmes dans les yeux de son père. Ester avait été moins sereine quand son tour était venu, elle vivait une période compliquée, elle avait sa propre célébrité à gérer, à la radio son rendez-vous hebdomadaire était devenu incontournable, les groupes se pressaient autour de sa table et de ses micros, elle traînait pas mal avec ces gens à l'hygiène de vie peu recommandable, et bien sûr, Ester, qui voulait leur montrer qu'elle n'était pas en reste, les dépassait bien souvent dans leurs excès. Sur ce tapis rouge, elle était apparue décharnée, les joues creusées, le front en sueur, pas maquillée, les cheveux sales, Marty n'avait pas eu honte de sa fille, il avait seulement eu peur.

Il se demande s'il ira seul, mais qui pourrait bien l'accompagner ? S'il s'était bien entendu avec Solveig, il aurait été ravi de l'avoir à son bras, mais ça s'est tellement mal terminé, qu'ils ne se sont jamais rappelés, et n'ont pas même échangé un sms. Il pense à la petite Melany, mais qu'est-ce que les gens penseraient ? Ils se demanderaient s'il s'agit d'une fille cachée ou d'une conquête, quel affront pour lui, qui n'a jamais trompé sa solitude avec de fraîches amourettes, s'allongeant plutôt dans le canal de ses souvenirs, pour se laisser emporter par le courant de la tristesse qui le mènera jusqu'à son dernier soupir. Et puis, que dirait l'ami de Melany, le chef cuisinier ? Marty n'a pas envie de se retrouver haché en petits morceaux. Il est résolu à y aller seul. Pour l'heure, il ignore s'il s'agit de sa dernière fois ou non, mais il n'est pas loin de penser qu'il n'y retournera pas.

Pour cette cérémonie, le tapis rouge est bleu. On a dressé des palissades de bois rare devant la gare de Union Station, afin de délimiter le périmètre des festivités. C'est l'architecte David Rockwell qui a travaillé sur cet événement, il a désiré lui accorder toute la grâce et la magnificence qu'il mérite, surtout après ces derniers mois de disette terrible pour l'industrie du cinéma. La pandémie a laissé des traces. Marty traverse le couloir des photographes, on l'interpelle, il est immense, mince et apparemment en pleine forme dans son nouveau *smoking*. Ses cheveux argentés sont bien plaqués sur son crâne, Melany lui a dégrossi les sourcils avec des ciseaux et un peigne, découpant tout ce qui dépassait. Il a eu honte de lui demander cela, mais il n'osait pas davantage en parler à son coiffeur attitré. La jeune femme s'est exécutée avec un peu d'appréhension, mais au final, ça leur allait à tous les deux. Et maintenant il est là devant cette escouade de journalistes et de photographes qui tentent de lui glaner quelques mots, on évoque l'Oscar d'honneur pour l'ensemble de sa carrière, Marty leur répond que c'est un peu prématuré, il n'en est qu'à ses débuts, et il se sauve sur cette pirouette, pendant que la foule des journalistes s'esclaffe, hilare dans son dos. Aucune moquerie à son encontre, Marty Swanson est apprécié, il sait que cette relation cordiale avec la presse, cette sorte d'indulgence est moins due à son talent qu'aux vagues successives de malheurs qui se sont abattues sur lui. Marty est conscient qu'il génère de la pitié, alors il n'a d'autre choix que de montrer de l'humour et de la bonne humeur pour désamorcer les regards affectés. Il sait aussi que tous ces derniers mois perturbés par une activité atone ont fait du mal, et que les photographes sont enthousiastes à l'idée de retrouver un peu de lumière et de vie, ce qui explique qu'ils moussent pour un rien. Il passe les portes de cette somptueuse gare, il se laisse guider par le tapis bleu, bien que le chemin soit balisé de statuettes des Oscars grandeur nature, et que des hommes en costume et oreillette le canalisent tout au long de son parcours. Avec ses plafonds voûtés de dix-huit mètres de haut et ses impressionnants volumes d'espace, ce trésor architectural est la synthèse parfaite entre le style art déco et l'influence des missions espagnoles. Les cent soixante-dix participants à ce *show* sont installés par deux dans de magnifiques fauteuils jumelés, années 1930, en bois vernis et à l'assise recouverte de cuir beige. Ce sont les fauteuils d'origine de la gare, on les a ressortis pour l'occasion. Regina King les accueille pour cette 93e cérémonie des Oscars devant un immense rideau de velours bleu, sa robe d'un vert pâle élégant s'intègre parfaitement bien dans ce décor, en préambule elle évoque les difficultés de l'année passée, l'amour du cinéma qui a permis de dépasser cette épreuve et de relier les gens, ce cinéma qui a fait que chacun d'entre nous a pu se sentir moins seul. Marty regarde discrètement autour de lui si les gens chialent, l'émotion est là, c'est sobre et efficace. Le fauteuil adjacent au sien est encore vide, il se demande qui est le putain d'enfoiré qui se permet d'être en retard à cet événement majeur, surtout après ce que le milieu vient de vivre, pour une fois que le présentiel est de retour, il s'étonne que cette personne puisse rater une telle occasion d'être à l'heure pour revoir ses ennemis. Le voilà quand même, le gars s'excuse avec une sorte de salut bouddhiste, Marty se contente d'incliner la tête pour accepter l'insincérité de ses excuses. Il s'affale dans le fauteuil adjacent, son haleine est alcoolisée, entre chaque intervention de Regina King, il se penche vers Marty et lui glisse qu'elle est drôle, et l'instant d'après il lui affirme le contraire. Marty cherche Doug Bender, son agent, il le trouve dans les fauteuils périphériques, au-delà des célébrités. L'autre à côté remue, il se tortille dans son fauteuil, il pue vraiment la vodka, mais ça n'empêche pas Brad Pitt de vouloir engager la conversation avec Marty, il lui avoue à voix basse qu'il fait souvent l'amour sur sa musique, Marty lui sourit et lui avoue à son tour qu'il fait souvent l'amour sur *Fight Club*. Non, c'est vrai ? Marty le sent flatté, mais il est de son devoir de lui dire la vérité, ça fait quelques années qu'il ne fait plus l'amour. Brad Pitt est à la fois peiné et dégoûté. Marty se dit qu'avec ça, il devrait pouvoir suivre la cérémonie maintenant, c'est au tour d'un Français d'être récompensé, pour la meilleure adaptation, le petit gars est jeune, bonne tête, il a lui-même adapté sa propre pièce de théâtre avec ce vieux flibustier d'Anthony Hopkins. Brad Pitt applaudit comme s'il chassait les moustiques au-dessus d'un étang, il a bien raison se dit Marty, c'est pas si souvent que ces prétentieux de *frenchies* sont mis à l'honneur. Marty applaudit lui aussi. Au fil de la soirée, il découvre à quel point le soutien-gorge est devenu un accessoire de mode futile, plus personne n'en porte, les robes des femmes qui remettent les récompenses, de même que celles des femmes qui les reçoivent, sont ouvertes jusqu'au pubis, et quand elles quittent la scène, il peut constater qu'elles sont ouvertes jusqu'à la raie des fesses, Marty se demande par quelles forces physiques inconnues ces femmes parviennent à battre l'inertie de ces morceaux de tissu. Il songe à des collages, il n'est pas loin d'avoir raison. Il rêvasse, il se dit que ça n'a pas tellement changé finalement, quand il n'était qu'un gosse dans le métier, les robes des actrices lui esquintaient la bite jusqu'à la cicatrice. Brad Pitt lui balance des coups de coude, il est appelé, c'est son tour, Marty se lève et traverse les quelques mètres qui le séparent de la scène, il fixe les cascades de fleurs au second plan, encore ému par l'apparition de Frances McDormand, récompensée pour l'Oscar de la meilleure actrice, il repense à la façon dont elle a imité le loup pour ponctuer son discours, c'était si vivant, si impressionnant. C'est Julianne Moore qui accueille Marty devant le grand rideau de velours. Elle retrace sommairement sa carrière, mais ne parvient pas à en voir la fin, tant son parcours est riche en collaborations et récompenses. Dans ses mains, elle triture maladroitement la prestigieuse statuette représentant l'Oscar d'honneur pour l'ensemble de la carrière de monsieur Marty Swanson, l'assemblée retient son souffle pour applaudir, elle s'autorise une blague de grande finesse, puis une seconde, encore plus délicate, le gratin du cinéma l'interrompt pour l'applaudir, Julianne Moore est comblée, elle remet enfin son Oscar à Marty, elle se hisse à sa hauteur pour l'embrasser, il se penche, elle le félicite à l'oreille et lui confie qu'elle a été amoureuse de lui de seize à dix-huit ans, Marty lui demande pour qui elle l'a laissé tomber, elle lui répond par un sourire mutin. C'est l'ovation, tous les fauteuils sont vides, la salle est debout, Marty reste figé, sa récompense lui alourdit les mains, il la garde au niveau des cuisses, Julianne lui attrape un bras, et brandit la statuette au-dessus de sa tête. Ce geste de victoire qu'il n'a pas voulu, déplaît fortement à Marty, il rabaisse son bras et son trophée dans l'instant, mais la plupart des invités ne détectent pas son mécontentement, tellement occupés qu'ils sont à regarder les réactions des autres dans chaque rang. On attend de lui qu'il s'exprime, il n'a rien préparé, même s'il savait qu'il serait récompensé. Il regarde l'assistance, il pose ses yeux sur les occupants des premiers fauteuils, il les soupèse un à un, ça va très vite dans sa cervelle, il aimerait tellement être ailleurs en cet instant, planqué derrière son harmonium, dans la petite église de Springfield. Il se dit qu'il ne peut quand même pas leur raconter que tout a commencé avec une histoire de masturbation dans une église. Il gagne du temps, il leur sourit, bien qu'il ait souvent renâclé à sourire, cette grimace ayant toujours été vécue comme une contrainte chez lui, ce n'est pas naturel. On l'applaudit pour l'encourager, il se lance, il les remercie chaleureusement, sa timidité enfantine rejaillit, il en a pourtant remporté des récompenses dans cette carrière, mais c'est plus fort que lui, en cet instant précis, il sait qu'il n'est pas à sa place, il se voit comme un escroc, il faut pourtant qu'il leur dise quelque chose, alors il marque une pause et s'élance à nouveau. Parfois les gens me demandent de quelle façon je voudrais que l'on se souvienne de moi, alors je leur réponds que ce serait déjà bien qu'on se souvienne de moi. Des cris déchirants de dénégation et de désaccord retentissent, l'assistance lui crie son admiration, on l'applaudit pendant de longues minutes, Brad Pitt se regarde l'intérieur des mains tant ça lui fait mal, puis Marty les salue timidement de la main et s'éjecte de la scène, Julianne Moore, cueille une larme du bout de ses phalanges, touchée par la fragilité de ce cher monsieur Swanson, elle s'éclipse dans les coulisses, la cérémonie tire à sa fin, Marty retrouve son copain Brad, tu m'as fait chialer mec, tu m'as fait chialer, recommence jamais ça. Puis il l'attire à lui et le prend dans ses bras, Marty se laisse guider, des objectifs saisissent l'instant, Marty voudrait déjà être chez lui, il songe à Doug Bender qui va vouloir le traîner dans une soirée. Il pense à Nancy, Ester, Klara, Edwin son père et Jessie sa mère, il pense à Omaha, il a mal, il aimerait s'écrouler là, au milieu de tout le monde, au milieu de personne.

Le lendemain sur son téléphone, Marty lit par hasard un compte rendu de l'impact de la cérémonie. L'audience, cette année, s'est effondrée et a atteint son plus bas historique dans le pays. Avec moins de dix millions de téléspectateurs, c'est une chute de cinquante-huit pour cent par rapport à l'an dernier, qui était déjà un millésime désastreux. Le journaliste fait la comparaison en revenant six ans en arrière, à cette époque l'audience engrangeait quarante-trois millions de téléspectateurs, les Oscars étaient l'événement non sportif le plus plébiscité aux États-Unis. Cette année, d'après les premiers retours, la cérémonie aurait souffert d'un manque d'humour et d'absence de plages musicales. Marty referme cette page de son *smartphone*, avant d'enfouir l'appareil dans une poche.

*

Doug Bender n'a pas réussi à convaincre Marty de rester plus longtemps à L.A. Sa chambre était pourtant réservée pour toute la semaine, calée à l'arrière de la cérémonie. L'agent avait répondu favorablement à la plupart des demandes d'interview, mais le compositeur était fermement décidé à quitter cette ville. Cet Oscar d'honneur n'avait pour lui aucune saveur, il n'en attendait rien, il considérait qu'il était temps de reprendre sa vie en mains, et cela ne passait pas par une série de rencontres avec des journalistes bienveillants.

Il est passé voir Dorris et Rodrigo chez eux, il s'est laissé offrir un café, bien qu'il n'en boive pas. Pourtant, l'un et l'autre savaient qu'il n'en prenait jamais. Dans leurs souvenirs, toutes ces années passées à son service, à aucun moment ils ne lui ont rempli une tasse de café brûlant. Ils se sont regardés quand il leur a annoncé qu'il prendrait la même chose qu'eux, ils ont obtempéré, conservant dans leur bouche la stupeur et les questions. Ils l'ont félicité pour sa récompense aux Oscars, ils lui ont demandé où il allait la mettre cette statuette. À la cave, comme les autres, leur a-t-il répondu. Il n'y a plus rien à la cave a esquissé timidement Dorris avec un air entendu. Il s'est souvenu de cette scène atroce, le jour où Ester était passée à Carmel pour lui piquer ses statuettes qui gisaient dans un carton, dans l'espoir de les revendre et de se faire un peu de fric. Les mots se cognaient encore dans l'unité de son cerveau, sa petite chérie l'avait bien malmené ce jour-là, la dope jouait à plein, elle ne savait plus ce qu'elle faisait, la remontée de ces images vers la lumière du présent l'attristait, il n'en voulait pas à Dorris de l'avoir guidé vers cette enclave de sa mémoire, il n'en voulait à personne de tout ce qui lui était arrivé au cours de cette vie, il n'en voulait qu'à lui-même. Il les a remerciés longtemps au moment de partir, Dorris et Rodrigo ont eu le même sentiment, cette impression étrange d'assister à un départ ou un adieu. Ils en ont parlé, sitôt la porte refermée.

De retour à la maison, il a convoqué Melany, il lui a annoncé qu'il y aurait sans doute du changement dans les jours à venir, mais il l'a rassurée, rien, absolument rien ne changerait pour elle, tout était prévu. La jeune femme n'a pas apprécié ce ton mystérieux, mais elle s'interdisait de le questionner. Elle s'est tout de même demandé s'il ne repartait pas vivre à Omaha, avant de convenir que cette hypothèse était complètement absurde. Marty a balayé toutes les questions en se retirant dans son bureau, il lui a laissé son après-midi, lui assurant qu'elle pouvait rejoindre ses parents ou son petit ami. Melany est repartie avec un poids sur le ventre, elle adore Marty, et elle n'aimerait pas qu'il lui arrive des ennuis. Il a sorti son plus beau papier à lettres, il a regardé longtemps par la fenêtre, le printemps sautillait sous les cumulonimbus, les vagues se fracassaient sur les rocs en contrebas, la vie marine bruissait de cris et de gémissements, tout était en place pour que s'entrelacent les pavillons des bateaux avec le vent. Il s'est relevé de son fauteuil pour éteindre la musique, il ne supportait plus que le silence des fenêtres fermées et celui de son ampli éteint, avec la diode rouge indiquant que l'appareil est sur veille. Il a écrit très lentement, réfléchissant entre chaque phrase, il a utilisé son stylo le plus lourd et son encre la plus légère, il avait des reptiles torsadés dans le ventre, comme des bestioles nageant dans des flaques de goudron. Il ne savait plus s'il avait mal ou si cela annonçait le début d'un soulagement, il ajustait les mots à la blancheur des pages qu'il numérotait consciencieusement. Le texte terminé, il a compté les pages, il y en avait cinq, il a ouvert les fenêtres pour les relire à la lisière de son bureau, l'air épais de ce début mai lui graissait les cheveux, il les redressait avec quelques doigts, et reprenait sa lecture, il n'y avait aucune rature, c'était comme si ces lignes lui avaient été dictées. Il n'a pas plié les feuilles, préférant les glisser dans une enveloppe du même format, il les a enfilées à l'intérieur et a posé cette lettre dans le salon, sur le sofa. Il s'est emparé de cette photo encadrée, il a murmuré, Ester. Il a longuement observé cette image de sa fille aînée, il s'est rappelé quelques menus instants, sa voix, ses manières. Il s'est dit, quand ton enfant te ressemble autant, en tous points, physiquement et intellectuellement, il te contraint à t'aimer un peu, à t'accepter toi-même. Il est l'unique chance de s'aimer un jour. Puis, Marty s'est mis au piano, il a recherché les anciennes mélodies qu'il jouait le dimanche dans la petite église de Springfield. C'est revenu, à son grand étonnement. Il a joué quelques morceaux de messe, il a revu les gesticulations du pasteur Danielsson, et ses joues cramoisies par son col trop court. Il a tenté de retrouver les premières notes qu'il avait jouées le premier jour où il avait soulevé le capot du clavier de l'harmonium, c'était confus dans son cerveau, mais à force de malaxer sa mémoire il a remis la main dessus. Marty était hilare, une sorte de jubilation emplissait les nervures de son corps, il s'est mis à hurler ces chansons, ces airs anciens, d'écoliers obéissants. Ces chansonnettes qu'on déclamait en rentrant des champs sur les épaules des parents. Il avait été heureux, assis sur son monticule de terre, on pouvait être heureux quand on est un cul-terreux. Ses mains frappaient les touches avec force, ses cheveux nageaient devant ses yeux, il avait presque soif à gueuler ainsi. Il s'est dit que ses voisins de Minneapolis ou encore Peter Markuss pouvaient le surprendre, ce qui a immédiatement désamorcé ses ardeurs.

Il a sorti la Mercedes Pagode, il a roulé le long de la côte, l'air marin pénétrait dans l'habitacle par la vitre du conducteur, il a fredonné des airs nouveaux, des choses qu'il n'aura pas le temps d'inscrire sur son piano, l'océan l'acclamait pour ce qu'il avait fait, il n'en était pas certain, mais il avait comme l'impression qu'on l'aimait soudain. Il a conduit jusqu'à Monterey, il s'est garé dans le cimetière de San Carlos, il a salué le gardien, avec qui il a fini par sympathiser au-delà de la politesse. Il a gambadé jusqu'à la stèle tant aimée, tant redoutée. Il est resté silencieux, mais dans sa tête il s'est expliqué, il savait que là-dessous, plus personne ne pensait, plus personne n'était en capacité de réfléchir, la matière organique était rongée selon les étapes du pourrissement des corps, mais il leur a quand même expliqué, il voulait se délivrer, il souhaitait les délivrer elles aussi, de lui, de ce qu'il avait été, ce père impliqué, droit, et fermé. Il s'est accroupi devant la stèle, il a lu les trois noms de sa femme et de ses filles, les répétant plusieurs fois, il s'est approché à genoux de l'emblème de pierre, il l'a pris dans ses bras et l'a serré de toutes ses forces pendant un long moment. Les jardiniers, qui le connaissaient, ont retiré leurs gros écouteurs de rappeurs, et se sont légèrement moqués, mais Marty n'a rien décelé. Et s'il avait détecté quelque chose, cela n'y aurait rien changé, il marchait sur cette ligne qui relie le malheur au bonheur, il était exactement à la jonction, et les moqueries de ces jardiniers ne pouvaient lui procurer aucune émotion, ni honte ni chagrin, car c'est de cela qu'il était désormais entièrement imbibé.

Il est rentré à Carmel, l'enveloppe gonflée de ses cinq feuilles patientait sur le siège passager, il a attendu qu'il soit un peu tard, il a traîné, roulant un peu au hasard. Puis, une fois la nuit annoncée, il s'est faufilé jusqu'à la boîte aux lettres du bâtiment de la police, pour enfoncer la fameuse enveloppe dans le réceptacle. Il a été pris d'un doute, il se demandait soudain si son nom apparaissait bien dans ce courrier, puis il s'est souvenu, qu'il avait utilisé un papier à en-tête, il était sauvé. Il s'est trouvé bête, à bout de forces. Il est rentré à la maison en frémissant, son corps était parcouru de tressaillements, il naviguait entre excitation et inquiétude, le ciel était alourdi de nuages de pluie, mais rien ne tombait dans cette nuit importante. Il a regardé sa maison, il s'est propulsé dans chaque pièce, allumant toutes les lumières, il est descendu au studio, il s'est assis devant la console, il a manipulé quelques boutons, il a mis la table de mixage sous tension, un bourdonnement sourd s'est manifesté. Alors Marty est allé en cabine, il s'est emparé d'un micro encastré dans le ventre du piano, et il a hurlé, un peu de cette façon douloureuse dont Kurt Cobain criait dans son micro. Il est revenu en régie, il a lancé l'enregistrement, il est retourné en cabine, et il a enregistré ses hurlements. Il a tout éteint, il a éteint la maison, il est passé à la salle de bains, et s'est couché, bien enveloppé entre sa couette et son surmatelas.

Paul Tomasi, le remplaçant de Mike Calhoun à la direction du département de police de Carmel, n'a pas encore annoncé à ses gars sa décision de quitter son poste. Il va en effet devenir le Monsieur Sécurité du grand aquarium de Monterey. Quand son unité de policiers l'apprendra, il y aura de la grogne, Tomasi n'étant en place que depuis 2016. On lui reprochera certainement de vouloir faire du fric, de faillir à sa mission qui consiste à défendre et protéger les habitants de la petite communauté privilégiée de Carmel. Pour l'heure, il est au volant d'une grosse cylindrée noire et blanche, roulant à toute allure vers la baie de *Stillwater*, avec en ligne de mire, la maison de Marty Swanson, le célèbre compositeur. Il a balancé les gyrophares, les sirènes dégueulent tout ce qu'elles peuvent, et les deux autres bagnoles qui le suivent en font autant. Ils sont douze officiers et sous-officiers dans cette rue déjà animée pour un début de matinée. Les touristes à vélo relèvent la tête de l'itinéraire inscrit sur leur *smartphone*, les locaux saluent Paul Tomasi qui serre les dents et ne les calcule pas. Il a une occasion en or de faire un coup d'éclat juste avant de quitter ses fonctions, la chance est là, il va la saisir, oh putain que oui, il va la choper à deux mains, et ce salopard de Swanson aussi, il va se le faire, il va te l'attraper par le colback et te le retourner sur le plancher pour le menotter direct. Les trois véhicules se garent en vrac, en travers de l'allée. Les policiers ont à peine mis pied à terre que la grille de fer forgé coulisse sur son axe transversal, les roulettes métalliques, parfaitement huilées ne font aucune sorte de bruit. Marty les attend. Il ouvre la porte de sa demeure et se poste sur le seuil, mains dans les poches. Il est vêtu d'un pantalon de toile beige, d'une chemise en jean et de baskets, il est immense, et toujours aussi maigre. Il est bien coiffé, il vient de se brosser les dents pour la troisième fois ce matin, il trouve qu'ils ont mis du temps. Tomasi s'approche, il lui gueule qu'il est en état d'arrestation, il le chope par le cou, Marty vrille, l'autre lui fait une clef de bras et l'oblige à s'incliner, puis à se mettre à genoux, c'est à ce moment qu'il referme ses menottes sur ses poignets. L'inévitable Peter Markuss, qui a toujours le chic de passer au mauvais moment, gueule modérément à l'encontre des policiers, car il est pressé, un rendez-vous important. Et sa Corvette ne peut pas passer. Il s'extrait de son véhicule, intrigué par cette embardée inhabituelle des autorités, il découvre alors son cher ami Swanson agenouillé devant la porte de sa maison, tandis que l'officier Tomasi le maintient dans cette position contrainte. Des hommes en uniforme pénètrent dans la maison, sans doute pour la fouiller. Ça remue dans tous les sens là-dedans. L'homme au visage teinté couleur orange s'adresse aux premiers venus, excusez-moi messieurs, mais que se passe-t-il ici ? Qu'arrive-t-il à mon cher voisin Swanson ? Subitement son cher ami Marty devient son cher voisin Swanson. On lui répond qu'il doit bouger, il ne peut rester là. Il réplique qu'il aimerait bien, mais la voie est entravée par les véhicules de police, et à ce propos, il a un rendez-vous très important. Un jeune gaillard le considère de la tête aux pieds, il se demande ce que c'est que ce mec en costume blanc, pieds nus dans ses chaussures de ville blanches. Il s'attarde sur la Corvette au second plan, le moteur tourne, il demande à ses collègues de déplacer leurs véhicules. Ils obtempèrent, et Peter Markuss, très déstabilisé, se planque derrière son volant et passe devant les policiers à une vitesse extrêmement réduite. Marty se laisse malmener, on le redresse à la verticale, on le pousse, il entend ses propres pas sur les graviers malgré la puissance soudaine de ses acouphènes. Il est soulagé, il sait qu'il a bien agi, c'était nécessaire, il ne pouvait plus se taire, toutes ses années, alourdies par le poids de la culpabilité, à élever ses filles dans une tentative de droiture, il se sentait comme un traître. L'honnêteté, la droiture, qu'est-ce que c'est quand on est un criminel ? Toute sa vie, il en a crevé de cette histoire, il avait beau tenter de rester entre les balises de la loyauté, il ne pouvait rien y changer. Sa rigidité maladive, sa musique si triste et si profonde, issue de cette immense douleur, rien n'a pu le soulager d'avoir tué un être innocent. Sa lettre ne lui a laissé aucune chance, et ce n'était pas son intention. Tout est là dans ces pages, et ça plane au-dessus de lui comme un sac de nuages, il marche sur le gravier de sa cour, de cette propriété luxueuse, et il se revoit gamin, à onze ans. Le sol est gelé, la neige des derniers jours n'est plus qu'une bouillasse figée, une croûte de fossiles verglacés, on est en 1958, Marty rentre de la petite école de Springfield, il a coupé à travers champs pour gagner un peu de temps. La nuit tombe, les chênes trépignent et convulsent dans le froid. L'unique lueur dans cette nature pétrifiée, s'abat depuis les bourrelets nuageux, épaisseurs translucides, illuminées par la pleine lune au second plan. Marty trottine calmement, des paquets de froid se libèrent devant sa bouche, sa *lunchbox* est couverte de givre, il est content, le feu de la cheminée va bientôt l'accueillir, il va embrasser ses parents, et la soupe enverra un fumet délicieux depuis le dessus du fourneau. Il passe près d'un bosquet dont les racines reniflent une pièce d'eau, une simple mare, verdâtre en été, grisâtre en hiver, à cause de la glace. Il a encore un peu de chemin à faire, soudain quelque chose bouge, c'est plus gros qu'un chien, c'est pas un veau quand même, ils sont contre les flancs de leur mère, dans la grange du père Hellström à cette heure-ci. Une bête égarée, une bestiole qu'il ne connaît pas ? Marty prend peur, il a déjà lu des histoires effrayantes, des choses avec des monstres, il sait que ça n'existe pas, mais marcher seul dans les plaines du Nebraska, la nuit, en plein hiver quand on n'a que onze ans, ce n'est pas très rassurant. Il serre le lance-pierres dans sa poche, il pose sa *Lunchbox*, il arrache des caillasses au sol engourdi, et les glisse dans son autre poche, il conserve la plus grosse et il arme, le truc bouge encore, c'est un homme, il est agenouillé, Marty a l'impression qu'il pose un collet. Soudain, le type se redresse, immense, une sorte de géant, il porte un manteau rapiécé, il a des collets à la main. Il s'en doutait. Si Hellström le voyait faire, le gars passerait un sale moment. C'est pas que le vieux Hellström n'aime pas les Noirs, c'est pas son genre, mais faut pas traîner sur ses terres sans sa permission, et ça c'est valable pour toutes les espèces, qu'elles soient animales ou humaines. Le gars est aussi effrayé que Marty, mais ça, Marty ne le sait pas, il ne voit que le blanc du contour de ses yeux, et ses dents, le mec ne dit rien, son réflexe immédiat c'est de cacher ses collets. Marty sait que ça ne sert à rien en cette saison, les lapins y en a plus beaucoup, et ceux qui restent se planquent dans leur trou. Le type lui dit doucement, faut pas avoir peur gamin, c'est que moi. Marty n'aime pas ça. L'homme s'avance, il marche à pas mesurés en direction de Marty, il est tellement grand, il tend soudain une main vers l'enfant, Marty se dit qu'il va vouloir l'attraper, et il n'a pas envie qu'il lui serre le cou avec ses collets, il arme son *sandow* très fort, il retient son gros caillou, l'autre continue d'avancer, il se veut rassurant, je vais pas te faire de mal, gamin. Mais Marty est convaincu du contraire, il sait que l'homme a peur qu'il cafte et qu'il raconte au village qu'on l'a vu braconner. Marty ne connaît pas ce type, il ne l'a jamais vu par ici, et forcément ça lui rallonge la peur. L'autre avance encore, Marty aimerait qu'il s'immobilise, mais il marche vers lui. Tchac. Il lâche sa pierre qui part tout droit, il lui a expédié le truc en pleine tête. Il ne l'a pas loupé l'autre, le gars lâche ses collets et se prend le visage à deux mains, un cri effroyable quitte sa gorge et s'élève dans la nuit, Marty se dit que c'est bien fait pour lui. Quand il retire ses mains ensanglantées, son visage l'est aussi, des lueurs rougeâtres ruissellent sur ses joues, Marty est épouvanté, l'œil droit du mec sort de son orbite, il pendouille comme une balle au bout d'un ressort. Le globe gigote sur sa joue, c'est affreux. Le type hurle, il est complètement aveuglé, il titube, il marche devant lui, sur le côté, et s'effondre dans la mare. Le poids de son corps fracasse la couche de glace, il gueule, il s'époumone, il ne sait plus où il est. Il se débat dans l'eau, il s'enfonce sous la chape alourdie de son pull et de son manteau. Marty rebrousse chemin, il a peur, si l'autre sort de là et le rattrape, c'est sûr, il va le tuer. Il court sans se retourner, il glisse et tombe sur le sol gelé, il récupère sa *lunchbox*, il s'élance vers la sortie de la nuit, vers l'autre bout de la prairie, il a hâte de retrouver le hameau où logent les siens, il crache en courant, il crache en respirant. Il aperçoit enfin les hangars du poulailler de son père. Il ralentit, il s'arrête, l'autre ne le poursuit pas, il pose ses mains sur ses genoux et tente de respirer un grand coup. C'est comme si on avait tenté de lui plonger la tête sous l'eau avec l'autre là-bas, il ne retrouve pas son souffle et son cœur se débat comme un mitrailleur assiégé. Une fois que ses poumons sont bien décapés, et qu'il a retrouvé un peu de sérénité, il se dirige vers la maison. La porte s'ouvre avec son grincement réconfortant, il embrasse son père et sa mère et vient se blottir contre la soupe qui mijote sur le fourneau. Plus tard, quand la police passera pour l'enquête, il apprendra que l'homme noir est mort noyé dans cette petite mare. Il vivra ce moment dans une terreur folle, planqué dans sa trouille d'enfant, il ne montrera rien, et personne parmi les gens présents ne pourra deviner qu'il est l'auteur de cette vie enlevée, l'auteur de ce crime. Il découvrira son nom, Isaac Lyttle, un homme qui voulait seulement ramener quelques lapins pour sa famille, il laissera une femme seule, mais pas tout à fait seule, puisqu'il lui restera six enfants à élever dans une pauvre masure au nord d'Omaha. Les conclusions de l'enquête mèneront au meurtre, l'œil droit arraché et les traces d'ecchymose sur toute la partie droite du visage en attesteront. On cherchera un peu, on accusera le criminel Charles Starkweather, qui niera les faits, et personne ne s'embarrassera à chercher le véritable coupable.

Le responsable de ce meurtre marche sur ce gravier, les cliquetis de ces petits cailloux lui rappellent un plus gros caillou, cette pierre qui a ôté l'œil d'Isaac Lyttle et qui l'a précipité vers le trou de la mare, le trou de sa mort. Marty à ce moment-là, même à onze ans, avait bien conscience de le laisser mourir, il sait aujourd'hui qu'il aurait pu l'aider, le sortir de l'eau gelée, mais au lieu de le sauver, il n'a rien fait d'autre que se sauver, courir dans la nuit comme un trouillard. Au moment des faits, Marty était même content que ce sale type meure, voilà ce qu'on pense à onze ans avec un lance-pierres à la main, dès que la nuit tombe. On l'enfonce dans une grosse berline, les mains dans son dos lui font mal, les cercles d'acier le blessent, mais peut-il encore être blessé, il prend le temps de se le demander. La portière se referme, Melany accourt avec son père. Bob Fraser voit son sauveur lui sourire derrière la vitre, un sourire navré, il le voit quitter l'allée dans cette bagnole noire et blanche, criblée de gyrophares. Marty va le remplacer à San Quentin. Les dernières années de sa vie, il pense qu'il les passera là-bas, à tenter de trouver la quiétude qui lui a échappé toute son existence, assis au bord du silence.

Remerciements

Je crois qu'il est temps de remercier ceux qui m'ont gentiment accompagné depuis une bonne vingtaine d'années.

Ça a commencé comme ça. Un jour, le mardi 26 septembre 1995, je file voir Dominique A à la Cigale. Je traîne un peu, je rentre à la maison un peu bourré. Puis, je décide d'écrire une mini-lettre au courrier des lecteurs des *Inrocks*. Je suis un abonné de longue date, également grand fan des critiques et des trouvailles stylistiques de Christophe Conte, ce journaliste alors inconnu à l'époque. J'écris une petite blague à propos du concert de Dominique A, et quinze jours plus tard, mon courrier de cinq lignes est publié dans les *Inrocks*. J'écarquille un peu les yeux, puis je me laisse prendre au jeu, j'entame alors une série de missives destinées au courrier des lecteurs des Inrocks. Quasiment toutes sont publiées, j'ai compris ce qui les fait marrer. Puis, je change mon nom, j'emprunte celui des copains, que ça fait aussi marrer d'être ainsi publiés. C'est tellement énorme pour ma bande de potes, la marmite journalistique, pour nous, c'est un truc inatteignable, c'est un autre monde.

Je continue comme ça pendant de nombreux mois. Je travaille dans une nouvelle agence de pub, un peu placardisé, très frustré, en souffrance, je cherche un autre mode d'expression, alors, enfin, je me dis qu'au lieu de faire le con avec des petites lettres aux *Inrocks*, je devrais plutôt regarder si j'ai un peu le courage d'aller au bout d'un vrai projet d'écriture. Je me lance sans réfléchir, j'écris un premier texte, craché.

Je l'envoie à trois maisons d'édition. Florent Massot (impressionné que j'étais par *Baise-moi* de Virginie Despentes), P.O.L. (impressionné par je ne sais plus qui) et le Castor Astral, impressionné par un auteur dont j'ai complètement oublié le nom aujourd'hui (pas cool). Tous me refusent poliment mon « roman ». Florent Massot m'explique dans une longue lettre ce qui déconne dans mon texte, il est trop brouillon, pas assez structuré, mais j'ai fait le plus dur, l'écriture est là. Je n'en reviens pas, mes yeux se brouillent, y a peut-être moyen de faire quelque chose ? Mais soudain P.O.L. m'écrit une seconde lettre pour me dire qu'il s'agit d'une erreur, mon texte est retenu, il passe au crible d'une seconde lecture. Je découvre alors que derrière ce sigle « P.O.L. » se dissimule le nom de Paul Otchakovsky-Laurens. Je ne connais rien ni personne dans ce milieu de l'édition. Je reçois une troisième lettre de P.O.L, dans laquelle ce monsieur m'explique pourquoi il ne publiera finalement pas mon texte. Ses remarques rejoignent celles de Florent Massot, quasiment mot pour mot. Le Castor Astral m'annonce qu'ils ne me publieront pas, mais m'assurent que je serai publié… Tu parles, qui va bien pouvoir me signer ?

Je me remets au travail. Ce n'est pas vraiment du travail, plutôt un cri, une libération. Je renvoie mon nouveau texte (construit sur la base du précédent, mais enrichi d'une nouvelle histoire dans l'histoire, et surtout plus structuré). Je l'envoie à treize éditeurs, ceux que je retrouve en nombre sur mes étagères, et sur les piles qui montent de mes tomettes comme des gratte-ciels. Et le premier à réagir, c'est un homme qui s'appelle Pierre Astier.

Je suis en studio pour l'étalonnage d'un film de pub (la correction des couleurs du film), le lendemain je m'envole pour les grands parcs de l'Utah et de la Californie. Je suis en vacances dans quelques heures. Par précaution, je laisse le numéro du studio où je dois me rendre avant de quitter l'agence (le téléphone portable n'a pas encore été inventé), la personne de l'accueil fait gentiment suivre l'appel. Et ça sonne dans le studio. « Bonjour, c'est Pierre Astier… » Jamais entendu ce nom-là. « Je suis l'éditeur du Serpent-à-Plumes… » J'adore le Serpent-à-Plumes, y a des auteurs du monde entier, c'est ouvert, curieux.

Il continue, et prononce la phrase magique « Je souhaiterais vous rencontrer afin de vous publier ». GLOUPS. Je lui annonce que je m'envole le lendemain midi pour les États-Unis. Il me donne rendez-vous le lendemain à 8 h 30, dans son bureau au 20, rue des Petits-Champs. Je m'en souviens comme si c'était y a cinq minutes. J'ai pas de titre, je ne dors pas de la nuit, trop excité, je trouve un titre dans l'obscurité et je le lui propose le lendemain matin, ça s'appellera *Les villes sont trop petites*, il est ok. C'est parti. Pierre Astier me tend un contrat que je signe sans vraiment le lire, m'en fous, c'est complètement dingue, improbable. Depuis ce jour, Pierre tient une grande place entre mes oreillettes et mes ventricules. Il est le deuxième homme, après Christophe Huchet (mon sergent à Saint-Cyr-Coëtquidan), à avoir changé le cours de ma vie (il y en a eu un troisième, bien plus tôt dans ma vie, mais lui c'est un criminel qui aurait pu être jeté en prison, mais je me suis occupé de lui par la suite, dans mon second roman, *Le ciel n'aime pas le bleu*, toujours au Serpent-à-Plumes).

Bref, je m'envole pour les US, et je vais de crise d'angoisse en crise d'angoisse, j'ai pour la première fois le mal du pays, je me revois, assis sur un tas de linge, dans la buanderie d'un motel pourri de Bakersfield, je ne peux plus avancer, ni même prendre le volant, je flippe de vivre un crash avec l'avion du retour et donc de ne jamais vivre la sortie de ce premier texte. Bon, finalement, le long-courrier me ramène à Paris et sautille sur ses grosses bombonnes renflées d'air. La sortie en librairie est prévue pour janvier. J'ai trente-deux ans.

Alors voilà, même si je l'ai déjà fait, il est temps de remercier à nouveau Marie Donzell, la jeune femme d'alors, qui, de sa petite main frêle, avait extrait mon manuscrit des piles entassées sur les étagères, dans cette jolie maison d'édition qu'était le Serpent-à-Plumes. On est fin 1998, elle le lit, et sitôt refermé se dirige vers le bureau de Pierre Astier, en lui annonçant qu'il y a peut-être un début de quelques-chose là-dedans. Le début de quelque chose s'est transformé en une bonne vingtaine d'années d'écriture, le plus beau des loisirs (après le *windsurf*, faut pas déconner quand même). Dans cette maison d'édition, je dois aussi remercier Fabienne Reichenbach qui gérait les RP (je n'oublie pas mon tout premier article, un papier d'Éric Loret, dans *Libération*, c'était difficile à croire, à accepter), Tania Capron, Pierre Bisiou (qui a lancé la collection poche « Motifs »), Xavier Bellerose et Laure Pécher. Et merci aussi à tous ces visages qui remontent à la surface, dépouillés de leurs noms, je m'en excuse.

Plus tard, j'ai été accompagné un temps par Guillaume Allary et Charles Pépin, et je tiens à les remercier ici, on avait bien travaillé pour un loisir.

Je dois aussi remercier mes alliés de toujours Christophe-Ono-dit-Biot et Alina Gurdiel. Christophe est un compagnon de la première heure, il m'a toujours soutenu.

Merci à mon pote Richard Morgiève, qui me soutient aussi quand c'est nécessaire, c'est pas désagréable d'être soutenu par quelqu'un d'aussi fort.

Et voilà, nous sommes en 2023 et aujourd'hui je remercie mon passeur, Arnaud Le Guern, et Julie Daniel sa complice, éditrice au Rocher. Merci aussi au *boss* des éditions du Rocher, Bruno Nougayrède, pour sa confiance. Merci aussi à Silvana

Bergonzi, Emmanuelle Rochman, Laurence Angebault et toute l'équipe du Rocher.

Merci à ces deux excellents libraires qui m'accompagnent depuis un bon moment, Virginie Le Gallo, et Alexandre Cavallin, comme des phares au bout de la jetée, dans la nuit morbihannaise. Et au grand Pierre Marcus.

Merci à Swann Chiaffrino, jeune pianiste à l'ouïe délicate. Merci à André Le Nezet pour tout ce qu'il était. Merci au général Potel (deux étoiles quand même).

Merci à vous les Bozzos, ma famille, ma sœur, mes parents.

Et enfin, merci à Anna et Svéa, qui sont tout pour moi.

Je tenais absolument à faire ces remerciements ici, maintenant, au cas où ce texte serait le dernier.

Bye.

Achevé d'imprimer par DUPLIPRINT (95),
en mars 2023,
N° d'imprimeur : 2023021761
Dépôt légal : avril 2023

Imprimé en France